Bruno Metzmacher, Hilarion Petzold, Helmut Zaepfel (Hrsg.)
Praxis der Integrativen Kindertherapie
Integrative Kindertherapie in Theorie und Praxis, Bd. 2

Reihe
Innovative Psychotherapie und Humanwissenschaften
Band 59
Herausgegeben von
Hilarion Petzold

Bruno Metzmacher, Hilarion Petzold, Helmut Zaepfel (Hrsg.)

Praxis der Integrativen Kindertherapie

Integrative Kindertherapie in Theorie und Praxis – Bd. 2

Junfermann Verlag • Paderborn
1996

Satz: adrupa – Paderborn
Druck: PDC – Paderborner Druck Centrum

Die Deutsche Bibliothek – CIP-Einheitsaufnahme
Praxis der Integrativen Kindertherapie: Integrative Kindertherapie in Theorie und Praxis, Bd. 2 / Bruno Metzmacher; Hilarion Petzold; Helmut Zaepfel (Hrsg.). – Paderborn: Junfermann 1996
(Reihe Innovative Psychotherapie und Humanwissenschaften, Bd. 59)
ISBN 3-87387-310-9
NE: Metzmacher, Bruno [Hrsg.]; GT

ISBN 3-87387-310-9

Inhaltsverzeichnis

Einführung

Die Kinderpsychotherapie hat sich im wesentlichen im Anschluß an die großen „Schulen der Psychotherapie" (*Corsini* 1984; *Petzold* 1984a) formiert. Sie ist also „schulengebunden" und nimmt insgesamt auf die Hintergrundtheorien der einzelnen Richtungen Bezug (*Petzold* 1993h; *Petzold, Ramin* 1987). So gibt es durch die Arbeiten von *Anna Freud, Melanie Klein, René Spitz, Margret Mahler, Donald W. Winnicott, Françoise Dolto* eine starke psychoanalytische Kindertherapie mit verschiedenen Strömungen, die von den genannten AutorInnen repräsentiert werden. Der „kleine Hans", der, supervidiert von *Sigmund Freud*, von seinem Vater *Max Graf* wegen seiner Pferdephobie behandelt wurde, steht hier für die Ursprünge psychoanalytischer Kinderbehandlung. Für die verhaltenstherapeutische Kinderbehandlung steht ein anderes Kind, der „kleine Albert", der Sohn von *Watson*. Aber eine profiliert ausgearbeitete verhaltenstherapeutische Kinderbehandlung, repräsentiert durch große Namen, hat sich nicht entwickelt, obgleich bestimmte Autoren wegen ihrer verhaltensmodifizierenden Arbeit mit Kinder-Patienten – z. B. *Lovibond* (1964) – bekannt geworden sind (*Petermann* 1994). In der klientzentrierten Psychotherapie nach *Carl Rogers* finden sich wiederum zwei Protagonisten, *Virginia Axline* (1945) als Therapeutin und *Dibs*, ein Kind, das sie behandelte und welches für die „nondirektive Spieltherapie" als exemplarische Fallgeschichte steht (*Schmidtchen* 1991; *Boeck-Singelmann, Ehlers* 1996). In der von *Perls* begründeten Gestalttherapie sind es *Janet Lederman* (1969) und *Violett Oaklander* (1981), die Awareness-Übungen und Spiele für die Behandlung von Kindern umgesetzt haben und damit die Grundlagen gestalttherapeutischer Kinderbehandlung legen konnten (*Oaklander* 1981; *Petzold, Metzmacher* 1984) und deren Methoden zum Konzept der „direkten Kommunikation" (*Petzold* 1973f) entwickelt wurden.

Im Unterschied zu den genannten „mainstreams", in denen sich die Kindertherapie „nachträglich" entwickelt hatte, nachdem das Behandlungsverfahren für Erwachsene schon etabliert war, stand beim Psychodrama *Moreno*s das Spiel mit Kindern in den Gärten Wiens 1911 an den Anfängen der therapeutischen Methode (*Moreno* 1966; *Leutz* 1967), die stets in der Arbeit mit Erwachsenen *und* mit Kindern eingesetzt wurde (*J. L. Moreno* 1995; *Petzold* 1973a).

Für praktisch alle diese Orientierungen der Kindertherapie ist charakteristisch, daß sie sich *schulenimmanent* fortentwickelt haben, ohne Anschluß an die empirische, entwicklungspsychologische Forschung, was in theoretischer und methodischer Hinsicht schwerwiegende Folgen hatte, und ohne Verbindung mit der klinischen Psychologie und der empirischen Psychotherapieforschung (die verhaltenstherapeutische Kindertherapie muß hier allerdings ausgenommen werden). Entsprechend desolat ist dann auch die Forschungssituation, was Wirksamkeitsnachweise, longitudinale Evaluationen, Prozeßverständnis anbelangt (*Heekerens* 1995; *Weisz* et al. 1992; *Märtens*, *Petzold* 1995b). Die behavioralen, systemischen und humanistisch-psychologischen Verfahren können mit einer Reihe von Untersuchungen aufwarten, die Wirksamkeitsnachweise erbringen. Für die tiefenpsychologischen Verfahren, insbesondere die psychoanalytische Kinderpsychotherapie, fehlen derartige Studien weitgehend bzw. im Vergleich mit behavioralen und systemischen Behandlungsansätzen schneiden diese Orientierungen nicht gut ab (*Weisz* et al. 1992). Hintergründe hierfür sind vielfältig (*Kazdin* 1994). Sie liegen im wesentlichen wohl in untersuchungsmethodischen Problemen, einer gewissen Forschungsfeindlichkeit tiefenpsychologischer Kindertherapie, aber auch an den Problemen der theoretischen Konstruktbildung und der Behandlungsmethodik bestimmter kinderpsychoanalytischer Orientierungen (z. B. der *klein*ianischen Richtung). Schaut man in die Praxis vieler kindertherapeutischer Behandlungsansätze, so sieht man, daß die Mehrzahl aktiv und spielzentriert sind und daß jenseits aller Divergenzen der theoretischen Konzeptualisierung in bestimmten Bereichen der Praxis (wenn auch keineswegs in allen) eine hohe Konvergenz besteht, etwa in der *Spielzentriertheit*. Dennoch hat bislang kaum ein Dialog zwischen den einzelnen Kindertherapieschulen (*Reiser* 1993) stattgefunden. Das ist ein bedauerliches Faktum, denn Kinderpsychotherapeuten haben einen „common ground", der sich in dieser Form in den Behandlungsorientierungen für Erwachsene nicht findet: den der *empirischen Entwicklungspsychologie und Sozialisationsforschung* in longitudinaler Ausrichtung. Kein Kindertherapeut kann auf die Erkenntnisse der entwicklungsorientierten Emotionsforschung bei Kindern (*Izard*, *Read* 1986), der Forschung zur Entwicklung kognitiver Strukturen in der Tradition von *Piaget*, der Sprachentwicklung (*Bruner* 1987) oder der Gedächtnisentwicklung (*Nelson* 1993; *Rovee-Collier*, *Bhatt* 1994) verzichten, auf das Wissen um Entwicklungswege zur Adoleszenz (*Fend* 1991) und darüber hinaus in das Erwachsenenalter (*Rutter, Rutter* 1992; *Rutter* 1993). Diese gemeinsame Basis könnte nun neben einer „klinischen Entwicklungspsychologie" (*Petzold* 1993j, 1994j; *Verhofstadt-Denève* 1994) dazu benutzt werden, schulenübergreifende Modelle zu entwickeln, wie dies sich im Rahmen des „neuen Integrationsparadigmas" (*Petzold* 1992g) im Bereich der Erwachsenenpsychotherapie abzeichnet (*Norcross, Goldfried* 1992; *Stricker, Gold* 1993; *Petzold* 1974j, 1988n, 1992a). Als Ergebnis der Psychotherapieforschung kommt *Grawe* in seiner groß angelegten Studie zu der Vision einer „allgemeinen Psychotherapie" (*Grawe* et al. 1994). Psychotherapieintegration wird als ein Ansatz gesehen, „whose time has come" (*Castonguay, Goldfried* 1994). Die Forschungslage auf jeden Fall, legt eine solche Schlußfolgerung genauso nahe, wie das Faktum, daß sich mehr als 50 Prozent der amerikanischen Psychotherapeuten inzwischen als „integrativ arbeitend" verstehen (*Märtens, Petzold* 1995b; *Norcross* 1995).

Die „Integrative Therapie", wie sie von *H. Petzold* Mitte der 60er Jahre konzipiert wurde, steht an den Anfängen der neuen Integrationsbewegung im europäischen Raum. Sie hat stets einen „life span developmental approach" vertreten, d. h. mit Kindern, Erwachsenen, alten Menschen gearbeitet (*Petzold* 1965, 1972e). Ihr war es stets ein Anliegen, „common concepts" neben den „divergent concepts" zu finden und „common factors" neben spezifischen Wirkfaktoren herauszuarbeiten (*Petzold* 1993p, 1994h). Diese Ausrichtung war auch für die Kindertherapie maßgeblich, wobei der Integrationsgedanke sich einerseits an der „anthropologischen Grundformel" (idem 1974j, 1995a) des Integrativen Ansatzes ausrichtete, zum anderen an der Breite der praxeologischen Möglichkeiten, wie sie das kindliche Spiel bietet. Kinderspiel ist *leiblich* konkret. Deshalb müssen Leiblichkeit und Bewegung in kindertherapeutisches Handeln einbezogen werden. Es ist von emotionaler Dichte, deshalb sind Methoden *emotionalen* Ausdrucks wesentlich. Es ist von der Neugierde, dem Wissensdurst der Kinder bestimmt, so daß *kognitive* Strategien nicht fehlen dürfen. Es ist in immanenter Weise *sozial*, was erforderlich macht, daß familien- und netzwerktherapeutische Dimensionen aktiv einbezogen werden müssen (vgl. dieses Werk, Bd. I), und es ist eingelassen in mikroökologische Kontexte (Spielplatz, Schule, Nachbarschaft), so daß *ökologische* Interventionen unverzichtbar sind (*Petzold* 1995a). Der Integrationsgedanke in der Kindertherapie greift also weiter als der Anspruch auf reine Methodenintegration (etwa klientzentrierter und gestalttherapeutischer und psychoanalytischer Ansätze). Auf diesem Hintergrund und aufgrund empirischer Forschung zu Interaktion/Kommunikation mit Kleinkindern und Kindern, Untersuchungen zu „protektiven Faktoren", wodurch die pathologiezentrierte Sicht überschritten wird (*Petzold* et al. 1993, 1994a), ist ein eigenständiger, integrativer Ansatz in der Behandlung von Kindern und Jugendlichen in den vergangenen 25 Jahren entstanden, der durch seine Leib- und Bewegungsorientierung (*Metzmacher* 1987; *Schneewind* 1995), seine Netzwerkorientierung und sozialökologische Ausrichtung (*Petzold* 1995a) und durch seine Berücksichtigung makrogesellschaftlicher Einflüsse aus der postmodernen Lebenswelt (*Schubert* 1995), etwa über das Konzept des „sozialen Sinnverstehens" und der lebensweltorientierten Intervention, eine hohe Originalität hat und ein großes innovatives Potential.

Die komplexe Lebenswelt von Kindern, ihren Familien und sozialen Netzwerken, die Vielschichtigkeit von Sozialstruktur und Entwicklungsprozessen, macht für die Kindertherapie integrative Modelle und Behandlungsansätze unverzichtbar. Dies wird von Kindertherapeuten unterschiedlicher Schulen und „mainstreams" immer wieder hervorgehoben (*Herzka, Reukauf* 1988; *Ramin, Petzold* 1987; *Petermann* 1994; *Reinhard* 1995) und zeigt sich auch in einer großen Übereinstimmung der verschiedenen kinderpsychotherapeutischen Ausbildungen im deutschsprachigen Bereich (*Reiser* 1993), was Ausbildungsinhalte und methodische Zugänge anbelangt.

Das vorliegende zweibändige Werk läßt den Integrationsgedanken in der Kindertherapie, so hoffen wir, in seinem Anliegen deutlich werden und zeigt, obwohl die Mehrzahl der Autoren der „Integrativen Therapie" im engeren Sinne zuzurechnen sind, durch die Mitarbeit von Kollegen aus anderen Schulen – *Bürgin, Herzka, Märtens* – , aus Psychoanalyse, Familientherapie und Gesprächstherapie, daß eine Offenheit und Durchlässigkeit für ein schulenübergreifendes, *integratives Denken* in der Kindertherapie Raum zu greifen beginnt, von dem viele Praktiker im Feld, von dem aber vor allem die Kinder und ihre Familien Nutzen haben werden.

Literatur

Axline, V., Play Therapy, Houghton-Mifflin, New York 1945.

Bergin, A.E., Garfield, S.L. (eds.), Handbook of psychotherapy and behavior change, Wiley, Chichester 1994[4].

Boeck-Singelmann, G., Ehlers, A., Personzentrierte Spieltherapie bei Kindern und Jugendlichen, Bd. 1: Theoretische Grundlagen, Bd. 2: Anwendung und Praxis, Hogrefe, Göttingen 1996.

Bruner, J.S., Wie das Kind sprechen lernt, Huber, Bern 1987.

Castonguay, L.G., Goldfried, M.R., Psychotherapy integration: An idea whose time has come, *Applied & Preventive Psychology* 3 (1994) 159-172.

Corsini, R., Current psychotherapies, Peacock, Itasca 1973, 1984[3].

Corsini, R., Handbook of innovative psychotherapies, Wiley, New York 1981.

Fend, H., Identitätsentwicklung in der Adoleszenz, Huber, Bern 1991.

Heekerens, H.-P., Was wird aus der Kinder- und Jugendlichenpsychotherapie? Zur Diskussion um geplante rechtliche Änderungen, in: *Metzmacher* et al. Bd. I (1995).

Izard, C.E., Read, P.B., Measuring emotions in infants and children, Vol. II, Cambridge Univ. Press, New York 1986.

Kazdin, A.E., Methodology, design, and evaluation in psychotherapy research, in: *Bergin, Garfield* (1994) 19-71.

Lederman, J., Anger and the rocking chair: Gestalt awareness with children, Viking Press, New York

Leutz, G.A., Vom kindlichen Spiel zum Psychodrama, Schweizer Theaterjahrbuch 33 (1967).

Lovibond, S., Conditioning and enuresis, Pergamon, Oxford 1964.

Oaklander, V., Gestalttherapie mit Kindern und Jugendlichen, Klett, Stuttgart 1981.

Märtens, M., Petzold, H.G., Perspektiven der Psychotherapieforschung und Ansätze für integrative Orientierungen, *Integrative Therapie* 1 (1995a) 7-44.

—, —, Psychotherapieforschung und kinderpsychotherapeutische Praxis, 1995b, in: *Metzmacher* et al. Bd. I (1995).

Metzmacher, B., Integrative Bewegungstherapie in der Behandlung von Kindern und Jugendlichen, in: *Petzold, Ramin* (1987) 227-256.

—, *Petzold, H.G., Zaepfel, H.*, Therapeutische Zugänge zu den Erfahrungswelten des Kindes. Theorie und Praxis der Integrativen Kindertherapie, Junfermann, Paderborn 1995 Bd. I dieses Werkes.

Moreno, J.L., Die Psychiatrie des 20. Jh. als Funktion der Universalia Zeit, Raum, Realität und Kosmos, 2. Intern. Congr. Psychodrama Barcelona 1966; dtsch. in *Petzold* (1972a) 101-112.

—, Psychodrama, Bd. I, 1946, 3. Aufl. Beacon House, Beacon 1964.

—, Auszüge aus der Autobiographie, hrsg. v. Moreno, J.D., inSzenario, Köln 1995.

Nelson, K., Ereignisse, Narrationen, Gedächtnis: Was entwickelt sich? in: *Petzold* (1993c) 195-234.

—, Erinnern und Erzählen: eine Entwicklungsgeschichte, *Integrative Therapie* 1/2 (1993b) 73-94 und in: *Petzold* (1994j) 167-192.

Norcross, J.C., Psychotherapie-Integration in den USA, *Integrative Therapie* 1 (1995) 45-61.

—, *Goldfried, M.R.* (eds.), Handbook of psychotherapy integration, Basic Books, New York 1992.

Petermann, F., Lehrbuch der klinischen Kinderpsychologie, Hogrefe 1994.

Petzold, H.G., Géragogie – nouvelle approche de l'éducation pour la viellesse et dans la viellesse. *Publications de L'Institut St. Denis* 1 (1965) 1-16 ; dtsch. in: *Petzold* (1985a) 11-30.

—, Komplexes Kreativitätstraining mit Vorschulkindern, *Schule und Psychologie* 3 (1972e) 146-157.

—, Gestalttherapie und direkte Kommunikation in der Arbeit mit Elterngruppen, in: *Petzold, H.G.* (Hrsg.), Kreativität und Konflikte, Junfermann, Paderborn 1973c, 271-289.

—, (Hrsg.), Psychotherapie und Körperdynamik, Junfermann, Paderborn 1974j, 3. Aufl. 1979.

—, Angewandtes Psychodrama in Therapie, Pädagogik und Theater. Überarbeitete und erweiterte Fassung von: *Petzold* (1972a), Junfermann, Paderborn 1977h.

—, (Hrsg.), Wege zum Menschen. Methoden und Persönlichkeiten moderner Psychotherapie. Ein Handbuch, 2 Bde., Junfermann, Paderborn 1984a.

—, Mit alten Menschen arbeiten, Pfeiffer, München 1985a.

—, Integrative Bewegungs- und Leibtherapie. Ausgewählte Werke Bd. I/1 und I/2, Junfermann, Paderborn 1988n; 3. Auflage 1996.

—, Integrative Therapie. Ausgewählte Werke, Bd. II/1: Klinische Philosophie, Junfermann, Paderborn 1991a.

—, Integrative Therapie. Ausgewählte Werke, Bd. II/2: Klinische Theorie, Junfermann, Paderborn 1992a.

—, Das „neue" Integrationsparadigma in Psychotherapie und klinischer Psychologie und die „Schulen des Integrierens" in einer „pluralen therapeutischen Kultur", 1992g, in: *Petzold* (1992a) 927-1040.

—, Frühe Schädigungen, späte Folgen? Psychotherapie und Babyforschung, Bd. 1, Junfermann, Paderborn 1993c.

—, Grundorientierungen, Verfahren, Methoden – berufspolitische, konzeptuelle und praxeologische Anmerkungen zu Strukturfragen des psychotherapeutischen Feldes und psychotherapeutischer Verfahren aus integrativer Perspektive, *Integrative Therapie* 4 (1993h) 341-378 und in: *Hermer, H.* (Hrsg.), Psychologische Beiträge, Pabst Science Publishers, Lengerich 1994, 248-284.

—, Integrative fokale Kurzzeittherapie (IFK) und Fokaldiagnostik – Prinzipien, Methoden, Techniken, 1993p, in: *Petzold, Sieper* (1993a) 267-340.

—, Mehrperspektivität – ein Metakonzept für die Modellpluralität, konnektivierende Theorienbildung und für sozialinterventives Handelns in der Integrativen Supervision, 1994a, *Gestalt und Integration* 1 (1995) 225-297.

—, Therapieforschung und die Praxis der Suchtkrankenarbeit – programmatische Überlegungen, *Drogalkohol* 3 (1994h) 144-158.

—, Die Kraft liebevoller Blicke, Psychotherapie und Babyforschung, Bd. 2, Junfermann, Paderborn 1994j.

—, Weggeleit und Schutzschild. Arbeit mit protektiven Prozessen und sozioökologischen Modellierungen in einer entwicklunsorientierten Kindertherapie, 1995a, in: *Metzmacher* et al. Bd. I (1995).

—, *Goffin, J.J.M., Oudhof, J.*, Protektive Faktoren und Prozesse – die „positive" Perspektive in der longitudinalen, „klinischen Entwicklungspsychologie" und ihre Umsetzung in die Praxis der Integrativen Therapie, in: *Petzold, Sieper* (1993a) 173-266 und in: *Petzold* (1993c) 345-497.

—, *Metzmacher, B.*, Kreative Medien, Awareness-Training und Interaktionsspiele der Integrativen Gestalttherapie in der Arbeit mit Kindern und Jugendlichen, in: *Kreuzer, K.J.*, Handbuch der Spielpädagogik, Bd. 4, Schwann, Düsseldorf 1984, 253-267.

—, *Ramin, G.*, Schulen der Kinderpsychotherapie, Junfermann, Paderborn 1987, 1991[2].

—, *Sieper, J.* (Hrsg.), Integration und Kreation, Junfermann, Paderborn 1993a.

Ramin, G., Petzold, H.G., Integrative Therapie mit Kindern, in: *Petzold, Ramin* (1987) 359-426; repr. in *Petzold* (1991a) 1089-1150.

Reinhard, H.G., Psychoanalytische Kinder- und Jugendpsychotherapie braucht Integration, in: *Metzmacher* et al. (1995).

Reiser, C., Die Kinder-und jugendpsychotherapeutische Ausbildung, Ernst Reinhart, München 1993.

Rovee-Collier, C.K., Bhatt, R., Langzeitgedächtnis im Säuglingsalter, in: Petzold (1994j) 143-166.

Rutter, M., Wege von der Kindheit zum Erwachsenenalter, in: *Petzold* (1993c) 23-66.

—, *Rutter, M.*, Developing minds. Challenge and continuity across the life span, Penguin Books, London 1992.

Schmidtchen, St., Klientzentrierte Spiel- und Familientherapie, 3. vollst. überarb. u. erw. Auflage, Psychologie Verlags Union, Weinheim 1991.

Schneewind, U.-J., Leibtherapie bei Kindern mit frühen Persönlichkeitsstörungen, in: Metzmacher et al. (1995).

Schubert, F.-C., Lebenweltbezug in der Beratung. Eine ganzheitlicher systemisch-ökologischer Ansatz, in: *Dröschel* (1995) 216-237.

Stricker, G., Gold, J.R. (eds.), Comprehensive handbook of psychotherapy integration, Plenum, New York 1993.

Verhofstadt-Denève, L., Zelfreflectie en persoonsontwikkeling, Acco, Leuven/Amersfoort 1994[2].

Weisz, J.R., Weiss, B., Morton, T., Granger, D., Han, S., Meta analysis of psychotherapy outcome research with children and adolescents. Unpublished manuscript, University of California, Los Angeles 1992.

1.

Weitere klinisch-theoretische Überlegungen

Integrative Fokal- und Kurzzeittherapie bei Kindern und Jugendlichen
Dargestellt anhand der Angstsymptomatik eines 14jährigen Jugendlichen

Helmut Zaepfel, Bruno Metzmacher

Einleitende Bemerkungen:

In der hier vorliegenden Arbeit wollen wir ein Konzept Integrativer Fokal- und Kurzzeittherapie bei Kindern und Jugendlichen skizzieren. Sie basiert u.a. auf theoretischen Vorüberlegungen von *Petzold*, die er in einer Übersichtsarbeit zu diesem Thema entwickelt hat (*Petzold* 1993, 267ff). Die Einführung des Fokalprinzips und kurzzeittherapeutischer Prinzipien in die Interventionslehre der Integrativen Therapie/Gestalttherapie scheint uns u.a. aus zwei Gründen sinnvoll. Zum einen dürfte in der praktischen Anwendung des Verfahrens der Anteil an kurz- und mittelfristigen Therapien, den der langzeittherapeutischen Verläufe bei weitem übertreffen. Zum anderen ist das Konzept der Fokusbestimmung bislang nur in der o.g. Arbeit von *Petzold* angeführt, jedoch u.W. methodisch noch nicht ausformuliert worden. Indem wir versuchen, dieses Konzept an Hand einer ausführlichen Kasuistik zu veranschaulichen, möchten wir Kinder- und Jugendlichenpsychotherapeuten* dazu anregen, sich – indikationsabhängig – vermehrt eines fokal- und kurzzeittherapeutischen Instrumentariums zu bedienen.

Schaut man derzeit in die psychotherapeutische „Landschaft", so stellt man fest, daß kurzzeitpsychotherapeutische Behandlungskonzepte Hochkonjunktur haben. Dieser Trend verdankt sich verschiedenen therapiefremden wie therapieimmanenten Faktoren, wie z.B. den folgenden:

---

* Um einer einfacheren Lesbarkeit willen haben wir auf eine geschlechtsspezifische Differenzierung bei der Verwendung des Begriffes Therapeut verzichtet.

a) *Gesundheitspolitische und gesetzgeberische Sachzwänge*

Hierfür stehen umfassende sozialpolitische Kostendämpfungsbestrebungen und die Versuche, zu einer bundeseinheitlichen Psychotherapiegesetzgebung zu gelangen. Beides wird über kurz oder lang Einfluß auf die Settingbedingungen der verschiedenen Psychotherapieverfahren nehmen, d.h., kurzzeit- bis mittelfristige Therapien werden dabei eher finanzierbar sein. Die Bestimmungen des letzten KJHG weisen beispielsweise ganz eindeutig in diese Richtung.

b) *Gesellschaftspolitische und strukturelle Aspekte des postmodernen sozialen Wandels*

Die rasanten gesellschaftlichen Veränderungsprozesse, wie wir diese im Aufsatz über *„Kindheitheit und Identitätsentwicklung im Zeichen (post-)modernen sozialen Wandels"* des 1. Bandes skizziert haben, machen veränderte Zielsetzungen und methodisch-praktische Innovationen im Feld der Kinder- und Jugendlichenpsychotherapie notwendig. Kurzzeittherapeutische Angebote z.B. im Sinne psychosozialer Kriseninterventionen und Hilfe zur Bewältigung aktueller Entwicklungsaufgaben werden häufiger. Vermutlich werden alltagsnahe Veränderungsziele oder solche Konzepte wie die der „Schadensbegrenzung" (harm-reduction) wichtig, die z.B. wesentlicher Bestandteil von Ausstiegsmodellen im Kontext der Drogenhilfe darstellen (vgl. *Sickinger, Kindermann* u.a. 1992).

c) *Methoden- und ideologiekritische Aspekte*

Tiefenpsychologische Langzeitverfahren mit ausgeprägter Regressionsorientierung stehen zunehmend in der Kritik (vgl. u.a. *Pohlen, Bautz-Holzherr* 1991, 1995). Sie arbeiten noch immer mit Heilungszielen, die so großformatig angelegt sind, daß sie allenfalls für ein hochselektives Klientel bedeutsam sind (vgl. *Cremerius* 1995). Psychotherapeutische Modelle, die sich von ihrer Konzeptbildung her verstärkt der Lage multisymptomatischer, chronifizierter Störungsbilder annehmen, tragen mehr zur breiten Versorgung bei als hochselektive Psychotherapieverfahren. Letztere macht in der Regel vor den Türen der psychiatrischen Regelversorgung, der niedrigschwelligen Drogenhilfe, der Erziehungsberatung u.a. Halt, weil ihre Settingbedingungen und Behandlungsprinzipien solche Klienten schlichtweg nicht vorsehen.

d) Aspekte und Methoden Integrativer Theoriebildung und Forschung

Die Alltagspraxis in Klinik, Heim, Beratungsstelle etc. verlangt ein methodenintegratives, kurzzeittherapeutisches Vorgehen. In diesen Arbeitsfeldern wird aus der Not der Begrenzung und Komplexität der Aufgabenstellungen die Tugend der Methodenintegration. Psychoanalyse, Gestalt- und Verhaltenstherapie oder Systemik „pur" ist hier nurmehr hinderlich. Man ist zur Kooperation und Mehrperspektivik gezwungen, und darüber entwickeln sich schulenübergreifende, praxisnahe Formen methodenvariablen Arbeitens. Wenn also von Modellen einer „allgemeinen Psychotherapie" wie z.B. bei *Grawe* (1994) und *Petzold* (1993) die Rede ist, dann nicht in dem Bestreben, die „Supercouch" (*Ermann* 1995) zu entwerfen, sondern u.a. verstärkt das aufzugreifen, was in der Breitenversorgung tagtäglich schon lange der Fall ist: Ressourcenaktivierung, Problemaktualisierung, aktive Hilfe zur Problembewältigung und motivationale Klärung, um nur ein paar Stichworte zu nennen, die den meisten Verfahren mehr oder minder als Elemente eigen sind.

I. Kurzzeitpsychotherapie bei Kindern und Jugendlichen

Zur Einstimmung wollen wir das folgende Fallbeispiel anführen:

Frau B., Mutter von zwei Kindern, stellt ihre jüngere Tochter, die 8 ½jährige Anja, vor (kinder- und jugendpsychiatrische Ambulanz). Die Mutter berichtet, daß Anja seit Monaten schwere Schlafstörungen und abendlich/nächtliche Angstzustände hätte. Es vergehe so gut wie keine Nacht, wo sie nicht schreiend aus dem Schlaf aufwache und über „böse Träume" berichte. Die Mutter äußert ihrerseits die Angst, ihre Tochter könne psychisch krank sein bzw. werden.

Hintergrund ist folgender: Vor etwa acht Monaten verstarb der Vater von Anja krankheitsbedingt. Die Mutter dekompensierte kurz darauf mit einer schweren Depression und akuter Suizidalität, woraufhin sie sieben Wochen in stationärer psychiatrischer Behandlung war. Dort erlebte sie eigenen und fremden Schrecken (auf der geschlossenen Abteilung). Im dortigen beschäftigungstherapeutischen

Programm wurde ihr immer wieder das Angebot gemacht, ihre schweren Ängste und Todesvorstellungen bildhaft zu symbolisieren.

Anja wurde in dieser Zeit von der Großmutter mütterlicherseits versorgt und war laut Angaben der Großmutter in dieser Zeit sehr „vernünftig". Mit Rückkehr der Mutter nach Hause begannen auch die nächtlichen Angstzustände des Kindes.

Die Mutter empfahl nun Anja (analog ihrer eigenen Therapieerfahrung), einige ihrer schrecklichen Träume einmal aufzumalen. Sie holt die Bilder, die sie zum Erstgespräch mitgebracht hat, heraus und zeigt sie mir.

In einem etwa halbstündigen Dialog mit dem Kind lasse ich mir die Bilder zeigen und von ihr erklären. Sie drücken allesamt Überflutungs- und Überforderungsgefühle aus, so als habe das Kind mit dem Verlust des Vaters und der Dekompensation der Mutter sich zunächst vordergründig angepaßt, um erst nach Rückkehr der Mutter das ganze Ausmaß der eigenen Ängste zu spüren, die sie nicht mehr zu steuern in der Lage war. Die Art der Symbolisierung (Bilder) wie auch der fragmentarischen Geschichten, die sie dazu erzählt, machen es nicht schwer, sich in die Gefühlslage des Kindes einzufühlen. Ich drücke mein Verständnis für ihre Gefühle, insbesondere ihre Ängste ebenso aus wie meine Anerkennung für ihre Leistungen, in einer so schwierigen Situation so tapfer durchzuhalten. Die Mutter hört dem Dialog zwischen Anja und mir aufmerksam und gespannt zu. Ich teile Anja mit, daß ich mir kaum ein Mädchen in ihrem Alter vorstellen könne, das auf eine solche Situation nicht in ähnlicher Weise mit Angst und Schrecken reagieren würde und nachts auch schlimme Träume hätte. Dies nimmt sowohl sie wie auch die Mutter offensichtlich erleichtert zur Kenntnis.

Der Mutter erläutere ich meine Einschätzung über die anhaltenden posttraumatischen Reaktionen ihrer Tochter als psychologisch erklärbares und situationsgebunden-verständliches Phänomen, verwende also „Theorie als Intervention". Ferner weise ich auf die offen-sichtlichen kreativen Potentiale des Kindes wie auch auf ihrer Seite hin, mit dem Problem umzugehen.

Urlaubsbedingt konnte der nächste Termin erst vier Wochen später anberaumt werden. Einige Tage vor diesem Termin rief die Mutter an, um mitzuteilen, daß sie von weiteren Terminen im Augenblick keinen Gebrauch machen möchte, da sich die Situation deutlich gebessert habe. Anja schlafe zwar immer noch relativ unruhig, wache jedoch kaum noch angstvoll schreiend auf. Wenn doch, dann gelänge es ihr jedoch in relativ kurzer Zeit, das Kind zu beruhigen. Sie sagt, daß sie durch die Erläuterungen im ersten Gespräch vor allem ihre eigene Angst und Unsicherheit weitestgehend verloren hätte, daß ihre Tochter psychisch krank sein könne. Aufgrund dessen gelänge es ihr jetzt besser, das Kind zu beruhigen.

Solche Formen kurzdauernder kindertherapeutischer Inanspruchnahme sind im ambulanten Versorgungsbereich eher die Regel denn die Ausnahme, wenn auch gewiß nicht immer in dieser hier beschriebenen Kürze, obwohl beispielsweise *Bloom* (1981), *Talmon* (1991), *Rosenbaum* (1994) solche „one session-therapy" als integralen Bestandteil von Kurzzeittherapie und Beratungspraxis ausweisen (vgl. hierzu auch den Aufsatz von *Petzold, Maertens* in Band 1. *Budman* zufolge nehmen fast 70% aller Ratsuchenden nicht mehr als sechs Sitzungen in Anspruch (*Budman, S.H.* 1990, 209). Psychosoziale Passungshilfen, wie im o.g. Fall angedeutet, dominieren auch in der Versorgung sog. „schwieriger Jugendlicher" (vgl. *Enders, M.* 1993). Solche „Pathways to change" (*Selekman, D.* 1993) verlangen lösungsorientierte Behandlungsmodelle. Diese umfassen u.a. eine pragmatische Ziel- und Fokusbestimmung, eine methodenvariable Behandlungsführung und eine flexible Gestaltung von Settingbedingungen. Wir möchten im folgenden ein solches „Integratives Konzept kurzzeit- und fokaltherapeutischen Handelns" skizzieren.

II. Integrative Kinder- und Jugendlichenpsychotherapie als Fokaltherapie: Eine Kasuistik:

An Hand einer Fallbeschreibung wollen wir umrißhaft darstellen, welche Behandlungselemente eine fokale, Integrative Kurzzeittherapie mit Kindern und Jugendlichen umfaßt. Die diesem Verfahren zu Grunde liegenden theoretischen Überlegungen haben wir in einem Aufsatz über *tiefenpsychologisches und soziales Sinnverstehen* in Band 1 dieses Buches dargelegt.

Bevor wir diese Falldarstellung ausführen, sei kurz erwähnt, weshalb wir innerhalb des Modells der Integrativen Therapie den fokaltherapeutischen Ansatz so betonen. Zu dieser Akzentsetzung nimmt *Petzold* in dem Aufsatz „Integrative fokale Kurzzeittherapie (IFK) und Fokaldiagnostik – Prinzipien, Methoden, Techniken (1993) ausführlich Stellung. Wir haben einige der dort entwickelten Gedanken aufgegriffen, um das Prinzip der Fokusbildung für das diagnostische Vorgehen innerhalb der Integrativen Kinder- und Jugendlichenpsychotherapie nutzbar zu machen.

1. Prozessuale Diagnostik als dreiteiliger Prozeß der Fokusbestimmung

1.1. Einleitende Bemerkungen

Das im folgenden etwas ausführlicher beschriebene Diagnoseschema dient der Weiterentwicklung eines von *Petzold* entwickelten Modells der *prozessualen Diagnostik* (*Petzold* 1980, 1993). Diese betrachtet den diagnostischen Vorgang als Teil des therapeutischen Prozesses selbst. Dabei gilt, daß dem diagnostischen Handeln soviel an Umfang und Bedeutung eingeräumt wird, wie es für Informationsgewinn und Vertrauensbildung zwischen Therapeut und Klient und für den Ablauf des Veränderungsprozesses erforderlich ist.

Nun verfügt die prozessuale Diagnostik über vielfältige differenzierte Beobachtungs- und Diagnosefelder und einen ausführlichen Leitfaden für die Anamneseerhebung (vgl. *Osten, P.* 1995). Was unseres Erachtens noch fehlt, sind methodisch-theoretische Hilfen, die die Fülle der erhobenen Eindrücke, Hypothesen und Daten so zusammenzufassen, daß der Therapeut den Überblick über das Prozeßgeschehen erhält. So stehen in der sehr detaillierten, halbstrukturierten Anamneseerhebung von *Peter Osten* 25 Seiten Informationserhebung genau eine Seite Auswertung der Anamnese gegenüber. Damit aber das diagnostische Wissen den Überblick fördert und handlungswirksam werden kann, bedarf es der erneuten Vereinfachung. Genau diese Reduktion von Komplexität scheint uns im Rahmen kurzzeittherapeutischen Settings besonders wichtig zu sein. Was folglich notwendig ist, ist ein theoretisches Prinzip, das die Bündelung des Wissens ermöglicht. Hierfür schlagen wir zwei Schritte vor:

a) Zum einen gliedern wir den diagnostischen Prozeß in drei Teile, nämlich:
   - die Symptomdiagnostik,
   - die psychodynamische* Strukturdiagnostik,
   - die Systemdiagnostik.

D.h. wir unterscheiden drei mögliche Perspektiven, wie wir eine vorhandene Störung betrachten können: Vom Symptom her, von der Psychodynamik und von der systemisch-lebensweltlichen Einbindung der Person her. Diese drei „Lesarten" geben jeweils verschiedene Veränderungsziele. Erarbeitet werden diese drei Bausteine mittels zweier methodischer Grundhaltungen, zwischen denen sich der Therapeut hin- und herbewegt: Erfolgt die Symptomdiagnostik mittels systematischer, standardisierter und halbstandardisierter Beobachtungen (z.B. verhaltensnahe Exploration, Teilleistungstest, projektive Verfahren etc.), so vollzieht sich die psycho-

* Wir verwenden den Begriff *psychodynamisch,* da er neben seiner – kritisch zu bewertenden – triebtheoretischen Energienmetaphorik vor allem ein geläufiger Begriff ist und die Unterscheidung der verschiedenen diagnostischen Schritte erleichtert. Auf eine begriffsgeschichtliche Analyse und Metaphernkritik haben wir an dieser Stelle aus verschiedenen Gründen verzichtet.

dynamische Diagnostik mittels des Verfahrens des tiefenhermeneutischen Sinnverstehens. Die systemische Diagnostik erfolgt mit Hilfe des sozialen Sinnverstehens, einer Verbindung beider o.g. Einstellungen.

b) Um die drei Ebenen zusammenzubinden und zu einer „sinnvollen" Erzählung der Person zu kommen, greifen wir auf das Modell der *Fokusbildung* zurück.

2. *Der therapeutische Fokus, eine schillernde Metapher*

Die Bedeutungs- und Verwendungsgeschichte dieses Konzeptes werden wir hier nicht entfalten und nachzeichnen können (vgl. hierzu u.a. *Lachauer, R.* 1992, *Klüwer, R.* 1995). Wer sich in diese Thematik vertieft, wird feststellen, daß der Begriff des Fokus in den verschiedenen Therapieansätzen recht unterschiedlich verwendet wird. Vergleicht man beispielsweise die Modelle von *Strupp, Binder* (1993), *Luborsky* (1984), *Thomae, Kaechele* (1989), *Willi* (1994), *Lachauer* (1992) und *Klüwer* (1995), um vielleicht die wichtigsten zu nennen, miteinander, so setzt sich die sog. „fokale Formel" aus jeweils anderen Bestimmungsstücken zusammen. Entsprechend unterschiedlich fällt die psychodynamische Geschichte aus, die mit Hilfe der jeweiligen Fokusbildungen als „verborgene Erzählung" hinter dem Fall sichtbar gemacht wird. Allen Konzepten gemeinsam ist ihre tiefenpsychologische Orientierung und der begriffsgeschichtliche Hinweis, daß es bei der Fokusbildung darum geht, Unterschiedliches zusammenzufassen und scheinbar Widersprüchliches unter einem „Sinn-Dach" zu bündeln (*Lachauer, R.* 1992, 27). Aus welchem Stoff dieses „Sinn-Dach" für die kasuistische Erzählung gemacht ist, das hängt vom theoretischen Bezugssystem der Autoren ab.

3. *Kriterien für die Fokusbestimmung*

Bei der Wahl einer *Fokusbestimmung* für eine Integrative Fokal- und Kurzzeittherapie bei Kindern und Jugendlichen haben wir uns an den folgenden Kriterien orientiert:

1. ***Kontextbezug***, d.h. die Lebens- und Alltagsgewohnheiten in den konkreten Gegebenheiten des familiär-sozialen Bezugssystems bilden quasi den Ausgangspunkt der Fokusbestimmung. Dabei

gilt es von vornherein die vorhandene **Hauptproblematik** zu berücksichtigen.

Nachdem ich bisher ...

2. Die anstehenden Entwicklungsschritte, die ein Kind/Jugendlicher zu bewältigen hat. Diese resultieren aus kontextuellen Anforderungen und innerseelischen Entwicklungsbedürfnissen bzw. -notwendigkeiten.

stehen jetzt die folgenden Entwicklungsschritte an ...

3. ***Die Erschwernisse, die sich bei der Bewältigung dieser Entwicklungsschritte ergeben.*** Hierbei unterscheiden wir zwischen innerseelischen Blockierungen, also beispielsweise Ängsten, Widerständen, Defiziten, Konflikten etc. Wir nennen dies die *internalen Aspekte* und äußeren, also lebensweltlichen Blockierungen, die sich durch familien- und systemdynamische Gegebenheiten ergeben. Diese nennen wir die *externalen Aspekte.*

   Was erschwert wird durch ...

   a) internaler Aspekt
   b) externaler Aspekt.

4. ***Die konkreten Verhaltensschritte,*** die in Richtung der anvisierten Veränderung hinweisen.

Schritte in Richtung der anstehenden Entwicklung lassen sich erkennen an ...

Diese vier Elemente der Fokusbestimmung konkretisieren unseres Erachtens in einer anwendungsbezogenen Form wesentliche Prinzipien einer kontext- und lösungsorientierten Psychotherapie, wie sie in den letzten Jahren vor allem von *Petzold* (1993, 1994, sowie in Bd. 1 dieses Buches), *Grawe* (1995), *Fürstenau* (1992, 1994), *Pohlen, Bautz-Holzherr* (1995), *Buchholz* (1990, 1995), *Jaeggi* (1995) formuliert wurden. Eine, dem hier vorgestellten Ansatz vergleichbare Form der Fokusbestimmung findet der Leser auch bei *Willi* et al., der diesen im Rahmen seines ko-evolutiven Ansatzes für Einzel-, Gruppen- und Familientherapie vorgestellt hat (*Willi* et al. 1994).

Der Kontextbezug ist vor allem deshalb an erster Stelle genannt, weil nur über ihn die Bewertung vorhandener Probleme sowie einer Bestimmung von erforderlichen und/oder erwünschten Entwicklungsschritten abzuleiten ist. Wir haben an anderer Stelle in diesem Buch explizit darauf hingewiesen, daß jegliche Modelle von Entwicklung, die diese in (altersspezifische) Phasen einzuteilen versuchen, sowohl unter entwicklungspsychologischer wie unter sozialwissenschaftlicher Perspektive weitestgehend untauglich erscheinen. Das Aufgeben solcher normierenden (Phasen-)Modelle von Entwicklung zwingt nun den Kinderpsychotherapeuten, sich immer wieder aufs neue kundig zu machen über die jeweiligen „Konstruktionen" von sozialer Wirklichkeit und Entwicklungsvorstellungen wie auch -notwendigkeiten, die er im entsprechenden lebensweltlichen Kontext eines Klienten vorfindet. Methodisch bedienen wir uns hierfür einer *kontextuellen Hermeneutik*, wie wir sie unter dem Stichwort des *„sozialen Sinnverstehens"* in Bd. 1 beschrieben haben (s. hierzu auch die Arbeit von *Petzold* in Bd. 1).

Im folgenden wollen wir versuchen, die Verbindungen zwischen einzelnen Veränderungszielen, wie sie sich aus der o.a. dreigliedrigen Diagnostik sowie der Fokusbildung selbst ergeben, genauer zu bestimmen.

4. Fokusbildung und dreigliedrige Diagnostik

Die einzeltherapeutische und systemische Fokusformulierung soll dem Therapeuten zu einer Art Kompaß bzw. innerer Landkarte verhelfen, um sich im Behandlungsprozeß immer wieder orientieren zu können. Sie stellt den Versuch dar, die verschiedenen Therapiezielbestimmungen, wie sie im Rahmen der dreigliedrigen Diagnostik gewonnen werden, in Form einer Geschichte miteinander zu verbinden. D.h. sie ist wie ein Gefäß, in das die Ergebnisse der dreigliedrigen Diagnostik einfließen.

Stellen somit die Veränderungsziele einzelne „Koordinatenpunkte" auf der „Behandlungslandkarte" dar, so stellt der Fokus eine Art Sinnzusammenhang in diesen Punkten her. Dabei bindet eine *fokale Formel* drei Fragen zusammen:

- Vor welchen Aufgaben und Herausforderungen steht das Kind/der Jugendliche/die Familie im Rahmen seiner/ihrer psychosozialen Entwicklung?

- Welche verinnerlichten Interaktions- und Problemlösungsmuster (Skripts/szenische Strukturen, Coping-Strategien) blockieren die Lösung anstehender Entwicklungsaufgaben, wie sie sich aus dem jeweiligen Lebenskontext heraus stellen?
- Welche systemisch-lebensweltlich bezogenen Bedingungen blockieren bzw. unterstützen die Bewältigung der anstehenden Entwicklungsaufgaben?

Die *„fokale Formel"* lautet wie folgt:

„Nachdem ich bisher ...,
stehen jetzt die folgenden Entwicklungsschritte an ...,
was erschwert wird durch ...
Schritte in Richtung der anstehenden Entwicklung
lassen sich erkennen an ..."

Die Wechselbeziehung zwischen Fokusformulierung und dreigliedriger Diagnostik ist nicht statisch, d.h., je nach Vertiefung des diagnostischen Wissens verändert sich auch die fokale Formel bzw. wird daran angepaßt.

Mit diesem theoretischen Vorspann „im Tornister" wollen wir nun die Geschichte von Kai erzählen. Wir hätten sie gern etwas weniger technisch eingeführt und vorgestellt, aber unser Ansinnen, diese Kasuistik für eine exemplarische Darstellung unseres therapeutischen Vorgehens innerhalb der Integrativen Kinder- und Jugendlichenpsychotherapie zu nutzen, legt eine solche Form der Therapieerzählung nahe.

III. Kai, eine Kasuistik

Bei der hier vorgestellten Kasuistik geht es um die Kurzzeittherapie mit einem 14jährigen, männlichen Jugendlichen. Diese Behandlung wurde über einen Zeitraum von acht Monaten in freier Praxis durchgeführt. Dabei fanden zwanzig Einzelkontakte mit Kai, zwei Sitzungen mit Mutter und Kind und fünf Sitzungen mit der Mutter und dem Stiefvater statt.

Kai, 14 Jahre alt, wird von seiner Mutter in meiner psychotherapeutischen Praxis vorgestellt. Sie selbst ist Richterin, der Stiefvater von Kai Rechtsanwalt und zuvor war telefonisch angekündigt, daß er unter nicht zu erklärenden Angstzuständen beim Einschlafen leide. Die Mutter wirkt auf den ersten Blick solide, im Verlauf des Erstgespräches jedoch zunehmend ängstlich bzw. in ihrer emotionalen Befindlichkeit sehr schwankend. Kai, ein stämmiger, 14jähriger, adipöser Jugendlicher, liegt während der Stunde mehr, als daß er sitzt. Er trägt zu groß geratene Turnschuhe und ein überdimensioniertes T-Shirt, das die Aufschrift „Chicago Bulls" ziert.

Die Mutter berichtet, daß Kai seit ungefähr acht Monaten nicht mehr alleine schlafen könne und über allabendliche Angstzustände klage. Die Angstsymptomatik des Jungen sei verstärkt nach der Hochzeit mit ihrem derzeitigen Ehepartner aufgetreten, mit dem sie seit ungefähr acht Jahren zusammenlebe. – Auch schulisch gehe es mit den Leistungen mehr und mehr bergab. Kai besucht die 9. Klasse des Gymnasiums. Er könne sich kaum noch konzentrieren, da alles andere als die Schule derzeit wichtiger sei.

Kai selber meint, daß es ihm eigentlich gut gehe und er weder über seine Mutter noch über seinen Stiefvater klagen könne, und er eigentlich auch gar nicht wüßte, was das Ganze solle, daß man mit ihm zum Psychotherapeuten gehe. Die Lösung, daß er an Stelle der Mutter im Ehebett schläft und ansonsten den Fernseher als „Wiegensitter" benutzt, sei doch eigentlich eine gute Lösung.

Tatsächlich, so die Mutter, fehle es dem Kind an nichts. Er habe einen eigenen Videorecorder, Fernseher und Computer in seinem Zimmer, ein großes Zimmer unter dem Dach, das er jedoch nachts nicht benutzt, es sei denn, daß Freunde zu Besuch seien. Ansonsten schläft die Mutter in seinem Zimmer und er an Mutters Stelle im Ehebett neben dem Stiefvater, und wenn dieser erst spät nach Hause kommt, läuft bis in die Nacht, z.T. auch bis in den Morgen hinein der Fernseher, damit zumindest „beruhigende Stimmen" vernehmbar seien.

Zur Familiengeschichte ist anzumerken, daß die Mutter zum dritten Mal verheiratet ist. Der leibliche Vater von Kai verließ die Familie ohne große Ankündigung, als dieser zwei Jahre alt war und zog zu seiner Freundin. Die Mutter schwor sich seinerzeit, nie wieder eine feste Bindung einzugehen, nachdem dies bereits die zweite Trennung – und später auch Scheidung – war. Sie lebte in der Folge damals drei Jahre alleine mit dem damals 2jährigen Kai und dem 14jährigen ältesten Sohn zusammen. Besonders für den Älteren sei es wohl schlimm gewesen. Sie habe eine sehr intensive Beziehung zu den Kindern gehabt, sei selbst ängstlich, überbehütend, festhaltend und verwöhnend. Als Kai fünf Jahre alt war, nahm sie ihren Beruf als Richterin wieder auf. Zu dieser Zeit lernte sie auch ihren jetzigen Mann kennen. Der leibliche Vater geht in der Familie ein und aus und wird bisweilen vom derzeitigen Ehepartner der Mutter rechtsanwaltlich betreut. Die Familie lebt in großem Wohlstand. Die Mutter arbeitet etwa 40 Stunden in der Woche, der Stiefvater ungefähr 70 Stunden. Die Familienorganisation wird von einer Kinderfrau, einer Haushälterin, einer Putzfrau sowie mehreren Nachhilfelehrerinnen von Kai aufrecht erhalten.

1. Symptomdiagnostik

Die im folgenden dargestellten Aspekte symptomdiagnostischen Vorgehens sind nur ein Ausschnitt aus einer Vielzahl anderer Explorationsmöglichkeiten, über die die prozessuale Diagnostik der Integrativen Therapie verfügt (vgl. u.a. *Osten* 1995).

1.1 Problemwahrnehmung und -bewertung, Topographie der Probleme, Auslöseanalyse, bisherige Bewältigungsversuche und Behandlungskarriere

Das Erstgespräch findet ohne den Stiefvater statt, da dieser viel zu beschäftigt sei. Die Mutter macht deutlich, daß Kais Einschlafängste nach der Heirat mit ihrem derzeitigen Mann, dem Stiefvater von Kai, einsetzten. Zum Problem wurden sie erst, als die Schulleistungen massiv nachzulassen begannen. Bis dahin, so die Mutter, „hat man sich zu helfen gewußt". So zog die Mutter aus, und Kai schlief beim Stiefvater im Bett. Man dachte, das würde die Beziehung zwischen den beiden vertiefen und die Abnabelung von der Mutter fördern. Darüber hinaus wurde der Fernseher als „Wiegensitter" eingesetzt und ein Licht im Raum angelassen. Ferner habe man Kai jeden Wunsch von den Augen abgelesen. Allerdings seien alle Beteiligten in der Rolle als „Angstbeobachter" und „Angstbewacher" nervöser geworden. Die abendliche Einschlafsituation wurde immer weiter hinausgezögert, ja der Stiefvater begann zunehmend, seine Zu-Bett-geh-Zeiten nach Kai zu richten (mit zunehmenden Schwierigkeiten hinsichtlich der Organisation seiner Arbeitszeiten).

Über den Inhalt der Ängste wisse man nichts. Als er darauf angesprochen wurde, meint Kai, er könne sie nicht beschreiben. Hier sei vorweggenommen, daß der weitere Verlauf der Behandlung, vor allem der Systemdiagnostik zeigen wird, daß exzessiver, den Eltern nicht bekannter Konsum von Horrorvideos die inhaltliche Ausgestaltung des Angsterlebens maßgeblich beeinflußte. Andere, aus der gesellschaftlichen Nah- und Fernwelt resultierende Angstinhalte, wie z.B. umwelt- oder kriegsbezogene Angstinhalte, spielten hingegen keine bedeutsame Rolle.

Die Ängste, so die Mutter, seien trotz der erwähnten Bewältigungsversuche stärker geworden. Kai beginne, Angst vor der abendlichen Angst zu bekommen, nicht zuletzt deshalb, weil er befürchte, sitzenzubleiben und damit seine Freunde zu verlieren. Gleichwohl ist keine Generalisierung der abendlichen Angst vor dem Alleinsein im Alltag festzustellen. Das jetzige Erstgespräch sei das erste professionelle Hilfeersuchen.

1.2 Prozeßphantasien und Veränderungsvorstellungen

Unter *Prozeßphantasien* verstehen wir alle Annahmen und Vermutungen (Theorien) zur Entstehung, zum Verlauf und zur Veränderung der Störung, die den Ratsuchenden einfallen (*Buchholz* 1995). So meint die Mutter im Erstgespräch, daß Kai sich vielleicht durch die Heirat zurückgesetzt erlebe und er Angst habe, zu kurz zu kommen. Schließlich sei er ja gewohnt, die Mutter für sich alleine zu haben. Vielleicht sei er aber auch zu sehr verwöhnt. In diesem Zusammenhang erwähnt die Mutter, daß Kai zwei Jahre alt war, als sich die Eltern trennten. Sie beschrieb die Art und Weise, die Trennung zu bearbeiten, wie folgt:

> „Ich war froh, daß Kai damals noch so klein war. Einerseits glaubte ich, den Verlust des Vaters wiedergutmachen zu können, indem ich mich ganz besonders um ihn gekümmert habe. Heute glaube ich, daß ich ihn dabei auch sehr verwöhnt und verhätschelt habe. Andererseits hat mir diese enge Bindung zu ihm meine eigene Einsamkeit nicht so schwer werden lassen."

Kai selbst sagt im Erstgespräch zu alledem kein Wort. Er wirkt gelangweilt und fragt immer wieder, wann das Ganze denn zu Ende sei. Erst als es darum geht, was denn anders werden soll, schließt er sich den Ausführungen der Mutter an. Diese meint, daß die Schule das Wichtigste sei, und von daher müßten die Ängste abgebaut werden. Kai ergänzt, daß er ansonsten alles beim alten lassen wolle.

1.3 Vorläufige Differentialdiagnostik und erste verhaltensnahe Zielbestimmungen

Was die Angststörung anbelangt, so ergab die biographische Anamnese keinen Hinweis auf entwicklungsspezifische Traumata wie körperliche Mißhandlung oder sexuellen Mißbrauch. Auch Alpträume wurden nicht genannt, so daß man nicht von einer in der Frühentwicklung erfolgten posttraumatischen Streßreaktion sprechen kann. Von der Symptomdiagnostik her ergibt sich das folgende Störungsbild:

- Ein- und Durchschlafstörungen;
- Angst vor dem Alleinsein während der Nacht, d.h. Trennungsangst. Gefahr beginnender sozialer Isolation.
- Psychogen bedingte Leistungsschwäche ohne erkennbare Teilleistungsproblematik.

Eine erste verhaltensnahe Zielbestimmung aus der Perspektive von Kai könnte nun wie folgt lauten:

- Wie kann ich herausfinden, was mir das Alleinsein in der Nacht so schwer macht, bzw. wie kann ich in ein „Zwiegespräch mit der Angst" vor dem Alleinsein treten und die Angst besser kennenlernen?
- Wie kann ich den Platz zwischen den Eltern in der Nacht wieder aufgeben, d.h. alleine in meinem Bett ein- und durchschlafen?
- Wie kann ich Selbständigkeitswünsche klarer und auseinandersetzungsfähiger mitteilen und den begrenzten Konflikt mit der Mutter riskieren?
- Wie kann ich mein Hausaufgaben- und mein Freizeitverhalten verändern, so daß es die Versetzung möglich macht, und dem Fernseher einen anderen Stellenwert einräumen?

Diese verhaltensnahen Veränderungsziele führen zu zwei Fragen:

a) Zu welchen umfassenderen Entwicklungsaufgaben, die Kai bewältigen muß, gehören diese Ziele?
b) Von welchen überdauernden inneren Einstellungen und Verhaltensmustern (Narrative, Skripts) wird die Umsetzung dieser Ziele blockiert?

Antworten darauf soll uns der nächste diagnostische Baustein geben.

2.1 Strukturdiagnostik

Wir haben in unserem Aufsatz über „Tiefenpsychologisches und soziales Sinnverstehen" (Band 1) ausgeführt, daß vom Klienten, in dem Fall Kai und seiner Mutter, sozusagen „zwei Geschichten" erzählt werden. Da ist zum einen die höchst subjektive, „manifeste" Symptom- und Lebensgeschichte. Sie handelt von Bewältigungsversuchen, von Verzweiflung und Wut, von erfüllten und unerfüllten Veränderungswünschen und setzt sich zusammen aus Fakten, Interpretationen, Überbetonungen und Auslassungen etc.

Da ist zum zweiten eine vom Therapeuten her empathisch erfaßte und aus Hypothesen konstruierte, „latente" Beziehungsgeschichte, die evtl. „hinter" dem Mitgeteilten liegt. D.h. die Symptomatik wird nun im Rahmen der *Strukturdiagnostik* in eine Geschichte mißlingender Interaktion und Beziehungsversuche übersetzt. Die dabei zur Anwendung kommende Methode ist die des *tiefenpsychologischen bzw. tiefenhermeneutischen Sinnverstehens*. Sie ist noch stark an den bedeutsamen Zweierbeziehungen im Leben von Kai orientiert. Die

Erweiterung um die triadischen Beziehungserfahrungen erfolgt im Rahmen der *systemischen Diagnostik*. Beide Bausteine werden uns erste Fokusformulierungen erlauben. Es sei hier nur angedeutet, daß auch die systemischen und verhaltenstherapeutischen Therapieansätze Verfahren entwickelt haben, um die dem beobachtbaren Interaktionsverhalten zu Grunde liegenden Strukturen herauszuarbeiten. So erlauben systemische Techniken des „zirkulären Fragens", werden sie prozeß- und übertragungsbezogen angewendet, die Erarbeitung individueller wie kollektiver Skriptanteile. Techniken der interaktionellen Verhaltenstherapie wie z.B. die „vertikale Verhaltensanalyse" ermöglichen es, die dem Verhalten zu Grunde liegenden subjektiven Verhaltenspläne zu identifizieren.

Auf Kai bezogen bedeutet die Strukturdiagnostik nun, daß wir versuchen, die in seiner Symptomatik verschlüsselten Selbstbildanteile und Beziehungsbotschaften herauszulesen. Sie künden u.a. von Konflikten und defizitären Selbst- und Weltbildanteilen des Kindes, die im Zusammenleben mit den Erwachsenen wie Gleichaltrigen nicht mehr auf altersentsprechende Weise mitteilbar sind. Die aktuelle Symptombildung weist darauf hin, daß diese „inneren Drehbücher" zur Bewältigung der aktuellen Entwicklungsaufgaben nicht mehr flexibel und anpassungsfähig genug sind. Kai hat sie sich im Verlauf seiner Familien- und Beziehungsgeschichte erarbeitet bzw. so konstruiert, daß sie ihm eine gewisse Orientierung darüber erlauben, wo sein „emotionaler Ort" in und außerhalb der Familie ist. Die Veränderungen in seinem Lebensfeld, u.a. vor dem Hintergrund der einsetzenden Pubertät, verlangen nun eine Anpassung dieser „inneren Beziehungslandkarten". Letztlich resultiert nämlich Kais Identitäts- und Selbstwertgefühl, d.h. die emotionale Gewißheit „Ich bin so, wie ich bin und so wie ich lebe, in Ordnung", aus der hinreichend guten Annäherung zwischen der subjektiv konstruierten Wirklichkeit der Skripts bzw. Narrative und der Wirklichkeit faktischer Gegebenheiten, Ereignisse und Rollenzumutungen in Familie, Schule und Freizeit.

Es sind im übrigen diese Skriptanteile, die auch die Rollenzuschreibung und damit das Übertragungsgeschehen im therapeutischen Kontakt wesentlich bestimmen.

2.2 Das Verstehen von interaktionellen Resonanzphänomenen

Wir haben an anderer Stelle beschrieben, in welcher Weise der Therapeut affektive, kognitive und leibliche Resonanzphänomene so zu „lesen" versucht, so daß er darüber zu einem vertieften Verständnis der „Beziehungserzählungen" und den „Beziehungslandkarten" des Klienten gelangt (vgl. Band 1). Auch in der Arbeit mit Kai und den Eltern hat der Therapeut sich in dieser Weise orientiert. D.h. er tritt, um sich zum Handlungsgeschehen *exzentrisch* verhalten zu können, in einen „inneren Dialog" mit sich selbst. Dieser „innere Dialog" des Therapeuten vollzieht sich wie eine Art Supervision in eigener Sache. Indem er sich innerlich aus dem Handlungsdialog zurückzieht, tritt er in ein Zwiegespräch mit seinem „inneren Supervisor" (vgl. *Casement* 1989, 43ff). Letzterer verfügt über eine Reihe von Fragestellungen, die das mit allen Sinnen wahrgenommene Erlebnismaterial besser zu verstehen erlaubt. Solche Fragen lassen sich grob wie folgt untergliedern:

a) Klärung der *interaktionellen Resonanz:*
Wie ist meine interaktionelle Resonanz in der Beziehung zu Kai beschaffen, und zwar auf emotional-leiblicher und kognitiver sowie auf der Handlungsebene oder einfacher formuliert:
- Welches Gefühl und leiblich spürbare Atmosphäre stellt sich ein?
- Welche Gedanken, Phantasien sind wahrnehmbar?
- Welchen Handlungsimpuls spüre ich, d.h., was würde ich am liebsten machen, was unterlassen?

Die so wahrgenommene Resonanz wird nun mit Hilfe der weiteren Fragen zu „verstehen" versucht.

b) *Affekt- und Konfliktklärungen:*
Welche vorherrschende affektive Atmosphäre bzw. welchen affektiven Wunsch-, Angst-, Scham-Konflikt vermuten wir beispielsweise bei Kai? Was wird von ihm ersehnt, was von ihm befürchtet?

c) *Rollenzuweisen (-Attributionen):*
Welche Rolle weist Kai dir zu, in dem sich dir darbietenden Stück? Wie verwendet er dich? D.h. was sollst du tun, was unterlassen? Zu wem sollst du werden? Was widerfährt dir, was ihm immer wieder leidvoll widerfährt? Was inszeniert er, was andere immer wieder mit ihm inszenieren?

d) *„Dreiecksphantasien" (Triangulierungen):*
Welcher imganinäre „Dritte" ist im Raum, und wie würde dieser (z.B. die Mutter, der Lehrer etc.) das Geschehen kommentieren? Welche „Dreiecksgeschichte" zwischen Therapeut, Kai und der Mutter ließe sich vermuten?

e) *Paradoxien:*
Welche widersprüchlichen, konflikthaft-paradoxen Beziehungsbotschaften und Rollenzuschreibungen vermittelt Kai? Oder welches sind für ihn bedeutsame, innerseelische Personenbeziehungs- und -bindungsmuster, die der Lösung und Bewältigung innerseelischer wie zwischenmenschlicher Konflikte, Defizit- und Kränkungserfahrungen etc. dienen?

f) *„Thema" der interaktionellen „Inszenierung" (Entwicklungsaufgabe):*
Wie ließe sich der Titel des Stückes bzw. das Lebensthema oder die Entwicklungsaufgabe benennen, das hier zur Aufführung kommt?

Einen (vorläufigen) „Titel" für eine „Inszenierung" zu wählen, meint keine Festlegung, sondern gleicht eher dem, was *Stern* mit dem Finden einer *„Schlüsselmetapher"* beschrieben hat (*Stern* 1993, 363f). Sie hat eine Art Orientierungsfunktion, die im Verlauf des therapeutischen Prozesses gewiß immer wieder verändert werden kann. Die Verwendung von Metaphern beinhaltet die Fähigkeit, „Ähnliches im Unähnlichen zu finden" (vgl. *Pohlen, Bautz-Holzherr* 1991, *Buchholz* 1993, *Grassi* 1992), und erlaubt es dem Therapeuten, aus festgelegten Bedeutungs- und Bewertungszusammenhängen („Die Dinge sind so, wie sie sind, und deshalb kann ich nicht anders, als ich es tue.") *herauszutreten*, Symbolisierungen (Metaphorisierungen) zu ermöglichen, um neue und andere Perspektiven einzunehmen.

Jede dieser Fragen sollte der Therapeut auch mit umgekehrten Vorzeichen für sich beantworten. D.h. welches sind die für mich charakteristischen Muster interaktioneller Verstrickung, Abwehr und Bewältigung, die ich im Kontakt mit Kai realisiere? Hierüber könnte der Therapeut Zugang zu der ihm eigenen Konflikt- und Abwehrneigung finden, also Verstrickungstendenzen erkennen, die in seiner eigenen Person und Geschichte begründet sind (vgl. u.a. *Morgenthaler* 1973).

Diese Fragen sind selbstverständlich auch mit Hilfe des restlichen anamnestischen-diagnostischen Materials hypothetisch zu beantworten. Beides zusammen, situationsgebundenes Verstehen interaktioneller Resonanzen mit Hilfe des „inneren Supervisors" und Interpretation des diagnostischen Materials führen zu den nun zu beschreibenden strukturdiagnostischen Annahmen.

2.3 Bruchgefährdende, d.h. traumatische, konflikthafte und defizitäre Beziehungserfahrungen

Wie oben berichtet, erlebt Kai im Alter von zwei Jahren, daß der „Dritte im Bunde", der Vater, verloren geht. Die dyadische Bindung zur Mutter verstärkt sich, da anscheinend auch kein anderer „Dritter" nach dem Weggang des Vaters da war, der es Kai ermöglicht hätte, sich angstfreier von der Mutter zu lösen. D.h. es wird in der Folgezeit für Kai schwerer, entwicklungsförderliche Selbständigkeitsimpulse zu leben. Er ist in seinem Selbstwerterleben verstärkt auf die Erfahrung und die Rückmeldungen mit der Mutter angewiesen. Es wurde ihm die Einnahme einer Position erschwert, von der aus er quasi auf sich und die Mutter hätte schauen können, die vom „Dritten im Bunde" verkörpert wird. Dieser muß nicht zwangsläufig der biologische Vater sein, sondern die Figur des Vaters tritt in dieser Entwicklung vielmehr als „der andere" auf, kann also von unterschiedlichen Personen verkörpert werden, was gerade im Zeichen zunehmender Teilfamilien oder Mehr-Eltern-Familien bedeutsam ist. Triangulation bedeutet ein *Wahrnehmungs- und Strukturprinzip*, welches zwar ein Personen-Dreieck voraussetzt, jedoch keinesfalls an ein klassisches familiäres Rollengefühl gebunden ist.

Durch die „Entdeckung der Welt des anderen erwirbt das Kind die Konzepte der ‚Gegenseitigkeit'; durch die Identifizierung mit dem Vater erwirbt das Kind nicht nur einen neuen Blick auf die Mutter – die die alte und die neue zugleich ist – es kann auch sich selbst aus der väterlichen Perspektive betrachten" (*Buchholz* 1993, 127).

Das Konzept der Gegenseitigkeit ist gleichbedeutend mit dem Erwerb einer ex-zentrischen Position, also von Mehr-Perspektivität.

Kai verinnerlicht einerseits, daß Schuldgefühle auf seiten des Erwachsenen dazu führen, daß ihm vieles abgenommen wird und daß sich Passivität lohnt, d.h., er bildet ein Skript sog. „aktiver Passivität". Danach neigt er dazu, an Probleme passiv und hilflos heranzugehen und die Lösungen aktiv von der Umwelt bzw. von den Bezugspersonen einzufordern. Andererseits wird ihm von der

Mutter die Aufgabe angedient, ihr emotional über die Trennung hinwegzuhelfen, d.h., ihm wird der „viel zu große Schuh" der Ersatzpartnerschaft zugemutet. Hieraus resultiert einerseits eine ausgeprägte Fähigkeit zur Einfühlung und zum Erfassen zwischenmenschlicher Situationen, andererseits entwickelt er ein sog. „depressives Skript", wie es *M. Buchholz* als Strukturmerkmal für die Triade bei der Depression beschrieben hat (*Buchholz* 1993, 175). Danach wird das Kind „zum Retter der Familie", indem es für die Mutter zum „Antidepressivum" wird. Daraus wird die Botschaft: „Du darfst so lange Erfolg haben und selbständig sein, wie du damit das mütterliche Selbstbild nicht gefährdest."

Wie verarbeitet nun Kai diese vor allem dyadischen Beziehungserfahrungen?

2.4 Selbst- und Fremdbildkonstruktionen als innerseelische Formen der Realitätsverarbeitung

Im folgenden präzisieren wir drei „Skriptauszüge", von denen wir annehmen, daß sie die Angst- und Schulleistungsstörung bei Kai indirekt steuern und unterhalten:

a) Hinsichtlich seines Autonomiebegehrens müßte Kai gegenüber der o.g. Paradoxie „Selbständigkeit: ja, aber nur so weit, daß es das Selbstwertgefühl der Erwachsenen nicht bedroht", eine Antwort finden. Der entsprechende „Drehbuchtext" könnte lauten: „Erspüre und erfülle einerseits so genau wie möglich die Erwartungen der bedeutsamen Erwachsenen und wehre dich zugleich, indem du sie sodann in passiv-aggressiver Weise sabotierst. So sicherst du dir ein gewisses Maß an Autonomie."
b) Im Umgang mit Trennungserfahrungen könnte Kai möglicherweise das folgende zwischenmenschliche Problemlösemuster verinnerlicht haben: „Trennungen sind zu allererst demütigend, machen Angst und schwächen den „Selbständigkeitsmuskel", d.h., dir wird der Abschied oder der Verlust vertrauter Sicherheiten zugemutet, dann regrediere auf verstärkt abhängiges Verhalten."
c) Das Programm „aktiver Passivität" könnte lauten: „Versuche, dem anderen im Wege der Unselbständigkeit unter Kontrolle zu halten." Und: „Ich bin groß, stark und kompetent, und zwar ohne Anstrengung" bzw.: „Fehler macht man nicht und unsicher zu

sein, ist eine Katastrophe." Und: „Wenn es mir schlecht geht, ist grundsätzlich der andere schuld!"

Alle drei Skriptanteile kommen in depressiven Störungsbildern vor, d.h., die Strukurdiagnostik legt uns die Vermutung nahe, daß die Angst- und Leistungsproblematik des Kindes Kai von depressiven Strukturanteilen der Persönlichkeit unterhalten wird.

2.5 Psychodynamische Zielbestimmung als Vorbereitung für die Fokusformulierungen

Aus der Strukturdiagnostik ergeben sich die möglichen, folgenden allgemeinen Entwicklungsaufgaben für Kai:

- Daß ich das innere Bild von mir und meiner Mutter, daß wir „ein Herz und eine Seele sind", verändere und meine Fähigkeiten zur Abgrenzung ihr gegenüber übe.
- Daß ich das Muster der „aktiven Passivität" verändere und Unterstützung eher als Hilfe zu vermehrter Selbständigkeit annehmen lerne.
- Daß ich Neugierde und Interesse an eigenständigen Problemlösungen und leistungsbezogenen Aktivitäten in Schule und Freizeit entwickle, die mir den Eindruck vermitteln, daß ich etwas mehr zu bewirken vermag und „kompetent" bin. Dabei kann ich feststellen, daß es möglich ist, Fehler zu machen, ohne mich allzusehr schämen zu müssen.
- Daß ich den entwicklungsförderlichen und beziehungsstiftenden Anteil aggressiven Verhaltens für mich entdecken lerne.
- Daß ich Grenzen und Versagungen bei aller Schmerzhaftigkeit auch als Chance entdecken lerne, mir über das Verhältnis von Wunsch und Wirklichkeit sowie Allmacht und Ohnmacht klarer werde und besser zu spüren und zu unterscheiden lerne, was ich will und was andere wollen.

Bislang haben wir vor allem Hypothesen über Kais Binnenbeziehung zur Mutter erstellt, um Kais Innenwelt ein wenig verstehbarer zu machen. In einem dritten Schritt öffnen wir nun den Blick auf das Familiengefüge im Ganzen und seine restliche soziale Nahwelt. Darüber werden wir auch mehr Hinweise erhalten, welche stützenden und kompensatorischen Erfahrungselemente (Ressourcen) Kai zur Verfügung stehen.

3. *Systemische Diagnostik*

Wir untersuchen im Rahmen der systemischen Diagnostik zum einen die inner- und außerfamiliäre Nahwelt danach, inwieweit sie an der Aufrechterhaltung des störenden Verhaltens und Erlebens beteiligt ist. Hierbei wird verstärkt auf die „Dreiecks-Geschichten" (Triangulierungsaspekt) der Familie Bezug genommen. Zum anderen fragen wir generell nach dem „sozialen Ort" (*Bernfeld* 1929), den das Kind in seiner Lebenswelt einnimmt (vgl. hierzu *Metzmacher, Zaepfel,* Band 1). Zum dritten haben wir mögliche Einflüsse aus der politisch-kulturellen Fernwelt im Auge, die im Zuge der medialen Vergegenwärtigungen selbst weit entfernter Konfliktherde heute in jedem Kinderzimmer atmosphärisch anwesend sind.

3.1 Kinderängste und ihr interaktioneller Rahmen

In der Therapie von Angsterkrankungen ist es generell üblich, das lebensweltspezifische Unterstützungssystem für Ängste zu untersuchen. So sprechen die Systemiker von einem familiären „Lebensstil der Angst", psychoanalytische Ansätze vom sog. „phobischen Bindungsmodus" und verhaltenstherapeutische Modelle von familiären „care takern" (*Ehlers, Margraf* 1990, 86), die die angsterhaltenden Verstärkungsbedingungen aufrechterhalten.

Auf Kai bezogen fragen wir uns also, welche alltagspraktischen Bewältigungsversuche und -arrangements die Familie im Umgang mit Kais Angst entwickelt hat. Dabei wird aus den eingangs geschilderten Maßnahmen deutlich, daß es sich um problem*erhaltende* Lösungsversuche handelt. So organisiert die Familie zusehends den abendlichen Teil ihres Alltags um die gemeinsame Angstbewältigung herum. D.h. um den angstbedingten Druck auf Kai zu mildern, greifen die Eltern immer stärker in das Leben von Kai ein und stellen z.B. ihre paarbezogenen Wünsche zurück. Ferner bleiben potentielle Ehekonflikte im Mantel von „Fürsorglichkeit" verdeckt. Dies verstärkt neben aller Aufmerksamkeit, die Kai zuteil wird, sein Muster der „aktiven Passivität" und sein tiefsitzendes Unzulänglichkeitsgefühl für entwicklungsbezogene Herausforderungen. Untersuchen wir nun genauer die „Dreiecks-Geschichten", d.h. die Muster der Triangulierung in der Familie, so kommen wir zu dem folgenden mit der Angststörung unterlegten „Familienskript".

3.1.1 Kai auf der Suche nach dem männlichen Dritten

Was seine Position innerhalb der elterlichen Triade anbelangt, so vermuten wir, daß durch das Schlafzimmerarrangement – Schlafen im Bett neben dem Stiefvater – Kais tiefer Ambivalenzkonflikt zwischen Abhängigkeits- und Autonomieimpulsen eher verschärft wird. Was heißt das? Kai erlebt durch die erneute Heirat der Mutter möglicherweise, daß die privilegierte Position neben ihr verlorenzugehen droht, ohne daß er in den beiden „Vätern" einen verläßlichen männlichen Dritten zur Verfügung hat. Das jahrelang genährte kindliche Phantasieskript: „Ich bin der zuverlässige männliche Partner für meine Mutter" wird „verstört", was eine erhebliche Kränkung und Desorientierung für Kai zur Folge hat. Die möglichen Wutimpulse gegenüber den sich entziehenden Vätern im allgemeinen und dem Stiefvater im besonderen werden durch das Schlafzimmerarrangement möglicherweise noch stärker blockiert, als dies ohnehin schon der Fall ist. Hier ist er gezwungen, sich schon der Mutter „zuliebe" mit ihm zu arrangieren, wobei er bislang die doppelte Botschaft vernahm: „Wenn du zu den Männern gehst, verletzt du mich." Berücksichtigt man weiter, daß die beiden Väter eine unklar und unabgegrenzte Geschäftsbeziehung zueinander haben und beide Kai bislang als Kind der Mutter wahrgenommen haben, dann wird folgendes deutlich: Kai wünscht sich möglicherweise ein männliches Gegenüber, das ihm im Prozeß der Verselbständigung, der Trennung und der Selbstbehauptung behilflich ist und ihn nicht in seinen regressiv-mütterlichen Abhängigkeitsimpulsen verstärkt. Wenn schon ein männlicher Teddybär für die Nacht, dann besser einer aus Stoff für das eigene Bett und der Vater an der Bettkante, der ihm signalisiert: „Das schaffst du schon... und um die Mutter kümmere ich mich." Von seiner Mutter bräuchte er die Erlaubnis, sich endlich für andere Männer interessieren zu dürfen, um herauszufinden, was diese eigentlich von ihr unterscheiden.

3.1.2 Familienbezogene Behandlungsziele

Für die begleitende Familienarbeit waren folgende Zielsetzungen formulierbar:

- Besprechung jener familiären Unterstützungsversuche, die das Angstverhalten aufrechterhalten;
- Diskussion alternativer Hilfestellungen, die Kai in dem Bestreben unterstützen, das Angstverhalten zu modifizieren;

- Erarbeitung der derzeit wichtigsten Entwicklungsaufgaben von Kai und der sie blockierenden innerseelischen Skriptanteile;
- Erarbeitung der „Dreiecks-Situation" (Mutter-Stiefvater-Kai) und die damit verbundenen Konfliktfragen; Einbindung des Vaters in die Behandlung;
- Fragen hinsichtlich potentieller Ehekonflikte, die durch das Schlafarrangement (Kai beim Stiefvater und Mutter alleine) verdeckt bleiben. Damit verbinden sich Angebote, solche Konflikte auf anderen, direkteren Wegen anzugehen und damit Kai aus der evtl. ehelichen Konfliktvermeidung zu entlassen;
- Information über die Ressourcen und Lebenswelterfahrungen des Kindes/Jugendlichen;
- Diskussion des familienbezogenen Fokus.

3.2 Abschließende Fokusformulierungen

Nachdem ich bislang daran gewöhnt war, *in einer exklusiven Beziehung mit meiner Mutter zu leben ...*, **steht für mich als nächster Entwicklungsschritt an**, *mich angstfreier von ihr zu lösen und die Erweiterung der Familie (um den Stiefvater) auch als eine Chance für neuartige soziale Erfahrungen zu erleben;* **erschwert wird dieser Schritt** *durch mein mangelndes Zutrauen in meine eigenen Fähigkeiten (internaler Aspekt) und die Tatsache, daß mich meine familiäre Umgebung eher in meiner Passivität als in meiner aktiven Problemlösungsfertigkeit unterstützt (externaler Aspekt).* **Erste Schritte in Richtung der anvisierten Veränderung** *könnten darin bestehen, das Schlafarrangement allmählich zu verändern und bei neu erworbenem Zutrauen auch einmal die Auseinandersetzung mit meiner Mutter und anderen Menschen zu wagen.*

Diese Fokusformulierung kann nun für den gesamten therapeutischen Prozeß zu einem „roten Faden" werden, und zwar sowohl für die therapeutischen Einzelsitzungen mit Kai wie für die mit seinen Bezugspersonen. Denn auf die Familie bezogen könnte derselbe Fokus nur geringfügig umformuliert wie folgt heißen:

Nachdem wir viele Jahre *damit zugebracht haben, die Familiengeschäfte ohne real und seelisch anwesenden Vater und Mann zu erledigen ...*, **steht jetzt als Entwicklung** *eine Phase an, in der die Auseinandersetzung mit und Unterstützung durch den „neuen Vater" mehr Raum erhält. Damit tritt das Thema Männlichkeit, Selbstbestimmung, Abgrenzung, Autonomie und beginnende Ablösung in den Vordergrund. Dies bedeutet aber einen gemeinsamen, aufeinander bezogenen Prozeß.* **Er-**

schwert wird dieser Vorgang *durch das familiäre Angstmanagement, durch die bisherige schwache Position des Väterlichen in der Familie und durch die Konzentration auf Kai als Problemkind.* **Erkennen ließe sich die angestrebte Veränderung daran,** *daß wir – gerade vermählt – auch Kai gegenüber unser eheliches Intimleben beanspruchen und etwaige eheliche Probleme nicht hinter dem Schlafarrangement verdeckt halten, das durch Kais Symptomatik „erwünscht" wird. Das hieße, direktere Formen der Konfliktlösung auf der Ebene der Erwachsenen anzusteuern und sowohl als Eheleute wie auch als Eltern Kai gegenüber.*

Wir sehen also auch auf die Familie bezogen, daß *dieser* Fokus sowohl die aktuell vorhandenen Problemlagen (Situationsdiagnostik) wie auch eine begrenzte Veränderungsperspektive (Therapieziele) in den Blick nimmt, so daß eine methodische und zielgerichtete Behandlungsführung möglich wird. Grundsätzlich sei noch einmal hervorgehoben, daß der Fokus möglichst in der „Ich"-Form gewählt werden sollte. Darüber herrscht in der Literatur weitestgehend Einigkeit. Denn die Fokusbestimmung in der „Ich"-Form beinhaltet zum einen eine Identifikation des Therapeuten mit dem Klienten, so daß er die

a) bisherige Lebensform,

b) anstehenden Entwicklungsaufgaben,

c) Entwicklungserschwernisse und

d) Veränderungsschritte

jeweils aus der Sicht des Kindes/Jugendlichen/der Familie formuliert. Des weiteren zwingt diese Form der Formulierung den Therapeuten, diese einzelnen Schritte von seinen *Entwicklungsgesichtsspunkten* zu formulieren und nicht von den jeweiligen *Störungs-* oder *Defizitaspekten* her anzugehen. Diese Perspektive, das Entwicklungsgeschehen vermehrt von den Potentialen, Ressourcen und Entwicklungsmöglichkeiten des Betreffenden aus zu sehen, ist von der Integrativen Therapie her ohnehin vertraut. Eine Fixierung auf das Abweichende hingegen, das Fehlende, unterhält bekanntlich den Mangel.

Therapieindikation

Einzel- und familientherapeutische Maßnahmen sind nun deshalb angezeigt, weil eine „Verwilderung" der Angstsymptomatik (z.B. Generalisierung des trennungsängstlichen Verhaltens) gekoppelt mit zunehmendem Schulversagen und drohender sozialer Isolation zu intensiveren Formen „erlernter Hilflosigkeit" (vgl. *Seligman* 1978) und damit zum Ausbruch einer depressiven Entwicklung führen könnte. Die Entscheidung für ein kurzzeittherapeutisches Angebot erfolgt aus folgenden Gründen:

- Die Angstproblematik ist reaktiver Natur, in ihrem Verlauf zeitlich begrenzt, phobisch gebunden und es liegt keine Generalisierung der Trennungsangst vor.
- Es handelt sich um ein erstmaliges, reaktives Leistungsversagen ohne förderungswürdige Teilleistungsschwächen.
- Es liegt bei aller Abhängigkeitsproblematik keine zusätzliche, „lärmende" Symptomatik vor.
- Kai wußte den ersten therapeutischen Einzelkontakt gut zu nutzen, d.h., der Junge verfügt über hinreichend stabile Ich-Funktionen und Abwehrmechanismen.
- Kai verfügt über ausreichende familiäre und außerfamiliäre Stützsysteme.

Im Vordergrund der Behandlung sollten die folgenden, in den beiden Fokusbestimmungen skizzierten Aspekte stehen:

- Veränderung des Angstverhaltens;
- Wahrnehmung einzelner problematischer Skriptanteile bei Kai;
- Veränderungen im familiären Dreieck, und zwar bzgl. der Art des Angstmanagements, des anlehnungsbedürftigen Umgangs mit der Mutter und einer veränderten Kontaktaufnahme mit dem Stiefvater;
- vertiefte Wahrnehmung von Kais Umweltnutzung, d.h. der Frage nachzugehen, wie der Junge seine außerfamiliäre Lebenswelt erlebt und erfährt. Welche Risiken und Ressourcen hinsichtlich der Bewältigung der Entwicklungsaufgaben liegen vor ihm?

Was die therapeutische Beziehungsgestaltung anbelangt, so ermöglichte die psychodynamische wie systemische Diagnostik, verschiedene Annahmen zu formulieren, welche Rollenzuweisungen Kai vornehmen, d.h. welches Übertragungsgeschehen sich vermutlich entfalten wird.

Anzumerken ist, daß die „inneren Drehbücher" zwar erheblich mehr Zeit zu ihrer Veränderung brauchen als die verhaltensnahe Symptomatik, doch stehen diese beiden in einer unmittelbaren Wechselwirkung. In dem Maße, wie Kai die Angst- und Schulleistungssymptomatik verändert, gewinnt er neuen Erlebnis- und

Handlungsspielraum, so daß sich die rigid gewordenen Skriptanteile verflüssigen können. Ihre Neubildung hängt davon ab, daß das Kind und seine Eltern veränderte Alltagsgeschichten mit sich und anderen erleben. Die Impulse hierfür sollen u.a. den therapeutischen Angeboten entspringen.

IV. Behandlungsmethodische Aspekte

Im folgenden wollen wir den Behandlungsverlauf nicht in chronologischer Folge, sondern an Hand des therapeutischen Umgangs in fokalen Behandlungsschwerpunkten beschreiben.

Kais Wege durch die Angst
1. Allgemeine Anmerkungen

Heute könnte das Feld der Angstbehandlung der Ort sein, der mit am stärksten zur Entwicklung einer schulenübergreifenden Psychotherapie beitragen könnte. Vorbei scheint die Zeit, in der Verhaltenstherapeuten rein mechanisch kindliche Alpträume und Ängste behandeln. Auch psychoanalytische Kindertherapeuten dürften bei einer Lektüre von *Melanie Klein*s Theorie über die Entstehung der Angstträume eines 2¾ Jahre alten Kindes heute eher schmunzeln. Meinte sie doch, der kleinen Trude deuten zu müssen, daß ihre Angst daher komme, daß sie „... der schwangeren Mutter die Kinder rauben, die Mutter töten und ihre Stelle beim Koitus mit dem Vater einnehmen wolle" (*Klein* 1932, 17). Schulenübergreifend ist man sich, so unterstellen wir, einig, daß einsichts- und verhaltensbezogene Formen der Angstbehandlung miteinander vermittelt werden müssen, wobei es gilt, kindgemäße Medien der „Zähmung" und Verwandlung der Angststörung anzubieten. Allen Ansätzen ist gemein, daß die Angst ein „Gesicht bekommen muß" und daß es gilt, sie erlebnishaft zu durchdringen und kennenzulernen.

2. Ausschnitte aus Kais Angstbehandlung

Perls Satz: „Geh dahin, wo die Angst ist", kann eines von verschiedenen Leitmotiven in der Integrativen Angstbehandlung sein, sofern man das Entwicklungsniveau und den Rhythmus des Kindes berücksichtigt. Kai näherte sich ihr zunächst auf dem Umweg über die sozialen und schulischen Konsequenzen, die drohten, wenn die Angst vor der Nacht und damit verbundenen massiven Schlafstörungen anhielten. In einer geleiteten Imagination (vgl. u.a. *Metzmacher* 1984, 189-194, *Petzold, Metzmacher* 1984, 253-268) phantasierte der Junge diese Folgen aus. Um die Angst zu verändern, so erklärte der Therapeut, wäre es hilfreich, diese näher kennenzulernen. Um ihr ein Gesicht zu geben, ja der Nacht zu entreißen und ihr auf die Spur zu kommen, waren jedoch Risiken gegeben: Um die Angst zu bannen, mußte Kai sie ein wenig spüren. Letzteres wurde bislang durch das abendliche Vermeidungsritual verhindert. In Absprache mit den Eltern begann er, die Einschlafsituation zu verändern, wobei er abwechselnd alleine und beim Stiefvater schlief. Die Lockerung des Vermeidungsverhaltens bewirkte nun keine erhöhte Angstentwicklung in anderen Alltagsbereichen, sondern motivierte den Jungen, der Unsicherheit vor der Nacht verstärkt Ausdruck zu geben. So begann Kai auf einem großflächig gemalten Bild über seine nächtlichen Angstzustände, die im Halbschlaf auftraten und durch Wachbleiben unterbrochen wurden, zu „erzählen". Er malte ganze Serien großer, schwarzer Flächen, durchsetzt mit aggressivem Rot und erzählte von „schwarzen Löchern" und „roten Vulkanen". Häufig schiebe sich ein grauer Vorhang vor die Bilder, so daß er nichts mehr sehen könne, hochschrecke und nicht mehr zur Ruhe käme.

Damit waren die beiden beim Rätsel des „grauen Vorhangs", den ganz langsam zu lüften Kai sich anschließend anschickte. Er näherte sich ihm erneut auf Umwegen, und er verbarg zwei Geheimnisse. Zunächst berichtete Kai von einem wiederkehrenden Traum, in dem die Mutter und er verreisen, er sich um die Mutter kümmert, Feuer macht, ihr das Essen bringt, bis dunkle Gestalten aus dem Wasser auftauchen und die Mutter bedrohen. Die Antwort des Therapeuten auf diese Geschichte spiegelt die Sorge von Kai um die Mutter, die Verantwortung, die er für sie übernimmt und die aggressive Bedrohung, die von außen kommt und der gegenüber er sich wohl hilflos fühle. Denn sonst müßte er ja wohl nicht aufwachen, sondern würde die dunklen Gestalten ins Meer zurücktreiben. Ob er daran schon einmal gedacht habe? Darauf Kai: „Ich will wohl, kann aber nicht wütend werden, bin wie gelähmt." Auf die vorsichtige Anregung des Therapeuten, man könne ja den Traum gemeinsam „erfolgreich" zu Ende träumen, ging Kai nicht ein. Statt dessen berichtete er über Horrorfilmsitzungen mit Freunden, die regelmäßig stattfanden und eine Art Mutprobe darstellten. Kai war hin- und hergerissen zwischen dem Bedürfnis, besonders „cool" zu sein, und „irrem Muffensausen". Letzteres konnte er niemandem mitteilen, den Freunden nicht, weil er kein „Schlaffi" sein wollte, den man einfach „ansaugen könne" (Szenen-Sprache), den Eltern nicht, weil die ihm ohnehin nur mit Verboten gekommen wären.

Der Therapeut meinte zu alledem, daß er Kais Angst vor der Nacht nun noch besser verstehen könne. So habe er diese Horrorbilder und auch die Angst um die Mutter wohl in seinem Kopf einsperren müssen, so daß es sein könne, daß sie ihn nächtens überfallen und er dagegen Vorsorge zu treffen versucht habe. Verschwand der Traum der Mutter rasch aus Kais Erzählungen, so waren die Horrorfilmerfahrungen, vor allem mit „Alien", dem unheimlichen Wesen aus dem Weltall, nun Gegenstand einer Reihe von Stunden. In der Folgezeit lehrte der Junge den Therapeuten mit einer Fülle alptraumartiger Geschichten das Gruseln und das mit immer sichtbarerem Vergnügen. Kai verlor die Lust an Schwarz, malte hingebungsvoll satte, rote Flächen, die immer bunter wurden. Zugleich erschien er mit einem schwarzen T-Shirt, das auf der Vorderseite ein rotgefärbtes Label mit – wahrlich grotesken – Folterszenen enthielt. Diese waren einem CD-Cover einer seiner Groofty-Heavy-Metal-Bands entnommen. Rot statt Schwarz auch zu Hause. Die Diskussionen mit der Mutter vor allem wurden zunehmend trotzig-aggressiver und lauter. Es war weniger von Angst als von Unverschämtheit die Rede.

3. *Kommentar*

Die Integrative Therapie verfügt über eine Fülle imaginativer, magisch-beschwörerischer darstellerischer Techniken zur Bannung kindlicher Ängste (vgl. *Petzold, Orth* 1990, *Katz-Bernstein* 1990, 883-932, *Petzold, Kirchmann* 1990, 933-974, *Petzold* 1987, 427-488, *Metzmacher* 1987, 227-256). Sie weiß, wie man Alpträume spielerisch so zum Erzählen bringt, daß das Kind zum Angreifer oder Dompteur der nächtlichen Monster wird. Sie kennt die Zaubertricks, mit denen Ungeheuer mittels Zauberstab und -Licht oder verschiedenste Zu-Bett-geh-Rituale, um nächtliche Gefahren fernzuhalten, und sie macht die Kinder mit Co-Therapeuten wie King-Löwe bekannt. Mit ihm zusammen gerät die Jagd auf die großen und kleinen Ängste immer mehr zur Angst-Lust und zum Spaß an der aggressiven Auseinandersetzung und Verfolgung.

Kai will nicht mehr Kind sein, und so waren die Buntstifte und Fingerfarben, das wechselnde Outfit und eben das Erzählen jener Medien, mittels derer er die der Angst abgewehrte Seite seiner Wut, seines Zorns, seines Trotzes zu spüren begann. Er will sich in seiner Kraft spüren, und in dem Maße, wie er sich selbst vermehrt als Zentrum seiner Aktionen erfährt, kehrt er selbstbewußt in sein eigenes Bett zurück. Sosehr ihn auch die Sorge umtrieb, was aus ihm wird, wenn die Eltern ein Paar werden, sosehr wurde deutlich, daß der Junge auf den Sprung in seine Gleichaltrigenwelt war. Der Kontakt mit den aggressiven Seiten half ihm zusehends, letztere in den Dienst von Abgrenzungs- und Selbstsicherheitserfahrungen zu nehmen. Diese benötigte er auch, um der Risiken Herr zu werden, die in der Gleichaltrigenszene auf ihn warten.

Der therapeutische Effekt, was die Behandlung der Angststörung anbelangt, besteht wohl im wesentlichen in den folgenden Beziehungsangeboten:

- Es hört ihm jemand zu und beginnt, sich für seine „nachtschwarze, verschlossene Eigenwelt" (*Lempp* 1992) zu interessieren.
- Er findet ein Ausdrucksmedium, das die unbegriffene Angsterregung veranschaulicht und symbolisiert.
- Es wird ihm ermöglicht, den therapeutischen Begleiter zu „ängstigen" und dabei die Erfahrung zu machen, daß sich mit Angst umgehen läßt.
- Er erfährt im Therapeuten den männlichen Dritten, der mit ihm die Sorge um die Mutter teilt, sie ihm ein wenig abnimmt, z.B. über die Angehörigengespräche, und der ihm Gelegenheit gibt, die im Traum gleichfalls enthaltenen, für ihn gefahrvollen aggressiven Impulse gegen die Mutter auf ungefährliche Weise wahrzunehmen.

Zuletzt sei angemerkt, daß der therapeutische Rahmen Kai und die Familie in dem Bemühen zusammenführt, der Angst gemeinsam „die Zähne" zu zeigen.

Kai muß nicht per Deutung erfahren, daß seinen destruktiven Impulsen Trennungs- und Abnabelungs-, Grandiositäts- und Vergeltungsimpulse zu Grunde liegen. Ihm muß nicht kognitiv vermittelt werden, daß er in den sadistischen TV-Bildern seine eigene, unbegriffene Wut sieht, darüber entsetzlich erschrickt und abends im Bett unbewußt befürchtet, es könne ihn nächtens heimsuchen, was unter Tag an Wut und Verzweiflung in ihm schwelt, aber für seine Mitwelt verschlossen bleibt. – Für ihn genügt es, handelnd und erzählend bislang unbegriffene destruktive Anteile seiner Eigenrealität mit der der Erwachsenenrealität zu vermitteln, d.h. das Fremde in sich in die Beziehung zu bringen. Geschieht dies, muß er nicht mehr Wut in Angst verwandeln, um vor ersterer besser davonlaufen zu können.

4. Kai und sein Programm der „aktiven Passivität"

4.1 Vorüberlegungen

Die Kenntnis verschiedener „Textauszüge" aus den verinnerlichten kindlichen Skripts ermöglicht es dem Therapeuten, eine Reihe von kommunikativen Inszenierungen des Kindes/Jugendlichen besser zu verstehen. Er kann daraus Annahmen ableiten, welche widersprüchlichen Rollen das Kind ihm möglicherweise zuschreibt und in welche Paradoxien es ihn verstrickt. Diese kindlichen Tests zu bestehen, fällt leichter, wenn ich als Therapeut Drehbuchauszüge für solche Rollenanweisungen kenne. Je vertrauter Therapeut und Kind/Jugendlicher einander werden, desto prägnanter wird das zwischenmenschliche szenische Geschehen, d.h. auch, um so ausgewählter und konflikthafter das Programm, das das Kind/Jugendlicher dem Therapeuten zumutet. So brachte Kai z.B. sein „Programm" der „aktiven Passivität" zu verschiedenen Zeiten seiner Behandlung verstärkt zur Aufführung. Ein Auszug:

4.2 Kai oder: „Wie werde ich risikolos selbständiger?"

Um zu erhalten, was ansonsten Anstrengung und Eigenständigkeit erfordert, bedarf es der Technik der „Verführung". Kai war bisweilen ein pfiffiger „Verführer", der rasch die Interessen, Vorlieben und Stimmungslagen seines therapeutischen Begleiters erspürte. Er hatte wahrlich von der „Pieke auf" gelernt, sich in den anderen einzufühlen und ihm das Gefühl zu vermitteln, daß etwas Außergewöhnliches an ihm ist. Seine „Angebote", den Therapeuten mit Filmkassetten, CD's, Magazinen, T-Shirts etc. zu „versorgen", sollten diesen sicher auch milde stimmen, ihm mitteilen, daß er ein „guter" Therapeut ist. Ein solcher Therapeut erkennt mühelos, was für Kai gut ist, und er wird sich anstrengen, seinem Ruf nachzukommen. Solche Situationen mit einem erkennbaren Interaktionsmuster zu „kreuzen", wie es die Hypnotherapeuten nennen, wieder zu „zerstören", wie es die Systemiker sagen, oder zu deuten, wie es die Analytiker im Vollzug von „Handlungsdialogen" (*Klüwer* 1983, *Lachauer* 1990) tun, ist eine therapeutische Möglichkeit.

Ein Beispiel

Bei einem jener Male, bei denen Kai sich zu Stundenbeginn in den Stuhl fletzte und erwartungsvoll – und dies hieß, versorgungs-erwartungsvoll – die Frage stellte: „So, was soll ich denn heute tun?" drückte ich meine nach und nach entstandene aggressive Gegenübertragungsresonanz auf dieses sein Gebaren hin wie folgt aus:

„Bin ich hier für dich neben Latein, Französisch, Englisch so etwas wie eine vierte Nachhilfe in Sachen Angstbewältigung?" Kai war etwas irritiert über den konfrontativen Unterton meiner Frage und antwortete spontan: „Nein, nein!" Mit einem Schmunzeln im Gesicht, freundlich zugewandt sagte er dann: „Sie erinnern mich an Columbo." „Kennen Sie den?" Ich antwortete ihm, daß ich diesen sehr wohl kenne und fragte ihn, was mich ihn denn an diesen erinnern ließe. Daraufhin sagte mir Kai: „Ja, halt cool, sympathisch, aber immer auch mit Fragen parat, mit denen man nicht rechnet."

4.3 Kommentar

Der Therapeut, in Kais aktives Passivitätsspiel verstrickt, spürt in der Gegenübertragung, daß er zunehmend gereizter wird. Er spricht die von ihm vermutete Rollenzuweisung ein wenig vorwurfsvoll an, worauf der Junge nicht gekränkt, sondern mit einer eleganten Kompromißlösung antwortet. Er idealisiert den Therapeuten und vermag ihn darüber zu beschwichtigen. Zugleich teilt er ihm mit, wie er ihn gerne wahrnehmen und an welchen magischen Charaktereigenschaften er gerne teilhaben möchte. Der TV-Held wird im folgenden zu einer Art „innerer Beistand" (*Petzold* 1993) des Jungen, d.h. zu einem „guten Teil" seines Selbstbildes, weil er eine Reihe von Zügen aufweist, die dem Jungen als Schwäche vertraut sind, sich bei Columbo jedoch in Stärke verwandeln: Er ist dabei, lässig, scheinbar anstrengungslos seine Arbeit zu erledigen. Naivität weiß er clever als Waffe einzusetzen und die „Mächtigen" vermag er immer wieder mit gespielter Unterwürfigkeit irrezuführen, nur um sie am Schluß um so besser vorzuführen. Auf den ersten Blick feige, korrumpierbar und ein bißchen tölpelhaft, entpuppt sich der Held als unverführbarer, gerechter „Wolf im Schafspelz". Ein wenig wie Columbo kann Kai besser mit den Abgrenzungen des Therapeuten umgehen, der z.B. die berichteten Filme unerträglich findet und Kais Vorliebe für die „Glotze" mit dem Satz kommentiert: „Columbo sitzt *im* Fernseher, aber kaum jemals *vor* ihm, denn der hat Abenteuer live." Mit Hilfe dieser Identifikationsfigur kann er sich schamfreier in seinen Abhängigkeitsbedürfnissen zeigen und immer mehr herausfinden, daß man Wünsche aller Art direkt äußern kann und Kritik nicht umbringt. Daß Columbo aber auch eine Kunstfigur ist und der Therapeut „real", dies wird ebenfalls über die Grenzen, die letzterer ihm setzt, spürbar.

4.4 Kais kleine Fluchten

Kais kleine Fluchten kennenzulernen, hatte zur Voraussetzung, sich mit seiner Lebenswelt, d.h. seiner realen wie verinnerlichten „social worlds" (*Petzold, Ramin* 1987, 362ff, *Petzold* 1995) zu befassen. Dabei machten die vielfältigen Fragen des Therapeuten bzgl. der Lebensweltbeschaffenheit des Kindes Kai immer aufgeschlossener. D.h. die vom Therapeuten gezeigte Neugierde bzgl. Kais Alltagserfahrungen war der Beziehungsschlüssel, über den der Junge begann, an der therapeutischen Situation Interesse zu entwickeln. Der spielerisch-journalistische Streifzug durch Kais Familien- und Subkultur ließ Chancen und Risiken im Leben dieses Kindes deutlich werden, die dem Kind und – ebenso wichtig – den Eltern zurückgespiegelt wurden. Indem der Therapeut als eine Art „Übersetzer" mit der fremdsprachlichen Welt des Kindes ins Gespräch kam, vermochte er, diesem ein wenig aus der Verkapselung in seine nichtmitteilbare Eigenrealität herauszuhelfen (*Lempp* 1992). Um diese zum Erzählen zu bringen, wurden verschiedene methodische Hilfen benutzt.

An Hand der folgenden drei Beispiele wird u.a. deutlich, wie sehr das diagnostische „Geschichtenerzählen" im Medium verschiedenster Techniken immer zugleich auch therapeutische Wirkung entfaltet.

Es wurde an Hand eines aufgemalten „sozialen Atoms" deutlich, daß die Enge der seelischen Bindung an die Mutter in deutlichem

Kontrast zu den sehr sparsamen Alltagskontakten mit ihr standen. Diese beschränkten sich auf wenige Minuten am Abend, eben wenn es um das Schlaf- bzw. Angstarrangement ging. Kai wurde deutlich, wieviel er von seinem Alltagsgeschäft ohne die reale Anwesenheit der Mutter bereits zu erledigen vermochte. Des weiteren zeigte sich, wie beweglich er die verschiedenen erzieherischen Dienstleistungsbeziehungen zu managen verstand. Kai war von „Erziehungsprothesen" in Gestalt des Kindermädchens, der Haushaltshilfen, der Putzfrau und den Nachhilfelehrern buchstäblich eingekreist. Der Umgang damit wurde ihm zunächst als Vermögen gespiegelt und zu einem späteren Zeitpunkt, als das Muster der „aktiven Passivität" in der therapeutischen Situation auftauchte, konfrontiert. Letztere zeigt sich für ihn schmerzhafter im Umgang mit seinen Kumpels, die er zwar mit dem häuslichen Partykeller zu beeindrucken vermochte, nicht aber mit seiner passiv-ängstlichen Haltung, wenn „Risikounternehmungen" angesagt waren.

Die Technik des „Lebensweltpanoramas" führte u.a. an die Orte und zu den Streifräumen jenseits des Familienalltags (vgl. *Schiffer* 1993), z.B. in die „Groofty-Szene". Der Versuch des Therapeuten, sich damit vertraut zu machen, verlief etwas holprig. Die Musik war dem Therapeuten fremd, und Kai kommentierte schließlich dessen Fragen mit dem Satz: „Sie kennen sich nicht so gut aus mit uns?" Die Antwort des Therapeuten lautete: „Im großen und ganzen glaube ich schon, aber im konkreten bin ich auf deine Antworten und Erklärungen angewiesen, denn sonst kann ich dich auch nicht verstehen." Der Therapeut ließ sich in der Folgezeit eine Kassette von ihm zusammenstellen, um darüber festzustellen, daß seine und Kais Hörgewohnheiten doch stärker voneinander abwichen, als vermutet. Kai erzählte Geschichten zu seiner Musik und machte zugleich deutlich, an welchen Stellen er der Auffassung war, daß dieses oder jenes den Therapeuten eigentlich nichts angehe. Was er zunächst für sich behielt, wurde mit zunehmender Vertrautheit mitteilbarer: Kai und Konsorten treiben sich gerne im Bahnhofsmilieu herum, wo sie die Typen vorfinden, die „irgendwie anders drauf sind" als er. Die Atmosphäre rund um die „Szene" ist „geil" und „törnt" zugleich ab. Man möchte Näheres „abchecken", vielleicht mal was „einbauen", aber dazu reicht der Schneid noch nicht. Zu lange könne man sich dort auch nicht aufhalten, denn sonst läuft man Gefahr, daß die einen „ansaugen". Immerhin ging mit den Szeneerkundungen schon eine Art Fremdsprachenunterricht einher, wobei Jargonschnipsel wie „Schore", „Roche", „Remis", „Cocktail" beiläufig zu Haus eingestreut, die Mutter in Panik zu versetzen vermochte.

Eine andere „Erzählung" über Kais „kleine Fluchten" führte zur „Glotze" und den Horrorvideos, die in gemeinsamen Sitzungen mit den „Kollegen" „reingezogen" werden. Über sie wurden, wie oben berichtet, die verschiedenen Gesichter der Angst mitteilbar, aber auch Kais Hunger nach allem, was Jagd, Kampf und Selbstbehauptung zum Inhalt hat. In dieser Geschichte wurde u.a. deutlich, daß Gewalt-TV, um ansteckend oder ängstigend zu wirken, ein Leben voraussetzt, „das nichts übrig läßt als Glotzen" (*Sichtermann* 1994, 45). Kais Leben ist reicher als selbst von ihm selbst wahrgenommen. Er benötigt somit die Wahr-Nehmung und Anteilnahme der Erwachsenen, so daß er an sich zu spüren vermag, was er bereits besitzt. Alles, was nur im geheimen stattfindet und überwiegend mit Angst statt mit Lust versehen ist, verankert sich nur schwer in den positiven Selbstbildanteilen.

4.5 Angehörigengespräche oder: „Wie kann man Eltern ein wenig das Fürchten lehren?"

Die Gespräche mit den Eltern, vor allem mit der Mutter, hatten die o.g. Ziele zum Gegenstand. Dabei waren die Diskussionen, wie man der Angst anders beikommen könne, die zusammen mit Kai geführt wurden, eine für alle Beteiligten zufriedenstellende Erfahrung. Hier bereits vermochte Kai, die Eltern mit eigenen Vorschlägen zu überraschen. Der Stiefvater verlagerte seine Unterstützung von der Nacht auf den Tag und begann, ein wenig mehr Zeit mit Kai gemeinsam zu verbringen. Gleichwohl war das Thema „Realanwesenheit des Vaters" ein bis zum Ende nicht befriedigend lösbares Problem. Die extreme berufliche Inanspruchnahme des Vaters machte ihn zu einer seltenen Erscheinung, und die Beziehung der Eltern hat die Anerkennung dieses Sachverhaltes wohl zur Voraussetzung. Auf der kognitiven Ebene war rasch ein Einvernehmen mit den Eltern darüber zu erzielen, vor welchen Entwicklungsaufgaben er steht, welche blockierenden Konflikte ihn bedrängen und was das Kind/der Jugendliche in diesem Zeitraum wohl an Unterstützung braucht. Was sie davon umsetzten, blieb innerhalb des Behandlungszeitraumes vage. Die veränderte Beziehung der Mutter zu Kai stellte jedoch in jedem Falle eine Hilfe für den Jungen dar. Es ist nicht zuletzt die Heirat, die auf seiten der Mutter zu mehr Sicherheit in der Beziehung zu ihrem Mann geführt hat, was ihr nun wieder ermöglicht, Kai den Weg zum Vater ambivalenzfreier zu gestalten. Zu fragen bleibt, ob Kai den „Vielbeschäftigten" auch hinreichend antrifft.

Die familiäre Erziehung des Kindes – dies wurde mehr als deutlich – drohte immer mehr in eine Art Wohlstandsverwahrlosung abzugleiten, und eine Chance der Angehörigengespräche bestand darin, daß dies an verschiedenen Stellen zur Betroffenheit aller, zum Ausdruck kommen konnte. Kai signalisiert mit seinen Schwierigkeiten die Risiken einer entgrenzten Lebenswelt, in der Verkümmerung zum antisozialen „Medienmutisten" oder die immer früher einsetzende Drogenkarriere die extremen Ränder markieren, gleichwohl aber Lebensstilmöglichkeiten (vgl. *Früchtl* 1993) darstellen. Die Eltern ahnen es, aber man mußte sie ein wenig das Fürchten lehren, und dies gelang in dem Maße, wie Kais „kleine Fluchten" den Eltern bekannt wurden. Auch die zunehmend fordernde, aggressivere Tonart des Jungen könnte den Weg zurück zu einer pseudo-fürsorglichen Pädagogik der „alles verstehenden Wattewand" (*Dieckmann* 1994) schwieriger gestalten als in der Vergangenheit. Dennoch: Kai benötigt, um durch die Turbulenzen der Pubertät zu kommen, immer wieder den grenzensetzenden Elternteil, ein paar Freunde, die den schmalen Grat zwischen „Lost In Cyberspace" und permanentem „Fit for fun" zu gehen in der Lage sind.

Fazit:

Etwa 1½ Jahre nach Beendigung dieser Therapie erfuhr der Therapeut (einer der Autoren) in einem Telefonat, das dieser aus eigener Initiative mit der Mutter von Kai führte, um danach zu fragen, wie die Dinge sich weiter entwickelt hätten, daß weder die Ängste noch das Schlafarrangement mehr ein Problem seien. Auch habe Kai die beiden nächsten Versetzungen in der Schule mit sehr viel Aufwand und Aufstand geschafft. Anstelle der alten seien jedoch neue Probleme getreten. So habe Kais Interesse für jenes zwielichtige Milieu am Bahnhof zwischenzeitlich zugenommen, und er habe wohl auch erste Erfahrungen mit Haschisch und Marihuana gemacht, nicht exzessiv, aber immerhin! Ferner käme es mindestens ein- bis zweimal in der Woche zu heftigsten Auseinandersetzungen innerhalb der Familie, da Kai die ihm auferlegten Regeln sehr unzuverlässig einhalte. Manchmal sei er geradezu unverschämt und unmäßig in seinen Forderungen, und es gäbe wirklich nervenaufreibende Kämpfe. Auf die Frage des Therapeuten, wie er es denn geschafft habe, ein Mindestmaß an schulischen Leistungen zu bringen, antwortete die Mutter, daß er wohl etwas geschockt gewesen sei durch die Tatsache, daß drei seiner Mitschüler, mit denen er auch relativ viel unternommen hatte, sitzen geblieben waren und inzwischen zwei von diesen dreien die Schule verlassen hätten und „abgetaucht" seien. Sie seien damit auch aus Kais Lebenswelt verschwunden, und über andere habe er erfahren, daß sie ziemlich „übel drauf" seien (gemeint war damit ein Abtauchen in der Drogenszene).

Kai bewegt sich also nach wie vor auf einem wohl recht schmalen Grat, der sowohl ihm wie auch seiner Familie einiges an Anstrengungen und Auseinandersetzungen abverlangt. Zwischendurch habe er einmal von sich aus halb polemisch und wohl auch halb ernst gesagt, er könne ja noch einmal seinen „Psycho-Doc" aufsuchen. Ob er und seine Familie die weiteren Herausforderungen bewältigen werden, ist nicht mit Sicherheit prognostizierbar. Immerhin bleibt festzustellen, daß die Familie den Kampf aufgenommen hat, die Auseinandersetzungen führt und sich mit den alltags- wie auch lebensweltspezifischen Gefährdungen und Turbulenzen auseinandersetzt. – Ob es irgendwann noch einmal zur Wiederaufnahme einer Beratung oder therapeutischen „Passungshilfe" kommen wird, ist unsicher, aber vorstellbar.

Gerade mit den in diesem Telefonat erfahrenen Turbulenzen in der Weiterentwicklung von Kai wird u.a. deutlich, daß eine solche fokale kurzzeittherapeutische Angstbehandlung keine Wegbahnung für eine konfliktfreie Weiterentwicklung bedeutet hat und bedeuten kann. Sie war eine Art „Passungshilfe", die den Jungen unabhängiger, selbständiger und auseinandersetzungsfähiger gemacht hat. Dies war nur möglich durch die Bereitschaft der Familie, also sowohl der Mutter wie auch des Stiefvaters, diese Auseinandersetzungen anzunehmen und zu führen. Die persönlichkeits- wie auch milieubedingten Gefährdungen waren und sind damit natürlich keineswegs gebannt. Vielleicht aber hat der inzwischen 16jährige Kai die Erfahrung dieser kurzen Therapie als *eine* Möglichkeit verankert, daß es sich lohnen kann, sich in einem befristeten Rahmen auch einmal Hilfe von außen zu holen. Der Weg zwischen den Chancen und Risiken dieses Jugendlichen könnte sich zwischenzeitlich durchaus wieder einmal als ein so schmaler Grat erweisen, daß eine solche Hilfe notwendig werden könnte.

An Stelle abschließender Bemerkungen zu diesem von uns hier skizzierten *Integrativen Fokal- und Kurzzeitpsychotherapiekonzept von Kindern und Jugendlichen*, das wir an Hand der Angstsymptomatik des 14jährigen Kai veranschaulicht haben, haben wir in dem nun folgenden Aufsatz (in diesem Band) über „Die Konstruktion innerseelischer und sozialer Wirklichkeit" im therapeutischen Prozeß noch einmal einige methodisch-theoretische Grundüberlegungen dargelegt.

Literatur

v. Beek, Y., v.d. Hoeck, A.-M.,Petzold, H., Muster der Kommunikation von der Säuglingszeit über die Lebensspanne. In: *Petzold, H.* (Hg.): Die Kraft liebevoller Blicke – Psychotherapie und Babyforschung, Bd. 2, Junfermann, Paderborn, 1995.

Bernfeld, S., Der soziale Ort und seine Bedeutung für Neurose, Verwahrlosung und Pädagogik. In: *V. Werder, L., Wolff, R.* (Hrsg.), Antiautoritäre Erziehung und Psychoanalyse, Band 2. Frankfurt/M., Berlin, Wien, 1970, S. 209-224.

Bloom, B.L., Focused Single-Session-Therapy: Initial development and evaluation. In: *Budman, S.H.* (ed.): Forms of brief therapy. Guilford, N.Y., 1981, S. 167-216.

Buchholz, M., Die unbewußte Familie. Psychoanalytische Studien zur Familie in der Moderne. Springer, Berlin, Heidelberg, 1990.

—, Dreiecksgeschichten. Vandenhoeck und Ruprecht, Göttingen, 1993.

—, Metaphernanalyse. Vandenhoeck und Ruprecht, Göttingen, 1993.

Budman, S.H., The Myth of Termination Brief Therapy. In: *Zeig, J. K., Gilligan, S. G.* (eds.): Brief Therapy: Myths Methods and Metaphors. New York: *Brunner, Mazel*, 1990.

Carveth, D. L., Die Metaphern des Analytikers. Eine dekonstruktionistische Perspektive. In: *Buchholz, M.* (Hg.), Vandenhoeck und Ruprecht, Göttingen, 1993,S. 15-71.

Casement, P., Vom Patienten lernen. Klett-Cotta, Stuttgart, 1989.

Cremerius, J., Lehranalyse und Macht. Die Umfunktionierung einer Lehr-Lern-Methode zum Machtinstrument der institutionalisierten Psychoanalyse. In: *Schmidt-Lellek, C.J., Heimannsberg, B.* (Hg.): Macht und Machtmißbrauch in der Psychotherapie. Edition Humanistische Psychologie, Köln, 1995, S. 99-122.

Dieckmann, B., Kinder greifen zur Gewalt. Rotbuch-Verlag, Nördlingen, 1994.

Dornes, M., Der kompetente Säugling. Fischer, Frankfurt/M., 1993.

Dreitzel, H.P., Das gesellschaftliche Leiden und das Leiden an der Gesellschaft. Suhrkamp, Frankfurt/M., 1968.

Eagle, M. Neuere Entwicklungen in der Psychoanalyse. Wien, München, 1988.

Ehlers, A., Margraf, J., Agoraphobien und Panikanfälle. In: *Reinecker, H.* (Hrsg.): Lehrbuch der klinischen Psychologie. Hogrefe, Göttingen, 1990.

Ermann, M., In: Die ZEIT, Nr. 42, 13.10.95.

Früchtl, J., Der mündige Dandy. Foucaults Ethik der Postmoderne. In: *Maresch, R.* (Hrsg.): Zukunft oder Ende? Boer-Verlag, 1993.

Fürstenau, P., Entwicklungsförderung durch Therapie. Pfeiffer, München, 1992.

—, Neue Lebensformen erfordern neue psychotherapeutische Orientierungen. In: *Buchheim, P., Cierpka, M., Seifert, T.* (Hrsg.): Neue Lebensformen – Zeitkrankheiten – und Psychotherapie. Springer Verlag, Berlin, Heidelberg, 1994, S. 1-12.

Jaeggi, E., Zu heilen die zerstoßnen Herzen. Die Hauptrichtungen der Psychotherapie und ihre Menschenbilder. Rowohlt, Hamburg, 1995.

Klein, M., Die Psychoanalyse des Kindes. Internationaler psychoanalytischer Verlag, Wien, 1932.

Katz-Bernstein, N., Phantasie, Symbolisierung und Imagination – „Komplexes katathymes Erleben" als Methode in der Integrativen Therapie mit Vorschulkindern. In: *Petzold, H., Orth, I.* (Hrsg.): Die neuen Kreativitätstherapien, Band 2. Junfermann, Paderborn, 1990, S. 883-932.

Klüwer, R., Agieren und Mitagieren. *Psyche* 37, 1983, S. 828-840.

—, Studien zur Fokaltherapie. Suhrkamp, Frankfurt/M., 1995.

Lachauer, R., Die Bedeutung des Handlungsdialogs für den therapeutischen Prozeß. In: *Psyche* 44, 1990, S. 1082-1099.

—, Der Fokus in der Psychotherapie. Pfeiffer, München, 1992.

Lange, R., Medienkinder, verplante Kinder? Die Sichtweise einer zeitdiagnostisch informierten Kindheitsforschung. In: *Familiendynamik* 2, 1995, S. 252-274.

Luborsky, L., Fokalberatung. *Wege zum Menschen* 36, 1984, S. 201-221.

Metzmacher, B., Gestalttherapie mit Kindern und Jugendlichen – Ein Integrativer Ansatz. In: *Remschmidt, H.* (Hrsg.): Psychotherapie mit Kindern, Jugendlichen und Familien, Band 1. Enke, Stuttgart, 1984, S. 189-194.

—, Integrative Bewegungstherapie mit Kindern. In: *Petzold, H., Ramin, G.* (Hrsg.): Schulen der Kinderpsychotherapie, Junfermann, Paderborn, 1987, S. 227 – 256.

—, *Zaepfel, H.*, Umweltzerstörung, strukturelle Gewalt und Kindheit. Zum Verhältnis von politischem Engagement und therapeutischer Abstinenz. In: *Dröschel, A.* (Hrsg.): Kinder, Umwelt, Zukunft. Votum, Münster, 1995, S. 183-204.

Morgenthaler, F., Technik. Zur Dialektik der psychoanalytischen Praxis. Syndikat, Frankfurt/M., 1978.

Orth, I., Petzold, H., Sieper, J., Ideologeme der Macht in der Psychotherapie – Reflexionen zu Problemen und Anregungen für alternative Formen der Praxis. In: *Gestalt und Integration*, 1996 i.D.

Papoušek, H., Papoušek, M., Vorsprachliche Kommunikation. In: *Petzold, H.* a.a.O., 1995.

Perls, F. S., Gestalt-Therapie in Aktion. Klett, Stuttgart, 1976.

Petzold, H.G., Die Rolle des Therapeuten und die therapeutische Beziehung in der Integrativen Therapie. In: *Petzold, H.G.* (Hg.): Die Rolle des Therapeuten und die therapeutische Beziehung. Junfermann, Paderborn, 1980, S. 223ff.

—, Puppen und Puppenspiele in der Integrativen Therapie mit Kindern. In: *Petzold, H.G, Ramin, G*: a.a.O., 1987, S. 427-489.

—, Integrative Bewegungs- und Leibtherapie. Ausgewählte Werke, Band I/1 und I/2, Junfermann, Paderborn, 1988.

—, Integrative Drama-Theorie und Szenentheorie. In: *Petzold, H., Orth, I.* (Hg.): Die neuen Kreativitätstherapien, Junfermann, Paderborn, 1990, S. 849-880.

—, Integrative Therapie. Ausgewählte Schriften, Band II/1-II/3. Junfermann, Paderborn, 1993.

—, Integrative fokale Kurzzeittherapie und Fokaldiagnostik. In: *Petzold, H., Sieper, J.*: Integration und Kreation, Band 1. Junfermann, Paderborn, 1994a, S. 267-340.

—, Frühe Schädigungen – späte Folgen? Psychotherapie und Babyforschung, Band 1. Junfermann, Paderborn 1994b.

—, Die Kraft liebevoller Blicke. Psychotherapie und Babyforschung, Band 2. Junfermann, Paderborn, 1995.

—, Mehrperspektivität – ein Metakonzept für Modellpluralität, konnektivierende Theorienbildung und sozial interventives Handeln in der Integrativen Supervision, 1995, S. 225-297.

—, *Goffin, J.J.M., Oudhof, J.*, Protektive Faktoren und Prozesse – die „positive Perspektive" in der longitudinalen, „klinischen Entwicklungspsychologie" und ihre Umsetzung in die Praxis der Integrativen Therapie. In: *Petzold, H., Sieper, J.* (Hrsg.): Integration und Kreation, Band 1. Junfermann, Paderborn, 1993, S. 173-266.

—, *Heinl, H.*, Gestalttherapeutische Fokaldiagnose und Fokalintervention bei Störungen aus der Arbeitswelt. In: *Integrative Therapie* 1 1980, S. 20-57.

—, *Kirchmann, E.*, Selbstdarstellung mit Ton und „projektives Tonfeld" in der Integrativen Kindertherapie. In: *Petzold, H., Orth, I.* (Hrsg.): Die neuen Kreativitätstherapien, Band 2. Junfermann, Paderborn, 1990, S. 933-974.

—, *Metzmacher, B.*, Kreative Medien, Awareness-Training und Interaktionsspiele in der Integrativen Gestalttherapie in der Arbeit mit Kindern und Jugendlichen. In: *Kreuzer, K. J.* (Hrsg.): Handbuch der Spielpädagogik, Band 4. Kreuzer-Verlag, Düsseldorf, 1984, S. 253-268.

—, *Ramin, G.* (Hg.), Schulen der Kinderpsychotherapie. Junfermann, Paderborn, 1987, S. 359-426.

—, *Orth, I.* (Hg.), Die neuen Kreativitätstherapien, Band 1 und 2. Junfermann, Paderborn, 1990.

—, *Schuch, W.*, Grundzüge des Krankheitsbegriffes im Entwurf der Integrativen Therapie. In: *Pritz, A., Petzold, H. G.*: Der Krankheitsbegriff in der Modernen Psychotherapie. Junfermann, Paderborn, 1992.

Pohlen, M., Bautz-Holzherr, M., Eine andere Aufklärung. Das Freudsche Subjekt in der Analyse. Suhrkamp, Frankfurt/M. 1991.

—, —, Psychoanalyse – Das Ende einer Deutungsmacht. Rowohlt, Hamburg, 1995.

Rahm, D., Otte, H., Bosse, S., Ruhe-Hollenbach, H., Einführung in die Integrative Therapie. Junfermann, Paderborn, 1993.

Rosenbaum, R., Single-Session-Therapys: Intrinsic Integration? *Journal of Psychotherapy und Integration* III, 1994, 229-252.

Rutter, M., Wege von der Kindheit zum Erwachsenen-Alter. In: *Petzold, H.* (Hg.) a.a.O., 1994b.

Schauenburg, H., Grenzen der Kurzzeit-Therapie – Neue Trends in der Prozeßforschung. In: *Psychotherapeut* 39, Springer, Hamburg, 1994, S. 386-388.

Schiffer, L., Warum Huckleberry Finn nicht süchtig wurde. Beltz-Verlag, Weinheim, 1993.

Selekman, M.D., Pathways to Change. New York, London, Guilford Press, 1993.

Seligman, M.E., Helplessness. Freeman, San Francisco, 1978.

Sichtermann, B., Fernsehen. Wagenbach, Berlin, 1994.

Sickinger, R., Kindermann, W. et. al., Wege aus der Drogenabängigkeit. Lambertus, Freiburg 1992.

Stern, D., Die Lebenserfahrung des Säuglings. Klett-Cotta, Stuttgart, 1993.

Strupp, H.H., Binder, J. L., Kurzpsychotherapie. Klett-Cotta, Stuttgart, 1993.

Talmon, M., Single-Session-Therapy. Maximizing the effect of the first (and often only) therapeutic encounter. Jossey Bass, San Francisco, 1981.

Thomae, H., Kaechele, H., Lehrbuch der psychoanalytischen Therapie, Band I. Springer, Berlin, 1985, 2. korr. Nachdruck 1989.

Winnicott, D.W., Vom Spiel zur Kreativität. Klett-Cotta, Stuttgart, 1987.

Zeiher, H., Kindheitsräume. Zwischen Eigenständigkeit und Abhängigkeit. In: *U. Beck, E. Beck-Gernsheim* (Hrsg.), Riskante Freiheiten. Suhrkamp, Frankfurt/M., 1994, S. 353-375.

Zentner, M. R., Passung: Eine neue Sichtweise psychischer Entwicklung. In: *Petzold, H.* (Hg.), 1994b, S. 157-194.

Die Konstruktion innerseelischer und sozialer „Wirklichkeit" im therapeutischen Prozeß: Sozialkonstruktivistische Überlegungen zum Verfahren der Integrativen Kinder- und Jugendlichentherapie

Helmut Zaepfel, Bruno Metzmacher

Die Autoren haben in den letzten Jahren in einer Reihe von Aufsätzen den Versuch unternommen, bestimmte, für uns bedeutsame Aspekte des Verfahrens der Integrativen Therapie/Gestalttherapie zu veranschaulichen und einzelne Elemente, wo nur implizit vorhanden, zu ergänzen und auszuformulieren. Im folgenden wollen wir verschiedene Überlegungen aus diesen Arbeiten zusammenfassen und weiterführende Fragestellungen skizzieren. Die zugegebenermaßen dichte Theorie der hier vorliegenden Arbeit basiert somit vollständig auf den Aussagen dieser Aufsätze.

Wir können, sehr verkürzt formuliert, integrative Kinder- und Jugendlichentherapie als ein interaktionelles Geschehen verstehen, in dem auf seiten des Therapeuten u.a. 3 Grundhaltungselemente realisiert werden können: Die des „Haltens" und „Förderns" sowie die Fähigkeit, stellvertretend für den Klienten, eine „hinreichend gute Zukunft und soziale Anschlußfähigkeit" ausphantasieren zu können, d.h. eine sog. „antizipatorische Kompetenz" und Ressourcenorientierung. Zu welchem Zeitpunkt des Therapieprozesses (Indikation) und in welcher Dosierung diese Elemente i.S. eines „partiellen Engagements" zum Tragen kommen, kann mit Hilfe der Methode des tiefenpsychologischen und sozialen Sinnverstehens bestimmt werden. Letzteres ist möglich, weil wir den therapeutischen Prozeß als einen wechselseitigen (ko-respondierenden), dialektischen Vorgang der „Wirklichkeits- und Sinnerzeugung" definieren (*Petzold* 1995). Ein wesentlicher Aspekt eines so definierten therapeutischen Geschehens wäre das, was *Petzold* mit „emotionaler Differenzierungsarbeit" an den inneren Skripts und Bildwelten des Klienten (*Petzold*, 1993, Bd. 2, 851ff) bezeichnet.

Diesem Gedanken, daß die Innenweltentwicklung des Menschen, d.h. der Prozeß der Erlebnisdifferenzierung und der Aufbau seiner „psychosozialen Realitäten", sich bestimmten innerseelischen Konstruktionsleistungen verdankt, die interaktionell gelernt werden, wollen wir in diesem Artikel leitmotivisch nachgehen. Er wird anhand einer Reihe von theoretisch-methodischen Fragestellungen entfaltet, von denen wir glauben, daß sie wesentliche Aspekte der Integrativen Therapie/ Gestalttherapie berühren.

1. Integrative Therapie als angewandte Entwicklungs- und Sozialpsychologie

Wir haben wiederholt darauf hingewiesen, daß man die Integrative Therapie/ Gestalttherapie u.a. als angewandte Entwicklungs- und Sozialpsychologie verstehen kann (vgl. *Metzmacher*, *Zaepfel* Bd. I. 1996). *Petzold* war es bei der Entwicklung integrativer Therapiemodelle stets ein zentrales Anliegen, die Ergebnisse aktueller Entwicklungs-, Kognitions- und Emotionsforschung (vgl. z.B. *Petzold* 1993 Bd. II, 789ff) für das vertiefte Verstehen therapeutischer Konzepte nutzbar zu machen. Die Autoren haben dieses Vorgehen aufgegriffen und sich in ihren Arbeiten darum bemüht, vor allem soziologische, sozialpsychologische und konstruktivistische Theorieelemente in die Konzepte des Verfahrens einzuarbeiten (*Zaepfel, Metzmacher* 1994). Somit lassen sich nahezu alle Kernkonzepte der Integrativen Therapie mit Hilfe des o.g. forschungslogischen Wissens präziser definieren.

So erlauben uns z.B. Ergebnisse der Säuglingsforschung, bestimmte Aspekte unserer therapeutischen Grundhaltungen theoretisch exakter zu beschreiben (*Petzold* 1994b/1995/1996 Bd.I sowie *Hauch, G.* i.d.Bd.). Des weiteren vermitteln uns diese Befunde auch ein tieferes Wissen darüber, wie sich frühe Bindungserfahrungen in innerseelischen Wissensbeständen (Strukturen) niederschlagen, die sodann als eine Art „Drehbücher" (narrative Strukturen/Skripts) unser Selbst- und Weltverhältnis und damit unser seelisches wie soziales Realitätserleben steuern. Neben der Frage, wie die „inneren Brillen" von Kindern und Erwachsenen, mit denen sie sich selbst und andere wahrnehmen und verstehen, sich lebensgeschichtlich entwickeln, tritt mit gleichrangiger Bedeutung die Frage: Wie entwerfen wir diese inneren Deutungsschemata selbst bzw. wie verflüssigen, verändern und reorganisieren wir sie im Wege kreativer innerseelischer Konstruktionsprozesse? Letztere werden mit Metaphern wie „inneres Probehandeln", „Schemaspielen" etc. versehen, auf die wir weiter unten zurückkommen werden. Wir glauben nun, daß uns Ansätze des sozialen Konstruktivismus und moderne Handlungstheorien dabei behilflich sein können, diese innerseelischen Handlungsvorgänge besser zu verstehen (vgl. *Buchholz* 1994, *Keupp* 1994, *Flader* 1995, *Lenk* 1994, *Emrich* 1990, 1994).

Für den Praktiker sind Theorien hilfreich, die ihm genauer sagen, wie z.B. ein Kind seine inneren Selbst- und Familienbilder entwirft, wie es Alltagserfahrungen in seine Skripts einarbeitet, wie es die dazugehörigen Gefühle „erzeugt" und welche Veränderungen es unter Streß an diesen inneren Skripts vornimmt, so daß z.B. Symptome entstehen müssen. Abwehrvorgänge können im Rahmen einer solchen Theorie z.B. als innere Bewältigungshandlungen verstanden werden, mit deren Hilfe wir ganze Drehbücher und Skripts umschreiben, „frisieren", neu erfinden etc. (*Flader*, 1995, 230ff). Oder: Regressionsprozesse können in ihren innerseelischen Auswirkungen und damit von der methodischen Handhabung her differenzierter verstanden werden. Nicht zuletzt kann die komplexe Beziehung von Handeln und Verstehen kritisch befragt und z.B. das Übertragungskonzept in verändertem Licht betrachtet werden.

Diese und andere Fragen wollen wir im folgenden vertiefen, wobei wir im folgenden Abschnitt zunächst umschreiben, was wir unter einer konstruktivistischen Perspektive in der Integrativen Therapie verstehen. Die notwendigerweise eher abstrakten Ausführungen werden in den dann folgenden Kapiteln dieser Arbeit zunehmend praxisnäher veranschaulicht.

2. Was ist unter einer sozial- konstruktivistischen Sichtweise therapeutischen Handelns zu verstehen?

Im theoretischen Gebäude der Integrativen Therapie findet sich ein für unser Anliegen zentrales Konzept, das der Mehrperspektivität individuellen und sozialen Handelns (*Petzold* 1993, Bd. 3, 1298ff). *Petzold* verortet dieses Konzept zum einen in der tiefenhermeneutischen Tradition, zum andern in sozialwissenschaftlichen Sichtweisen, die z.B. von der „gesellschaftlichen Konstruktion der Wirklichkeit" sprechen (*Berger*, *Luckmann* 1969). Danach entwickeln die Menschen im Prozeß ihrer Vergesellschaftung „innere Landkarten" und „Arbeitsmodelle" über die für sie bedeutsamen sozialen Lebenswelten („social worlds") (*Petzold* 1993, Bd. 2, 871ff), in denen sie aufwachsen. D.h. jedwede soziale Interaktion bzw. jeglicher zwischenmenschliche Kontakt und die damit verbundenen Gefühle, Gedanken und Handlungen unterliegen innerseelischen Konstruktions- und Interpretationsvorgängen, die wiederum im Rahmen sozialer Interaktionserfahrungen gelernt werden. So wenig wie wir „nicht nicht kommunizieren" können (*Watzlawick* 1981) oder wir den hermeneutischen Zirkel der Sprache zu überlisten (*Gadamer* 1986) vermögen, so wenig können wir „nicht nicht interpretieren" (*Lenk* 1995). Der Mensch als „Symbolisches Tier" (*Lenk* 1995, 9) unterscheidet sich grundsätzlich von anderen Arten der Evolution dadurch, daß er über sein eigenes Denken nachzudenken vermag (Meta-Reflexion), und auch seine Wahrnehmungstätigkeit kann er mit Hilfe einer ex-zentrischen Position selbst wieder beobachten. Der Mensch als primär handelndes Spezies, so *Lenk*, ist somit zugleich wesentlich ein sog. meta-symbolisierendes Wesen. Den andern und den Beziehungsprozeß verstehen zu können beeinhaltet somit zum einen die Möglichkeit, die „inneren Arbeitsmodelle"und sozialen „Drehbücher" (Skripts) etc., die den beidseitigen Kontaktvorgängen unterliegen, zunächst „intuitiv" (vorsprachlich interpretierend) und sodann reflexiv-konstruierend zu erfassen. Des weiteren meint „interpretierendes Verstehen" die Fähigkeit, über diese Interpretationsergebnisse wiederum sprechen, d.h. meta- kommunizieren zu können. In einem dritten Schritt könnte man dieses „über die Kommunikation sprechen und sie interpretieren" erneut, auf einer Abstraktionsebene höher, zum Gegenstand z.B. einer theoretischen Erörterung machen etc. Dieses höherstufige Interpretationsgeschehen ist prinzipiell nach oben offen, wobei es auf allen Stufen interaktions- und kontextabhängig ist (*Lenk* 1995, 91ff). Generell kann man – frei nach *Kant* – sagen: Interaktionen ohne Interpretationen sind blind und Interpretationen ohne Interaktionen leer. Verliert man diese Dialektik von Handlung und Interpretation aus dem Auge, so kommt man u.a. zu der folgenden Position: Je „konkreter", sozusagen sinnlich „zum Anfassen" die Beziehungserfahrung ausfällt, desto „authentischer", d.h. nicht durch Interpretationen verunreinigt, sei die Erfahrung. Man bezahlt diese Illusion der Interpretationsfreiheit jedoch leicht mit dem Verlust von Mehrperspektivität, d.h. indem man nicht erkennt, daß noch die sinnlichste Erfahrung „konstruiert" ist, verwechselt man die „Speisekarte mit dem Essen". Umgekehrt gilt natürlich auch, daß, je weiter sich interpretierendes Geschehen von zwischenmenschlichen Handlungserfahrungen entfernt, die so entworfenen Interpretationen keine verläßliche Orientierung für alltägliches Handeln und Erleben mehr enthalten, d.h., man fragt sich: „Welches Gelände beschreibt diese Landkarte?"

Klassisch humanistische Verfahren wie die Gestalttherapie gehen bis heute z.T. von der undialektischen, „naiven" Vorstellung aus, der Mensch könne sich letztlich in seinen Gefühlen, Wahrnehmungen und Handlungen interpretationsfrei, d.h. sozusagen „pur" erfassen. Sie nahm an, daß das, was wir Bewußtsein von den Gegenständen der inneren und äußeren Welt nennen, uns zweifelsfrei, direkt und unmittelbar durch die „awareness" der Sinne gegeben sei. Ihre Faszination bezog sie u.a. aus der Suggestion, es gäbe noch *die* eine phänomenale „Wirklichkeit", vermittelt durch die „Wahrheit der Sinne". Dieser Traum, der Mensch sei z.B. per Therapie für sich selbst, bis auf einen sog. „inneren Wahrheitskern" (das „wahre Selbst", die „autonome Selbstregulation" etc.) hin erkennbar, wird in humanistischen Gefilden, bis auf bestimmte Ausnahmen (*Staemmler* 1995) noch immer geträumt. Diese Auffassung ist im Lichte neuerer Forschungs- und Wissenschaftsentwicklung, die sich z.T. unter dem Dach des „Konstruktivismus" vollzieht, schon lange unhaltbar.

Unter „Konstruktivismus" ist nun eine bunte Vielfalt von Denkschulen und Forschungsrichtungen zu verstehen (*Fischer, H.R.* u.a. 1992), die mehr oder minder radikal behauptet, daß wir unser gesamtes Handeln, d.h. alles, was wir wahrnehmen, denken und fühlen, mehrperspektivisch, durch innere „Brillen" gebrochen, entwerfen und konstruieren. Diese Auffassung sollte, so *Petzold*s und unsere Position, mit Konzepten sozialer und tiefenpsychologischer Hermeneutik verbunden werden (vgl. hierzu vor allem *Buchholz* 1990, 1994). Danach können wir z.B. die innerseelischen wie sozialen „Wirklichkeitskonstruktionen" von Kindern, Jugendlichen und Erwachsenen als eine Art Text oder Erzählung (Narration) definieren, die wir z.B. mit Hilfe der hermeneutischen Auslegungslehre des „scenischen Verstehens" zu entziffern versuchen. Diese Verbindung von Hermeneutik und Konstruktivismus scheint uns u.a. aus 3 Gründen dringend ratsam:

1. Zum einen neigen vor allem die biologischen und neurowissenschaftlichen Spielarten des Konstruktivismus dazu, menschliches

Verhalten allzusehr in Mensch-Maschine-Begriffen zu entwerfen (*Maturana, Varela* 1987; *Dennett* 1995). Noch verstehen wir uns im Rahmen unserer Alltagskommunikation aber nicht ausschließlich als biokybernetische Regelkreisautomaten oder computernahe „Benutzeroberflächen" bzw. „Interfaces" (*Bolz* 1993, 127). Auch erleben wir unseren Bewußtseinsraum und unser inneres Erleben noch nicht in Gänze als einen von unserem Gehirn erzeugten Cyberspace (*Metzinger* 1995, 25). Tiefenhermeneutisches und soziales Sinn-Verstehen eröffnet uns die Möglichkeit, innerseelische wie soziale Prozesse der Wirklichkeitskonstruktion in einer bilderreichen, d.h. metaphorischen leib- und alltagsnahen Sprache „lesen" zu lernen. Selbstverständlich kann es im Zeichen von „on-line" und „Internet" und der rapide um sich greifenden Digitalisierung des Denkens und Erlebens dazu kommen, daß zusehends auch intimste, zwischenmenschliche Erfahrungen in computersprachlichen Bildern beschrieben werden (vgl. hierzu *Dörner* 1996). Doch gilt auch hierfür der interpretationskritische Vorbehalt, die „Landkarte nicht mit dem Gelände zu verwechseln", d.h. es ist notwendig, diesen neuen sozialen Kommunikationsmodus metaphernkritisch, d.h. sozialhermeneutisch zu interpretieren.

2. Ein weiterer Grund, die beiden Wissenschaftsauffassungen (Paradigmen) miteinander zu verbinden, besteht darin, daß der sog. „radikale Konstruktivismus" (vgl. *Glasersfeld, Foerster* 1992) die „Welt" vollständig aus der innerseelischen und neurobiologischen Entwurfstätigkeit hervorgehen läßt. Eine soziale und soziologische Hermeneutik geht hingegen von der Annahme aus, daß die „Welt" jenseits unserer inneren Bilder durch ihre physikalische wie zwischenmenschliche „Widerständigkeit" zu ihrer Erfassung durch uns beiträgt, d.h. unsere inneren Konstruktionen sozusagen mit Welthaltigkeit imprägniert (*Lenk* 1995, 46f). Diese Auffassung besagt letztlich, daß all unsere innerseelischen Konstruktionen und Interpretationsregeln im sozialen Kosmos intimer und gesellschaftlicher Interaktionserfahrungen gelernt werden. Zwar lehrt uns der „radikale Konstruktivismus", daß z.B. die Unterscheidung von „Phantasie" und „Realität" stets beobachterabhängig und damit Ergebnis von Interpretationsprozessen ist, doch vernachlässigt er völlig, daß diese Unterscheidung im interaktionellen Wechselspiel von den beteiligten Personen hervorgebracht wird. Von daher ist der Konstruktivismus erst da „sozial", wo er von einer Beziehungs-

theorie unterlegt wird, wie sie z.B. *J. Benjamin* skizziert. Danach wäre, aus beziehungstheoretischer Sicht, eine radikal konstruktivistische Wahrnehmung des andern eine gänzlich selbstbezogene, d.h. narzißtisch-unbezogene Konstruktion der „Realität" des andern. *Benjamin* zeigt, wie im dialektischen Wechselspiel von Anerkennung und Konfrontation gegenseitiger „Realitätsentwürfe" „ein Mensch dazu kommt, das Gefühl zu haben, daß er/sie die Wirklichkeit mit anderen teilt und die Subjektivität des andern als Bereicherung empfindet, im Gegensatz zu einem Gefangensein im Gefühl der Allmacht" (*Benjamin* 1993, 68).

3. Als letztes Argument sei angemerkt, daß die systemischen Varianten der konstruktivistischen Schule, wie z.B. die „Mailänder Schule" der Familientherapie auf einen Selbst-, Subjekt- und Identitätsbegriff verzichten. Hermeneutische Modelle hingegen gehen – übrigens in interessanter Übereinstimmung mit bestimmten neurobiologischen Theorien – von der subjektiven „Illusion" einer verinnerlichten Erzählgemeinschaft aus. Danach ist das Subjekt nicht der allwissende, große Erzähler, sondern ein Autor, der einerseits in die Netze der Sprache und multipler sozialer Wirklichkeitsauffassungen eingebunden ist und andererseits durch die für ihn nie in Gänze verstehbare Komplexität seiner inneren Bildwelten bestimmt ist.

Der einzelne Mensch ist somit zu einer mehrperspektivischen, niemals dogmatisch abgeschlossenen Weltsicht verurteilt, d.h., es muß – frei nach Descartes – eigentlich heißen „ich zweifle, also bin ich". So gesehen können die individuellen Therapiegeschichten als Erzählversuche gelesen werden, in denen die Person immer wieder eine stets brüchige, stets vorläufige, stets mehrdeutige Einheit seines Selbst- und Welterlebens herzustellen versucht. Scheitert dieser Versuch eines Lebens mit einer konflikthaften, inneren und äußeren Vielfalt, d.h. praktizierten Mehrperspektivität, dann können im Selbst- und Welterleben der Person Störungen auftreten, die wir im folgenden skizzieren möchten.

3. Therapie als „narrative Praxis", in der die Symptomatik zum „Sprechen" gebracht wird

Therapie als narrative Praxis (*Petzold, Ramin* 1987) meint u.a., daß der kindlich/jugendliche Klient in der Begegnung mit dem Therapeuten jene Alltags- und Lebensgeschichten zu erzählen beginnt, die in seinem Lebensfeld bislang nicht oder nur bruchstückhaft entstellt, mitteilbar waren. Was aber nicht wahrgenommen, gespiegelt, unterstützt, benannt oder erfragt wird, wird möglicherweise vom Heranwachsenden zunehmend als Nichtanerkennung vitaler Erlebnisanteile verarbeitet. Dies könnte zur Folge haben, daß der Betroffene konflikthafte und ängstigende Empfindungen, Phantasien, Impulse etc. auch vor sich selbst zu verbergen beginnt, d.h., sie werden nicht Thema innerhalb seines inneren Dialograumes oder Zwiegesprächs (vgl. *Deneke* 1993, 128f). Die Symptomatik ist nun eine mögliche Mitteilungsart, d.h. eine Erzählweise, in der das der inneren und äußeren Kommunikation entzogene Erleben zu „sprechen" beginnt (*Boothe* 1994). Wir wollen diese im folgenden mit Hilfe von drei Lesarten genauer verstehen. Als erstes geht es um ein Störungsmodell, das die Symptomatik mit Prozessen der De-Symbolisierung in Zusammenhang bringt. Hierzu seien ein paar Vorbemerkungen zum Begriff der symbolischen Ordnung vorangestellt.

3.1 *Sozialisation als konflikthaft-paradoxe Einführung des Menschen in die symbolische Ordnung der Welt*

De-Symbolisierung ist das Komplement zum Konzept der Symbolisierung, das wir weiter unten ausführlicher erläutern wollen. Modelle der Hermeneutik und Phänomenologie gehen von der Metapher aus, daß wir die Welt als eine Art Text verstehen können (vgl. z.B. *Garz* 1994; *Jung; Müller-Doohm* 1993, *Waldenfels* 1980). Zwischenmenschliche wie subjektive „Wirklichkeiten" entstehen danach infolge von „Sinnzuschreibungen und Interpretationsleistungen" (*Jung; Müller-Doohm*, 21) miteinander handelnder Menschen. Von daher macht es Sinn, den Vorgang der Sozialisation u.a. als konflikthafte Einführung des Menschen in die symbolische Ordnung der gesellschaftlichen Welt zu beschreiben. Konflikthaft, weil der Heranwachsende zum einen in dem Glauben belassen werden muß, er würde die Welt, die er vorfindet, z.B. im frühen Spiel, selbst erfinden (*Winnicott* 1987). Zugleich muß er in eben diesem Glauben ständig desillusioniert werden, um seiner „inneren Realität" über die Differenz zur „äußeren Realität" inne werden zu können. Die Logik des Sinns und des Seelischen besteht somit u.a. in der paradoxen Gleichzeitigkeit von Entfaltung und Begrenzung, von Entwicklung und

Stillstand, von „ja" und „nein" etc. „Der gesunde Menschenverstand besteht in der Behauptung, daß es in allem eine genau bestimmbare Richtung, einen genau bestimmbaren Sinn gibt; das Paradox jedoch besteht in der Bejahung zweier Richtungen, zweier Sinnprägungen zugleich" (*Deleuze* 1993, 15). *Lenzen* meint, daß Erziehung eine alte, kultische Form des Inszenierens und Lösens von Paradoxien sei (*Lenzen* 1993).

Um ein reflexives Verhältnis zu sich selbst, seinem Körper als Leib und zur Welt ausbilden zu können, muß der Heranwachsende somit über die Fähigkeit verfügen, ein inneres Symbolgefüge entwickeln zu können, das wir in der Integrativen Therapie als narrative, scenische Struktur (Skript) definieren. Dieses Symbolgefüge besteht im Kern aus verinnerlichten Interaktions- und Bindungserfahrungen. Mit fortschreitender Entwicklung und Strukturierung des eigenen Symbolgefüges wird der Heranwachsende von der realen Anwesenheit bedeutsamer Personen seiner Lebenswelt unabhängiger, weil „äußeres Dialoggeschehen" zum „inneren Dialog" werden kann. Die innere Konstruktion narrativer Sinnzusammenhänge erfolgt mittels kognitiv-affektiver Vorgänge, die wir als Prozeß der Symbolisierung oder „emotionalen Differenzierung" bezeichnen.

Er setzt im Kind, folgt man den Befunden der Säuglingsforschung, so gegen Ende des zweiten Jahres ein. Je differenzierter und integrierter die Binnenorganisation dieser inneren Arbeitsmodelle sich gestaltet, desto genauer gerät die Selbst- und Weltorientierung („Sinnerfassungskapazität", *Petzold* 1993, Bd. 2, 700) und desto ausgeprägter entwickelt sich die Fähigkeit zur Konflikt- und Ambivalenztoleranz. Letztere spiegelt die Fähigkeit zum Aushalten paradox-widersprüchlicher Beziehungssituationen. Wird dieser Vorgang der Symbolisierung beeinträchtigt, so kann dies zu gestörten, innerseelischen Strukturentwicklungen und damit zur Symptombildung führen.

3.2 Symptombildung und der Vorgang der De-Symbolisierung

Man kann Symptome somit in einer ersten Lesart als Ergebnis von De-Symbolisierungsprozessen verstehen (*Lorenzer* 1977; *Küchenhoff* 1992; *Kimmerle* 1990) oder: Störungen gehen einher mit dem Verlust von Mehrperspektivität und der Fähigkeit zur inneren Triangulierung (*Petzold* 1993, Bd. 3, 1298ff; *Buchholz* 1993). In diesem Fall geht der Klient aus Gründen der Abwehr und des Selbstschutzes auf ein Handlungs- und Erlebnisniveau zurück, bei dem Erfahrungen erneut das Merkmal der Unvermeidlichkeit erhalten. Sie können unmöglich anders sein als so wie sie sind, d.h., es findet ein partieller Verlust von Exzentrizität statt bzw. „die Landkarte wird mit dem Gelände oder die Menukarte mit dem Essen" gleichgesetzt. Dies gleicht einer Art magisch-konkretistischen Denkens und Erlebens, wie sie u.a. im Falle einer dyadisch-konfluenten Beziehungsverstrickung, aber auch bei destruktiv-dissozialen Zerfalls- und Zerstörungsvorgängen auftreten. De-Symbolisierungsprozesse sind somit eine Art Oberbegriff für innerseelische Abwehr- und Bewältigungsvorgänge, die am leiblich-affektiven Beziehungs- und Erfahrungswissen, den subjektiven „Brillen" der Person, ansetzen (*Buchholz* 1990, 130f). Als Selbstschutzmechanismen dienen sie primär der Bewältigung diffuser Angst-, Scham-, Neid- und Wutimpulse, sofern diese als bestandsbedrohend für das vitale Selbstwerterleben wahrgenommen werden. In diesem Sinne haben sie eine kurzfristige Stabilisierungs- und Ordnungsfunktion. Zugleich wird jedoch die kreative Freiheit des Klienten eingeschränkt, seine inneren Skripts und interaktionellen „Drehbücher" immer wieder, situationsangemessen, neu zu konstruieren und damit über inneres Probehandeln zu veränderten Problemlösungen zu kommen. Im Vorgang der De-Symbolisierung werden Skriptanteile und Gefühlsschemata z.T. umgeschrieben und / oder dem Bewußtsein entzogen. Exakter formuliert: De-Symbolisierung vereinfacht und entdifferenziert die verschiedenen Elemente und Bausteine einer narrativen, scenischen Struktur, wobei wir drei Elemente unterscheiden: das Selbst- und Fremdbilderleben, die dazu gehörigen leiblich fundierten Affekte und die Handlungsplanung (*Metzmacher*, *Zaepfel* 1996, Bd. 1). Abwehrvorgänge blockieren und / oder beeinträchtigen die flexible und feinstufige Handhabung dieser Instrumente.

So kann das Bild von mir und dem andern zunehmend holzschnittartig vereinfacht, tendenziell zum „Schwarz-Weiß-Gemälde" werden. Die affektiven Bewertungsschemata können sich in Richtung diffus-allgemeiner Gefühlsmuster, die nur mehr Alarm schlagen, verändern und ihre Informations- und Signalfunktion verlieren. So entsteht z.B. ein Erleben wie „Angst essen Seele auf". Danach nimmt ein Gefühl, z.B. die Angst, vollständig vom Erleben des Kindes Besitz, so daß das Kind sich ihrer nicht mehr zu bedienen vermag, um herauszufinden, was es bedroht oder gefährdet. Generell umfaßt die Vereinfachung und Verzerrung des affektiven Selbstbilderlebens natürlich auch die Körperschemaerfahrung. So können die inneren Leibkonzepte, je nach „Störungsniveau", mehr oder minder in fragmentierte Körperinseln zerfallen, oder bestimmte Leibareale werden der Wahrnehmung entzogen, sozusagen anästhesiert etc. Was die Handlungsplanung anbelangt, so ist es möglich, daß sie sich, in Wechselwirkung mit den eben genannten Skriptanteilen, zu einer Logik des „entweder-oder" an Stelle eines „sowohl-als-auch" verkürzt, d.h., inneres Probehandeln zerfällt in unvermittelbare Rollen- und Handlungsperspektiven. (*Metzmacher, Zaepfel*, 1996, Bd. 1). Es findet der verzweifelte Versuch statt, eine paradox-mehrdeutige, zwischenmenschliche „Wirklichkeit" eindeutig zu machen.

In der Symptomatik kommen dem Heranwachsenden somit Teile seiner Freiheit abhanden, sich entscheiden, Beziehungs-Sinn zu knüpfen und sich innerlich steuern zu können. Anstelle von Erlebnis- und Innenweltdifferenzierung tritt entweder entgrenzt-chaotisches oder rigid-vereinfachtes Innenweltwachstum. Der Heranwachsende wird sich und anderen von der Bauart und den „Brillen" seiner inneren Welt her fremder. Dies um so mehr, je schwerer, komplexer und dauerhafter die Symptomatik sich zeigt. Auslöser für solche De-Symbolisierungsprozesse sind meist externe, lebensweltliche Defizit- und Konflikterfahrungen, sog. kritische Lebensereignisse, die als subjektiv bestandsgefährdend erlebt werden. Damit kommen wir zu einer weiteren Lesart der Symptomatik.

3.3 Symptombildung, Umweltversagen und der graduelle Verlust der „Überstiegsfähigkeit"

Wir können Symptome auch als kompromißhaft verschlüsselte Botschaften und Erzählungen verstehen, in denen der Heranwachsende mitteilt, daß er mit seinen seelisch-sozialen Defizit-und Konflikterfahrungen im Alltag seiner Lebenswelt überfordert ist. In diesem Notruf teilt sich des weiteren eine bestimmte Form des Umweltversagens mit, d.h. eine fehlschlagende Passung zwischen Umweltanforderungen und individuellen Bewältigungs- und Anpassungsfähigkeiten mit (vgl. beziehungstheoretisches Streßmodell in der IT,

Rahm et. al. 1993, 272f). Der Heranwachsende vermag danach die sozialen Netze, in denen er lebt, nicht mehr hinreichend gut zu nutzen, und seine Umwelt findet keine angemessenen Antworten und Hilfestellungen für seine Notlage. In der Sprache des sozialen Konstruktivismus formuliert, driften die persönlichen „Realitätsentwürfe" („Eigenrealität") und die lebensweltlichen Realitäts- und Normerwartungen („Hauptrealitäten") immer weiter auseinander, d.h., man wird einander im Verhalten und Erleben fremd. Der Betroffene ist in seiner „Überstiegsfähigkeit" (*Lempp* 1992, 35ff) beeinträchtigt. Hält dieser „Entfremdungsprozeß" (*Petzold, Schuch* 1992, 414f) an und finden keine hinreichenden Kompensationserfahrungen statt, die die isolierenden Teufelskreismuster unterbrechen, dann kann sich über die Lebensspanne hinweg eine Symptomatik verfestigen, weil die sie steuernden narrativen Strukturen/Skripts ihre Flexibilität und konstruktive Veränderbarkeit verlieren.

3.4 Symptombildung und zeitüberdauernde strukturelle Störungen

Symptome sind somit in einer dritten Lesart psychosomatische und psychosoziale Notfallreaktionen, die, werden sie als solche nicht erkannt, zu habitualisierten Formen der Defizit- und Konfliktbewältigung führen. Wird symptomatisches Problemlöseverhalten in diesem Sinn gewohnheitsmäßig, dann haben sich bereits innere „Notfallprogramme", d.h. pathologische Skripts oder fixierte narrative Strukturen entwickelt (vgl. strukturtheoretisches Störungsmodell, *Rahm* et al. 1993, 297f). Wir können somit dann von strukturellen Störungen sprechen, wenn u.a. die folgenden selbst- und ich-strukturellen Veränderungen zeitüberdauernd vorliegen (vgl. hierzu u.a. *Petzold* 1994, *Petzold, Schuch* 1992 sowie die Kasuistik von *Kuntzag* i.d. Bd.):

1. Generell klaffen die narrativen Wissensstrukturen, die dem Selbst- und Identitätserleben zugrunde liegen bzw. die subjektiv erlebte Beziehungswirklichkeit („Eigenrealität") und die Realitätsentwürfe der bedeutsamen Menschen der eigenen Lebenswelt („Hauptrealität") immer weiter auseinander und sind kommunikativ nicht mehr vermittelbar. D.h. die „Überstiegsfähigkeit" ist chronisch beeinträchtigt.

So erlebt ein Kind z.B. seine Sehnsucht nach Unterstützung innerhalb einer Familie gänzlich anders, als eben diese Sehnsucht von den Eltern wahrgenommen und beantwortet wird, und: diese Entfremdung der „inneren Welten“ ist z.B. im Gespräch nicht mehr zu überbrücken.

2. Die innere Organisation derjenigen Skripts (Selbstbild, Fremdbild, Handlungsentwurf, Affekt), die das leiblich-affektive Selbsterleben sowie soziale und kommunikative Handlungen steuern, ist unterdifferenziert und zu wenig integriert. D.h. die „Drehbücher“ weisen Leerstellen auf oder die Skripts zerfallen in unzusammenhängende „Erzählfragmente“ etc. Ihre selbstreflexive Veränderbarkeit (Akkommodation) sowie Anpassungs- und Orientierungsfunktion (Assimilation) ist beschädigt. Weite Teile der sensumotorischen Körpererfahrung sind nicht symbolisiert und damit nicht in die Leibschemata integriert.

Das o.g. Kind kippt z.B. ständig zwischen Vertrauen und Mißtrauen in der Wahrnehmung seiner Eltern, d.h., es phantasiert sie sehr eindimensional, wie eine Kippfigur, aus, und entprechend „unverständlich“ ist bisweilen z.B. sein Nähe-Distanzverhalten. Des weiteren „verunfallt“ es häufig bzw. fügt sich Selbstverletzungen zu etc.

3. Die Abwehr- und Bewältigungs- (coping)-Mechanismen in Gestalt übervereinfachender De-Symbolisierungsvorgänge treten nicht nur episodisch, sondern dauerhaft auf. Damit geht ein mehr oder minder starker Verlust von Mehrperspektivität und triangulierendem Wahrnehmen und Erleben einher. Solche Abwehrvorgänge wirken somit auf Dauer wie Fehlprogrammierungen, computersprachlich ausgedrückt, wie „Viren“, die immer gröbere Webfehler im Netzwerk der Skripts und des emotionalen Beziehungswissens erzeugen. Damit wird die Fähigkeit der Ichstruktur, dem eigenen Handeln und Erleben sozialen Sinn und Bedeutung zu verleihen („Sinnerfassungskapazität“, *Petzold* 1993, Bd. 2, 700ff) immer geringer. Der Betroffene wird zunehmend sozial und affektiv „lernbehindert“, d.h., es fällt ihm schwer, aus Erfahrung zu lernen bzw. die Rückmeldungen seiner Lebenswelt korrigierend zu verarbeiten. Ein Grund hierfür ist, daß diese Schwächung der „Überstiegsfähigkeit“ und Mehrperspektivität mit einer abnehmenden psychosozialen Anpassungs- und Konfliktbewältigungskompetenz

einhergeht. Davon sind auch verschiedene Qualifikationen des Rollenhandelns betroffen, wie z.B. Rollenemphatie und Rollendistanz etc. Die Folge sind vermehrte soziale Konflikte und Kränkungserfahrungen, die wiederum auf eine geschwächte Ich-Struktur treffen, womit der Teufelskreis geschlossen ist.

Das o.g. Kind fühlt sich z.B. sofort ausgeschlossen, wenn ein „Dritter" hinzukommt, und verschlüsselt die Nähe und Distanz von Menschen meist nach der Logik „entweder du bist für mich oder gegen mich". Es nimmt nahezu jede Kritik allzu „wörtlich" und hat kaum die Möglichkeit, sich innerlich zu distanzieren und sich selbst zu beruhigen, d.h., die symbolisch geschlagene Wunde verheilt nicht. Die emotionale „Verwertungsstörung" führt dazu, daß es Unterstützungsangebote immer weniger zu nutzen vermag.

4. Die eben skizzierten Veränderungen können zum einen zu einer chronisch werdenden Selbstwertproblematik führen, weil die dem Selbstbild zugrundeliegenden Skripts nur mehr negative Erfahrungen enthalten, die von unzureichender Wirkamkeit, Ausgrenzung und Nicht-Anerkennung handeln. Das o.g. Kind entwirft sich von seinem Selbstbild her möglicherweise als jemand, der die ungeteilte Aufmerksamkeit des andern benötigt, um sich wertvoll und handlungsfähig zu erleben. Kritik wird schnell als fundamentales „nein" zur eigenen Person erlebt.

Zugleich erlaubt ihm sein rigid vereinfachtes „Näheskript" nicht, Zuwendung „hinreichend gut" zu verwenden, weil in ihm Nähe mit Schmerz oder unvermuteter Trennung „semantisch" verknüpft ist.

Zum zweiten drohen psychosomatische Störungen aufgrund einer chronifizierten Körperschemastörung, weil die de-symbolisierten „Leerstellen" in den „Archiven des Leibes" z.B. keine leibbezogenen Fürsorgehandlungen ermöglichen.

Daß die Differenz zwischen Eigen-und Hauptrealität zu groß wird, um noch konsensfähige Kommunikation zu ermöglichen, hat, dies sei besonders betont, meist nicht nur lebensgeschichtliche Gründe. Vielmehr werden aktuelle, soziale Verursachungsmomente in dem Maße bedeutsam, wie im Zeichen eines radikalen sozialen Wandels der Einzelne auf eine unübersehbare Vielfalt von „Wirklichkeitsentwürfen" stößt, die seine Sinnerfassungskapazität chronisch zu überfordern drohen (*Zaepfel*, *Metzmacher* 1996).

Die soziale Mitwelt schlägt nun meist an dem Punkt der Entwicklung Alarm, wo ihre Beziehungsangebote, ihre Verständigungsversuche und sozialen Kontrollroutinen ins Leere laufen, weil die Differenz zwischen „Eigen- und Hauptrealität" unüberbrückbar erscheint. Menschen kommen somit dann in professionelle Beratung, wenn ihre systemischen wie individuellen Selbstbehandlungs- und Selbstreflexionsversuche gescheitert sind. In diesem Fall wird der Heranwachsende häufig zum „Fall" für den „Experten" erklärt. Dieser soll einen Zugang zur „inneren Wirklichkeit" des Klienten finden, die von der Mitwelt nicht mehr verstanden werden kann. Der kindlich/jugendliche „Dissident", meist wider Willen, soll darüber Anschluß an die lebensweltlich bedeutsamen Realitätsentwürfe finden. Die Symptomatik „lesen" oder verstehen zu können, bedeutet nun, daß der Klient einen Ort benötigt, an dem sich die Symptomatik zeigen und entfalten darf, ohne daß sich Therapeut und Klient in gleicher Weise einander „entfremden", wie dies für Teile der Alltagsbeziehungen des Klienten der Fall ist.

4. Therapie als Möglichkeitsraum und Ort eines „Kampfes um soziale Anerkennung"

Die Therapie, entwirft man sie als angewandte Entwicklungspsychologie, kann nun als entwicklungsfördernder Dialog verstanden werden (vgl. hierzu *Herzka, Reukauf* 1996). Der Ort, an dem sie stattfindet, wird darüber zu einem Möglichkeits- und Übergangsraum (*Winnicott* 1987, *Khan* 1990, *Bürgin* 1996, *Benjamin* 1993) bzw. zu einer Art „safe place", wie ihn *Katz-Bernstein* beschreibt. Der Therapeut wirkt dabei einerseits wie eine Art Resonanzraum und „Container" für jene „Eigenrealitäten" des Klienten, zu der dieser selbst einen bewußtseinsfähigen Zugang verliert oder von der er sich in seiner Selbstregulation überwältigt erlebt. Dadurch fungiert er des weiteren als Übersetzer und Vermittler zwischen dem fremden „Eigen-Sinn" der Welt des Heranwachsenden und der vielfältig gebrochenen „multiplen Hauptrealität" der Erwachsenen. Zum dritten ist der Therapeut ein „Ermöglicher" (fascilitator), der in bislang unbekanntes Neuland des Verhaltens und Erlebens einführt und dem Klienten Möglichkeiten eröffnet, vorhandene Ressourcen und Potentiale im „Innen" wie im „Außen" besser wahrnehmen, entwerfen und realisieren zu können. Zuletzt aber ist der Therapeut immer auch alltäglicher Repräsentant sozialer Kontrollinstanzen und normativer Vertreter der Erwachsenenrealität. Davon ist er auch im

Raum freier Praxen nicht ausgenommen, denn auch dort ist er zumindest materiell von sozialstaatlichen Finanzierungsquellen abhängig.

In allen 4 Rollen und Funktionen tritt der Therapeut dem Heranwachsenden gegenüber, um ihm dabei behilflich zu sein, zu einer hinreichend guten „Überstiegsfähigkeit" zwischen „Eigen-" und „Fremdrealität" im Sinne von *Lempp* (1993) zurückzufinden. Die Annäherung der beiden „Welten" und „Realitätsentwürfe" beinhaltet dabei einen beidseitigen Prozeß der Anerkennung. Die „Erwachsenenwelt" schließt sich für das „Selbst- und Welterleben" des Heranwachsenden auf, und dieser muß anerkennen lernen, daß er seine Realitätskonstruktionen immer wieder an der der Erwachsenen abarbeiten muß. Beziehung wird so erfahren als wechselseitiger „Kampf um Anerkennung" (*Honneth* 1992, *Benjamin* 1993) der jeweils individuellen wie kollektiven Lebensentwürfe. Kampf, weil jedwede Übereinkunft (shared-meaning) immer nur vorläufig ist und weil bei aller Gemeinsamkeit immer das Fremde am anderen, d.h. die Differenz zwischen unser beider Erleben, ertragen und anerkannt werden muß. Kampf aber auch deshalb, weil selbständig und mündig zu werden das Ergebnis einer konflikthaften Auseinandersetzung zwischen den Generationen beinhaltet, in deren Verlauf Eigenheit und gemeinschaftliche Orientierung ständig aufs neue miteinander vermittelt werden müssen (*Brumlik* 1995). D.h. der Therapeut muß zu seiner Rolle als Vertreter der Erwachsenengeneration und Agent sozialer Kontrolle stehen, will er wirklich eine Brücke zur Welt des Sozialen schlagen. Verleugnet er diesen Aspekt, nährt er die Illusion des Kindes, es gäbe einen konfliktfreien Raum außerhalb des Gesellschaftlichen.

4.1 Die „innere Autonomie" des Therapeuten als Bedingung für die Haltung des „partiellen Engagements"

Die hier skizzierte mehrperspektivische Grundhaltung des Therapeuten ist eine Art Balancemodell, das dem Therapeuten bei der Erhaltung seiner „inneren Autonomie" bzw. bei der Umsetzung „partiellen Engagements" behilflich sein soll (*Petzold* 1980). Er ist danach nie nur der „containernde" oder Halt gebende Therapeut, sondern immer auch, selbst in regressivsten Krisensituationen, virtuell auch ein grenzsetzender Behandler (*Metzmacher, Zaepfel* 1994b). Er hält somit, stellvertretend für den Klienten, einerseits den Kontakt zu jenen Persönlichkeitsanteilen und narrativ gespeicherten Potentialen aufrecht, die der Klient in der aktuellen Situation oder Therapiephase verloren oder über die er vielleicht nie angemessen verfügt hat. Zugleich „weiß" er um die settingspezifischen wie lebensfeldeigenen Grenzen, die dem Klienten sowohl durch ihn wie durch die bedeutsamen Menschen seiner Nahwelt gesetzt werden. Der Therapeut, der in diesem Sinne auf mehreren Ebenen „real" und virtuell zugleich zu handeln versucht, ist ein lebendiges, fehlerfreundliches Modell für hinreichend gelingende Triangulierung. Stellen wir uns z.B. die Situation eines sehr verzweifelten 6jährigen Mädchens vor, das, völlig verstummt und in sich zurückgezogen, scheinbar jeglichen Kontakt zu seinen archivierten Ressourcen, d.h. verinnerlichten positiven Selbst- und Fremdbildern verloren zu haben scheint. Abgrenzung hieße in einem solchen Fall u.a., daß der Therapeut diesem Mädchen, bei allem, auch leiblichem Halt, die Möglichkeit eröffnet, sich mit seiner Hilfe an noch so kleine Spuren eigener Fähigkeit aktiv zu erinnern. Letzteres aber ist nur möglich, wenn der Behandler der tiefen Sehnsucht nach völliger Ent-Lastung eine innere Grenze zu setzen vermag, indem er stellvertretend für das Mädchen eine innere Triangulierung vornimmt.

Der Heranwachsende glaubt vermutlich in dem Maße an seinen „Lebens- und Identitätsentwurf", wie er sich als eigenständiger Konstrukteur von Lebens- und Gemein-Sinn erlebt, dem Anerkennung gerade auch da widerfährt, wo er für die bedeutsamen anderen seiner Lebenswelt fremd und unbegreiflich wird. Es ist dieser Respekt vor seiner unverwechselbar individuellen Erfahrungswelt, die es dem Behandler zugleich erlaubt, ihn mit den Grenzen und Belangen der sozialen Nah- und Fernwelt zu konfrontieren. Denn erst die Verbindung beider Erfahrungen vermittelt Impulse zu vermehrter Konflikt- und Solidaritätsfähigkeit.

Was und wie wird nun in einer Therapie, definiert als Möglichkeitsraum und Ort eines sozialen Kampfes um Anerkennung, u.a. gelernt?

5. Therapie als Vermittlung seelischer und kommunikativer Funktionen bzw. als Prozeß der Symbolisierung

Der therapeutische Dialog zielt unseres Erachtens darauf ab, daß der Heranwachsende sich die Funktionen und Qualitäten dieses Dialoggeschehens, z.B. Funktionen des „Haltens" und „Förderns", aneignet. Diesen „Lern- oder Verinnerlichungsvorgang" kann man, wie o.g., als symbolischen Lernprozeß oder als Prozeß „emotionaler Differenzierung" beschreiben (vgl. *Katz-Bernstein* 1990). Danach verändert bzw. rekonstruiert der Klient Teile seines bis dahin gespeicherten emotionalen Beziehungswissens (narrative Strukturen). Wir bezeichnen der Einfachheit halber solche hochkomplexen Wissenssysteme als „innere Landkarten" oder Drehbücher", eben Skripts (*Metzmacher*, *Zaepfel* 1996, Bd. 1). D.h. wenn wir von Selbst- und Ichstrukturen in der Integrativen Therapie sprechen, wie z.B. Ichstärke oder (Leib-)Selbstvertrauen, dann sind damit solche Wissensstrukturen gemeint, die wie ein weit verzweigtes Netzwerk assoziativer Querverbindungen organisiert sind. Wie ein Kind z.B. Nähe erlebt, ist in seinem „Näheskript" „abgebildet"; oder was für das Kind Vertrauen heißt, ist in einer narrativen Struktur mit dem Etikett „Vertrauen" organisiert. Dieses „semantische Bedeutungsfeld" (*Grawe* 1980, 150), in dem das Kind z.B. seine „Vertrauenserfahrungen" organisiert, besteht, wie o.g., aus kognitiv-fiktionalen, leiblich-affektiven und interaktionalen Elementen. Sie gilt es szenisch-diagnostisch im gemeinsamen Spiel und Gespräch zu erschließen. Dabei erfahren wir nicht nur, was das Kind an inneren scenischen Bild- und Skriptentwürfen zum Thema „Vertrauen" entwickelt hat, sondern auch auf welche Weise es diese „Bedeutungsnetze" webt, konstruiert und sie interaktionell in Szene setzt. Diese inneren Konstruktionsvorgänge haben wir weiter oben mit dem Prozeß der Symbolisierung gleichgesetzt.

5.1 Symbolisierung als „Schemaspielen" und „inneres, kreatives Probehandeln"

Wir bezeichnen nun mit dem Begriff Symbolisierung alle innerseelischen kognitiv-affektiven Handlungen des Kindes, mit dessen

Hilfe es seine Skripts bewußtseinsfähig macht, sie verändert, verflüssigt und neu gestaltet. Symbolisieren heißt folglich, daß der Klient seine inneren Bilder, sein szenisch verfaßtes Beziehungswissen und damit seine Selbst- und Weltsicht konstruieren und rekonstruieren kann (*Kimmerle* 1990; *Katz-Bernstein* 1990, 884ff). Damit ist er nicht in der Welt der Fakten gefangen, sondern kann vielmehr neue Beziehungsszenen erfinden, Geschehenes nachspielen und nach Belieben anders gestalten. Auch kann er Wünsche und Ängste in der Phantasie und im Denken entwerfen und modifizieren. Ebenso vermag er von einem Zeitmodus in den andern zu wechseln und sich und sein gesammeltes Wissen selbstkritisch betrachten. Wenn der Klient symbolisiert, ist er somit in einem inneren Dialog mit sich, der einen enormen Möglichkeitsraum eröffnet. Im Prozeß der Symbolisierung erschafft sich die Person einen inneren Bühnenraum, in dem sie abwechselnd Dramaturg, Regisseur, Schauspieler, Zuschauer etc. in einem zu sein vermag (*Petzold* 1990). Symbolisieren ist somit „inneres, kreatives Probehandeln" oder „Schemaspielen", wie es *Lenk* nennt (*Lenk* 1995, 208), nur daß man mit sich selbst bzw. mit den eigenen Wissensbeständen und Bildern, den Zeichen und Phantasien in den verschiedensten Archiven und Gedächtnisspeichern „spielt" (*Katz-Bernstein* 1995). Im Prozeß der Symbolisierung verarbeiten wir konkrete Beziehungserfahrungen durch die Brille unserer Skripts hindurch und verändern darüber letztere. Symbolisierung meint somit immer auch skript- und schemageleitete Interpretation und Deutung von innerer und äußerer Wirklichkeit. Dabei bedient sich der Symbolisierungsvorgang dreier Zeichenebenen: Er vermag mittels einer Choreographie von Bewegungszeichen Innerseelisches ebenso zu „erzählen", wie er im Medium ikonischer Zeichensprache „Inneres" im Malen „veranschaulicht" oder in den Netzen der Sprache konflikthafte, defizitäre und positive Erlebnismuster einfängt (*Metzmacher*, *Zaepfel* 1996, Bd. 1). Alles Innerseelische, vom Gefühl über die Leiberfahrung bis zur Handlung, ist nur dann zugänglich, wenn es symbolisiert ist, d.h., auch Emotionen sind u.a. „reflexive Interpretationskonstrukte" (*Lenk* 1994, 142f). Wenn wir somit meinen „im Kontakt mit uns selbst, einem Gefühl, einer Leibempfindung oder einer anderen Person zu sein", dann sind wir zunächst einmal im Kontakt mit unseren inneren Bildern, Phantasmen und Skripts über uns selbst und die andern. Erst Symbolisierung ermöglicht, daß wir „äußere" in seelisch-leibliche Realität übersetzen und: Nur das, was symbolisiert ist, ist veränderbar.

Therapie als „narrative Praxis“ ist somit der Versuch, im gemeinsamen Erzählen „innerer Geschichten“, veränderte Prozesse der Selbstauslegung, des Selbstverstehens und des äußeren Handelns anzuregen, d.h. Symbolisierungsleistungen zu ermöglichen.

Es sei an dieser Stelle betont, daß affektive und bindungsbezogene Symbolisierungsvorgänge bei Kindern auf das engste mit kognitiven und sensumotorischen Teilleistungsfertigkeiten in Wechselwirkung stehen. Da diese ein bedeutsames Werkzeug für innerseelische Konstruktionsvorgänge sind, ist deren Diagnostik unerläßliche Voraussetzung zum besseren „Verstehen“ der inneren Bedeutungswelt des Kindes und des Jugendlichen (*Lempp* 1992, 41f).

5.2 *Symbolisierung als innere Bedingung, sich selbst besser zu verstehen und abgegrenzter in der Beziehung zu andern zu sein*

Nun wird klarer, daß im therapeutischen Dialog Anstöße gegeben werden, um den inneren Dialograum so zu verändern, daß in ihm bis dahin nicht symbolisierte Wünsche, Ängste, Traumata, Defizite und Sehnsüchte einen Platz und Ausdruck finden. D.h. wir ermöglichen dem Klienten, daß er innere Bilder, „Drehbücher“ und „Landkarten“ von diesen Beziehungswünschen und Gefühlen etc. zu entwickeln beginnt, so daß sie für die Handlungsplanung und -ausführung besser „nutzbar“ werden. Diesen inneren Dialograum aufrechtzuhalten und zu fördern, setzt Beziehungserfahrungen voraus, die den Erwerb eines hinreichend stabilen, leiblich gegründeten Selbst-Vertrauens (Leibselbststruktur) und Ich-Stärke ermöglichen. Jeder Klient wird seine „inneren Arbeitsmodelle“ über sich und die Welt nur dann und in dem Maße verändern, wie sie mit den Konstruktionen seines Identitätsselbst bzw. seines Kernselbstwerterlebens zu verbinden sind bzw er diese nicht bedroht sieht (*Eagle* 1988, 141f). Abwehrphänomene wie die o.g. De-Symbolisierungsmechanismen verstehen wir von daher als bestandserhaltende Bewältigungsversuche, die unbedingt in ihrem subjektiven und kommunikativen Sinn verstanden werden müssen, ehe man Veränderungsangebote macht.

Erst, wenn der Klient sich dieser Zurück-Haltung des Therapeuten sicher ist, kann der o.g. symbolische Lernprozeß in einer Weise erfolgen, daß biographisch widerfahrene Abhängigkeiten und Bevormundungen sich nicht in maligner Weise wiederholen. Dann kann der Klient die im therapeutischen Raum inszenierten, (atmosphärischen) Beziehungs- und Interaktionsangebote dergestalt „verinnerlichen", daß er sie als Wissen in der Beziehung zu sich selbst und mit anderen nutzbar zu machen versucht. Indem der Klient mittels der therapeutischen Resonanzgebung, Spiegelung und Grenzsetzung eine veränderte Beziehung zum Therapeuten realisiert, verändert, ja verflüssigt er seine bislang verwendeten „Beziehungsdrehbücher" und „Realitätsentwürfe" (Skripts) und formt sie neu. Dies führt zugleich dazu, daß er ein verändertes Selbstverhältnis zu entwickeln beginnt (*Bacal*, *Newmann* 1994, 274ff). Er lernt z.B., daß er sich selbst anzuregen und zu aktivieren vermag, daß er sich selbst vor Überstimulation zu schützen in der Lage ist und daß er sich selbst trösten kann, wenn das Alleinsein überhandzunehmen droht. Diese basalen Selbstregulationsfertigkeiten sind somit auf sich selbst angewandte, symbolisierte Beziehungserfahrungen. Werden sie zu Skriptbestandteilen bzw. Teil narrativer Strukturen, so ist der Heranwachsende zusehends in der Lage, sich eben nicht nur mit Hilfe des real anwesenden Gegenüber zu trösten, sondern unter Verwendung des verinnerlichten, symbolisierten und darüber erinnerbaren andern. Ein solches Kind oder ein Jugendlicher entwickelt in seinem Selbstverhältnis eine Art inneren Dialog mit einem hinreichend „guten" inneren Selbstanteil („gutes Introjekt" bzw. „Selbstskript"), eine Art „innerer Beistand" (*Rahm* et al. 1993, 124). Letzterer ist für den Heranwachsenden das, was ein guter „innerer Supervisor" (*Casement* 1989; *Zaepfel*, *Metzmacher* 1996) für den Therapeuten ist. Dieses „innere Beistandsmodell" arbeitet jedoch nur verläßlich, wenn es nicht allein aus idealisierten Bausteinen besteht. Danach sollte dieses Skript etwas ausgewogener Hell-Dunkelfacetten, eine verläßlichere Unterscheidung von Beruhigung und Schmerz oder so etwas wie liebevoll gemilderte Wut enthalten.

Ein positives Selbstwertgefühl oder -erleben hängt von der Existenz solcher „guten", d.h. hinreichend differenzierten und integrierten Selbstbilder (Selbst-Skripts) ab. Sie vermitteln dem Kind/Jugendlichen das subjektive Gefühl, wieder stärker als bislang Zentrum seines Handelns und Erlebens zu sein, wodurch sein

Blick offener wird für die Grenzen und Konflikte in seiner Innen- wie Außenwelt. So gestärkt vermag er nämlich, bislang nicht wahrgenommene Gefühle, Gedanken und Handlungsimpulse im inneren Zwiegespräch mit sich zu untersuchen, sie zu „verstehen" und sich etwas selbst zuzumuten, d.h. sich selber zu „halten" und sich zu „fördern".

Voraussetzung für diesen Prozeß veränderter Selbst- und Beziehungsregulation ist nun, daß der therapeutische Dialog u.a. zwei Erfahrungsqualitäten vermittelt: die des „Gefördert-Werdens" und die des „Gehalten-Werdens", eben eines Beziehungsangebotes, das Kontakt und Grenze balanciert zu vermitteln vermag. Ihnen entsprechen auf seiten des Therapeuten die technischen Grundhaltungen des „Haltens" und des „Förderns". Beide Haltungen sind unterlegt vom Prozeß des szenisch-hermeneutischen Verstehens. Letzteres ermöglicht uns, zu einer Reihe von Annahmen darüber zu kommen, wie das Kind seine innere Welt, d.h. sein emotionales Erfahrungs- und Beziehungswissen organisiert, es verflüssigt, neu formt oder in rigiden Schwarz-Weißschemata (fixierte narrative Strukturen) erstarren läßt.

6. Therapie als Prozeß des „Haltens" und des „Förderns"

Der Kindertherapeut bietet mittels dieser beiden Grundhaltungen, d.h. in methodisch reflektierter Form, wesentliche Elemente eines zeitlich befristeten Weggeleits durch einen bedeutsamen, fürsorglich-fördernden Erwachsenen an (*Petzold*, *Ramin* 1987, 380f). Die Fertigkeiten und Beziehungsangebote, die hierbei zur Anwendung kommen, können unter Verweis auf moderne Entwicklungsforschung als gesichert gelten. Als Beispiele seien genannt:

Einstimmung auf und „Containement" von Affektzuständen, d.h. Spannungsregulation und Beruhigung; Validierung (Bestätigung) der subjektiven Erfahrung – einschließlich vorübergehender Identifizierung mit der „Richtigkeit der Wahrnehmung des Kindes"; Stützung und Organisation des Selbstwertgefühls und Selbstkontrollerlebens; Spiegelung und Aktivierung des kreativen Potentials, Strukturierung, Lenkung und ggf. Begrenzung ungerichteter Impulsivität des Kindes etc. (*Petzold* 1994b; *Lichtenberg* 1995).

Im Vorgang des „Haltens“ bietet sich der Therapeut hiernach z.B. als eine Instanz an, die dem Kind/Jugendlichen hilft, zu einer differenzierteren und integrierteren Ordnung seiner bedrohlich desorganisierten Gefühls-, Gedanken- und Impulswelt zu gelangen. Dabei wirkt er, metaphorisch gesprochen, häufig wie ein haltgebendes „Gefäß“, das nicht aushaltbare Impulse des Klienten stellvertretend ordnet, benennt, mitteilt und so in die Beziehung einbringt, daß darüber Kontakt und Austausch entsteht. Dieses „containing“ (*Bacal, Newman* 1994, 130f) ist somit eine Kombination aus Verstehen („cognitiv containing“, *Becker* 1990, 101f) und symbolischem Handeln („Holding“, *Bacal, Newman* 1994, 245f). Es bietet dem Klienten die Möglichkeit, die zuvor nicht „aushaltbaren“ Impulse bewußter zu erfahren, sie zu verstehen und sie darüber kommunikativ besser zu nutzen. Wichtig ist nun, daß der Begriff des „containing“ nur eine regulative Idee ist, die nicht wörtlich genommen werden darf, weil es einen Perfektionismus suggeriert, um den es eben nicht geht. Man kann auf heftige Affekte nicht zugleich in „verdauter Form reagieren“, ja es ist sogar wichtig, daß der Klient mitbekommt, wie der Therapeut „verdaut“, d.h. wie er mit den Gefühlen und der Handlungsverstrickung kämpft, um sie ein wenig zu „modulieren“. Ein Lerneffekt besteht vermutlich darin, daß der Klient über das Lernen am Modell die Fähigkeit zur inneren Symbolisierung von Gefühlen, d.h. zur Affektregulation erwirbt (*Dornes* 1995).

„Halten“ geschieht u.a. in der Absicht, daß das Kind lernt, sich zunehmend selbst zu halten und sich abgegrenzter halten zu lassen. In diesem Sinn zielt begleitend-regressives Arbeiten als wesentliches Moment des „Haltgebens“, immer darauf ab, die Ich-Funktionen und das Selbstwertgefühl des Kindes zu stärken, d.h. eigeninitiative Vorgänge der Symbolisierung in Gang zu setzen. Im Modell der „horizontalen Regression“ (*Petzold, Ramin* 1987, 381) steht somit unseres Erachtens nicht die „Realbefriedigung“, z.B. von Geborgenheitswünschen, im Vordergrund, sondern die Erfahrung, daß solche Wünsche gesehen und anerkannt werden und daß es Wege gibt, sie *partiell* zu befriedigen. „Realbefriedigung“ wird hier als eine Art des Gebens definiert, bei dem der Therapeut seine „innere Autonomie“ und hinreichend gute Abgrenzung im Sinne der o.g. „inneren Triangulierung“, verliert. Kommt die „innere Autonomie“ im Wege einer solchen Konfluenz abhanden, so verschmilzt der Therapeut in seiner Eigenübertragung auf den Klienten mit einer unbewußten Allmachtsattitüde, die meint, der Klient existiere nur durch ihn. Wird dies nicht wahrgenommen, können therapeutisch induzierte, maligne Regressionen der Fall sein. Gelingt dem Therapeuten eine hinreichend gute Balancierung der o.g. Grundhaltungselemente, so kann regressives Arbeiten zur Veränderung innerer „Arbeitsmodelle" wie z.B. subjektiver „Geborgenheits- oder Näheskripts" führen, und zwar immer mit dem Ziel der emotionalen Differenzierung und Integration dieser Skripts.

Diese hier sehr komprimiert formulierten Annahmen wollen wir noch ein wenig ausführen.

6.1 Horizontale Regression, ein Weg, innere „Arbeitsmodelle" zu verflüssigen und differenzierter zu konstruieren

Regressionsarbeit dient, symboltheoretisch formuliert, der Verflüssigung und Korrektur verfestigter (Leib-) Selbst-, Fremd- und Beziehungsbilder (vgl. hierzu ausführlich *Petzold* 1993, Bd. 2, 851ff sowie *Schneewind* 1996 i.d.Bd. und *Metzmacher*, *Zaepfel* 1994b). D.h. regressive Beziehungsangebote „wirken" nur, wenn sie innere Konstruktions- d.h. Symbolisierungsprozesse anregen, die rigid gewordene Konzepte verändern. Bei emotional verstörten Klienten kann z.B. Nähe als bedrohlich, vereinnahmend, beengend etc. ausphantasiert und erlebt werden (rigid vereinfachtes „Näheskript"). Der „gute Blick", die „tröstende Geste" des Therapeuten müssen erst, durch die Brille des Klienten betrachtet, als solche wahrgenommen werden, um zu wirken. Die Brille aber sind *seine* Skripts und „Drehbücher", die in dieser Situation reaktiviert sind. Regressionsprozesse bedürfen folglich einer ständigen intuitiven wie reflektierenden Hypothesenbildung darüber, wie der Klient die Situation innerseelisch wahrnimmt, kommentiert und bewertet. Dies gilt um so mehr, je ausgeprägter die strukturelle Störung der Skripts und damit die Ambivalenz sowie Nähe-Distanzproblematik des Klienten vermutlich ist.

Bei einem 12jährigen Jungen, der körperliche Nähe sucht, würde der Therapeut z.B. zwischen den folgenden Anforderungen einen Kompromiß zu finden versuchen: Wie kann er der Sehnsucht des Kindes nach Trost, Geborgenheit und Beruhigung so nachkommen, daß er zum einen dessen Ängste davor im Blick behält, zum zweiten seine eigenen Distanzierungs- oder Näheimpulse ernst nimmt und zum dritten berücksichtigt, daß das Kind am Ende der Stunde in ein Zuhause zurückkehrt, das mit eben diesen Sehnsüchten z.T. sehr verschieden umgeht. Professionalität im „Halten" zeichnet sich u.a. dadurch aus, daß nicht einfach „gegeben" wird, was ersehnt wird, sondern daß im Therapeuten ein innerer Abklärungsprozeß stattfindet, der zu einem vertieften Verständnis des inneren, z.T. paradoxen Erlebens des Klienten und der gemeinsamen Szene führt. Seine Exzentrizität bzw. sein Zwiegespräch mit dem „inneren Supervisor" könnte u.a. die folgenden Fragen enthalten:

- Was befürchtet das Kind parallel zu dem, was es ersehnt oder wünscht?
- Was vermag es in der Situation z.B. an Tröstung selbst zu übernehmen?
- Wieviel reale bzw. symbolische Befriedigung ist dienlich, damit das Kind erleben kann, daß seine Sehnsucht gesehen und zugleich ihr illusionärer Anteil nicht zu sehr verstärkt wird?
- Wie würde ein bedeutsamer, imaginärer Dritter aus seiner Lebenswelt diese „regressive" Situation kommentieren, d.h., in welchen möglichen Loyalitätskonflikt gerät das Kind mit den verinnerlichten primären Bezugspersonen?
- Zu wem werde ich als Therapeut für das Kind bzw. mit welchen Bildern und Phantasien besetzt es mich im Kontext dieser Situation?

Indem der Therapeut sich den o.g. Fragen und seinem Gegenübertragungserleben öffnet, verbindet er die Prozesse des Haltens und Förderns. Stütze und Grenze, Anregung und Abschirmung, Anbieten und Versagen, sie sind so aufeinanderbezogen, daß sie in jeder therapeutischen Handlung in unterschiedlicher Dosierung vorkommen. Wichtig ist nun, daß im Angebot des Förderns stets ein pädagogischer Anteil enthalten ist, der den Rahmen schützen hilft oder in übungszentrierten Prozessen das Kind erst spiel-, d.h. interaktiv symbolisierungsfähig werden läßt. Vielfach behinderte Kinder bedürfen häufig dieser Vorlaufphase, in der sie erst die seelisch-kommunikativen Werkzeuge und Sicherheiten entwickeln, um zum freien symbolischen Spiel zu kommen (vgl. hierzu *Katz-Bernstein* 1996 i.d.Bd.). Es sind gerade die Kinder mit komplizierten Mehrfachbehinderungen, vor allem im Teilleistungsbereich und psychiatrischer Diagnose, bei denen regressive Prozesse besonderer Vorsicht bedürfen, d.h., die Schwelle zur malignen Regression ist sehr niedrig. Ein Grund hierfür liegt in der strukturellen Schwäche der Skripts sowie der Abwehr- und Bewältigungsmechanismen. Die inneren Deutungen und Interpretationen dieser Kinder erfolgen danach auf der Grundlage sehr undifferenzierter Skripts sowie emotionaler Schemata einerseits und sehr schlichter Abwehrmechanismen und z.T. unbeholfener Bewältigungsfertigkeiten andererseits. Entsprechend paradox, konflikthaft oder überflutend können z.B. intensive Näheangebote auf seiten dieser Kinder verarbeitet werden. Solche Kinder bedürfen somit eher der „diätetischen" Näheangebote, die der inneren, schemabezogenen „Halt- und Verwertungsschwäche" Rechnung tragen (vgl. hierzu *Reichhard* i.d.Bd.).

Wenn wir im Modus des „Haltens" und des Kontakts handeln, dann bedarf dieser als Figur immer auch der virtuellen Anwesenheit des „Förderns" und somit der Grenze als Hintergrund. Beide Haltungsvarianten sind dialektisch miteinander verschränkt und bedürfen zu ihrer Dosierung und Indikation einer spezifischen Zurück-Haltung. Letztere ermöglicht die Einnahme einer exzentrischen Position, in der ein innerer Dialog mit dem „Inneren Supervisor" im Therapeuten (*Zaepfel, Metzmacher* 1996) möglich wird. Mit dem Wechsel zwischen aktiv-übenden bzw. anregenden und eher prozeßbegleitenden Formen des Haltens und Förderns wird nun aber ein methodisches Dilemma deutlich. Für den kindlich- jugendlichen Klienten ist es wichtig, daß er in dem Eindruck und Gefühl bestärkt wird, daß er den Lernvorgang maßgeblich selbst bestimmt. Dies bedeutet für den Therapeuten, daß er, wenn möglich, „hinter ihm bleibt". Nun bedarf er aber, wie o.g., auch des Therapeuten, der „vor ihn gelangt", indem er dem Klienten etwas zeigt, für ihn etwas baut, für ihn etwas stellvertretend im Rollenspiel ausdrückt, ihn begrenzt bzw. ihn an etwas hindert, woran er oder die Beziehung Schaden nehmen könnte. Es ist die Balance zwischen „vor das Kind gelangen" und „hinter dem Kind bleiben", die das „Halten" und „Fördern" schwierig macht und die im Modell des „partiellen Engagements" beschrieben wird. Um diese Balancen handhaben zu können, muß ich „verstehen", was sich beziehungssprachlich, d.h. szenisch-interaktionell zwischen Therapeut und Klient und innerseelisch im Klienten abspielt, womit wir bei einem methodenübergreifenden Thema sind.

7. Therapie als Vermittlung von Handlungsdialog und szenisch-hermeneutischem Verstehen

Wir gehen in der Integrativen Therapie /Gestalttherapie davon aus, daß es eine theoretisch-praktische Verbindung zwischen „äußerem" und „innerem Handlungsdialog" bzw. zwischen Handeln und Verstehen gibt (*Petzold* 1993, Bd. 1, 91ff). Dies bedeutet, daß im Therapiegeschehen direktive und nondirektive, abstinente und aktivierend-anregende Haltungselemente miteinander vermittelt werden können. Das Modell des „partiellen Engagements" (*Petzold, Ramin* 1987, 391f) versucht diesem Anspruch Rechnung zu tragen. Es ist u.a. als eine Antwort auf den ermüdenden Streit zwischen tiefenpsychologisch-analytischen und verhaltenstheoretischen Positionen zu verstehen. Reduziert sich erstere mitunter auf das ausschließliche Verstehen verinnerlichter Objektbeziehungsaspekte und vernachlässigt darüber die „reale Interaktion", indem sie diese als bloßes Agieren auffaßt, so akzentuiert die Verhaltenstherapie zu ausgeprägt das beobachtbare Interaktionshandeln und seine kognitiven Anteile. Gewiß, alle therapeutischen Schulen sind sich mittlerweile darin einig, daß die Persönlichkeit des Therapeuten (Therapeutenvariable) und die Beziehung zwischen Therapeut und Klient zentrale Wirkfaktoren für den therapeutischen Prozeß darstellen (vgl. *Märtens, Petzold* 1996; *Tschuschke, Czogalik* 1990; *Buchholz, Streeck* 1994). Zugleich gibt es jedoch kaum integrative Modelle, die das komplizierte Wechselspiel zwischen „äußerem" Handlungsdialog und „innerem" szenisch-beziehungssprachlichem Handeln systematisch beschreiben. Erste verheißungsvolle Ansätze in diese Richtung finden sich allerdings in den Arbeiten von *Buchholz* u.a. (*Buchholz* 1995 sowie *Buchholz, Streeck* 1994; *Boothe* 1994). Hier wird im Rahmen qualitativer Prozeßforschung der Versuch gemacht, den in der Therapie ablaufenden, interaktionellen Prozeß des Verstehens und der Wirklichkeitserzeugung zu systematisieren und transparent zu machen.

7.1 *Der Streit der therapeutischen Schulen und die arbeitsteilige Halbierung des Klienten in einen, der „überträgt" und einen, der nicht oder weniger „überträgt"*

Wenn wir sprechen, spielen, mit dem leeren Stuhl arbeiten, eine Skulptur stellen, eine Angstkonfrontation in vivo durchführen etc., sind wir in ein Handlungsgeschehen verwickelt, zu dem parallel die Beteiligten beziehungssprachliche Botschaften mitteilen. Das gemeinsame Handeln wird dabei zur Figur bzw. zur Inhaltsebene der Kommunikation und die „inneren Kommentare" der Beteiligten konstruieren, durch die Brille ihrer Skripts und Beziehungsdrehbücher bewertet, den Hintergrund, die Beziehungs- oder Übertragungsebene des Handlungsgeschehens. So wird der Verhaltenstherapeut, der den in Panik befindlichen Patienten „durch die Angst führt" zugleich auf der „inneren Beziehungs- oder Übertragungsebene" möglicherweise zu einer Art „Hilfs-Ich", einem „Selbstobjekt", um es psychoanalytisch zu formulieren oder zu einer Art „innerem Beistand", um es in unserer Sprache zu sagen. Oder: der Gestalttherapeut, der einen Polaritätendialog bzw. ein monodramatisches Rollenspiel durchführt, ist zugleich in eine parallel dazu ablaufende Beziehungsdynamik eingebunden, in der der Klient ihn mit ständigen bewertenden Assoziationen und Rollenzuschreibungen versieht. So „versteht" der Gestalttherapeut im Wege eines Experiments mit dem „leeren Stuhl" möglicherweise bedeutsame Skriptanteile des Klienten, was bestimmte lebensweltlich oder biographisch bedeutsame Themen anbelangt. Was er zugleich jedoch kaum vermag, ist das Beziehungsskript zu „verstehen", das sich in derselben Situation zwischen ihm und dem Klienten szenisch entfaltet. Als letztes ließe sich der Systemiker denken, der mit seinem Konzept des „reflektierenden Teams" einerseits die besten Absichten hegt, den Therapieprozeß für die Beteiligten möglichst durchsichtig und kontrollierbar zu machen, um darüber modellhaft zu wirken. Andererseits wird er z.B. auf Eltern treffen, die dieses Ansinnen vor dem Hintergrund ihrer individuellen Skripts und ihres möglicherweise verdeckt „autoritären Familiendrehbuchs" gänzlich anders bewerten (konnotieren) als von den Therapeuten intendiert.

Es verwundert, daß die verschiedenen Schulen sich einesteils darin einig sind, daß es eine innere und äußerere Handlungsebene gibt, daß die Bereiche des Innerseelischen und des Sozialen konstruktiven Prozessen unterliegen und daß kommunikatives Geschehen ein Mehrebenengeschehen ist. Andererseits tun sie so, als müsse man die „innere" und die „äußere Beziehungswelt" methodisch getrennt und strikt arbeitsteilig bearbeiten. Man könnte fast meinen, daß der Klient nur beim Analytiker überträgt, nicht jedoch beim Systemiker, Verhaltenstherapeuten oder beim klientzentrierten Therapeuten. Letztere wissen wohl darum, daß der kommunikationstheoretische Satz „man kann nicht nicht-kommunizieren" (*Watzlawick* u.a. 1974, 72f) nicht eben mal außer Kraft gesetzt werden kann, doch meinen sie, ohne die Arbeit am Übertragungsprozeß auskommen zu können. Für diese Ansätze scheint es auszureichen, „in der Übertragung" zu bleiben und sie als Aspekt des Arbeitsbündnisses zu betrachten. Eine Übertragungsklärung wird danach, im Wege metakommunikativen Sprechens, nur dann vorgenommen, wenn „Störungen" im Arbeitsbündnis vorliegen. Und: die besagten Ansätze beziehen sich nicht auf eine Theorie des Unbewußten, das sich aus analytischer Sicht in der Übertragung zu zeigen vermag. Beides, die Reduktion von Übertragung auf Aspekte des Arbeitsbündnisses und die Entscheidung für eine verkürzte Bewußtseins- und Verstehenstheorie verhindern, daß das Übertragungs-Gegenübertragungsgeschehen stärker für Diagnostik und Therapie nutzbar gemacht werden kann. Wir gehen hingegen davon aus, daß die theoretisch-methodische Handhabung von Handeln und Verstehen bzw. das Verstehen von „innerem und äußerem Handlungsdialog" ein wesentliches Element Integrativer Therapie darstellt. Die tiefenhermeneutische und erzähltheoretische Grundlegung des Verfahrens bedarf jedoch der Präzisierung und handwerklichen Weiterentwicklung. Um dies zu gewährleisten, bedarf es noch theoretischer Modelle, die genauere Antworten auf Fragen zu geben vermögen, wie wir sie im folgenden auszugsweise skizzieren möchten.

7.2 Beziehung versus Übertragung

Übertragung sei die Anwesenheit eines nicht sichtbaren Dritten in der Zweierbeziehung, so definieren *Rahm*, *Otte* u.a. den Begriff der Übertragung (*Rahm* et al. 1993, 357; vgl. auch die Kontroverse zwischen *H.W. Schuch* und *C. Ludwig-Körner*. In: Integr. Th. 4/1991). Mit dem „nicht sichtbaren Dritten" meinen sie vermutlich ein innerseelisches Konzept einer bedeutsamen anderen Person, d.h. eine narrative Struktur, die sich mit dem inneren Arbeitsmodell, das der Klient über den Therapeuten entwickelt hat, vermischt bzw. dieses überlagert. Selbstverständlich existiert dieser „Dritte" auch in der Konzeptwelt des Therapeuten. Uns stellt sich nun zum einen die Frage, ob hier nicht eigentlich verschiedene Skripts miteinander konfundiert werden und nicht sog. „reale" und imaginäre Personen. Wenn der Therapeut und der Klient, aus konstruktivistischer Sicht, beständig das ineinander hineinsehen (projizieren), was an narrativen Folien ihre aktuellen Selbst- und Weltdeutungen steuern, was eigentlich unterscheidet dann Übertragung von Beziehung bzw. wo hört die eine auf und fängt die andere an? Woran erkenne ich, ob ich „innerhalb" oder „an" der Übertragung respektive Beziehung arbeite? Oder: Ab wann übertragen Kinder bzw. welche innerseelischen Fertigkeiten benötigen sie, um zwischen Übertragung und „Beziehung" zu unterscheiden? Sind beide Begriffe nicht eigentlich als ein Kontinuum unterschiedlich differenzierter Personwahrnehmung zu verstehen, auf dem wir uns beständig auf und ab bewegen? Betrachtet man die beiden Begriffe in diesem Sinne, dann würden sich Übertragung und Beziehung zunächst nur darin unterscheiden, daß im Falle der „Beziehung" die konstruktiven und projektiven Anteile einfach metakommunikativ austauschbar werden, d.h. das „als ob" der Interaktion füreinander durchsichtig wird. In diesem Falle würden die Beteiligten gemeinsam die Relativität der Personwahrnehmung wahrnehmen und sich gegenseitig die Gelegenheit geben, diese Konstruktionen und Bildentwürfe zu differenzieren und um andere Facetten zu erweitern. Könnte man somit sagen, daß um so mehr Beziehung entsteht, je selbstreflexiver sich die gegenseitigen Bilder voneinander zu verfeinern beginnen und kritikfähig werden? Übertragungen würden i.d.Sinn als eine weitere Variante der eingangs beschriebenen De-Symbolisierungsprozesse beschrieben werden können. Sie funktionieren demnach wie psychosoziale Abwehrvorgänge, in deren Verlauf wir die inneren Fremdbilder, krisenbedingt, unbewußt vereinfachen oder mit Konzepten anderer Personen zu vermischen beginnen. Beziehungsarbeit wäre dann u.a. gleichzusetzen mit dem, was wir in Anlehnung an *Petzold* emotionale Differenzierungsarbeit an den inneren Bildwelten genannt haben. Da nun die Feinunterscheidung zwischen Übertragung und Beziehung aus den o.g. Gründen schwierig ist, könnten wir z.B. von verschiedenen Beziehungsebenen oder -modi sprechen. Wäre danach nicht die flexible Handhabung z.B. dieser beiden Beziehungsmodalitäten das eigentliche Ziel der Behandlung, anstatt zu meinen, das eine müßte in das andere überführt werden, nach dem Motto: „Wo Übertragung ist, soll Beziehung werden"? So formulieren *Rahm*, *Otte* u.a.: „Die TherapeutIn muß aber immer darauf hinarbeiten, daß diese Übertragungsbeziehung zugunsten einer *unverstellten* zwischenmenschlichen Beziehung aufgelöst wird" (*Rahm* et al., 356). Hier kommt ein gewisser moralischer Unterton ins Spiel und: Übertragungsprozesse werden über Gebühr pathologisiert.

Die eben genannte Formel, wonach „Übertragung in Beziehung" verwandelt werden soll, könnte leicht so mißverstanden werden, als ob es so etwas wie eine „authentische Begegnung" gibt, die von jeder nutzenstrategischen Überlegung gereinigt ist und in der es kein Spiel der Täuschungen, der Simulation, der Verstellung und der Verführung gibt (*Gebhard* 1992). Kinder, die „Beziehung spielen", bedienen sich vor allem dieser Elemente der Verkleidung, der Maskerade, der Rollentäuschung, d.h. des „als-ob" Spiels, um herauszufinden, wer sie alles sind und was sie verkörpern möchten. In einer sog. „Beziehung pur" wäre jedes Element von Fremdheit und Differenz verschwunden, sie hätte den Geschmack von Nächstenliebe und reiner Empfindsamkeit, bar jeder Erotik und Sexualität. Sind Beziehungen nicht eigentlich hochreflexive, durchkonstruierte und dialektische Prozesse, die zwischen Eigennutz und Gemeinsinn, zwischen Macht und Anerkennung, zwischen Sexualität und Freundesliebe, zwischen Vertrautheit und Fremdheit und zwischen verschiedenen „Realitätsebenen" eine stets konflikthafte Balance zu halten versuchen? Dort wo „gemeinsamer Nutzen", „gemeinsames einander brauchen" im Wege konflikthafter Aushandlung von Eigeninteressen entsteht und die wechselseitige Desillusionierung der subjektiven Bilder vom andern gemeinsame „Realitätsauffassungen" hervorbringt, entwickeln sich in solchen Auseinandersetzungen nicht eher vielgestaltige Beziehungswirklichkeiten an Stelle *der* Beziehung? Müssen wir somit nicht von multiplen „Beziehungswirklichkeiten" sprechen, die z.B. Kinder, eine Familie oder Paare auszubalancieren und miteinander zu vermitteln haben?

Vermutlich benötigen wir zur Klärung des Übertragungskonzepts eine differenziertere Beziehungstheorie, die die o.g. Widersprüche und Paradoxien umfaßt. Diese müßte einerseits das Konzept der Intersubjektvität mit dem Paradoxon der Anerkennung, der Macht und der Sexualität zusammendenken (vgl. *Honneth* 1992, *Benjamin* 1988, 16ff) und zum andern den Sachverhalt des sog. „Beziehungsdilemmas" zu berücksichtigen versuchen. Danach gibt es so etwas wie „authentisches Bezogensein" allenfalls als Norm, was ein Widerspruch in sich selbst wäre, und : Beziehung, das ist wie o.g. ein soziokulturelles Interpretationskonstrukt (*Zaepfel, Metzmacher* 1996 sowie *Berthold, Greis* 1995). Menschen entwerfen ihre inneren Beziehungsskripts in Abhängigkeit von den dominanten Beziehungsmodellen ihrer Zeit, ihrer Lebensweltmilieus und soziokulturellen Nischen, in denen sie aufwachsen und verkehren. Therapie im Zeichen der Postmoderne ist von daher mit einer wachsenden Vielfalt von Beziehungsentwürfen konfrontiert, und Kinder wachsen mit einem ungleich vielgestaltigeren Angebot an Beziehungsmodellen heran als früher. Wie kann folglich eine Beziehungstheorie entwickelt werden, die einerseits nicht zu abstrakt und formalistisch ausfällt und die andererseits der Versuchung widersteht, zur normsetzenden Instanz werden zu wollen, die zu definieren versucht, was denn „die Beziehung" sei?

7.3 *Wie vollzieht sich szenisch-hermeneutisches Verstehen, und benötigen wir eine Theorie der Deutung?*

Mit Hilfe welcher methodischen Schritte genau ist denn szenisches Verstehen möglich? Eine Art Auslegungslehre, wie es z.B. die Tiefenhermeneutik darstellt, müßte genauere Interpretationsschritte angeben können, wie wir von der eigenleiblichen interaktionellen Resonanz oder der phantasierten Szene zum Verstehen der inneren Deutungsschemata (Skripts) des anderen und damit der Beziehungsszene gelangen (*Buchholz* 1990, 61). Der Hinweis auf den formalen Dreischritt „wahrnehmen, verstehen, erklären" (*Rahm* et al., 33f) etc. reicht nicht aus, um methodisch verläßlich von den Phänomen zu den Strukturen zu gelangen. Gestalttherapeuten, für die jegliches Deuten noch immer verdächtig ist, hoffen darauf, daß ihnen der Klient seine eigene Theorie gleich mitliefert, wenn er an diesen z.B. die Fragen richtet: „Was fällt dir dazu ein?" „Gib dem Impuls nach" oder: „Laß die Sonne, den Mond oder dein Herz sprechen". In den ganzen Identifikationstechniken und Experimenten ist, bei aller Hilfe für den Klienten, die „innere Szene" zu gestalten, noch eine alte, wissenschaftstheoretisch naive Phänomenologie am Werk. Danach treibt das Phänomen, z.B. eine szenische Phantasie oder sich einstellende Magenbeschwerden, seine Struktur und Bedeutung selbst hervor. Aus dieser Sicht ist alles Deuten und Interpretieren imperiales Gehabe des Therapeuten. Man *schlägt* im Deutenden noch immer den „Psychoanalytiker als sprechende Attrappe"(*Moser* 1987) und übersieht dabei folgendes: Mit dem Verzicht auf Deutungen wehrt der Therapeut möglicherweise neben seinem erkenntnistheoretisch „blinden Flecken" das Eingeständnis klinisch-theoretischer Leerstellen in seinem Repertoire ab. Zugleich mutet er über die „Selbstverantwortungsformel" dem Klienten etwas zu, was seine Aufgabe wäre, nämlich ihm auch ein „kognitives Containing" anzubieten. Die Gestalt- und körpertherapeutische Tradition mit ihrer Verunglimpfung kreativen Sprechens und theoretischen Denkens als „mind-fucking" wirkt bis heute in einem diffus emotionalisierten Betroffenheits- und Beziehungsjargon nach. Gesprächstechniken verkümmern darüber zu einem übervereinfachten, klientzentrierten Spiegeln emotionaler Erlebnisinhalte. Die in diesen enthaltenen skriptspezifischen Konflikt- und Defizit-Themen sowie paradoxen Beziehungsbotschaften können nur schwer verbalisiert und herausgearbeitet werden, weil keine Verbindung von theoriesprachlicher Wahrnehmung und deren Verbalisierung als Deutung gelernt wurde.

Gerade Kinder und Jugendliche bedürfen neben dem Handlungsdialog der vorsichtigen Deutungsangebote, die, indem sie „hinter dem Klienten" bleiben, in Worte fassen, was noch nicht gesagt werden kann. Nonverbale Symbolisierungsversuche i.S. aktionaler Deutungen sind selbstverständlich die kindgemäßen Formen emotionaler Differenzierungsarbeit, doch gewinnen sie erst im Verbund mit den Bildern der Sprache (vgl. z.B. *Hilke* i.d.Bd.; *Katz-Bernstein* 1990). Besonders schön ließe sich dies am Schnörkelspiel von *Winnicott* zeigen, wo Spiel und gemeinsames Deuten als Geschichtenerzählen, d.h. Sprach- Malereien, ein interaktionelles Sinnmuster erzeugen, das eindrucksvolle Hinweise auf die zugrunde liegenden Skripts der Beteiligten erlaubt (*Winnicott* 1973).

7.4 *Was und wie wird denn übertragen bzw. was steuert die Gegenübertragung des Therapeuten?*

Mit Hilfe welcher Zusatztheorien werden somit die Interpretationen vorgenommen bzw. was wird denn übertragen? Es ist im Bereich der Psychoanalyse z.B. trivial, daß kleinianische Klienten andere Inhalte „übertragen" als kohutianische, und mehr klassische Analytiker interpretieren ihre Gegenübertragungsresonanz eher so, daß sich triebtheoretische Inhalte in der gemeinsamen Inszenierung finden. Wenn die Art der Hintergrundtheorie das inhaltliche Gegenübertragungsverstehen steuern (*Reinke* 1995), dann muß sich Übertragung z.B. nicht in der „Projektion" biographischen Materials erschöpfen. Klassische Übertragungstheorie geht vom Modell der „falschen Verknüpfung" aus, das den „Wiederholungszwang" bedingt. Danach wird unterstellt, daß das Begehren wie der Haß des „Kranken" sich von den versagenden Primärobjekten auf den Therapeuten verschiebt (*Pohlen, Bautz-Holzherr* 1995, 115ff). Diese „Deutungsart der ‚falschen Verknüpfung' privilegiert das Vergangene und bedingt eine besondere Form der Knechtschaft, weil sie das Subjekt an seine Vergangenheit fesselt und jede Gegenwart zur bloßen Form des Vergangenen macht." (*Pohlen, Bautz-Holzherr* 1995, 133) Die Kritik der Autoren wendet sich gegen eine analytische Übertragungstheorie und -technik, die mit dem eben genannten Prinzip dem Therapeuten eine ausgeprägte Macht- und Kontrollmöglichkeit verleiht. Indem er entscheidet, was Übertragung und was Beziehung ist, entscheidet er, ob und wann er als Person gemeint ist oder nicht. Auch seine inhaltliche Entscheidung, z.B. wann die Übertragung eine „Fürsorgethematik" oder eine erotische „Ladung" aufweist, bleibt ihm überlassen. Des weiteren birgt die ausgeprägt retrospektive Orientierung des Übertragungskonzepts die Gefahr der ständigen „Regressivierung" und „Infantilisierung" des Klienten. So ist z.B. die Einschätzung des sog. „Entwicklungsalters" des Klienten im Falle regressiver Prozesse ein bedenkliches, weil machtvolles Unterfangen. Diese Kritik von *Pohlen* und *Bautz-Holzherr* gilt für alle tiefenpsychologischen Ansätze, die z.B. mit dem Modell des „inneren Kindes" oder des „wahren Selbst" arbeiten, weil ihnen darüber eine implizite Deutungsmacht zuwächst, die vor allem in längeren Therapien iatrogene Schäden riskiert. Diese Modelle bedürfen von daher dringend der Metaphernanalyse und Ideologiekritik, weil sie als Therapietheorien den Klienten zu einseitig in der Rolle des biographischen Opfers fixieren, das es im Wege der Nachsozialisation zu „erlösen" gilt.

Bezüglich der zuletzt genannten Modelle wie auch klassisch-analytischer Übertragungstheorien sei noch hinzugefügt, daß ihnen zufolge sich im Innern der Person alles Gesellschaftliche letztlich auf Vater und Mutter reduziert. Kleinkinder sitzen aber heute durchschnittlich bis zu 2 Stunden vor dem „Telesitter". Was Kinder und später Erwachsene „übertragen", ist somit zutiefst von sozialen und lebensweltlichen Zeichenvorräten und Symbolen eingefärbt und codiert (*Metzmacher, Zaepfel* 1996, Bd. 1).

Daß das „Was" der Übertragung durch die Interaktion zwischen Therapeut und Klient beeinflußt wird, ist aus beziehungstheoretischer Sicht natürlich banal. Wenn neben den biographischen und ethischen Skripts auch die Therapietheorie des Therapeuten dessen Gegenübertragungsverstehen steuert, dann werden darüber natürlich auch die Übertragungsinhalte des Klienten beeinflußt. Ein „guter integrativer Klient" wird vermutlich im Wege der Idealisierung Phantasien darüber entwickeln, wie der Therapeut selbst gerne gesehen werden möchte und welches „Beziehungsmodell" letzterer favorisiert. In diesem Zusammenhang empfehlen wir, das sog. „Beelterungsmodell" mit einem metaphernkritischen Vorbehalt zu versehen, weil es auf seiten der Klienten wie Angehörigen mit inneren Kommentaren, d.h. semantischen „Übertragungen", versehen werden kann, die das Arbeitsbündnis und den „Übertragungsprozeß" bisweilen unnötig komplizieren (*Otte* 1995). Wir werden weiter unten vorschlagen, das *Petzold*sche Konzept vom bedeutsamen „fürsorglich-fördernden Erwachsenen als Wegbegleiter" als Leitmetapher zu verwenden.

Als letztes sei noch die Frage aufgeworfen, welches die der Übertragung zugrunde liegenden innerseelischen wie sozialpsychologischen Mechanismen und Wirkfaktoren eigentlich sind. Hier dominieren vor allem analytische Modelle, wie z.B. das der Externalisierung (*Mentzos* 1987), das der Projektion oder der „projektiven Identifikation" (*Gutwinski-Jeggle*). Will man das Übertragungskonzept neu formulieren, dann müßten die analytischen Modelle dringend mittels neuerer sozialkonstruktivistischer und handlungstheoretischer Theorien kritisch korrigiert werden.

7.5 *Fazit oder gibt es so etwas wie eine integrative Verstehenslehre?*

Will man innere und äußere Handlungsdialoge besser verstehen, um darüber das Lesen von interaktionellen Resonanzen methodisch zu verfeinern, ist eine *Theorie des Verstehens* notwendig, die tiefenpsychologisches und soziales Sinnverstehen miteinander zu verbinden versucht. Hierzu ist eine kritische Diskussion zwischen verschiedenen Auslegungslehren innerhalb der aktuellen Hermeneutik im Gange. Das Ziel ist es, zu einer integrativen Verstehenslehre zu kommen, die subjektiv-tiefenpsychologische, objektive und phänomenologische Hermeneutik kritisch aufeinander bezieht. Diese Diskussion findet auf verschiedenen Ebenen statt:

- Auf philosophisch-erkenntnistheoretischer Ebene bemüht sich z.B. *Lenk*, eine Brücke zwischen den hermeneutischen und sprachanalytischen Handlungsphilosophien zu schlagen (vgl. z.B. *Lenk* 1993, 1994, 1995).
- Auf soziologischer Ebene sind Bemühungen im Gang, die verschiedenen Verstehenslehren zum Programm einer verstehenden, subjektorientierten Soziologie auszuarbeiten (*Jung, Müller-Doohm* 1993, 9.).
- Auf tiefenpsychologischer Ebene gibt es Versuche, tiefenhermeneutisches und systemisch-soziales Sinnverstehen miteinander zu verbinden, um z.B. analytische Familientherapie als „angewandte Familiensoziologie" zu reetablieren oder qualitative Prozeßforschung zu betreiben (*Buchholz* 1990, 56f, 1995).

Dieser Diskurs würde es u.a. möglich machen, die Übertragungstheorien der Psychoanalyse (Luzifer-Amor 1995), die kommunikations- und systemtheoretischen Konzepte der Wirklichkeitserzeugung (*Schweitzer* u.a. 1992) oder kognitiv-verhaltenstherapeutische Modelle (*Grawe* 1980) zum Verstehen interaktioneller Pläne aufeinander zu beziehen. Die diesen Ansätzen zugrunde liegenden Verstehensmodelle könnten somit von ihren Unterschieden und Ähnlichkeiten her besser und unpolemischer erörtert werden. Die Integrative Therapie ist von ihrer konzeptionellen Beweglichkeit her in der Lage, diesen Diskurs aufzugreifen und ihn für eine pragmatische Auslegungslehre nutzbar zu machen. *Petzold*s theoretische Überlegungen hierzu (*Petzold* 1993, Bd. 1; 1995) und die Arbeiten von *Metzmacher* und *Zaepfel* in diesem und im Band 1 bieten einen ersten Einstieg in diese methodisch-theoretische Aufgabe, die letztlich mit ein Herzstück integrativ-therapeutischen Arbeitens darstellt. Das Ziel wäre u.a., den beziehungssprachlichen Prozeß der unbewußten Rollenzuschreibung und Situationsbewertung besser zu verstehen, um darüber zu erfahren, was z.B.im Falle von Übertragungsprozessen innerseelisch geschieht bzw. wie die Beteiligten Übertragungen herstellen, sie kognitiv-affektiv konstruieren und sie in Handlungen inszenieren. Möglicherweise sind die oben beschriebenen Symbolisierungs- und De-Symbolisierungsprozesse innerseelische Instrumente, mit denen „übertragungsrelevantes" Wissen erzeugt wird. Wenn ja, dann würden sich Interpretationsregeln u.a. auf Fragen nach dem „wie" der Skriptentstehung und -entstellung bzw. des interaktionellen Beziehungstextes und dem „was" des Inhalts beziehen. Die Hinweise, die wir in den Arbeiten in diesem und dem ersten Band zu diesem Sachverhalt gegeben haben, sind allenfalls erste, provisorische Versuche, eine Art pragmatische Auslegungslehre zu entwickeln.

Nun entscheidet natürlich die Art des Settings und die jeweilige Methodik darüber, in welchem Ausmaß die Handlungs- oder „innere Beziehungsebene" zum Fokus der Behandlung wird. Und hier stehen die handlungsorientierten Verfahren vor der Frage, wie sie die Verbindung zwischen Handlungsdialog und beziehungssprachlichem Prozeßgeschehen praktisch-methodisch zufriedenstellend lösen. Die dabei auftretenden Schwierigkeiten wollen wir auszugsweise skizzieren.

8. Therapie als „Partielles Engagement", eine schwierige Gratwanderung

Das Modell des „partiellen Engagements" beschreibt den „Überstieg" oder das „Shiften" zwischen Handlungsdialog und „Verstehen". Was unseres Erachtens noch zu wenig ausgeführt ist, ist der Sachverhalt, daß z.B. gemeinsames (Spiel-)Handeln die Wahrnehmung und Verarbeitung des Beziehungs- und Übertragungsgeschehens ungleich schwieriger macht, als dies in einem handlungs- und interaktionsarmen Setting der Fall ist. Indem der Therapeut handelnd in die Beziehung tritt, d.h. z.B. gemeinsam spielt, baut, etc., kann er nicht in gleicher Weise mit seinem inneren Supervisor „ins

Gespräch kommen" bzw. auf dem „Beziehungs- und Übertragungsohr" hören, wie dies im Falle der nur teilnehmenden Beobachtung der Fall wäre. Die situationsabhängige Antwort auf die Frage: „Was braucht das Kind für ein Beziehungsangebot?", und zwar im Sinne des „Vor- oder Hinter-ihm-zu-bleiben", kann häufig nur im nachhinein beantwortet werden. Der Therapeut „bezahlt" sein Engagement, seine aktive Verwicklung ins Spiel des Kindes mit dem Preis erhöhter Unsicherheit, was im Augenblick des Handlungsdialogs szenisch-beziehungssprachlich eigentlich geschieht. D.h. er kommt, was das Verstehen des Beziehungsgeschehens anbelangt, im Grunde immer zu spät. Von daher bedarf er einer ausgeprägten Fehlerfreundlichkeit und Unsicherheitstoleranz bzgl. der Frage: „Wohin führt uns das gemeinsame Spiel bzw. die gemeinsame Inszenierung?", und zwar sowohl was die inneren Themen des Klienten als auch die Beziehungsgestalt zwischen ihm und dem Therapeuten anbelangt. Der Therapeut unterliegt somit einer paradoxen Rollenerwartung. Er versucht Kontrolle abzugeben und sie zugleich im Be-Greifen des inneren Beziehungsgeschehens und -erlebens zu bewahren. Er will sich dem Spiel hingeben, d.h. dem Kind das Gefühl vermitteln, es sei Drehbuchautor und Regisseur, und zugleich muß er dafür sorgen, daß das Geschehen eine äußere Bühne, einen Rahmen erhält.

Nun darf sich der Therapeut natürlich Fehler erlauben, denn Fehler eröffnen ja immer neue Verstehens- und Gestaltungsmöglichkeiten, und gerade Kinder erweisen sich hier häufig als sehr viel fehlerfreundlicher als Erwachsene. Sie geben Regieanweisungen, bauen um, korrigieren und können dem Therapeuten dabei immer wieder auch Momente des Sich-Besinnens verschaffen. Und gerade in Spielinszenierungen mit paradoxem Inhalt, in welchen jeder Therapeut Gefahr läuft, den Überblick zu verlieren, hat es sich mitunter als äußerst hilfreich erwiesen, sich aktiv eine „Aus-Zeit" zu nehmen. Ein Kind, das einen Therapeuten erlebt, der zu ihm sagt: „Moment einmal, jetzt muß ich erst einmal nachdenken...", wird sich vermutlich eher ernstgenommen fühlen, denn dies als Schwäche beim Therapeuten auslegen.

Und dennoch: Was ein Fehler ist, entscheidet letztlich der „innere, affektive und phantasierte Beziehungskommentar" des Kindes, den zu ahnen ja gerade das szenische Verstehen ermöglichen soll. Und: auch eine noch so genaue Exploration der Rollenzuweisung durch das Kind entkommt nicht dem Tatbestand, daß zugleich andere unbewußte Rollenzuschreibungen gleichzeitig stattfinden können. So bleibt als Fazit: Es bleibt ein schwieriges Unterfangen, die aktive Verwicklung in den Handlungsdialog mit dem Anspruch zu versöhnen, zum einen in Verbindung mit den eigenen Resonanzphänomenen zu bleiben und zum zweiten diese so zu „lesen", daß darüber der Anschluß an das innere Erleben des Kindes und die gemeinsam inszenierte Szene möglich ist. Wir glauben, daß dies ein Herzstück integrativer Therapiemodelle ist, das noch besser verstanden und praktisch-methodisch sorgfältiger vermittelt werden sollte.

9. Therapie als Verbindungsrahmen zwischen „innerer und äußerer Realität". Die Bedeutung des sozialen Sinnverstehens

Das hier skizzierte Modell des therapeutischen Raums als Möglichkeitsraum (*Khan* 1990) und als Ort eines sozialen Kampfes um Anerkennung basaler Entwicklungsrechte ist erheblich vom winnicottschen Konzept des „Übergangsraums" beeinflußt (*Winnicott* 1987). Das Modell des Übergangsraumes stellt, konzeptionell wie praktisch gesehen, einen Berührungspunkt dar, an dem die strenge analytische Abstinenz mit dem Konzept des „partiellen Engagements" der Integrativen Therapie und der Non-Direktivität klientenzentrierter Grundhaltung eine kleine aber feine Schnittmenge bilden. Der Übergangsraum ist, entwicklungspsychologisch gedacht, jener Ort, an dem das Kind seine privatsprachliche „Eigenrealität" mit den „Hauptrealitäten" seiner primären Bezugspersonen kurzzuschließen beginnt, wodurch diese zur gemeinsam geteilten Wirklichkeit der Personen wird. Hierfür muß z.B. von Mutter und Kind die Leistung aufgeboten werden, „Fremdheit zu akzeptieren, um Fremdheit brechen zu können" (*Neubaur* 1987, 84). Die Trennung von innerer, rein subjektiver und äußerer, sozialer Realität, also von „Eigen- und Hauptrealität" nimmt hier ihren Anfang (*Metzmacher*, *Zaepfel* 1995, 193; *Benjamin* 1993). Damit die „haltgebenden" und „fördernden" Funktionen dieses Übergangsraumes wirksam werden können, bedarf es einer tragenden sozialen Mitwelt, eines „holding environment". Genau diese aber muß heute, anders als zu *Winnicott*s Zeiten, mit soziologisch-politischen Begriffen beschrieben und mit den Mitteln einer sozialen Hermeneutik verstanden werden, will man Umwelt nicht nach dem Vorbild einer traditionellen, kernfamiliären Idylle analysieren.

Somit gehen wir davon aus, daß tiefenpsychologisches bzw. tiefenhermeneutisches Sinnverstehen nicht nur mit gemeinsamem Handeln, sondern auch mit einem systemisch-sozialen Sinnverstehen zu verbinden ist (*Metzmacher, Zaepfel*, 1996, Bd. 1). Dieses soziale Sinnverstehen holt nicht einfach Fakten der politischen Realität in den Raum der Therapie herein. Es bedeutet zunächst eine veränderte Wahrnehmungsweise. So verstehen wir unter systemischer Wahrnehmung die Fähigkeit, von der dyadischen zur triangulärmehrperspektivischen Wahrnehmung zu kommen (*Buchholz* 1990, 68). Der Therapeut geht davon aus, daß stets ein imaginärer „Dritter" im therapeutischen Raum anwesend ist. Dieser „Dritte" ist wie eine Leerstelle bzw. wie eine dritte Perspektive zu verstehen, die verschiedene Instanzen einnehmen können: ein Elternteil, ein Mitglied der Gleichaltrigengruppe, der institutionelle Kontext mit all seinen Normen und Restriktionen, in dem die Therapie geschieht etc. (*Metzmacher, Zaepfel* 1994a sowie *Landsberg, Malzahn* i.d.Bd.). Mehrperspektivität (*Petzold* 1995) und systemisch-triangulierendes Wahrnehmen und Erkennen verwenden wir in diesem Sinn als identische Konzepte, weil in beiden Begriffen die Kontextbezogenheit enthalten ist, über die sich psychosozialer Sinn oder Bedeutung erst konstituiert (*Bateson* 1982). Je nachdem, welche Instanz als Dritter im Bunde mit der therapeutischen Dyade „mitspielt", ergeben sich andere „Dreiecksgeschichten".

Wir wissen, daß der Heranwachsende der Postmoderne sehr früh schon in ein kompliziertes Kapillarsystem sozialer Bezüge und Einflüsse eingewoben ist. Die Erziehungswelt von Kindern und Jugendlichen besteht aus einer Vielfalt von Teil- und Hilfserziehern. Sie ist von Erziehungsinseln zerfasert, und viele Heranwachsende und ihre Familien hängen heute „am Tropf" vielfältiger Helfersysteme, die unterschiedlichste Interessen verfolgen (*Metzmacher, Zaepfel* 1996, Bd. 1). Der Therapeut kommt nicht umhin, ein wenig auch „case-manager" zu werden, will er nicht, daß seine Bemühungen im Gestrüpp der Helfer wirkungslos verpuffen. Soll der Therapeut nicht in der Vielfalt multipler „Helferrealitäten" verlorengehen, kann er es somit nicht dabei belassen, sich nur dem Prozeß anzuvertrauen. Er muß zunehmend in der Lage sein, so etwas wie theoriegeleitete Intuition und zielorientiertes wie strategisches Prozeßhandeln miteinander zu vermitteln. Der in Feldern der Gesundheits- und Sozialversorgung arbeitende Therapeut bedarf eines umfassenden Netzwerkwissens und ausgeprägter Fähigkeiten, die Machtspiele innerhalb und zwischen den Institutionen zu verstehen und Stellung dazu zu beziehen. Systemisch-triangulär wahrzunehmen und zu denken, heißt diese Einflußgrößen im Blick zu behalten (vgl. *Rau* 1996 i.d.Bd.).

Hierzu gehört auch, eine Balance zwischen Wunschstruktur und Alltagsrealität zu finden (vgl. *Gross* 1994, *Zaepfel, Metzmacher* 1996). Je komplizierter alltägliche Lebenswelten, Biographieverläufe und Störungsbilder werden, desto größer wird die Anforderung an den Therapeuten, die damit verbundenen Problemlösungserwartungen auf seiten des Klienten wie bei sich selbstkritisch zu begrenzen. Heilungskonzepte geraten unter den Bedingungen postmoderner Unübersichtlichkeiten rasch zu „Heilsversprechen". Wählt man die Therapieziele kleinformatiger, eben fokusgerichtet, und orientiert man sich stärker an den Entwicklungsmöglichkeiten des Klienten, so bedarf es einer bestimmten Fertigkeit des Therapeuten, die defizit- und störungsorientierte Behandlungsmodelle nur wenig vermitteln (*Metzmacher, Zaepfel* 1996, Bd. 2): die Fähigkeit zu einer zukunftsbezogenen Ressourcenorientierung.

10. Therapie als Vorwegnahme einer „hinreichend guten Zukunft"

Die eben genannte Fähigkeit besteht darin, die Entwicklungsmöglichkeiten und Ressourcen des Klienten (vgl. u.a. *Pohlen, Bautz-Holzherr* 1995) vorwegzunehmen, d.h. sie auszuphantasieren. Der Therapeut trägt, sozusagen stellvertretend, für den Klienten einen noch offenen Zukunftshorizont in sich, der bei letzterem mehr oder weniger „eingefroren" ist. Oder wie *Bloch* sagt: „Jede Geschichte hat ihren Überschuß, den es zu finden gilt." Die Handwerkszeuge für eine solche „antizipatorische Kompetenz" sind „soziales Sinnverstehen" und „soziologische Phantasie" (*Negt* 1978 sowie *Negt, Kluge* 1992). Erst sie öffnen den Blick für die lebensweltlichen Nischen, „kleinen Fluchten", sozialen Inselerfahrungen, Vernetzungs- und Anschlußpotentiale, über die und in denen der Klient „Weggeleit", „Schutzschilder" und den Mut wiederfindet, seinen sozialen Horizont zu erweitern und immer neu zu entwerfen (vgl. den Aufsatz von *Petzold* in Bd. 1). Postmoderner Zwang und postmoderne Freiheit besteht u.a. darin, daß der einzelne zunehmend dazu verurteilt wird, seine personale Identität ständig neu, über die Lebensspanne hinweg, zu stabilisieren, sie zu verflüssigen und auf ein neues Anpassungsniveau hin zu verändern (*Zaepfel, Metzmacher* 1996). Therapeutisches Weggeleit kann sich dabei nicht allein auf die Vermittlung erhöhter Selbstreflexivität, Affektregulation und Handlungskompetenz beschränken. Sie muß als Übergangs- und Möglichkeitsraum „sozialer" werden, weil der politisch-soziale Raum, vom Verschwinden bedroht, neuer Impulse, utopischer Entwürfe und vernetzter Experimentierbereitschaft bedarf (*Käsler* 1996).

Ein therapeutisches Handlungsprofil, das u.a.aus den Elementen des „Haltens" und „Förderns" besteht und sich im therapeutischen Prozeß mit Hilfe eines tiefenpsychologischen und sozialen Sinnverstehens als „innerem Kreiselkompaß" orientiert, haben wir weiter oben als eine methodische Form der Lebensbegleitung bezeichnet. Dies gilt es nun zu präzisieren.

11. Therapie als professionelle Form eines zeitlich begrenzten Weggeleits

Wenn der Therapeut „hält" und „fördert" und dabei den „Dritten" im Bunde im Blick behält, dann tut er das im Kontext einer deutlich anderen Beziehung, als dies in realen Erziehungs- und Lebensgemeinschaften der Fall ist. D.h. wir möchten die Metapher von der „Beelterung" (*Petzold, Ramin* 1987, 380f) als eine unter anderen, möglichen Beziehungskonstruktionen verstehen. Als alleiniges Modell einer kindertherapeutischen Beziehung wird sie der Mehrdimensionalität des Beziehungsgeschehens, wie sie mittlerweile innerhalb der Integrativen Therapie beschrieben wird, nicht mehr gerecht. Als Oberbegriff für ein komplexes, therapeutisches Beziehungsmodell schlagen wir das Konzept des „significant caring adult" (*Petzold* 1996, Bd. 1) als einen zeitlich befristeten, bedeutsamen Wegbegleiter unter anderen vor. Wegbegleiter in diesem Sinne meint nicht nur eine „Realbeziehung", sondern eben auch eine spezifische Funktion innerhalb einer berufsförmigen Beziehung, für die ein Honorar entrichtet wird.

Wir sind der Auffassung, daß es gerade die Professionalität der Beziehung, ihr technisch-methodischer Anteil und die in diesem enthaltenen Begrenzungen des Beziehungsangebots sind, die es dem Kind ermöglicht, den Therapeuten in einer Weise zu verwenden, wie es im Kontakt mit seinen Eltern oder bedeutsamen anderen seiner Lebenswelt so nicht möglich wäre (*Marten* 1995). Je nach Umfang der Störung und Dauer der Behandlung „verwendet" das Kind den Therapeuten in unterschiedlichsten psychischen und kommunikativen Funktionen. „Verwenden" meint hierbei erneut einen inneren Prozeß der Symbolisierung, d.h., wie „baut" der Klient den Therapeuten in seine Selbst-und Weltbildkonstruktionen bzw. in sein für ihn unbewußtes Erfahrungswissen ein? Welche inneren Arbeitsmodelle entwickelt er von ihm, mit welchen anderen Personen-Skripts amalgamiert er ihn, welchen „emotionalen Ort" weist er ihm darüber innerhalb seines inneren Lebensfeldskripts zu und an welche inneren Potentiale und Ressourcen vermag er darüber heranzukommen? Selbstverständlich wird er ihn auch im Rahmen von De-Symbolisierungsversuchen, d.h. zu Abwehrzwecken „verwenden": Welche Skriptbestandteile sollen danach mit seiner Hilfe umgeschrieben, gelöscht und verborgen gehalten werden?

Dieses „Verwenden" geschieht somit stets in progressiver wie auch in maligne-regressiver Hinsicht. Ein wichtiges Ziel dieses Geschehens ist es, daß der Heranwachsende ein zunehmend differenziertes und integriertes Beziehungswissen und die dazu gehörigen Handlungskompetenzen entwickelt. Ein Kind „professionell zu verstehen" bedeutet dabei u.a., eine theoriegeleitete Ahnung darüber zu entwickeln, in welcher Weise es seine Selbst -und Fremdbilder konstruiert, wie es über Bewertungsvorgänge Gefühle erzeugt, welches Bild es von seinen Potentialen und Ressourcen entwirft und in welche inneren, paradox-konflikthaften Bilder es letztendlich die Antworten und die Präsenz des Therapeuten übersetzt. Professionelle Distanz ermöglicht dem Kind eine andere Qualität von Nähe als z.B. zu den Eltern. Weil es spürt, daß der therapeutische Kontakt befristet ist und der hinreichend „gute" Therapeut sich mittels einer methodischen Grundhaltung auch abzugrenzen vermag, kann es Formen von Vertrautheit wagen, ohne zwangsläufig in unerträgliche Loyalitätskonflikte mit den „realen und inneren" primären Bezugspersonen zu gelangen. Es ist u.a. diese Sicherheit, vermittelt durch den technisch-formalen Rahmen, in dem sich die Beziehung entfaltet, die es dem Kind eher erlaubt, z.B. tief angstbesetzte, bizarre, ja traumatische Bilder seiner abgespaltenen Eigenrealität in die gemeinsame Wahrnehmung zu bringen. Erst die klinisch-theoretische Kompetenz des Therapeuten ermöglicht dem Kind, mit dem sog. „Freiheitsparadox" anders umzugehen, als ihm das bislang möglich war. Es trifft auf einen „Verwicklungsexperten", der sich der Paradoxie stellt, daß das Kind das an Veränderung zugleich auch befürchtet, was es so heftig ersehnt, sie zunächst stellvertretend aushält, um darüber einen gemeinsamen Ausweg zu suchen. Professionelle Distanz des Therapeuten ermöglicht dem Klienten des weiteren die Erfahrung mit einem Gegenüber, der gerade vor dem Hintergrund seiner Professionalität eher dagegen gefeit sein sollte, den Klienten im Sinne seiner eigenen, unbearbeiteten Konflikte und Defizite zu „verwenden". In dem Maße wie es dem Klienten möglich wird, mental repräsentierte Muster interaktioneller „Verstrickung" sowie bislang tabuisierte Bildwelten und affektive Schemata in die gemeinsame Beziehung zum Therapeuten zu bringen, um darüber Symbolisierungsprozesse anzuregen, beginnen sich rigid verfestigte „Drehbücher" zu verflüssigen, worüber sie neu konstruiert werden können. Diese neu gewonnene konstruktive Beweglichkeit und kreative Problemlösefähigkeit macht das Kind wieder zum Akteur und eröffnet ihm neue Chancen der Anschlußfähigkeit an seine soziale Welt.

Psychotherapeutische Konzepte, wie z.B. das des „significant caring adult" sind nun immer auch Metaphern, die man nicht „wörtlich" nehmen darf. Sie sind jenseits ihrer theoretischen Bedeutung mit alltagsweltlichen und ideologischen Zusatzbedeutungen aufgeladen, die z.T. der therapeutischen Arbeit eine Bedeutung zukommen läßt, die sie häufig nicht besitzt. Daraus folgt, daß im Rahmen der Ausbildung die Fähigkeit vermittelt werden sollte, wie man theoretische Begriffe in ihre Bedeutungselemente zerlegt, d.h. sie dekonstruiert. Diese Art von Begriffs- und Metaphernkritik ist ein hilfreiches Handwerkszeug, das dem Ausbildungskanditaten die Kritik schuleninterner Idealisierungen und Größenphantasien erleichtert (*Buchholz* 1993, *Carveth* 1993). Damit wären wir zum Ende bei der folgenden Frage angelangt: Wie kann der Ausbildungskandidat, bei allem sinnvollen Integrationsbemühen, für die Grenzen der Methodenvielfalt und des Integrierens sensibel gemacht werden? oder: Wie kann im Prozeß der Ausbildung eine Art „innerer

Supervisor" im Kandidaten ausgebildet werden, der mit den Normen, Werten und Standards der Therapieschule kritisch und selbstreflexiv umzugehen in der Lage ist?

12. Der hinreichend gute, „innere Supervisor" als Bedingung „innerer Autonomie" im Ausbildungsprozeß und in der Therapie

Therapietheorien dienen immer auch der Begriffspolitik, d.h. um sich im Feld der Gesundheitsversorgung Marktanteile zu sichern, bedarf es des Marketings. Die theoretische Selbstdarstellung einer Schule und die methodenkritische Entwertung des konkurrierenden Verfahrens dient immer auch diesem Zweck. Theoriebildung ist des weiteren immer auch mögliches Herrschaftsinstrument, weil sie schulen- und institutsinterne Definitionsmacht verleiht. Mit Theorie wird stets, man mag sie noch so kritisch betrachten, vermeintliche Wahrheit und Weisheit assoziiert. Wird sie unverdaut angeeignet, geht ihr ein wesentliches Bedeutungselement verloren: die Stärkung bzw.Validierung und kritische Überprüfung der persönlichen Wahrnehmung, Intuition und des vorbegrifflichen emotionalen Erlebens.

Von daher ist es wichtig, im Prozeß der Ausbildung selbst die Gelegenheit zu erhalten, Theorieinhalte von ihrem „heimlichen" ideologischen Ballast und ihren illusionären Allmachtsanteilen zu entschlacken. Ganz gelingt dies nie, aber es sollte eine ständige Einübung in ideologiekritisches Denken stattfinden. Warum? Tiefenpsychologisch orientierte Ausbildungsinstitutionen versuchen u.a. mit dem folgenden Paradoxon (Widerspruch) umzugehen: Wie kann ein mündiger Ausbildungskandidat durch den Prozeß der Abhängigkeit hindurch zur professionellen Autonomie gelangen? Um dies zu ermöglichen, bedarf es einer Institutsöffentlichkeit, die zum einen nach Art des therapeutischen Möglichkeitsraums organisiert ist und in der zugleich ein wechselseitiger Kampf um Anerkennung stattfinden kann. D.h. der Raum der Selbsterfahrung muß mit einem Raum kritischer Gegenöffentlichkeit gekoppelt sein, in dem ausbildungsimmanente Abhängigkeiten und institutsinterner Machtmißbrauch ein Gegengewicht, ja eine Kontrollinstanz vorfinden. „Die Befreiung aus ausbildungsnotwendiger Unmündigkeit"

– frei nach *Kant* – ist nur zu erreichen, wenn ich als Ausbildungskandidat die Erfahrung mache, daß ich im Ausbildungsprozeß immer beides bin: Lernender und mündiges Subjekt. Hierfür muß ich institutionsinterne Formen der Auseinandersetzung erleben, in denen praktizierte Mehrperspektivität gelebt wird. Ideologie-und Metaphernkritik ist eine Variante davon. Indem wir unseren Leitideen und Begrifflichkeiten kritisch begegnen, ja eine Art ironischer Distanz zu ihnen herstellen und um den bestmöglichen kritischen Einwand konkurrieren, verhindern wir, daß Wissen zu Herrschaftswissen bzw. zur Ideologie wird.

Kritikfähigkeit, die in dieser Weise ermutigt wird, ermöglicht es dem angehenden Therapeuten, im Prozeß der Ausbildung „Über-Ich-Instanzen" zu entwickeln, die zu „inneren Beiständen" werden. Letztere wollen wir, um den professionellen Aspekt daran hervorzuheben, als „inneren Supervisor" bezeichnen. Wenn wir mit ihm im Rahmen der therapeutischen Situation einen inneren Dialog führen, dann wünschen wir uns, daß er uns ganz im Sinne eines hinreichend guten äußeren Supervisors „hält und „fördert" bzw. stützt und konfrontiert. Dies alles mit dem Ziel, daß wir in der therapeutischen Situation unsere „innere Autonomie" und damit unsere Handlungs- und Entscheidungsfähigkeit erhalten. Ein solcher „hinreichend guter innerer Supervisor" ist somit das Resultat von ermutigenden Ausbildungserfahrungen im Umgang mit Macht und falscher Grandiosität innerhalb eines Ausbildungsinstituts. Er hilft dem Therapeuten, sich besser gegenüber den „falschen" Versprechungen und Zumutungen der Theorie wie der Methodik abzugrenzen und Forderungen zu stellen, wie z.B. die nach einer vermehrt anwendungsorientierten Ausbildung, die den Prozeß der Selbsterfahrung stärker mit dem der Methodenvermittlung zu verbinden vermag.

Überblickt man nun das in diesem Aufsatz skizzierte Anforderungsprofil, das dem angehenden Kinder- und Jugendlichentherapeuten qua Ausbildung zugemutet wird, so schleichen sich möglicherweise dieselben Bedenken ein, die wir im Hinblick auf die neuen Identitätsmodelle in unserem Aufsatz im Band 1 formuliert haben (*Metzmacher, Zaepfel* 1996, Bd. 1). So droht dem um Integration bemühten Therapeuten, etwas überspitzt formuliert, ständig dasselbe Los wie seinem Klienten in der Rolle des lebenslang tätigen „Biographiebastlers": Das therapeutische Ich zerfließt entweder im Möglichkeitsraum der Methoden oder es verfällt, um dieser Angst

Herr zu werden, einem methodisch-schulischen Fundamentalismus. Um dazwischen die Balance zu halten, bedarf es einer kritisch-wohlmeinenden Instanz wie z.B. dem „hinreichend guten inneren Supervisor". Mit ihm ist es etwas leichter, Psychotherapie im Zeichen der Postmoderne nicht nur als Zumutung zu erleben. Denn, eingewoben in die „neue Unübersichtlichkeit" der Postmoderne, ist Psychotherapie dazu aufgerufen, sich ihrer Vorläufigkeiten, Begrenztheiten und ständigen (Selbst-)Infragestellungen zu öffnen, sich nicht „einzuschließen in Innerlichkeit, sondern ein Fenster zur Welt hin zu öffnen" (*Passett* 1994).

Literatur

Bacal, H.A., Newman, K.M., Objektbeziehungstheorien – Brücken zur Selbstpsychologie, *problemata* 132. Frommann-Holzboog, Stuttgart 1994.

Bateson, G., Ökologie des Geistes. Suhrkamp, Frankfurt 1981.

Becker, St., Objektbeziehungspsychologie und katastrophische Veränderung. edition diskord, Tübingen 1990.

Benjamin, J., Fesseln der Liebe. Stroemfeld/Roter Stern, Basel 1990.

—, Phantasie und Geschlecht. Stroemfeld, Basel 1993.

Berger, P.L., Luckmann, T., Die gesellschaftliche Konstruktion der Wirklichkeit. Fischer, Frankfurt/M. 1969.

Berthold, Ch., Greis, J., Endlich lieben. Eine moderne Obsession. In: *Jeismann, M.* (Hg.) Obsessionen. Beherrschende Gedanken im wissenschaftlichen Zeitalter. Suhrkamp, Frankfurt 1995.

Bolz, N., Am Ende der Gutenberggalaxis. Die neuen Kommunikationsverhältnisse. Wilhelm Fink, München 1993.

Boothe, B., Der Patient als Erzähler in der Psychotherapie. Vandenhoeck u. Ruprecht, Göttingen 1994.

Brumlik, M., Gerechtigkeit zwischen den Generationen. Berlin-Verlag, Berlin 1995.

Buchholz, M., Die unbewußte Familie. Psychoanalytische Studien zur Familie in der Moderne. Springer, Berlin, Heidelberg 1990.

—, Dreiecksgeschichten. Vandenhoeck und Ruprecht, Göttingen 1993.

—, Metaphernanalyse. Vandenhoeck und Ruprecht, Göttingen 1993.

—, Die Rolle der Metapher in der Konstruktion einer psychotischen Biographie. In: *Buchholz, M., Streeck, U.* (Hg.) Heilen, Forschen, Interaktion. Westdeutscher Verlag, Opladen 1994, S. 291f.

—, Metaphernanalyse eines Therapiegespräches. In: *Buchholz, M.* (Hg.), Psychotherapeutische Interaktion. Westdeutscher Verlag, Opladen 1995.

Bürgin, D., Winnicott: Klinisch relevante entwicklungspsychologische Konzepte. In: *Metzmacher, B., Petzold, H.G., Zaepfel, H.*(Hg.), Methodische Zugänge zu den Erfahrungswelten des Kindes von heute. Bd. 1, Junfermann, Paderborn 1996.

Carveth, D. L., Die Metaphern des Analytikers. Eine dekonstruktionistische Perspektive. In: *Buchholz, M.* (Hg.), Dreiecksgeschichten. Vandenhoeck und Ruprecht, Göttingen 1993, S. 15 -71.

Casement, P., Vom Patienten lernen. Klett-Cotta, Stuttgart 1989.

Deleuze, G., Logik des Sinns. Aesthetica. Suhrkamp, Frankfurt/M. 1993.

Deneke, F.-W., Das Selbst und seine Repräsentanzen: Wie kommt der Fall zu seiner Geschichte? In: *Stuhr, U., Deneke, F.-W.* (Hrsg.): Die Fallgeschichte. Asanger, Heidelberg 1993.

Dennett, D., COG: Schritte in Richtung auf Bewußtsein in Robotern. In: *Metzinger, Th.* (Hg.): Bewußtsein. Beiträge aus der Gegenwartsphilosophie. Schöningh, Paderborn 1995, S. 691ff.

Dornes, M., Gedanken zur frühen Entwicklung und ihrer Bedeutung für die Neurosenpsychologie. In: *Forum der Psychoanalyse*, Bd. 11 1995, S. 27ff.

—, Der kompetente Säugling. Fischer, Frankfurt/M. 1993.

Dörner, D., EMO lebt. In: SPIEGEL special, Nr.3, 1996, S. 66ff.

Eagle, M.N., Neuere Entwicklungen in der Psychoanalyse. Verlag Internat. Psychoanalyse, München 1988.

Emrich, H. M., Psychiatrische Anthropologie. Therapeutische Bedeutung von Phantasiesystemen. Pfeiffer, München 1990.

—, Postmoderne Hyperflexibilität der Konstruktivismus und seine Kritik. In: *Buchheim, P., Cierpka, M., Seifert, T.* (Hg.): Neue Lebensformen – Zeitkrankheiten – und Psychotherapie. Springer, Berlin, Heidelberg 1994, S. 264-282.

Flader, D. , Psychoanalyse im Fokus von Handeln und Sprache. Suhrkamp, Frankfurt/M. 1995.

Fischer, H.R., Retzer,A., Schweitzer, J. (Hg.), Das Ende der großen Entwürfe. Suhrkamp, Frankfurt/M. 1992.

v. Foerster, H., Kybernetische Reflexionen. In: *Fischer, H.R.* u.a.: Das Ende der großen Entwürfe. Suhrkamp, Frankfurt/M. 1992, S. 132ff.

Gadamer, H., Gesammelte Werke, Bd.1 ff, Tübingen 1986.

Garz, D. (Hg.), Die Welt als Text. Suhrkamp, Frankfurt/M. 1994.

Gebhard, E., Ausschweifung. In: *Ästhetik und Kommunikation*. 80/81. Berlin 1992, S. 17ff.

Geschichte der Gegenübertragung. In: *Luzifer-Amor* 15. edition diskord, Tübingen 1995.

v. Glasersfeld, E., Das Ende der großen Illusion. In: *Fischer, H.R.* u.a.: Das Ende der großen Entwürfe. Suhrkamp, Frankfurt/M. 1992, S. 85ff.

Grawe, K., Die diagnostisch-therapeutische Funktion der Gruppeninteraktion in verhaltenstherapeutischen Gruppen. In: ders. (Hg.) Verhaltenstherapie in Gruppen. Urban-Schwarzenberg, München 1980, S. 88 ff.

Gutwinski-Jeggle, J., Zum Verhältnis von Gegenübertragung und projektiver Identifikation. In: *Luzifer-Amor* 15. edition discord, Tübingen 1995, S. 61ff.

Herzka, S., Reukauf, W., Kinderpsychotherapie als dialogischer Prozeß – ein der frühen Mutter-Kind-Entwicklung entsprechendes Konzept. In: *Metzmacher, B., Petzold, H.G., Zaepfel*, H. (Hg.), Therapeutische Zugänge zu den Erfahrungswelten des Kindes von heute. Bd. 1, Junfermann, Paderborn 1996.

Honneth, A., Kampf um Anerkennung. Suhrkamp, Frankfurt/M. 1992.

Jung, Th., Müller-Doohm, S., „Wirklichkeit" im Deutungsprozeß. Suhrkamp, Frankfurt/M. 1993.

Käsler, D., Suche nach der guten Gesellschaft. In: DIE ZEIT, Nr.4, 1996.

Katz-Bernstein, N., Phantasie, Symbolisierung und Imagination – „komplexes katatymes Erleben" als Methode in der Integrativen Therapie mit Vorschulkindern. In: *Petzold, H.G., Orth, I.* (Hg.), Die neuen Kreativitätstherapien. Bd.II, Junfermann, Paderborn 1990, S. 883ff.

—, Das Konzept des „safe place" – Ein Beitrag zur Praxeologie Integrativer Kindertherapie. In diesem Band.

—, Spiel, Handlung und Symbol. In: *Tarr-Krüger, I., Katz-Bernstein, N.*, Wann braucht das Kind Therapie? Kreuz, Stuttgart 1995, S. 69ff.

Keupp, H., Grundzüge einer reflexiven Sozialpsychologie. Postmoderne Perspektiven. In: *Keupp, H.* (Hg.), Zugänge zum Subjekt. Suhrkamp, Frankfurt/M. 1994, S. 226ff.

—, Psychologisches Handeln in der Risikogesellschaft. Gemeindepsychologische Perspektiven. Quintessenz, München 1994.

Khan, M., Erfahrungen im Möglichkeitsraum. Suhrkamp, Frankfurt/M. 1990, S. 155ff.

Kimmerle, G., Funktion, Symptom, Symbol. In: *Luzifer-Amor* 5. edition diskord, Tübingen 1990, S. 53-95.

Küchenhoff, J., Körper und Sprache. Asanger, Heidelberg 1992.

Lempp, R., Vom Verlust der Fähigkeit, sich selbst zu betrachten. Huber, Bern 1992.

Lenk, H., Von Deutungen zu Wertungen, Suhrkamp, Frankfurt/M. 1994.

—, Schemaspiele. Über Schemainterpretationen und Interpretationskonstrukte. Suhrkamp, Frankfurt/M. 1995.

—, Philosophie und Interpretation. Vorlesungen zur Entwicklung konstruktionistischer Interpretationsansätze. Suhrkamp, Frankfurt/M. 1993.

Lenzen, D., Pädagogik – eine kultische Form der Inszenierung von Paradoxien? Vom paradoxen zum polydoxen pädagogischen Denken. In: *Maresch, R.* (Hg.), Zukunft oder Ende? Boer, Wien 1993, S. 206.

Lichtenberg, J., Überlegungen zu einer Theorie der Technik. In: *Kutter, P.*, u.a. (Hg.), Der therapeutische Prozeß. Suhrkamp, Frankfurt/M. 1995.

Lorenzer, A., Sprachspiel und Interaktionsformen. Suhrkamp, Frankfurt/M. 1977.

Marten, R., Die Zukunft der Psychoanalyse – Zukunft mit wem? In: *Cremerius, J.* (Hg.), Die Zukunft der Psychoanalyse. Suhrkamp, Frankfurt/M. 1995, S. 94ff.

Märtens, M., Petzold, H.G., Psychotherapieforschung und kinderpsychotherapeutische Praxis. In: *Metzmacher, B., Petzold, H.G., Zaepfel, H.* (Hg.), Therapeutische Zugänge zu den Erfahrungswelten des Kindes von heute. Bd. 1, Junfermann, Paderborn 1996.

Maturana, H.R., Varela, F.J., Der Baum der Erkenntnis. Die biologischen Wurzeln des Erkennens. Scherz, Bern 1987.

Mentzos, St., Neurotische Konfliktverarbeitung. Fischer, Frankfurt/M. 1984.

Metzinger, Th. (Hg.), Bewußtsein, Beiträge aus der Gegenwartsphilosophie. Schöningh, Paderborn 1995.

Metzmacher, B., Zaepfel, H., „Soziologische Phantasie" und institutionelle Realität oder: Umrisse einer kontextbezogenen therapeutischen Grundhaltung. 1994a, unveröffentlich. Manuskr.

—, —, Umweltzerstörung, strukturelle Gewalt und Kindheit. Zum Verhältnis von politischem Engagement und therapeutischer Abstinenz. In: *Dröschel, A.* (Hrsg.), Kinder, Umwelt, Zukunft. Votum, Münster 1995, S. 183-204.

—, —, Zur Verbindung von tiefenpsychologischem und sozialem Sinnverstehen in der Integrativen Kindertherapie. In: die selb.; *Petzold, H.G.* (Hg.), Therapeutische Zugänge zu den Erfahrungswelten des Kindes von heute. Bd. 1, Junfermann, Paderborn 1996.

—, —, Kindheit und Identitätsentwicklung im Zeichen (post-)modernen sozialen Wandels. In: *Metzmacher, B., Petzold, H.G., Zaepfel, H.* (Hg.), Therapeutische Zugänge zu den Erfahrungswelten des Kindes von heute. Bd. 1, Junfermann, Paderborn 1996.

—, —, Anmerkungen zur Regression und Progression in der Integrativen Therapie mit Kindern u. Jugendlichen. unveröffentl. Manuskript 1994.

Moser, T., Der Psychoanalytiker als sprechende Attrappe. Suhrkamp, Frankfurt/M. 1987.

Negt, O., Soziologische Phantasie und exemplarisches Lernen. EVA, Frankfurt/M. 1971.

—, *Kluge, A.*, Maßverhältnisse des Politischen. Fischer, Frankfurt/M. 1992.

Neubaur, C., Übergänge. Spiel und Realität in der Psychoanalyse *D.W. Winnicotts*. Athenäum, Frankfurt/M. 1987.

Otte, H., Eltern-Macht in der Therapie? Das Beziehungsdilemma der Nach-Beelterung. In: *Schmidt-Lellek, C.J., Heimannsberg, B.* (Hg.), Macht und Machtmißbrauch in der Psychotherapie. Edition Humanistische Psychologie, Köln 1995, S. 147-170.

Passett, P., Die Wiederkehr des Religiösen in der Psychoanalyse. In: *Schneider, P., Strassberg, P., Knellessen, O., Passett, P.*, Freud-Deutung. edition diskord, Tübingen 1994, S. 243-295.

Petzold, H.G., Die Rolle des Therapeuten und die therapeutische Beziehung in der Integrativen Therapie. In: *Petzold, H.G.* (Hg.), Die Rolle des Therapeuten und die therapeutische Beziehung. Junfermann, Paderborn 1980, S. 223ff.

—, Integrative Drama-Theorie und Szenentheorie. In: *Petzold, H., Orth, I.* (Hg.), Die neuen Kreativitätstherapien, Junfermann, Paderborn 1990, S. 849-880.

—, Integrative Therapie. Ausgewählte Schriften, Band 1-3, Junfermann, Paderborn 1993.

—, Frühe Schädigungen – späte Folgen? Psychotherapie und Babyforschung, Band 1, Junfermann, Paderborn 1994b.

—, Die Kraft liebevoller Blicke, Psychotherapie und Babyforschung, Band 2, Junfermann, Paderborn 1995.

—, Mehrperspektivität – ein Metakonzept für Modellpluralität, konnektivierende Theorienbildung und sozial interventives Handeln in der Integrativen Supervision, 1995, S. 225-297.

—, *Schuch, W.*, Grundzüge des Krankheitsbegriffes im Entwurf der Integrativen Therapie. In: *Pritz, A., Petzold, H.G.* (Hg.), Der Krankheitsbegriff in der Modernen Psychotherapie. Junfermann, Paderborn 1992.

—, *Ramin, G.* (Hg.), Schulen der Kinderpsychotherapie. Junfermann, Paderborn 1987, S. 359-426.

Pohlen, M., Bautz-Holzherr, M., Psychoanalyse – Das Ende einer Deutungsmacht. Rohwohlt, Reinbek 1995.

Rahm, D., Otte, H., Bosse, S., Ruhe-Hollenbach, H., Einführung in die Integrative Therapie. Junfermann, Paderborn 1993.

Reinke, E., Wir alle arbeiten mit der Gegenübertragung. In: *Luzifer-Amor* 15. edition discord, Tübingen 1995, S. 61ff.

Schweitzer, J., Retzer, A., Fischer, H.R., Systemische Praxis. Suhrkamp, Frankfurt/M. 1992.

Staemmler, F.M., Der „leere Stuhl". Pfeiffer, München 1995.

Tschuschke, V., Czogalik, D. (Hg.), Psychotherapie – Welche Effekte verändern? Springer, Hamburg 1990.

Waldenfels, B., Der Spielraum des Verhaltens. Suhrkamp, Frankfurt/M. 1980.

Watzlawick, P. (Hg.), Die erfundene Wirklichkeit. Piper, München 1981.
—, *Beavin, J.H., Jackson, D.D.*, Menschliche Kommunikation. Huber, Bern 1974.
Winnicott, D.W., Die therapeutische Arbeit mit Kindern. Klett-Cotta, Stuttgart 1973.
—, Vom Spiel zur Kreativität. Klett-Cotta, Stuttgart 1987.
Zaepfel, H., Metzmacher, B., Postmoderne Identitätsbildung, ein Leben mit riskanten Freiheiten, oder: Psychotherapie und die Macht der Verheißung. In: *Integrative Therapie*, Sonderheft, Junfermann, Paderborn 1996 i.Vb.
—, —, Wie wirklichkeitsbezogen bzw. politisch ist die Konzeption der Integrativen Therapie? Therapiekultur und postmoderne Lebenswirklichkeit. In: *Integrative Therapie*, 1-2, Junfermann, Paderborn 1994.
—, —, Perspektivenwandel gefordert. Möglichkeiten und Aufgaben der Erziehungsberatung in einer vielfach bedrohten Welt. In: *Integrative Therapie*, 4/1992.

2.

Klinische Anwendungen der Integrativen Kinder- und Jugendlichenpsychotherapie

Das Konzept des „Safe Place" – ein Beitrag zur Praxeologie Integrativer Kinderpsychotherapie

Nitza Katz-Bernstein

1. Einleitung

Dieser Aufsatz beschäftigt sich mit Überlegungen zur Praxeologie in der Kinderpsychotherapie. Angesichts neuer Erkenntnisse in der Säuglingsforschung und der Entwicklungspsychologie sollen nicht nur theoretische Konzepte, sondern auch methodische Zugänge und Interventionen hinterfragt und aktualisiert werden. Dieser Beitrag möchte entlang dieser neuen Einsichten aus einem Fundus von Praxisfällen praxeologische Überlegungen anstellen, um die Möglichkeiten und Notwendigkeit einer Methodenintegration aufzuzeigen.

Die postulierte Integrative, schulenübergreifende Kinderpsychotherapie (*Petzold, Ramin* 1987; *Herzka, Reukauf* 1995) impliziert eine Suche nach Möglichkeiten der Methodenintegration, die nicht zufällig, additiv-eklektisch, auch nicht nach einer „Einheitstheorie" streben, sondern pluralitäts- und komplexitätsbewußt sind (vergl. *Herzka, Reukauf* 1995, 303-304), und vor allem praxisnah und -erprobt.

Eine andere Motivation für diesen Artikel ist die sich erhärtende Beobachtung, die sich über meine mehr als 20jährige Tätigkeit als Kinderpsychotherapeutin und Supervisorin in diesem Bereich erstreckt. Es vollzieht sich ein Wandel der kindlichen Störungsbilder. Die neuen Störungsbilder, die bei Kindern zu beobachten sind, zeigen Defizite auf einigen Ebenen; auf der leiblichen Ebene, der konkreten Handlungsebene, den höheren Funktionen der Kognition und Abstraktion sowie auf der affektiven und sozialen Ebene. Diese Defizite kommen in unterschiedlicher Gewichtung vor und bedingen einander. Erst in den letzten Jahren jedoch, seit die Kognitionswissenschaften und die Affektforschung sich einander annähern (*Maturana, Varela* 1987; *Maturana* 1994; *Varela* 1990 u.a.), werden die Wechselwirkungen zwischen einzelnen Körperfunktionen,

Handlungkompetenz und kognitiven und affektiven Schemata immer deutlicher.

Zwischen der frühesten Säuglingszeit und dem Kleinkindalter geschieht eine immense kognitiv-affektive Entwicklung in Richtung Handlungs- und Affektorganisation, die in die abstrakteren Fähigkeiten der Symbolbildung und der Bildung des inneren Dialoges münden. Die Sprachfähigkeit spielt dabei eine bedeutende Rolle.

Betrachtet man die aktuelle Fachliteratur, so läßt sich eine Verschiebung der kindlichen Störungsbilder feststellen, die die o.g. Verknüpfungen deutlich macht. Waren früher die Störungsbilder eher von Zwängen und zu strengen Über-Ich-Funktionen geprägt, so weisen sie heute eher auf frühere Störungen der Affektorganisation (*Krause* 1990, *Dornes* 1994, *Ciompi* 1994), der leiblichen (*Merleau-Ponty* 1966), räumlichen und zeitlichen Organisation von Handlungen (*Affolter* 1987, *Ayres* 1979, *Schäfer* 1989), der Unfähigkeit, Erkenntnisebenen von „Realität" und „Nebenrealität" zu unterscheiden und füreinander fruchtbar zu machen (*Lempp* 1991). Diese Störungsarten greifen tief in die alltägliche Handlungskompetenz hinein, prägen nicht nur die Beziehungsfähigkeit, sondern auch die alltäglichen Ich-Funktionen, die Lebensgestaltung und die ganz früh angelegten Sozialisationsformen. Dieses Phänomen kann auf einen tiefgreifenden sozialen Wandel zurückgeführt werden, der u.a. folgende Merkmale aufweist:

- eine Pluralisierung aller Lebensformen,
- eine Veränderung familiärer Lebenswelten,
- die medientechnische Revolution,
- die Komplexität und Zerstückelung der Arbeits-, Konsum-, Freizeit- u.a. Lebensbereiche,
- ökologische Veränderungen,
- medizinische lebensverlängernde und -erhaltende Maßnahmen.

Psychotherapie sollte, von ihrem Selbstverständnis her, auf diese sozial-ökologischen Veränderungen Bezug nehmen.

Die ungenügend ausgebildete Fähigkeit der Handlungs- und Kommunikationsfähigkeit kann mit der Unfähigkeit zur Bildung eines intermediären symbolischen Raumes eng zusammenhängen. Die anfängliche Abhängigkeit des Kleinkindes von konkreten-körperlichen Dialogen und vom Pflegeverhalten (vergl. *Papoušek & Papoušek* 1974, *Stern* 1992, u.a.) bringt auf der körperlich-somatischen Ebene eine Vulnerabilität mit sich. Je mehr sich das Kind, und später der junge Erwachsene, einen eigenen intermediären symbolischen Schutzraum aneignet, der ihm die Organisation seiner Affekte und Stabilisierung hinreichend ermöglicht, um so weniger erfährt er eine somatisch-leibliche Ausgeliefertheit gegenüber Beziehungen und anderen starken affektiven Einflüssen, die ihm begegnen, und um so differenzierter wird seine Fähigkeit, sich Lebenbegebenheiten zu stellen und sie zu bewältigen.

In diesem Beitrag gehe ich von der Annahme aus, daß eines der aktuellen Hauptziele der Kinderpsychotherapie im entwicklungspsychologisch-adäquaten Aufbau eines Intermediären Raumes zu sehen ist. Dies geht Hand in Hand mit dem Aufbau von Ich-Funktionen und deren konkrete Einbindung in die aktuelle Lebenswelt des Kindes. Das hier vorgestellte Konzept versteht sich insofern als Integrativ, als es die analytischen Konzepte und Methoden der Übertragung-Gegenübertragung, der Abwehrbildung, der Symbolisierung von Affekten und des Spiels anstelle der Assoziation (*A. Freud* 1980, *M. Klein* 1971, *Zulliger* 1963 sowie *Lichtenberg* 1995, *Dornes* 1994, u.a.) zugrunde legt. Es knüpft dort an, wo in einer akzeptierenden, wertschätzenden Umgebung oder Holding-Situation (*Winnicott* 1984, *Axline* 1974), die Eigentätigkeit des Kindes durch die Schaffung eines Übergangsraumes eine differenziertere Organisation von Affekten ermöglicht (*Winnicott* 1984 sowie *Stern* 1992, *Lempp* 1991, *Dornes* 1994, *Petzold* 1995, u.a.). Es schließt sich interaktional-orientierten lerntheoretischen Methoden dort an, wo die Verschränkung von affektivem Lernen mit kognitiven Kompetenzen gesucht wird (*Papoušek & Papoušek* 1974, *Ciompi* 1994), an sonderpädagogische Konzepte dort, wo es sich um den Aufbau von Ich-Funktionen bzw. um altersadäquate Handlungskompetenzen und Bewältigungsstrategien bemüht wie den Aufbau der Symbol- und Sprachebene sowie der dazu nötigen Frustrationstoleranz, um den Erwerb von kollektiv-sozialem Sinnzusammenhang zu ermöglichen (*Katz-Bernstein* 1982, *Zollinger* 1986, 1995). Es versteht das menschliche Verhalten als zielgerichtet-kommunikativ-sinnerzeugend in einem sozial-kollektiven Kontext (*Adler* 1974, *Bruner* 1987, *Bronfenbrenner* 1981, *Petzold* 1986), das sich durch ein immerwährendes dialogisches Bewegen zwischen der wahrgenommenen Differenz der Individualität sowie der sozialen Anknüpfung und des kollektiven Konsens konstituiert und sich lebenslänglich entwickelt (*Herzka* 1989, *Herzka, Reukauf* 1995).

1.1 Methodische und theoretische Überlegungen

Wenn man schulenübergreifend die Essentials der Kindertherapie sucht, so findet man fast in allen Therapieberichten ein sich wiederholendes Element: Einem Kind wird im Rahmen eines hinreichend gelungenen „holding-enviroments“ und durch eine „fördernde Hintergrunds-Person“ als Therapeut* (vergl. *Lichtenberg* 1995) die Möglichkeit eröffnet, die eigene Weltauffassung, („Script, Narrative“ laut *Petzold* 1986, „affektlogische Schemata“ laut *Ciompi* 1994) in einem Symbolspiel konstruktiv umzusetzen, d.h. sie in Aktion zu setzen und sie zerstören zu dürfen und zwar zunächst, ohne reale Konzequenzen befürchten zu müssen. Indem das Kind im schöpferischen Wechsel zwischen Form und Formlosigkeit sich durch seine Selbst- und Fremdbilder immer neu hervorbringt, verwendet es das therapeutische Setting als kreativen Übergangsraum im Sinne von *Winnicott*. Dabei experimentiert es mit der von *Lempp* beschriebenen „Überstiegsfähigkeit“, die dem Kind die Vermittlung seiner eigenen magisch-phantastischen „Nebenrealität“ mit der „Hauptrealität des Erwachsenen“ erlaubt (*Lempp* 1993). Das Konzept der Überstiegsfähigkeit beschreibt somit einen innerseelischen Vorgang beim Kind, dem sukzessive eine Internalisierung des Übergangraums gelingt. Das Ergebnis ist ein innerseelischer Dialograum, in dem das Kind im inneren Zwiegespräch eine Vermittlung zwischen seiner Wunschwelt, bzw. Nebenrealität und den wahrgenommenen Erwartungen der Hauptrealität der Erwachsenen gelingt. Die Grundlage dazu bildet die Fähigkeit zu symbolisieren: sowohl in der Konstitution der „Nebenrealität“ wie auch in der Realität, wenn es seine Intentionen und Wünsche in Handlung, Ausdruck und Sprache umsetzt. Dieser Vorgang konstituiert eine neue, übergeordnete Erkenntnisebene, die neue kognitive und affektive Kompetenzen verbindet (*Ciompi* 1994). In der Kinderpsychotherapie fand diese Einsicht ihren Niederschlag zunächst intuitiv im therapeutischen Setting. Angesichts von neuen entwicklungspsychologischen Erkenntnissen ist die therapeutische Effektivität dieses Settings plausibler und klarer geworden (vergl. *Zaepfel*, *Metzmacher*, dieses Buch).

Wie, so lautet nun die Frage, sollen Kinder, die einen deutlich abgegrenzten inneren Dialogaum vermissen oder nur bruchhaft ausgebildet haben, deren Wirklichkeit und Sinnerzeugung (*Petzold*

---

* Die männliche Form schließt die weibliche mit ein.

1993) stark eingeschränkt ist oder die ihre Übergänge zwischen eigener und kollektiver Realität nicht bewältigen können (*Lempp* 1991), dazu „gebracht" werden, einen solchen aufzubauen? Läßt man solche Kinder gewähren, folgt man ihren Handlungen durch Spiegeln und Kommentieren, so muß man oft feststellen, daß das Kind in einem auswegslosen Beziehungsmuster haften bleibt, weil es keine alternativen, verinnerlichten dialogischen Handlungsstrategien erfahren und aufgebaut hat. Drei Verhaltensphänomene können hier beobachtet werden, die Grobgruppen von Kindern zu bilden erlauben:

- Die hyperaktiven Kinder, die die Beziehungsanforderungen durch hektische Aktivitäten überspielen und auf der Hut sind, keine berechenbaren Formen von Beziehungen und Verbindlichkeiten entstehen zu lassen. Ihr Affektleben ist häufig fragmentiert und wenig symbolisch repräsentiert.
- Die depressiv-angepaßten Kinder, die von sich aus keine Ideen haben, wie sie den Raum und die Beziehung gestalten könnten. Sie sitzen oft abwartend-konsumierend da, bis sie gesagt bekommen, was sie tun sollen. Ihr Affektleben ist stark von den Bezugspersonen abhängig, weil sie wenig befähigt sind, eigene Lösungen zur Lebensbewältigung zu erzeugen.
- Die aggressiv-verweigernden Kinder, die feindselig und mißtrauisch demonstrieren, daß ihnen das Hiersein mißfällt. Ist es gelungen, sie für ein Geschehen zu interessieren, so werden sie die Verläßlichkeit der Beziehung prüfen, indem sie sie wieder zerstören und sabotieren. Deren Affektleben ist von „Entweder-oder"-Lösungen geprägt, von Feindbildern, die ihnen nicht erlauben, auf differenziertere Beziehungsangebote einzugehen.

Bei den ersten beiden Gruppen ist in der Gegenübertragung Ungeduld und Ohnmacht oder Aggression zu spüren, die entsteht, wenn das Gegenüber nicht faßbar ist und seine Persönlichkeit keine Konturen besitzt. Bei der dritten Gruppe wird die Ohnmacht, die Wut und das Mißtrauen erfahren, das Kinder mitbringen, die erfahren haben, daß sie nach dem Freund-Feind-Schema abgestempelt werden. Oft weisen solche Kinder auch Sprachgestaltungstörungen oder Sprachhemmungen auf und ein ausgeprägtes Unvermögen, die Sprache für die Beziehungsgestaltung einzusetzen.

Bei allen Gruppen ist die Schwierigkeit die, daß sie in Gegenwart eines Erwachsenen nicht fähig sind, zu symbolisieren, zu triangulieren bzw. einen „lower-tension-state" zu erreichen (*Lichtenberg* 1991, *Dornes* 1994), geschweige denn, den Therapeuten dafür einzusetzen oder ihm auch nur zu signalisieren, welche Widerstände auf dem Wege zur Wahrnehmung dieser Bedürfnisse im Wege stehen. Die aktuelle konkrete Beziehung zum Therapeuten ist zu bedrohlich, um altes Material zur symbolisierenden Verarbeitung hervorzuholen, die Affekte zu überflutend und unorganisiert. Sobald eine Annäherung stattfindet oder stattzufinden droht, reagieren diese Kinder mit Flucht, Ablenkung, Erlahmung, Angriff oder Selbstzerstörung. Jegliche Annäherung zu innerseelischen Inhalten ist mit Ohnmacht oder Mißtrauen gepflastert, mit der Unfähigkeit, innere Realität mitzuteilen. Die Therapie mit solchen Kindern bedeutet oft über längere Zeit eine vorsichtige-annähernde, sinnerzeugend-akzeptierende, beschnuppernde und testende, abfangende oder „sehr handfeste" Aggressionsarbeit, wo sowohl therapeutische wie pädagogische Fähigkeiten bis zum äußersten gefordert sind.

Die konstituierende therapeutische Beziehungsebene wird oft mit viel akzeptierender Geduld und Beharrlichkeit ausgestanden, damit eine gemeinsame Sinnerzeugung stattfinden kann, oder mit Ringen und Verhandeln, da der Therapeut zugleich der Repräsentant von sozialer Realität und Kontrollinstanzen ist und zwischen beiden Welten vermittelt. Beginnt dieses komplexe Beziehungsangebot zu funktionieren, und zwar dadurch, daß das Kind in ihr Vertrauen faßt und es die Vermittlerrolle des Therapeuten wahrzunehmen beginnt, dann wird das Kind zunehmend fähig, die nächste Stufe der therapeutischen Arbeit anzugehen, d.h. zu symbolisieren, und dadurch den inneren Dialograum auszubilden. Solche Kinder sind oft darauf angewiesen, Symbolisierungsimpulse zu erhalten, Anleitung und Ansporn zu bekommen bei dem Versuch, eigene Erfahrung narrativ zu transformieren. Erschwerend wirken dabei die oft anzutreffenden kognitiven und senso-motorischen Störungen, Defizite und Behinderungen und/oder Verwahrlosungsfolgen.

Mit einer abwartenden, spiegelnden oder deutenden Haltung vergehen oft Monate der Ratlosigkeit, bis sich eine „rettende Begebenheit" in der Therapie einstellt. Hier muß überlegt werden, ob die aktiv-aufbauenden oder pädagogisch-geleiteten Methoden nicht Mittel zur Verfügung stellen, um bei manchen dieser Kinder durch einen gezielten therapeutischen Aufbau und die Stützung ihrer Symbolisierungsfähigkeit dieser Störung entgegenzuwirken. Die

Beziehungsstörung an sich weist zugleich auf die Unfähigkeit hin, einen deutlich abgegrenzten Übergangsraum zu schaffen, oder, in *Lempps* Termini ausgedrückt: Es wird hier eine Teilleistungsstörung deutlich, die auf eine mangelhafte Überstiegsfähigkeit zwischen Realität und Nebenrealität hinweist (*Lempp* 1991).

1.2 *Neue Gewichtung von therapeutischen Zielsetzungen: Primäre Einbindung in die Lebenswelt*

In der Therapie können wir vermehrt Kinder antreffen, deren Orientierung in Zeit und Raum fehlentwickelt ist und deren Bewegungskoordination bis hin zu einer Beeinträchtigung der Handlungsfähigkeit gestört ist. Werden sie vor eine konkrete Aufgabe gestellt, die aus mehr als einem Schritt besteht (unser Alltag besteht meistens aus tausenden solcher Handlungen), so scheint es, daß sie keinerlei oder mangelhafte hierarchische Organisationsstrategien besitzen, um sie zu bewältigen.

Die Therapie dieser Kinder kann sich nicht mit der Vision einer emotionalen Wiedergutmachung von Defiziten und Traumatas oder deren Wiedererleben begnügen und sich als therapeutische Zielsetzungen darauf beschränken. Hat man mit schwerst traumatisierten und / oder retardierten Kindern zu tun, ist primär die Strukturierung und Verläßlichkeit des gegenwärtigen Beziehungsangebotes angesagt; der Therapeut fungiert als Vertreter der äußeren Realität und steht in enger Beziehung zum übrigen Betreuungs-Netz des Kindes. Oft kristallisiert sich dann als nächstes Entwicklungsziel die Unterstützung und Aufrechterhaltung von alltäglichen Ich-Funktionen heraus, die die Sozialisationsfähigkeit und Beschulbarkeit im ganz pragmatischen Sinn unterstützen. Dies setzt eine kontinuierliche interdisziplinäre Arbeit voraus, in der die pädagogischen und die therapeutischen Ziele definiert, voneinander abgegrenzt oder miteinander kombiniert werden. Die Vorstellung eines strikten, im voraus definierten therapeutischen Auftrages scheint mir angesicht basaler Störungen schwer aufrecht zu erhalten. Das Wiedererleben von Traumatas und deren Symbolisierung in der Therapie setzt die Bildung einer Symbolisierungsfähigkeit und einer anfänglichen Fähigkeit der Differenzierung zwischen der Realität und der „Nebenrealität“ (*Lempp* 1991) voraus. Diese bedingt wiederum einen bestimmten Grad an inneren Repräsentationen von Beziehungen und Handlungen. Die Differenziertheit und Komplexität dieser Vorgänge macht es für den Therapeuten notwendig, mit dem Kind auf einer Gratwanderung auszuharren.

Der Therapeut ist gleichzeitig bemüht um:

- Die Konstituierung eines verläßlichen und klaren realen Beziehungsettings, eines „Safe Place" für Kind und Therapeuten, in dem klare, geschützte und geordnete räumliche und zeitliche Strukturen gewährleistet sind, mit einer überschaubaren Komplexität für Kind und Therapeuten, um alten oder bestehenden unabgegrenzten, verwirrenden Beziehungsformen entgegen wirken zu können.
- Eine prozessuale, kontinuierliche Diagnostik, in der die innerpsychische Organisation des Kindes erfaßt werden kann, sich folglich ein therapeutisch-hermeneutisches Sinnverstehen entfalten kann.
- Eine Diagnostik im Verhältnis zum Alter, zum Entwicklungsstand und dem pädagogischen Kontinuum und unter Berücksichtigung der realen Situation des Kindes,
- die Möglichkeiten der kontinuierlichen Sanierung, Unterstützung und / oder Aufrechterhaltung der kindlichen Realität wahrzunehmen und sich darauf einzulassen, dabei definierte Entwicklungaufgaben oder Umfeldarbeit zu übernehmen und / oder zu delegieren. Diese kontinuierliche Aufgabe ist vom kindlichen Entwicklungsvermögen, von systemischen oder institutionellen Ressourcen, von Machbarkeiten und Grenzen bestimmt und mit innerer Autonomie und dem Aushalten von Ambivalenzen und Widersprüchlichkeiten verbunden (vergl. *Zaepfel*, *Metzmacher*, dieses Buch).

Innerhalb dieses Rahmens und als Kernstück der Therapie, und um diesen geht es in diesem Beitrag, stehen die Entwicklungsaufgaben, deren Essenz in der Unterstützung und im Aufbau der Ich-Funktionen und der Symbolisierungsfähigkeit liegt.

Die aktuelle Realität von Kindern besteht oft aus bruchstückhaften Realitätsausschnitten, pluralen oder auch widersprüchlichen Erfahrungen. Die Frage, die den Rahmen und die Voraussetzung einer solchen Therapie bildet, lautet, wie und wo die Defizite des Kindes sich konkret zeigen, welche Auswirkungen sie auf die aktuelle Lebensbewältigung haben, welche Ressourcen da sind, um die Defizite aufzuwiegen und zu kompensieren, dem Alter und Umfeld des Kindes entsprechend. Denn eine Therapie kann erst durch eine

Einbindung in eine soziale Welt effizient sein (vergl. *Metzmacher, Zaepfel*, dieses Buch).

Die Rolle des Therapeuten und sein Eigen- und Fremdbild wird aus der Sicht solcher Kinder anders akzentuiert: Er ist weder der „Wiedergutmachende“ oder der „bessere Erwachsene“ in einem separaten Setting noch ein abstinenter, deutender Therapeut. Das sind nur zwei mögliche Rollenvarianten innerhalb des therapeutischen Settings. Viel öfter ist er der in Korrespondenz und Dialog stehende Begleiter der Lebensrealität, die „fördernde Hintergrund-Person“, aber auch der Versagende und der Grenzensetzer, der Verhandlungpartner, der die Beziehung aufrecht erhält, der Lehrer und Mutsprecher, der das Kind unterstützt, die Funktionen aufzubauen, die es altersgemäß braucht, um eine angemessene progressive Selbständigkeit zu erlangen, sein aktuelles Leben zu bewältigen und vor allem auch die innerpsychischen Verarbeitungsmechanismen der Symbolisierungsfähigkeit und des Dialoges zu entwickeln, die ihm helfen, seine Affekte zu organisieren und die Frustrationstoleranz aufzubauen. Diese Aufgabe ist häufig weniger abgegrenzt, weniger streng definiert, bedarf jedoch einer ständigen Reflexion der therapeutischen Haltung und einer flexiblen, altersgerechten therapeutischen Abstinenz. Die Frage der therapeutischen Abstinenz bei Kindern würde hier zu weit führen, bedarf jedoch dringend einer intensiveren Auseinandersetzung.

Die klassisch-analytischen Ansätze der Kinderpsychotherapie und auch das *Axline*sche nicht-direktive Modell enthalten zu wenig konzeptuelle und theoretische Überlegungen zur methodischen Verbindung zwischen Lebensaufgaben und therapeutischen Aufträgen einerseits, zu wenig Differenzierung der therapeutischen Haltung gemäß dem realen Alter des Kindes und seiner kognitiv-affektiven Ausstattung andererseits. Auch innerhalb des therapeutischen Settings ist die Handhabung von abwartend-deutender oder abwartend-spiegelnder und einer aktiv-aufbauenden Haltung, ohne die heutzutage eine Kindertherapie schwer vorstellbar ist, konzeptuell noch nicht erschlossen (vergl. *Dornes* 1994, *Lichtenberg* 1995).

Es scheint, daß sich gerade in der Kinderpsychotherapie die Grenzen der verschiedenen psychotherapeutischen Schulen und damit die Notwendigkeit der Überwindung strikter Spaltungen zwischen ihnen, aus pragmatischen Gründen am deutlichsten zeigt (vergl. *Grawe, Donati* 1994). Die Aufgabe, die jetzt ansteht, ist, diese integrativen Konzepte, die in der Praxis durch manche Therapeuten der verschiedenen Schulen schon längst praktiziert werden (*Reukauf* 1984), im Wege der Kasuistik und Empirie, den verschiedenen Störungsbildern entlang, greifbar und anwendbar zu machen, kritisch zu durchdenken und diagnostisch-konzeptuell zu definieren (vergl. *Petzold* 1995, 21-22).

In den nächsten Abschnitten soll eine solche Verbindung innerhalb des therapeutischen Settings, von aktiv-aufbauenden und abwartend-spiegelden Interventionen, im Konzept des „Safe Place“ exemplarisch veranschaulicht und diskutiert werden.

2. „Safe Place“

2.1 *Der intermediäre Raum – theoretische Betrachtungen*

Piaget teilt in seinem entwicklungspsychologischen Modell die Entwicklung des Kindes in drei Hauptphasen: 1. Sensumotorische Entwicklung, 2. konkrete Operationen, und 3. formale Operationen. Sensorik und Motorik, ihr Zusammenspiel und ihre Koordination spielen in der ersten Phase die Hauptrolle und legen die Grundlage für die Entstehung von kognitiven Strukturen. Dazu gehören das Einüben von Reflexen, Zirkulärreaktionen, Koordination sekundärer Schematas und ihre Anwendung auf neue Situationen sowie Erfindung neuer Möglichkeiten durch neues Konstruieren (*Piaget* 1988). Am Ende dieser Phase tritt nun das Symbol als Denkfunktion auf, und die Handlungen werden mittels verinnerlichter Repräsentation internalisiert. Diese kognitiven Leistungen, von *Piaget* beschrieben, sollen durch die Dimension des interaktiven, kognitiv-affektiven Geschehens der ersten Säuglingszeit ergänzt werden.

Durch sich wiederholende Blick- und prosodische Dialoge (*Stern* 1992, *M. Papoušek* 1994) erlebt das Kind sein „auftauchendes Kern-Selbst“ (*Stern* 1992), den Kern seiner späteren Identität. Die Handlungen, die das Kind erlebt, werden von den Beziehungspersonen kommentiert, interpretiert und sprachlich gespiegelt und werden dadurch in einen kollektiven, kulturellen Kontext gebunden (*Bruner* 1983). Die Handlungen werden nicht nur für sich, sondern in ein interaktives Geschehen eingeordnet. Schon in den ersten Monaten gilt die gemeinsam gerichtete Aufmerksamkeit auf ein Objekt oder auf ein Geschehen als bedeutender kognitiv-sozialer Entwicklungsschritt (*Bruner* 1983, *Stern* 1992). Dadurch entsteht die Triangulierung „Ich-Du-Gegenstand" – der Grundstein der sprachlichen Kompetenz (*Zollinger* 1988).

Die Verinnerlichung von Handlungen und ihre innere Repräsentation ermöglicht später ihre Unabhängigkeit von konkreten räumlichen und zeitlichen Bedingungen. Die gespeicherten symbolischen Wissensbestände, die sich nach und nach mittels visueller oder akustischer Zeichen oder eben mittels Sprache einstellen, bündeln diese Handlungen. Dies macht die Handlungen abrufbar und ermöglicht ihre Rekonstruktion. Diese symbolische Repräsentation, die ihren Anfang „im Hinweis auf etwas Drittes" hat, erfährt durch die Verbindung der interaktiven Handlungen mit der Sprache eine Übersetzung der Abstraktionsfähigkeit. Die Handlungen bekommen eine Komplexität, werden differenzierter und können hierarchisch integriert werden (*Flavell* 1983). Die weitere Entwicklung durch eigens inszenierte Symbol- und Rollenspiele ermöglichen dem Kind wiederum, komplexere Handlungen zu verstehen, ihnen Regeln und Struktur zu verleihen, sie zu erweitern und zu differenzieren und damit zu sublimieren. Die Kommentare zu den Rollen in solchen Spielen, die zunächst von den Beziehungspersonen angeboten und bei ihnen beobachtet und später vom Kind selbst übernommen werden, binden das Geschehen in einen kollektiven Sinnbezug (*Bruner* 1987). Allmählich bilden dann die internalisierten Rollen des verbalen dialogischen Geschehens die Basis für das Vermögen, sich von außen zu betrachten (*Lempp* 1992) als auch dafür, Geschehnisse und Handlungen mitteilbar zu machen, und zwar unabhängig von der konkreten oder symbolischen Handlung selbst. Diese Vorgänge sind die Bausteine für die Fähigkeit zum inneren Dialog (*Wygotzki* 1986), die zum Kern einer autonomen Persönlichkeit gehört.

Winnicott beschreibt den Übergangsraum zwischen Kind und Mutter sowie die Schaffung von Übergangsphänomenen als Ersatz für die „hinreichend desillusionierende Mutter", als die Wiege von Kultur, Kunst und Religion. In diesem Übergangsraum ist das Kind der Schöpfer seiner subjektiven Welt. Das Kind versucht, die „desillusionierende Mutter", die seine Größenphantasien stört, durch Trotz und aggressive Handlungen in seiner Phantasie zu „vernichten". Die „überlebende", reale Mutter kann nun außerhalb der eigenen Grenzen aufgerichtet werden, als eine von ihm getrennte

Existenz, als „Du", und ermöglicht durch die allmähliche Erkennung der eigenen Grenzen die Bildung einer getrennten Identität, bzw. die Konstitution des „Ich" (*Winnicott* 1986).

Die Fähigkeit zur Schaffung des Objektersatzes „als Schöpfungsvorgang mittels der Illusion" (*Neubaur* 1987, 75) könnte als psychodynamisch ergänzende Theorie zum Phänomen der Symbolbildung bei *Piaget* gesehen werden: Hier könnte die Erklärung für die Notwendigkeit und die Motivation für die Errichtung einer Objektkonstanz beim Kind zu finden sein. Seine eigenständige, schöpferische Leistung ermöglicht ihm die allmähliche konkrete Loslösung von der primären Bezugsperson und ist konstituierend für die Bildung einer eigenständigen Identität. Anders als bei *Freud*, wo die Verinnerlichung und die innere Aufrichtung des Objektes als innerpsychische Leistung des Individuums beschrieben wird, wird bei *Winnicott* der ständige Austausch des realen mit dem illusionären Objekt betont, als ständiger Prozeß zwischen Innen und Außen. Diese verbindende Ebene nennt *Winnicott* den Übergangsraum. Das Übergangsobjekt ermöglicht es dem Kind, eine Reihe von Erfahrungen zu initiieren, die eine Erweiterung seiner konkreten Körpererfahrungen ermöglicht. Das Pendeln zwischen „Ich" und „Nicht-Ich" in einem illusorischen „Mutterbrust-Ersatzraum" führt zur Entdeckung der eigenen Fähigkeiten, die Welt für sich neu in einem schöpferischen Prozeß zu rekonstruieren (*Winnicott* 1986). „Die Realität wird erst erzeugt und dann verfeinert" (*Neubaur* 1987, 76). Mehr als der Begriff der Sublimierung würde der Begriff der Kreativität zu diesen Prozeßverläufen passen, meint *Neubaur* und fügt hinzu, daß es darum geht, Erfahrungen zu symbolisieren und so eine Reflexionsebene zu gewinnen (ebenda, 76). Diese Vorgänge setzen voraus, daß die ersten Bezugspersonen als Spiegelnde, Erweiternde und Deutende wahrgenommen und hinreichend akzeptiert werden konnten. Nur so kann das Kind in der von ihm symbolisierten Welt in die Rolle des Deutenden, Benennenden schlüpfen und die Dualität der Gespiegelten und Spiegelnden erfahren. So kann sich allmählich die intermediäre Reflexionsebene heranbilden.

Diese Reflexionsebene ist, laut neueren Affekttheorien (*Ciompi* 1994, *Dornes* 1994, *Lichtenberg* 1995, u.a.), eng verbunden mit Erregungszuständen, „high tension-" und „low tension states". Die verinnerlichten und symbolisierten Strategien der primären Interaktionen und Dialoge der Bezugspersonen können auf dieser Ebene in symbolische Verbindung mit aktuellen erregenden Situationen gebracht werden. Dieser schöpferische Akt kann nur dann stattfinden, wenn keine aktuellen äußeren erregenden Reize auf das Kind einwirken, sondern ein niederer Erregungszustand es ihm ermöglicht, die Wahrnehmung nach innen zu verlagern, um gespeicherte Ereignisse kognitiv-affektiv hervorzuholen, spielerisch-symbolisch mit ihnen probezuhandeln und neu zu organisieren. Die Fähigkeit, sich in einen verinnerlichten Zustand zu begeben und zwischen beiden zu unterscheiden, setzt zunächst auch hinreichendes Vertrauen und Neugier in die Realität voraus, was eine Fixierung oder Vermischung beider Wahrnehmungsebenen verhindert.

Lempp leitet von der Fähigkeit, zwischen zwei Bewußtheitsebenen hin- und her pendeln zu können, sein neues Verständnis der kindlichen Psychose und des Autismus ab. Die „Überstiegsfähigkeit" zwischen der „Realitätsebene" und der „Nebenrealitätsebene" bildet die Fähigkeit heran, sich selbst zu betrachten. Diese externe Position ist beim Autismus fehlentwickelt, bei der Psychose fehlt die klare Trennung zwischen Vorstellungen, Phantasien und Symbolisierungen der Nebenrealität und der Realität selbst (*Lempp* 1992).

Dem kindlichen Symbolspiel wurde schon in den Anfängen der Kinderpsychotherapie eine große Bedeutung beigemessen. Es wurde dem Assoziieren des Erwachsenen in der Analyse gleichgesetzt (*M. Klein* 1971). Die liegende Position des Analysanden bewirkte einen entspannten, regressiven Bewußtseinszustand, der ein Auftauchen von Bildern und symbolisierten – auch verdrängten – Ereignissen erlaubte und begünstigte.

Zulliger (1963) anerkannte das kindliche Spiel an sich als heilend, auch ohne die von seinen Vorgängern und Vorgängerinnen postulierte Deutung und Bewußtseinsarbeit. *Winnicott* (1989) erkannte die sich wiederholende Interaktion zwischen Mutter und Kind und das kreative und symbolische Schaffen eines Übergangraums als konstituierenden Faktor eines innerpsychischen Gleichgewichts. *Lichtenberg* sieht in den Aktivitäten mit leblosen Objekten „ein Fundament für die Möglichkeit der Loslösung", da das Kind seine Kompetenz unabhängig von der Interaktion mit der Mutter erprobt. Diese Tatsache, so *Lichtenberg*, fand bisher noch zu wenig Beachtung (1995, 262).

Erst die Verbindung zwischen psychodynamischen-affektiven Konzepten mit kognitivistischen Theorien, wie sie in der neueren Psychiatrie und Säuglingsforschung gesucht werden, können auf eine gangbare Fährte bei der Suche nach effektiven Methoden in der

Behandlung von kindlichen Störungen führen (vergl. *Ciompi* 1994, *Lempp* 1993 u.a.). Danach hängt die Organisation von affektiven Prozessen eng mit kreativen, organisierten kognitiven Leistungen der Vorstellung und der Handlungsfähigkeit zusammen, die zwischen Varianz- und Invarianz-Erfahrung anzusiedeln sind (*Ciompi* 1994). Von daher wird das Symbolspiel und die Symbolhandlungen in der Therapie als affektiv-kognitiver Freiraum und Lernfeld des Kindes neu gewichtet werden müssen.

Zu Anfang wurde durch die Analogie mit dem Assoziieren des Erwachsenen, der Frage nach der Fähigkeit oder der Unfähigkeit zu Symbolhandlungen zu wenig Beachtung geschenkt. In der psychoanalytischen Fachliteratur werden Arbeiten mit Säuglingen vorgestellt, die auf der Symbolisierungsfähigkeit von kleinen Säuglingen basieren (vergl. *Lefort, Lefort* 1986, *Eliacheff* 1990). Die Frage wird bei Kinderanalytikern kontrovers diskutiert (vergl. *Pedrina* 1992). Angesichts neuer Forschungen wird vermutet, daß sich die Symbolisierungsfähigkeit aus den vorausgehenden Phasen der Abstraktionsfähigkeiten entwickelt (*Stern* 1992). Ihre Heranbildung setzt jedoch primäre, konkret vorhandene, erfahrene und in einem hinreichend stabilen Bezugsystem organisierte Interaktionen voraus. Erst allmählich werden diese abstrahierbar, abrufbar und symbolisierbar.

Tatsache ist, daß wir es vermehrt mit Kindern und Kleinkindern zu tun haben, deren Affektorganisation und Symbolisierungsfähigkeit und damit auch Wahrnehmung und Handlungsfähigkeit gestört sind.

In den folgenden Kapiteln werde ich exemplarisch darstellen, wie durch neue, kombinierte methodische Zugänge diese primären Interaktionen im Setting und in der Beziehung zwischen Therapeuten und Kind aufgenommen werden können, und dabei aufzeigen, wie eng verknüpft diese mit aktiven und vermittelnden Lernstrategien sind. Dadurch soll der enge Bezug zwischen Pädagogik und Therapie deutlich werden. Vielleicht ist ihr Stellenwert größer, als er bis jetzt vermutet und postuliert worden ist.

2.2 Der Safe Place des Therapeuten

Nicht nur das Kind, auch der Therapeut bildet in seiner Vorstellung mit dem Kind eine Form eines „Safe Place", mit seiner spezifischen

Abgeschlossenheit und Durchlässigkeit nach außen. Um einen „low-tension-Raum" anbieten zu können, bedarf es der Fähigkeit des Therapeuten, einen solchen äußerlichen und innerlichen Raum zu bilden. Der „Safe Place" des Therapeuten wird durch verschiedene, äußere und innere Faktoren bestimmt, wie:

- den institutionellen Auftraggeber und das Vertrauensverhältnis, in das der Therapeut eingebettet ist,
- die berufspolitische und professionell-personelle Situation,
- die räumlichen Bedingungen,
- die Erwartungen, Forderungen und der Druck der Miterzieher des Kindes und ihre offenen und versteckten Aufträge,
- die internalisierten Atmosphären und Bezugspersonen des Kindes (Übertragungsphänomene), die das Kind in die Therapie hineinträgt,
- die private Befindlichkeit angesichts der Persönlichkeit und des Schicksals des Kindes, die Empfindungen, Abwehrformen und Impulse, die beim Therapeuten dadurch geweckt werden (Gegenübertragungsphänomene),

  u.a.m.

Je nach Gewichtung der Faktoren wird sich die innere und äußere Form des Therapieraumes und Therapiesettings anders gestalten. Diese Atmosphäre sowie Intimitäts- und Sicherheitsgrenzen bilden den Bezugsrahmen (*Bruner* 1987, *Papoušek, Papoušek* 1974, *M. Papoušek* 1995) oder den „Safe Place" für jegliche Interaktion mit dem Kind. Es gilt, sich den Rahmen zunächst bewußtzumachen, weil er die Grundlage jeglicher Diagnostik mit dem Kind darstellt.

Der Safe Place des Therapeuten beinhaltet folgende Aspekte:

Der institutionelle Aspekt: Wie schon erwähnt, kann dem Kind ein therapeutischer „low-tension-Raum" angeboten werden, wenn, räumlich und emotional, vom Therapeuten ein gut eingebetteter, hinreichend abgegrenzt-durchlässiger Raum gewährleistet werden kann.

Diese Voraussetzung wird oft übersehen. Meine Erfahrung in manchen supervisorischen Fällen ist, daß bei berichteten schwierigen Fällen oft die Beziehung zum Kind, die eigene methodische Unzulänglichkeit, die schwierige Störungsart, der Mangel an Diagnostik oder der systemische Druck der Angehörigen dafür verantwortlich gemacht werden, daß eine Therapie stagniert. Bei näherem

Hinsehen wird deutlich, daß der Therapeut, der sich institutionell und/oder professionell zu unsicher fühlt, sich zu wenig abgrenzt, sich in einer Umgebung voller Mißtrauen oder in einem ungeklärten Honorarvertrag befindet, keinen eigenen „lower-tension-Raum" bilden kann. Werden ihm die äußeren Konflikte bewußt, so kann er einen solchen Raum innerhalb der Therapie bilden. Dadurch werden kreative Kräfte frei, um die therapeutische Situation richtig zu erfassen, Prozesse auszulösen und Lösungen eigenständig zu finden.

Der lebensweltlich-systemische Aspekt: Eine sorgfältige Vorarbeit zur Therapieindikation und -zielsetzung bildet die systemische Einbettung der Kindertherapie. Erwartungen, offene und heimliche Therapie- und Heilungsaufträge stehen oft im Wege, um dem Kind einen guten „Safe Place" bieten zu können. Ob das Kind einnäßt, an Neurodermitis oder Stottern leidet, Lern- oder Verhaltensstörungen aufweist – die Erwartungen und Hoffnungen der systemischen Auftraggeber und Miterzieher beziehen sich immer auf eine sichtbare Linderung der Symptomatik. Diese Erwartungen dringen oft unbewußt in den Therapieraum ein und zeigen sich manchmal in Gestalt eines unverstandenen Grolls und einer Ungeduld dem Kind gegenüber, das über längere Zeit partout keine Erfolgssignale in Richtung Symptomauflösung zeigt. Dieser Druck verhindert die Bildung eines „Safe Place" für das Kind, in dem es lernen könnte, sein Symptom anders zu organisieren.

Oft, durch die Konfrontation mit besonders harten oder berührenden Lebensschicksalen der Kinder oder durch die eigene biografische Nähe (Gegenübertragung), entsteht eine uneingestandene Wut oder Ohnmacht, die die Abgrenzung gegenüber unrealistischen eigenen Ansprüchen, zugleich die Eltern und die lebensweltliche Situation des Kindes zu verändern, verhindert. Dadurch ist der Therapeut, real oder als verinnerlichter Anspruch, mit den systemischen Aufträgen besetzt und erlaubt ihnen, den therapeutischen Raum und die Zeit des Kindes zu stören, und spiegelt dadurch die Unabgegrenztheit und Bedürftigkeit des Systems im Therapieraum. Dadurch wird die Unabgegrenztheit der Generationenachsen aufrechterhalten, die die Bildung eines therapeutischen „Safe Place" für das Kind verhindern kann.

Der Aspekt der eigenen professionellen Identität: Dieser beinhaltet einerseits eine konzeptuelle methodische Orientierung, die die Internalisierung hermeneutischer Schemata, Prozesse und Phänomene und die Erfassung professioneller Sinnzusammenhänge erlaubt. Zum anderen impliziert eine hinreichend gelungene professionelle Identität das eigene Eingebettet-Sein in eine gute supervisorische Begleitung, die den Druck, besonders gut und erfolgreich zu sein, zu mildern vermag und den Therapeuten zu einem fehlerfreundlichen Wesen heranzubilden versteht. Diese professionelle Identität und ihre supervisorische Begleitung wird später als ein innerer professioneller Dialograum und therapeutische Mehrperspektivität internalisiert, die gegenüber eigenen Unzulänglichkeiten und Unmachbarkeiten gelassen macht.

Der Aspekt des personell-biographischen Dialograumes: Durch Analyse, Kontrollanalyse und Supervision erwirbt der Therapeut seine Fähigkeit, die eigene affektiv-kognitive Organisationsform zu kennen, und vor allem die Fähigkeit, bei Gegenübertragungsphänomenen zwischen Resonanz der Atmosphäre des Klienten und der eigenen biographischen Anteile zu unterscheiden.

Dieser letzte Aspekt definiert den hier vorgestellten integrativen Ansatz als tiefenpsychologisch-interaktionelles Verfahren. Dieses erlaubt dem Therapeuten eine therapeutische Mehrperspektivität, (*Petzold* 1980), den Einbezug der Gegenübertragungsphänomene und eine differenzierte Form der Abstinenz, die man als partielles Engagement bezeichnen könnte (*Petzold, Goffin, Oudhof* 1993).

Diese vier Perspektiven konstituieren die Fähigkeit des Therapeuten, dem Kind einen Safe Place anzubieten.

2.3 *Safe Place als Diagnostik-Instrument und als Ausgangsort für Symbolisierung*

> „Das Kind kann dann in die nächste Phase eintreten, in der es zu einer Überschneidung von zwei Spielbereichen kommen kann. ... Früher oder später bezieht sie (die Mutter, N. K.-B.) jedoch ihr eigenes Spielverhalten mit ein. Sie wird dann feststellen, daß Kinder in ihrer Fähigkeit unterscheiden, fremde Ideen ertragen zu können, und darauf wohlwollend oder ablehnend reagieren. So wird der Weg für gemeinsames Spiel in einer Beziehung geebnet." (*Winnicott* 1989, 59)

Sobald mit dem Kind ein „Safe Place" oder ein gleichartiger abgegrenzter Raum gebildet werden konnte, lassen sich Einsichten über die Befindlichkeit des Kindes, über seine innerseelische Organisation, über seine Fähigkeit zur Beziehungsaufnahme, Beziehungsgestaltung, seine Abgrenzungsfähigkeit, Ängste und Befürchtungen, die sonst oft schwer zugänglich sind, sammeln.

Thomas, einem mürrischen kleinen Jungen (9 Jahre), der als Verweigerer und als lerngestört diagnostiziert wurde, schlage ich vor, zunächst im Zimmer eine Hütte zu bauen, in die niemand hineinkommen darf, ohne anzuklopfen. Ich helfe und berate ihn dabei und stelle die Materialien zur Verfügung. Dies wird nun zur Hauptbeschäftigung während 5 Therapiestunden, wobei sich Thomas immer bequemer und gemütlicher im Inneren der Hütte einrichtet und nach außen gefährliche Schutztiere mit Drohgebärden aufstellt. Ich fungiere als Verantwortlicher für die Sicherheit, nicht ohne auch grausam bestraft und „gefoltert" zu werden, wenn ich meine Aufgabe nicht gut genug erfülle, was ich, seiner Meinung nach, auch oft tue. Diese Szene spiegelt offenbar sein Gefühl des Bedroht- und Ungeborgenseins, und in dieser „Nebenrealität ohne Konsequenzen" (außer realen Verletzungsgrenzen, die während des Spiels auf der „Regisseurebene" ausgehandelt werden), kann er diese Gefühle sinnlich wahrnehmbar symbolisieren und ausdrücken. Dabei erlebt er neu, daß er fähig ist, seine eigenen Grenzen aktiv zu gestalten und zu schützen.

Die Ich-Grenzen werden von der Wahrnehmung des Kindes, dort wo Ängste und Bedrohungen sowie Übergriffe und Fremdheitsgefühle drohen, gestaltet und symbolisiert und werden dadurch sichtbar.

In der frühen vorsprachlichen Zeit werden leibliche Eindrücke memoriert, die, ohne die Fähigkeit, sie in einer Dialog- und Affektstruktur einordnen zu können, traumatisch sein können. Dies, weil sie noch keine innere Repräsentationsform und keine Symbolisierung erfahren und dadurch keine Struktur und keinen Sinn für Exzentrizität bilden konnten. Solche traumatischen Leibstörungen können einerseits zu Wahrnehmungs- und Handlungsstörungen führen, andererseits können sie auf pre- peri- und post-natale Störungen und Schädigungen sowie auf Hirndysfunktionen hinweisen. Phänomenologisch ähneln sich die Symptome und Auswirkungen. Die Möglichkeiten, bei solchen Störungen differentialdiagnostisch vorzugehen, sind erst vage gegeben, und die Frage der Wechselwirkungsmechanismen zwischen ihnen liegt noch ziemlich im dunkeln.

Die therapeutisch-diagnostische Frage wird zunächst lauten: Wie aktualisieren sich solche Störungen in der Beziehungsaufnahme und im inneren Erleben des Kindes? Die zweite wird lauten: Wie werden diese Störungen zugänglich und veränderbar? Konnte das Kind das Angebot eines solchen symbolischen Rahmens nutzen, so lassen sich erfahrungsgemäß diagnostische Erhebungen erzielen, die über einen projektiven Test hinausgehen. Zugleich bietet der Safe

Place einen therapeutischen Zugang, denn er ermöglicht die Veräußerung des ureigenen Erlebens des Kindes, zu dem es noch keine reflektierenden, verbalen Zugänge hat.

In der Therapie kann oft festgestellt werden, daß die Möglichkeit zur Abgrenzung eine wachsende Handlungs- und Symbolisierungskompetenz initiiert. Diese beeinflußt reparativ das Eigenbild und die Eigenwahrnehmung: „Wenn ein Patient nicht spielen kann, muß der Therapeut sich zuerst diesem Hauptsymptom widmen" (*Winnicott* 1989, 49). Bisher schien dies vielleicht zu profan und belanglos, um als diagnostisches und therapeutisches Element erschlossen und praxeologisch und methodisch durchdacht zu werden. Die Diagnostik bewegte sich eher um elaborierte, meßbare Instrumente und projektive Tests und zu wenig um das sogenannte undefinierte „freie Spiel". Die Aneignung eines Spiel- und Symbolisierungsrahmens bewirkt oft, daß aus einem „resignierten Zwerg" ein „feuerspeiender Drache" werden kann, dem sich nun leiblich ganz neue Befindlichkeiten und Bewegungsfreiheiten erschließen und der in der eigenen Vorstellung sich selbst neu zu betrachten vermag (*Lempp* 1991).

Ein solcher „Raum im Therapieraum" entsteht, wenn dem Kind die Möglichkeit eröffnet wird, sinnlich wahrnehmbar in Raum und Zeit, zu einer Symbolhandlung zu kommen, die es eigenständig hervorbringt. Ein so verinnerlichter „Safe Place" ermöglicht einem Kind, in unbekannten Situationen und mit nicht vertrauten Menschen Lernatmosphären herzustellen („alert wakefulness" und „moderate tension state" – vergl. *Lichtenberg* 1995), in der Neugier und „awareness" – Offenheit der Sinne – herrschen. Ein Kind, das Defizite in der Verinnerlichung eines solchen inneren Raumes hat, soll zunächst einen solchen aufbauen lernen.

Um dahin zu kommen, wäre das Setting der Therapie nicht so zu gestalten, daß primär ein reparatives „Nachnähren" (*Petzold, Ramin* 1986) erwartet wird, sondern umgekehrt: Es gilt die reale Eigenständigkeit, Getrenntheit und Unabhängigkeit symbolisch darzustellen, damit das Kind, entgegen seiner unrealen Verschmelzungsangst, die Eigenregulierung der Beziehung neu erleben kann. Denn laut *Dornes* (1994) ist der nach „Symbiose" strebende Säugling einer, der aus Angst vor Überstimulierung gerade dorthin flüchtet (ebd. 75), demzufolge eine pathologische Reaktionsbildung. Die Beziehung sollte da anfangen, wo die realen Grenzen auch existieren: in der Beziehung zwischen einem fremden Erwachsenen, der sich für die

Therapie bezahlen läßt, und einem fremden Kindergarten- oder Schulkind, für das man nur sehr partiell und temporär die Verantwortung übernimmt.

Von einem solchen realitätsadäquaten „Safe Place" aus, mit erprobten Grenzen gut abgeschirmt und sich in Sicherheit wissend, kann das Kind sich mit allen Sinnen der Entdeckung der Welt widmen. Das ist die „Ur-Lernsituation", in der das Kind lernen kann, seine Aufmerksamkeit voll auf die eine Handlung zu focussieren, in der es Komplexitäten des Lernens vereinfachen kann oder wo es seine Wahrnehmung auf einen kleinen Teil einer selbstbestimmten und selbstinitiierten Handlung beschränken darf. Aus einem solchen „Safe Place" heraus kann das Kind Beziehungen zulassen und sie als eigenregulierbar und gestaltbar erleben. Das Ergebnis könnte eine neue Beziehungsperspektive sein, die einen Ausgang für therapeutische realitätsprinzip-geleitete Erfahrungen bietet, eine direkte „Auseinandersetzung an den Grenzen" oder eine Ebene, die symbolische Erprobung und Wiederholung von Angstmustern der vergangenen Beziehungserfahrungen anbietet.

Der therapeutische Effekt besteht folglich darin, daß das Kind selber einen Raum schafft, in dem es sich sicher weiß. Weil in diesem Raum die äußeren Reize reduziert sind, kann vergängliches, angstmachendes Material hervorgeholt, symbolisiert, in Szene gesetzt und neu angeordnet werden. Die heilende Wirkung besteht m. E. zunächst darin, daß das Kind die neue Erfahrung macht, daß der Erwachsene respektvoll vor den symbolisierten Grenzen des Kindes innehält. Damit wird dem Kind ermöglicht, das Geschehen „regisseurhaft" selber zu regulieren. Der Therapeut kann jedoch jederzeit, je nach Zielsetzung, Beziehungs- oder Lernangebote machen, die das Kind aufgreifen, modifizieren oder regulieren kann. Dieser „Safe Place" bildet zugleich den Übergang zur Bildung einer Symbolebene, auch bei Kindern, die auf kein anderes Angebot der Symbolisierung eingehen können.

2.4 Ein Safe Place wird gebaut

Die Stille,
die auf der Landschaft liegt,
schafft viel Raum.
Weite wird geboren.
Hier ist Luft zum Atmen.

Halte die Stille aus,
aus ihr werden die Wege geboren,
die du gehen kannst.
Sie wölbt sich wie ein Dom über dir.
Sie kann dein Zuhause werden.
(*Schaffer* 1993)

Um zu einem solchen „Safe Place" zu kommen, kann das erste therapeutische Bemühen darin bestehen, gemeinsam eine geschützte Ecke einzurichten (Zelt, Hütte, Versteck usw.), die den Ausgangspunkt für weitere Aktionen bietet.

Ursina (5 Jahre) sitzt mutistisch und stumm bei ihrer Mutter, ihr Bärchen an sich gedrückt und möchte mit mir nicht kommunizieren. Jeglicher Versuch, mit ihr Kontakt herzustellen, hat zur Folge, daß sie sich noch mehr an die Mutter anschmiegt und ihr Gesicht in ihrem Schoß vergräbt. Ich spreche den Bären an und schlage ihm vor, ihm eine Hütte zu bauen, wo er sich verstecken kann. Bei jeglichem Bauschritt berate ich mich mit dem Bären, interpretiere die minimalen Neugiersignale von Ursina als eine positive Antwort vom Bären zum Weiterbau. Am Schluß der Stunde liegt der Bär in der Hütte. Von da an gestaltet sie aktiv die Gestaltung der Hütte, schmeißt vorhandene Gegenstände heraus und gibt – zunächst mit Gesten, jedoch noch stumm – Anweisungen, andere zu holen. In den späteren Therapiesitzungen imitiert sie Aktionen und Sprechinteraktionen, die sie mit mir und dem Bären beobachten konnte, alleine mit dem Bären in der Hütte. Mit halblauter Stimme berät sie sich mit ihm, ob sie mich in die Hütte einladen soll und was sie sich von mir wünschen würde. Diese Art der Sprachgestaltung, die auf eine Fähigkeit zur Triangulierung, zum Positionenwechsel und zur Bildung eines inneren Dialoges hinweist, hatte sie zuvor nicht beherrscht (vergl. *Katz-Bernstein* 1982).

In diesem Beispiel soll deutlich werden, daß das Kind mittels bestimmter Hilfestellungen dazu gebracht werden kann, sich einen begrenzten Raum zu schaffen, der ihm ermöglicht, „low-tension-Erfahrungen" zu machen. Diese sind nötig, um zur Symbolisierung und Darstellung seines innern Erlebens zu kommen und dabei die Chance zu haben, starr gewordene innere Konzepte von sich aus zu verwandeln und aufzuweichen. Dies ist nicht selbstverständlich, leiden doch heute viele Kinder mit sogenannten Teilleistungsstörungen daran, sich nicht konzentrieren zu können, den sie umgebenden Raum und seine Dimensionen nicht richtig zu erfassen, Handlungen nicht oder mangelhaft planen sowie ausführen zu können, Grenzen nicht oder nur partiell einhalten zu können. Alle diese Fähigkeiten bilden die Voraussetzung zur Symbolisierungsfähigkeit. Solche Kinder sind mit einem Hinweis, sie können im Therapieraum selber bestimmen, was sie machen wollen, oft überfordert. Die aktuelle Beziehung zum Therapeuten ist zu bedrohlich, die Reize, die von der Situation ausgehen, zu wenig organisierbar. Das Kind flüchtet in die Hyperaktivität, die ihm den nächsten

„Kick" an Reizen vermittelt, die es die Angst vergessen läßt, oder das Kind erstarrt bzw. erschlafft und rettet sich in die Anpassung.

Bei Ursina wie auch bei Thomas (siehe 2.3) können sowohl frühe emotionale als auch hirnorganische Schäden nicht ausgeschlossen werden. Ursina weist Wahrnehmungsstörungen, grobmotorische Verlangsamung und Dyskoordinationen auf, eine multiple Dyslalie und eine dysarthrische Sprechweise. Die Anamnese ist auffällig, die Intelligenz überdurchschnittlich. Eine logopädische Therapie scheiterte an der Sprechverweigerung und an der Trennungsangst von der Mutter. Psychotherapie war angesagt. Bei Thomas besteht eine Auffälligkeit in der Anamnese, die auf einen Geburtsschaden hindeutet. In einem vertrauten Moment berichtet die Mutter von unkontrollierten Schlägen, die sie Thomas in der Trotzphase erteilt hatte, als sie sich überfordert und ohnmächtig dem Jähzorn des Kindes ausgeliefert fühlte.

An diesen beiden Fällen wird deutlich, daß eine primär auf Regression und auf „Nachnähren" zielende therapeutische Arbeit nicht genügen kann. Die vorhandenen Ich-Funktionen und die erreichte altersgemäße Autonomie sollte, so meine These, in die therapeutische Symbolhandlung einbezogen werden.

2.5 Arbeit an den Grenzen des Safe Place = Beziehung

> In diesem Augenblick erschien der Fuchs:
> „... Komm und spiel mit mir", schlug ihm der kleine Prinz vor. „Ich bin so traurig ..."
> „Ich kann nicht mit dir spielen", sagte der Fuchs. „Ich bin noch nicht gezähmt!"
> „... Bitte... zähme mich!" sagte er.
> „... Was muß ich tun?" sagte der kleine Prinz.
> „Du mußt sehr geduldig sein", antwortete der Fuchs. „Du setzt dich zuerst ein wenig abseits von mir ins Gras. Ich werde dich so verstohlen, so aus dem Augenwinkel anschauen, und du wirst nichts sagen. Die Sprache ist die Quelle der Mißverständnisse. Aber jeden Tag wirst du dich ein bißchen näher setzen können ..."
> (*A. de Saint-Exupéry*, Übers. G. & J. Leitgelb, 1994, 64-67)

Oft mündet die Arbeit am „Safe Place" – bei sehr mißtrauischen, aggressiven Kindern geht sie auch dieser voraus – in der konkreten Auseinandersetzung (sprich: Angriff und Aggression) des Kindes mit dem Therapeuten. Denn es geht in der Therapie um die Ausdifferenzierung des Bereichs zwischen dem „low-tension-" und dem „high-tension state" (vergl. *Lichtenberg* 1995, 260). Die Zustände der Wachheit, der Lernfähigkeit und der Kreativität befinden sich genau zwischen diesen zwei Ebenen. Es geht somit eher um die Differenzierung und Neuorganisation der Beziehungsskala von „gut" und „böse", „erlaubt" und „verboten" beim Kind, als um die Befriedigung von eindimensionalen Wünschen (vergl. *Metzmacher, Zaepfel,* dieses Buch). In diesem Abschnitt möchte ich die Organisation von „high-tension-Erfahrungen" genauer beschreiben.

Eine der Besonderheiten des Integrativen Ansatzes liegt im Konzept der Grenzen (*Petzold* 1986, *Schneider* 1990). Dort wo mein Raum, mein Leib, meine Person aufhört, fängt das „Nicht-Ich", das andere, Fremde an, und dort findet Beziehung statt. Grenzen und Grenzenlosigkeit spielen in der Therapie eine wichtige Rolle. Entwicklungspsychologisch wächst die Beziehung aus dem Wechselspiel zwischen der „hinreichend guten" und der allmählich „desillusionierenden Mutter" (*Winnicott* 1986). Jenseits der eigenen Grenze kann sich die reale Mutter aufrichten, die die kindlichen „Vernichtungsversuche überlebt hat"; dort hört meine Macht, mein Raum und meine Person auf, und der andere fängt an. Das ist, laut *Winnicott*, die Konstituierung der eigenen Identität, die jedoch weniger einen Prozeß der Internalisierung darstellt, als sich vielmehr in der äußeren Auseinandersetzung mit den ersten Beziehungpersonen herausbildet. Dieser Vorgang wird als Außen-Innen-Prozeß vollzogen: sowohl konkret-leiblich wie auch affektiv-kognitiv, und er bedingt sich gegenseitig. Dieser Vorgang ist aber auch mit der Fähigkeit zur Unterscheidung von fremden und vertrauten Personen, die sich ab dem 9. Monat abzeichnet, eng verbunden. Das Kind lernt allmählich, mit eigenen Mißtrauens- und Angstgefühlen gegenüber fremden Personen umzugehen, Annäherung und Distanzregeln zu erproben und dadurch differenzierte kommunikativ-soziale Strategien zu entwickeln.

Die therapeutische Aufgabe, die daraus resultiert, läßt sich bei Kindern weder mit einer herkömmlich verstandenen therapeutischen Abstinenz noch mit therapeutischem Gewährenlassen erfüllen: Kinder, die ihre Personengrenze noch nicht, lückenhaft, zu eng oder zu weit erfahren haben, z.B. solche, die starken, andauernden Bindungs- oder Trennungsängsten ausgesetzt waren oder sind, die die Spannung der Ambivalenz zwischen fremd und vertraut unzureichend zu halten vermögen, um sie kreativ in eine neue Erkenntnisebene zu verwandeln (vergl. *Ciompi* 1991), werden, nachdem sich die Angst vor der Fremdheit oder der Macht des fremden Erwachsenen gelockert hat, alles tun, um die Grenzen sinnlich-wahrnehmbar zu erfahren, „leiblich und körperlich in Raum und Zeit“: Sie werden die Auseinandersetzung an den Grenzen heraufbeschwören und provozieren.

Ich gehe von der Annahme aus, daß, anders als in der therapeutischen Arbeit mit „neurotischen Erwachsenen“, wir bei Kindern noch auf weniger starre, fixierte Bezugs- und Interaktionsregeln, Beziehungs- und Interaktionsmuster (Scripts, Narrative) treffen. Die Offenheit gegenüber dem Probehandeln und den spontanen Reaktionen ist größer, die Relativierung von gefestigten Strukturen durch korrektive Erfahrungen einfacher. Genau dies ist die Chance, aber auch die Verantwortung in der Kinderpsychotherapie.

Auch die körperliche Überlegenheit des Therapeuten ist m.E. die „Gnade der Kindertherapie“: Das Kind spürt die Überlegenheit des Erwachsenen. Die Erfahrung, daß der Erwachsene sich ernsthaft in der Auseinandersetzung mit ihm bemüht, doch zugleich seine vorhandene Macht aus Respekt und Rücksicht dosiert, erweckt im Kind neues Vertrauen. Das Kind wird die Ambivalenz des Erwachsenen ihm gegenüber ahnungsvoll wahrnehmen (ohne über diese immer zu reflektieren) und als Grundlage für ein Modell für den Umgang mit den eigenen ambivalenten Gefühlen internalisieren. Die Ritualisierung, Reglementierung und der Umgang mit Angriffen und Aggressionen sind die Wurzeln sozialer Erfahrungen, aus denen Vertrauen in soziale Strukturen erwachsen kann.

Dies stellt den Therapierenden vor Probleme, die sich in der Erwachsenentherapie, durch die Mitsprachefähigkeit und die Einhaltung der sozialen Realität des erwachsenen Therapiesuchenden oder durch die gefestigte Übertragungsneurose erst gar nicht oder weniger direkt stellen. Eventuell lassen sich Parallelen zu der therapeutischen Behandlung von Borderline- oder psychotischen Patienten finden (vergl. *Lichtenberg* 1995). Mit einem erwachsenen „neurotischen“ Patienten kann eine solche Auseinandersetzung auf eine viel abstraktere, verschlüsseltere Art stattfinden. In der Therapie mit Kindern muß der erwachsene Therapeut über die Grenzen von Nähe und Distanz, über die Fairneßregeln beim Kämpfen und Kräftemessen, über seine eigene Geduld oder Ungeduld und über das Maß an Gewährenlassen oft alleine entscheiden. Manchmal muß er direkt, körperlich, schnell und spontan reagieren, ohne die Zeit zu haben, alles durchdenken zu können und ohne auf die nötige therapeutische Distanz, Reflexion und Gelassenheit zurückgreifen zu können. Genau entlang dieser sich oft mühsam neu konstituierenden Grenzen wird eine neue Beziehung entstehen können, wenn dieser Prozeß lange genug und konsequent stattfinden konnte.

Dieses zentrale Element in der Kindertherapie ist, ohne pädagogisches Geschick, körperliche und personelle Wendigkeit, Festigkeit, Konsequenz und Humor und die Bereitschaft, schmutzige Hände und Kleider zu riskieren, nicht vorstellbar (vergl. *Katz-Bernstein* 1986)!

In einer Kindergruppe sind sieben, zum größten Teil aggressive und verwahrloste bzw. aggressionsgehemmte Kinder zusammengefaßt. Die Gruppe wird von einem Therapeuten und einer Therapeutin gemeinsam geleitet, die eine Gestalt- und Psychodrama-Ausbildung abgeschlossen haben. Diese berichten in der Supervision in den ersten Stunden von ihrer Mühe, Strukturen einzuführen, die die Kinder vor den eigenen und den gegenseitigen Aggressionen schützen, berichten von Selbst- und gegenseitigen Körperverletzungen und kleinen Unfällen der Kinder und von der Schwierigkeit, die „Nebenrealität" im Rollenspiel und die Hauptrealität auseinander zu halten. Die drei Mädchen in der Gruppe setzen sich ab und verstecken sich in einer abgegrenzten Ecke des Zimmers. Von den Jungen werden immer wieder Rollen ausgedacht, die ihre Aggressionen in eigene Phantasiegestalten verwandelt, die zunächst einander blind verfolgen, bedrohen, auffressen und vernichten wollen. Das Leiterpaar wird ermutigt, an den Regeln, Ritualen und Strukturen, die sie einführen wollen, festzuhalten. Es wird ihnen bestätigt, daß schon die Möglichkeit, die Gruppe in eine andauernde Symbolhandlung einzubinden, eine große, sinnvolle Leistung an sich darstellt und zunächst ausgehalten und immer wieder gewährleistet werden soll.
Nach der vierten Stunde berichten sie von einer chaotischen Stunde, in der sie sich verzweifelt fragten, ob sie sich mit der Zusammensetzung der Gruppe nicht überfordert hätten. Nach dieser Stunde nehmen die Eltern des einzigen Jungen aus der gehobenen Mittelschicht ihr Kind aus der Gruppe heraus, mit der Begründung, ihr Sohn hätte keine Therapie mehr nötig. Sie sind nicht dazu zu bewegen, den Jungen in der Gruppe zu lassen.
Nach etwa 7 Sitzungen berichten sie begeistert von der Verwandlung in dieser Gruppe: Die Kinder fangen an, miteinander zu verhandeln, „die bedrohlichen Monster" bekommen „menschlichere" Züge, es wird mit ihnen verhandelt, die aggressiven Drohungen und Attacken werden immer mehr zurückgenommen, symbolisch ausgeführt und verfeinert, die Sprache wird differenzierter, wenn auch zunächst ausgelassen und aggressiv. Auch die scheuen Mädchen in der Gruppe lassen es zu, daß ihr Rückzugsort ein Haus im Rollenspiel darstellt, das jedoch zunächst geschont wird. So lassen sie sich nach und nach in eine symbolische Rolle ins Geschehen einbinden. Eine neue Solidarität und Sorgfalt im Umgang miteinander zeichnet sich ab.

Die Regeln des symbolischen Spiels und ihre Einhaltung liefern den Kindern einen Rahmen, innerhalb dessen sie Ambivalenzen ertragen, Affekte organisieren, steuern und dosieren lernen, und wo sie neu zu interagieren lernen. Der Schutz und die „Hemmung" vor überflutenden, destruktiven Aggressionen und Handlungen wird zunächst als äußeres System erfahren, bis es internalisiert und in den eigenen psychischen Haushalt eingebaut werden kann. Die Zuverlässigkeit und Standhaftigkeit dieses Systems jedoch muß lange erprobt werden, ganz speziell bei Kindern, die viele emotionale Unzuverlässigkeiten erfahren haben.

Dieses spezifisch pädagogisch-therapeutische Moment in der Kinderpsychotherapie, das oft sehr pragmatisch, mühsam, frustrierend und unspektakulär oder aber besonders spektakulär verläuft, wo beiderseits mit Gefühlen der Ohnmacht, Unzulänglichkeit und des Scheiterns gekämpft werden muß, wo konsequente pädagogische Grenzen eingehalten werden müssen, wurde von den kindertherapeutischen Publikationen zu wenig erschlossen. Dadurch wurde der therapeutische Effekt dieser Begebenheiten und Episoden unterschätzt und fand in theoretischen und methodischen Konzepten zu wenig Einbindung.

In der Supervision von Kinderpsychotherapeuten und Kinderpsychotherapeutinnen ist sie Alltag, oft verbunden mit den Selbstzweifeln, was wohl an diesem Kämpfen, Verhandeln und Feilschen um Grenzen therapeutisch sei. In diesem Zusammenhang wird der Begriff der „Nacherziehung" von *Anna Freud* verständlich: Dabei geht es um eine pragmatische Ebene der Erziehung, die in die Therapie hineinragt, ohne daß die therapeutische Ebene verlassen werden darf. Dies ist eine hochdifferenzierte, langwierige Arbeit, Wut- und aggressive Impulse zu ritualisieren und zu sozialisieren, sie abzufangen, ohne sie abzuwürgen, so daß sie für das Kind beziehungsstiftend werden und bleiben.

Hier fließt der anfänglich erwähnte Faktor mit ein: die neueren Störungsbilder, die eher auf Verwahrlosung und Grenzenlosigkeit hinweisen als auf die von der früheren kinderpsychotherapeutischen Arbeit her bekannten Zwänge und Phobien.

Entwicklungspsychologisch betrachtet, vollzieht sich die Sublimierung der körperlichen Hauptorientierung zugunsten der verbalen, Hand in Hand mit dem Prozeß der Abgrenzung und Autonomie. Die Effizienz einer Gesprächstherapie oder einer deutenden analytischen Therapie als Hauptmittel der Therapie ist vor Abschluß dieser Entwicklungsphase, die zwischen 2,5 – 9 Jahren stattfindet und die mit der Bildung eines verinnerlichten Symbolraumes verbunden ist, schwer vorstellbar. Die Erfahrungen in diesem Alter brauchen noch eine körperlich-konkrete Einbindung, und diese können noch nicht auf der sprachlichen Ebene verarbeitet werden. Da aber die Störungsbilder sich vermehrt mit Defiziten in diesem

Bereich zeigen, werden diese obenerwähnten pädagogisch-therapeutischen Fähigkeiten vom Therapierenden auch bei älteren Kindern und Jugendlichen mit atypischen, verzögerten Altersverläufen abverlangt. Manche Jugendliche scheinen unfähig, sich verbal durchzusetzen, zu verhandeln, sich Gehör zu verschaffen, sich zu artikulieren. Oft scheinen früher, unorganisierter, nicht symbolisierter Zorn und Haß über Mangel an Beachtung, an Beziehung oder eben an körperlicher Auseinandersetzung oder aber Erfahrungen von Mißachtung von Grenzen und von Übergriffen an diese Sprachlosigkeit gebunden. Oft genug jedoch stellt es einen altersgemäßen Wunsch dar, sich darzustellen und zu behaupten, der keine andere Form der Auseinandersetzung finden konnte.

Es soll hier nicht der Eindruck erweckt werden, daß Schutzregeln und konsequente Pädagogik genügen, um Symbolisierungsprozesse auszulösen. Es bedeutet immer wieder eine Gratwanderung zwischen Rahmen und Schutzgeben, Versagen und Grenzensetzen, Spiegeln und Sich-Zurückhalten sowie immer wieder Achtung und Bestätigung von autonomen Handlungen und Entscheidungen. Auch hier soll betont werden, daß die Leistung der Therapeuten zunächst darin besteht, die eigenen ambivalenten Gefühle auszuhalten, ihnen Raum und damit auch ein Modell für einen Umgang mit ihnen zu geben. Ein Raum, in dem Ohnmacht und Ratlosigkeit so lange herrschen dürfen, bis sich eine neue Wendung, ein neuer Impuls, eine neue Differenziertheit, Trost oder Relativierung einstellen kann. Erst in diesem Rahmen sind aktive Impulse, die von den Therapeuten ausgehen, therapeutisch zu bewerten, und darin unterscheiden sie sich in ihrem Akzent von pädagogischen Interventionen (vergl. *Herzka* 1991, *Herzka, Reukauf* 1995).

Ausblick

> „Der stärkste Eindruck, den ich in der Beschäftigung mit den Theorien Freuds gewonnen habe, war deren Charakter des Vorläufigen und Unfertigen."
> (*Flader* 1995, 7)

Das hier vorgestellte Konzept, das ich hier global als „Safe Place" bezeichne, entstand zunächst aus der jahrelangen praktischen Arbeit mit Kindern. Es umfaßt theoretische Prinzipien, die aus der wissenschaflichen Erkenntnis stammen, daß kognitive und affektlogische Strukturen eng mit der Bildung von Ich-Funktionen, mit sozialen Interaktionen und in Zusammenhang und Wechselwirkung mit der aktuellen Lebenswelt des Kindes stehen. Es beruht auf der Annahme eines aktiven, schöpferisch-kreativen Wesens, das sein Einwirken in die Welt in Gestalt von Handlungsstrategien internalisiert, sie als symbolische Repräsentationen speichert und dadurch ein flexibles Schutzsystem gegenüber affektiven Spannungszuständen, punktuellen Traumata und manigfaltigen Lebensproblemen bildet. Diese Strukturen konstituieren einen inneren Dialograum, der den Kern der persönlichen Identität bildet.

Aus diesen theoretischen Überlegungen lassen sich praktische Arbeitsmethoden ableiten, die die therapeutischen Zielsetzungen, die Grundhaltung und die Abstinenzregeln prägen: Die therapeutische Beziehung beginnt dort, wo das Kind die Abgegrenztheit seiner Existenz erleben darf. Dadurch beginnt es die Beziehung nach seinem Tempo und Vermögen von neuem zu formen und zu regulieren. Dies bedeutet immer wieder eine situativ-gerechte Kompromißlösung zwischen individuellen Wünschen, eigenen Meinungen und Affektzuständen und sozialer Rücksichtnahme, Berechnung und Empathie.

Für diesen Lernprozeß bedarf das Kind verschiedener Fähigkeiten in Form von Spiel- und Symbolhandlungen. Die Entwicklung und die Förderung dieser symbolisch-spielerischen Kompetenzen ist, so lautet eine der zentralen Aussagen dieses Beitrages, eine der zentralen Aufgaben der Kinderpsychotherapie.

Eine so konzipierte therapeutische Arbeit mit den Kindern bringt praxeologische Konsequenzen mit sich: Sie betont vor allem den altersgemäßen Erwerb von sozialen Handlungsstrukturen, das Nachholen von Trennungsprozessen, den Aufbau der Symbolisierungsfähigkeit und dadurch den Aufschub von primären körperlichen Impulsen zugunsten von sozial-geleiteten und kreativen Lösungen. Der innerseelische Dialograum, der dadurch entsteht, ermöglicht, die Entwicklung einer hinreichend guten Frustrationstoleranz aufzubauen, und bildet einen eigenständigen dialogischen Raum, der ihm zu einer eigenständigen Identität verhilft. Damit einhergehende partielle regressive Prozesse werden, wann immer möglich, als vom Kind mitinitiierte sowie symbolisch-vermittelte Beziehungsangebote gestaltet. Dadurch werden kindliche Abwehr und Bewältigungsbedürfnisse sowie Autonomiewünsche miteinbezogen und berücksichtigt.

Wichtig und aktuell scheint mir nach wie vor die Frage, wie pädagogisch-aufbauende Interventionen und eine therapeutische Zurückhaltung aufeinander abgestimmt werden können. Oder, in welcher Weise ein tiefenpsychologisch-orientiertes Arbeiten und ein lerntheoretisches Vorgehen aufeinander bezogen werden könnten.

Es ist mir wichtig zu betonen, daß Kindertherapie nie auf Techniken oder Konzepte reduziert werden kann. Der kreative, interaktive Balanceakt zwischen individuellen, spontanen Bedürfnissen und Phantasien und den lebensweltlichen Realitäten der Kinder und der Therapeuten verlangt eine Flexibilität und eine fortwährende Aktualisierung der Konzepte. Die Wirklichkeit mit Kindern lehrt unter anderem, Ambivalenzen, Unfertigkeiten und Vorläufigkeiten zu ertragen, an sie zu glauben und täglich mit ihnen kreativ umzugehen, manchmal auf eine wenig vorzeigbare Art und Weise. Vor allem lehrt sie, gegenüber Endgültigkeiten eine Skepsis zu entwickeln. In diesem Sinne möchte ich meinen Beitrag verstanden haben.

Literatur

Adler, A., Praxis und Theorie der Individualpsychologie. Fischer, Frankfurt a. M. 1974 (1920).

Affolter, F., Wahrnehmung, Wirklichkeit und Sprache. Willingen-Schwenningen 1987.

Axline, V., Kinderpsychotherapie im nichtdirektiven Verfahren. Reinhardt, München, Basel 1974.

Ayres, A.J., Bausteine der kindlichen Entwicklung. Springer, Berlin, Heidelberg, New York 1979.

Bronfenbrenner, U., Die Ökologie der menschlichen Entwicklung. Stuttgart 1981.

Bruner, J., So lernt das Kind Sprechen. Huber, Bern 1987.

Ciompi, L., Affektlogik. Über die Struktur der Psyche und ihre Entwicklung. Ein Beitrag zur Schizophrenieforschung. Klett-Cotta, Stuttgart 1994.

Dornes, M., Der kompetente Säugling. Die präverbale Entwicklung des Menschen. Fischer, Frankfurt a.M. 1994.

Eliacheff, E., Das Kind, das eine Katze sein wollte. Psychoanalytische Arbeit mit Säuglingen und Kleinkindern. Kunstmann, München 1994.

Flader, D., Psychoanalyse im Fokus von Handeln und Sprache. Vorschläge für eine handlungstheoretische Revision und Weiterentwicklung von Theoriemodellen Freuds. Suhrkamp, Frankfurt a.M. 1995.

Flavell, J.H., Cognitive development. Prentice Hall, Englewood Cliffs 1977.

Freud, Anna, Einführung in die Technik der Kinderanalyse. Kindler, München 1980.

Grawe, K., Donati, R., Psychotherapie im Wandel. Hogrefe 1994.

Herzka, H.S., Kinderpsychopathologie. Schwabe, Basel, 3. Aufl., 1989.

—, *Reukauf, W.*, Kinderpsychotherapie als dialogischer Prozeß – ein der frühen Mutter-Kind entsprechender Prozeß. In: *Petzold, H.G.*, Die Kraft liebevoller Blicke. Psychotherapie & Babyforschung. Band 2, Junfermann, Paderborn 1995, 289-324.

Katz-Bernstein, N., Eine kombinierte Spieltherapie und logopädische Übungstherapie für stotternde Kinder zwischen 7-12 Jahren. Schulamt der Stadt Zürich, 1982.

—, Aufbau der Sprach- und Kommunikationsfähigkeit bei redeflußgestörten Kindern. Ed. SZH, Luzern 1986.

—, Phantasie, Symbolisierung und Imagination – „komplexes katatymes Erleben" als Methode in der Integrativen Therapie mit Vorschulkindern. In: *Petzold, H., Orth, I.*, Die neuen Kreativitätstherapien. Handbuch der Kunsttherapie, Band 2, Junfermann, Paderborn 1990.

Klein, M., Die Psychoanalyse des Kindes. Reinhardt, München 1971.

Krause, R., Psychodynamik der Emotionsstörungen. In: *Scherer, K.* (Hrsg.): Psychologie der Emotion. Hogrefe, Göttingen 1990, 630-705.

Lefort, R., Lefort, R., Die Geburt des Anderen. Bericht einer Kinderanalyse aus der Lacan-Schule. Klett-Cotta, Stuttgart 1986.

Lempp, R., Vom Verlust der Fähigkeit, sich selbst zu betrachten. Eine entwicklungspsychologische Erklärung der Schizophrenie und des Autismus. Huber, Bern, Göttingen, Toronto 1991.

Lichtenberg, J.D., Psychoanalyse und Säuglingsforschung. Springer, Berlin, Heidelberg, New York 1991.

—, Einige Parallelen zwischen den Ergebnissen der Säuglings-beobachtung und klinischen Beobachtungen an Erwachsenen, besonders Borderline-Patienten und Patienten mit narzißtischer Persönlichkeitsstörung. In: *Petzold, H.G.*, Die Kraft liebevoller Blicke. Psychotherapie & Babyforschung. Band 2, Junfermann, Paderborn 1995, 253-286.

Maturana, H., Was ist Erkenntnis? Piper, München 1994.

—, *Varela, F.J.*, Der Baum der Erkenntnis. Scherz, Bern, München, Wien 1987.

Merleau-Ponty, M., Phänomenologie der Wahrnehmung. De Gruyter, Berlin 1966.

Neubaur, C., Übergänge. Spiel und Realität in der Psychoanalyse Donald W. Winnicotts. Athenäum,Frankfurt a. M. 1987.

Oaklander, V., Gestalttherapie mit Kindern und Jugendlichen. Klett, Stuttgart 1987.

Papoušek, H., Papoušek, M., Die Mutter-Kind-Beziehung und die kognitive Entwicklung des Kindes. In: *Nissen, R., Strunk, P.* (Hrsg.): Seelische Fehlentwicklung im Kindesalter und Gesellschaftsstruktur. Luchterhand, Neuwied 1974, 83-100.

Papoušek, M., Vom ersten Schrei zum ersten Wort. Anfänge der Sprachentwicklung in der vorsprachlichen Kommunikation. Huber, Bern, Göttingen, Toronto, Seattle 1994.

Pedrina, F., Psychotherapien mit Säuglingen und Eltern: Gedanken zu frühen Symbolisierungsprozessen. In: *Kinderanalyse*, 1992, 46-66.

Petzold, H., Die Rolle des Therapeuten und die therapeutische Beziehung. Junfermann, Paderborn 1980.

—, Konfluenz, Kontakt, Begegnung, Beziehung in der Integrativen Therapie. In: *Integrative Therapie* 4, 1986, 320-341.

—, Entwicklungsorientierte Psychotherapie – ein neues Paradigma. Einführung. In: *Petzold, H.* (Hrsg.): Die Kraft liebevoller Blicke. Psychotherapie & Babyforschung. Band 2, Junfermann, Paderborn 1995, 13-24.

—, *Ramin, G.*, Schulen der Kinderpsychotherapie. Junfermann, Paderborn 1987.

—,—, Integrative Therapie mit Kindern. In: *Petzold, H., Ramin, G.*, Schulen der Kinderpsychotherapie. Junfermann, Paderborn 1987.

—, *Goffin, J.J., Oudhof, J.*, Protektive Faktoren und Prozesse – die „positive" Perspektive in der longitudinalen, „klinischen Entwicklungspsychologie" und ihre Umsetzung in die Praxis der Integrativen Therapie. In: *Petzold, H.* (Hrsg.): Frühe Schädigungen – späte Folgen? Psychotherapie & Babyforschung. Band 1, Junfermann, Paderborn 1994, 345-497.

Piaget, J., Einführung in die genetische Erkenntnistheorie. Suhrkamp, Frankfurt a.M. (1973) 1988.

Reukauf, W., Kinderpsychotherapien. Schulenbildung, Schulenstreit, Integration. Schwabe, Basel 1984.

Saint-Exupéry, A., Der kleine Prinz. Arche, Zürich 1994.

Schaffer, U., Die Reise ins eigene Herz. Ed. Schaffer, Zürich 1993.

Schäfer, G.E., Spielphantasie und Spielumwelt. Spielen, Bilden und Gestalten als Prozesse zwischen innen und außen. Juventa, Weinheim, München 1989.

Schneider, K., Grenzerlebnisse. EHP, Köln 1990.

Stern, D.N., Die Lebenserfahrung des Säuglings. Klett-Cotta, Stuttgart 1992.

Varela, F.J., Kognitionswissenschaft – Kognitionstechnik. Eine Skizze aktueller Perspektiven. Suhrkamp, Frankfurt a.M. 1990.

Winnicott, D.W., Familie und individuelle Entwicklung. Fischer, Frankfurt a. M. 1984.

—, Vom Spiel zur Kreativität. Klett-Cotta, Stuttgart 1989.

Wygotski, L., Denken und Sprechen. Fischer, Frankfurt a.M. 1986.

Zollinger, B., Spracherwerbstörungen. Grundlagen zur Früherfassung und Frühtherapie. Haupt, Bern, Stuttgart 1988.

Zulliger, H., Heilende Kräfte im kindlichen Spiel. Classen, Zürich 1963.

Integrative Kindertherapie als sozialökologische Praxis beziehungszentrierter und netzwerkorientierter Entwicklungsforschung

Hilarion Petzold

Teil II: Methodische und praxeologische Konzepte

In der Integrativen Kindertherapie und ihren theoretischen Konzepten, wie sie im ersten Teil (Bd. 1, Teil I) dieses Beitrages vorgestellt wurden, sind wir mit den entwicklungspsychologisch, sozialökologisch, sozialphänomenologisch und tiefenhermeneutisch erarbeiteten Relationalitätsverhältnissen in Kontext und Kontinuum, den gesunden wie den gestörten, beständig befaßt, nicht zuletzt durch die Arbeit mit Eltern, Angehörigen, Personen des sozialen Netzwerkes und deren Beziehungen untereinander sowie zum Kind hin, mit dem wir arbeiten, oder zu uns selbst, also zu den Therapeuten hin. Das ganze Spektrum intersubjektiver Beziehung und ihrer Pathologie muß deshalb für kindertherapeutische Arbeit zum Tragen kommen, und dies in einer Art und Weise, daß die sozialisationsadäquate, stimmige *Performanz* und ein breites Spektrum der Relationsformen im Netzwerk, im *„Konvoi"*, in mikroökologischen Kontexten gefördert werden, eine Bewußtheit für die *Diskurse des Beziehungsgeschehens* entstehen kann, *interpersonale Differenzen* (*Levinas* 1983) wahrgenommen werden, unbewußte oder dissoziierte Störfaktoren dem Bewußtsein zugänglich und veränderbar werden sowie eine *Exzentrizität* der Kommunizierenden gegenüber dem eigenen Interaktions- bzw. Kommunikationsprozeß und dem Kontext, in dem er stattfindet, möglich wird. In der Kindertherapie sind bestimmte Aspekte dieser Zielsetzung natürlich nur mit älteren Kindern und mit Jugendlichen zu realisieren, aber auch in der Behandlung mit kleineren Kindern können in spielerischen Aktionen verschiedene Qualitäten *erkannt*, *erfaßt* und *verstanden* werden, denn Kinder sind für Formen des ökologischen und interpersonalen „Beziehungslernens" offenbar gut ausgerüstet. Sie haben eine gute Fähigkeit zum *„Konflux"*, dem kokreativen Zusammenspiel auf der körperlichen, emotionalen, kognitiven und sozialen Ebene.

8. Kindertherapeutische Praxis im Integrativen Ansatz

Einige Dimensionen der in Band 1, Teil I vorausgegangenen theoretischen Ausführen sollen nun anhand einer Kasuistik exemplifiziert werden. Dabei werden bestimmte theoretische Positionen in besonderer Weise aufgezeigt, damit deutlich wird, wie Konzepte, die die Kindertherapie im Integrativen Ansatz nachhaltig prägen, umgesetzt werden. Natürlich kann anhand einer Kasuistik nicht die ganze Breite des Spektrums integrativtherapeutischer Arbeit aufgezeigt werden, deshalb sei auf andere systematische Darstellungen in verschiedenen methodischen Orientierungen verwiesen (*Metzmacher* 1987; *Ramin, Petzold* 1987; *Petzold, Kirchmann* 1990; *Müller* 1994, sowie die Beiträge dieses Bandes). Die Kasuistik beschreibt kindertherapeutische Arbeit im Forschungskontext. Die zugrundeliegenden neuro- und psychomotorischen Störungen der kleinen Patientin eignen sich besonders für die sozioökologische Behandlungsmethodik. Die in der Baby- und Kleinkindforschung entwickelten Methoden videogestützter Beobachtung (*Papoušek, Papoušek* 1981) können interventiv eingesetzt werden als filmisches Feedback, wie es als erster *Moreno* (1944) im Psychodrama verwendet hat, als videogestütztes Imitationslernen (*Steller* et al. 1978), wie es im Kontext der „social learning theory" entwickelt wurde (*Bandura* et al. 1983), oder zur Kommunikationsanalyse, wie es sich in der Familientherapie verbreitete und sich insgesamt als „modeling method" (*Marlatt, Perry* 1975) bewährt hat.

Den sozioökologischen Aspekten, der beziehungszentrierten Arbeit und den Fragen der Netzwerkintervention wird in diesem Praxisteil besondere Aufmerksamkeit geschenkt, weil das Zusammenspiel dieser Interaktionslinien noch zu wenig Beachtung gefunden hat und im Feld der Kinderpsychotherapie bislang zuwenig an systematischen Darstellungen der in diesen Konzepten gegründeten Praxis vorliegt. Es ist aber davon auszugehen, daß in konzeptueller wie in interventiver Hinsicht diese Linie therapeutischen Handelns besonders Gewicht gewinnen wird, weil hier Chancen für echte Fortschritte in der Kinder- und Jugendlichenpsychotherapie gegeben sind und eine wirklich innovative Qualität in die traditionellen Behandlungskonzeptionen hereingetragen wird.

Die Entwicklung *sozioökologischer Kontexte* und *sozialer Netzwerke,* wie sie im voranstehenden dargestellt wurde, und die mit der Entwicklung der kognitiven Fähigkeiten von Kindern einhergehende Ausbildung von *„social worlds"* (*Strauss* 1978), kollektiven Kognitionen bzw. *„répresentations sociales"* (*Moscovici* 1984) ist für das Verständnis der *Lebenswelt* des Kindes und seiner Bezugspersonen von großer Bedeutung. Die *Lebenswelt* (*Kiwitz* 1991) umfaßt beide der genannten Dimensionen, die numerische Personenmenge des Netzwerks sowie die repräsentationalen Aspekte dieser Personengruppen und damit ihre *Probleme, Ressourcen* und *Potentiale* (wie die des Kindes, vgl. *Petzold, Orth* 1995b). Damit bietet sie die Grundlage für die *Therapieplanung,* die Ausarbeitung eines „therapeutischen Curriculums" (idem 1988n, 208ff) – Festlegung der kurzfristigen, mittelfristigen und langfristigen *Ziele* und ihrer differentiellen Gewichtung (Global-, Grob-, Feinziele) –, weiterhin für die Planung der „Eingriffstiefe und -weite" der Intervention (Welche Personen sind in therapeutische Maßnahmen einzubeziehen?) sowie die Wahl der *Methoden, Techniken* und *Medien,* die zum Erreichen von Therapiezielen in „Prozessen" des therapeutischen Geschehens zum Einsatz kommen sollen (*Petzold* 1993h).

Der **Prozeß** der therapeutischen Beziehung wird nach dem Konzept der Integrativen Therapie (*Petzold* 1988n, 282 ff) bestimmt durch die psychodynamischen Pfade (*viations*) des Klienten, die des Therapeuten und – besonders in der Kindertherapie ist dies bedeutsam – die *Viationen* der relevanten Bezugspersonen im Netzwerk bzw. durch die Dynamik dieses „convoys" auf dem Lebensweg. Hinzu kommen die strukturierenden Interventionsstrategien des Therapeuten (*trajectories*), der selbst Teil des Netzwerks, Mitglied des „convoys" geworden ist und versucht, dieses „System in Bewegung" im Interesse des Kindes und seiner Familie bzw. Bezugsgruppe zu beeinflussen, indem er eine *„sichere Basis"* bereithält, Ressourcen mobilisiert, adäquate Copingstile des „convoys" unterstützt und schädigende Einflüsse im Netzwerk zu beseitigen oder zu mildern sowie *Potentiale* des Netzwerks zu erschließen sucht. *Ohne ein adäquates Erfassen des sozioökologischen Kontext/Kontinuums des Kindes und seiner Probleme, Ressourcen und Potentiale werden adäquate Interventionen nicht möglich.* Diese Aussage gilt auch für die sogenannte *Einzeltherapie,* die, wenngleich sie im *dyadischen Setting* erfolgt, immer den ganzen „convoy" im Blick und zum Ziel haben muß, denn die relevanten Bezugspersonen des Kindes sind im Therapiezimmer unsichtbar anwesend – sie sind ja kognitiv repräsentiert (*Petzold* et al. 1994a) –, was sich zum einen in der Dynamik der Relationalität und des Übertragungs-/Gegenübertragungsgeschehens, zum anderen in den Inhalten von Spielsituationen, etwa mit Puppen, dem Sandkasten, Szenomaterial oder gemalten Bildern zeigt, die das ökologische und das soziale Umfeld des Kindes in das Therapiezimmer bringen.

Die sozioökologische Perspektive (*Gibson* 1979; *Valenti, Good* 1989; *Rogoff* 1990; *Petzold* et al. 1994a) verlangt deshalb nach einer differenzierten Bestandsaufnahme des sozialen und materiellen Raumes. Diese erfolgt einerseits durch eine „Lebensweltanalyse" (idem 1993p, 325) *in situ* – wo immer dies möglich ist, sollten Hausbesuche gemacht werden (*Rau* 1982; *Keupp* 1995) –, andererseits durch diagnostische Fragen, die den Lebenszusammenhang des Kindes, seine emotionale und kognitive Bewertung dieses Kontextes und gegebenenfalls unbewußte Dynamiken erfaßbar machen (*Osten* 1994, 1995), Vorgehensweisen also, die durchaus auch projektive Dimensionen haben. Wir haben in der Integrativen Therapie solche Verfahren verschiedentlich beschrieben – die „Identitätssäulen", „Ich-Funktions-Diagramme", „innere Kinder und Kinderländer" usw., Instrumente, die sich sowohl für die Arbeit mit Erwachsenen (*Petzold, Orth* 1994a) als auch mit Kindern (*Petzold* 1972e, 1987a) eignen. Werden diese Instrumente eingesetzt, so müssen sie selbstverständlich auf die jeweilige Altersstufe und den Entwicklungsstand des Kindes zugepaßt werden. Das Erfassen sozialer Netzwerke in der Adoleszenz, etwa bei drogenabhängigen Jugendlichen (idem 1982u), erfordert andere Methoden der Kartierung als bei kleineren Kindern, Erwachsenen oder auch bei Alterspatienten (idem 1994e).

Für kleinere Kinder – Alter drei bis sieben Jahre – ist das Szenomaterial (*Staabs* 1964), die „Puppenkiste" oder die „Puppenstube" (*Petzold* 1972e, 1987a) und das Zeichnen sozialer Netzwerke in symbolisierender Form *durch* das Kind (bei Drei- bis Vierjährigen oder Entwicklungsverzögerten *mit* dem Kind bzw. *für* dieses) eine sehr gute diagnostische Möglichkeit, einen Teil der angesprochenen Informationen zu erhalten. Die Technik der „Familie in Tieren" (*Bremm-Gräser* 1970) haben wir als Anregung genommen, soziale Netzwerke und ökologische Kontexte kleiner Kinder zu explorieren. So verfügen wir über vielfältige Instrumente, ein Bild von der Lebenswelt des Kindes zu gewinnen. Wir machen derartige Kontexterkundungen zu einem Schwerpunkt unserer initialen diagnostischen Bemühungen.

8.1 Clara im „Land der Tiere" – integrative, sozialökologische Therapie mit dem Netzwerk und der „social world" einer Fünfjährigen

*Clara** wird von ihrer Mutter in eine psychomotorisch orientierte Kinderpsychotherapie gebracht, weil sie es „mit dem Kind nicht mehr aushält!" und *Clara* schon einmal psychomotorisch behandelt worden war. Die Fünfjährige hat Dunkelängste, ist extrem aggressiv, verkrampft sich leicht und näßt und kotet bei ihren Wutausbrüchen gelegentlich ein. Unlängst mußte sie aus dem Kindergarten genommen werden, weil sie andere Kinder schlug und verletzte. Im Sozialkontakt in der Familie ist *Clara* schwierig. Im engeren Netzwerk (Nachbarn, Nachbarskinder) ist man dem Kind gegenüber sehr ambivalent. *Clara* wurde fünf Wochen vor Termin geboren. „Sie wurde mir sofort weggenommen, in den Brutkasten, und dann war es eigentlich nur noch schwierig!" Das Kind hatte – so berichtet die Mutter – eine leichte Spastik. „Die tritt aber kaum noch auf!" wie sie hinzufügt, „nur bei ihren Wutanfällen!" Zum Zeitpunkt des Therapiebeginns war sie für uns jedenfalls bewegungsdiagnostisch nicht mehr objektivierbar. Dysfunktionale, verkrampfte Gangbewegung unter Streß – wenn Clara wütend war – haben wir nicht als „spastisch" klassifiziert. *Clara* hatte bis zum 20. Monat unregelmäßig krankengymnastische Behandlungen bekommen (wahrscheinlich nach *Vojta* 1981), in die die Mutter einbezogen wurde, die mit dem Kind „täglich üben sollte". *Clara* ist von der Intelligenz her normal entwickelt. Beide Eltern lieben das Kind sehr, sind aber über *Claras* Verhaltensprobleme „völlig resigniert". „Wir wissen nicht mehr, was wir noch machen sollen. Die Kinderärzte konnten uns mit den Problemen auch nicht richtig helfen!" Beide Eltern waren zur Beratung gekommen. Der Kontakt war gut, und es zeigte sich eine große Kooperationsbereitschaft. Die pädiatrische, neurologi-

* Das Fallbeispiel wurde anonymisiert.

Abb. 8: Claras „Land der Tiere"

sche und psychomotorische Diagnostik wurde in zwei Terminen in der pädiatrischen Ambulanz durchgeführt und ergab keine somatischen Befunde.

Die therapeutischen Erstkontakte mit dem Kind wurden als „Spielsituation mit der Mutter" im Therapieraum und als Hausbesuch zum Abendessen als „Gast der Familie" gestaltet. Die Möglichkeiten der sozioökologischen Diagnostik „in vivo" waren mit Blick auf das Interaktions-Kommunikationsverhalten sehr ergiebig. Das Kind war in beiden Situationen unruhig und schwierig. Jedesmal gab es Tränen, wütendes Schreien von seiten des Kindes und angestrengte Bändigungsversuche von seiten der Eltern. Um so erstaunter waren wir (Therapeut und Psychomotoriktherapeutin in Ausbildung), in den ersten Einzelkontakten mit *Clara* von seiten des Kindes eine gute Kooperation in den angebotenen Spielsituationen zu erhalten. *Clara* malt gerne und erzählt dabei vor sich hin oder hört auch gerne Geschichten, die wir beim Spielen erzählen.

Zur Exploration der Netzwerksituation verwenden wir in einer Stunde die Technik „Land der Tiere". Dabei schlagen wir dem Kind vor, alle wichtigen Leute, die es kennt, seine Familie, seine kleinen und großen Freunde, Nachbarn, Onkel oder Tanten – natürlich auch Haustiere – einmal hinzumalen. Wir bieten bei dieser Technik ein großes Blatt Papier und Wachsmalblöcke an und stimmen uns in spezifischer Ausrichtung auf das jeweilige Kind ein, so daß derartige Induktionen durchaus eine gewisse Variationsbreite haben.

„*Clara*, warst du schon einmal im Zoo?"

„... schon soo oft! (hält die linke Hand hoch) ... bei den Elefanten."

„Dann weißt du ja, wie das Land der Tiere aussieht."

„Wie im Zoo ... "

„Na so ungefähr. Nur im Land der Tiere, da ist kein Tier im Käfig, da laufen alle durch die Gegend. Manche spielen ganz schön zusammen, manche zanken sich, manche schlafen, manche essen."

„Wo ist denn das ... wo?"

„Wenn man träumt, dann kann man dahin gehen, und wenn man ein bißchen zaubern kann, dann kann man alle Leute mitnehmen, die man kennt."

„Ich träum' ja nicht, ich schlaf' so schlecht ... kann gar nicht schlafen."

„Aber wir können eine Geschichte machen, wenn man Geschichten macht, kann man auch ins Land der Tiere gehen. ... Ich habe hier einen Zauberstab, und dann können wir schauen, wen du alles mitnehmen willst. Wenn du den Zauberstab hochhältst und ein Tier sagst, dann male ich dir eins. Du kannst für jeden, den du mitnehmen willst, ein Tier sagen, und du kannst auch selbst welche malen. Wen nimmst du denn zuerst?"

„Den ... den Daniel, die Bärbel und die Petra (Nachbarskinder) ..., aber die Mutter von der nicht, ... die nicht."

„Und von deiner Familie?"

„Die auch nicht ..., aber die Omi kommt mit, die ist eine ‚Putthenne', die ist immer so lieb!"

„Was soll denn der Daniel sein und die Petra?""

„Der Daniel ... der darf ... der ist ... Hund und die Bärbel und Petra eine Katze."

„Willst du den Hund und die Katze malen?"

„Mach' du das!"

„Mit welcher Farbe denn? Du kannst ja auch noch was dran malen!"

Ich male die verschiedenen Personen-Tiere nach Anweisung von *Clara* (Abb. 8). Daniel wird als ein großer, böser Hund, wie ein Wolf gemalt, der heult (rot). Die Nachbarskinder werden ein kleiner Hund (blau) und eine Katze (grün). Die Umrißzeichnungen werden von Clara ausgemalt, bedächtig mit kräftigem Druck, so daß kräftige Farbflecken entstehen. Die ‚Putthenne' malt sie selbst: schwarz und rot, ebenso wie ihren Teddy (dunkelbraun und gelb) und ihren Legokasten (rot/schwarz).

„Und du selbst? Was für ein Tier willst du denn werden?"

„ ... eh ... ein Hund und Elefant."

Auf *Claras* Anweisung und mit *Claras* Hilfe entsteht ein großer Elefant, der ganz grün ist und einen roten Hundeschwanz hat und ein Halsband. Er steht über den Kindern, unter sich den Teddy und den Legokasten. Den Wolfshund hat er vor den beiden riesigen Stoßzähnen.

„Und ich, kann ich da auch mitkommen? Und was für ein Tier soll ich dann sein? Und wo willst du mich da stehen haben?"

„Du bist auch ein Hund-Elefant. Du muß da stehen (zeigt auf die Ecke des Papiers, rechts oberhalb der anderen Gruppe)."

Ich erhalte eine schwarze Umrißzeichnung zugewiesen, die aber nicht ausgemalt werden darf, mit grünem Hundeschwanz. Von meiner Position aus kann ich auf die ganze Szene sehen und stehe

Clara im Rücken. Um noch mehr über die Primärfamilie zu erfahren, schlage ich vor:

„Die Mama und der Papa und noch andere Leute, die kann man ja doch mit ins Tierland nehmen. Man kann sie ja in eine Ecke malen, so daß sie nur da bleiben (*Clara*s Gesicht wird ärgerlich). Vielleicht hinter einem Zaun?"

„Die kommen in den Zoo!" Es muß ein anderes Blatt genommen werden.

Wir malen einen Zoo mit dem Vater als Brummbär (schwarz mit roten Augen, größer als der Hund-Elefant), die Mutter als Brummbär (gelb, mit blauen Augen und teilweise schwarzer Umrißzeichnung und einem großen schwarzen Punkt im Bauch), der Opa wird Hahn, der ziemlich bunt ausgemalt wird. Hinzu kommt noch eine Kindergartentante, die als Schwein dargestellt wird (schwarz, mit grünen Punkten ausgemalt). Der Zoo wird mit einer dicken Mauer umzogen (schwarz). In das Tierland auf dem ersten Bild werden noch Bäume und Blumen eingemalt und auf *Clara*s Anweisung noch einen Teich. Der Zoo auf dem zweiten Blatt bleibt ohne Pflanzen. Eine Geschichte entsteht, die gemeinsam erzählt wird, in der die Kinder-Tiere noch einen Wassergraben um den Zoo machen, so daß keine der Zoo-Tiere raus können. Dann meint *Clara* plötzlich, daß Daniel blöde sei und sie keine Lust mehr habe weiterzumachen. Sie wird unleidlich und beginnt aggressiv zu weinen.

„Komm, wir machen was anderes, wir packen das Bild jetzt weg. Wir können uns das ja wieder holen!"

Wir spielen noch etwas mit Legosteinen, und dann wird *Clara* abgeholt.

Das Bild „Im Land der Tiere" wird noch zweimal in der Therapie aufgegriffen. Einmal wird eine lange Geschichte gemeinsam erzählt, das andere Mal anderen lasse ich *Clara* zu jedem Tier etwas berichten – Geschichtenerzählen und / oder -spielen ist ein wichtiger methodischer Ansatz in unserem Verfahren (*Petzold* 1969b, 1972b, 1987a). Die Struktur des sozialen Netzwerkes wird durch das ganze Prozedere sehr deutlich und bestätigt die projektiv-symbolisierende Aussage der Darstellung. Vater und Mutter werden als bedrohlich erlebt. Sie bilden dem schwierigen Kind gegenüber eine Koalition, die beständig diszipliniert. Die Kindergartentante ist nur blöde und doof. Die Oma ist die „protektive Figur" (*Petzold* 1972e). Auch der Therapeut, mit dem eine positive Identifikation besteht (zwei

Hund-Elefanten) ist eine Schutzfigur. Die Nachbarskinder werden als ambivalent erlebt, sie spielen mit *Clara* zusammen, bilden gleichsam ein „Rudel“, sie zanken sich aber auch, und es kommen die aggressiven Komponenten in der Farbe und der Darstellung zum Tragen. Diese heftigen Qualitäten schlagen aber auch wieder schnell um.

In der familienanamnestischen Arbeit mit den Eltern wird immer wieder betont, daß das Kind „schon als Baby schwierig war“ und es da schon „Auseinandersetzungen“ gab. „*Clara* schrie viel und sträubte sich immer, beim Füttern, beim Wickeln, später beim Kämmen,“ so die Mutter. Alles deutet darauf hin, daß *Clara* ein „schwieriges Temperament“ hatte (*Zentner* 1993a, b). Die Eltern sind seit Jahren mit dem Kind „überanstrengt“ (*Petzold* 1996).

Mutter: „Die haben es durch die Nase ernährt, und es war die erste Woche ganz weg von mir. Ich hab es auch nicht stillen können.“ Auf dem Gesicht zeigt sich Trauer.

Die ganze Belastung der Frühgeburt und der Krankenhauserlebnisse, die damit verbunden waren, kamen nochmals auf, und es wurde Trauerarbeit möglich, Trauerarbeit über das bedrückende Faktum, daß es keine unbelastete, glückliche Mutter-Säuglingszeit gab, wie bei all den anderen Müttern in ihrer Bekanntschaft. Auch der „vikarielle Streß“ als sekundäre und *partizipative Traumatisierung* (ibid.; *Petzold, Petzold* 1996) kam noch einmal auf, die innere physische und psychische Belastung von Eltern, wenn sie die körperliche Not ihres frühgeborenen Kindes miterleben – wieder und wieder. Das zeigt sich auf ihren Gesichtern, in ihrer Haltung, ihren Verspannungen, denn sie nehmen Schmerz, Spasmen, Dystonien leibhaftig auf (vgl. Lehrfilm *Beek, Hoek, Petzold* 1995). Wir finden hier Frühgeburt als ein „kritisches Lebensereignis“, vielleicht als ein traumatisches (*van der Kolk* et al. 1996), das viele „adversive events“ im Gefolge hat. Deshalb ist in der kindertherapeutischen Behandlung immer auch eine Bearbeitung der Situation der Eltern als Hilfe in der Aktualsituation oder als nichtsprachliche Bearbeitung der „*vikariellen traumatischen Erfahrung*“ wesentlich um posttraumatische Streßstörungen (PTSD) und ihre Folgen (*hyperarousal, numbing*, gestörter Sozialkontakt, Erosion der persönlichen Tragfähigkeit und malignen Burnout – z.B. bei Eltern oder Pflegepersonal) zu verhindern (*Petzold, Petzold* 1996).

In dem Bild „Im Land der Tiere“ und dem damit verbundenen Gestaltungsprozeß werden zu den vorhandenen medizinischen spezifische diagnostische Informationen (*Osten* 1994, 1995; *Althen* 1991; *Petzold, Orth* 1994a) für die Psychotherapie gewonnen, die mit anderen diagnostischen Instrumenten, dem fokussierten Elterngespräch, der Familienanamnese, der standardisierten Diagnostik (ICD-10), ein recht komplexes Bild des Kindes in seinem „social support system" ergibt.

Das soziale Netzwerk von *Clara* ist recht problematisch. Auf der Ebene der „Spielgefährten", der „kleine Freunde und Freundinnen", finden wir hohe Ambivalenzen, die wesentlich durch *Claras* unkontrollierte Agressionsausbrüche verursacht werden. Die Nachbarskinder wollen oft schon gar nicht mehr mit ihr spielen. Auf der einen Seite wird eine gewisse Kohäsion signalisiert – die Gruppe der Tiere spielt miteinander –, aber sie kämpft und streitet auch in aggressiver Weise, wobei sich *Clara* eine starke und aggressive Figur gibt. Die „Putthenne", die Großmutter, scheint die einzige stabile und im Hinblick auf *Wechselseitigkeit* (*Petzold* 1986h, 1991b) im emotionalen Bezug zuverlässige Person zu sein, was von der Mutter bestätigt wird. *Clara* hatte in ihrem „convoy" zwar einen „significant caring adult" (idem et al. 1993; *Rutter* 1985), aber ihre engsten Bezugspersonen, die Eltern, waren trotz aller Mühen nicht in der Lage, mit dem „schwierigen Temperament" und der eventuell durch die verfrühte Geburt und die klinische Frühbehandlung (Sondenernährung, häufige Blutentnahme, intensivmedizinische Untersuchungen und Behandlung) verursachte Dysästhesie und Hyperarousal-Tendenz (*van der Kolk* 1994) und der damit verbundenen Berührungsempfindlichkeit (*van Beek, Samson* 1994; *Petzold* et al. 1994a) umzugehen. Mangelhafte ärztliche und psychologische Beratung der Familie, insbesondere „Temperamentsberatung" (*Zentner* 1993, 1994), haben die Karriere dieses Kindes und seines „convoys" problematischer verlaufen lassen, als dies notwendig gewesen wäre. Entlastung der Eltern, insbesondere der Mutter, eine methodische Stützung in der Handhabung des Säuglings, der ein „gaze averter" (*Keller, Gauda* 1987) war, hätte ein besseres „handling" des „non-optimal functioning babys" (*Petzold* et al. 1994a) ermöglicht und eine negative Interaktions-Kommunikation-Karriere (ibid.) mit den engen Bezugspersonen des „convoys" vermieden.

„Ich bekomme mit dem Kind nie richtig Kontakt. Sie hat mich schon als Baby nie richtig angeschaut und auch jetzt, wenn ich was von ihr will oder die kommt mal von selbst ... also ... die schaut mich nie richtig an!" so die Mutter.

Die Frustration über fehlende Blickdialoge in den Eltern-Kind-Beziehungen sind ein bekannter Belastungsfaktor für Eltern. Besonders, wenn – wie in diesem Fall – das Kind erwünscht, ersehnt und geplant war und von seiten beider Eltern „viel in das Kind investiert" wurde, um die frühen Komplikationen auszugleichen. Für *Clara* ist eine Tragik darin zu sehen, daß sie die vorhandene Intensität der emotionalen Zuwendung, die beide Eltern trotz immer wieder auch aufkommender Resignation und Überlastung haben, nicht erleben und annehmen kann. Sie gerät dadurch in einen permanten *Konflikt*, da die wohlmeinenden und auch notwendigen Förderabsichten und -maßnahmen der Eltern von *Clara* als Druck erlebt werden, gegen den sie sich auf ihre Weise zur Wehr setzt. Bei Personen, die derartige *„social affordances"* nicht anbieten – die Großmutter und die Therapeuten z.B. – erfolgt auch keine Inszenierung des Konfliktes in der Beziehung. Im Gegenteil, es wird von seiten des Kindes die Situation für das *display* anderer, in ihrem Repertoire auch vorhandener Interaktions- bzw. Beziehungsvarianten genutzt. Hier wird es aber wesentlich zu reflektieren, ob nicht von seiten des Therapeuten das Konfliktthema – überwältigende Ansprüche der Eltern/Erwachsenenwelt, gegen die sich das Kind massiv wehrt – vermieden oder zu lange aus dem Kontext der therapeutischen Beziehung herausgehalten wird (und wenn ja, warum?). Die damit implizierte Festlegung auf die Eltern als „die Bösen", wäre eine problematische Folge. Es wurde indes bewußt die Entscheidung getroffen, nicht die Konfliktthematik zu *konstellieren*. Beim *„display"* der entsprechenden *affordance* – z.B. der Anforderung, des „sanften Zwanges" – hätte *Clara* die gleichen Formen des Problemverhaltens produziert, wie es in allen Beziehungen (die Großmutter ausgenommen) konstelliert wurde. Das Ermöglichen einer Alternative, die Sensibilisierung des Kindes für andere *affordances*, der Spielraum für andere *effectivities* erschien uns wichtiger, zumal wir bei den kooperationsbereiten Eltern die Möglichkeit hatten, die Konflikte am *Realort*, in der Eltern-Kind-Beziehung, bearbeiten zu lassen. Elternberatung und *Transfer*arbeit waren hier für uns die besseren Wege, wobei, wenn das Konfliktthema sich stark reinszeniert hätte, dieses auch in der Therapie bearbeitet worden wäre.

Ich möchte an dieser Stelle nochmals unterstreichen: Bei vielen Kindern (und Erwachsenen) findet sich *kein generalisierter* Reinszenierungsmechanismus biographisch bestimmter Konfliktkonstellationen. Ihre Verhaltensmöglichkeiten sind differenziert. Übertragungen kommen nicht „automatisch" auf. Sie werden oft „konstelliert", wie man in der Supervision von multidisziplinären Teams immer wieder beobachten kann. Bei klientzentrierten, behavioral oder systemisch orientierten Therapeuten tauchen Übertragungsreaktionen (z. T. in der Arbeit mit dem gleichen Patienten – psychodynamische Einzeltherapie, behaviorales Rollenspiel in der Gruppe) deutlich weniger auf, als bei psychodynamisch orientierten Therapeuten, ohne daß man sagen könnte, die Behandlung wäre weniger effektiv (das Gegenteil ist oft genug der Fall), weil andere Zugangsweisen und Wirkfaktoren (*Petzold* 1994g) zum Tragen kommen. Verhaltenserwartungen und Formen der Beziehungsstrukturierung spielen offenbar eine immense Rolle. Patienten nutzen die Möglichkeit zu alternativen Performanzen und Beziehungsmöglichkeiten (von älteren Kindern und Jugendlichen habe ich oft gehört: „Endlich mal 'ne Möglichkeit, nomal zu reden. Zu Hause geht das einfach nicht!").

Auf ein Problem sei noch hingewiesen. Bei intensiver Elternberatung können sich – wie bei *Claras* Mutter geschehen – auch Übertragungen zum Therapeuten hin entwickeln, der dann gegebenenfalls von der regressiv-hilflosen Mutter *und* von ihrem Kind Vaterübertragungen erhält. Theoretisch konsequent überdacht, wirft eine solche Konstelltion größte Schwierigkeiten auf (*Ferenczis* Verstrickungen mit Mutter, Tochter und aller drei mit „Vater *Freud*" sind ein berühmtes Beispiel). Da aber die Mehrzahl der im klinischen Kontext – etwa der Kinderpsychiatrie – so arbeitenden Therapeuten diese Konstellationen nicht problematisieren, funktionieren sie offenbar schlicht und einfach und zumeist ganz gut, eben weil alle Beteiligten über flexible Möglichkeiten differentieller Beziehungsgestaltung verfügen.

Mit Blick auf die Wirkung unterschiedlicher therapeutischer Zugangsweisen sei nochmals hervorgehoben, daß *„significant caring adults"* als der wichtigste protektive Faktor im Leben von Kindern gelten (*Petzold* et al. 1993; *Rutter* 1985). Zugewandte, kindgemäß arbeitende Therapeuten profitieren von diesem Faktum in der Regel – allerdings nicht immer. Hier ist zu beachten: Es zählt nicht nur ihre faktische Präsenz, die geleistete emotionale Unterstützung der Schutzperson, sondern es ist darauf zu achten, ob das Kind die Liebe, das „caring" wahrnehmen und als solches werten und annehmen kann. „**Perceived caring**", „**perceived support** and **acceptance**" etc. sind zusammen mit dem „**positive appraisal**" des wahrgenommenen Beistands (vgl. Bd. 1, Teil I, Abb. 4, Legende) ausschlaggebend dafür, daß die faktisch vollzogenen Handlungen der Unterstützung und Zuwendung auch in positiver Weise zum Tragen kommen können und nicht konflikthaft werden.

Ein wichtiger Teil der Therapie zur Seite der Eltern von *Clara* hin war Beratung, die ein Verständnis für die Zusammenhänge, die Schwierigkeiten des Temperaments (*Zentner* 1994), die Karriere nicht-optimaler Interaktionen eröffnen sollte und für die *Konfliktdynamik* – Förderung und Sorge als belastender Anspruch und Forderung –, um Entlastung und andere Verhaltensmöglichkeiten dem

Kind gegenüber zu erreichen sowie Hilfen zu bieten, mit den eigenen Frustrationen besser umgehen zu können. Förderlich war hier die Verwendung von Videoreplay zur Analyse und als Feedback, wofür die zu Forschungszwecken gefertigten Aufzeichnungen dienten.

In der Mutter-Kind-Beobachtung zeigte sich z.B., daß bei „ostentativem" Wegwenden des Kopfes durch *Clara* der Mutter „das Gesicht herunterfiel", d.h. daß sie auf diese „social affordance" mit Mimik von Resignation und Frustration reagierte. Die Mikroanalyse der Videoaufzeichnung aber ergab, daß *Clara* nur das Gesicht, nicht aber den ganzen Blick abwandte. Dann aber, bei der Veränderung der im Initialkontakt zunächst freundlichen mütterlichen Mimik hin zur Verstimmtheit wurde auch der trotz abgewandter Schrägstellung des Gesichtes noch kurz „anwesende" Blick weggewendet. Mikroanalysen nonverbalen Verhaltens anhand von Videoaufzeichnungen sind nicht nur für Forscher, sondern auch für Therapeuten äußerst aufschlußreich. Die familientherapeutische Praxis der Supervision anhand von Videoaufzeichnungen beginnt sich nur allmählich auch in anderen Settings durchzusetzen. (Der Autor hat über Jahre videogestützte Supervisionen im Therapeutenteam des Berner Psychotherapieforschungsprojektes [*Grawe* et al. 1990c, d] als Gastprofessor durchgeführt.) Werden derartige Aufzeichnungen mit den Betroffenen (hier der Mutter) angeschaut, sind sie auch für die Planung alternativer Verhaltensformen sehr nützlich. Mutter und Tochter zeigen subtile Verhaltensmuster, die als *„social affordances"* gewertet werden können, in denen entsprechende, eingeschliffene und dysfunktionale *„effectivities"* (*Petzold* et al. 1994a) erhalten sind, die zur *Performanz* kommen. Da es sich um komplexe Interaktions*sequenzen* handelt – die Interaktion läuft ja weiter – sind diese Begrifflichkeiten aus der sozioökologischen Theorie in der Tradition *Gibsons* (ibid.; *Reed* 1988; *Valenti, Good* 1990), die Kontext und Handlung nicht trennt (*affordance* umfaßt beides), ein besserer referenztheoretischer Rahmen, als nur von Stimulus-response-Konstellationen im behavioristischen Sinne auszugehen. Es liegen überdies neben der *behavioralen Performanz* ja auch *repräsentationale Muster* von variierender, entwicklungsgebundener Komplexität vor, die mit dem offenen *display* des Verhaltens verbunden sind: die Repräsentation der Mutter von ihrem Kind, die Repräsentation des Kindes von seiner Mutter, die jeweilige Repräsentation der beiden über ihre Formen der Interaktion (vgl. Bd. 1, Teil I, Abb. 6), welche dazu führen können, daß der situative Kontext (z.B. das Kinderzimmer) oder der Gegenstand (**G** in Abb. 6) der Interaktion (z.B. ein Spielzeug) oder die Funktion (**F**) der Interaktion (etwa das Aufräumen des Kinderzimmers) ständig durch Störeffekte „habitualisierten Mißverstehens", durch emotionale „mismatches", durch fehlende interaktive bzw. kommunikative „fits" beeinträchtigt wird, dergestalt, daß sich Perception-action-cycles (PAC) oder Wahrnehmungs-Verarbeitungs-Handlungsspiralen (WVH) nicht organisch vollziehen können (vgl. Bd 1, Teil I, Abb. 5 und 6).

8.2 Clara mit ihrer sozialen Kernzone

Es war für den Therapeuten immer wieder eine Frage, wie er in optimaler Weise *Clara*s Mutter an der Behandlung beteiligen und wie er die Beziehung zu ihrer Mutter in angemessener Weise gestalten könne, denn natürlich kamen Übertragungen auf. Mißtrauen, Konkurrenzgefühle wechselten bei der Mutter mit Idealisierungen. Der Therapeut wurde zum einen als eine „andere Mutter" gesehen, die es besser macht, die versucht, das Kind „abspenstig" zu machen, zum anderen aber als ein „idealer Vater", von dem man Rat und Hilfe erhält, der den richtigen „Durchblick" hat (und es natürlich viel besser macht als der eigene Ehemann). Zuweilen kommen auch Vater-Tochter-Qualitäten in der Beziehung auf. Die Mutter holt sich Rat beim guten, verständnisvollen Vater. Sie nimmt in ihrer Überforderung selbst eine Kindrolle ein, gibt Verantwortung ab, und dies zum Teil in einem Maße, daß die Wahrnehmung ihrer eigenen Mutterrolle beeinträchtigt wird. All diese Beziehungskonstellationen und Qualitäten mit ihren Übertragungs- und Gegenübertragungsanteilen (*Resonanzen*) mußten berücksichtigt werden und wurden zum Teil angesprochen, zum Teil gedeutet, zum größten Teil aber dadurch gehandhabt, daß der Therapeut sich bemühte, in seinem Sozialverhalten, in seinen Interaktionsformen und -qualitäten andere „social affordances" bereitzustellen, indem er, wurden die Tochterübertragungen von seiten der Mutter zu intensiv, in der nächsten Sitzung stärker aus der Rolle des Familienberaters die Kompetenz der Mutter als Erzieherin ihrer Tochter „anfragte". Im offenen Verhalten zeigte sich dies durch Informationsfragen und einer signalisierten Bereitschaft, ihre Antworten aufzunehmen. Bei den Interaktionen habe ich mich in der „inneren Haltung" (vgl. Bd. 1,

Teil I, Abb. 6, auf die sich auch die im folgenden Text gebrauchten Siglen beziehen) auf die kompetenten Seiten der Mutter gerichtet, indem ich mir die eine oder andere Situation vergegenwärtigte, in der wir gute Gespräche über die Situation des Kindes und über Erziehungsfragen hatten. Durch die Veränderung des Fokus auf der repräsentationalen Seite (des „Bildes", das ich von der Mutter und der Interaktion mit ihr **[sI]** hatte) und der Interaktionsseite (der Art und Weise unserer offenen Interaktion **[oV]** im Vollzug) waren andere Möglichkeiten für das *„interplay of affordances and effectivities"* gegeben, und es veränderte sich die Übertragungsqualität.

Wir haben mit dieser Vorgehensweise eine hervorragende Möglichkeit, Übertragungen besser zu handhaben, insbesondere, wenn wir diese Zusammenhänge auch noch besprechbar machen und eine Transparenz über den Zusammenhang von inneren Vorstellungswelten **[RM]** und offenen Verhaltensweisen **[oV]** herstellen, denn genau diese Prozesse galt es ja auch in der Beziehung der Mutter zu ihrer Tochter handhabbar zu machen: Wenn eine Veränderung der Beziehungsqualität ermöglicht werden soll, muß die Mutter ihre innere Einstellung (d h. ihre dominierenden Repräsentationen des Kindes **[B]** und der gemeinsamen Interaktionen **[I]**) sowie ihre Absichten **[AI]**, ihren gedanklichen Vollzug **[sI]** und ihre äußeren Verhaltensweisen in der Interaktion **[oV]** verändern. Das Erklären dieser Zusammenhänge – es wurde dabei „Theorie als Intervention" verwandt (*Petzold, Orth* 1994) – förderte in der Tat das Verstehen und das Verständnis der Mutter (und bei entsprechender Gelegenheit auch des Vaters). Eine bessere Kooperation und Fortschritte in der Familienarbeit und der Therapie mit *Clara* waren die Folge des interaktionszentrierten Vorgehens.

Die Arbeit an solchen Interaktionsmustern von Mutter und Vater, d.h. an Kommunikation und Interaktion in der *Kernzone des „convoys"*, wurde ein wesentlicher Bestandteil der Therapie. Die Eltern lernten, das Lächeln „im Gesicht zu behalten", auch wenn von *Clara* der Kopf abgewandt wurde. In der Mutter-Kind-Interaktion hat dann der Therapeut, um das Muster des „Abwendens im zweiten Schritt" zu durchbrechen, durch einen Positionswechsel und einen kurzen Zuruf den Blick dieses Kindes wieder umgelenkt, und zwar in einer Weise, daß die Mutter mit im Gesichtsfeld lag. „Gaze aversion" und Abwendung des Gesichtes konnten auf diese Weise schon bald dank einer Veränderung der „social affordances" in der Frequenz verändert werden. In diesem Prozeß war eine Interaktionsanalyse einer im Spielzimmer des Kindes zu Forschungszwecken mit Video aufgezeichneten Spielsequenz mit der Großmutter aufschlußreich, der eine erneute Exploration mit der Technik „Land der Tiere" vorausgegangen war. Es wurde *Clara* nämlich vorgeschlagen, einmal eine Geschichte vom Elefanten-Hund *Clara* und der „Putthenne" zu machen, wobei ich versprach, für sie ein paar Sachen hinzumalen, wenn sie das wolle.

Clara trug mir auf, die Großmutter „ganz schön zu malen", und sie suchte sich ein sehr großes Blatt aus. Ich erhielt dann noch zahlreiche Anweisungen, bis die „Putthenne" richtig war. Dann forderte ich *Clara* auf:

„Und du, wo willst du dich hinmalen? Mal dich doch selbst einmal hin!"

Clara überlegt ein bißchen und malt ein Oval mit einem schwarzen Stift, ein Ei, direkt neben die Henne:

„Da bin ich drin ..." – Sie lacht.

„Willst du denn nicht malen, *wie* du da drin bist?" – *Clara* schüttelt den Kopf.

„Soll ich dich da drin einmal malen?" – *Clara* schüttelt den Kopf und lacht.

„Dann erzähl' mir mal, wie es da drin ist."

„Ganz tooolll, ganz toll warm."

„Da kann dir nichts passieren!"

Clara wendet ihr Gesicht abrupt ab. Es schießt in ihr offenbar ein Gefühl hoch. Die *Kontextdeutung* (*Petzold* 1988n, 338, 3. Aufl. 1996) hat sie offensichtlich getroffen. Ich rechne – wie in anderen Fällen – mit der kurzen, aber heftigen Wutreaktion, doch das Kind wirft sich plötzlich an mich, kriecht in meinen Arm, wo es eine Zeit lang liegenbleibt, sich ankuschelt. Dann sagt sie:

„Du bist wie die Omi!"

Die Interaktionsanalyse von im Forschungskontext erstellten Videoaufzeichnungen mit den Spielszenen zwischen *Clara* und der Großmutter zeigt nun, daß diese 61jährige Frau beständig *benannte*, was das Kind *tat*, welche Gefühle es zeigte, und das in einer eher beschreibenden, nicht wertenden Art und Weise. In der Regel wurden die Handlungsäußerungen des Kindes in dieser Weise akzeptiert, zuweilen wurden auch klare Abgrenzungen gesetzt, die von *Clara* gut angenommen wurden. Bei einem wütenden „in die Haare greifen", z.B. in der Form: „Das tut mir weh! Ich will das nicht! Du bist jetzt wütend, zieh die Susi [Puppe] am Haar, aber mich nicht! Du bist ganz einfach wütend, *Clara*. Ich seh das, aber *ich* will das nicht!"

Bei einer fröhlichen Spielaktion hört sich ein Textausspruch so an: „Da lachst du, *Clara*! Das macht Spaß! Kind, hab ich Spaß! Auch die Susi lacht und der Hans [Teddy] ... macht das Spaß!" – Die Äußerungen sind von Kichern und Lachen der beiden unterbrochen.

Videoanalysen oder – im Praxiskontext oft leichter zu bewerkstelligen – Life-Beobachtungen der Interaktion von Kindern mit verschiedenen Bezugspersonen sind für die Erschließung des Potentials von Beziehungsmöglichkeiten und für die Planung, Ausrichtung und gegebenenfalls Korrektur des eigenen Beziehungsangebots in der Therapie äußerst nützlich.

Ich stellte z.B. fest, daß auch ich im Umgang mit *Clara* gleichfalls sehr viele affirmative Äußerungen „ins Spiel bringe", denn Spielaktivitäten sind das Zentrum dieser Therapie. In dieser Hinsicht haben es Therapeuten natürlich viel einfacher als Eltern oder Erzieher, die mit dem Kind in einem unmittelbaren Lebenszusammenhang stehen, in dem sie beständig im vitalen Bereich (Essen, zu Bett gehen, Schutz von Gegenständen, Aufräumen, die Notwendigkeit, eigene Arbeit ungestört zu tun, Fernsehen, Erteilen von kleinen Aufträgen etc.) in einer Weise Grenzen zu setzen oder notwendige Ansprüche durchzusetzen haben und dabei Widerstände auslösen, die äußerst schwierig sein können und mit der Handhabung der Interaktion in der therapeutischen Situation kaum vergleichbar sind. Es ist relativ einfach, als Kinderpsychotherapeut ein schwieriges Kind gut „handhaben" zu können, vergleicht man dieses Setting mit der Situation von Eltern, es sei denn, man bringt in unbewußter Übernahme elterlicher Sorgen und durch innerliche Beifügung dramatischer therapieideologischer Szenarien über die „Schwere der Schädigung" des Kindes (*Petzold, Orth* 1995a) soviel an „problem-affordances" in die Interaktionssituation mit dem Kind, daß sich bei diesem „problem-effectivities" konstellieren und es schwieriger wird, als es sein müßte.

8.3 Exkurs: „Schützende Inselerfahrungen" und „gute Zeiten"

Die klinische Beobachtung zeigt, wenn sie das Familiensystem einbezieht, daß der Transfer von positiven Interaktionsqualitäten aus der „Einzelbehandlung" von Kindern, die durch ein gutes *„match"* der Therapeut-Kind-Dyade zustande gekommen sind, in das soziale Außenfeld des Kindes äußerst schwierig und oftmals nicht erfolgreich ist. Viele Schwierigkeiten im Interaktionsverhalten dauern innerhalb des sozialen Netzwerkes an. Negative Einwirkungen (Schimpfe, Schläge, Abwertungen, destruktive Attributionen) zum Kind hin persistieren. Daß dennoch Symptombesserungen erfolgen, geschieht wohl dadurch, daß in einer gelingenden Kindertherapie *protektive Faktoren* zum Tragen kommen (*Petzold* et al. 1993): Es ist ein „significant caring adult" (ibid. 198) vorhanden, und die Therapie vermittelt „schützende Inselerfahrungen" und „gute Zeiten" (ibid. 220, idem 1969c, 12). Es wird hiermit ein in der Kindertherapie aller Schulen als „Schutzfaktor" benanntes oder impliziertes Konzept herausgestellt. *Winnicott* (1972) sprach von „potential space", *Bowlby* (1979) und die Attachmenttheoretiker sprechen von „secure base", *Ferenczi* (1929) von den „Segnungen einer normalen Kinderstube", *Axline* (1947) von der „warm and friendly atmosphere". *Anna Freud* unterstrich für die Behandlung schwergestörter Kinder: „Was bei diesen Patienten therapeutisch wirkt, ist die geduldige, teilnehmende, durch nichts gestörte Zuwendung des Erwachsenen" (*A. Freud* 1965/1968, 208). Es sind dies Qualitäten der „schützenden Inselerfahrung", die *Nitza Katz-Bernstein* (dieses Buch) in der „Integrativen Therapie" unter das Konzept des *„safe place"* faßt, das sie methodisch in besonderer Weise vertieft hat. Ich habe folgende Momente herausgestellt:

„Als ‚schützende Inselerfahrungen' und als ‚gute Zeit' bezeichnen wir in der Arbeit mit Kindern und Jugendlichen einen ‚sicheren sozialen und physikalischen Ort', der dem Kind das Erleben einer ‚guten Zeit' von Zuwendung, Wertschätzung, Sicherheit, Geborgenheit und Freiheit ermöglicht. Dazu sind erforderlich: Bezugspersonen, die wertschätzend, eindeutig und liebevoll mit dem Kind umgehen, ein physikalischer Raum – Spielecke, Kinderzimmer, Spielplatz, Station, Wohngruppe –, der dem Kind Entfaltungs- und Gestaltungsmöglichkeiten bietet, der nicht einengt, einen hohen Aufforderungscharakter hat und ihm und den anderen Kindern und Jugendlichen seines sozialen Netzwerkes ungestört zur Verfü-

gung steht. Wo immer solche Räume bereitgestellt werden, sei es in der Therapie, einer Pflegefamilie, einem Heim, einer Wohngruppe oder einer therapeutischen Wohngemeinschaft, können wir davon ausgehen, daß ‚schützende Insel-Erfahrungen' gemacht und ‚gute Zeiten' erlebt werden, die, selbst wenn sie nur von vorübergehender Dauer sind, die Chance des Weiterwirkens haben" (*Petzold* 1969c, 16).

Das Konzept der *„schützenden Inselerfahrungen und guten Zeiten"*, das in der Arbeit mit Heimwehreaktionen im pädagogischen Kontext einer „Deutschen Schule im Ausland" entdeckt (*Petzold* 1968c) und dann in der Integrativen Kinder- und Jugendlichenpsychotherapie inauguriert wurde (idem 1969b, c; *Petzold* et al. 1993, 218) geht davon aus, daß *„Kontext* und *Kontinuum"* von lebendigen Wesen als „diskontinuierliche Kontinuität" erfahren werden. Leben ist gemeinsamer *„Erlebensraum in zeitlicher Erstreckung"*, ständigen Wandlungen. Ausgehend von wechselnden Örtlichkeiten, Personen, Stimmungslagen, Ereignissen, wird die gelebte Zeit (*temps vecu*) in unterschiedlicher Fließdichte und Intensität erlebt (*Petzold* 1991e). So finden sich Erlebensströme, die die Qualität relativer Durchgängigkeit und *fluency* haben, aber auch Ereignisketten, bei denen „events" unterschiedlicher Größe, Gewichtung und Wertigkeit aneinandergereiht sind. Oft genug wird ein und dieselbe Zeitstrecke aus unterschiedlichsten Stimmungslagen heraus in beiden Dimensionen erlebbar: kontinuierlich-diskontinuierliche *Erlebnisqualität* (Fließqualität, Ondular-Aspekt) und additive *Ereignisqualität* (Faktenreihung, Korpuskular-Aspekt), wenn man eine solche physikalistische „Modellmetapher" (vgl. *Petzold* 1994a) heranziehen will. Beiden Dimensionen kommt Wichtigkeit zu, und es darf weder einer einseitigen Betonung von Kontinuitäten noch einer einseitigen Betonung von partikulären „events" das Wort geredet werden. Wenn belastenden Einzelereignissen, die immer auch eine zeitliche Erstreckung haben, in manchen Pathogenesetheorien (Traumatheorien) sehr nachhaltige Wirkung zugeschrieben wird, warum nicht ebenso *„protective events"*, die gleichfalls auch eine nachhaltige salutogene Wirkung haben? Alle Einzelereignisse sind aber von anderen „events" – vorausgegangenen, zeitgleichen und nachfolgenden – umgeben. Deshalb sehen wir Summations- und Konfluxeffekte, multikausale, prolongierte Einwirkungen – *zeitextendierter Streß* sowie länger wirkende *Defizite*, aber auch *gute Lebensstrecken* – als die maßgeblichen Bedingungen für Gesundheit und Krankheit an, und zwar in der Interaktion dieser drei Dimensionen. Es steht außer Zweifel, daß es lebensverändernde und lebensbestimmende Einzelereignisse (positive wie negative) gibt, und darauf basiert das Konzept der *„schützenden Inselerfahrung und guten Zeit"*, das in diagnostischer Hinsicht für das Erfassen von Lebensläufen unter einer longitudinalen Perspektive, die auch protektive und salutogene Einflüsse zu erfassen sucht, wichtig ist, um gezielt vergangene *„schützende Inselerfahrungen"* zu nutzen bzw. für den gegenwärtigen Verlauf der Therapie solche gezielt einzuplanen, weil sie Therapie selbst unter dieser Perspektive von *„secure base"* bzw. *„safe place"* sieht.

Da Entwicklungsprozesse bei schwer geschädigten Kindern und schwierigen Netzwerksituationen eigentlich eine langfristige Begleitung „im Konvoi" erfordern – dies kann in der Regel nicht Aufgabe eines einzelnen Therapeuten sein, sondern die einer *Kette karrierebegleitender Hilfsagenturen* (*Müller* 1994; *Petzold, Hentschel* 1991) –, da aber oftmals solche Maßnahmen bei Ressourcenknappheit oder mangelnder Kooperation nicht möglich sind, setzen wir auf die gezielte Arbeit mit *„schützenden Inselerfahrungen und guten Zeiten"*, was auch immer wieder ein spezifisches therapeutisches Vorgehen notwendig macht, etwa bei der Gestaltung von Abschieden, die gut vorbereitet werden müssen und dem Kind vermitteln sollten: Es wird immer wieder auf deinem Lebensweg Menschen geben, die dich gut verstehen und von denen du Hilfe erwarten darfst (*Müller* 1994; *Ramin, Petzold* 1987, 3, 99 ff).

Weil Therapie einen solchen „safe place" (*Katz-Bernstein*, dieses Buch) bereitstellen kann, kommt es zu Wirkungen, und diese sind zu berücksichtigen: Verhalten verändert sich, Symptome bessern sich. Das ist auch für das Außenfeld sichtbar. Derartige Veränderungen haben immer wieder – wenngleich nicht „automatisch" – auch im Außenfeld verändernde Wirkung, abhängig davon, wie wichtig das Kind im Familien*system** ist.

---

* Die systemische Perspektive war für die Integrative Therapie theoretisch und methodisch immer wesentlich (*Petzold* 1974j, 295 ff), ohne daß die kybernetischen und autopoietischen Moden größere Bedeutung gewonnen hätten. Vielmehr erweist sich ein „dynamic systems approach" (*Turvey* 1990; *Adolph* et al. 1993; *Turvey, Fitzpatrick* 1993; *Thelen, Smith* 1994; *Thelen* 1994; *Geert* 1991) für bestimmte Fragestellungen (sensumotorische Koordination), aber auch „social systems approaches" (*Witte* 1989, 9f; *Luhmann* 1984; *Parsons* 1976; *Heil* 1992) für andere Fragen (z.B. soziale Netzwerke, vgl. *Keul* 1993) als sehr nützlich, wenn man sich nicht in Fallstricken der Systemmetapher fängt (*Steinbacher* 1990, 500 ff; *Schiepek* 1987, 14 ff). Leider wird in der Psychotherapie und Familientherapie und in den Sozialwissenschaften die Systemmetapher oft in schlechter Analogisierung verwandt, und

Die Veränderung einer wichtigen Systemgröße – wenn man diese *Modellmetapher* verwenden will – bewirkt Veränderung im Gesamtzusammenhang. In Familiensystemen sind dies beileibe nicht immer nur positive, denn der Druck negativer Attributionen kann dem sich verändernden Systemmitglied auch noch vermehrte Schwierigkeiten bringen.

Deshalb ist flankierende Elternberatung oder Familientherapie erforderlich, um positive Entwicklungen zu unterstützen. Wir haben hier im Integrativen Ansatz eigene familientherapeutische Konzepte entwickelt (*Rau*, dieses Buch).

Interventionen „ins System hinein“, wie sie von den verschiedenen Varianten der Familientherapie vorgenommen werden, haben denn auch positive Auswirkungen und es nimmt nicht wunder, daß familientherapeutisch orientierte Behandlungen von Kindern und Jugendlichen in Vergleichsuntersuchungen bessere Ergebnisse zeigen als etwa psychoanalytisch orientierte Kinder- und Jugendlichenpsychotherapie, für die in der internationalen Literatur kaum Wirksamkeitsnachweise vorliegen (*Heekerens*, dieses Buch; *Märtens, Petzold*, dieses Buch), was nicht nur mit fehlenden Studien zu begründen ist oder mit der Schwierigkeit, kinderpsychoanalytische Prozesse empirisch adäquat zu evaluieren, sondern was auch in der Psycho-Logik des Konzeptes liegt.

8.4 *Transferspezifität statt Generalisierungseffekte*

Die Beobachtungsdaten, die aus der Interaktion mit *Clara* in der Therapiesituation sowie familientherapeutisch begleiteten Eltern-Kind-Interaktionen und aus Spielsequenzen mit der Großmutter, aber auch in der netzwerktherapeutischen Arbeit mit den Nachbarskindern gewonnen wurden, stehen im Rahmen unseres dargestellten theoretischen Gesamtkonzeptes, das sowohl die *behaviorale Ebene offenen Verhaltens* wie auch die *repräsentationale Ebene mentalen Geschehens* zu erreichen sucht und deshalb das Kind *und* sein Um-

---

„eine Metapher ist dann am gefährlichsten, wenn sie eine falsche Glaubwürdigkeit vermittelt“ (*Genter, Grudin* 1985, 190). In den genannten Bereichen „ist die Angemessenheit der Projektion des systemtheoretischen Begriffrahmens auf den Gegenstandsbereich kontrovers, auch innerhalb der Systemtheorie selbst“ (*Steinbacher* 1990, 505).

feld in die Intervention einbeziehen muß. Verbunden ist damit die grundlegende Überzeugung, daß es wichtig ist, über den „safe place", die „schützende Insel" und die „gute Zeit" der psychotherapeutischen Situation hinaus das soziale Netzwerk des kleinen Patienten zu einem „guten Ort" zu machen oder zumindest hierzu beizutragen. Es ist ja nicht nur für das Kind, sondern für die Familie insgesamt eine Entlastung, wenn ein schwieriges Kind auch im familiären Rahmen zurecht kommt und die Eltern und Geschwister mit ihm zu befriedigenden Kommunikationen finden. Die Familie wird mehr Glück und mehr Zufriedenheit erleben, und ihr „Klima" wird sich sichtlich bessern. Dazu aber ist es erforderlich, daß *Transferleistungen* von positiven Verhaltensmöglichkeiten, die im Raum der Kindertherapie erarbeitet wurden, für das soziale Umfeld und die Familie vorbereitet und umgesetzt werden. Man darf eben nicht nur auf „unspezifische Generalisierungseffekte" hoffen. Es kann sogar das Gegenteil eintreten, nämlich daß die im therapeutischen Raum gegebene Entlastung und die von den Eltern in der Interaktion zwischen Therapeut und Kind wahrgenommenen positiven Verhaltensmöglichkeiten im Außenfeld zu Frustration, Neid, Resignation auf seiten der Eltern führen oder daß es auf seiten des Kindes zu einer Verschärfung dysfunktionaler Interaktionspraktiken kommt. Die **Generalisierungshypothese**, die fast allen einzeltherapeutischen Verfahren – den psychoanalytischen, aber auch der Gestalttherapie, Gesprächstherapie oder anderen humanistisch-psychologischen Behandlungsmethoden – zugrunde liegt, ist sehr problematisch, weil sie Behandlungswirkungen schmälert, zum Teil verhindert oder auf den Sektor der Therapie begrenzt. Es werden allenfalls „sleeper effects" initiiert, die dann später in anderen Kontexten des Alltagslebens positiv zum Tragen kommen können. Die vielleicht deshalb nur vordergründige Überlegenheit verhaltenstherapeutischer Verfahren (die ja durch den *mainstream* der Evaluationsforschung belegt wird, *Grawe* et al. 1994; für die Kindertherapie vgl. *Märtens, Petzold*, dieses Buch; *Heekerens*, dieses Buch) ist wohl in diesen geschilderten Zusammenhängen der Transferorientierung zu suchen.

Unter dem Gesichtspunkt *sozioökologischer Theorie* kann man annehmen, daß eine jeweils gegebene Umwelt bestimmte *„affordances"* enthält, einen Aufforderungscharakter für den zugleich spezifische Handlungsmöglichkeiten bereitstehen, die das Individuum zur Verfügung hat (*effectivities*). Der „therapeutische Raum" als neuer soziookologischer Mikrokontext hat die große Chance, habitualisierte Wahrnehmung von *affordances* und stereotypes Display der in ihnen gegebenen *effectivities* aufzulösen. Es können in diesem neuen Setting leichter neue Verhaltensmöglichkeiten aufkommen und entwickelt werden, nämlich dadurch, daß der Therapeut und sein „Spielraum" einerseits ungewöhnliche, für das Kind neuwertige „*affordances*" bereitstellt, die in ihrer Auf- und Annahme gefördert werden, zum anderen aber auch dadurch, daß man an evolutionsbiologisch angelegte (*Plomin* 1986) funktionale Verhaltensdispositionen für Kommunikations-Interaktionsmöglichkeiten anschließen kann, wie wir sie in gelingenden Eltern-Kind-Interaktionen vom frühen Typus des „*intuitive parenting*" (*Papoušek, Papoušek* 1981, 1989) oder des „*sensitive caregiving*" (*Petzold* et al. 1994a) finden, Muster der Blick- und Gesichtsdialoge, der zwischenleiblichen Körpersprache, die im engeren sozialen Netzwerk des Kindes nicht mehr zum Tragen kommen können, weil sie von anderer *Affordance/effectivity-Konstellationen* überlagert oder abgelöst worden sind oder zumindest für diesen Sektor nicht zur Wirkung kommen. Immer wieder beobachtet man ja bei schwierigen Kindern (und nicht nur bei diesen, auch bei Erwachsenen, die im Kontext der Gruppentherapie liebenswerte Menschen sein können, aber im kollegialen Raum, im Arbeitszusammenhang oder in der Familie unausstehlich sind) gleichermaßen eine *Sektorialisierung von Verhaltensinszenierungen. Clara* kann im Spiel mit ihrer Großmutter ein Maß an Umgänglichkeit zeigen, das ihr sonst mit den Eltern und im Bereich der Nachbarschaft mit anderen Kindern nicht möglich war. Die *Affordance*-Qualität dieser Mikrokontexte muß verändert werden, um ein „Display" von problematischen Verhaltensweisen einzuschränken.

Das elterliche Verhalten in der Kommunikation-Interaktion mit *Clara* und der Kontext, in dem dieses Verhalten sich inszeniert, muß deshalb Ziel der Intervention sein, die sich nicht an irgendwelchen systemischen Ideologien über Kommunikationsregeln orientiert und auch nicht an fragwürdigen Deutungshypothesen über unverarbeitete innere Konfliktkonstellationen der Eltern (in der Regel der Mutter, vgl. *Massie* et al. 1988; *Dornes* 1995), wie sie zuweilen von psychodynamisch orientierten Autoren vertreten werden, oft unter Zugrundelegung höchst spekulativer Konstrukte (z.B. Kastrationsängste des Jungen, Penisneid des Mädchens) oder entwicklungs*theoretischer* Annahmen (etwa einer autistischen Phase), die mit entwicklungs*psychologischen* Beobachtungen nicht zu konsolidieren sind. Derartige Modelle können allenfalls als okkasionelle Möglichkeiten oder Sonderfälle „im Kopf“ behalten werden, ohne daß sie die Richtung der Exploration bestimmen dürfen. Vielmehr ist auf sehr minutiöse Beobachtungen von verbalem und nonverbalem Interaktions-/Kommunikationsverhalten in Alltags- und Spielsituationen zu zentrieren, denn *diese* sind der „Königsweg“ nicht nur zum Verstehen von „overt behavior“, sondern auch zum Erschließen von kognitiven Informationskonfigurationen bzw. Repräsentationssystemen (*Tergan* 1993; *Petzold* et al. 1994a). Gerade bei sehr fest etablierten Kommunikations-Interaktionssystemen mit ihren behavioralen und repräsentationalen Dimensionen, wie sie sich im tagtäglichen Miteinander von Familien ausbilden, haben wir es mit sehr hartleibigen *„social affordances“* zu tun, die keineswegs nur „in den Köpfen“ der einzelnen Mitglieder eines sozialen Netzwerkes sind, sonder ineinander verschränkte Verhaltensmuster von Menschen, die füreinander ein mehr oder weniger breites bzw. eingeschränktes Spektrum an Verhaltensmöglichkeiten bereitstellen – *mutual affordances. Deshalb sind spezifisch zugepaßte Transfermaßnahmen oder sektorielle Interventionen auch a u ß e r h a l b der eigentlichen „kindertherapeutischen Dyade“ erforderlich.*

8.5 Modeling affordances

Die berichtete kleine Interaktionssequenz von *Clara* und ihrer Mutter soll dazu dienen, das Konzept des *„modeling of affordances“* zu erläutern: Immer wenn die Mutter ihre Tochter unmittelbar anspricht und insbesondere berührt oder wenn die Tochter spontan auf die Mutter zukommt, diese dann von sich aus das Kind „anfaßt“, kommt es zu spezifischen Reaktionen der „Abwendung“. Das Kind dreht das Gesicht weg, meistens auch den Blick und geht in eine Haltung *motorischer Resistenz* (*Petzold* 1992a, 756). Seine Muskulatur spannt sich an, und es zeigt sich Abwehrmimik und Abwehrgestik, was bei der Mutter ihrerseits wieder Rückzug, Verstimmung, Frustration, Resignation auslöst.

„Manchmal verhält sie sich so, als hätt' sie eine Höllenangst vor mir. Als wollte ich ihr was tun. Dabei ist das Kind von *mir* nie geschlagen worden, und sie hat mir weiß Gott oft das Leben schwergemacht, daß mir es schon mal in der Hand gezuckt hat. Wirklich!“

– bricht in Tränen aus. Aber vom Vater habe das Kind gelegentlich „mal einen Klaps bekommen".

Im Vergleich zur Videoaufzeichnung von der Interaktion mit der Großmutter war auffällig, daß diese das Kind sehr selten als erste berührte, die Qualität der Berührung keinen „Zugriffcharakter" hatte und daß sehr oft die Interaktionen über *Intermediärobjekte* (*Petzold* 1987a) liefen. Irgendein Spielzeug, eine Puppe, ein Stofftier, ein Spielzeugauto waren das Zentrum der Interaktion, aus der sich dann auch zwischenleibliche Ereignisse, wechselseitige Berührungen ergaben, in denen es kaum zu Problemen kam. Wo sie auftauchten, wurden sie durch ein sehr leichtes „Freigeben" von seiten der Großmutter gelöst. Auch im Verbalen fand sich bei ihr keine Direktivität im Sinne eines zugreifenden, anweisenden Sprachverhaltens, ganz im Unterschied zur Mutter und zum Vater, die schon im Vorgriff auf erwartete Verweigerung die Stimme anhoben, mit einem subtil klagend-aggressiven („genervten") Ton von *Clara* Dinge verlangten, die sie dann sehr häufig verweigerte und die nur mit ziemlichem verbalen Nachdruck (bei der Mutter durch Insistenz, beim Vater durch erhöhte Lautstärke, die allerdings niemals in ein Brüllen umschlug) durchgesetzt werden konnten.

Auf dem Hintergrund unseres Wissens über Dysästhesien, die bei Frühgeborenen und bei im Inkubator versorgten Säuglingen in der Folge auftreten können, weiterhin über die Rolle der Mutter bei der krankengymnastischen Behandlung (die nach der Beschreibung vermutlich an *Vojta* orientierte Behandlung kann für einen Säugling bzw. für ein Kleinkind z.T. eine anstrengende bis belastende Prozedur sein), erscheinen einige Aspekte im Verhalten von *Clara* erklärbar. In der Geste ihres Abwendens, das besonders in seiner intensiven Ausprägung auch von einer Mimik des Widerwillens begleitet ist, erinnert es an den Ausdruck der frühen Grundemotion (*Izard* 1977/1982, 376) bzw. Vorläuferemotion *„disgust"* (*Petzold* 1992a, 802). Eine derartige linearkausale Ableitung würde aber dem Faktum nicht gerecht, daß hier fünf Jahre Sozialisationserfahrung und Entwicklungsgeschehen – im kognitiven und emotionalen Bereich ist dies bei Kindern eine lange Zeit (*Izard* 1982; *Izard, Reed* 1986) – zu berücksichtigen sind und sich kontextuell vernetzte Interaktionsformen etabliert haben, die nicht über den Weg der Einsicht – zumindest auf seiten des Kindes – aufgelöst werden können und auch auf seiten der Eltern mehr erfordern als das Erkennen der Zusammenhänge. Vielmehr müssen systematisch *„social and physical affordan-*

ces" verändert werden. Die „physical affordances", d.h. die mikroökologischen Zusammenhänge werden erwähnt, weil Küche, Wohnzimmer und Badezimmer über Jahre Orte der Auseinandersetzung sind, wo immer wieder geradezu „richtige Kämpfe" mit diesem „nicht zu bändigenden Kind" stattgefunden haben. „Die war teilweise überhaupt nicht ins Badezimmer zu kriegen!" – so die Mutter.

Wenn es darum geht, „Interaktion-Kommunikation im Kontext" zu verändern, so darf die mikroökologische Dimension nicht unberücksichtigt bleiben, müssen die kontextuelle, behaviorale und die repräsentationale Dimension einbezogen werden. Im Sinne eines „socio-ecological modeling" muß die Gesamtsituation, der Kontext beeinflußt werden, in einer Art und Weise indes, die nicht in sozialbehavioristische Verkürzungen führen darf – emotionale Erfahrung und rationale Einsicht, das Verstehen der Sinnhaftigkeit, sind von zentraler Bedeutung, aber ohne die Beeinflussung der Verhaltensdimension sind nachhaltige Behandlungserfolge kaum zu erwarten. Im Fall von *Clara* und ihrer Familie ging es darum – und das war das wichtigste *Globalziel* des „therapeutischen Curriculums" (idem 1988n, 208) –, diese wieder zu einem sicheren „Weggeleit" füreinander werden zu lassen, mit einer positiv getönten Familienatmosphäre und Möglichkeiten kokreativer, konstruktiver Vernetzungen im übergreifenden sozialen Umfeld. Dafür war es notwendig, einige *Grobziele* zu realisieren, nämlich die Schwierigkeiten in der Kommunikation von *Clara* und ihren Eltern und – darüber hinausgehend – im Kontext der Nachbarskinder zu vermindern.

In der therapeutischen Situation wurde die Arbeit mit *Besitztümern* (*Eggers* 1984), *Übergangsobjekten* (*Winnicott* 1953; *Mitscherlich* 1984), *Intermediärobjekten* (*Petzold* 1987a) und *kreativen Medien* (idem 1972e, 1977c) genutzt, um einen entlastenden Freiraum (neben dem mit der Großmutter) zu schaffen, in dem das Kind erleben konnte: „Es gibt noch (neben der Putthenne) Menschen und Situationen, in denen ich zurechtkomme". „Besitztümer" kleiner Kinder, Übergangs- und Intermediärobjekte haben als solche einen spezifischen Affordance-Charakter, eine „natürliche Ladung" (ibid., 108), die zu Handlungen einlädt, und natürlich eine persönliche Bedeutung, emotionale Wichtigkeit für das Kind. Dieses Potential entfaltet sich im sozialen Kontext, wo Puppen eingeschliffene soziale *Affordance-effectivity-Konstellationen* aufbrechen können – vor dem Gesicht der Mutter ist plötzlich das Gesicht der Stabpuppe, die sie in den Händen hat und spielt (idem 1972e, 1987a).

8.5.1 Exkurs: Modeling mit Intermediär- und Übergangsobjekten

Für *Clara* wird das Spiel mit Puppen und Spielmitteln von großer Bedeutung. Ihr Lieblingstier war von Kleinkindstagen an ein Stoffhund. „An dem hat sie vom Laufställchen an total gehangen. Der war viel zu groß, ursprünglich, aber der mußte überall hin mit – bis heute ist das ihr Lieblingsspieltier!" – so die Mutter (das wirft Licht auf den Hund in der bildlichen Darstellung im „Land der Tiere" in seiner Bedeutung als „Protektionsfigur" [vgl. *Petzold, Geibel* 1972, 333]). Die Frage nach „wichtigen Besitztümern", dem Lieblingsspielzeug oder bevorzugten Spielmitteln ist immer wesentlicher Bestandteil der initialen „ökologisch" orientierten Exploration im Elterngespräch und im Gespräch mit dem Kind, weil hier einmal etwas über die Entwicklung des Besitzdenkens (*Eggers* 1984; *M. Papoušek* 1984), des Umgangs mit Übergangs- und Intermediärobjekten über Beziehungsgestaltung (*Grossmann* 1984), die familiäre Spielkultur (*Frühmann* 1992) und die Orte des Spielens (Spielzimmer, Spielecke, Spielplatz, vgl. *Bierhoff* 1990) zu erfahren ist, zum anderen aber auch nützliche Anknüpfpunkte in interventiver Hinsicht gefunden werden können, wenn man die Affordance-Qualitäten der Spielmittel nutzen kann. Die Eltern werden gebeten, *Clara* doch den Hund für den ersten Kontakt mit dem Kind in die Therapie mitzugeben – in diesem Fall für das erste gemeinsame Treffen von Vater, Mutter und Kind in der Therapiesituation. Und in der Tat erwies sich der Stoffhund „Berry" als Brücke. Er diente dem Kind als Intermediärobjekt, d.h. als Möglichkeit, über den Hund mit den Therapeuten in Kontakt zu kommen und sie in das Spiel mit den Eltern einzubeziehen. Berry „kam zu mir hin", nahm mich in Augenschein. „Tag Hund!" sagte ich. „Der heißt Berry!", antwortete *Clara*. „Also, Tag Berry! Du bist ja ein ganz besonders schöner Hund!" – „Du kannst den mal haben, aber nicht lange!"

Wir haben *Clara* in der Folge des öfteren mit dem Hund spielen sehen. Wenn sie keinen Kontakt mehr wollte, verstimmt oder verärgert war, unterhielt sie sich mit dem Hund, spielte mit ihm, erzählte ihm Geschichten. Der Hund hatte hier klar die Funktion eines *Übergangsobjektes* (*Winnicott* 1953; *Mitscherlich* 1984). Er half *Clara*, Einsamkeit und Isolation auszuhalten und bot auch Möglichkeiten, starke Affekte mit dem Stofftier auszuleben, an ihn gekuschelt zu weinen. Die emotionale Stützfunktion des Übergangsobjektes war deutlich erkennbar, aber auch der Inszenierungsaspekt (dem *Winnicott* keine Beachtung geschenkt hatte). *Clara* inszenierte mit ihrem Hund Situationen. Ihre Spiele hatten szenische Qualitäten. Sie fütterte den Hund, schlug ihn, drückte und herzte ihn. Ihre Geschichten schufen Zusammenhänge, die für sie emotionale Entlastungen boten, zuweilen sogar einen explorativen Charakter hatten, wenn Pläne geschmiedet wurden. *Clara* bereitete sich mit Berry auf Situationen vor. Schließlich zeigte sich ein *reinszenierendes Moment*. Mit Berry, dem Hund und mit Puppen erzählte sich *Clara* ihre Geschichte aus der Zeit, als sie noch „ganz klein" war. Sie nahm dazu eine Babypuppe für sich selbst, legte den Hund dazu und erzählte dann von der kleinen kranken *Clara* und daß Berry sie immer beschützt habe. Autobiographisches Memorieren (*Conway* 1990; *Granzow* 1994) als Grundlage der *Konstruktion einer eigenen Biographie* setzt einerseits an bei dem Erinnern eigener, erinnerbarer Geschichte (*Nelson* 1994, 1993), führt weiter in die Inszenierung von Gegenwartsereignissen und zur antizipatorischen Inszenierung von Situationen, die erwünscht, ersehnt, erwartet oder befürchtet werden. Sie greift aber auch aus zu Zeiten, die sich der Erinnerung entziehen und versucht, diese Leerstellen auszufüllen: Durch Fragen nach Erzählungen über diese

Zeit, die sich an die Eltern richten oder auch an den Therapeuten oder durch eigene phantasierte Rekonstruktionen, die inszeniert werden. Und hier haben *Übergangsobjekte* eine wichtige Funktion, weil sie Kontexte bereitstellen, die Memoration fördern (*Davies, Thomson* 1988), was von Kindertherapeuten bislang noch zu wenig beachtet und genutzt wurde. Im Spiel mit *Clara* und Berry nahm das Phantasieren über die eigene Geschichte, das Erzählen von Ereignissen aus ihrer frühen Kinderzeit einen wichtigen Platz ein, zumeist war es das Kind, das eine eigene Geschichte erzählte, zuweilen der Therapeut, der sich in die *Narration* einzufügen versuchte, ohne sie zu determinieren. Berry bekam in solchen Inszenierungen immer wieder auch die Funktion des *„Intermediärobjektes"*, die sich von der des Übergangsobjektes unterscheidet (*Petzold* 1987a), weil hier das Spielzeug in der Funktion einer kommunikativen Brücke im Interaktionsgeschehen verwandt wird. Der Stoffhund ermöglicht es, mit *Clara* immer wieder in Kontakt zu treten, auch in Zeiten und Bereichen, die für sie schwierig sind oder unvertraut. Es wurde versucht, die Intermediärobjektfunktion so viel wie möglich zu nutzen, auch mit der Absicht, die Übergangsobjektqualität von Berry weniger bedeutsam zu machen, denn es zeigte sich, daß diese hinderlich für emotionale, kommunikative Prozesse war. Immer wenn es schwierig wurde, zog sich *Clara* mit Berry oder zu Berry zurück. Sie zog es vor, Zuflucht zu Berry zu nehmen, um Trost zu erhalten, anstatt den Trost beim Therapeuten oder der Praktikantin zu suchen. Der emotionale „Affordance-Charakter" dieses Übergangsobjektes ist für *Claras* Sozialverhalten abträglich, wenngleich dem Kind durch das Stofftier immer wieder eine Flucht und Entlastungsmöglichkeit für seine *inneren und äußeren Konflikte* geboten wurde, die für es auch notwendig war. Eine „Umpolung" gelang allmählich dadurch, daß wir Geschichten erfanden, in denen Berry „traurig war" und er von uns beiden getröstet wurde und so das Kind den Therapeuten und die Praktikantin „gut im Trösten" sah und hier eine Qualität erlebbar wurde, die das Kind in andere Situationen übertragen konnte, indem es Trost mit ihrem Berry beim Therapeuten suchte, sich – ihren Hund im Arm – bei ihm ankuschelte. Der Mutter wurde dieser Zusammenhang geschildert, und sie wurde ermutigt, in ähnlicher Weise zu versuchen, den Hund in Interaktionen einzubeziehen, wenn dies vom Kind akzeptiert würde. Auch hier gelang es, die Intermediärobjektfunktion des Hundes zu nutzen, um einen direkten, interpersonalen Zugang in schwierigen emotionalen Situationen mit *Clara* zu finden.

Das *modeling of affordances* durch Puppen, Spielmittel, ungewöhnliche Kommunikationsformen bedarf, das muß unterstrichen werden, einer guten Beziehungsqualität, denn es ist nicht nur ein ökologisches *environment*, das wertneutrale, physikalische Stimulierung bereitstellt. Es ist ein *guter Ort* für einen Menschen in Leid und schwierigen Lebensverhältnissen, für ein Kind, das einen „safe place" (*Katz-Bernstein*, dieses Buch) dringend nötig hat.

Die kindertherapeutische Situation als „secure base", als „safe place" muß allerdings so genutzt werden, daß die „schützende Inselerfahrung" nicht eine isolationistische Wirkung entfaltet, wie dies zum Teil bei Kindereinzeltherapien mit tiefenpsychologischer Orientierung beobachtet werden kann, wo sich das Kind in den „Schutzraum" der Therapie flüchtet und hier bei positiver Beziehungserfahrung diesen Rückhalt auch als „Schutzschild" gegenüber dem Außenfeld erfährt und nutzt. Dadurch können die dysfunktionalen Interaktionsformen in seinem sozialen Kontext bestehen bleiben, weil sich die Affordance-effectivity-Konstellationen nicht ändern. „Conduct problems" bleiben auf diese Weise nicht nur erhalten, sondern können sich sogar zuweilen verschärfen, was auf seiten der Familien zu Vertrauenskrisen der therapeutischen Maßnahme gegenüber führt, zuweilen Therapieabbrüche nach sich zieht, die von TherapeutInnen immer wieder auch auf das Konto der „Kooperationsunwilligkeit oder -unfähigkeit" der Familie gebucht werden, ohne daß erkannt wird, daß es sich hier eher um behandlungsmethodische Fehler handelt, und zwar um folgende: Es findet keine gezielte *Transferarbeit* statt. Die Affordance-Situation in der Familie bleibt unverändert. Die Familie wird über die Möglichkeiten eventuell eintretender Wirkungen der Therapie nicht informiert: Entlastung im Schutzraum kann zur Symptomverschärfung im Außenfeld führen, Mobilisierung neurotischer Muster in der Therapie kann eine vorübergehende Intensivierung der Symptomatik im Gefolge haben oder ein Aufkommen neuer Symptomatiken. Sie wird oft auch nicht ausreichend gestützt. Insbesondere sollten Hilfen für den emotionalen Umgang mit dem Faktum der Idealisierung gegeben werden, diesem psychischen Prozeß, der den Therapeuten z.B. in den Augen des Kindes zum „besseren Vater"/zur „besseren Mutter" macht. Dies wird zum Teil auch den Eltern gegenüber aggressiv geäußert („Der Doktor H. hat aber gesagt ...! Der versteht mich viel besser als ihr!" etc.). Eltern können auf diese *affordances* mit habitualisierten Negativreaktionen antworten. Hier gilt es, den Eltern gegenüber Verständnis, aktive Solidarität und neue Verhaltensmöglichkeiten zu vermitteln, eine Aufgabe, die nicht ganz einfach ist, weil sie Zeit erfordert und es zwischenzeitlich zu *Loyalitätsproblemen* gegenüber dem kleinen Patienten kommen kann, besonders wenn Eltern sich hier ungeschickt agierend verhalten (meist in Situationen, wo sie durch das Kind hilflos gemacht werden, z.B.: „Dein geliebter Therapeut hat uns da aber etwas ganz anderes über dich gesagt ...!"). Als einer der gewichtigsten Fehler von Kindertherapeuten ist also zu benennen, wenn dem Problem des *„Transfers" in die Alltagswirklichkeit* zu wenig Beachtung geschenkt wird im überzogenen Vertrauen auf Effekte der *Generalisierung* (vgl. 8.4).

Dem Transfer gelingender Kommunikation in der Kindertherapie hin zu den verschiedenen Sektoren der kindlichen „Lebenswelt" (*Schubert* 1995; *Buchholz* 1984) – Familie, Nachbarschaft, Kindergarten, Spielkontexte (Spielplatz, Straßenareale, Hof, Garten etc.) – kommt, das sollte deutlich geworden sein, besondere Bedeutung zu. Er muß deshalb systematisch betrieben werden. Intermediärobjekte können hier hilfreich sein. Weiterhin ist Wissen um den Affordancecharakter von Emotionen und der leiblichen Dimension von „protektive Faktoren" (*Petzold* et al. 1993) wesentlich. Bei *Clara* ist ihr niedliches Aussehen sicher ein protektiver Faktor. Menschen werden „aufgefordert" sich ihr immer wieder zuzuwenden. Andererseits werden *Claras* aggressive bzw. abweisende soziale Interaktionsformen dann auch als besonders verletzend erlebt, was zu intensiver Ablehnung besonders auf seiten von Kindern führt. *Clara* hat wenig Impulskontrolle und nach Aussagen der Mutter: „Keine Fähigkeit, sich in andere Menschen einzufühlen. Die macht einfach immer nur ihr Ding! Daß sie da andere Kinder verletzt, das kommt ihr gar nicht in den Sinn!" Da gezeigte Emotionen mächtige *social affordances* sind, wird es wichtig, emotionales Verhalten zu modellieren. *Übergangsobjekte* können dabei für ein Kind Hilfen bieten, besonders, wenn sie sich in der Interaktion zu *Intermediärobjekten* wandeln.

8.6 *Emotionale Differenzierungs- und Integrationsarbeit als Strategie Integrativen kindertherapeutischen Handelns*

In den Spielsequenzen der Therapie hat sich immer wieder gezeigt, daß *Clara* sehr wohl die Stimmungslage des Therapeuten wahrnehmen kann, also keineswegs eine „empathische Blindheit" als emotionaler Stil vorliegt (*Petzold* 1992b, 223 ff), daß sie aber auch diese Wahrnehmung durch einen plötzlichen emotionalen „shift" (ibid.) beiseiteschiebt. Es wird ihr offensichtlich unangenehm, besonders, wenn sie „böse war" und Schuldgefühle bekommt. Aggressives Verhalten oder schroffer Rückzug sind ihre Strategien und sie kann die Affordance-Wirkungen ihres emotionalen Verhaltens nicht abschätzen. Als Therapeuten hier entsprechend „anzuspringen" hieße, die volle Konfliktdynamik als Artikulation einer spezifischen Übertragungsdynamik zu evozieren, und das wäre nur sinnvoll, wenn es eine Indikation und Möglichkeit gibt, diese Dynamik durch Arbeit „in der Übertragung" oder „an der Übertragung" (*Ludwig-Körner* 1991, 1992) anzugehen. Wir hatten uns entschlossen, einen anderen Weg zu gehen: der Arbeit mit der und durch die Beziehung, mit anderen Übertragungsqualitäten sowie durch Arbeit an der Eltern-Kind-Beziehung. Wir sahen überdies *Clara*s Verhaltens-Display keineswegs nur als Ausdruck innerer Konfliktdynamik, sondern überwiegend als Problem der Affekt- und Verhaltenskontrolle sowie der unzureichenden Kompetenz und Performanz in der Gestaltung sozialer Situationen, d.h. des *affordance-effectivity-management*, und hatten deshalb unsere Behandlungsstrategien entsprechend als „Förderung von sozialer Kompetenz und Performanz" angelegt.

Ausgehend von dem Fakt, daß die *Einfühlung* in einen emotionalen Zustand einer anderen Person als Kriterium von *sozialer Kompetenz* zu sehen ist (*Bischof-Köhler* 1989; *Camras, Grow, Ribordy* 1983) und Kinder, die Gefühle gut „lesen" und kommunizieren können, bei anderen Kindern besonders beliebt sind (*Edwards, Manstead, MacDonald* 1984; *Vosk, Forhand, Figueroa* 1983), gehen wir daran, diese Fähigkeit systematisch zu üben, indem wir Fotobände mit Kinderbildern anschauen, dazu Geschichten erfinden und „Gefühle raten". Dieses Spiel eignet sich hervorragend zur *emotionalen Differenzierungsarbeit* (*Petzold* 1992b), die immer zugleich auch ein *mode-*

ling of social affordances ist, wenn damit nicht nur das Gefühl benannt wird, sondern auch Situationen erzählt werden, kleine Geschichten, in denen diese Gefühle vorkommen, und ein Schritt zu Spielen gemacht wird, in denen *Clara* ein lustiges, ein trauriges, ein wütendes, ein langweiliges Gesicht „aufsetzt" und den Therapeuten raten läßt, „was es ist". Umgekehrt versucht sie das Gefühl in der Mimik des Therapeuten zu benennen, was ihr recht gut gelingt. Dabei kommt es immer wieder auch auf seiten des Kindes durch die „Feed-forward"-Prozesse aus der Gesichtsmimik, Haltung und Atmung (*Izard* 1990; *Fogel* 1993; *Petzold* 1992b) zu „emotionalen Ereignissen", die nicht nur „gespielt" sind. *Genuine* Traurigkeit erfordert dann natürlich ein „ko-respondierendes Gefühl" in einer genuinen Qualität, das von seiten des Therapeuten gezeigt, kommuniziert werden muß durch Berührung, Versicherung und Bemühungen zur „Umstimmung" (ibid. 843). Emotionsäußerungen als „social affordances" werden so zugleich aus der Wechselseitigkeit stimmige „effectivities".

In der Folge wird das Kind ermutigt, diese Ratespiele auch mit der Großmutter und mit den Eltern zu machen, die darauf in einem Beratungsgespräch vorbereitet werden, wobei ihnen der Sinn dieser Maßnahmen erläutert wird. Weiterhin wird angeregt, ob nicht einmal eines von den Nachbarskindern mit in die „Spielstunde" (Therapie) kommen kann. Die Mutter, die zu der Nachbarin einen guten Kontakt hat, verspricht, dies vorzuklären. Die Zustimmung wird gegeben. Nun ging es darum, *Clara* zu motivieren, einmal eine Freundin aus dem „Land der Tiere" mit in die Spielstunde zu bringen. Sie ist über diese Anfrage verwundert, beginnt aber dann, die Idee gut zu finden.

„Aber nicht immer! Das will ich nicht!"

„Nein, natürlich nur einmal oder zweimal!"

Es werden innerhalb von drei Wochen zwei Spieltermine möglich gemacht. In ihnen sind das „Gesichterraten" und „Grimassenschneiden" wichtige Elemente. In beiden Situationen kommt es zu keinen außergewöhnlichen Zwischenfällen, im Gegenteil, die Ratespiele machen sehr viel Spaß, wobei *Clara* „ihren" Therapeuten mit besonderem Stolz vorführt und demonstriert, daß sie da etwas ganz besonderes habe. Die kleine Freundin (Katze Petra) ist denn auch voller Bewunderung.

Die Transferleistungen in die Gruppe der Nachbarskinder hinein erweist sich als leichter als Umstellungen in den Interaktionsmustern mit Mutter und Vater. Es wird vorgeschlagen, für Spielsituationen Küche und Wohnzimmer zu meiden, weil diese von den *„physical affordances"* her zu leicht habitualisierte Szenarien aufrufen. Der Balkon, der Hobbyraum des Vaters, gelegentlich das Kinderzimmer oder das elterliche Schlafzimmer werden als „Spielplätze" vorgeschlagen, um innerhalb des häuslichen Kontextes Orte aufzubauen, in denen Interaktionen eine bessere Chance erhalten können, in neuen Mustern abzulaufen. Neue ungewöhnliche Spielsituationen sollen dabei helfen. Hand- und Stabpuppen aber auch psychomotorisches Spielzeug wird den Eltern empfohlen. Durch den Aufbau einer neuen „Spielkultur"* über neues gemeinsames Tun (es werden pro Woche 4-5 solcher „alternativen Spielsequenzen" der Familie anempfohlen, und es kann auch die Kooperation für dieses Unterfangen gewonnen werden) wird der Versuch unternommen, neue *Performanzmuster* aufzubauen, weil hiermit sich auch die Möglichkeit ergibt, *repräsentationale Systeme* zu verändern, die mit den interaktiven Handlungen unlösbar verschränkt sind. *Clara* hat *Vorstellungen* von ihrer Mutter und Repräsentationen über die Interaktion zwischen der Mutter und ihr. Die Mutter hat *Vorstellungen* von ihrem Kind und gleichfalls Repräsentationen der Interaktionsmöglichkeiten. Beide, das behaviorale und repräsentationale Subsystem, bilden aber *ein* ineinandergreifendes Interaktionssystem (Bd.1, Teil I, Abb. 6), das eine präzise – wenn auch dysfunktionale – *Passung* (*match, fit*) hat. Diese gilt es zu verändern. Die kognitive Einsicht der Mutter, welcher die Zusammenhänge erklärt worden sind, ihr durch die Beratung gestützter, aktiver Versuch, das Verhalten ihrer Tochter anders zu bewerten, sich ein „anderes Bild" von ihr zu machen, andere Verhaltenserwartungen zu ent-

---

* Spielkultur habe ich wie folgt definiert: „Unter Spielkultur ist die spezifische Ausformung des natürlichen (bei Mensch und Tier vorfindlichen) Impulses zu spielerischer Aktivität im mikrogesellschaftlichen (Familie, Nachbarschaft), meso- (Schicht) und makrogesellschaftlichen Rahmen zu sehen, die Art und Weise, wie Alters-, Geschlechter-, Status-, Schichtdifferenzen, wie Leiblichkeit, Emotionalität, Intelligenz, Phantasie, Geschicklichkeit, Kommunikation, wie weiterhin Normen, Werte, Traditionen, Ideologien – etwa über Gewinnen und Verlieren – zusammenwirken. Die Synergie all dieser Faktoren macht die Charakteristik familiärer, schulischer, schichtenspezifischer Spielkultur aus. Ihre Beeinflussung und Veränderung im Sinne einer Bereicherung defizitärer oder Modifikation toxischer Spielkulturen durch therapeutische oder agogische Maßnahmen muß als ein wichtiges Ziel von Kinder-, Familien- und Soziotherapie angesehen werden" (*Petzold* 1969c, idem 1993a, 1139; vgl. *Frühmann* 1992, 29 ff).

wickeln, die nicht wie „selbsterfüllende Prophezeihungen" wirken, wird gestützt durch neue emotionale Erfahrungen in den „experimentellen Settings", den spezifisch arrangierten Spielsituationen, zu denen sich – wann immer möglich – auch der Vater gesellt und in welchen auch *Clara* ihre Mutter von einer anderen Seite erlebt. „Emotionale Differenzierungsarbeit" geschieht also auch zur Seite der Eltern hin, deren emotionale Muster *Clara* gegenüber verändert werden. Die jeweiligen „Personen-in-Situationen-Repräsentationen" des anderen und die Repräsentation über die Interaktion wurden also durch die faktische Änderung des konkreten Interaktionsgeschehens, durch das Angebot neuer Situationen mit neuen *„affordances"* und die Möglichkeit, diese auch wahrzunehmen und auf sie mit neuen *„effectivities"* zu reagieren, angegangen. Unterstützt wurden diese, im häuslichen Alltag der Familie eingesetzten Maßnahmen durch Elterngespräche und die Kindertherapie, in der *Clara* immer wieder animiert wurde, von ihren Spielen mit der Mutter, der Großmutter, dem Vater zu berichten. Bei konkretisierenden Fragen, was denn die Mutter gemacht und gesagt habe, wie ihr Gesicht ausgesehen und was sie *gefühlt* habe, vor allen Dingen aber auch, wie es *Clara* denn dabei ergangen sei, wird die repräsentationale Ebene aktiviert, und es werden andere Bilder von der Mutter und von der Mutter-Kind-Interaktion als die habitualisierten, negativ getönten in der Kommunikation mit dem Therapeuten präsentiert. Negativberichte, Klagen und Abwertungen, die zuvor bestimmend waren, kamen nur noch selten auf. Wichtig war bei dieser Art des Vorgehens, daß das *„timing"* und *„pacing"* stimmig waren, d.h. daß diesen Themen ein empathisch gut bemessener Raum in der Therapiestunde gegeben wurde, damit das zentrale Moment der Sitzung, die Spielaktionen zwischen dem Therapeuten und dem Kind und die „Vasallenschaft" zwischen beiden, nicht beeinträchtigt wurde (dadurch hätte vielleicht beim Kind das Gefühl aufkommen können, der Therapeut interessiere sich mehr für die Eltern als für *Clara*).

Gefühle bestimmen die frühen Interaktionen zwischen Mutter und Kind (*Wallon* 1934, 1973; *Field, Fogel* 1983). Das Heranwachsen in familiären Kontexten und sozialen Netzwerken muß als ein emotionaler Sozialisationsprozeß betrachtet werden (*Lewis, Saarni* 1985), in dem sich im Ausdruck und in der Interaktion auf emotionaler Ebene die Persönlichkeit in gesunder Weise und integriert entwickelt (*Izard, Büchler* 1979). Deshalb wird Kinderpsychotherapie den Fragen der emotionalen Entwicklung (*Izard, Malatesta* 1987; *Malatesta* 1985; *Malatesta* et al. 1989; *Lewis, Michalson* 1983), der emotionalen Interaktion im sozialen Netzwerk (*Lewis* 1982, 1984) und dem Verhältnis von emotionalen und kognitiven Fähigkeiten im Entwicklungsprozeß (*Lewis* 1989) größte Bedeutung beizumessen haben.

Entwicklungsprozesse als Sozialisationsgeschehen sind eingebettet in die Matrix sozialer Interaktionen, und diese wiederum haben zwischenleibliche Dimensionen, kognitive Komponenten und emotionale Qualitäten. Letztere sind in der Kindertherapie so wichtig, weil eine ihrer wesentlichen Aufgaben darin besteht, im Beziehungsgeschehen dem Kind zu ermöglichen, daß es seine Gefühle wahrnehmen, ausdrücken und regulieren kann, die Gefühle eines anderen wahrnehmen, bewerten und auf sie angemessen zu reagieren lernt. Derartige *emotionale Differenzierungs-* und *Integrationsarbeit* schließt an Erkenntnisse „klinischer Entwicklungspsychologie" (*Kruse* 1991) und die empirische Entwicklungspsychologie der Emotionen im Kindesalter (*Malatesta* et al. 1989). Dieses Wissen darf kein abstraktes bleiben, sondern muß interventiv umgesetzt werden, d.h. in Interaktion/Kommunikation zum Tragen kommen. Die Emotionstheorie der Integrativen Therapie (*Petzold* 1992b) und allgemeine, psychotherapierelevante Emotionskonzepte (idem 1995g) betonen die relationale Qualität von Gefühlen: Sie werden „gegenüber" anderen Menschen *gezeigt*, haben eine Signalwirkung, d.h. sie orientieren die Außenwelt über die Befindlichkeit dieses Menschen und ihn selbst über seine Situationswahrnehmung und -bewertung, und sie lösen bei anderen *„ko-respondierende Emotionen"* aus (Schmerz → Trost; Aggression → Furcht; Zuwendung → Vertrauen etc.). In Spielsituationen mit dem Kind wird es darum gehen, seine Emotionen aufzunehmen, zu verstehen und ko-respondierende Gefühle als Resonanz zu zeigen. In gleicher Weise ist es auch wichtig, daß der Therapeut/die Therapeutin emotionale Flexibilität und Ausdrucksfähigkeit besitzt, dem Kind Gefühle zeigt und ihm dabei hilft, die richtigen „emotionalen Antworten" zu finden. Die *„Feinstimmung"* (*dosing*) des emotionalen Repertoires, seine Flexibilisierung in einer Art und Weise, daß von einer emotionalen Lage *„Umstimmungen"* auf eine andere möglich sind (*shifting*, vgl. idem 1992b), kann in „Emotionsspielen" angeregt werden. Therapeut und Kind haben viel Spaß dabei, mimisch-pantomimische Spiele zu inszenieren, in denen „Emotionsgesichter aufgesetzt" werden, wechselseitige Spiegelungen oder Kontrastierung stattfinden, eventuell unter Zuhilfenahme von Puppen (idem 1972e, 983a, 1987a), die zum jeweiligen Gefühl passen (zur Aggression „Aggressionspuppen" wie Wolf oder Krokodil; zur Angst „Protektionspuppen" wie der Polizist; zu Schmerz und Trauer „Support-Puppen" wie die Großmutter oder der gute Zauberer).

Emotionale Ereignisse sind flüchtig (*Seligman* 1994). Ihre Wiederholung indes oder die Präsenz *zeitextendierter Stimmungen* tragen zur Ausbildung von „Grundstimmungen" oder des „Lebensgefühls" bei (*Petzold* 1992b). Da *Stimmungen* von stimmungserzeugenden *Atmosphären* abhängig sind, ist es eine wesentliche Aufgabe der Kindertherapie, „Atmosphären zu schaffen", aber auch *Familienatmosphären* zu beeinflussen, denn „Atmosphären sind ergreifende Gefühlsmächte" (*Schmitz* 1994), deren dauerhafte Einwirkungen seelische Gesundheit positiv oder negativ beeinflussen können, denn die von ihnen erzeugten „Stimmungen" oder Grundgefühle, z.B. der Sicherheit oder Unsicherheit, der Zuversicht oder der Niedergeschlagenheit, der Freude oder der Bedrückung etc., „nisten" sich in die leibliche Wirklichkeit, d.h. die seelische und körperliche Realität des Kindes ein und bestimmen seine Befindlichkeit „leibhaftig" – zum Teil in recht problematischer Weise. Ein Kindertherapeut muß deshalb um die *„emotionale Kultur"* einer Familie wissen: einerseits, um kompensatorische Atmosphären in der therapeutischen Situation mit dem Kind bereitstellen zu können und andererseits, um in der Familie eine *„awareness"* für ihre eigene „emotionale Kultur" zu schaffen, so daß diese, sofern sie dysfunktional ist, auch verändert werden kann. Wenn Familien keine Zeit zum Spielen, zum Feiern, zum Schmusen in ihrem „Zeitbudget" haben, weil sie z.B. ausschließlich von „fernsehen" gefüllt ist, brauchen sie Beratung, Anregung und zuweilen ganz konkrete Hilfen, um *„enrichment events"* zu planen und zu realisieren.

Bei sehr gestörten Kindern wird es zuweilen notwendig, in leibbezogener Arbeit „thymopraktisch" (*Petzold* 1975e, 1992b; *Schneewind,* dieses Buch) vorzugehen. Gefühle sind ja mit leiblichen Zuständen, mit Atmung, Muskeltonus, Mimik, Haltung verbunden (*Bloch, Lemeignan* 1992). Bei einem Kind, bei dem sich der „Schrecken" habitualisiert hat, dessen Muskulatur verspannt, das Gesicht eingefroren, die Atmung flach ist, weil es immer „mucksmäuschenstill" sein mußte, um nicht Mißhandlung und Verletzung zu riskieren, müssen diese leiblich sich stabilisierenden, negativen Muster angegangen werden, und das erfordert natürlich körper- und bewegungstherapeutische Kenntnisse (*Metzmacher* 1987). Psychotherapeuten, die einen integrativen Ansatz praktizieren, haben hier ein spezifisches Repertoire an Interventionen zur Verfügung. Sie sind in besonderer Weise durch die Art ihrer Ausbildung und der darin erlebten Selbsterfahrungsanteile (*Petzold* 1983i) dafür ausgerüstet, mit dem Kind intensive *Zwischenleiblichkeit* zuzulassen und zu gestalten, was sowohl mit sehr aggressiven aber, auch mit sehr zurückgezogenen, deprivierten Kindern wesentlich ist. Der *Leib des Therapeuten* wird für das Kind zum „Erfahrungsfeld", ähnlich wie es im familiären Kontext der Leib der Eltern oder der Geschwister sein sollte. Eine solche zwischenleibliche, emotionszentrierte Therapie erfordert natürlich ein breites Handlungsrepertoire und Wissen über altersspezifische Formen emotionaler Interaktion, ein theoretisches Wissen über den „Affordance-Charakter" von *gezeigten Emotionen*, die dem Kind gegenüber und in ihm ja immer etwas bewirken, und derartige Wirkungen sollten im therapeutischen Prozeß spezifisch zum Tragen kommen. Das reflexive Moment, das *Nachspüren, Nachsinnen, Nachfühlen* und *Nachdenken* über derartige kindertherapeutische Sitzungen auf seiten des Therapeuten muß deshalb für das Gelingen eines solchen Behandlungsansatzes als sehr wesentlich angesehen werden. *Emotionale Differenzierungs- und Integrationsarbeit ist immer auch ein kognitives Geschehen.* Die differenzierende sprachliche Benennung von Gefühlen ist eine unverzichtbare Aufgabe, denn nur so kann das Kind eine differenzierte emotionale Sprache gewinnen, die Voraussetzung für eine breite kommunikative und interaktive Kompetenz ist, in der das Kind seine Bedürfnisse adäquat artikulieren kann. Diese „kognitive" Komponente von Gefühlen (*Scherer, Wallbott* 1990; *Ulich, Mayring* 1992), die über die Verbalisation in die nonverbale, expressive Dimension des Emotionalen eingewoben ist, stellt ein wichtiges Moment emotionaler Sozialisation (*Ulich* 1995) dar, in der emotionale *Schemata* und *Stile* (ibid.; *Petzold* 1992b, 823 ff) ausgebildet werden – und Kindertherapie ist emotionale Sozialisationsarbeit und stellt doch im Rahmen des Gesamtsozialisationsgeschehens eine wichtige Komponente dar, die defizitären Erfahrungen aus anderen sozialisatorischen Feldern (z.B. im Elternhaus) kompensatorische Einflüsse an die Seite zu stellen vermag. Durch sie kann der Ausbildung *dysfunktionaler emotionaler Stile* (ibid.) vorgebeugt werden oder, wo sie sich schon etabliert haben, rechtzeitig mit einer Behandlung begonnen werden: Stile wie der der *einseitigen emotionalen Fixierung* (Vorläufer von Depressionen und Angstneurosen), der *Alexithymie* (nicht nur Leitsymptomatik, sondern auch Ursache psychosomatischer Störungen), der *Ambivalenz* (Ursache späteren Beziehungsstörungen) u. a. legen schon in Kindertagen die Grundlagen für spätere Erkrankung, wenn keine „korrigierenden emotionalen Erfahrungen" (*Alexander*), „alternative Erlebnisse" (*Petzold*) oder „kompensatorische Einflüsse" im weiteren Lebensweg zur Wirkung kommen können.

Die emotionsorientierte Arbeit in der „Integrativen Kinder- und Jugendlichenpsychotherapie" ist speziell auf die Bearbeitung „selbstreferentieller Emotionen und Kognitionen" (*Petzold* 1992b, 823) gerichtet. Die persönlichkeitstheoretische Konzeptbildung auf der Grundlage der empirischen Babyforschung (*Stern* 1985; *Petzold* 1993c) nimmt an, daß „Selbstvorläufer" (idem 1992a, 675), Kernstrukturen des Selbst, sich im ersten Lebensjahr ausbilden, wobei im Integrativen Ansatz nach der „Welt des archaischen Leib-Selbst" (sechster Monat pränatal bis dritter Monat postnatal) mit der Entwicklung „eigenleiblicher Selbstempfindung" die Entwicklung einer *Daseinsgewißheit* (dritter bis siebter Monat) erfolgt. Das Entstehen des *Selbstgefühls* (achter bis zwölfter Monat) ist dann ein markierendes Moment, denn auf dieser Basis entwickelt sich zwischen dem zwölften und dem achtzehnten Monat das *Selbstwertgefühl* und darauf folgend die *Selbsterkenntnis* aufgrund attributiver Prozesse aus der Außenwelt, die von bedeutsamen primären Bezugspersonen an das „erlebende und erlebte Selbst" gerichtet werden und die das um den neunten Monat ausgebildete *Selbstgefühl* in positiver Weise tönen (*Petzold* 1992a, 682 ff). Erfolgen nachhaltig und beständig negative Attributionen an das sich entwickelnde Selbst des Kindes, so kommt es um den 32. Monat zur Ausbildung von *negativen Selbstgefühlen* (Wertlosigkeit, Ohnmacht) und *Selbstkognitionen* (Schuld, Hilflosigkeit), wie die Auswertung von selbstreferentiellen Verbalisationen, insbesondere von Einschlafmonologen (*Nelson* 1990) zeigt. In der Zeit der erwachenden „self awareness" (*Kagan* 1981) und der mit ihr verbundenen besonderen Sensibilität ist das Kind gegenüber Angriffen auf die *Integrität seines Selbst* besonders vulnerabel. Selbstwertverletzungen werden als „leibhaftige Widerfahrnisse" erlebt, selbst wenn es nie zu körperlichen Strafen oder Mißhandlungen kommt. Verängstigte oder verschüchterte Kinder, Kinder, die gedemütigt wurden, zeigen dies in ihrer Mimik, Gestik und Körperhaltung. Nach der Psychosomatiktheorie der Integrativen Therapie ist dies auch evident (*Petzold* 1995h). Kindertherapeutische Arbeit hat deswegen das *Selbstgefühl* und das *Selbstwertgefühl* der kleinen Patienten zu stützen, wobei geschlechtsspezifische Momente zu berücksichtigen sind, denn in weiblichen Sozialisationen finden sich häufig Einflüsse, die der Entwicklung von Selbstbestimmtheit, eigenem Denken, assertivem Verhalten entgegenstehen. Auch hier werden netzwerkbezogene Interventionen notwendig, weil der kindertherapeutische Raum, wertschätzender verbaler und nonverbaler Ausdruck von seiten des Kindertherapeuten allein nicht ausreichen wird, um abwertende Umwelteinflüsse, unterdrückende Erziehungsstile, negativistische Familienklimata in ihrer Wirkung abzugrenzen oder zu kompensieren. *Selbstreferentielle Emotionen und Kognitionen* mit positiver Qualität können gezielt durch Rollenspiele gefördert werden, indem dem Kind Positionen und Rollen zugewiesen werden, bei denen ihm von seiten des Therapeuten wertvolle Persönlichkeitseigenschaften attribuiert werden und positiv attribuierte Selbstbilder entstehen, die wir zuweilen bildnerisch umsetzen. Wir malen den „Mut" in das Bild, die „Klugheit", die „Schnelligkeit", die „Kraft" usw. Das Kind bekommt auf diese Weise vermittelt, daß man *daran glaubt*, es könne die Dinge, die es sich vornimmt, erreichen. Es muß allerdings oft auch ermutigt werden, sich Ziele zu setzen, und zwar solche, die so realistisch sind, daß nicht schon die Enttäuschungen vorprogrammiert sind, denn oftmals führen Einengungen und Beschneidungen im primären Sozialisationsfeld des Kindes dazu, daß eine „kompensatorische Größe" im Sinne entlastender Phantasiearbeit aufgebaut wird, deren Scheitern wiederum zu einer Verletzung von Selbstwertgefühl, Selbstsicherheit, Selbstvertrauen führt. Statt dessen werden Wertlosigkeitsgefühle, Selbstunsicherheit, Selbstzweifel gefördert. Kindliche Grandiosität muß Raum haben. Das *„Realitätsprinzip"* darf das *„Wunschprinzip"* (*Petzold* 1985q) nicht niederbrechen und unterdrücken – die kindliche Kreativität würde damit zerstört. Es erfolgt im Lebensalltag von Kindern ohnehin genug an „dosierter Enttäuschung", so daß im Lauf der Sozialisation eine Anpassung an die Realitätsauffassung der relevanten Erwachsenenwelt erfolgt. *Oft genug geht dabei die Fähigkeit zu träumen verloren und der Impetus, „Unmögliches dennoch möglich zu machen"*, und es wird Kapital an Selbstvertrauen und Selbstgewißheit verwirtschaftet.

Kindliche Grandiosität wird allzu oft negativ konnotiert mit den Maßstäben des *Freud*schen Realitätsprinzips, d.h. den Normen einer bestimmten Erwachsenenwelt beurteilt – auch in der kindertherapeutischen Literatur –, und das ist inadäquat. Dabei gehen kulturspezifische Wertungen aus Therapieschulen und -ideologien (*Orth* et al. 1995) mit in die Theorienbildung ein, die damit keineswegs für sich beanspruchen kann, auf dem Grund empirischer entwicklungspsychologischer Forschung zu stehen. Notwendige und sinnvolle Qualitäten der Selbstbezogenheit von Kindern (sie stehen neben ihren früh präsenten, altruistischen, empathischen Qualitäten, *Bischof-Köhler* 1989; *Fremmer-Bombik, Grossmann* 1992), werden als eigensinnig, egoistisch, selbstsüchtig apostrophiert und finden sich dann in psychologischen Konzepten, wie „kindlicher Egozentrismus" und besonders in dem entwicklungspsychologisch und *klinisch dysfunktionalen Narzißmuskonzept* (dessen mythentheoretische Herleitung außerdem noch mehr als problematisch ist), in dem sich eher die staatsbürgerlichen Ideale und die Moralvorstellungen des 19. Jahrhunderts, wie sie auch das *Freud*sche Denken infiltriert haben, spiegeln, als entwicklungspsychologisch relevante Konzepte (*Wahl* 1985; *Petzold* 1992f). Eine „metahermeneutische" (*Petzold* 1994a), „dekonstruktive" und „diskursanalytische" (*Derrida* 1982; *Foucault* 1974; *Culler* 1994) Perspektiven einbeziehende Aufarbeitung dieses theoretischen Mythologems und ein Abgehen vom Narzißmusbegriff werden dringend angezeigt. Die wichtigen Fragen zum *„Selbstgefühl"*, *Selbstwertgefühl* bzw. den *selbstreferentiellen Kognitionen und Emotionen* gehen ansonsten in den narzißmustheoretischen Spekulationen unter. In der Kindertherapie muß eine dem jeweiligen kindlichem Realitätsverständnis adäquate Form von Größenerlebnis ermöglicht, bekräftigt und dosierend begrenzt werden – je nach Situation. „Emotionale Differenzierungs- und Integrationsarbeit" hat genau im Hinblick auf diese Gefühle und Kognitionen eine zentrale Aufgabe zu leisten, die im permanenten *„Aushandeln von Grenzen"* mit dem Kind umgesetzt wird: Selbstwahrnehmung, Selbstbewußtsein, Selbstwertgefühl und Selbst-Verständlichkeit zu fördern ist ein Kernanliegen *Integrativer Kindertherapie*, für das sie differenzierte Konzepte und Methoden entwickelt hat, um für die kleinen Patienten in ihren relevanten Lebenswelten wertschätzende und damit Selbstwert und Selbsterkenntnis fördernde Klimata herzustellen.

8.7 Integrative Kindertherapie – ein kooperatives Unterfangen

Eine derartige komplexe kinder- und familientherapeutische Maßnahme, wie die hier geschilderte, ist für alle Beteiligten aufwendig. Sie erfordert „Konflux", d.h. flüssige Kooperation der Eltern und, wo immer möglich, weiterer Personen des Netzwerkes – hier Großmutter, Nachbarskinder –, weil direkte sozioökologische und netzwerkorientierte Interventionen in das Zentrum der therapeutischen Strategie gestellt und auch die spezifischen kindertherapeutischen Sitzungen als *ein Geschehen im Rahmen des Netzwerks* gesehen werden, das mit dem übrigen Interaktionsgeflecht *konnektiert* werden muß (*Petzold* 1979k, 441 f), damit es zu keiner isolationistischen Inselbildung kommt – die „schützende Inseln" brauchen Versorgungs- und Kommunikationswege. Vielmehr muß eine gezielte Übertragung protektiver Atmosphären aus dem „safe place" durch kontextspezifische *Transferarbeit* erfolgen, ohne daß alleinig auf unspezifische Generalisierungseffekte gesetzt wird. Die Ausrichtung an sozioökologischen Konzepten (*Petzold* et al. 1994a) führt dazu, daß gezielt Maßnahmen eines „environmental modeling" eingeleitet werden, durch die neue „affordances" bereitgestellt und alte, dysfunktionale in ihrer Wirksamkeit gemindert werden sollen. Die Einrichtung „experimenteller" Situationen im Lebensalltag der Familie, die Spielsituation, die als „safe episodes" in die Prozesse des Alltagslebens eingeplant werden, haben die Funktion, nicht nur Möglichkeiten bereitzustellen, in denen neues Interaktionsverhalten aufkommen und sich inszenieren kann, sondern daß auch aufgrund dieser Erfahrung neue Repräsentationen ausgebildet werden, die – im „episodischen Gedächtnis" (*Nelson* 1986, 1993, 1994) bzw. im „szenischen Gedächtnisses" (*Petzold* 1992a, 683) der Beteiligten festgehalten – ein anderes „display" von Interaktionsverhalten ermöglichen. Dieses kann dann – durch mehrfache, spezifizierende Performanz-Transfers vorbereitet –, in den übrigen Bereichen des Netzwerkes durch Generalisierungsprozesse wirksam werden. Im Verhalten von *Clara* in den Spielsituationen mit ihren Eltern und mit den Nachbarskindern und (nach einer halbjährigen Behandlung) auch bei einer erneuten Aufnahme in einen Kindergarten zeigte sich, daß diese Strategie erfolgreich war. „Safe places and episodes", „schützende Inselerfahrungen" und „gute Zeiten", die in das Netzwerkgeschehen und die *Convoy*-Prozesse eingestreut werden – und die kindertherapeutische Sitzung kann hier nur als ein, wenn auch gewichtiges Moment gesehen werden –, vermögen zu Qualitätsveränderungen im „Gesamtsystem" bzw. in der „Lebenswelt" (*Schubert* 1995) des Kindes führen, weil Veränderungen in der gemeinschaftlichen Konstruktion von Lebenswirklichkeit (*Berger, Luckmann* 1970) initiiert wurden. Die repräsentationale Seite des Netzwerkes – wir bezeichnen sie in unserem Ansatz bekanntlich als „*social world*" (*Petzold, Petzold* 1991) –, das kollektive Kognitionsgeschehen (Kommunikationsregeln, Vorstellungen, Wertungen, Befürchtungen, Antizipationen etc., vgl. *Jodelet* 1989) wurde beeinflußt: Einerseits – *performanzorientiert* – durch die Veränderung konkreter Verhaltenssequenzen, etwa in Spielsituationen (*bottom up approach*), aber auch – *kompetenzorientiert* – durch die unmittelbare Beeinflussung von repräsentationalen Inhalten (*top down approach*). Wird **Interaktion** in dieser Dialektik von *Kompetenzen* (Wissen, Fähigkeiten) und *Performanzen* (Können, Fertigkeiten) gesehen und konsequent mit Doppelstrategien angegangen, die beide Ebenen einbeziehen, ihre Verschränkung bekräftigen und etwaigen *Dissoziationen* der behavioralen und repräsentationalen Ebenen entgegenwirken, so kann mit therapeutischen Erfolgen gerechnet werden, denn es wird nicht nur die *individuelle soziale Kompetenz* und *Performanz* (*Petzold* et al. 1994b) gefördert (die von *Clara*, die ihrer Mutter, ihres Vaters etc.), sondern auch die *systemische soziale Kompetenz* und *Performanz* – hier die *des familiären Interaktionssystems* (*Wiemann, Bradac* 1993; *Wiemann, Kelly* 1981) –, ein Aspekt, der bei individualisiert ausgerichteten, kompetenztheoretischen Überlegungen von Psychotherapeuten oft zu kurz kommt.

Unser Ansatz, der sich – personzentriert *und* netzwerkorientiert – dezidiert auf die behaviorale *und* die repräsentationale Dimension des „Netzwerks im Prozeß", des *convoys*, bezieht, unterscheidet sich damit von der Mehrzahl der Einzeltherapieverfahren durch seine sozioökologische Orientierung, aber auch von der Mehrzahl der familientherapeutischen Schulen, weil diese den kollektiven Repräsentationsprozessen in der Familie und bei ihren Mitgliedern keine Beachtung schenken und übersehen, daß in einem Familiensystem – es wird als Kommunikations-/Interaktions-System verstanden – durchaus unterschiedliche „social worlds" vorhanden sein können, die konfligieren, damit „hinter" den offensichtlichen Problemen stehen und deshalb ein Ziel therapeutischer Arbeit werden müssen. Der Integrative Ansatz geht deshalb über die traditionellen psychoanalytischen bzw. tiefenpsychologischen Vorgehensweisen in der Kindertherapie deutlich hinaus, weil er neben der repräsentationalen Seite auch der behavioralen Seite in den Interaktionen, im konkreten Alltagsverhalten, in Spielsituationen, in der manifesten *Spielkultur* der Familie große Bedeutung zumißt und diese zu einem Ausgangspunkt von Interventionen macht.

Die Verbindung sozialökologischer, systemischer, tiefenpsychologischer und kognitionspsychologischer Konzepte in einem *übergeordneten, integrativen Rahmen* kennzeichnet seit je her (*Petzold* 1970c, 1974j, 1980g, 1992a) unser Vorgehen, das damit profiliert im Rahmen des „neuen Integrationsparadigmas" steht (idem 1992g, vgl. *Saltzman* 1995; *Wachtel, McKinney* 1992; *Arkowitz* 1992; *Kazdin* 1984; *Arkowitz, Messer* 1984; *Messer* 1986; *Mahoney* 1984; *Stricker, Gold* 1993). Es unterstreicht: ohne kontextbezogene Interventionen, ohne Veränderungen der *Bedingungen von Wahrnehmen*, ohne Veränderung von Wahrnehmung, ohne Umstellung von Handlungsmustern und ohne Beeinflussung komplexer mentaler Repräsentationen (nicht nur einer „imago", sondern von „Imagines-in-Situationen-und-Interaktionssequenzen") bei allen relevanten Personen eines Interaktionssystems sind die Chancen konstruktiver Veränderung sehr eingeschränkt – und bei institutioneller Psychotherapie gilt: ohne Umstellung institutioneller Praxisstrategien (*Herzka, Reukauf,* dieses Buch; *Hermer* 1995). Wird nur sektoriell angesetzt, wie dies vielfach bei kindertherapeutischen Einzelbehandlungen üblich ist (zuweilen ist es leider auch bei fehlender Kooperation der Familie nicht anders möglich), so sind die Veränderungsschancen weitaus geringer, und es muß in subtilen Strategien „indirekter" Systembeeinflussung und Modellierung der Lebenswelt und „social worlds" versucht werden, etwa durch das Entwickeln und Stützen neuer Verhaltensweisen auf seiten des Kindes (sofern dieses als Systemgröße bedeutsam genug ist) in einer Weise in das Gesamtsystem hineinzuwirken, daß dieses sich verändert. Oft genug sind Kinder, wenn sie in desolaten Lebens- und Sozialwelten leben (*Metzmacher, Zaepfel,* dieses Buch; *Petri* 1995; *Dröschel* 1995), aber starken Einflüssen destruktiver gesellschaftlicher Klimata ausgesetzt, oder sie sind für ihre Familien und Netzwerke als systembestimmende „Stellgrößen" nicht wichtig, gewichtig genug, so daß ihre durch die Therapie erreichten Veränderungsprozesse in ihrem mutativen Einfluß durch makrokontextuelle Negativeinflüsse aufgesogen oder durch Abwehrstrategien des familiären Systems neutralisiert, blockiert oder auch – worst case – mit negativen, destruktiven Impulsen bedacht werden (Verschärfung schlechter Behandlung, emotionale Vernachlässigung, Zunahme von Familienzwistigkeiten durch die Eltern, Therapieabbruch etc.). Hier kommen Therapeuten an ihre Grenzen. Ressourcenmangel in Netzwerken, Desinteresse der Familie, die Unmöglichkeit, Netzwerkinterventionen zu realisieren oder kompensatorische Netzwerke (Pflegefamilien, Heimunterbringung) bereitzustellen, beeinträchtigen die Behandlungsmöglichkeiten von Kindern in Problemfamilien und desolaten Netzwerken nachhaltig. Tageskliniken, Schulen für Erziehungshilfe, die kindertherapeutische Sitzung selbst, gewinnen dann die Qualität von *„Soziotopen"* (*Metzmacher, Zaepfel*, dieses Buch). Sie werden im Sinne unseres Konzeptes der „schützenden Inseln" tatsächlich zu „Schutzzonen auf Zeit", die allerdings, wie wir durch ein *follow-up* unserer Kindertherapiegruppen nach 20 Jahren (1970-1991) zeigen konnten (*Petzold* et al. 1993), auch positive Langzeitwirkungen zeitigen können, selbst wo die damaligen prognostischen Perspektiven ungünstig schienen.

Ressourcenreiche Netzwerke und gut ausgestattete therapeutische Institutionen – die niederländischen RIAGGs (Regionale ambulante Versorgungszentren) sind hier vorbildlich (*Lemmens* et al. 1991) – optimieren natürlich Behandlungschancen. Auch Therapien in Forschungskontexten bieten oft besondere Möglichkeiten, etwa die Chance, ohne Druck mit neuen Ansätzen zu experimentieren, bei Kontrolle der Maßnahmen, personeller Unterstützung, Auswahl des Klientels. All das sind gute Voraussetzungen, neue Wege zu beschreiten, die auch in die gängige klinische Praxis übertragen werden können. Sozioökologische Ansätze eignen sich hier besonders, weil sie sich einerseits empirisch gut untersuchen lassen, andererseits dabei einen unmittelbaren Zugang zur Lebenswelt bieten können.

Im Fall von *Clara* konnte der Behandlungsansatz in positiver Weise greifen, weil die Eltern prinzipiell kooperationswillig und -fähig waren und keine Ressourcenknappheit – das gravierendste Hindernis für (Kinder-)Therapien – vorlag. Die Eltern konnten und wollten mitarbeiten. Sie wurden in ihrer Elternrolle ernst genommen und wertgeschätzt und sie erhielten neben einer akzeptierenden, verständnisvollen emotionalen Unterstützung, einer Beratung ihrer persönlichen Situation in umfassender Weise Informationen über das theoretische Konzept der Therapie, über das Verständnis der Störungen, die diagnostischen Einschätzungen der Therapeuten und das Rationale der vorgesehenen Maßnahmen. Dieser „kognitive Impuls" hat – und wir finden dies immer wieder bestätigt – die Kooperationsbereitschaft der Eltern wesentlich erhöht, denn damit wurde Ambiguität vermindert, ein Verständnis für die Prozesse und Maßnahmen eröffnet und ein aktives Mitdenken angeregt.

„Theorie als Intervention" (*Petzold, Orth* 1994a) darf und kann in ihrer Wirkung gar nicht hoch genug eingeschätzt werden. Eigene biographische Hintergründe wurden vorwiegend ressourcenorientiert angesprochen. Unter der Perspektive der „doppelten Expertenschaft" (*Petzold* 1990i) – die die „Expertise der Helfer" und die „Expertise der Klienten" einbezieht – haben Eltern ja ihre persönliche Geschichte nicht nur als „Quelle der Pathologie" einzubringen, wie dies von der Mehrzahl psychotherapeutischer Ansätze sehr einseitig fokussiert wird, sondern als „Quelle von Gesundheit" und als „Schatz von Lebenserfahrungen". Damit werden Negativeinflüsse in der eigenen Biographie, ungelöste Beziehungen zu den eigenen Eltern, traumatische Kindheitserfahrung, böse Familienmythen keineswegs beiseitegeschoben, aber sie werden anderes gewichtet. Der diagnostische Blick des Therapeuten bleibt für derartige Möglichkeiten offen, und wo sie in störender Weise dominant werden, werden sie auch bearbeitet. Allerdings kommen solche Phänomene in einer *lösungs- und ressourcenorientierten Haltung und Vorgehensweise*, welche indes Traumatisches nicht abwehrt, sondern für solche Einflüsse sensibel bleibt, nicht so häufig zum Tragen wie in einer ausschließlich *pathologiezentrierten* Herangehensweise, die Kooperation behindert, weil sie die Betroffenen *parentifiziert* und *klientelisiert*, also in ihrer Kompetenz entwertet (*Orth* et al. 1995).

Therapie erfordert „Konflux", d.h. Zusammenarbeit auf der kognitiven, emotionalen und sozialen Ebene. Netzwerk- und familienorientierte Kindertherapie ist ein kooperatives Unterfangen, ansonsten können nur begrenzte Wirkungen erreicht werden. Sie arbeitet aufgrund der sozioökologischen und netzwerkbezogenen Orientierung nicht nur mit den Strategien *curing/Heilen, coping/Bewältigungshilfe, support/Stütze*, sondern auch mit den Strategien des *enlargement/Erweiterung der Kontextübersicht und des Handlungsspektrums, enrichment/Bereicherung von Lebensqualität* und des *empowerment/Selbstermächtigung* (*Petzold* 1994a, 276; *Orth* et al. 1995).

Clara und ihr Netzwerk haben von der Behandlung (*curing*), den Unterstützungsmaßnahmen (*support*) und den *Enlargement*- und

Enrichment-Strategien nachhaltigen Nutzen gehabt: Das *Kind*, weil ihm neue Verhaltensmöglichkeiten erschlossen wurden. Die Enkopresissymptomatik verschwand, und die übrigen Symptomatiken wurden weitgehend gebessert. Die *Nachbarskinder*, weil *Clara* eine nettere Spielgefährtin wurde, die nur noch selten überschießend aggressiv war, dann aber nicht mehr so verletzend agierte. Die *Eltern*, weil sie eine „andere *Clara*" für sich entdecken konnten und neue Wege des Umgehens miteinander und mit dem Kind fanden. Geblieben sind die Dunkelängste und die Dysästhesien. Die Stimmungslabilität hat deutlich abgenommen. Die 32 Sitzungen dauernde Therapie hatte damit genug erreicht, genug, daß die Familie mit ihren eigenen Ressourcen weiterkommen konnte.

Es ist oftmals gut, Therapien an solchen Punkten zu beenden, weil man auf die Selbststeuerungskräfte eines *convoy*, den man wieder auf die richtige Wegstrecke bringen konnte, trauen kann. Zu lange therapeutische Begleitungen können auch *Selbstwirksamkeit* (*Flammer* 1990) behindern und *empowerment* (*Kasl* 1991) verhindern. *Clara*s Eltern wissen, wo sie Hilfe erhalten können. Sie haben gelernt, wichtige Prinzipien sozioökologischen Denkens und integrativer Beziehungsarbeit zu nutzen, und sie werden auch die Möglichkeiten von Therapie zu nutzen wissen, wenn es wieder einmal zu schwierig werden sollte.

Integrative Eltern- und Familientherapie bzw. -beratung (IFT) – einige Kernkonzepte

Hilarion Petzold

Familientherapeutische Ansätze haben in einem Integrativen Therapieverfahren, das auf die Behandlung von Kindern gerichtet ist, einen unverzichtbaren Platz (*Petzold* 1969b, 1973f; *Schneider* 1983; *Schlippe, Matthaei* 1987; *Schnyder* 1995; *Rau*, dieses Buch), denn familientherapeutischen Interventionen gelingt es zuweilen, Schwierigkeiten im „convoy" auszuräumen, die sonst nicht anzugehen sind. Sie tragen dazu bei, daß die Familie – auch die „postfamiliale" (*Beck-Gernsheim* 1994), z.B. die Teil- oder die Mehrelternfamilie – zu einem „safe place", einer „schützenden Insel", einem „Soziotop" im komplexen, risikoreichen gesellschaftlichen Geschehen (*Beck* 1987) werden kann. Durch sie wird es möglich, die Toleranz der Familie gegenüber problematischem Verhalten des Kindes zu erhöhen, um damit Verstärkersysteme und Verhaltensschemata zu unterbrechen oder neue positive Verstärker für auftretendes, gewünschtes Verhalten einsetzbar zu machen, wenn man diese Vorgänge in einem lerntheoretischen Rahmen formulieren will, oder um dysfunktionale Kommunikationsformen aufzulösen und funktionelle zu installieren, wenn man einen traditionellen systemischen Rahmen verwendet. Die Dinge sind aber weit komplexer, und auch eine „systemische" Sicht greift zu kurz, wenn sie letztlich nur einen sozialen Behaviorismus vertritt (z.B. *Minuchin* 1977; *Falloon* 1988), ohne dynamische (*Schlippe* 1984; *Ludewig* 1992) und entwicklungsorientierte (*Metzmacher* et al. 1982; *Bosch, Ullrich* 1989) Systemansätze einzubeziehen. Die traditionellen Formen der Familientherapie verschenken für die Arbeit mit Kindern und Jugendlichen, für die sich in der familientherapeutischen Literatur kaum spezifische Konzepte finden lassen (die überdies dann noch theoretisch nicht sehr elaboriert sind und keinen Anschluß an die empirische Entwicklungspsychologie erkennen lassen, z.B. *McGoldrick, Carter* 1982; *Massing* 1987), nützliche und wichtige Möglichkeiten zu angemesseneren und effektiveren Formen der Behandlung. Statt dessen wird mit der „systemischen" Betrachtung von Kommunikationsregeln und mit der Intervention zur Veränderung dieser Regeln meistens auf ein kognitives Entwicklungsniveau abgestellt – das des operatorischen Denkens (*Piaget*) –, welches den kommunikativen Erfassensmöglichkeiten kleiner Kinder nicht entspricht. Familientherapeutische Interventionen gehen sehr häufig an diesen Kindern, ihrer „Sinnerfassungskapazität", ihren alterspezifischen „interaktiven und kommunikativen Kompetenzen und Performanzen" vorbei. Und wenn sich dennoch etwas verändert, so ist dies mehr Sekundäreffekten zuzuschreiben, die das Gesamtklima der Familie verändern, als einer spezifischen, altersgemäßen Einbeziehung der kleinen Kinder. Je intensiver familientherapeutische Interventionen *Familienatmosphären* positiv beeinflussen – ein Konzept, mit dem man sich in der familientherapeutischen Literatur noch kaum vertieft auseinandergesetzt hat –, desto größer ist die Chance, daß auch kleine Kinder von familientherapeutischen Maßnahmen unmittelbar profitieren können. Weiterhin wird nicht genügend gesehen, wie sehr das soziale Außenfeld, die Netzwerksituation und die Mikroökologie einer Familie insgesamt das Familiengeschehen beeinflußt. Das ist bedingt durch den fehlenden Anschluß an die longitudinale Entwicklungspsychologie (*Rutter, Rutter* 1992), an die soziale Netzwerkforschung (*Laireiter* 1993) und an Perspektiven der ökologischen bzw. sozioökologischen Psychologie (*Gibson, Spelke* 1983; *Reed* 1988; *Petzold* et al. 1994a). Statt dessen wird mit Konzepten der kybernetischen Systemtheorie, biologischen Systemtheorie, mit Autopoiese (*Varela, Maturana*), dissipativen Strukturen (*Prigogine*) etc. Konzepten des radikalen Konstruktivismus operiert, patientenfernen Theoriekonstrukten und Modellmetaphern, die die Ebene des phänomenal Vorfindlichen oft genug verlassen. Unser eigener Ansatz sei deshalb kurz umrissen:

Elterngespräche bzw. das Einbeziehen von Eltern, sei es im Sinne einer familientherapeutischen Sitzung, sei es im Sinne einer die therapeutische Gesamtmaßnahme stützenden Elternberatung, wurde seit den Anfängen Integrativer Kindertherapie praktiziert (*Petzold* 1969b, c, 1973 f; *Rahm* 1979; *Rau* 1982). Eltern gehören nicht nur zur Kernzone der sozialen Netzwerke von Kindern, sie sind in der Regel die im realen Alltag präsenten Bezugspersonen. Sie nehmen auch in den Gedanken und den Herzen von Kindern eine wesentliche Stelle ein. Der unmittelbare Einbezug von Eltern oder von „caregivers" ist für eine erfolgreiche Kinder-Netzwerk-Therapie eine *conditio sine qua non*. Im Integrativen Ansatz sehen wir Familien in ihren unterschiedlichen Formen (*Beck-Gernsheim* 1994) als Teil eines Netzwerkes (*Lewis* 1984), das die Freunde, Verwandten und Arbeitskollegen der Eltern, die Nachbarschaft, die Freunde der Kinder und ihre sozialen Zusammenhänge in Kindergarten, Schule, Vereinen usw. umfaßt. Eine solche breite Sicht vermeidet isolationistische Familienkonzeptionen und berücksichtigt ein vielfältiges Gefüge von Einflüssen. Dies entlastet die Familie auch von der in Psycho- und Familientherapie so durchgängigen *Pathologisierungstendenz gegenüber dem familiären Feld* („Die Familie ist an allem schuld und in ihr insbesondere die Mutter!" vgl. *Orth, Petzold* 1995a), ohne daß damit ihre zentrale Rolle gescmälert würde. Eltern- und Familienarbeit im Integrativen Ansatz versucht, die Ressourcen und Potentiale der Familie und ihres Netzwerkes zu erfassen und zu nutzen, Ressourcendefizite, kommunikative Schwierigkeiten, Probleme in der Familienatmosphäre bzw. im Familienklima aufzugreifen und pathologische Interaktionsmuster zu beeinflussen. Dafür werden – wo immer dies möglich und indiziert ist – Hausbesuche in den Familien gemacht (*Rau* 1982), familientherapeutische Sitzungen mit der Gesamtfamilie oder mit Teilen der Familie (Mutter/Kind, Mutter/Vater/Kind/Hund, Bruder/Schwester, Großmutter/Enkel o.ä.). Dabei muß klar sein, daß die „ganze Familie" stets virtuell präsent ist, ja, die relevanten Personen des sozialen Netzwerkes, zu denen die Therapeuten und Berater inzwischen selbst zählen, „unsichtbar anwesend", d.h. repräsentational präsent sind.

In der ökologisch und netzwerkorientierten „Integrativen Familientherapie und -beratung" haben wir eine Reihe spezifischer Konzepte, die unseren Ansatz auszeichnen. Wir sind in der Integrativen Familienarbeit nicht nur an Kommunikationsregeln interessiert, die, wenn sie aus kybernetischen und biologischen Systemtheorien (*v. Foerster, Haaken, Maturana*) abgeleitet wurden und auf das „soziale Mikrosystem Familie" im Sinne von „Modellmetaphern" (um mehr handelt es sich in der Systemmetaphorik zumeist nicht [*Nash* 1963; *Genter, Grudin* 1985; *Petzold* 1994a]) übertragen wurden, *sozialphänomenologisch* „unterfangen" werden müssen durch die Beobachtung des Vollzugs von Interaktionen und Kommunikationen in sozioökologischen Kontexten und ihren Atmosphären, Phänomene, die es sozialhermeneutisch auf ihre Sinnhaftigkeiten zu interpretieren und deren Funktionalität es aufzuklären gilt. Es geht uns um die Erarbeitung von Interaktionsabläufen und der für sie charakteristischen Merkmale zusammen mit der Familie vor dem Hintergrund der jeweiligen gesellschaftlichen Kontexte (*Beck* 1986; *Beck, Beck-Gernsheim* 1994; *Keupp* 1995; *Metzmacher, Zaepfel* 1995 und dieses Buch), so daß man bei unserem Ansatz von einem *systemorientierten, sozialphänomenologisch-hermeneutischen* Modell *Integrativer Familientherapie und -beratung (IFK)* sprechen kann, wobei wir, wenn wir die Systemperspektive einbeziehen und auf die Systemmetapher rekurrieren, von einem *„sozioökologischen, dynamischen Systemansatz"* im Sinne der ökologischen Systemtheorien (*Gibson* 1988; *Adolph, Eppler, Gibson* 1993; *Thelen, Fischer* 1994; *Valenti, Good* 1990) als referentiellem Rahmen ausgehen. Folgende Positionen seien herausgehoben:

- ***Integrative Familientherapie, Familienberatung und Elternarbeit (IFT)*** *ist einer sozialwissenschaftlichen Phänomenologie und ernüchterten Tiefenhermeneutik verpflichtet.*
- *Sie sieht Familien eingebettet in übergeordnete soziale Netzwerke, die in den diagnostischen und interventiven Rahmen einbezogen werden müssen.*
- *Sie ist sozioökologischen Perspektiven verpflichtet, nimmt den konkreten Lebensraum der Familie, ihre mikro-, meso- und makroökologische Situation in Blick und versucht, in diesen hineinzuwirken.*
- *Sie bezieht sozialisationstheoretische Perspektiven ein, insbesondere geschlechtsspezifische Rollen- und Verhaltensmuster und Wertorientierungen.*
- *Große Aufmerksamkeit wird der Frage der Macht (Gehorsam, Kontrolle, Gewalt) in der Familie und ihrer Handhabung geschenkt (Orth, Petzold 1995a).*
- *IFT ist dezidiert entwicklungspsychologisch ausgerichtet und berücksichtigt die kognitive, emotionale und kommunikative Entwicklungsebene jedes Familienmitgliedes – eine Perspektive, die die systemischen Schulen der Familientherapie weitgehend ausgeblendet haben.*
- *Sie berücksichtigt dezidiert die „kollektiven Kognitionen" innerhalb der Familie und ihres sozialen Netzwerkes, weil bei Familienkonflikten häufig „spezifische social worlds" hinter den einzelnen Familienmitgliedern gesehen werden müssen (z.B. die der 17jährigen Tochter und ihrer „peers" und die des 45jährigen Vaters und seiner sozialen Bezugssysteme und Wertewelten).*
- *Sie arbeitet nicht nur auf der Ebene der offenen familiären Interaktionen, sondern auch auf der Ebene der bewußt und unbewußt in jedem Familienmitglied differentiell repräsentierten (d.h. verinnerlichten) Familie*

mit ihrer jeweils spezifisch gesehenen Familiengeschichte und der in dieser vorhandenen positiven und negativen Ereignisketten.

- *Es wird damit eine „Entwicklungspsychologie der Familie" als Perspektive eingeführt, und es werden ihre „Convoy"-Qualitäten betrachtet.*
- *Es wird eine Mehrgenerationen-Familienperspektive betont, die dem Prinzip der „social inheritage" verpflichtet ist, also Sozialisationstraditionen untersucht, „believe systems" betrachtet, sich aber von obskurantistischen Deutungsschemata (eine Überbetonung familiärer Mythen und familiärer Skripts, die kontextenthoben eine monokausale Wirkungsmechanik in Gang setzen, vgl. Orth, Petzold 1995a) abgrenzt.*
- *In der Mehrgenerationen-Familienarbeit werden die Bedürfnisse und Probleme jeder Generationsebene im Sinne der wechselseitigen Einflüsse der einen auf die andere Generation aufgenommen und bearbeitet, so daß z.B. die von Kindern und Enkeln verursachten Verletzungen für die Großeltern genauso Platz haben wie Positiv- und Negativeinflüsse von den Großelterngenerationen zu den Enkeln hin (Petzold 1979k).*
- *Es wird mit protektiven* ***und*** *kritischen Lebensereignissen und Ereignisketten für die Familie und ihre Mitglieder gearbeitet.*
- *Es wird auf die sozioökologischen Bedingungen familiärer Interaktion (social affordances, effectivities) Wert gelegt.*
- *Es wird die Netzwerkorientierung und -einbettung untersucht.*
- *Es wird mit Familienklimata und -atmosphären gearbeitet.*
- *Es wird nach zentralen Themen und Konflikten in der Familie Ausschau gehalten, und auf den Umgang mit diesen wird geachtet.*
- *Es wird Übertragungskonstellationen in der Familie Aufmerksamkeit geschenkt, um mit ihren Mustern von Nähe und Distanz, Bindung, Lösung, Trennung umzugehen.*
- *Es wird der Psychodynamik in der Familie und in der Familientherapie Aufmerksamkeit geschenkt, z.B. Übertragungskonstellationen (Was geschieht mit Eltern, die in einer familientherapeutischen Sitzung in Gegenwart ihrer Kinder eine Elternübertragung auf das Paar der Familientherapeuten entwickeln, in der Wahrnehmung und in den Augen ihrer Kinder? Welche Position [Großeltern?] erhalten hier die Familientherapeuten, und wie ist mit derartig komplexen Konfigurationen umzugehen? Welche bewußten und unbewußten Phantasien entstehen, welche spezifischen Abwehrmechanismen? – Perspektiven, denen die systemischen Ansätze zu wenig Aufmerksamkeit geschenkt haben).*
- *Es wird lösungs-, ressourcen-, potential-* ***und*** *konfliktorientiert gearbeitet.*
- *Es wird den Problemlösungs- und den Copingstrategien der Familie als Gesamtsystem Aufmerksamkeit geschenkt.*

- *Es werden die Wege, zu „shared meaning" zu finden, untersucht und damit die soziale Kompetenz und Performanz der Familie als Gesamtsystem betrachtet und entwickelt.*
- *Es wird das „Familienkonzept" der Familie und ihrer einzelnen Mitglieder (Welche Vorstellungen haben sie von „guter Familie"?) in den Blick genommen und bearbeitet.*
- *Es werden die Erziehungsideologien der Familie und ihr Herkommen untersucht.*
- *Es werden die Lebensphilosophien, religiösen Orientierungen und Werte der Familie in die Arbeit einbezogen.*
- *Es wird die „Spielkultur" und die „Freizeitkultur" der Familie betrachtet und entwickelt.*
- *Es wird der emotionalen und kommunikativen Kultur zentrale Beachtung geschenkt.*
- *Es wird der Umgang mit „Leiblichkeit" und „Zwischenleiblichkeit" zu einem Kernthema der therapeutischen Arbeit (einschließlich der Ernährungs- und Bewegungsgewohnheiten – bewegungsaktiver, bewegungspassiver Lebensstil).*
- *Es wird der Umgang mit Streßsituationen (Petzold 1996) untersucht. (Was sind die Strategien des Umgangs mit „Streßereignissen"? Wie sind die Möglichkeiten der Entspannung, der körperlichen Beruhigung?)*
- *Es wird den Fragen des Zusammenhalts, der Loyalität, der Freiräume und der familiären Liebe eine zentrale Stelle gegeben.*

Diese vielfältigen Perspektiven kommen je nach Erfordernis der therapeutischen Aufgaben und der Situation der Familie mehr oder weniger intensiv in der Familienarbeit zum Tragen. Auf jeden Fall sind sie als relevante Perspektiven der Diagnostik und Intervention von Therapeuten und Beratern in der Integrativen Familienarbeit „präsent". In ihrer Arbeit fokussieren sie deshalb auf Netzwerkqualitäten, Prozesse der Familienentwicklung, Vorgehensweisen, durch die und in denen *die Familie ein „Bewußtsein ihrer selbst"*, *ihres „Familienverständnisses" gewinnt* und sich aktiv darum bemüht, das *Familienklima* zu „pflegen" und zu bereichern. Familienatmosphären werden Gegenstand des Gesprächs und der Arbeit, ein Bemühen, gemeinsam mit der Familie an der Ausformung einer *„Familienkultur"* zu arbeiten, die aufgrund von Ko-respondenzprozessen und Konsensfindungen als *„shared meaning"* (*Petzold* 1991e, 1995n) aller Familienmitglieder die gewünschte Qualität erhält.

Literatur

Ein großer Teil der Literatur in diesem Beitrag findet sich in Bd. I, 253-280.

Axline, V., Play Therapy, Houghton-Mifflin, New York 1945.

Bergin, A.E., Garfield, S.L. (eds.), Handbook of psychotherapy and behavior change, Wiley, Chichester 1994[4].

Boeck-Singelmann, G., Ehlers, A., Personzentrierte Spieltherapie bei Kindern und Jugendlichen, Bd. 1: Theoretische Grundlagen, Bd. 2: Anwendung und Praxis, Hogrefe, Göttingen 1996.

Bruner, J.S., Wie das Kind sprechen lernt, Huber, Bern 1987.

Castonguay, L.G., Goldfried, M.R., Psychotherapy integration: An idea whose time has come, *Applied & Preventive Psychology* 3 (1994) 159-172.

Corsini, R., Current psychotherapies, Peacock, Itasca 1973, 1984[3].

—, Handbook of innovative psychotherapies, Wiley, New York 1981.

Fend, H., Identitätsentwicklung in der Adoleszenz, Huber, Bern 1991.

Heekerens, H.-P., Was wird aus der Kinder- und Jugendlichenpsychotherapie? Zur Diskussion um geplante rechtliche Änderungen. In: dieses Werk, Bd I, 395-426.

Izard, C.E., Read, P.B., Measuring emotions in infants and children, Vol. II, Cambridge Univ. Press, New York 1986.

Kazdin, A.E., Methodology, design, and evaluation in psychotherapy research. In: *Bergin, Garfield* (1994) 19-71.

van der Kolk, B., The body keeps the score: Memory and the evolving psychobiology of PTSD, *Harvard Review of Psychiatry* 1 (1994) 253-265.

—, *McFarlane, A.C., Weisaeth, L.*, Traumatic Stress, Guilford Press, New York 1996. Übersetzung in Vorber. bei Junfermann, Paderborn.

Lederman, J., Anger and the rocking chair: Gestalt awareness with children, Viking Press, New York 1969.

Leutz, G.A., Vom kindlichen Spiel zum Psychodrama, *Schweizer Theaterjahrbuch* 33 (1967).

Lévinas, E., Die Spur des Anderen, Alber, Freiburg 1983.

Lovibond, S., Conditioning and enuresis, Pergamon, Oxford 1964.

Oaklander, V., Gestalttherapie mit Kindern und Jugendlichen, Klett, Stuttgart 1981.

Märtens, M., Petzold, H.G., Perspektiven der Psychotherapieforschung und Ansätze für integrative Orientierungen, *Integrative Therapie* 1 (1995a) 7-44.

—,—, Psychotherapieforschung und kinderpsychotherapeutische Praxis, 1995b. In: dieses Werk, Bd. I, 345-394.

Metzmacher, B., Integrative Bewegungstherapie in der Behandlung von Kindern und Jugendlichen. In: *Petzold, Ramin* (1987) 227-256.

—, *Petzold, H.G., Zaepfel, H.*, Therapeutische Zugänge zu den Erfahrungswelten des Kindes. Theorie und Praxis der Integrativen Kindertherapie, Junfermann, Paderborn 1995, Bd. I dieses Werkes.

Moreno, J.L., Die Psychiatrie des 20. Jh. als Funktion der Universalia Zeit, Raum, Realität und Kosmos, 2. Intern. Congr. Psychodrama Barcelona 1966; dtsch. in *Petzold* (1972a) 101-112.

—, Psychodrama, Bd. I, 1946, 3. Aufl. Beacon House, Beacon 1964.

—, Auszüge aus der Autobiographie, hrsg. v. *Moreno, J.D.*, inSzenario, Köln 1995.

Nelson, K., Ereignisse, Narrationen, Gedächtnis: Was entwickelt sich? In: *Petzold* (1993c) 195-234.

—, Erinnern und Erzählen: eine Entwicklungsgeschichte, *Integrative Therapie* 1/2 (1993b) 73-94 und in: *Petzold* (1994j) 167-192.

Norcross, J.C., Psychotherapie-Integration in den USA, *Integrative Therapie* 1 (1995) 45-61.

—, *Goldfried, M.R.* (eds.), Handbook of psychotherapy integration, Basic Books, New York 1992.

Petermann, F., Lehrbuch der klinischen Kinderpsychologie, Hogrefe 1994.

Petzold, H.G., Géragogie – nouvelle approche de l'éducation pour la viellesse et dans la viellesse. *Publications de L'Institut St. Denis* 1 (1965) 1-16 ; dtsch. in: *Petzold* (1985a) 11-30.

—, Komplexes Kreativitätstraining mit Vorschulkindern, *Schule und Psychologie* 3 (1972e) 146-157.

—, Gestalttherapie und direkte Kommunikation in der Arbeit mit Elterngruppen. In: *Petzold, H.G.* (Hrsg.), Kreativität und Konflikte, Junfermann, Paderborn 1973c, 271-289.

—, (Hrsg.), Psychotherapie und Körperdynamik, Junfermann, Paderborn 1974j, 7. Aufl. 1994.

—, Angewandtes Psychodrama in Therapie, Pädagogik und Theater. Überarbeitete und erweiterte Fassung von: *Petzold* (1972a), Junfermann, Paderborn 1977h.

— (Hrsg.), Wege zum Menschen. Methoden und Persönlichkeiten moderner Psychotherapie. Ein Handbuch, 2 Bde., Junfermann, Paderborn 1984a.

—, Mit alten Menschen arbeiten, Pfeiffer, München 1985a.

—, Integrative Bewegungs- und Leibtherapie. Ausgewählte Werke Bd. I/1 und I/2, Junfermann, Paderborn 1988n; 3. Auflage 1996.

—, Integrative Therapie. Ausgewählte Werke, Bd. II/1: Klinische Philosophie, Junfermann, Paderborn 1991a.

—, Integrative Therapie. Ausgewählte Werke, Bd. II/2: Klinische Theorie, Junfermann, Paderborn 1992a.

—, Das „neue" Integrationsparadigma in Psychotherapie und klinischer Psychologie und die „Schulen des Integrierens" in einer „pluralen therapeutischen Kultur", 1992g. In: *Petzold* (1992a) 927-1040.

—, Frühe Schädigungen, späte Folgen? Psychotherapie und Babyforschung, Bd. 1, Junfermann, Paderborn 1993c.

—, Grundorientierungen, Verfahren, Methoden – berufspolitische, konzeptuelle und praxeologische Anmerkungen zu Strukturfragen des psychotherapeutischen Feldes und psychotherapeutischer Verfahren aus integrativer Perspektive, *Integrative Therapie* 4 (1993h) 341-378 und in: *Hermer, H.* (Hrsg.), Psychologische Beiträge, Pabst Science Publishers, Lengerich 1994, 248-284.

—, Integrative fokale Kurzzeittherapie (IFK) und Fokaldiagnostik – Prinzipien, Methoden, Techniken, 1993p. In: *Petzold, Sieper* (1993a) 267-340.

—, Mehrperspektivität – ein Metakonzept für die Modellpluralität, konnektivierende Theorienbildung und für sozialinterventives Handelns in der Integrativen Supervision, 1994a, *Gestalt und Integration* 1 (1995) 225-297.

—, Therapieforschung und die Praxis der Suchtkrankenarbeit – programmatische Überlegungen, *Drogalkohol* 3 (1994h) 144-158.

—, Die Kraft liebevoller Blicke, Psychotherapie und Babyforschung, Bd. 2, Junfermann, Paderborn 1994j.

—, Weggeleit und Schutzschild. Arbeit mit protektiven Prozessen und sozioökologische Modellierungen in einer entwicklungsorientierten Kindertherapie, 1995a. In: dieses Werk, Bd. I, 169-280.

—, Krankheitsursachen im Erwachsenenleben, *Integrative Therapie* 2/3 (1996) im Druck.

—, *Goffin, J.J.M., Oudhof, J.*, Protektive Faktoren und Prozesse – die „positive" Perspektive in der longitudinalen, „klinischen Entwicklungspsychologie" und ihre Umsetzung in die Praxis der Integrativen Therapie. In: *Petzold, Sieper* (1993a) 173-266 und in: *Petzold* (1993c) 345-497.

—, *Metzmacher, B.*, Kreative Medien, Awareness-Training und Interaktionsspiele der Integrativen Gestalttherapie in der Arbeit mit Kindern und Jugendlichen. In: *Kreuzer, K.J.*, Handbuch der Spielpädagogik, Bd. 4, Schwann, Düsseldorf 1984, 253-267.

—, *Petzold, Ch.*, Traumatischer Jobstreß, Erosion persönlicher Tragfähigkeit, maligner Burnout, Fritz Perls Institut, Düsseldorf 1996.

—, *Ramin, G.*, Schulen der Kinderpsychotherapie, Junfermann, Paderborn 1987, 1991².

—, *Sieper, J.* (Hrsg.), Integration und Kreation, Junfermann, Paderborn 1993a.

Ramin, G., Petzold, H.G., Integrative Therapie mit Kindern. In: *Petzold, Ramin* (1987) 359-426; repr. in *Petzold* (1991a) 1089-1150.

Reinhard, H.G., Psychoanalytische Kinder- und Jugendpsychotherapie braucht Integration. In: *Metzmacher* et al. (1995).

Reiser, C., Die kinder-und jugendpsychotherapeutische Ausbildung, Ernst Reinhardt, München 1993.

Rovee-Collier, C.K., Bhatt, R., Langzeitgedächtnis im Säuglingsalter. In: Petzold (1994j) 143-166.

Rutter, M., Wege von der Kindheit zum Erwachsenenalter. In: *Petzold* (1993c) 23-66.

Rutter, M, Rutter, M., Developing minds. Challenge and continuity across the life span, Penguin Books, London 1992.

Schmidtchen, St., Klientzentrierte Spiel- und Familientherapie, 3. vollst. überarb. u. erw. Auflage, Psychologie Verlags Union, Weinheim 1991.

Schneewind, U.-J., Leibtherapie bei Kindern mit frühen Persönlichkeitsstörungen. In: Metzmacher et al. (1995).

Schubert, F.-C., Lebenweltbezug in der Beratung. Eine ganzheitlicher systemisch-ökologischer Ansatz. In: *Dröschel* (1995) 216-237.

Stricker, G., Gold, J.R. (eds.), Comprehensive handbook of psychotherapy integration, Plenum, New York 1993.

Verhofstadt-Denève, L., Zelfreflectie en persoonsontwikkeling, Acco, Leuven/Amersfoort 1994².

Weisz, J.R., Weiss, B., Morton, T., Granger, D., Han, S., Meta analysis of psychotherapy outcome research with children and adolescents. Unpublished manuscript, University of California, Los Angeles 1992.

Vorüberlegungen und Konzepte zu einer „Integrativen Frühtherapie“

Gitta Hauch

1. Einleitung

Die Tatsache, daß im Frühbereich noch sehr wenig über das Funktional-Therapeutische hinaus ganzheitlich-therapeutisch gearbeitet wird, beschreibt einen grundsätzlichen Mangel an TherapeutInnen, die sich über eine deskriptive Diagnostik und funktionale Therapie hinaus einlassen auf Begegnung und Beziehung im Frühbereich. Der vorliegende Artikel faßt ein praxisorientiertes Konzept zusammen, welches das Verfahren der Integrativen Therapie mit den neuen Erkenntnissen aus der Entwicklungspsychologie und -neurologie sowie den Konzepten neuro-physiologischer Frühförderung (*Bobath* u.a.) und der Sensorischen Integrationstherapie (*Ayres*) verknüpft, um mit diesem Ansatz den umfassenden Problemen von Kindern mit Entwicklungsrisiken und deren Eltern gerecht zu werden.

Die Integrative Therapie, die der Zwischenleiblichkeit, der interpersonalen Begegnung und Beziehung, der Kooperation, Kreativität, Eigenverantwortlichkeit und Kompetenz des Klienten/Patienten hohe Bedeutung zumißt, erscheint besonders geeignet für die Begleitung/Behandlung von Kindern mit Entwicklungsrisiko und deren Eltern, da sie im Sinne einer Synopse versucht, der Komplexität des Geschehens gerecht zu werden. Das therapeutische Konzept fokussiert die Mutter-Kind-Beziehung* in einem Lebensabschnitt, der bei beiden von präverbalen, leiblichen und atmosphärischen Kommunikationsmustern bestimmt ist. Die Interventionsformen, die psychotherapeutische, neuro- und sensumotorische Anteile verbinden, berücksichtigen durch ihre Erlebnisorientierung besonders den sozial-emotionalen Entwicklungsaspekt – ein Zusammenfügen von funktionalen Abläufen und intersubjektiven Beziehungsformen erfolgt. „Integrative Frühtherapie“ bedeutet Integration ver-

* Im folgenden wird zumeist von der Mutter gesprochen, gemeint sind aber auch andere „Relevant-Caregivers“ wie Vater, Großeltern usw., die auch diese Rolle übernehmen können (vgl. *Petzold* 1993c, 417f).

schiedener Therapieformen zu einem umfassenden Konzept, welches wiederum so plastisch und durchlässig sein muß, daß veränderten gesellschaftlichen Lebensbedingungen und veränderten individuellen Werten und Bedürfnissen entsprechend Öffnung erfolgen und Antwort gefunden werden kann.

2. Persönlichkeitstheoretischer Hintergrund

Die Persönlichkeitstheorie der Integrativen Therapie beruht auf den anthropologischen Grundannahmen über „Leiblichkeit", „Ko-respondenz", dem „szenischen Charakter von Erleben und Verstehen" (*Petzold* 1988a, 1991a). Sie betont die Ganzheit des Menschen als „Körper-Seele-Geist-Subjekt" eingebunden in sein soziales und ökologisches Umfeld. Aus den Grundannahmen entwickelten sich die zentralen Konzepte des „Leib-Selbst", des „Ich" und der „Identität" als synergetische Grundstrukturen der Persönlichkeit (*Petzold* 1989, 1992a).

Die „Integrative Frühtherapie" versteht Entwicklung als in einem universalen Strukturzusammenhang stehend. – So geht es nicht um das Erreichen vorgegebener normativer Ziele, sondern der Entwicklungsprozeß will verstanden und begleitet werden, erhält so Bedeutung und Sinn. Das Kind mit Entwicklungsrisiken wird in seinen Problemen niemals isoliert gesehen. Das Erfassen der „social world" (*Petzold* 1992a, 878) der Eltern ist für das Gelingen des therapeutischen Prozesses ausschlaggebend.

3. Gesundheits- und Krankheitslehre

Die Begriffe Gesundheit und Krankheit sind eingebettet in die anthropologischen Konzepte der Integrativen Therapie. Unser Verständnis von Menschsein impliziert Krankheit als zugehörig zum Leben. Der Begriff von Krankheit ist im Prozeß intersubjektiver Bezogenheit und Ko-respondenz bestimmt. Entstehung von Pathogenese wird immer multifaktoriell und lebenslaufbezogen gesehen. Die protektiven Faktoren der Salutogenese erhalten in der Dynamik des Entwicklungsgeschehens gleichrangige Bedeutung wie die Pathogenese. Der Begriff von Gesundheit wird verwendet im Sinne von Lebendig-sein. Schädigungen können in jedem Lebensalter pathogen wirksam werden; die frühe Kindheit wird aber als Lebensabschnitt gesehen, in dem pathogene Situationen und Milieus besonders nachhaltig Einfluß nehmen (vgl. *Petzold, Schuch* 1992). Neben gesellschaftlichen, genetischen und biologischen Faktoren sind es die sich wiederholenden negativen individuellen Erfahrungen, die krankmachend wirken, wenn sie nicht genügend Kompensation erfahren. In der Gesellschaft werden Gesundheit, Krankheit und Behinderung über soziale Normen definiert; dies hat unmittelbaren Einfluß auf die Konzepte und Maßnahmen und die Institutionalisierung von Entwicklungsförderung (Frühförderung). Die schwierige Situation von Eltern entwicklungsauffälliger Kinder wird nicht oder nicht nur durch die Probleme des Kindes verursacht, sondern dadurch, wie wir als Gesellschaft mit der „Normabweichung" umgehen. Die „Integrative Frühtherapie" hinterfragt kritisch die Hintergründe der in der Gesellschaft vorherrschenden Theorien und praktizierten Modelle und Konzepte von Frühförderung und -therapie; sie ist nicht auf Defekte ausgerichtet, sondern die Persönlichkeit des Menschen, sein Bezogensein auf den Mitmenschen und die Welt steht im Vordergrund.

4. Die therapeutische Beziehung in der „Integrativen Frühtherapie"

In der Integrativen Therapie wird die therapeutische Beziehung als ein Prozeß intersubjektiver Ko-respondenz aufgefaßt, der gekennzeichnet ist durch die therapeutische Haltung der „partiellen Teilnahme" und der „selektiven Offenheit" (*Petzold* 1980g, 1991a, 1993a). Die therapeutische Beziehung wird betrachtet in ihrer Bedeutung für den synergetischen Prozeß, in dem es um Begegnung und Auseinandersetzung geht – und dieses nicht nur auf verbaler Ebene, sondern auch im non-verbalen Bereich und im Bereich der Distanzen. Das „atmosphärische Erfassen" (vgl. *Petzold* 1991a, 139 f), das „szenische Verstehen" (*Petzold* 1980g, 1991a, 294) sind im Frühbereich ein wichtiger Schlüssel für ein heilendes, förderndes Klima im Prozeß der Therapie. Die Integrative Therapie kennt nicht das Tabu der Berührung. Sie sieht die heilende Wirkung in der zwischenleiblichen Erfahrung, in der intersubjektiven Begegnung und Beziehung (vgl. *Marcel* 1978). In der Frühtherapie, in der konkreten Arbeit mit der Mutter, die sich in einem Zustand hoher

Sensibilität befindet, im Stadium der „primären Mütterlichkeit" (vgl. *Winnicott* in: *Davis / Wallbridge* 1983), sind die Gebärden des Verstehens, des Trostes, des Schutzes und der Zuneigung wichtige positive Erfahrungen, die dem unmittelbaren Bedürfnis von Mutter und Kind entsprechen. Im „guten Milieu" der therapeutischen Situation können die Eltern ihre Fähigkeiten (Kompetenzen) „zurückerobern" und annehmen. Ihre Fertigkeiten (Performanzen) wachsen und werden erprobt und das Vertrauen in ihre eigene Mütterlichkeit/Väterlichkeit und den weiteren Verlauf des Geschehens festigt sich.

Die Beziehung zwischen TherapeutIn und Mutter (Eltern) ist dialogisch, ist Begegnung, im Ideal frei von wirklichkeitsverstellenden Annahmen und Bildern. Uns tritt eine Mutter gegenüber mit ihrem ganz persönlichen Schicksal, ihrer Krise, die oft nur Höhepunkt der Krisengeschichte ihres Lebens ist. Und wir haben genau zu beobachten: Ist es eine Krise des Systems Familie? Ist es eine krisenhafte Fehlentwicklung der frühen Mutter-Kind-Beziehung? Oder ist es eine Krise der Mutter als Frau, die sich auf einzelne oder alle Bereiche ihrer Persönlichkeit erstreckt? Bedeutsam ist, daß in der therapeutischen Beziehung das Problem der Übertragungs-/Gegenübertragungsprozesse einfühlsam-offen gehandhabt wird, um wirkliche Begegnung und Auseinandersetzung und damit heilende und fördernde Prozesse zu ermöglichen. Übertragung ist auch als schützender Widerstand der Mutter dagegen zu begreifen, die Realität in ihrer komplexen Problematik und ihren Anforderungen zu sehen und zu akzeptieren. In der einfühlsam-unterstützenden therapeutischen Beziehung können von ihr neue kreative Bewältigungsstrategien entdeckt und erprobt werden. (Zur therapeutischen Beziehung zum Kind vgl. 11.)

5. Zielsetzungen in einer „Integrativen Frühtherapie"

Die Zielsetzungen leiten sich her aus den anthropologischen, persönlichkeitstheoretischen und entwicklungspsychologischen Konzepten der Integrativen Therapie. Es geht um Gewinn von „Identität in der Ko-Existenz" (vgl. *Petzold* 1980g, 231). Ziel ist es, neben der verbalen, reflexiven Ebene im Kontakt mit der Mutter auch die leibliche Begegnung zu ermöglichen, die, um wirklich heilend zu sein, alle drei erfassen muß: Säugling, Mutter und TherapeutIn. Die von *Petzold* (ebd., 232) beschriebenen mitmenschlichen Gebärden des Trostes, der Zuneigung und der Sicherung werden in der Frühtherapie um die spontanen zwischenleiblichen Kontakte im freudvollen Spiel, in der Lust an der gemeinsamen Bewegung erweitert. Die defizitären Erfahrungen von Kontakt werden „aufgefüllt" und die Wirkungen der negativen Erfahrungen aus der frühen Zeit des „Risikokindes" werden durch positive neue Erfahrungen korrigiert. Die Mutter-Kind-Beziehung braucht Schutz und Unterstützung, um sich entfalten zu können. Für die Mutter (Eltern) wird es existentiell wichtig, in dieser krisenhaften Situation mit ihren massiven Anforderungen einen Sinn zu sehen. Das Erleben eines Zusammenhangs, das Erleben von Verbundenheit geschieht durch die Ko-respondenzprozesse in der therapeutischen Arbeit; d.h. durch das Wahrnehmen, Bewußtwerden, das Aufnehmen von Kontakt und Beziehung zu Ereignissen und Personen. Hierdurch entsteht ein Gefühl, aktiv zu gestalten und kreativ neu zu bewerten. Die Erfahrung, als Person bedeutsam zu sein und Verantwortung zu tragen, ist bei der medizinisch-technischen Dominanz in der Frühphase für die Mütter der „Risikokinder" von großer Bedeutung. Zielbestimmung und Verwirklichung von Zielen in diesem Sinne ist etwas anderes als der üblicherweise definierte Auftrag des Beseitigens oder Linderns von Krankheit und/oder Behinderung, resp. Angleichung an Normalität. Der in der „Integrativen Frühtherapie" gemeinte Kontakt, die Begegnung und die Beziehung, ermöglicht Veränderung durch Verstehen und Akzeptieren, ermöglicht Förderung, Entwicklung und Reifung der Persönlichkeit.

6. Die „Integrative Intervention"

Dieser erweiterte Therapiebegriff der Integrativen Therapie (vgl. *Petzold* 1980g, 226) umfaßt verschiedene, eng miteinander korrespondierende Interventionsformen.

6.1 Präventive Interventionen

Zur Verhinderung des Abbaus oder der Störung von elterlicher Kompetenz und Performanz umfassen die präventiven Interventionen den frühen Kontakt zu Müttern mit Risikoschwangerschaften, resp. zu Müttern von Frühgeborenen oder Säuglingen mit anderen Entwicklungsrisiken. Die Gespräche dienen der Aufklärung und damit dem Angstabbau und dem Anbahnen von Beziehung – besonders für den Fall, daß eine längerfristige Begleitung notwendig wird. Psychische und soziale Konflikte früh kommunizierbar machen, heißt, den eigentlichen Konflikt nicht durch Symptome (hier z.B. Frühgeburtsbestrebungen) und Krankheiten überdecken zu lassen.

6.2 Erhaltende Interventionen

Diese haben stützenden, stabilisierenden und absichernden Charakter. Es gilt, praktische Möglichkeiten für Beziehungen zu schaffen, für die „natürliche Mütterlichkeit" als intuitiv einfühlsames Verhalten, welches den Wünschen und Bedürfnissen des Säuglings gerecht wird. Realitäten (z.B. Gesundheitszustand, Entwicklungsfortschritte des Kindes) werden aufgezeigt und Vorhandenes der bewußten Wahrnehmung zugänglich gemacht. Ermutigendes Feedback für gemeinsame Dialoge mit dem Säugling, körpernahes „handling" und Spielsequenzen entlasten, bestätigen und schaffen ein Plateau für die weitere Entwicklung und für weitergehende Auseinandersetzungen.

6.3 Restitution

Aufgrund der spezifischen Problemstellungen in der Frühtherapie ist die Restitution zumeist die gegebene Interventionsform. Hier greifen reparative und rehabilitative Interventionen zur Behebung oder Verbesserung geminderter oder gestörter Kompetenzen und Performanzen bei Mutter und Kind ineinander. Auswirkungen der Traumatisierungen sind zu mindern, die Krise ist zu begleiten. Die Interventionen, das Kind betreffend, sind direkt leibtherapeutisch (vgl. 11.4, 11.5). Ihm muß möglichst früh und umfassend der innige Kontakt mit seiner Mutter oder einer anderen einfühlsamen Bezugsperson ermöglicht werden. Denn Wahrnehmung und Lernen erfolgt nur eingebettet in die liebevolle, freudvolle, Sicherheit gebende Beziehung – und dies gilt in besonderem Maße für jedes erschwerte Lernen, jede erschwerte Wahrnehmung.

6.4 Supportative Interventionen

Da ein Teil der Kinder irreversible Schädigungen davonträgt, nimmt die therapeutische Intervention hier auch supportativen Charakter an, d.h. sie bietet Hilfen zur Lebensbewältigung für die Familie, Hilfen beim Umgang mit irreversiblen Störungen und Minderungen. Die Auseinandersetzung mit der Diagnose Behinderung ist ein über lange Zeit andauernder Prozeß (vgl. *Jonas* 1989), der nicht nur Leben und Selbstverständnis der Frau und Mutter, sondern das der gesamten Familie und des sozialen Umfeldes verändert. Um Interaktionsblockaden, konstante Double-bind-Situationen und Overprotection dem Kind gegenüber zu vermeiden und um eine gesunde Selbstachtung der Mutter, d.h. ihre Identität als Frau außerhalb der Mutterrolle zu fördern, gilt es, die Gefühlsanteile von Ablehnung, Aggression und Wut in der Beziehung zu dem Kind wahrzunehmen, zu benennen und in den weiteren Prozeß einzubringen. Die Mutter braucht Verständnis für ihre Gefühle von Enttäuschung, Angst, Ungewißheit und Überforderung. Das Schicksal, ein behindertes oder von Behinderung bedrohtes Kind zu haben, darf nicht nur individualisiert werden, die Bedeutung nicht nur auf intrapsychischer Ebene begriffen werden, da sonst die Verantwortung für die Verarbeitung ganz allein bei der Mutter liegt. Aufgabe von Psychotherapie ist es, die „Ursachen hinter den Ursachen" zu sehen, d.h. die Hintergrundstrukturen aufzudecken und der Individualisierung von Leid entgegenzutreten (vgl. *Petzold* 1992a, 1993a, 1994).

7. Entwicklungspsychologische Konzepte der frühen Persönlichkeitsentwicklung in der Integrativen Therapie und ihr Bezug zur Frühtherapie

7.1 Die intrauterine Entwicklung im Prozeßmodell der Integrativen Therapie

Die Integrative Therapie orientiert sich in ihren Modellvorstellungen über die Entwicklung der Persönlichkeit an den Ergebnissen der empirischen Säuglingsforschung, Entwicklungspsychologie bzw. -psychobiologie (vgl. *Petzold* 1992b, 1993c, *Stern* 1979, 1985, *Touwen* 1993, *Papoušek/Papoušek* 1982, *Dornes* 1993). Ausgehend von einem „primordialen Grundvertrauen“, welches seinen Ursprung in der totalen intrauterinen Verbundenheit zwischen Mutter und Kind hat, wird ein „biologisch gesichertes Milieu“ angenommen, in dem der Fetus gegen Störungen durch den Schutz des Uterus und den relativ geringen Differenzierungsgrad der perzeptiven und kortikalen Strukturen weitestgehend abgeschirmt ist. So ist der Fetus bis zur 32.-35. Schwangerschaftswoche vor negativen Einflüssen dadurch geschützt, daß sensorische Stimulationen erst nach diesem Zeitpunkt im Zentralnervensystem aufgenommen und verarbeitet werden; d.h., daß auch erst danach erste mnestische Engrammierungen erfolgen. Das Maß an Stimulation aber, welches zur Ausbildung der genetisch vorgegebenen Entwicklungsschritte notwendig ist, erfolgt durch komplizierte Wirkkreisläufe.

Im Prozeßmodell der Integrativen Therapie wird die Persönlichkeitsentwicklung von der Embryonalzeit an in ihrer Beziehung zum sozialen Kontext gesehen – „Leib-Subjekt in der Lebenswelt und Lebenszeit“.

Schon am 18.-20. Tag nach der Befruchtung beginnt die Ausbildung neuronalen Gewebes und der Perzeptoren. Die Wahrnehmung des Embryo beginnt im taktilen Bereich. Seine Koexistenz ist metabolisch/energetisch durch die frühen Austauschprozesse bestimmt. Erste Bewegungen sind in der 8. Schwangerschaftswoche zu beobachten. Um die 16. Schwangerschaftswoche bilden sich in der Eigenwahrnehmung der Gleichgewichtssinn, der Tastsinn und die propriozeptive Wahrnehmung heraus (*Petzold* 1992b, *Stern* 1985). Außenwahrnehmung über Geschmack und Gehör (vgl. *Tomatis* 1987) erfolgt ab Ende des 4. Monats. Jetzt werden auch die selbstinitiierten Bewegungen des Säuglings für die Mutter fühlbar. Der Fetus hört die Stimme der Mutter, er orientiert sich an der Melodie, dem Tempo und der emotionalen Besetzung der mütterlichen Sprache über das zu diesem Zeitpunkt schon funktionsfähige Stammhirn. *Kainz* (1967) spricht in diesem Zusammenhang von der „Stammhirnwirkung der Sprache“, die lebenslänglich durch das „Verstehen“ der Emotionen erhalten bleibt.

Bis zur 25. Woche entwickelt sich das optische Sinnessystem, Druck-, Schmerz- und Kälteempfinden. Jetzt verfügt der Fetus auch über ein eigenes Regulationssystem. Die Verarbeitung und Speicherung von Informationen geschieht im neuronalen Gewebe der aktivierten Sinneszelle, die die Informationen bewahren kann. Spätestens ab dem 5. Schwangerschaftsmonat reagiert der Fetus auf sensorische Stimulation, und er braucht ein gewisses Maß an akustischen, taktilen, propriozeptiv-kinästhetischen und vestibulären Reizen (vgl. *Ayres* 1984) als Anregung für die weiteren genetisch vorgegebenen Entwicklungsschritte.

Und spätestens zu diesem Zeitpunkt reagiert auch die Mutter mit ihrem ganzen Leib auf den Feten, dessen Bewegungen sie nun deutlicher spürt und beantwortet. Die frühe Interaktion beginnt.

Bis zur 32. Woche sind alle neuronalen Funktionskreise des sensumotorischen Systems mit ihrer Verbindung zum Cortex ausgebildet, die für das Bewußtsein und das Aufmerksamkeitsverhalten des Neugeborenen wichtig sind. Auch die basalen motorischen Muster für das Saugen, Schlucken, Atmen, die Lageveränderung und Kopfkontrolle sind vorgeburtlich ausgereift.

Ab der 32. Schwangerschaftswoche entwickelt sich ein Beugemuster. Die ganzheitliche Beugehaltung während der letzten Schwangerschaftsmonate ist für die Gehirnentwicklung von Bedeutung. Nach der Geburt entwickelt sich allmählich ein Streckmuster – Grundvoraussetzung für die normale statomotorische Entwicklung. Während die frühen Reifungsvorgänge hauptsächlich genetisch bestimmt sind, dominieren später externe Einflüsse. Motorik und Wahrnehmung funktionieren zunächst unabhängig vom Zentralnervensystem (welches erst in der 35. Schwangerschaftswoche mit den Sinnesorganen vernetzt wird) als verschränktes System, tragen aber eben hierdurch zur Ausreifung des Zentralnervensystems bei.

Dieses erste „sensumotorische und propriozeptive Gedächtnis" bildet das „organismische Selbst", welches im Verlauf der Entwicklung zum „reifen Selbst" führen soll (vgl. *Petzold* 1992b). Für die Ausbildung der Affektivität des Feten (und des Neugeborenen) spielt die Kommotilität im Wechsel mit den selbstinitiierten Bewegungen und ihre Abstimmung auf die Bewegungsrhythmen der Mutter eine wichtige Rolle.

7.2 Die Entwicklung im ersten Lebensjahr

Noch bis vor wenigen Jahren wurde angenommen, daß die verschiedenen Wahrnehmungsbereiche im Verlauf der ersten Monate und Jahre miteinander verknüpft werden. Die neuesten Forschungen verweisen jedoch darauf, daß der Säugling schon als Neugeborenes eine einheitliche, organisierte Welt erlebt, eine „ermergent organization of self and object" (*Stern* 1985), die sich im Laufe der Entwicklung weiter differenziert. *Stern*s Hauptthese ist, daß Affekt und Wahrnehmungsfähigkeit von Selbst und Objekt von Anfang an differenziert sind und auf dieser Basis die intersubjektive Beziehung entstehen kann, in der das separate Individuum bestehen bleibt. (Im Gegensatz zu Mahlers Symbiose-Theorie). Von Anfang an besteht die Fähigkeit zu kreuzmodaler Wahrnehmung, was bedeutet, daß keine Fragmentierung der Wahrnehmungsbereiche besteht, sondern Ganzheiten wahrgenommen werden (z.B. die Gemeinsamkeit von Bild und Ton) deren Differenzierung in separate Empfindungen das **Ergebnis** von Entwicklung ist.

Nicht nur Wahrnehmung und Motorik sind aufs engste miteinander verbunden, auch die Verbundenheit von Affekt und Motorik zeigt sich als *Ausdruck* innerer Erregungszustände verschiedenster Qualität. (Bedeutsam für ein Konzept, welches sich bemüht, Hyperexzitabilität, Hyperkinese und die „minimale cerebrale Dysfunktion" ganzheitlicher zu verstehen.)

In der Interaktion mit responsiven, empathischen Bezugspersonen eignet sich der Säugling im ersten Lebensjahr ein breites Spektrum von Affekten an. Das Spiel von Kommotilität, also das Mitschwingen mit den Bewegungen der Mutter, und die allmählich immer häufiger werdenden selbstinitiierten Bewegungen des Säuglings sind wichtig für die Ausbildung der Affektivität – sie sind initiierte Kontakte. Kontaktangebote werden gleichzeitig vermehrt aufgenommen, das soziale Miteinander und mögliche Dissonanzen gewinnen an Bedeutung.

Motorische und affektive Äußerungen des Säuglings, die immer auch der Aufrechterhaltung der inneren Homöostase dienen, werden normalerweise von den einfühlsamen Bezugspersonen korrespondent beantwortet. Diese frühe Affektsynchronisierung führt zu zunehmender Differenzierung und Bezogenheit. Die als total erlebten Seinszustände bauen das „archaische Leib-Selbst" (vgl. *Petzold* 1991a, 1992a) auf; es sind die leibhaftig erlebten Qualitäten von Bewegung und Affektivität in Ko-respondenz mit dem anderen. Durch die Gemeinsamkeitserfahrung der ersten Monate entsteht das Vertrauen in die Eigenleiblichkeit und Zwischenleiblichkeit.

Während der Zeit des 3.- 7. Lebensmonats ist die intersubjektive Erfahrung von ausschlaggebender Bedeutung für die Entwicklung des Säuglings. In der Interaktion mit der Mutter und anderen einfühlsamen Bezugspersonen wachsen das „archaische Selbst“ und die rudimentär beginnenden Ich-Funktionen, das „archaische Ich“. Die basale Wahrnehmung differenziert sich zunehmend, das „ikonische Gedächtnis“ entwickelt sich, ebenso die ersten differenzierteren Erfahrungen von Kontrolle über Haltung und Bewegung. Die kognitiven Wahrnehmungsbereiche für Kausalität und Mittel-Ziel-Relation entwickeln sich. Die liebevollen Interaktionserfahrungen spiegeln dem Säugling sein Sein. Sie laufen auf der Ebene genetisch vorgegebener Programme, wie das „intuitive parenting“ (vgl. 9.), aber auch zunehmend intentional durch den Säugling, der ein bestimmtes Verhalten seiner Mutter erreichen will. Diese Möglichkeit des Säuglings, die Bezugsperson in seinem Sinne zu beeinflussen, bildet eine Funktionseinheit mit der Selbstregulation durch Erfahrung, Strukturierung und Einsatz von Sinnesreizen und stellt somit eine erforderliche Grundlage für die Beziehung zu anderen Menschen dar. Das Kind ist lebensnotwendig auf die ruhigen Zustände der Homöostase angewiesen, denn nur in ihnen kann es Interesse an seiner Umwelt entwickeln und Lernerfahrungen machen. Gelingt es nicht, übermäßige Spannung und Reizüberflutung abzustellen, wird das Kind nur noch wechseln zwischen Übererregbarkeitszuständen und Erschöpfung/Schlaf. Deutliche Auswirkungen auf die Persönlichkeits- und Intelligenzentwicklung sowie auf die Beziehungsfähigkeit sind die Folge. Schon *Winnicott* wies darauf hin, daß der Säugling sich in einem Zustand des Seins befinden muß, um eine günstige Entwicklung zu durchlaufen, und nicht in einem Zustand permanenten Reagierens auf übermäßige Reize, deren Wahrnehmung und Integration er nicht leisten kann.

In einer ruhigen, den Bedürfnissen des Säuglings entsprechenden Umgebung schreitet die somato-psychische Differenzierung fort, und die Steuerung intrapsychischer Befindlichkeiten wird immer kompetenter vom Säugling gehandhabt. Stimmungsänderungen bei Bezugspersonen werden deutlich wahrgenommen, in Ansätzen abgegrenzt zu eigenen Affektlagen und auf das eigene Verhalten bezogen. Erst ab dem 7.-9. Monat hat das Kind eine Mitteilungsabsicht in seinen Gesten und Äußerungen. Ursprünglich drücken sie innere Zustände aus, die aber den einfühlsamen Erwachsenen als Mitteilung dienen.

Zum Ende des ersten Lebensjahres hin erhalten die selbstinitiierten Bewegungen immer mehr Bedeutung, doch in Situationen mit negativer Affektlage kehrt der Säugling immer wieder zurück zur

Mutter, um sich im Mitschwingen ihrer Bewegungen (wiegen, tragen) zu beruhigen. Die empathisch-kommunikativen Fähigkeiten der Mutter sind die Träger der Stimulationen aus dem Bereich von Perzeption, Motorik und Affektivität, die das Wachsen von „archaischem Leib-Selbst" und „archaischem Ich" ermöglichen. Das „szenische Gedächtnis" entwickelt sich. Zu diesem Zeitpunkt beginnt der Säugling aufgrund der einfühlsamen, affekt-spiegelnden Interaktionen ein Selbstgefühl und über die Selbstempathie erste Selbstgewißheit zu entwickeln. So erfährt das „archaische Leib-Selbst" eine qualitative Wandlung hin zum „subjektiven Leib-Selbst" (*Petzold* 1992b) – immer aufs engste geknüpft an die konkreten Beziehungserfahrungen.

Intersubjektivität entsteht durch die Erfahrung des Säuglings, den „Fokus der Aufmerksamkeit", Intentionen und Gefühlslagen zu teilen (*Stern* 1985, *Winnicott* in: *Davis / Wallbridge* 1983). Die Gemeinsamkeit im Erleben von Gefühlen bewirkt die Erfahrung, daß innere Zustände immer etwas mit Beziehung zu tun haben. Nichtkontingente, unangepaßte emotionale Reaktionen der Mutter werden vom Säugling zumeist somatisch beantwortet, und zwar durch unterschiedliche Spannungszustände, da er keine Möglichkeit bekommt, der Situation entsprechende sozial-emotionale Antworten zu entwickeln. Z.B. bedürfen die Affekte der Wut, der Aggression bzw. deren Vorformen der „Erlaubnis" der Bezugspersonen, um vom Kind gefühlt, integriert und ausgedrückt werden zu können. Säuglinge, die in diesem Bereich gehemmt werden, neigen zu Autoaggressionen wie Kopfschlagen u. ä. oder zu apathischem Rückzug, um das Auftauchen des Affektes zu bewältigen. Konstruktive Äußerungsmöglichkeiten wären die Bekräftigung der Neugieraktivität, des Explorationsverhaltens. Unbewältigte Entwicklungsschritte durch unangepaßte Reaktionen der Bezugspersonen führen in diesem Alter zu verschiedensten Verhaltensstörungen und Entwicklungsauffälligkeiten wie z.B. Negativismen, Stereotypien, Verweigerungen, Schlafstörungen, Angstzuständen, mangelnder Explorationslust, übermäßiger Irritabilität, unbeeinflußbarem Schreien. „Sind die Bezugspersonen des Säuglings emotional flexibel und differenziert, wird ein reiches Spektrum nuancierter Gefühle im Verlauf des ersten Jahres ausgebildet. Sind sie aber gefühlsarm, gefühlskalt, emotional blockiert, depressiv oder ängstlich, kann es zu einer eingeschränkten Ausbildung des Affektlebens kommen oder zur Übernahme von Fremdaffekten, wozu auch „delegierte

Gefühle" gerechnet werden können, Affekte also, die von den Bezugspersonen nicht offen gelebt werden können, aber als subtile Spannungszustände, Gefühlstönungen, Gestimmtheiten weitergegeben werden, ein Prozeß übrigens, der sich über das gesamte Leben hin vollziehen kann" (*Petzold* 1992b, 188). Diese Einschätzung von *Petzold* weist auf die Gefahren für die Entwicklung hin, denen Säuglinge mit Entwicklungsrisiken aufgrund der erschwerten Beziehungsaufnahme und des gefährdeten Beziehungsaufbaus ausgesetzt sind.

8. Frühgeburtlichkeit im Kontext – ein psychosoziales Entwicklungsrisiko

8.1 Der intrauterine Kontext

In Extremfällen fehlen dem Frühgeborenen fast vier Monate der Erfahrung intrauteriner Existenz. Oft genug sind die letzten Wochen einer verkürzten Schwangerschaft für das Kind zusätzlich belastet durch die wehenhemmende Medikation der Mutter. Die Verletzlichkeit des Kindes gegenüber andauernden massiven Störreizen ist gegeben (vgl. *Dornes* 1993). Psychischer Streß der Mutter wird über die Zwischenglieder Blutdruck, 0_2-Transport und Hormonausschüttung vermittelt (*Schusser* 1987). Diese psychosomatischen Streßsituationen können eine Gefährdung des Kindes bedeuten, da sie frühe Wehenbestrebungen und/oder Mangelzustände (Plazentainsuffizienz) bewirken. Das manchen Schwangeren über Wochen und Monate verordnete Liegen bewirkt für das Ungeborene einen Mangel an taktilen, propriozeptiven und kinästhetischen Reizen. Übungsmöglichkeiten, um sich Lageveränderungen anzupassen, verringern sich – postpartal reagieren diese Säuglinge hochempfindlich auf alle Lageveränderungen und zeigen keine normalen Halte- und Aufrichtungsreaktionen. Sie schreien viel, u.a. bedingt durch das Gefühl der Unsicherheit. Das Empfinden und Verhalten des Säuglings und seine geistigen Strukturen sind aufs engste verknüpft mit seinen pränatalen und frühen postnatalen Erfahrungen. Kinder mit Entwicklungsrisiko haben diese Erfahrungen nicht ungestört machen können. Der Fetus kann kompensieren, kann

Probleme bewältigen, aber es gibt ein „Zuviel" und „Zulange", was nicht ohne Folgen bleibt.

8.2 Die Intensivbetreuung des Risikokindes und ihre Auswirkungen auf seine psychosoziale Entwicklung und die Mutter-Kind-Beziehung

Die „normale" Geburt ist ein Vorgang, an dem Mutter und Kind in innigster Verbindung und in feiner Abstimmung gemeinsam teilhaben (vgl. *Petzold* 1992b, 1993c, 371f) und welcher ohne traumatische Erfahrungen verläuft. Die Geburt eines „Frühchens" verläuft zumeist „per sectio", was einerseits Entlastung, andererseits ein zusätzliches Risiko birgt, da es ein Weniger an Haut- und damit an Organgstimulation bedeutet, ebenso wie es die unmittelbare emotionale Verbindung zwischen Mutter und Kind erschwert. Zu früh geborene Kinder oder Kinder mit anderen Entwicklungsrisiken müssen die ersten Wochen oder Monate ihres Lebens auf der Frühgeborenenstation des Krankenhauses verbringen. Daraus können sich ungünstige Auswirkungen für die Gesamtentwicklung ergeben.

Auch ein Säugling, der intensivmedizinisch versorgt wird, bedarf der individuellen Versorgung seiner kleinen Persönlichkeit, er bedarf des einfühlenden Verstehens, der Zärtlichkeit und der Ansprache. Im Inkubator erfährt der Leib des Neugeborenen viel zu wenig unterschiedliche und vor allem zu wenig Anregungen aus dem zwischenleiblichen Bereich. Die Folge ist eine mangelhafte Ausbildung des Wahrnehmungssystems. Die „Erkrankung" des Frühgeborenen besteht vor allem in der unterbrochenen Bindung an die Mutter (*Marcovich, Klaube* 1993). Eine liebevoll angebahnte und gestützte Geborgenheit in der Mutter-Kind-Dyade (z.B. Känguruh-Methode) kann dem „Frühchen" helfen, die funktionelle Unreife zu kompensieren und eine Anpassung an die veränderten Lebensbedingungen aus eigener Kraft zu erreichen. Eine sensibel durchgeführte Frühstimulation kann ihm helfen, seine Irritabilität zu vermindern (vgl. *Bäcker* 1991, *Steidinger, Uthicke* 1989, *Wittreich-Horst, Schmidt* 1991).

9. Frühe Kommunikation und ihre Störungen

Die Interaktion des Säuglings mit seiner Mutter umfaßt viel mehr als „nur" den emotionalen Austausch. Neben den Bedürfnissen nach Nahrung, Wärme, Sauberkeit gibt es auch Bedürfnisse nach neuen Erfahrungen und danach, die Zusammenhänge zwischen eigenem Verhalten und den Konsequenzen in der Umwelt zu prüfen, und nicht zuletzt das Bedürfnis, anderen nahe zu sein, mit ihnen zu kommunizieren und von ihnen „erkannt zu werden". Stimmliche, mimische und gestische Äußerungen sind somit mehr als ein affektives Signal, sie sind kommunikative Fähigkeiten, die sofort mit den integrativen Fähigkeiten des Lernens und Denkens eng verbunden sind (vgl. *Sarimski* 1986). Vorsprachliche Kommunikation ist viel mehr als der Beginn der Sprachentwicklung. Ohne die leiblichen Interaktionen des „intuitive parenting" (*Papoušek, H./ Papoušek, H.* 1981, *Papoušek, M.* 1987, *Petzold* et al., in: *Petzold, Sieper* 1993, 221) können sich weder die Sensumotorik noch die Emotionalität oder die kognitiven Strukturen herausbilden. (Das Konzept „intuitive parenting" verweist auf psychobiologische Verhaltensprogramme, nach denen Mütter, Väter oder andere relevante Pflegepersonen auf ihre Säuglinge „intuitiv richtig" reagieren.) Die Situation dieses intensiven Zwiegesprächs ist so leiblich, so umfassend in ihren basalen Anregungen, daß auch eine nicht durch ein Risiko zusätzlich gefährdete Entwicklung ohne diesen immer wiederkehrenden, sicheren und koordinierten Ablauf nicht ausreichend möglich ist (vgl. *Papoušek, M.* 1994). Welche Bedeutung erlangt sie da erst für die Säuglinge mit Entwicklungsrisiko! Sie sind in besonderem Maße auf den gelingenden Dialog für ihre Entwicklung angewiesen, um Beeinträchtigungen und Hemmnisse zu kompensieren. Aber der Dialog zwischen „Risikokindern" und ihren Müttern ist eben auch von beiden Seiten in besonderem Maße störanfällig: Erhöhter oder zu niedriger Muskeltonus, unzureichende Bewegungskoordination, erhöhte Reizbarkeit, vegetative Dysfunktionen des Kindes erschweren die Signalaussendung, -aufnahme und -interpretation. Allein die Fähigkeit, Blickkontakt aufzunehmen und zu halten, fällt Kindern mit Entwicklungsrisiken aus unterschiedlichen Gründen (vgl. 11.4, 11.5) schwer. Das Feedback entfällt, und so wird die Sensibilität der Mutter bis zum äußersten gefordert und gleichzeitig frustriert. In der Therapie ist es von großer Bedeutung, Interaktionen im spielerischen, freudvollen Kontakt anzubahnen und zu unterstützen, wie auch der Mutter dabei zu helfen, die wenigen und/oder verstümmelten sozialen Signale des Kindes zu erkennen, um angemessen darauf reagieren zu können.

Eltern sind der Spiegel für das Kind, durch den es sich, selbst wahrnimmt. Ihr Ausdruck spiegelt das Gefühl des Kindes, und ihre Sprache begleitet und untermalt alle Interaktionen. Symptombildungen von Säuglingen (z.B. unruhiges oder apathisches Bewegungsverhalten, Stereotypien, Nahrungsverweigerung, Schlafstörungen, Blickkontaktvermeidung, unbeeinflußbares Schreien o.ä.) in der präverbalen Zeit sind oft direkte Reaktionen auf Beziehungsrealitäten. Aber nur permanente Negativzuschreibungen und negative Atmosphären als Bestandteil mißlungenen Interaktions- und Bindungsgeschehens gefährden die kindliche Entwicklung auf Dauer.

Beeinträchtigungen des intuitiven Verhaltens auf seiten der Mütter (Eltern) können ihre Ursache in eigenen negativen Erfahrungen in der Kindheit haben; d.h., die Mütter haben selber die Befriedigung durch einen ausreichend geglückten Dialog nicht erlebt, da ihn z.B. lavierende oder akute psychosoziale Konflikte, Ängste und depressive Reaktionen in der Familie blockierten. Schlechte Erinnerungen bzw. reale Erfahrungen der Mütter sind aber für sich kein negativ-prognostischer Faktor in bezug auf die Bindungsqualität. Entscheidend ist vielmehr, ob die Erfahrungen verarbeitet werden konnten und ob die dazugehörigen Affekte erlebbar sind oder abgewehrt werden müssen (vgl. *Dornes* 1993).

10. Diagnostik und Therapie

10.1 Klinische Entwicklungsdiagnostik

Die Feststellung von frühen Entwicklungsstörungen und -verzögerungen erfolgt durch die entwicklungsneurologische Untersuchung des Arztes und eine Vielzahl klinischer Untersuchungstechniken. Mehreren Umfragen zufolge erhalten 8 % der Säuglinge eines Jahrgangs aufgrund von neurologischen Auffälligkeiten Krankengymnastik auf neurophysiologischer Grundlage. Eine persistierende Zerebralparese ist aufgrund großer epidemiologischer Untersuchungen jedoch nur bei 0,1-0,5 % aller Kinder zu erwarten (*Straßburg*

1990, 500). 1985 wurde von *Michaelis* und *Haas* der Begriff des neurologischen Durchgangssyndroms geprägt. In verschiedenen Längsschnittuntersuchungen konnte nachgewiesen werden, daß sich vor allem im ersten Lebensjahr viele neurologische Symptome spontan zurückbilden (ebd.). Eine exakte klinische Diagnose mit Hilfe moderner, nichtinvasiver Untersuchungsmethoden sollte immer als erstes gestellt werden, um eine Grundlage zu besitzen, auf der die weitere „Diskussion" erfolgen kann. Alle Möglichkeiten sollten ausgeschöpft werden, um Entwicklungsstörungen und die Faktoren, die zu ihnen führten, genau zu beschreiben und zu benennen. Pathologische hirnmorphologische Veränderungen, Funktionsstörungen des Gehirns, Stoffwechselerkrankungen, Strukturveränderungen, gastro-ösophagealer Reflux u.a. müssen ausgeschlossen werden, um auffällige neurologische Untersuchungsbefunde dann wirklich zurückhaltend beobachten und interpretieren zu können. Ist mit bestmöglicher Diagnostik ein Ausschluß möglicher körperlicher Ursachen erreicht, muß dem Lebenskontext des Säuglings und seiner Familie verstärkte Beachtung geschenkt werden, um Ursachen der neurologischen Auffälligkeiten, die im psychosozialen Bereich liegen, nicht zu übersehen. Bei einem Mangel an emotionaler Zuwendung können wir beim Säugling neurologische Symptome beobachten. Praktisch alle Organsysteme, insbesondere auch die zentralnervösen Funktionen, sind in entscheidendenem Maße von der psychosozialen und emotionalen Entwicklung abhängig (ebd., 507). Psychosoziale Einflüsse haben im Zusammenhang mit perinatalem Risiko und neurologischer Entwicklung eine nicht zu unterschätzende Bedeutung. Wir sehen in diesem Zusammenhang zumeist ein ungünstiges Aufeinandertreffen von kindlicher Disposition, biologischem Risiko und elterlichen Erwartungen. Adversive, deprivierende und auf der anderen Seite protektive, kompensierende Umweltfaktoren sind wichtige Einflußgrößen, die die prognostische Bedeutsamkeit von neurologischen Auffälligkeiten für die weitere Entwicklung wesentlich mitbestimmen.

Zu beobachten ist eine Vielzahl von Möglichkeiten, mit denen sich Kinder Kompetenzen und Performanzen erwerben, die in hohem Maße voneinander abhängen. Das alte deterministisch-reflexologische Entwicklungskonzept, welches impliziert, daß Entwicklungsprozesse immer in linearer Progression ablaufen, muß ersetzt werden durch neue Entwicklungskonzepte, welche die grundlegenden Elemente der Systemtheorie mitberücksichtigen: z.B. Untersuchung von gegenseitigen Bedingtheiten, Beachtung der Funktion des beobachtbaren Phänomens (z.B. des Symptoms), Beachtung der Auswirkungen auf alle Beteiligten. Pathologie mindert so ihre Bedeutung zugunsten der Aufdeckung von Ressourcen und Beachtung der sozialen Bewertungen von Auffälligkeiten.

10.2 Prozessuale Diagnostik auch im Frühbereich

In der Integrativen Therapie ist prozessuale Diagnostik phänomenologisch-strukturell; sie begleitet den gesamten Therapieprozeß. Wir verstehen darunter ein vielschichtiges Verstehen im Zeitkontinuum und im individuellen Lebenskontext. Es gilt a) den Klienten zu verstehen, hier: Was teilt mir die Mutter verbal und was teilen Mutter und Kind nonverbal mit? b) zu verstehen, was in den Korespondenzprozessen zwischen uns passiert und c) mich als Person in dieser Interaktion zu verstehen. Der vierte Punkt betrifft das gute Wissen um die medizinisch-klinische Diagnostik und somit die Zusammenarbeit mit den Personen der anderen Fachdisziplinen. Diagnostik heißt Phänomene erkennen und verstehen, benennen, zuordnen und erklären – ein Einordnen in subjektive und objektive Theorieraster. Auch das Wechselspiel von Involvierung, Zentrierung und Exzentrizität (partielles Engagement), wie es für den diagnostischen Prozeß in der Integrativen Therapie kennzeichnend ist, findet sich in der Triade von Mutter-Kind-TherapeutIn wieder. Wir versuchen, Sinnzusammenhänge, Beziehungen zwischen Symptomen, Verhaltens- und Erlebensweisen von Säugling und Mutter herauszustellen. Im Zusammenhang mit der Lebensgeschichte gelangen wir so zu den Strukturen.

Beobachtungsbereiche in bezug auf den Säugling sind

Körper: Vitalität, Ausdrucksfähigkeit, Haltung, Bewegungsqualität, Wahrnehmungsfähigkeit, Atmung, Hautzustand.

Emotionalität: Bandbreite und Reaktionsbereitschaft, Differenziertheit, Flexibilität, Intensität.

Kognitiver Bereich: Fähigkeit, wahrzunehmen und zu verarbeiten, zu differenzieren und Zusammenhänge zu verstehen.

Soziale Fähigkeiten: Kontaktbereitschaft mit verbaler und nonverbaler Kommunikation, Fähigkeit, mit Nähe und Distanz umzugehen.

Zusätzlich zu beobachten und zu erfragen ist der *Lebenskontext* – hier besonders die engere soziale Situation und das Lebenskontinuum, also die Biographie des Kindes mit ihren Strukturen und eventuellen Schädigungen. In bezug auf die Mutter, resp. Eltern sind die o. g. Bereiche z.T. in anderer Ausformung relevant; zusätzlich der erweiterte Lebenskontext, der Wertbereich und der intersubjektive Prozeß, der zwischen TherapeutIn und Eltern abläuft (vgl. *Schneewind* 1990).

Alle Maßnahmen, die zusammenwirken und dadurch die Situation im ganzen verändern, sind Interventionen, die auf eine Zielsetzung hin ausgerichtet sind. Diese Form der Diagnostik bei Säuglingen mit Entwicklungsrisiko ist eine Ergänzung zur medizinisch-neurologischen Untersuchung. Wir erhalten so ein differenzierteres Bild über den Zustand des Kindes und des Familiensystems, klarere Grundlagen für eine Beratung und eine eventuell notwendige Therapie, die nicht nur auf Risikofaktoren und adversive Ereignisse fokussiert, sondern protektive Faktoren berücksichtigt und salutogene Einflüsse in der Familie unterstützt (vgl. *Petzold*, in: *Petzold, Sieper* 1993, 267f).

Die Bedeutung des Erstinterviews:

Schon bei dem ersten Zusammentreffen mit Mutter (Eltern) und Kind ist zumeist „alles da". Ausreichend Raum und Zeit ermöglichen spontane Interaktionen zwischen Mutter und Kind. In diesem Zusammenhang gilt es, die Gegenübertragung gut zu beachten. Die Frage nach Erwartungen und Zielvorstellungen ist wichtig. Es bedeutet immer eine besondere Schwierigkeit, wenn unsere Zielvorstellungen nicht mit denen der Eltern übereinstimmen. Neben dem Säugling ist auch die Mutter in ihrer Kränkung und Bedürftigkeit zu sehen, und es ist ihr Platz einzuräumen. Eine besondere Bedeutung hat alles Nonverbale: Was wird inszeniert, wie wird etwas gesagt, in welcher Reihenfolge, gibt es besondere Signale, Tabubereiche? – Die ausführliche Anamnese beinhaltet Schwangerschaft, Geburt und weitere Entwicklung – jeweils mit dem subjektiven Erleben (Bedeutung) der Ereignisse. (Zur Anamneseerhebung vgl. *Osten* 1994.)

10.3 Therapiekonzepte, die im Frühbereich ihre Anwendung finden

Ein Säugling, der nach der Geburt, zumeist im Rahmen der U3-U5 oder bei späteren Untersuchungen als „auffällig" eingeschätzt wird, erhält krankengymnastische Behandlung auf neurophysiologischer Grundlage nach den Konzepten von *Bobath* (1983) oder *Vojta* (1988). Beiden Konzepten muß man kritisch entgegenhalten, daß ihre neurophysiologische Fundierung auf den Vorstellungen der Neurophysiologie der 20iger und 30iger Jahre fußt. Die damaligen Vorstellungen einer strikten hierarchischen Organisation neurophysiologischer, neuromorphologischer und funktioneller zentralnervöser Strukturen sind durch neuere Untersuchungen modifiziert. Modernere Vorstellungen über den Verlauf der motorischen Entwicklung gehen von weitaus vielfältigeren Möglichkeiten und dem Säugling eigenen Fähigkeiten zur Kompensation aus.

Das dritte Konzept, welches in der Frühtherapie auszugsweise und immer als Ergänzung angeboten wird, ist die Sensorische Integrationstherapie nach *Jean Ayres* (1984). Auch sie ist neurophysiologisch fundiert und will auf spielerische Art zur Auseinandersetzung mit den Körpersinnen anregen, um für psychische und körperliche Weiterentwicklung gute Voraussetzungen zu schaffen. Normalerweise erhält ein Säugling ausreichende Reizinformationen über die Körpersinne und damit gleichzeitig emotionale Zuwendung, wenn die Mutter (Eltern) einfühlsam mit ihm umgeht. Erhält ein Kind nicht genügend Sicherheit durch das Gehalten- und Bewegtwerden, kann es sich nicht in Ruhe mit der Schwerkraft (vgl. *Pickler* 1988) auseinandersetzen und Berührungsreize (vgl. *Lamby* 1989) nicht ausreichend integrieren, so wird es unruhig und verkrampft werden und vegetative Auffälligkeiten ausbilden. Körperkontakt wird nicht lustvoll erlebt – die frühe Bindung kann beeinträchtigt werden. Eine Vermeidung von Reizen verstärkt aber nur den Mangel und behindert Entwicklung. Eine Reizüberstimulation durch medizinische Maßnahmen oder uneinfühlsame Therapien kann Konfusion und Panik mit innerem Rückzug oder Verhaltensauffälligkeiten bewirken.

10.4 Kritik an den praktizierten Therapiekonzepten

„Ein Konzept, das auch bei organisch bedingten Entwicklungsstörungen therapeutische Interventionen auf der psychosozialen Ebene in den Mittelpunkt stellt, wird von den Ergebnissen der vorliegenden empirischen Studien besser gestützt als eine Therapietheorie, die in erster Linie das Training beeinträchtigter Funktionen als kurativen Faktor bewertet." Soweit *Schlack* (1994, 183) in einer Untersuchung zur Evaluation der verbreiteten Therapieformen.

Daß Zerebralparesen in der Zeit nach 1980 von 13 % auf 3 % gesunken sind, ist verschiedenen Untersuchungen zufolge nicht das Verdienst systematischer Erfassung und Behandlung nach der *Vojta*-Methode oder anderen krankengymnastischen Techniken, sondern hat in den Industrienationen seinen Grund in der besseren geburtshilflichen und neonatalen Versorgung gefährdeter Früh- und Neugeborener (vgl. *Michaelis* et al. in: *Karch* 1989). Die herkömmlichen Therapieformen müssen sich der Kritik stellen, inwieweit sie den motorisch-körperlichen Aspekt einseitig betonen und es dadurch zu einer Vernachlässigung der sozial-emotionalen Entwicklung des Kindes kommt: Je mehr sie funktional ausgerichtet sind, desto eher.

Eine therapeutische Vorgehensweise, die sich an Entwicklungsnormen und -defiziten orientiert, überfordert oft Kinder und Eltern. Die Kinder fühlen sich durch invasive Methoden „vergewaltigt" und reagieren mit Aggressionen oder Verweigerung und Rückzug. Wirkliche Entwicklungsfortschritte haben als Voraussetzung die gemeinsame Begegnung, die die Kontaktmöglichkeiten des Kindes (und der Eltern) respektiert, anerkennt und aufnimmt. Die Einbeziehung der Mutter als „Co-Therapeutin" muß kritisch betrachtet werden, da zusätzliche Probleme in die sowieso stark belastete Mutter-Kind-Beziehung getragen werden. Eine grundsätzliche Veränderung der Beziehung kann die Folge sein, welche der Mutter nicht mehr ermöglicht, primär ihre Mutterrolle zu übernehmen, sondern sie zur kontrollierenden, fordernden Co-Therapeutin werden läßt. Die unterdrückten „negativen" Gefühle von Ablehnung, Enttäuschung, Trauer und Wut finden ihren subtilen Ausdruck im täglichen Umgang mit dem Kind ebenso wie in den Übungssequenzen. Die uneingestandene Ambivalenz der Mutter bedeutet für das Kind eine kaum zu verarbeitende konflikthafte Stimmungslage. Es ist aber schon in den ersten Lebenstagen nachzuweisen, daß das

Baby sich geborgen fühlen muß, um sich auf eine Interaktion konzentrieren zu können, um Wahrnehmungsreize aufzunehmen und zu verarbeiten (vgl. auch *Brazelton/Cramer* 1991). Negative Bewertungen und Ambivalenzen, d.h. auch mit Blicken, durch Tonlagen und Handlungen (Hände), dem Säugling mitgeteilte Botschaften in dem Sinne: „Du bist so nicht o.k. Du bist nur in Ordnung, wenn du dich fügst, mitarbeitest", verinnerlichen sich im Laufe der Zeit im Sinne einer pathologischen Fixierung, die den Identitätsaufbau beeinträchtigt. Es muß die Frage nach Belastungen, Risiken und Nebenwirkungen für Kind und Eltern gestellt werden (vgl. *König* 1990). Es sind nicht nur extreme und ambivalente Erfahrungen, die der Säugling auszuhalten hat, es ist auch der Eingriff, bis zu 3 mal täglich, in den Alltag der Familie. Sicherlich ist eine negative Therapiesituation immer nur ein kleiner Teil des täglichen Erlebens des Kindes, welcher durch positive Erfahrung ausgeglichen werden kann. Aber auch hier gibt es das „Zuviel und Zulange" und psychosoziale Kontexte, die in dieser Form nicht belastet werden dürfen. „Therapie-Aktivismus" trifft leider auch viele Kinder, deren Auffälligkeiten transitorisch sind, deren Probleme mit sanften Methoden wirksam behandelt werden könnten (siehe 11.4, 11.5) und die bei aufgeklärten und gut begleiteten Eltern ausreichend Hilfe und Förderung erfahren würden.

Auch und gerade das Kind mit Entwicklungsrisiko hat als individuelles Ziel die Erweiterung seiner Handlungsfähigkeit durch konstruktive, selbst initiierte Tätigkeit (vgl. auch *Ritter* 1988). So geht es in der Fördersituation darum, positive Zeichen der Selbsttätigkeit zu erkennen, an sie anzuknüpfen, sie den Eltern gegenüber zu verdeutlichen. Eine positive Einstellung ist zu fördern, die das Gute sieht und sich gemeinsam freut, – ohne zu verdrängen und realitätsblind zu werden. Spielerische Leichtigkeit, Spaß und Freude sind unendlich wichtige Lebenselemente und sollten in keinem Zusammensein mit dem Kind fehlen. Und auch intuitives Verhalten und spontane Gesten dürfen nicht von einem allgegenwärtigen Förderanspruch unterdrückt werden.

11. Der Beitrag der Integrativen Therapie

Im folgenden werden unterschiedliche Schwerpunkte der „Integrativen Frühtherapie" beschrieben, die je nach vorgefundener Problemstellung variabel eingesetzt werden – immer jedoch kommt das ganze Konzept zum Tragen.

11.1 Auflösen der Dichotomie zwischen leibtherapeutisch/ beziehungs- und erlebnisorientierter Arbeit und funktionell/übungsorientierter Intervention

Die bisher gegebene problematische, parallel oder isoliert voneinander ablaufende Alternative zwischen funktionellen Übungs- und Behandlungskonzepten, emotional-sozialer Förderung des Kindes und Beratung oder therapeutischer Behandlung der Mutter (Eltern) muß so nicht bestehen bleiben. „Integrative Frühtherapie" bedeutet auch: Rückführung vormals funktional-therapeutischer Elemente in die Mutter-Kind-Beziehung, ohne die Mutter zur Co-Therapeutin zu funktionalisieren. Wenn wir es erreichen, Bewegungsformen und Übungselemente aus den verschiedenen funktionellen Körpertherapien zurückzuholen, dorthin, wo sie hingehören, aber keinen Eingang gefunden haben, weil die Mutter-Kind-Beziehung von Anfang an belastet, eingeengt, bewegungslos war, nämlich in die normalen Interaktionssequenzen zwischen Mutter und Kind, wird die Möglichkeit zu einer basalen Beziehung geschaffen, die Matrix jeder weiteren Beziehungsgestaltung ist, die Möglichkeit zu heilender Ko-respondenz. Und das Kind bekommt eben dadurch die Wahrnehmungsreize und zerebralen Informationen, die es benötigt, um transitorische neurologische Entwicklungsauffälligkeiten zu überwinden und massivere organische Beeinträchtigungen des Zentralnervensystems weitestgehend zu kompensieren bzw. bei bleibenden Schädigungen eigene Kompensationsmöglichkeiten und Problemlösungen zu finden. Denn so wie funktionale Übung immer die Erlebnisqualität beinhaltet, so beinhaltet das erlebnisorientierte Zusammensein übende Funktion. Ziel ist, in der normalen Tätigkeit des Kindes die therapeutische Qualität zu erspüren – und doch zu vermeiden, daß jede spielerische Aktivität zur funktionalen Therapie gerinnt. Förderung erfolgt „automatisch" im Prozeß von Kontakt und Beziehung. Beispiele sind u.a. das Fixieren mit den Augen, die symmetrische Haltung, die Augen-Hand-Koordination, die aktive Nackenstreckung, der mobile Unterarmstütz.

Das Überbrücken der Spaltung zwischen den Therapieformen beinhaltet für die elterliche wie auch die therapeutische Seite das

Zulassen der eigenen Sensibilisierung für Signale des Gegenüber, intuitive Kommunikation muß geweckt und unterstützt werden. Es gilt, eine Form der Therapie, der Unterstützung von Kind und Mutter, wenn möglich auch des Vaters zu finden, die sich an der spezifischen Situation, in der sich diese drei Menschen befinden, orientiert. Praktisch finden wir bei Entwickungsstörungen und -verzögerungen zumeist ursächlich eine Häufung ungünstiger biologischer und psychosozialer Faktoren. Die Qualität der interaktiven Wechselbeziehungen zwischen dem Kind und der Mutter entscheidet vor allem über Kompensation oder Dekompensation, da sie optimale bzw. unoptimale Stimulationen des Zentralnervensystems darstellen. So müssen wir, im Sinne einer Arbeitshypothese, nicht nur bei offensichtlichen Kommunikationsstörungen, sondern auch bei neurologischen und anderen klinischen Symptomen davon ausgehen, daß Kind und Mutter nicht oder nicht mehr über die Voraussetzungen für ein normales Gelingen des Dialogs und somit für eine normale psycho-physische Entwicklung verfügen. Beide bedürfen gemeinsam der Hilfestellung, und diese darf sich nicht trainierend auf festgestellte „Mängel" beziehen – weder beim Kind in motorisch-funktioneller Hinsicht, noch bei der Mutter auf der Verhaltensebene. Beide können über die Beziehung und die guten Erfahrungen, die sie in der Therapie leibbezogen erleben, die Voraussetzung für eine weitere günstige Entwicklung erwerben.

Beispiel:
Eine Mutter kommt mit ihrem 4 Monate alten Säugling in die Ambulanz, da er bei der U4 durch eine Hypertonie der Extremitäten, eine Opisthotonushaltung, eine Rumpfhypotonie und leichte Asymmetrie sowie vegetative Übererregbarkeit aufgefallen war. Die Anamnese ergibt eine äußerst belastete Schwangerschaft, Geburt (Frühgeburt in der 34. Schwangerschaftswoche) und Neugeborenenphase. Durch die belastenden Umstände und Trennungen haben beide keine stabile Bindung zueinander entwickeln können. Die Spontanhaltung des Säuglings und sein schwieriges Verhalten spiegeln die Situation. Im Kontakt mit der Therapeutin konfrontiert sich die Mutter noch einmal mit den traumatischen Erfahrungen der letzten Monate – und kann die Gefühle von Angst, Wut und Ambivalenz dem Kind gegenüber zulassen und fühlen. Rückblickend kann sie das Geschehene anders bewerten. Sie überprüft ihre Beziehung zu ihrem Mann und wird sich klarer über Verletzungen, Wünsche und Bedürfnisse. In den Sequenzen, in denen sie lernt, ihr Kind richtig, d.h. Sicherheit und Halt gebend, zu tragen, mit ihm Kontakt aufzunehmen und zu spielen, erfährt sie die freudvolle und befriedigende Seite der Mutterschaft. Sie lernt, welche Positionen für spielerische Interaktionen günstig sind und welches Spielzeug über anregende Qualitäten verfügt. Ein positiver Kreislauf beginnt, in dem Mutter und Kind sich gegenseitig verstärken. Etwa zwischen dem 7. und 8. Lebensmonat hat das Kind seine Entwicklungsauffällig-

keiten überwunden. Die wöchentliche Therapie wird beendet, Kontrolltermine geben der Mutter und uns Sicherheit.

11.2 Psychotherapeutische Interventionen der Mutter-Kind-Dyade

Die Qualität des „Zusammenspiels“ zwischen Kind und Mutter entscheidet über das Ausmaß der pathogenen Valenz externer Störfaktoren. Um also eine Prognose abgeben zu können, bedarf es des Wissens um eben dieses Zusammenspiel. Dieses Wissen ist nur durch eine ganzheitliche Betrachtung zu erlangen – nicht durch das Sammeln von isolierten Fakten. Zu beachten ist aber, daß die gründliche Kenntnis der Entwicklungsphasen in ihrer ganzen Variabilität für die Beurteilung, gerade auch der Interaktion, von grundlegender Bedeutung ist.

Die genauen Kenntnisse der medizinisch-neurologischen Untersuchungsergebnisse schützen uns z.B. davor, Beziehungsprobleme zu interpretieren, wo eine manifeste hirnorganische Symptomatik besteht. Ergibt aber die neurologische Untersuchung hierfür keine Anhaltspunkte, geht es um die Wahrnehmung und Analyse der beobachtbaren Phänomene. Bedeutung, Qualität und Verknüpfung müssen erforscht, die Atmosphäre erfaßt, Kommunikation und Spiel, Spontanhaltung und spontane Bewegungsabläufe beobachtet, der Kontext beachtet werden, d.h. auch: wann welche Phänomene besonders zu beobachten sind. Das systematische Vorgehen erschließt uns erste zugrundeliegende Strukturen und ermöglicht früh, sanft korrigierend einzugreifen. Eine Ressourcenanalyse ermöglicht uns, Personen und Gegebenheiten zu erfassen, die zu physischer und psychischer Entlastung der Mutter beitragen können.

Die Therapeutin hört aktiv zu, die Atmosphäre vermittelt Raum und Zeit für alles, was die Mutter belastet, was sie ansprechen möchte. Die Stützung von Kompetenz, Kreativität und Intuition erfolgt in der Bestätigung und dem Erwerb neuer Handlungskompetenzen, dem Aufzeigen von Realitäten (dies wirkt Angst und negativen Phantasien entgegen), der Aufklärung über die spezielle Entwicklung, über Störsymptome und ihre Genese. Denn: Frühgeborene und andere Kinder mit Entwicklungsrisiken *sind* anders! So kann die Mutter Symptome auch als unabhängig von ihrem Verhalten einstufen, was eine Entlastung von Schuldgefühlen bedeutet.

Die „Risikokinder" sind hochirritabel, haben Wahrnehmungsverarbeitungsprobleme, reagieren verstärkt auf Atmosphären und Stimmungen. Sie reagieren also auf ihre kleine Welt qualitativ und quantitativ anders als „normale" Säuglinge. Sie reagieren mit besonderer Feinfühligkeit auch auf die unbewußten Signale der Mutter, die mit ihren Phantasien, Projektionen und ihrer eigenen Biographie zu tun haben. Dieses der Mutter vorsichtig erfahrbar zu machen und zu benennen, Erwartungshaltungen zu hinterfragen und Projektionen aufzulösen, trägt zur Ausbildung einer realistischen einfühlsam-liebevollen Beziehung bei.

Bei der Betrachtung der Arbeit mit der Mutter dürfen wir die sozio-ökologische Perspektive nicht vernachlässigen: In welcher Lebenswelt, in welchem Milieu lebt sie? Gibt es krankmachende Faktoren, die ihre eigene psychische Gesundheit gefährden und ihr die Mutterrolle erschweren? Ohne konkrete Hilfe und emotionale Unterstützung ein Kind versorgen und erziehen zu müssen, kann Deprivationsgefühle hervorrufen und die Mutter nicht nur zum Opfer ihrer eigenen unerfüllten Bedürfnisse, sondern auch der Forderungen des Kindes machen.

Die meisten Mütter bringen die Fähigkeit und die Bereitschaft mit, intuitiv liebevoll, fördernd auf ihre Säuglinge einzugehen. Doch wenn sie erleben, was am Anfang Quälendes, Schmerzliches mit ihrem Kind geschieht, wenn sie nicht helfen können, dürfen, wenn ihnen später bei aggressiven Fördermaßnahmen gesagt wird, es geschähe alles nur zum Besten des Kindes, so wird Verleugnung, Verdrängung und Abspaltung eines Teils ihrer Gefühle zu sich selbst und zum Kind die Folge sein. Die Kinder erleiden dann zu dem schon Geschehenen den zusätzlichen Mangel durch die nicht ausreichend vorhandene Responsivität und verunsicherte Emotionalität in der Beziehung zur Mutter. Die wirklich bedeutsame Kommunikation findet nicht statt. Direktivität und übermäßige Kontrolle bzw. Desinteresse u./o. depressives Verhalten bestimmen den Kontakt.

In der Praxis erweist sich die frühe therapeutische Intervention, die subtile kooperative Hilfestellung als ausgesprochen wirkungsvoll. Denn „Selbstheilungs-tendenzen und Anpassungsenergie sind in den ersten Lebensmonaten und in der Frühzeit der Elternschaft wahrscheinlich stärker, als sie es je wieder sein werden. Deshalb sind wir der Überzeugung, daß das Säuglingsalter eine ideale Phase für eine Kurzintervention darstellt" (*Brazelton* 1991, 202). Indikationsabhängig gehen wir je nach Problemlage von „Kurzinterventionen" über einige Wochen bis hin zu einer therapeutischen Begleitung bis mindestens zum Ende des ersten Lebensjahres aus. Unser Ansatz ist breiter und meint nicht „nur" die Beziehung zwischen Mutter und Kind, sondern den Leib in seiner komplexen Bezogenheit, seiner Emotionalität, seiner Haltung und Bewegung, seiner Wahrnehmung und seinem Ausdruck.

Beispiel:
Tim wurde mit knapp 3 Monaten von seiner Mutter in der Ambulanz vorgestellt. Er fiel auf durch eine ausgeprägte Hypertonie der Extremitäten bei hypotonem Rumpf und einer asymmetrischen Haltung. Er konnte den Kopf nicht allein halten, nahm keinen Blickkontakt auf. Die marmorierte Haut, Blähungen, Schlafrhythmusstörungen, übermäßiges Schreien und Blässe verwiesen auf eine vegetative Dysregulation. Die Mutter-Kind-Bindung erschien hoch belastet. In der Interaktion war ein abrupter Wechsel von inadäquater Stimulation zu regressivem Kontaktabbruch zu beobachten. Die Atmosphäre erschien spannungsgeladen. Die Mutter war psychisch und physisch völlig erschöpft. Die vom Kinderarzt aufgrund der auffälligen Motorik verordnete *Vojta*-Therapie wurde von uns in dem vorliegenden Kontext für beide als unzumutbare Belastung angesehen.

Die Anamnese ergab eine komplikationsreiche Schwangerschaft nach drei vorausgegangenen Fehlgeburten. Hochgradige Angst und Sorge um das Kind begleiteten die Schwangerschaft. In der 36. Schwangerschaftswoche kam es zur Geburt, die ebenfalls für die Mutter traumatisch verlief und durch Kaiserschnitt beendet wurde.

Im Verlauf der ersten Sitzungen benannte die Mutter Gefühle von Verzweiflung, Trauer, Schuld und Wut. Sie berichtete, auf das Kind innerlich noch nicht eingestellt gewesen zu sein. Sie wollte es nach der Geburt nicht bei sich haben, es erschien ihr winzig und kraftlos. All ihre Wünsche und Phantasien hatte sie 36 Wochen lang auf einen großen kräftigen Jungen gerichtet. Während der folgenden Therapiestunden, die sich über ca. 6 Monate erstreckten, konnte sich die Mutter von den für sie traumatischen Belastungen während Schwangerschaft und Geburt zu einem großen Teil befreien, indem sie sie unter therapeutischem Schutz nochmals anschaute und die zugehörigen Gefühle erlebte. Vor allem erfolgte eine Befreiung von den Schuldgefühlen aufgrund der Ablehnung des Kindes in den ersten Lebenstagen. Allmählich konnte die Mutter die Realitäten in bezug auf die Entwicklung ihres Kindes und ihr Zusammenleben sehen. Bedrohliche Ängste und Phantasien wurden geringer. Ein zunehmend liebevoll-intuitives Interaktionsverhalten gestaltete sich zwischen Mutter und Kind. Die Mutter übernahm Spiele und Anregungen zur Wahrnehmungsintegration und selbstinitiierten Bewegungsentwicklung des Kindes. Die Auffälligkeiten des Kindes verschwanden, eine positive Entwicklung in allen Bereichen begann. Bei einer Kontrolluntersuchung nach einem Jahr ist es für uns besonders erfreulich, die Mutter-Kind-Beziehung zu beobachten. Die Entwicklungsrückstände des Kindes sind weitestgehend überwunden. Die Mutter geht mit ihrem Kind regelmäßig in eine Krabbelgruppe.

11.3 Setting

Die Herstellung eines der Therapie förderlichen Settings wird in der Klinik bzw. in institutionalisierter ambulanter Nachbetreuung einfacher sein als im Rahmen häuslicher Frühförderung, wo verschiedenste Störfaktoren immer wieder ausgeschlossen werden müssen. Die Kenntnis und eine variable Handhabung der unterschiedlichen Methoden ist notwendig. Als Form wird sich zumeist die Behandlung der Mutter und des Kindes ergeben, – wo immer möglich, wird der Vater einbezogen. Ergeben sich Kontakte zu Geschwisterkindern und Großeltern, so sind sie zu nutzen. Nach der ersten Kontaktaufnahme in einem ruhigen, warmen Raum wird die Mutter gebeten, ihr Kind auf einer angenehmen Unterlage (Fell, Spezialmatte) auf dem Boden auszuziehen. Schon die Art und Weise der Handhabung und des Verhaltens vermittelt wichtige Informationen über die Beziehung und die Befindlichkeit des Säuglings und der Mutter. Die Mutter bleibt neben dem Kind, – sofern sie nicht von sich aus eine entferntere Position wählt, was wiederum für die Bildung erster Arbeitshypothesen wichtig ist. Gemeinsam erfolgt die Beobachtung der Spontanhaltung und des Spontanverhaltens.

Zu diesem Zeitpunkt beginnt die Mutter zumeist zu erzählen. Zwanglos wird die Erhebung der differenzierten Anamnese bzgl. Schwangerschaft und Geburt möglich. Für die weitere Beurteilung des Säuglings ist adäquates Spielzeug in Reichweite, ebenso die anderen Medien (siehe 11.7), die zur Unterstützung des Kontaktes sowie für mehr übungsorientierte Sequenzen gedacht sind. Das Kind wird erst nach ausdrücklicher Zustimmung der Mutter von der TherapeutIn berührt.

11.4 Spiele und Anregungen zur Verbesserung der sensorischen Integration innerhalb des Konzeptes der „Integrativen Frühtherapie"

Der Säugling zeigt uns im Hier und Jetzt seines Körpers seine bisherige Lebensgeschichte, seine interaktionalen Erfahrungen. Er gibt uns Hinweise auf Szenen, die sich unter Umständen pathogen ausgewirkt haben, – z.B.: Wie sicher war die Welt für ihn? Liegt er entsprechend mit gutem Gleichgewicht auf der Unterlage? Nimmt er Blickkontakt auf und wenn ja, wie? Ist ein Dialog möglich, wie ist seine Zuwendung zur Welt? Bewegt er sich spontan und beginnt zu spielen oder liegt er überstreckt mit zu hohem Muskeltonus, gefausteten Händchen, die nichts greifen können? Verweigert er vielleicht sogar zu den Eltern Kontakt, ist ihm die Kontaktaufnahme durch abnorme Reflexe erschwert? Zeigt er Bewegungsangst beim Hochnehmen und Hinlegen? Ist er auch im engen Körperkontakt blockiert oder teilnahmslos apathisch, und welche Atmosphäre umgibt das Kind?

In der frühen Zeit entfaltet sich der Dialog, die Beziehung zwischen dem Leib der Mutter und dem des Kindes. Es ist das Halten, Tragen, Bewegen, Handhaben, die Stimme, es sind die Augen. Da das intuitive Zusammenspiel im Umgang mit dem Kind beim Füttern, Wickeln, Baden, also auf der leiblichen Ebene gestört ist, gilt es hier anzubahnen und zu unterstützen. Bei Kind und Mutter erfolgt die Wahrnehmung über den ganzen Körper, und in den Bewegungen drückt sich immer das momentane Erleben aus.

Störungen in der Perzeption haben häufig ihren Ursprung im taktil-kinästhetischen und vestibulären Bereich. Kindern ohne ausreichende perzeptive Erfahrungen ist eine normale Weiterentwicklung verwehrt. Körper-Koordinationsschwierigkeiten, Probleme in der Feinmotorik, unzureichender Ausdruck sind die Folge. Die mangelnde Erfahrung und Sicherung bei Körperlageveränderungen zeigt in der Folge Körperschemastörungen, mangelnde Körperbeherrschung, beeinträchtigte Raumwahrnehmung und damit Probleme im logischen Denken und Rechnen, die erst später relevant werden. (Die grundlegenden Dimensionen des Raumes werden über den Körper und seine Eroberung des Raumes gewonnen, – und zwar über die Einheit von Bewegung und Perzeption). Die Kinder spielen nicht, wissen mit sich und den Dingen nichts anzufangen, sie haben Angst vor Berührung, vor Haltungs- und Lageveränderungen. Sie zeigen Stereotypien und monotone Bewegungsabläufe (vgl. *Ayres* 1984).

Nur ein prägnantes Körperschema kann sich zu einem kohärenten Selbst entwickeln. Defizite und Negativerfahrungen sollten auch im Sinne einer Prävention psychischer Störungen baldmöglichst ausgeglichen werden (vgl. 11.8). Mangelhafte Erfahrungen, mangelhafte Gefühle der Selbstwirksamkeit in der frühen Zeit können, außer für die oben genannten Probleme, ursächlich sein für einen Mangel an intermodalen Verknüpfungen (Folge: Teilleistungsstörungen), für unauflösbare Spannungszustände (Begünstigung späteren Suchtverhaltens) und für somatische Fixierungen (vgl. *Lamby* 1989).

Durch die basale Stimulation wird versucht, dem Kind eine ganzheitliche Erfahrung zu vermitteln, im engen Kontakt mit der Bezugsperson, die sich an der individuellen Entwicklung und nicht an der Norm orientiert. Ein Schlüsselbereich ist die Haut, als Umgrenzung des Körpers, welche gleichzeitig Kontaktstelle zur Welt ist. Es geht um die Erfahrung des Körpers als umfassender Leib, der durch die stimulierende Berührung Bewegungspotentiale aktiviert und Emotionen anregt. Unterstützt werden die Basiserfahrungen für das spätere Be-greifen und Er-greifen, für das Gleichgewicht, für die Erfahrung des Berührt-werdens und Getragen-seins (alles in doppelter Bedeutung).

Die Methoden der Sensorischen Integrationstherapie helfen uns, den Körperdialog, der als Wurzel der weiteren Beziehungsfähigkeit anzusehen ist, wieder herzustellen. Das Kind ist für seine gesunde Entwicklung auf den gelingenden Körperdialog angewiesen – und das betrifft nicht nur die vegetativen Funktionen, Herz, Atmung, Nahrungsaufnahme, sondern in dieser frühen Zeit entsteht der Kern unserer Persönlichkeit, neben der Wahrnehmung unsere Möglichkeit zu Expressivität und Kreativität, unser Fühlen, Wollen, Denken und viele unbewußte Anteile. Und hier ist es ganz entscheidend, welche Atmosphäre, welche sozialen Bezüge das Kind vorfindet. Denn Angst, Unsicherheit und Sorge der Mutter ziehen ein einengendes Verhalten dem Kind gegenüber nach sich – ohne Chance für die Eigeninitiativen und die Kreativität des Kindes.

Da ein gelungener Körperdialog, die befriedigende Beziehung nicht gefordert und/oder direkt eingeübt werden kann, sondern sich im Miteinander entwickelt, sind die Anregungen aus der SI-Therapie ein ausgezeichneter Einstieg in spielerische freudvolle Sequenzen. Gleichzeitig versorgen sie das Kind mit den Wahrnehmungsreizen und Integrationsmöglichkeiten, die es aufgrund des frühgeburtlichen Defizits dringend braucht. Die Mutter lernt z.B., das Kind in einem Badehandtuch zu schaukeln (vestibuläre Anregung) oder es in Verpackungschips oder getrockneten Erbsen zu „baden" (taktil-kinästhetische Anregung), sie fährt es in Bauchlage auf einem Rollbrett (differenzierende und integrierende Reize für Wahrnehmung der Raumlage und räumliche Beziehungen, Aufbau der Rumpfstabilität, Muskeltonusregulation, Verbesserung der

Gleichgewichtsreaktionen u.a. mehr), oder sie lernt Körper- und Bewegungsspiele, die das Körper- und Bewegungsempfinden ebenso wie die Emotionalität ansprechen. Oft sind die Mütter völlig erstaunt, daß das alles mit **diesem** Kind möglich ist. Neubewertungen beginnen: Dieses Kind ist nicht in allen Bereichen und nicht auf Dauer schwach und unfähig! Mutter und Kind erleben sich gegenseitig in gesunden, völlig normalen Reaktionen und Verhaltensweisen.

11.5 Bewegungsspiele und Anregungen auf neurophysiologischer Grundlage

Die Untrennbarkeit von Affekt und Motorik beginnt in den letzten Schwangerschaftswochen (vgl. 7.1), wobei im Sinne eines Wirkkreises immer das eine das andere schon bestimmt. Für die therapeutische Arbeit in den ersten Lebenswochen und -monaten ist diese doppelte Bestimmung entscheidend. Es gilt, immer beides zu beachten: Die affektive Gestimmtheit des Säuglings wird sich auf seine Motorik auswirken (z.B. Tonusstörungen, Hyperexzitabilität, Koordinationsstörungen), die Möglichkeiten von Motorik (selbstinitiiertes, explorierendes Bewegungsverhalten versus eingeschränkte oder stark kontrollierte Möglichkeiten, Pathologie und/oder medizinische Maßnahmen) wirken sich auf die affektive Gestimmtheit aus. Auch ist davon auszugehen, daß die frühen affektiv-motorischen Zustände mnestisch archiviert werden und zu Grundstimmungen führen, die später differenziert werden (*Petzold* 1992a, 1992c). Die Sprache des Körpers ist die einzige, in der sich der Säugling zunächst vermitteln kann. Es gilt, sie zu verstehen und liebevoll in eben dieser „Frequenz" zu beantworten. Für das vorliegende Konzept bedeutet dies: Fördernde Übungen gehören eingebettet in die liebevolle Beziehung zur TherapeutIn und/oder zur Mutter. Bei massiveren Beeinträchtigungen des Kindes sind eine gute Lagerung und begleitende Übungen manchmal die einzige Möglichkeit, dem Kind zu helfen, Kontakt aufzubauen. Ein Kind, welches z.B. durch massiv asymmetrische Spontanhaltung oder Opisthotonusneigung keinen Blickkontakt aufbauen kann, braucht das „handling" und die Übungsanregungen auf neurophysiologischer Basis, um überhaupt die grundlegenden Positionen einnehmen und halten zu können, die Kontakt und Beziehung ermöglichen. Wieder schließt sich der Kreis: Die Beeinträchtigung von Haltung, selbständiger Aufrichtung und Bewegung bewirkt zwangsläufig eine beeinträchtigte Wahrnehmung und Ausdrucksmöglichkeit – Probleme im Kontakt sind die Folge.

Therapeutische Hilfestellung bei der Bewegungsentwicklung ist manchmal unumgänglich, ebenso wichtig ist aber auch der Raum und die Unterstützung für die eigenen selbstinitiierten Bewegungserfahrungen des Säuglings. Denn Kinder, die viel Manipulation erfahren, mit denen immer etwas „gemacht" wird oder die immerzu „Hilfe" erfahren, empfinden sich hilflos ausgeliefert, und sie empfinden eine tiefe Unsicherheit, die daraus resultiert, daß sie sich nicht in ihrem Tempo die Beziehung zu ihrem Körper, zur Körpermasse erarbeiten konnten. Das immer vorhandene Bedürfnis nach selbstinitiierter Bewegung (Handlung) und eigenen Kompensationsmöglichkeiten bei Problemen kann eine dauernde Versagung erfahren durch restriktives oder störend-kontrollierendes Verhalten der TherapeutIn oder der Eltern im Sinne eines ständigen Eingreifens in die Momente des schöpferischen Innehaltens des Kindes, bevor es den nächsten „Schritt" wagt. Ein Kind, welches die Möglichkeit erhält, dieses eigeninitiativ zu tun, wird diese Beziehung zu seinem Körper, zu seinem Selbst auch später nicht mehr verlieren und auch in anderer Beziehung selbständiger und unabhängiger sein. Es wird ein gutes Körperschema und Körperbild erwerben ebenso wie eine gute Orientierungsfähigkeit und elementare Begriffsbildung.

In der Bobath-Therapie wird der Begriff des *Facilitierens* benutzt, der die richtige Hilfestellung durch die Hände der TherapeutIn an der richtigen Körperstelle zum richtigen Zeitpunkt meint, um größtmögliche selbstinitiierte sensumotorische Erfahrungen und somit Bewegungsentwicklung zu ermöglichen. Die Integrative Therapie beschreibt mit dem Begriff des *Facilitating* eine Interventionsform, die dem Klienten ermöglicht, mit geringsten Hilfen die Dinge selber zu tun und zu finden (*Petzold* 1980g, 279). Hilfreiche, heilende Erfahrungen im weitesten Sinne werden so gefördert und erleichtert. In beiden Therapiekonzepten ist es bedeutsam, daß die Möglichkeiten und der Rhythmus des Patienten geachtet werden und Richtschnur für die Dynamik der Therapie sind.

In der Fördersituation sind Kind, Mutter und TherapeutIn auf der leiblichen Ebene angesprochen. Manchmal sind Erklärungen und das Aufzeigen von Zusammenhängen wenig wirkungsvoll.

Erst das eigene Nachempfinden der Mutter, wenn sie in der Selbsterfahrung z.B. in totaler Überstreckung auf dem Boden liegt oder wenn jemand zu ihr spricht, während sie den Kopf auf eine Seite gedreht hält, oder der Vergleich zwischen der Empfindung, übervorsichtig und mit spitzen Fingern angefaßt zu werden oder sanft aber kraftvoll durch Hände Sicherheit zu erfahren, hilft ihr, die kindlichen Bedürfnisse besser zu verstehen und ihnen zu entsprechen. Die Mutter erlernt das Halten und Lagern des Kindes in günstigen Positionen, d.h. zum Beispiel in leichter Beugung auf ihren Oberschenkeln oder in ihren Armen. Sie lernt, das Kind zu bewegen, ohne pathologische Reflexe oder Bewegungen in Mustern auszulösen. Sie übernimmt spielerisch Übungen, um u.a. dem Kind normale Stellreaktionen zu ermöglichen, pathologischen Tonus zu normalisieren oder eine Asymmetrie auszugleichen. Eine für die kindliche Entwicklung notwendige symmetrische Haltung kann die Mutter auf ihrem Schoß und ihren Oberschenkeln leicht nachvollziehen. So wird die Mittellinie fast unbemerkt erarbeitet, während Mutter und Kind sich in günstigster Position für den „baby talk" befinden. Die Mutter lernt in unbewußter Nachahmung der TherapeutIn oder durch vorsichtige Hinweise und Erklärungen die für ihr Kind günstigste Handhabung während des täglichen Kontaktes beim Füttern, An- und Ausziehen, Spielen, Baden usw. Sie erfährt die Bedeutung ausreichenden Raumes und anregender Materialien aus dem Bereich des täglichen Lebens. Diese Materialien stecken oft voller, vor allem taktiler, Wahrnehmungsmöglichkeiten (z.B. Alufolie, Wäscheleine, Spülbürsten, Quirle usw.), die gekaufte Spielzeuge so nicht bieten. Der „Weg über die Übung" ist manchmal für Eltern der einzig akzeptable Weg, zu ihrem „auffälligen" Kind (und damit zu sich selber) Kontakt aufzunehmen, eine Beziehung herzustellen, – auch wenn das Kind aufgrund der Diagnose eigentlich keine direkte Übungsbehandlung benötigt. Es fällt den Eltern leichter, über das spielerische Tun, über das gemeinsame Bewegen und „Üben" Momente von Kontakt, Begegnung und später Beziehung zu spüren, aufzunehmen, auszudehnen und zu genießen.

11.6 Das Konzept des Parenting/Reparenting im Frühbereich

In der Integrativen Therapie wird unter dem Konzept des *Parenting* das Bereitstellen positiver elterlicher Qualitäten im Rahmen der therapeutischen Beziehung verstanden (vgl. *Petzold, Ramin* 1987, 380). Die guten Atmosphären, Szenen, Beziehungserfahrungen und die damit verbundenen Werte und Haltungen ermöglichen das Auffüllen oder wenigstens ein teilweises Ausgleichen von defizitären Erfahrungen (vgl. *Petzold* 1992a, 1993a). Frühe Schädigungen im Bereich der primären, sekundären oder tertiären Strukturen sind prognostisch besonders ungünstig, wenn sie nicht durch nachfolgende positive Einflüsse kompensiert werden können.

In der Arbeit mit Frühgeborenen und deren Eltern fällt auf, daß gerade die Eigenschaften, die kompetentes elterliches Verhalten kennzeichnen, wie das regressive Sicheinfühlen in das Befinden, Erleben und in die Bedürfnisse des Kindes bei gleichzeitiger Beibehaltung der orientierungs- und handlungsfähigen Erwachsenenanteile, von der Mutter, dem Vater (noch) nicht gelebt werden können. Sie sind zu schnell und unter zu ungünstigen Umständen in die Mutter-Vaterschaft „gestoßen" worden, sie erleben sich selber haltsuchend in einer Krise. Erfahren die Eltern zu diesem Zeitpunkt die Therapeutin als „gute Mutter" mit guten väterlichen Anteilen (oder den männlichen Therapeuten mit guten mütterlichen Anteilen), die ihre regressive Bewegung begleitet, sichert und dann ihre Erwachsenenkompetenzen und -performanzen stützt und bestätigt, so können sie bald ihre Rolle ihrem Kind gegenüber übernehmen. Der Säugling benötigt aber genau diese kompetenten Eltern, um seine erfahrenen Traumata (z.B. in der Intensiveinheit) und besonders seine umfassenden Defizite auszugleichen. Für die Zeit des Übergangs, bis die Mutter fähig ist, ihre „primäre Mütterlichkeit" in der Beziehung mit dem Kind zu leben, und bis der Vater seine schützende, stützende Väterlichkeit in bezug auf Mutter und Kind lebt (vgl. *Papoušek* 1987), muß die TherapeutIn dem Kind einen Teil der Erfahrungen mütterlicher Zuwendung ermöglichen, die es für seine momentane Entwicklung benötigt.

Behandlungstechnisch bedeutet dies, daß die TherapeutIn *ihre* „frühe Zeit" mit ihren spezifischen Auswirkungen kennt, daß sie um ihre „frühe Mütterlichkeit" weiß und sie leben kann, daß sie den „frühen Körperdialog" führen kann – und trotz der partiellen Teilnahme die erwachsene und therapeutische Kompetenz behält. Der Zeitpunkt, die Form und die Intensität der Zuwendung zu dem Säugling muß bei Anwesenheit der Mutter (und des Vaters) einfühlsam gehandhabt werden, um nicht zu verletzen oder Insuffizienz- oder Konkurrenzgefühle zu verursachen. Hier muß spontan-intuitiv, aber immer im Hinblick auf die Gesamtsituation, entschieden werden. Die Möglichkeit zur Prävention an der Wurzel, die Möglichkeit der Heilung, ist zu diesem frühen Zeitpunkt besonders groß, da noch keine Verfestigungen und Sekundärschäden eingetreten sind.

Im Gegensatz zum Konzept des *Parenting* ist das *Reparenting* in der Integrativen Therapie eine Behandlungsform, die Traumata, Konflikte und Störungen beim Kind, die durch problematische Persönlichkeitsanteile der Eltern bedingt sind, angeht (vgl. *Petzold* 1993a). Die Therapie des Kindes mit Entwicklungsrisiken in der frühen Zeit ist geradezu gekennzeichnet durch den Kontakt zu Eltern, die zumindest momentan große Probleme haben. Durch die „Krise der Frühgeburt" werden sie emotional überfordert, sie erleben Beziehungsambivalenzen dem Kind gegenüber, ihr bewußtes und unbewußtes Erziehungskonzept wird in Frage gestellt, ihr Bild von sich und ihrem Kind wird erschüttert, latente pathogene Anteile können aktiviert werden.

Die therapeutische Aufgabe besteht hier darin, früh präventiv mit der Mutter, den Eltern, zu arbeiten, damit der Säugling den beschriebenen Beeinträchtigungen gar nicht erst ausgesetzt wird. Bei besonders ungünstigen, schwierigen oder nicht ausreichend beeinflußbaren pathologischen Persönlichkeitsstrukturen der Eltern wird es aber notwendig sein, dem Kind über einen längeren Zeitraum korrektive, kompensatorische Erfahrungen zu ermöglichen, ihm gute Atmosphären und Szenen zur Seite zu stellen, um die Verinnerlichung überwiegend negativer elterlicher Bilder zu verhindern. So wird auf dem Hintergrund dieser Stabilisierung dem Kind ermöglicht, später mit den negativen Aspekten des familiaren Kontextes zu leben und die fast immer auch vorhandenen positiven Aspekte zuzulassen und wahrzunehmen. Die sozial-therapeutische Unterstützung der Familie hat in diesem Zusammenhang große Bedeutung. Eine Gefahr besteht darin, sich in therapeutischer Überidentifikation mit dem Kind *zwischen* Mutter (Eltern) und Kind zu stellen. Erst eine komplexe Sicht des familiaren Kontextes und des emotionalen Klimas ermöglicht eine sinnvolle Intervention, die nicht bei dem Ersatz von mütterlicher Zuwendung stehen bleibt.

11.7 Die Medien

Die Medien werden entsprechend ihrem Wahrnehmungsgehalt und ihren Spielqualitäten, wie selbstinitiativ welterprobend man mit ihnen umgehen kann, ausgewählt. Auch ihr Symbolgehalt ist von Bedeutung. Zunächst ist der unmittelbare Halt und Sicherheit gebende leibliche Kontakt die wichtigste Erfahrung. Später erhalten die Medien ihre Bedeutung als „Übergangsobjekte" und sind auch als „Intermediärobjekte" die Brücke zwischen Kind und TherapeutIn, Kind und Mutter, um das, was *Winnicott* den „potentiellen Raum" nennt (ebd. 1983), zu erfahren und für befriedigende gegenseitige Erfahrung und kreative Entfaltung zu nutzen.

Medien wie Rasseln, bunte Bänder, Glöckchen, glitzernde Folien, große Perlen an Fäden, bunte Tücher und einfache Klanginstrumente sprechen die auditive, visuelle und taktile Wahrnehmung an. Tastsäckchen, Wannen mit getrockneten Hülsenfrüchten, Rasierschaum, Verpackungsmaterialien wie Noppenfolie und Chips u.a. mehr regen taktile Wahrnehmungsverarbeitung und die taktil-kinästhetische und propriozeptive Wahrnehmung an. Kreisel, Tonne, Rollbrett, Bodenschaukel und Luftkissen dienen u.a. der Verbesserung der vestibulären Wahrnehmungsverarbeitung, der Tiefenwahrnehmung, der Stabilität und Symmetrie. Babymassage, Lieder, Finger- und Körperspiele berühren besonders die Erlebnisqualität, betonen die positive emotionale Verbundenheit.

Es sind nicht nur die individuellen Bedürfnisse und psychischen Präferenzen des Kindes, sondern auch die der Mutter, die in der Auswahl der Medien erkannt werden können und die über diese vorsichtig dem Erleben und Ausdruck zugeführt werden können. Die Bedeutung der Medien liegt immer auch in ihren kommunikativen Möglichkeiten, den frühen Dialog anzubahnen und zu fördern, Kreativität und Freude im gemeinsamen Spiel zu erleben.

11.8 Prophylaxe der „frühen Schädigungen" in der „Integrativen Frühtherapie"

Daß perinatale Komplikationen und Schädigungen während der frühen postnatalen Zeit neuropsychologische Noxen setzen, die mit der späteren Manifestation einer psychischen Erkrankung in Zusammenhang zu bringen sind, ist wissenschaftlich nicht abgesichert. Neuere Ergebnisse der Longitudinalforschung stützen diese Annahmen nicht. Gerade die neuere molekularbiologische und genetische Forschung legt andere Erklärungsmodelle nahe (vgl. *Petzold* 1993c). In ihrem Licht erscheint eine ressourcenorientierte Sicht, die Beachtung von Salutogenese und „protektiven Faktoren" im Lebensverlauf, und die Abkehr vom Paradigma linearkausal verlaufender Pathogenese sinnvoll. Das „Bild" des Säuglings hat sich durch die neuen Forschungen (vgl. *Emde*, *Vyt* u.a. in: *Petzold* 1993c) verändert: Kompetent, anpassungsfähig und von Anfang an fähig zur Kommunikation gestaltet er seine Lebenswelt mit und initiiert und benötigt Kontakt über die Mutter-Kind-Dyade hinaus. Ungünstige Lebensumstände kann er überwinden und kompensieren durch nachfolgende kontinuierliche günstige Lebensumstände. Persönlichkeitsbeeinträchtigungen sind also bei traumatischen frühkindlichen Erfahrungen nicht grundsätzlich vorprogrammiert.

Theorien der Pathogenese werden sich, im Sinne eines „integrativen" Erklärungsmodells, mit den protektiven Erfahrungen in der Salutogenese, mit den adversiven Erfahrungen und Defiziten und ihren Verflechtungen, mit genetischen, emotionalen, sozialen, kognitiven, ökonomischen und ökologischen Einflußgrößen und ihrer Bedeutung für die Entstehung von Gesundheit oder Krankheit auseinanderzusetzen haben (*Petzold* et al., 1993 c). Die Integrative Therapie (*Petzold* 1991a, 1992a, 1993a) geht bei der Entstehung von psychischen Erkrankungen davon aus, daß ein frühes Stadium der Persönlichkeitsentwicklung in den Dimensionen des „Selbst" und des „Ich" getroffen wird. Die negativen Erfahrungen erfolgen in der leiblich-konkreten Interaktion, die defizitären bei nicht ausreichend vorhandenem leiblichem Kontakt. Sie bestimmen Atmosphären, Szenen und Narrative. Die Beeinträchtigung des „Leib-Selbst" und der rudimentären Ich-Formen bestimmt auch die weitere Entwicklung des Ich und den Aufbau von Identität negativ; d.h. auch, daß die Übersetzung des leibhaft Erlebten in die Bereiche symbolischen Ausdrucks nicht erfolgen kann. Erschütterung oder mangelhafter Aufbau der basalen Selbstgefühle kann psychoseartige oder psychotische Störungen nach sich ziehen, im Sinne eines multikausalen, multidimensionalen Entstehungsprozesses, bei dem immer auch die genetische Disposition eine Rolle spielt. Auf eine chronisch traumatisierende oder defizitäre Umwelt reagiert der Säugling ganzheitlich organismisch mit archaischen Abwehrformen (*Petzold*

1992a, 752 ff). Störungen in der Entwicklung dieser somato-psychischen Differenzierung etwa zwischen dem 3. Lebensmonat bis zum Ende des ersten Lebensjahres können in der Wahrnehmung, dem Denken und den kommunikativen Fähigkeiten (Symbolbildung durch die Sprache) zu Defekten in der Realitätsprüfung führen. Die Handhabung und Veränderung von Affekt, Handlungen und Gedanken sowie deren Integration wird erschwert. Die Ursache für eine Manifestation psychiatrischer, psychosomatischer oder Borderline-Erkrankungen wird in der Integrativen Therapie nicht ausschließlich in frühen Schädigungen angenommen. Es wird davon ausgegangen, daß in der Lebenspanne immer wieder Schädigungen stattgefunden haben müssen – bei gleichzeitig unzureichenden protektiven Faktoren im sozialen Milieu, unzureichenden Coping- und Abwehrmechanismen. Die linear-kausale Verknüpfung zwischen frühen Schädigungen und späterer Erkrankung ist nicht angebracht.

Der leib-bezogene Ansatz der Integrativen Therapie, in dem es immer um intersubjektive Beziehung geht, wirkt in der „Integrativen Frühtherapie" präventiv im Bereich der Zwischenleiblichkeit und nährt Dimensionen wie: die „gute Atmosphäre", Bezogenheit, Sicherheit, die Haut als Umgrenzung und Kontaktstelle, Miteinander-Sein. Er ermöglicht positive Folgeerfahrungen und Heilungsprozesse.

Besonderer Beachtung bedürfen depressive Strukturen (*Petzold* 1992a, 793f, *Vyt* in: *Petzold* 1993c), denn in der Praxis ist immer wieder zu beobachten, daß in der Folge der Geburt eines Kindes mit Entwicklungsrisiken Depressivität vor allem bei der Mutter auftritt. Angst und Depressivität können einen Bruch in der Solidaritätserfahrung der Mutter kennzeichnen, die oft genug in der Krise keine ausreichende Unterstützung durch den Partner (zur Bedeutung der Vater-Mutter-Interaktion vgl. *Petzold* 1993c, 361) und die Familie erfährt. Diese negative Erfahrung wird in der Beziehung zum Kind weitergegeben und bestimmt die Interaktion (oft nur in Form von Mikrosignalen, die aber entsprechende Resonanzen auslösen). Depressive Mütter setzen ihre Kinder beständig widersprüchlichen Situationen aus. Manchmal nehmen sie Kontakt auf, und ein Dialog beginnt. Dann wieder frustrieren sie die Erwartungshaltung ihres Säuglings und ziehen sich in sich zurück. Aus der Hoffnungslosigkeit und Verlassenheit heraus entwickelt der Säugling typische Symptome: Vermeidung des Blickkontaktes (um erneuter Frustration zu entgehen), gastro-intestinale Streßreaktionen in Form von Magen-Darm-Störungen, Verweigerung der Nahrungsaufnahme, Unsicherheit als Zeichen der Angst, mangelnde Bereitschaft, Kontakt mit Erwachsenen aufzunehmen, unruhiges oder apathisches Bewegungsverhalten. Eine Atmosphäre von Trauer und Verlassenheit umgibt das Kind. Depressivität schränkt responsives Verhalten ein (*Karch* et al. 1989). Dieses ist aber neben dem kontingenten Verhalten der bedeutsamste Faktor für einen günstigen Entwicklungsverlauf. Die Wiederholung frühkindlicher Beziehungsformen äußert sich später im Bereich der Zwischenleiblichkeit, der Realisation und Kollusion von Szenen, eben der Art und Weise, Kontakt und Beziehungen aufzunehmen und zu gestalten.

12. Indikationen zur Therapie

Die Aufzählung erhebt nicht den Anspruch, vollzählig zu sein, – sie wird sich erweiterten Erfahrungen entsprechend verändern. In der Mehrzahl der Fälle überlappen sich die einzelnen Indikationsbereiche.

- diffuse Wahrnehmungsverarbeitungsstörung mit ausgeprägter vegetativer Symptomatik (besonders bei Frühgeborenen und dystrophen Säuglingen),
- abnormale motorische Entwicklung, zumeist kombiniert mit Wahrnehmungsverarbeitungsstörungen,
- verzögerte Entwicklung,
- gestörte Mutter-Kind-(Eltern-Kind)-Beziehung mit auffälligem Interaktionsverhalten (zumeist verursacht durch Auffälligkeiten des Kindes, durch Komplikationen in der Schwangerschaft, der Frühgeborenen- und Neugeborenenzeit),
- Verarbeitung der Diagnose bei einem Kind mit bekanntem (z.B. Morbus Down) oder mit weniger bekanntem Syndrom (z.B. Morbus Wolf),
- das sogenannte „Schreikind",
- das „schwierige Kind",
- die „auffällige Mutter",
- Unterstützung der Mutter-Kind-Beziehung bei funktionalübungsorientierter Therapie und zur Vermeidung eindimensionaler Entwicklung,

– Kinder, die Mißhandlung und Vernachlässigung intrauterin und/oder in den ersten Lebenswochen und -monaten ausgesetzt waren.

Zusammenfassung

Dieser Beitrag stellt das Konzept „Integrative Frühtherapie" vor. Ausgehend vom Verfahren der Integrativen Therapie, verknüpft es neueste Erkenntnisse der „Klinischen Entwicklungspsychologie" mit den bestehenden Konzepten neurophysiologisch fundierter Frühförderung.

Entwicklung wird im Kontext umgebender Welt gesehen. Das therapeutische Konzept ist leiborientiert und fokussiert die frühe Mutter-(Eltern-)Kind-Beziehung mit ihren präverbalen, leiblichen und atmosphärischen Kommunikationsmustern. Ihre Qualität wird als wichtigster Faktor angesehen, welcher über die Kompensation frühkindlicher Entwicklungsstörungen entscheidet. Die Bedeutung protektiver Faktoren, die ressourcenorientierte Sicht sowie die präventive Bedeutung der „Integrativen Frühtherapie" in bezug auf „frühe Schädigungen" werden diskutiert.

Das bestehende Entwicklungskonzept mit seiner Annahme linear-progressiv ablaufender Entwicklungsprozesse wird kritisiert, ebenso die bisherige Rolle von Methoden und Medien in der funktional-übungsorientierten Frühtherapie.

Neben psychotherapeutischen Interventionen der Mutter-Kind-Dyade werden neuro- und sensumotorische Interventionsformen dargestellt, die durch ihre Erlebnisorientierung besonders den sozial-emotionalen Entwicklungsaspekt berücksichtigen.

Literatur

Ayres, A.J. (1984), Bausteine der kindlichen Entwicklung, Springer-Verlag, Berlin, Heidelberg, New York, Tokio.

Bäcker, A. (1991), Risikogeborene: Entwicklung und Eltern-Kind-Beziehung. Gefährdung der kindlichen Entwicklung durch perinatale Komplikationen. *Psychosozial*, 14. Jg., Heft II (Nr. 46), 1991, 96-105.

Bobath, B., Bobath, K. (1983), Die motorische Entwicklung bei Zerebralparesen, Thieme, Stuttgart, 2. Auflage.

Brazelton, B.T., Cramer, B.G. (1991), Die frühe Bindung. Die erste Beziehung zwischen dem Baby und seinen Eltern, Klett-Cotta, Stuttgart.

Davis, M., Wallbridge, D. (1983), Eine Einführung in das Werk von *D. W. Winnicott*, Klett-Cotta, Stuttgart.

Dornes, M. (1993), Der kompetente Säugling. Die präverbale Entwicklung des Menschen, Fischer, Frankfurt a. Main.

Fedor-Freybergh, P.G. (Hrsg.) (1987), Pränatale und Perinatale Psychologie und Medizin. Begegnung mit dem Ungeborenen, Saphir, Älvsjö.

Jonas, M. (1989), Trauer und Autonomie bei Müttern behinderter Kinder, *Geistige Behinderung*, 4, 285-293.

Kainz, F. (1967), Psychologie und Sprache, Bd. 2, Enke, Stuttgart.

Karch, D., Michaelis, R., Rennen-Allhoff, B., Schlack, H. G., (1989), Normale und gestörte Entwicklung. Kritische Aspekte zu Diagnostik und Therapie. Springer-Verlag, Berlin, Heidelberg.

König, E. (1990), Langjährige Erfahrungen mit der Frühtherapie. *Der Kinderarzt* 21. Jg. (1990) Nr. 10.

Lamby, J. (1989), Der Beitrag der Entwicklungspsychologie beim chronisch unruhigen Säugling, in: *Pachler M. J., Straßburg H.-M.* 1989.

Marcel, G. (1978), Leibliche Begegnung, in: *Kraus, A.*; Leib, Geist, Geschichte. Hüthig, Heidelberg.

Marcovich, M./Klaube, A. (1993), Sanfte Frühchenpflege aus alternativer Sicht. *Kind, Ernährung, Umwelt* 2.

Metzmacher, B. (1987), Integrative Bewegungstherapie mit Kindern, in: *Petzold, H., Ramin, G.* (Hrsg.) 1987.

Osten, P. (1994), Die Anamnese in der Integrativen Therapie, *Integrative Therapie* 4/1994, 392-430.

Pachler, M. J., Straßburg H.-M., Hellbrügge, Th. (Hrsg.) (1989), Der unruhige Säugling, Hansisches Verlagskontor, Lübeck.

Papoušek, H.,Papoušek, M. (1981), Intuitives elterliches Verhalten im Zwiegespräch mit dem Neugeborenen. *Sozialpädiatrie in Praxis und Klinik* 3 (1981 b), 229-238.

—,—, (1982), Die Rolle der sozialen Interaktion in der psychischen Entwicklung und Pathogenese von Entwicklungsstörungen im Säuglingsalter, in: *G. Nissen*, (Hrsg.), Psychiatrie des Säuglings- und des frühen Kleinkindalters. Huber, Bern, 69-74.

—,—, (1992), Vorsprachliche Kommunikation: Anfänge, Formen, Störungen und psychotherapeutische Ansätze. *Integrative Therapie* 1-2/92, 139-155.

Papoušek, M. (1987), Die Rolle des Vaters in der frühen Kindheit: Ergebnisse der psychobiologischen Forschung. *Kind und Umwelt* 54, 29-49.

—, (1994), Vom ersten Schrei zum ersten Wort. Anfänge der Sprachentwicklung in der vorsprachlichen Kommunikation. Huber, Bern.

Petzold, H.G. (1980g), Die Rolle des Therapeuten und die therapeutische Beziehung in der Integrativen Therapie. In: *Petzold, H.G.* (Hrsg.), Die Rolle des Therapeuten und die therapeutische Beziehung, Junfermann, Paderborn, 3. Auflage 1996.

—, (1988a), Die „Vier Wege der Heilung" in der Integrativen Therapie: Teil I. Anthropologische und Konzeptuelle Grundlagen. *Integrative Therapie* 4/88, 325-364.

—, (1989), Die „Vier Wege der Heilung" in der Integrativen Therapie: Teil II. Praxeologische Grundkonzepte, dargestellt an Beispielen aus der Integrativen Bewegungstherapie. *Integrative Therapie* 1/89, 42-96.

—, (1991a), Integrative Therapie – Modelle, Theorien und Methoden für eine schulenübergreifende Psychotherapie, Band II/1: Klinische Philosophie, Junfermann, Paderborn.

—, (1992a), Integrative Therapie – Modelle, Theorien und Methoden für eine schulenübergreifende Psychotherapie, Band II/2: Klinische Theorie, Junfermann, Paderborn.

—, (1992b), Ein integratives Modell früher Persönlichkeitsentwicklung als Beitrag „Klinischer Entwicklungspsychologie" zur Psychotherapie. *Integrative Therapie* 1-2/1992, 156-199.

—, (1992c), Bemerkungen zur Bedeutung frühkindlicher Gedächtnisentwicklung für die Theorie der Pathogenese und die Praxis regressionsorientierter Leib- und Psychotherapie. *Gestalt und Integration* 1, 1992, 100-109.

—, (1993a), Integrative Therapie – Modelle, Theorien und Methoden für eine schulenübergreifende Psychotherapie, Band II/3: Klinische Praxeologie, Junfermann, Paderborn.

—, (1993c), Frühe Schädigungen – späte Folgen? Psychotherapie und Babyforschung, Band 1, Junfermann, Paderborn.

—, (1994), Metapraxis: Die „Ursachen hinter den Ursachen" oder das „doppelte Warum" – Skizzen zum Konzept „multipler Entfremdung" und einer „anthropologischen Krankheitslehre" gegen eine individualisierende Psychotherapie, in: *Psychologische Beiträge*, M. Grünwald, Mainz.

—, *Ramin, G.* (Hrsg.) (1987), Schulen der Kinderpsychotherapie, Junfermann, Paderborn, 3. Auflage 1995.

—, *Schuch, H.W.* (1992), Der Krankheitsbegriff im Entwurf der Integrativen Therapie. In: *Pritz, A., Petzold, H.* (Hrsg.). Der Krankheitsbegriff in der modernen Psychotherapie. Junfermann, Paderborn.

—, *Sieper, J.* (Hrsg.) (1993), Integration und Kreation. Modelle und Konzepte der Integrativen Therapie, Agogik und Arbeit mit kreativen Medien. Band I, Junfermann, Paderborn.

Pickler, E. (1988), Laßt mir Zeit. Die selbständige Bewegungsentwicklung des Kindes bis zum freien Gehen, Pflaum-Verlag, München.

Ritter, G. (1988), Die zwischenmenschliche Beziehung in der Bewegungsbehandlung, Bernhardt-Pätzold-Verlag, Stadthagen.

Sarimski, K. (1986), Interaktion mit behinderten Kleinkindern, E. Reinhardt-Verlag, München, Basel.

Schlack, H.G. (1994), Interventionen bei Entwicklungsstörungen. Bewertende Übersicht. *Monatsschr. Kinderheilkunde* (1994) 142, 180-184.

Schneewind, U.-J. (1990), Prozessuale Diagnostik und Erstinterview. Seminarnachschrift von *G. Hauch*, Fritz Perls Institut für Integrative Therapie, Gestalttherapie und Kreativitätsförderung.

Schusser, G. (1987), Zum Zusammenhang von Schwangerschaftsverlauf und postnataler Mutter-Kind-Interaktion, in: *Fedor-Freybergh, P.G.* (Hrsg.) 1987.

Steidinger, J., Uthicke, U. (1989), Frühgeborene: Von Babys, die nicht warten können, Rowohlt, Reinbek.

Stern, D.N. (1985), The interpersonal world of the infant, Basic Books, New York; dt.: Die Lebenserfahrung des Säuglings, Klett-Cotta, Stuttgart 1992.

Straßburg, H.M. (1990), Pathophysiologische Erklärungsmodelle transitorischer motorischer Auffälligkeiten beim Säugling. *Sozialpädiatrie* 12/7 (1990).

Tomatis, A.A. (1990), Der Klang des Lebens; Vorgeburtliche Kommunikation – die Anfänge der seelischen Entwicklung, Rowohlt, Reinbeck.

Touwen, B.C.L. (1993), Pränatale und frühe postnatale motorische Entwicklung und ihre Bedeutung für die Früherkennung von Entwicklungsstörungen. *Monatsschr. Kinderheilkunde* 141, 638-642.

Vojta, V. (1988), Die zerebralen Bewegungsstörungen im Säuglingsalter, 5. Auflage, Enke, Stuttgart.

Winnicott, D.W. (1983), Von der Kinderheilkunde zur Psychoanalyse, Fischer, Frankfurt a. Main.

Wittreich-Horst, G., Schmidt, E. (1991), Klinische Studie über Interaktionen zwischen der Mutter und ihrem frühgeborenen Kind. (Känguruh-Methode), in: Elterngruppe Frühgeborener, Lukaskrankenhaus Neuss (Hrsg.): Psychosoziale Betreuung des Frühgeborenen. II Neusser Workshop 21.9.91 – Milupa Sonderdruck 1991, 19-31.

Leibtherapie bei Kindern mit frühen Persönlichkeitsschädigungen*

Udi-Jutta Schneewind

„Wozu braucht man Sterben?
Wozu braucht man Leben?"
(Zwei Fragen einer psychotischen 7jährigen an ihre Therapeutin.)

1. Konzeptuelle Voraussetzungen

1.1 Zum Begriff der Leiblichkeit bei Kindern

Die anthropologischen Prämissen der Integrativen Therapie, die den Leib im sozialen Kontext und im zeitlichen Kontinuum in den Mittelpunkt ihres Identitätsbegriffes stellt (*Petzold* 1988, 1989), scheinen besonders geeignet, auf die Situation von Kindern in ihrem Entwicklungsprozeß von Wachsen und Reifen im Kontext ihrer familialen, sozialen, historischen und ökologischen Einbettung oder Nichteinbettung zu verweisen. Die Konzepte im wachsenden Gebäude einer Integrativen Persönlichkeitstheorie (*Petzold* 1974j, 1984i, 1992a, 528ff.) werden der Integrität des Kindes gerecht: Integrität im Sinne von Ganzheitlichkeit und (noch) fehlender Trennbarkeit. Trennbarkeit hier verstanden auf der Ebene des Individuums als klassisch abendländische Zwei- oder Dreiteilung menschlichen Seins und Tuns und ihrer Dimensionen in Körper, Seele und Geist; auf der Ebene der Primärgruppe Trennbarkeit als Prozeß wachsender Autonomie, die sich als in Eigenverantwortung wahrgenommene soziale und emotionale Angewiesenheit auf andere eher sieht denn als Monadisierung des autark überlebensfähigen Einzelnen. – Ein Kind ist von mitmenschlichen Beziehungen existentiell und vital abhängig.

Integrität sei hier gemeint auch im Sinne der hohen Verletzbarkeit, die Kindern – neben aller Vitalität (*Dornes* 1993) – biologisch

---

* Diese Arbeit ist eine weitgehend revidierte Fassung eines Beitrags zum 70. Geburtstag von Dr. med. *Hildegund Heinl*. Die geschilderten Behandlungen entstammen einem stationären kinder- und jugendpsychiatrischen Feld.

eigen ist aufgrund ihres auch anatomisch-physiologisch evidenten Heranreifens als Frühgeborene. Sie sind weiche, präg- und formbare Menschen und ihrer Umwelt mehr ausgeliefert als der Erwachsene. – Als psychosoziale Helfer haben wir vorwiegend mit Kindern und Jugendlichen zu tun, deren Integrität und Entwicklung durch äußere und bereits verinnerlichte Zumutungen verletzt und behindert, zumindest bedroht ist. Wenn wir ihnen unsere Augen und Herzen öffnen, machen sie uns ihre Verletzungen bereitwillig deutlich, in ihrer Leibgestalt, ihren restringierten oder expansiven Aktionen und Inszenierungen. Mit noch wachsender Ich-Struktur und sich erst entwickelnder Rationalität müssen sie sich mit dem Willen derer, von denen sie sozialisiert wurden (*Goslin* 1969; *Hurrelmann, Ulich* 1982), auseinandersetzen und bedienen sich dabei der Kompromißbildung von Internalisierung und Externalisierung (*Mentzos* 1987), Assimilierung und Akkommodation (*Piaget* 1972, vgl. *Perls* 1978, *Perls Hefferline, Goodman* 1979). Sie tun dies mit der dem anatomischen, psychophysiologischen und sozialen Wachstums- und Reifungsprozeß innewohnenden Vitaliät und Leibunmittelbarkeit. Sie machen augenfällig und sinnenfällig, wie sehr wir Menschen für die Integration von Entwicklungsaufgaben haltender, orientierender Beziehungs- und nährender Interaktionsstrukturen bedürfen, durchaus ganz wörtlich in dem in diesen Wörtern enthaltenen leibhaftigen Sinn.

Dies ist im praktischen Handeln des Klinikers implizit: Wird uns ein Kind zur diagnostischen Abklärung von Auffälligkeiten vorgestellt, fragen wir meist schon im Erstinterview (*Petzold* 1993p; *Stierlin* et al. 1980; *Althen* 1991; *Petzold, Orth* 1993a; *Osten* 1994, 1995) nach frühen Parametern der kindlichen Existenz im Kontext der Familie und der Beziehung zu primären Bezugspersonen. Wir fragen nach Einstellungen der Eltern gegenüber dem geplanten oder ungeplanten Kind, versuchen meist mehrgenerational verankerte Delegationen, Parentifizierungen, bewußtseinsnahe oder unbewußte Wünsche und Bedürfnisse zu explorieren, die dem Kind gegenüber schon in der vorgeburtlichen Zeit vorhanden sind (*Stierlin* 1978; *Sperling* et al. 1982). Wir fragen nach dem körperlichen und seelischen Verlauf der Schwangerschaft, Geburt und Frühsozialisation und sollten uns in der sprachlichen Usanz klar werden über den sich dort spiegelnden Dualismus von Psyche und Soma, der gerade in diesem Kontext besonders absurd erscheint. Kaum ein Ereignis focussiert die Dynamik einer Familie, eines Paares und der Eltern als Individuen, auf so einschneidende, alle Identitätsaspekte (*Petzold* 1982) erfassende Weise wie Entstehung, Geburt und Aufziehen von Kindern, insbesondere, wenn es sich um ein Erstgeborenes handelt. Das Kind und sein frühes Schicksal, dessen familiale und paardynamische Hintergründe sowie deren Wiederbelebung und Abfrage durch Schwellensituationen oder kritische Lebensereignisse, sind leibliches Zeugnis und fleischgewordene Geschichte der Beziehung der Eltern im mehrgenerationalen Kontext der Herkunftsfamilien. Die Ausdrücke „leibliches Kind", „leibliche Eltern" sind illustrativ dafür, wie sehr das Kind vom Zeitpunkt seiner Zeugung an *Leib-Subjekt* (*Petzold* 1990e) ist, zunächst in der intrauterinen Lebenswelt der Mutter, die wiederum bestimmt ist durch ihre Geschichte und aktuelle Lebenssituation; dann im ersten Separationsschritt in die Welt durch den Geburtsvorgang hin zur Primärgruppe. Spätestens seit den Pionierarbeiten von *Spitz* (1967) und *Harlow* (1958, 1962) ist offensichtlich, wie sehr das Kind in der Entwicklung seiner angeborenen Ausstattung für die Ausbildung kohärenter Identitätsstrukturen angewiesen ist auf einen Leibdialog (*Ajurriaguerra* 1962) mit seiner unmittelbaren Umwelt, die zunächst von der Mutter konstituiert wird. In ihrer Halte- und Kommunikationsfähigkeit bestimmt sie diese frühe Umwelt entscheidend (*Winnicott* 1965). Ebenso bestimmend ist die Qualität der Paarbeziehung der Eltern; die frühe (prä-ödipale) Dreieckskonstellation und die Beziehungskonstellationen der Familie, etwa durch Geschwister und Großeltern (*Lamb* 1976; *M. Papoušek* 1987), sind Boden für die Verinnerlichung von Beziehungsbildern, die spätere Beziehungsfähigkeit prägen (*Rohde-Dachser* 1987).

Der Körper des Kindes als organisches Substrat erfährt vom ersten Moment seiner Entstehung im Zeugungsakt, der vor diesem Hintergrund mit Recht „Urszene" genannt werden kann, seine Durchdringung und Überformung mit Sozialisationsprozessen, die als zwischenleibliche Beziehungserfahrung Leibgestalt, Körperbild und Selbstbild als Aspekte des (Leib) Selbst prägen. Wie dieses Selbst und wie das entstehende Ich strukturiert sind, was aus genetischem Potential und inhärenter Vitalität wird, darüber entscheidet die Sensibilität und Empathie der Pflegepersonen als hinreichend ausgebildete Fähigkeit zur „intuitiven Beelterung" (*Papoušek, Papoušek* 1987), zur feinfühligen Umsorgung (*Vyt* 1989) und zur teilnehmend-involvierten Förderung ko-kreativer Interaktionsprozesse (*Petzold* 1994a). Sind diese Fähigkeiten nicht hinreichend ausgebildet und überlagert von Traumatisierungen und Inkonsistenzen, können Entwicklungen zustande kommen, die bei manchen Kindern bereits in jungen Jahren zu fest etablierten negativen Selbstkonzepten und beginnenden Negativkarrieren führen als Ergebnis chronifizierter interaktioneller und sozialer Entwertungsprozesse, Mißerfolgserlebnisse und kumulierter Beeinträchtigungen (*Filipp* 1979; *Petzold, Goffin, Oudhof* 1993).

Eine integrative Therapeutik kann sich nicht in der Betrachtung dyadischer und gegenwartsfamilialer Beziehungen, deren Verleiblichung und Abbildung in den Innenwelten der Menschen, mit denen sie arbeitet, erschöpfen. Sie muß die ökologischen und politischen Kontexte berücksichtigen, in denen Kinder und ihre Familien leben; dies sowohl in diagnostischer Hinsicht (*Osten* 1995) wie auch in der Konzeption von Interventionspraxis. In einer zunehmend sich der Übersicht und dem Fassungsvermögen des Menschen entziehenden Umwelt und im Zuge einer Zeit, in der nahezu alle tradierten Kriterien für Orientierung in der Beziehungsgestaltung und im Aufbau von Weltbildern relativiert sind und zur Disposition des Individuums stehen, kann sich der Helfer in der Entwicklung von Hypothesen und Behandlungsstrategien nicht unreflektiert auf das stützen, was ihm in seiner professionellen Sozialisation wichtig und identitätsstiftend geworden ist. Dies gilt vor allem für die Anwendung von Verfahren, die auf langfristiges, prozeßorientiertes und auch regressives Behandeln angelegt sind. Die behandlungsbedürftigen Kinder der Postmoderne (*Metzmacher, Zaepfel,* dieses Buch), postmoderne (Psycho)-Therapie, deren Anwender und ihre gesundheitspolitischen Rahmenbedingungen werden zu neuen Formen der Bewältigung ihrer gemeinsamen Aufgaben finden. Ich denke nicht, daß bewährte Konzepte psychodynamischer Ansätze deswegen über Bord geworfen werden müssen. Vielmehr müssen ihre diagnostischen und theoretischen Tiefen reflektiert werden in ihrer Anwendbarkeit auf die Lösung von Fragestellungen der therapeutischen Praxis im Heute. Wenn es so gesehen werden muß, daß die Realität dieses Heute und Hier vor allem im urbanen Bereich geprägt ist von struktureller Gewalt und Werteveränderung, wird es unzeitgemäß, in einem Therapieverfahren den Anspruch aufrecht zu erhalten, der Weg zur Linderung von Beschädigungen und Störungen sei immer der der Veränderung leib-seelischer Struktur des Individuums, allenfalls seiner Kernfamilie; oder gar zu behaupten, nur wo dieser Weg langfristig und in aller Tiefe gegangen werde, führe er zur Heilung. Therapeuten werden versuchen, Entwicklungsschritte zu fördern, Übergänge zu versuchen, wenn Entwicklung blockiert oder behindert ist.

Kindertherapie ist Entwicklungsförderung und hat die Aufgabe, bei individuell und kontextuell begründeten Entwicklungsbehinderungen mitzuhelfen, Lösungen für den Schritt über die nächste Schwelle zu suchen und mit den Betroffenen zu erarbeiten; dies unter Berücksichtigung des spezifischen sozialen Kontextes und seiner Ressourcen. Da das Kind lebendig bewegtes Leibwesen ist, wird die Therapie mit Kindern immer auch Leib- und Bewegungstherapie sein. Diese Arbeit erfordert eine entwicklungspsychologische Basis und eine klinisch-theoretische Matrix zur Einordnung jener Phänomene, die aus der Pathologie als Verformung von Entwicklung und als Notanpassung gewachsen sind. Gerade bei Kindern mit frühen Beschädigungen sind die vorsprachlichen Abschnitte ihrer Lebenszeit wesentlich für die Planung und Durchführung von Therapien, die sich der Schicksale der Selbst- und frühen Ichentwicklung annehmen. Diese Arbeit erfordert aber immer auch in gleichem Maße Orientierung an den Realitäten und Ressourcen des Kindes, seiner Familie und deren Kontext (*Märtens, Petzold*, dieses Buch).

Entwicklungspsychologische Systematiken, die zur Verfügung stehen, beziehen sich auf die empirisch gesicherte Beobachtung (*Papoušek, Papoušek* 1987; *Stern* 1985; *Petzold* 1993b, 1994a) oder auf Extrapolierungen klinischer analytischer Arbeit mit Kindern und Erwachsenen (*Mahler* et al. 1987; *Winnicott* 1973, 1974; *Klein* 1983). Wichtig erscheint, beide Darstellungsweisen gesunder und abweichender Entwicklung im Auge zu haben, um Diagnostik und Therapie verorten zu können. Defizite und Traumata in der bereits intrauterin erfolgenden basalen Annahme des Kindes – Quelle seines Grundvertrauens (*Petzold* 1990e) – erfordern andere Interventionen als Beeinträchtigungen in der Differenzierung des subjektiven Leibselbst aus dem Verstehen eigener Affekte im Spiegel der verstehenden Mutter oder Pflegeperson oder als eine im dritten oder vierten Lebensjahr lokalisierbare Behinderung in der Ausbildung des Rollenselbst und der Identität durch Differenzierung früher Erfahrungen, von den Eltern übernommener Skripts und Rollenzuweisungen und des Erlebens des sozialen Kontextes, gerade wenn diese schon früh durch unbewußte Erwartungen und Aufträge eingeleibt wurden. Auch der kindliche Leib ist bereits Ort lebensgeschichtlich und lebensweltlich gewachsener Erlebniswirklichkeiten, die Konzepte über Wirklichkeit als Ergebnisse leiblicher, sozialer, ökologischer und politisch bedingter Erfahrung enthalten (*Plassmann* 1993).

Leiblichkeit als Vernetzung körperlicher und psychosozialer Interaktionen und deren Formungsgewalt für den Aufbau der pychophysischen Strukturinstanzen *Selbst*, *Ich* und *Identiät* ist für mich besonders anschaulich geworden im Werk von *Melanie Klein* (1983). Wenn auch die psychoanalytische Nomenklatur der Objektbeziehungstheorie (*Kernberg* 1981; *Balint* 1988) gelegentlich den intersubjektiven Charakter menschlicher Beziehungen in der Wortwahl und die Ergebnisse moderner Säuglingsforschung in den konzeptuellen Ansätzen zuwenig zu berücksichtigen scheint, empfand ich in meiner klinischen Praxis, vor allem in der Behandlung Frühgeschädigter, dieses Rüstzeug als einen guten Kompaß in der oft chaotischen Innen- und Außenwelt dieser Patienten und ihrer Familien.

Aus den „Archiven des Leibes" dieser Kinder stiegen, vor allem im dyadischen und gruppentherapeutischen Kontext, wenn dem Bedürfnis der Kinder nach Aktion (*Moreno, Moreno* 1944) und Weitung (*Schmitz* 1985) Genüge getan werden konnte, archaische Bilder auf, aktionale und symbolische Assoziationen zu Teilaspekten früher Beziehungserfahrungen und Repräsentationen, von *Imagines* unterschiedlicher Komplexität und Herkunft (*Petzold* et al. 1993), die, zunächst fragmentiert und deshalb bedrohlich im Sinne von zerstörerisch-aggressiv oder allmächtig-ansaugend-verschlingend, im Raum standen und durch Einbettung in den interaktionalen Kontext der therapeutischen Beziehung durchgearbeitet und zu ganzheitlicheren inneren Bildern und sinnvollen Erlebniszusammenhängen integriert werden konnten. Dies geschah immer über leiblich-reale Aktion des Kindes und über die Beantwortung dieser Aktion durch die leiblich-reale Präsenz und Aktion des Therapeuten.

Ein 9jähriger, kräftiger, wie ein Riesenbaby wirkender Junge war mit der Diagnose Frühschädigung und in der Gefährdung einer sich entwickelnden Borderline-Persönlichkeitsstörung nach dem Suizid des Vaters in halbstationäre Behandlung gekommen. Familientherapeutische Bemühungen verliefen zäh. In seiner Therapie, bei einem männlichen Kollegen, stand das Verlusttrauma des Vaters im Vordergrund und die trotzig-omnipotente Abwehr, die der Junge seinen Gefühlen gegenüber aufbaute. – Er hatte sich mich für Vertretungsstunden während des Urlaubs seines Bezugstherapeuten ausgesucht und wählte dafür das bisher durch ihn entwertete Spielzimmer. Nach einer Orientierungsphase überraschte er mich damit, daß er plötzlich Körperkontakt aufnahm, sich für meinen Körper und für die Geschlechtsmerkmale interessierte und aus dieser Situation plötzlich hergestellter Intimität Assoziationen zu entwickeln begann, die um das Thema früher Oralität, Beziehungserfahrung und der mütterlichen Brust kreisten. Der Junge sah mich unverwandt an und ging dabei im Raum scheinbar ziellos umher, sprach unzusammenhängend von Babyflaschen – er hatte gehört, daß ich bisweilen therapeutisch damit arbeitete –, von Frauen und ihren Brüsten, von der Mutter, vom Trinken von Milch und Alkohol, bis ich mich entschied, eine Strukturhilfe anzubieten, indem ich an die Tafel eine große Brust malte. Es folgte ein ruhiges, informatives Gespräch über die mütterliche Brust, über das Stillen, in dessen Verlauf ich auch eine Babyflasche an die Tafel malte. Der Junge gestaltete die Flasche zu einem bedrohlichen stechenden Objekt aus, das an eine Rakete oder Injektionsnadel erinnerte. Mit dieser Phantasie wurde in den Folgestunden im deutungsfreien Rollenspiel gearbeitet, indem wir abwechselnd bedrohtes Kind und bedrohliches Objekt waren, das man als unbewußte frühe Reminiszenz eines Teilaspektes der Mutter sehen könnte. Das Spiel hatte offenbar eine *symbolische Qualität*, die ohne Deutung wirkte, denn der Junge wandte sich nach einiger Zeit entschlossen zur Werkbank, wählte ein längliches Stück Holz und schlug energisch und konzentriert sehr große lange Nägel ein, bis das Teil von Nägeln starrte. Er überreichte es mir stolz und mit klarem Blick und meinte, er würde mir diesen Igel gern schenken.

Die leiborientierte Arbeit an den Tiefen von Beziehungserfahrung in der therapeutischen Zweierbeziehung ist ohne die mindestens gleichgewichtige Arbeit am familialen und weiteren sozialen Kontext und vor allem ohne eine progressiv-zukunftsorientierte Stärkung und Vermittlung von Hoffnung nicht sinnvoll. Zur Tiefendimension muß die kontextuell-systemische Sicht und die historisch nicht nur rückwärts oder auf das Hier und Jetzt focussierte, sondern am Prinzip Hoffnung ausgerichtete Zukunftsorientierung treten. Die beschriebene Situation enthält, aus der Bearbeitung alter Beziehungserfahrung heraus, einen Schritt hin zu progressiver, die produktive Wehrhaftigkeit betonende Sicht des eigenen Ich. Dieser Schritt wäre ohne die Erfahrung der bisherigen einzeltherapeutischen Schritte, des Kontext der tragenden Behandlungsgruppe und der familientherapeutischen Bemühungen nicht denkbar. Der „Igel", den der Junge symbolisierend herstellt und der Therapeutin gibt, wird durch die Konkretisierung zur inneren Kraft und auf der Übertragungsebene als Separationsschritt explizit kommuniziert.

Der Therapeut dieses Jungen und seine Institution stellen indikationsspezifische, gesicherte Zeit- und Raumgrenzen zur Verfügung. Der Therapeut macht sich als Leibsubjekt verfügbar, als konkret Tragender, Handelnder, als be-greifbares Subjekt von Externalisierungen (*Haar* 1985) und als Übertragungsfigur. Wesentlich ist, daß Raum, Zeit und das Beziehungsangebot des Therapeuten begründet und begrenzt sind von den Strukturen des therapeutischen Bündnisses und von den Prinzipien „partiellen Engagements" und „selektiver Offenheit" (*Petzold* 1980g) und daß es um eine stationäre Therapie mit verbindlichen Konzepten und Regeln geht, die der Behandlungseinheit und der Institution. Ein solcher Boden, Halt und Rahmen gestattet dem Kind, sich in seiner Leiblichkeit und Lebenszeit einzubringen: Das räumlich-zeitlich-personale Angebot mit den Sinnen wahrzunehmen, seine Funktionen zu fordern, sein Leibgedächtnis zu öffnen und seine Expressivität in den Dienst der Darstellung der Inhalte dieses Gedächtnisses zu stellen. Dadurch und auf dem Boden der adäquaten Beantwortung seiner Impulse durch den Therapeuten und das therapeutische Umfeld kann das Kind integrierende Arbeit leisten und neue Möglichkeiten des Erlebens und Verhaltens erproben.

Hintergrund hierzu ist in der Regel die mehrgenerationale Bedingtheit dessen, was das Kind ausmacht und behindert. Sie ist, da dem familialen Schweigen unterworfen, dem Zugriff des Bewußtseins oft nicht zugänglich, sondern wird erst sichtbar durch Inszenierungen in der Arbeit mit kreativen Medien und Symbolen (*Orth* 1994). Dort werden Inhalte des „sprachlosen Raums" be-greifbar (*P. Heinl* 1988). Oft sind gerade solche Kinder leibtherapeutisch besonders bedürftig, die als Glied des „Familienleibes" von der Herkunfts- oder Ersatzfamilie amputiert werden: Kinder als Opfer von Ausstoßungsprozessen, aus dysfunktionalen oder unvollständigen Beziehungskonstellationen, Kinder aus Stief-, Pflege- und Adoptivfamilien (*Müller* 1994). An ihnen wird sehr offenbar, daß Identität im Leibe wurzelt, der in einem leiblichen Akt gezeugt wurde. Ihre Symptomatik ist oft eine Inszenierung ihres Lebensdramas, der beschnittenen Identität an der Wurzel, im Leib-Selbst (*Petzold* 1990e), am Anfang der Subjektwerdung, der völligen Verwiesenheit auf die Intersubjektivität (*Marcel* 1978; *Petzold* 1980g) der Primärbeziehungen. Das Kind, der Jugendliche, sucht nach sich selbst und verwendet seine schöpferischen Kräfte für diese Suche, sofern diese Kräfte nicht durch Vernebelung, Tabuisierung und Beschneidung entscheidend beeinträchtigt wurden und archaische Abwehrformen mobilisiert werden mußten (*Landsberg, Schneewind* 1988; *Petzold* 1992a).

Der hier vorgestellte Leiblichkeitsbegriff hat nichts zu tun mit den Versprechungen aus dem Verkauf mancher „Körpertherapien", im Angebot von Scheinlösungen und Heilserwartungen, die lebensweltliche und zeitgeschichtliche Realitäten verschleiern. Er erscheint geeignet zu einer umfassenden Sichtweise der Erlebens- und Entwicklungsprozesse von Kindern, die die Welt noch unmittelbar-leibhaftig und noch nicht mit der Fähigkeit rationaler Distanzierungfähigkeit erfuhren. Die hier skizzierten leibtherapeutischen Zugehensweisen erheben auch nicht den Anspruch, kontextuelle Zusammenhänge und lebensgeschichtlich gewachsene Strukturen, im Sinne „großer Körperpsychotherapie" (*Petzold* 1977k, 1988n), zu verändern. Das ist beim Kind als noch wachsendes und offenes System nicht angebracht. Eine ganzheitliche, den Leib als sozialisierten Körper ansprechende Sichtweise, soll mithelfen, Schwierigkeiten im Angehen der nächsten Entwicklungsaufgabe zu überwinden mit Lösungen, die auch in unmittelbaren leiblichen Aktionen und Konkretisierungen gewonnen werden können.

1.2 *Zum Begriff der frühen Persönlichkeitsschädigung bei Kindern*

Wir scheuen uns, Diagnosen wie „kindliche Psychose", „Borderline-Entwicklung" oder „narzißtische Neurose" über bestimmte Kinder auszusprechen, die wir als verletzbar und empfindlich in ihrer Entwicklungsdynamik sehen. „Persönlichkeit" als Konstrukt ist sicherlich auch eher ein Begriffsbündel, das an der Untersuchung von Erwachsenen validiert wurde. Beim Kind wird man noch nicht von einem „Charakter" oder einer fest formierten „Persönlichkeit" sprechen. Als wesentlich am Kind sehen wir sein Unfertigsein, seine Plastizität und Prägsamkeit als sich entwickelndes Wesen.

Dennoch sind Begegnungen mit Kindern, die Brüchigkeiten, ja Zerbrochenheiten ihres Selbst mitbringen – bedingt durch prolongierte Defizite, Polytraumatisierungen und chronifiziert widersprüchliche Stimulation – Alltag jedes Klinikers, ebenso wie labile, zerfließende Ich-Grenzen bei psychotischen oder präpsychotischen Kindern. Bei Grenzfallkindern (*Bürgin* 1987) begegnen wir Ich-Strukturen, die bereits strukturelle Abwehrqualität haben, um mit Reizinkonsistenz und Beziehungsbrüchen und -abbrüchen, mit destrukturierten sozialen Klimata fertig zu werden. Kinder, die bereits beherrscht sind von der Angst vor Zusammenbruch ihrer Ich-Stabilität (*Petzold, Orth* 1994a) unter dem Ansturm nicht bewältigbarer Affekte von Wut, Haß und Kränkung, aus dem Erleben des Nichtgewollt- und Zurückgewiesenseins, von Panik und Sehnsucht zugleich im Hinblick auf Beziehungswünsche und Beziehungschancen von Nähe und Verläßlichkeit. Dissozialität, frühe Suchtprobleme, Selbst- und Fremdzerstörung sind die Aktionsfelder für das sich inszenierende familiale und innere Drama. Depressive und von beginnenden psychosomatischen Störungen geplagte Kinder mit Entwicklungsrückständen scheinen uns in unserer Diagnosepraxis weniger moralische Mühen zu machen, obwohl die familialen Pathologien und die innere Not der Kinder und Eltern nicht minder an- und ergreifend sind. Kinder mit schweren Persönlichkeitsstörungen (traumatisiertem Selbst, schwachem Ich, chaotischer Identität) machen uns vielleicht eher in unserer Gegenübertragung zu schaffen, als daß sie uns diagnostische Formulierungsskrupel verursachen. Wir können im Rahmen von Delegations- und Parentifizierungsprozessen von „ver- und geliehener Identität" sprechen, von „falschem Selbst", wenn Mutter oder Vater dieses Kind weniger in seiner Realität, sondern eher ihr Bild vom Kind gesehen haben. Das Kind erscheint dann als Puppe auf der Bühne des gekränkten Narzißmus der Eltern oder des Elternteils, der den Solopart in einem imaginären Ballett tanzt und diese Rolle in der Therapie hartnäckig verteidigt, weil sonst wenig an persönlicher Substanz da zu sein scheint.

Die Leiber frühbeschädigter Kinder zeigen in der Regel deutlich die Spuren ihrer belasteten Entwicklung und symbolisieren, besonders beeindruckend im Falle schwerer psychosomatischer Störungen, das Sozialisationsschicksal und die Bewältigungsversuche dieses Schicksals. Die kleinen Körper sind Bücher, in denen wir Familien- und Beziehungsschicksale lesen. In der Leibgestalt eines Kindes können wir oft den Teil eines elterlichen Selbst sehen, der von den primären Bezugspersonen abgewehrt werden muß; oder den Eltern tritt das Kind als kleines Bild eines unversöhnten und unverarbeiteten Aspekts ihrer eigenen Elternbeziehung entgegen. Das Kind wird dann bekämpft. Auch die Folgen nicht hinreichend verarbeitbarer Geschwisterverluste in der frühen Kindheit können sehr schwerwiegend sein. Sei es, daß ein Kind als Ersatz für ein verstorbenes Geschwisterkind gezeugt wird und in die entsprechende Leerstelle in der Erwartungsstruktur der Eltern gestellt wird, sei es, daß Eltern durch den Verlust eines Kindes in der Bewältigung des Trauerprozesses überfordert sind. Eine besondere Valenz kommt dem überzähligen, dem ungewollten Kind zu (*Ferenczi* 1921). Die Auswirkungen einer solchen Situation können von der auch leiblichen Vernachlässigung und Gewalterfahrung bis zu subtilen Wirkungen mangelnder Spiegelung des Kindes im Blick und in der zwischenleiblichen Zuwendung und Akzeptanz der Eltern reichen.

Frühe Persönlichkeitsschädigungen sind hier verstanden als Entwicklungsbehinderungen durch Zumutungen im Sinne von Defiziten, Traumata, Störungen (Stimulationsinkonsistenzen) und Konflikten, die ihren Ursprung schon in der Zeit zwischen den bewußten und unbewußten Phantasien, Wunschvorstellungen und Ängsten der Eltern über das Kind vor dessen Zeugung haben können und sich in der Beziehungsentwicklung niederschlagen, so daß die Entwicklung des Selbst, Selbstgefühls und Selbstwertgefühls, eines funktionsfähigen Ich, schwer beeinträchtigt ist (*Petzold* 1992a, 526ff.). Dabei konnten diese Entwicklungsbeeinträchtigungen nicht hinreichend durch protektive Faktoren, Eigenressourcen und benigne Alternativerfahrungen kompensiert werden (*Petzold, Goffin, Oudhof* 1993).

2. Überlegungen zu einer Praxeologie Integrativer Leibtherapie bei Kindern mit frühen Persönlichkeitsschädigungen

Wenn sie sich als kurz- oder mittelfristige, seltener langfristige, Begleitung von Entwicklungsübergängen sieht, wird eine leibtherapeutische Praxis fokal- und konfliktorientiert sein, funktional-fördernd und erlebnisorientiert arbeiten und in einem Klima von nährendem Halt und orientierend-klärender Grenzsetzung stattfinden. Sie wird im Dienste einer Zukunft stehen, die dem Kind gehören soll und die der familiale Kontext des Kindes für dieses und mit diesem gestalten kann. Sie wird vor allem den sozio-ökonomischen Realitäten des Kindes und seiner Familie Rechnung tragen. Wenn diese Praxis ressourcen- und prozeßorientiert ist, wird sie besonders für die Arbeit an Traumata und an Konflikten Möglichkeiten bereitzustellen suchen, die das Kind nutzen kann, ohne sie ihm konfrontativ aufzuzwingen.

Kindertherapie kann Leibtherapie sein, wenn sie Ganzheitlichkeit anstrebt und es ein Konzept von Identität gibt, das einen Seinsmodus des Leibes und eine Verwurzelung von Identität im Leib-Selbst mit seiner Lebenswelt annimmt (*Petzold* 1982, 1985). Kindertherapie als Leibtherapie wird das Kind in seiner Integrität und Vulnerabilität sehen, eingebunden in seine engeren und weiteren Lebensräume. Dabei geht es nicht nur um den normativen Raum, der dem Kind in seiner leib-seelischen Entwicklung zur Verfügung gestellt wird, die Entwicklung seiner Funktionslust, seines Bewegungsdranges, seiner Erlebnis- und Gefühlsintensität. Es geht um die Möglichkeit, sein Gewordensein in seiner Lebenswelt integrieren zu können, um diese Chance! Eine Leibsozialisation in einem großstädtischen sozialen Brennpunkt ist nicht vergleichbar mit der Sozialisation auf dem Hof eines Gebirgsbauern, auch nicht mit dem, was einem Kind widerfährt, das seine frühen Jahre in der Enge eines pietistischen Kleinbürgerhaushalts oder in den Sälen einer Patriziervilla, betreut von Angestellten und ohne körperliche Nähe zu Eltern, verbringt. Jeweils wird es – behandelt man Kinder aus derart verschiedenen Lebenswelten – um die Vermittlung von Zutrauen gehen, den jeweiligen Lebenskontext im Rahmen des Möglichen aktiv zu gestalten, seine Ressourcen zu nutzen und vielleicht einmal in die Lage zu kommen, ihn zu verändern oder ihn zu verlassen, ohne die eigene Geschichte entwerten zu müssen.

Auf Gestaltung von Lebensraum richtet sich eine ganze Palette von Interventionen: Von der Arbeit an einer Klinik als heilsamer therapeutischer Raum zur Sozialarbeit in der familialen Wohnung, in der erst einmal abgegrenzte Schlafmöglichkeiten oder ein Arbeitsplatz für Schulaufgaben eingerichtet werden müssen, zu kreativen Räumen, in denen mototherapeutische, musik- und theatertherapeutische Maßnahme stattfinden können, die das Kind ermutigen, seinen „expressiven Leib" auszudehnen und für die Ausbreitung von Gefühlen und Handlungsimpulsen zu beanspruchen. Genannt seien noch der „bergende" Raum der Bude, der Höhle, des selbstgebauten Stübchens oder der zwischenleibliche Raum, Arme oder der Schoß des Therapeuten, um in reinem Schutz die Abwehr existentieller Angst, chronifizierte Anspannung der Muskeln oder inneren Organe langsam loslassen zu lernen oder um in der Erfahrung von solchen sanften und doch klaren Raumgrenzen die Grenzen eigener Leiblichkeit, des eigenen Körperbildes oder der aus früher Mangelerfahrung oder Verwöhnung grenzenlos gewordenen Bedürftigkeit kennenzulernen.

Auch wenn schon der kindliche Leib oft in erschütternder Weise als Zeuge seiner Sozialisation zu lesen ist, scheinen Kinder einen leichteren Zugang zu verschiedenen Ebenen von Realiät zu haben als Erwachsene. Sie bewegen sich leichtfüßig zwischen diesen Ebenen, und diese Eigenschaft kann genutzt werden, um vielfältige Übergänge zwischen Spiel, Traum, Phantasie, Mythos, hin zu leibhaftiger Realität, zu gestalten und zu nutzen. Die Schwelle des scheinbar nicht Möglichen kann überschritten werden, um zu den oft schwer erreichbaren Problemen früher Selbst- und Ich-Bildung vorzudringen. Das geschieht nicht selten über die Aktivierung archaischer Selbstschemata (des „Größenselbst") und der Abwehr früher Verlassenheits-, Kränkungs- und Zurückweisungserlebnisse in intermedialer Arbeit (*Ramin, Petzold* 1987; *Petzold* 1987), z.B. am Körperbild, mit Hilfe von Tanz (*Willke* 1985), Pantomime (*Müller* 1984), Maske (*Sheleen* 1987) und im Durcharbeiten sogenannter „body charts" (*Petzold, Orth* 1991a). Bei längeren, sitzungsfrequenten Einzel- und Gruppenbehandlungen tauchen diese Themen als Spontanangebote aus der Übertragungssituation, dem kindlichen Phantasieschatz, der wiedererwachten Spielfreude auf und gewinnen Gestalt als freie Handlungs- und Bildassoziationen, die in Bewegung, spielerischer Interaktion, Arbeit mit kreativen Medien oder die direkte Arbeit am Körper durch den Therapeuten umgesetzt werden.

Ein wegen unsteuerbarer Aggressivität und Entwicklungsverzögerung – zusammen mit seiner Schwester – als Kinder einer auch mehrgenerational hochbelasteten Migrantenfamilie in eine Klinik eingewiesener 4jähriger bearbeitet seine Zerrissenheit zwischen impliziten Botschaften massiver Ablehnung der Mutter und einer Position bei ihr als grandioses Objekt durch Herstellung eines etwa 4 m langen riesigen Bildes eines aufgerichteten Löwen in Angriffsstellung, mit dem er sich in der Einzeltherapie ganzleiblich kathartisch identifiziert; zeitgleich spielt er in der Gruppentherapie seinen eigenen Tod und sein Begrabensein. Er spielte seine Leiche (Identifikation) und legte sich in ein aus Schaumstoffteilen gebautes geschlossenes Grab. An die Gruppe delegiert er den Trauerprozeß um sich selbst. – In der Familie gibt es ein Familiengeheimnis um tote Kinder, die während des Krieges umkamen und für die die wegen ihres Überlebens schuldgequälte Mutter des Jungen ihre Kinder als Ersatz sieht. – Diese konfliktzentrierte Therapie ist eingebettet in eine intensive Familienarbeit. Die Grandiosität des „Löwen" wird nicht konfrontiert, sondern positiv konnotiert genutzt als „innerer Begleiter", Schützer und Beistand in ängstigenden Situationen (*Petzold, Kirchmann* 1990). Der omnipotente Überhang wird im Alltag durchgearbeitet mit Hilfe von Grenzsetzungen durch alle Teammitglieder auf der Station. Alle Kinder nahmen an dieser Szene mit einem hohen Maß an Engagement und Involvierung teil. Sie schienen in der Verkörperung ihrer Rollen eigene Anteile von Einsamkeit und Bedürftigkeit, die wichtig und damit betrauernswert wurden, zu bearbeiten. Der Junge stieg rosig aus seinem „Grab" und wurde mit einem Ritual freudiger Bewillkommnung empfangen. Als Erklärung der Dynamik des positiv verlaufenden Therapieprozesses könnte man hypothetisieren: Dadurch, daß der Junge sich hier in seiner

„Inkubation in Mutter Erde" als Symbol für einen Tod und Leben spendenden Uterus intensiv gemeint und be-kümmert fühlte, konnte er etwas von den Schatten der toten Kinder in seiner Familie ablegen und das, was an Traurigem in der Zuschreibung durch die Mutter abgespalten wurde, annehmen und integrieren.

Die Integrative Therapie stellt das Sprachlose gleichrangig an die Seite der Phänomene der Verbalsprache. Der Leib spricht zu uns. Je weniger ein Kind sprechen kann, desto beredter ist sein Leib, seine Inszenierung, ist seine Körpersprache (*Argyle* 1978). Das Kind zeigt sich uns in seiner leiblichen Gestalt und bietet uns die „verkörperte Geschichte" seines Lebens, dies meist noch eher als wahrhaftes direktes Zeugnis erfahrbarer Phänomene denn als verleiblichte Struktur (*Kurtz, Prestera* 1979; *Lowen* 1982, 1983, 1984). Symptomatiken, z.B. psychosomatische Beschwerden, können in diesem „Diskurs des Leibes" als „Monumente" negativer Vergangenheitseinwirkungen gesehen werden.

Verbale Intervention heißt aber nicht notwendigerweise leibliche Distanz. „Der Körper wird von der Sprache ergriffen" (*Petzold* 1985). Sprache, Worte, Klang der Stimme, Tonfall des Satzes, treffen auf den Leib des anderen, umhüllen zärtlich, ersticken, geben Halt, fordern die Aufrichtung, treffen wie Schläge, lähmen, nehmen den Atem, schlagen in die Flucht, machen lächeln, erröten, weinen, zittern. Sprache ist etwas vom Körper erzeugtes und den Leib betreffendes. Zu den häufigsten Vorstellungsgründen von Kindern bei psychosozialen Helfern gehören Störungen der Sprachentwicklung. Wird mir ein mutistisches Kind zur Therapie anvertraut, erlebe ich besonders eindrucksvoll, wie sehr es mit seinem Symptom, dem Schweigen, spricht. Es fordert mich auf der Ebene des Vorsprachlichen, des Transverbalen, auf der Ebene meines leibhaftigen Seins. Kinder sprechen mit ihrem Körper, wenn ihnen die Mitteilung dessen, was sie bewegt, nicht gelingt, sei es, daß sie nicht in Worte fassen können, was ist, weil es zu groß oder komplex für ihre Denk- und Verbalisierungsfähigkeit ist, sei es, daß sie, aufgrund innerer und äußerer Konflikte und Verbote, Geheimhaltungsverabredungen in der Familie, nicht reden dürfen. Dies gilt in besonderem Maße für die psychosomatisch erkrankten Kinder, die noch deutlicher und unmittelbarer als der Erwachsene über die Sprache des Symptoms auf Lücken, Irritationen, Störungen und Behinderungen ihrer Selbst- und Ichentwicklung hinweisen. Junge Kinder gewähren uns Einblick in die Entstehung und Fixierung von Symptomatik als Regulierungs- und Kompensationsversuch früher

Kommunikationsproblematik zwischen dem Kind und einer entwicklungsgestörten Mutter vor dem Hintergrund des familialen Kontextes (*Ammon* 1974; *Minuchin* et al. 1986; *Wirsching, Stierlin* 1982). Das psychosomatische Symptom wird zur Hilfsinteraktion in einer schwierigen Zwischenleiblichkeit, zunächst in der Beziehung zwischen Mutter, Vater und Kind, dann in der Beziehung des Kindes zu sich selbst (*Fornari* 1970).

Ich möchte nun einige mögliche leibtherapeutische Zugehensweisen in der Kindertherapie skizzieren. *Petzold* (1988n, 1993) hat „vier Wege" der Heilung und Förderung und drei „Modalitäten des Vorgehens" beschrieben, auf die hier auch Bezug genommen sei.

2.1 *Funktional-übende Modalität*

Zur *funktional-übenden* Modalität sind als vertraute leibtherapeutische Zugänge zum Kind zu sehen: Psychomotorische und logopädische Entwicklungsförderung, Wahrnehmungstrainings sind heilpädagogische und motopädische Domänen, deren Integration zu sprach- und bewegungstherapeutischen Behandlungssystemen Bemühung war und ist (*Olbrich* 1991/92; *Metzmacher* 1987). In der Regel wird diese übungszentrierte Modalität in der Behandlung von Leibstörungen aus dem klassischen psychotherapeutischen Setting der ambulanten Praxis ausgelagert oder im interdisziplinären Zusammenhang stationärer Therapie an Bewegungstherapeuten und Heilpädagogen delegiert. Eine enge Kooperation am Behandlungsplan und -verlauf ist Voraussetzung für das Gelingen einer solchen Strategie.

2.2 *Erlebnisaktivierende, kreativ- und spieltherapeutische Modalität*

Die *erlebnisaktivierende, kreativ- und spieltherapeutische Modalität* spricht Defizite in den Dimensionen des perzeptiven und expressiven Leibes an. Das Kind als neugieriges, von Natur aus lernfreudiges und künstlerisch schaffendes Wesen, begegnet dem kreativen Therapeuten und seinem spiel- und entdeckungsfreudigen „inneren Kind" bzw. genauer: seinen „inneren Kindern" als archivierten kindlichen Selbstschemata, die in der Interaktion mit dem Patienten aktualisiert werden. Dabei können kreative Medien, dramatherapeutische Elemente und Spielzeug, aber auch Naturmaterialien, ja die Natur selbst, mit einbezogen und genutzt werden. Aus einer bewegungstherapeutischen Sitzung kann die Gestaltung des Körperbildes in Farbe und Papier oder Ton oder als Collage oder Puppenbau erwachsen, was wiederum leibtherapeutisch aufgearbeitet werden kann. Aus einer scheinbar mehr der protektiven Abwehr dienenden Beschäftigung mit Ton (*Petzold, Kirchmann* 1990) kann durch den leibhaftigen Kontakt mit dem Medium eine konfliktzentrierte Arbeit entstehen.

Eine 8jährige, mit einer breitgefächerten psychosomatischen und beginnend-dissozialen Symptomatik, bearbeitet die kränkende Dysfunktionalität ihrer Herkunftsfamilie und durchläuft dabei eine Phase, in der sie mit der Therapeutin in den Wald geht und sich Baumfamilien ansieht und aussucht. Sie verbringt lange Zeit damit, Körperkontakt mit den Bäumen zu suchen und sich diesem hinzugeben, die Bäume zu umarmen, sie zu schlagen, sie „Vaterbaum" und „Mutterbaum" zu nennen. Die Therapeutin muß aktiv am Geschehen teilnehmen und sie spiegeln. Viel später, in einer Sitzung mit den Eltern, nutzt sie ein körpertherapeutisches Übungsgerät, das aufrecht da steht und eine Gestalt wie ein Stamm hat, um ihren Eltern von der Sitzung zu erzählen und, indem sie auf das Gerät einschlägt, diesen mitzuteilen, was sie an ihnen verzweifeln und wütend werden läßt. – Diese Ausschnitte aus einer Einzeltherapie sind eingebettet zu sehen in eine stationäre Therapie, die im Milieu des Stationsalltags nicht nur die aggressive Dominanz des Mädchens durch konsequente Grenzsetzung relativiert, sondern auch Beratung der Mutter durch Pädagogen einschließt zum Thema Mutter-Kind-Interaktion und gemeinsamer kindgerechter Aktivitäten. In der Familientherapie werden als kreative Idee der 4 Geschwister alle Geburtstage der Kinder in Würdigung ihrer individuellen Bedürfnisse „im Spiel" gefeiert und dabei große Mengen an Milch und Keksen gemeinsam verzehrt. Die benignen Atmosphären von nährenden sowie konstruktiv-eingrenzenden Realsituationen wurden von der Patientin gut angenommen. Sie konnte, als die Mutter wieder gravid wurde, in einer Atmosphäre von Zugewandtheit und moderater Enttäuschung über die nun weiter verknappenden Ressourcen der Familie vorschlagen, daß sie monatlich einen kleinen Betrag aus ihrem Taschengeld für das neue Kind ansparen wolle.

Daß die Arbeit im kreativen Bereich für die Förderung von Entwicklung besonders wichtig ist, macht das Werk von *D.W. Winnicott* besonders deutlich. In der Erfahrung des Getrenntseins von der Mutter als Lernprozeß, all-ein zu sein in Gegenwart, aber ohne leibliche Berührung des anderen, entwickelt der Mensch seine kreativen Potentiale und erschafft sich Objekte, die er im schöpferischen Spiel beseelt und die ihm helfen, den Übergang der ersten Separationserfahrung zu gestalten. Frühgeschädigte leiden an Irritationen ihrer frühen Individuationsgeschichte. Sie befinden sich oft in Situationen, vor denen gängige innere und äußere Lösungswege versagen. Um so wichtiger ist es, Individuation und Realitätsbewältigung durch das Rufen und Bestärken dem Kind eigener, auch ungewöhnlicher, Lösungsstrategien zu fördern.

Eine psychotische 9jährige verbrachte im letzten Drittel ihrer stationären Psychotherapie im Einzelsetting viele Stunden damit, mit Hilfe großer, verschraubbarer Bauteile ein Gerüst für ihren Körper zu bauen. Sie begab sich in den Innenraum der Konstruktion und probierte aus, wie ihr Leib dabei Halt, Stütze und Entfaltungsräume erfuhr. Sie nahm intensiv die Körpergefühle der Entspannung wahr, die sie sich so, sich an ihr Gerüst anlehnend und in es einfügend, beschaffte. Sie thematisierte ihre brüchigen Selbstgrenzen, die sie durch starke körperliche Rigidisierung substituiert hatte. Bisweilen wechselte sie in Demonstrationen ihrer hohen akrobatischen Fähigkeiten. Man hätte dieses Spielgeschehen auch pathologisieren können. Ich deutete es als konstruktive Anerkennung einer leib-seelischen Realität, die innovatives, originelles Handeln forderte und förderte.

2.3 Reales Handeln und Solidaritätserfahrung

Reales Handeln und Solidaritätserfahrung – der „vierte Weg der Heilung und Förderung" – in der Leibtherapie mit Kindern ist meist eingebunden in Übertragungsentwicklungen, in denen das Kind „in echt" vom Therapeuten etwas haben möchte: eine orale Rückversicherung, beim Bäcker etwas einkaufen zu dürfen, ein Bonbon zu bekommen, in der Therapiestunde etwas gekocht zu bekommen, die Flasche zu erhalten. Kinder machen Adoptionsanträge an ihre Therapeuten. Sie möchten getragen, gebadet werden, sie möchten in den Schuhen des Therapeuten herumlaufen, möchten Berührung nicht nur erfahren, sondern den Therapeuten auch berühren.

Als Leibtherapeuten, vor allem, wenn wir einen nachsozialisierenden Ansatz teilsättigender Bindungserfahrung als reales, zwischenleibliches, partiell-regressives Geschehen in der Therapiestunde zur Verfügung stellen, sind wir Partner im Körperdialog, befinden wir uns nun in der kämpferischen, grenzenvermittelnden Auseinandersetzung oder in einer tiefregressiven Situation, wo das Kind primäre Halteerfahrung wünscht. Die Regression ist aber immer eine partielle. Das Kind befindet sich dann meist in einem stationären Setting und wird dort auch in altersadäquaten Akkommodations- und Assimilationsleistungen gefordert. Bei sehr jungen Kindern wird auf Möglichkeiten der begleitenden ambulanten Mutter-Kind-Interaktion zurückgegriffen oder die Aufnahme von Familiensystemen oder Subsystemen angestrebt.

Ein 5jähriger präpsychotisch in eine Klinik aufgenommener Junge, der vernachlässigt aufgewachsen ist, wird zur Adoption freigegeben. Seinen Vater, der als Drogenhändler gesucht wird, kennt er nicht. Seine Mutter möchte sich von ihm und seinem jüngeren Bruder trennen, weil sie ihrem eigenen Anliegen, rund um ihre Geschlechtsrollenidentität, nachgehen will. Sie wünscht, daß der Junge informiert wird. Dies geschieht auch. Nachdem im ersten Teil der Therapie die Beziehung zur Mutter und deren Auswirkung auf die Innenwelt bei einer Therapeutin durchgearbeitet worden war, begab sich der Junge in einer Sitzung im Dreiersetting durch einen kathartisch inszenierten Geburtsakt als Neugeborenes der Therapeutin-Mutter in die Obhut eines männlichen Therapeuten. Die Arbeit mit ihm bestand immer wieder darin, im Schwimmbad den eigenen Körper und den des erwachsenen Mannes zu erleben und zu betrachten, Fragen zu stellen, wobei das Zentrale dabei war, die Umkleidekabine gemeinsam zu nutzen. Im Behandlungsteam begrüßten wir dies als adäquate Orientierung und Leitbildspiegelung (*Schellenbaum* 1980) in der Zwischenleiblichkeit mit einer Vaterfigur, ohne daß eine weitere konfliktorientierte Bearbeitung des Vaterverlustes und der verunsicherten männlichen Geschlechtsidentität nötig gewesen wäre. Wichtig war dem Jungen, die Erlaubnis zu haben, mit vielen Männern des Umfeldes die Gründe zu besprechen, derentwegen die Mutter sich von ihm getrennt hatte. Wir fanden eine Pflegestelle für den Jungen und entließen ihn in die Obhut seines Pflegevaters, der, selbst vaterlos aufgewachsen, sich mit seinem Pflegesohn den Aufgaben der Bildung männlicher Identität widmen wollte.

2.4 Konfliktzentrierte Modalität

Die *konfliktzentrierte Modalität als Arbeit* auf der Leibebene entwickelt sich in der Anwendung körpertherapeutischer Interventionen entweder spontan aus dem Prozeß heraus zur Förderung der Evokation von Szenen aus der Biographie und in der Mobilisierung von körperstrukturell-gebundenem Konflikt- und Abwehrpotential im Zuge der Übertragungsgestaltung oder als Antwort auf aktuelle Lebensbezüge; oder aber in der Anwendung von Übungen oder Streßpositionen auf der Körperebene, die an Haltung oder Atmung ansetzen, um ein Thema oder einen Impuls aus der leiblichen Fixierung zu lösen. Kinder haben in der Regel einen flüssigeren emotionalen und sozialen Zugang zu ihren Szenen und Themen im Spiel als Erwachsene. Die Situation, das Material und die zeitliche Nähe zu frühen Lebensereignissen haben genügend evokatorisches Potential. Da Kinder sich ganzkörperlich-inszenatorisch ausdrücken, bedarf es in der Regel keiner Übungsinduktion, um relevantes Material zu erhalten. Bei Kindern, die eine schwerere Leibstörung aufweisen, genügt es meist, Basismaterialien wie einen ausreichend großen Bewegungsraum, Kissen, Bälle, Material für Aggressionsarbeit, Seile, Sand, Wasser, Babyflaschen und Beißringe parat zu haben und eine innere Haltung leibhaftiger Verfügbarkeit und Offenheit aufzubringen, damit das Kind die Leibebene betreten kann, wenn dies im Prozeß sinnvoll ist. Allerdings werden beim Kind im Sinne eines „soviel wie nötig und sowenig wie möglich", das den Eigenkräften der Entwicklung möglichst viel Raum läßt, Konfliktfoki (*Petzold* 1993p) ausgewählt, die zur Bearbeitung gelangen und die mit den Zielen, die mit Kind und Familie abgestimmt wurden, kongruent sind.

Ein 7jähriges Mädchen, mit der Diagnose narzißtische Neurose, einziges überlebendes Kind ihrer alleinerziehenden Mutter, die mehrere Schwangerschaftsabbrüche und Fehlgeburten gehabt hatte, bearbeitete in ihrer Einzeltherapie das Thema ihrer nichtgehabten Geschwister und das Erleben, von der Mutter nicht gewollt zu sein, indem sie spontan-assoziativ all die toten Kinder ihrer Mutter kathartisch und ganzleiblich involviert gebar und betrauerte. Die Beziehung zwischen Mutter und Tochter wurde in begleitenden interaktionellen Sitzungen und in einer Einzeltherapie der Mutter durchgearbeitet. Sie wurde realer, weniger konflikthaft. Die Mutter entließ das Mädchen in Pflege, da sie schmerzlich erkannte, daß sie sich dem Kind nicht widmen konnte, solange sie sehr zahlreiche offene, eigene Autonomiewünsche nicht verwirklichen konnte.

Ein psychotischer 6jähriger, dessen Eltern dysfunktional und kindlich geblieben waren, zeigte im Spielzimmer auf zwei Puppen, die im Wagen lagen, und sagte sehr ernst: „Das ist meine Mutter, das ist mein Vater." Danach erbrach er spontan und konnte erstmals körperliche Nähe der Therapeutin zulassen, ließ sich halten, säubern und füttern. In einer langen stationären Therapie im Milieu einer tragfähigen, partielle benigne Regression fördernden Behandlungsgruppe nutzte der Junge seine Einzeltherapie vor allem zur fokalen Konfliktbearbeitung in der Parentifizierung in der Beziehung zu seinen Eltern und ging dann in einer langen Sequenz von Stierkampfspielen, in denen er abwechselnd Toreador und Stier war, über zum Aufbau konstruktiver Aggressivität und der Bearbeitung der Schuldgefühle, die ihm dies auch machte. Sein Leib, der sich ebenso bizarr bewegt hatte wie sein Lieblingsspielzeug, ein Roboter, wurde weicher, ließ Versorgung zu. Seine Motorik wurde ausgreifender und altersangemessener.

2.5 Nachsozialisation von Defiziten

Nachsozialisation von Defiziten – der „zweite Weg" der Heilung – im Bereich primärer leiblich-emotionaler Zuwendung und Unterstützung ist das klassische Feld in der Leibtherapie mit Kindern. Gemeint ist die Teilsättigung von Mangelerfahrungen in primärer Liebe, Bindung und Halt und die Unterstützung im Erfahren von Grenzen sowie die Förderung progressionsorientierten Separations-Individuationserlebens.

Kinder fordern diesen Bereich in ihrem therapeutischen Spiel meist spontan und klar an. „Mutter-Kind"- und „Vater-Mutter-Kind"-Spiele gehören zum Standardrepertoire von Kinderspiel und therapeutischem Spiel. Wenn die therapeutische Beziehung von der Vertrauens- und Übertragungsqualität her im Prozeß stimmig entwickelt ist, gehen diese Interaktionen über die Demonstration häuslicher Szenen und über rollenbestimmtes Handeln im Rahmen von Identitätsentwicklung hinaus, und das Kind verlangt nach Erfahrungen mit dem Therapeuten als frühe Mutter oder früher Vater. Der Therapeut ist dann angefragt als Nestbauer, als Partner in Blickdialogen, als Spiegel im Sinne von auf das Selbst des Kindes bezogener Resonanzquelle. Seine elterliche Intuition ist benötigt zur Beantwortung frühkindlicher Bedürftigkeit (*Papoušek, Papoušek* 1987) und seine Sensibilität und Einfühlsamkeit in der Vermittlung von Für- und Obsorge (*Vyt* 1989) im Sinne eines adäquaten Gleichgewichtes von guter Regressions- und anregender Progressionerfahrung (*Petzold* 1969b).

Da die Beziehung des Kindes zum Therapeuten und zum Behandlungskontext den Charakter einer Übergangsbeziehung hat, sind hier immer passagere Regressionen gemeint, die das Kind in seiner Fähigkeit zur Komplexitätsverarbeitung und zur Lösung von Loyalitätskonflikten nicht überfordern. Sie sollten als gute Regressionserfahrung eingebettet sein in einen Kontext, der die Realität des Kindes mit abbildet und im Sinne einer Familienmitbehandlung einbezieht und verzichtet auf die Schaffung illusionärer Zauberwelten „guter Kindheit", die dann mehr den Idealisierungswünschen von Helfern entsprechen als dem, was Kind und Familie gebrauchen können. Regressive Prozesse können durch Führung hin auf eine leitende Thematik oder Entwicklungsdimension eingegrenzt und indikationsgerecht gesteuert werden. Der Therapeut wird in seiner inneren Haltung, den Hypothesen zur Psychodynamik und in der Strukturierung der Übertragung diese Steuerung durch die Gestaltung der therapeutischen Beziehung unterstützen durch die Wahl des Therapiesettings, der Methodik und Technik und die Selektion kreativer und spielgebundener Medien. Der Akzent liegt auf benigner Regression: Zeitlich zurückliegende Erfahrungen, Entwicklungsphasen und frühe Strukturebenen des Ich und des Selbst werden in geführter Regression im freien Spiel oder in der Imagination (*Katz-Bernstein* 1990) erreicht. Die an der Behandlung Beteiligten versuchen, dem Kind Bedingungen, Resonanzen, haltende und ordnende Strukturen anzubieten, konstruktive, entwicklungsfördernde korrektive Erfahrungen in guten Wachstumsklimata zu gewährleisten. Zu aktivierende Verbündete in diesem Prozeß sind die gesunden Anteile des Kindes und sind „protektive Faktoren", die sich im Hier und Jetzt und in der Biographie ermitteln lassen.

Ein 6jähriges, frühdefizitäres Mädchen aus einer sozial unterprivilegierten Herkunftsfamilie, in der die Generationengrenzen unklar waren, entwickelte zur Therapeutin eine Übertragung, in der die Spaltung des Mutterbildes deutlich agiert wurde. Sie bedrohte die Therapeutin und versuchte, sie mit potentiell gefährlichen Gegenständen wie Scheren zu attackieren. Nachdem sie in einer Sitzung, die den Konflikt zur Prägnanz brachte, lange mit einer großen Schere und haßerfülltem Blick der Therapeutin gegenüber gestanden hatte, ließ sie die Schere plötzlich fallen und suchte Nähe und den Körperkontakt der Therapeutin. Sie legte sich ihr an die Brust und saß auf dem Schoß, angeklammert wie ein kleines Äffchen, für viele Sitzungen. Diese Einzeltherapie innerhalb einer stationären Behandlung der kleinen Patientin und ihrer, auf einer anderen Behandlungseinheit untergebrachten, älteren Schwester war eingebettet in familientherapeutische Bemühungen (*Schneewind, Kuchenbecker* 1984) und sozialarbeiterische Maßnahmen zur Gestaltung des häuslichen Milieus im Interesse von mehr abgegrenztem Lebensraum für die Kinder.

Eine psychotische 7jährige, deren Mutter mehrere gewaltsame Schwangerschaftsunterbrechungsversuche unternommen hatte, stieß in einer bewegungstherapeutischen Gruppensitzung mittels des Körperschemas assoziativ auf dieses Thema und bearbeitete es weiter, indem sie sich über mehrere Einzelsitzungen in einem Schlafsack verkroch, dort schaukelte, wobei die Therapeutin sie erst ganz zuletzt wiegen durfte. Ihre Aufgabe war zuvor, dazusitzen, sich der Patientin akustisch hörbar zu machen durch Sprechen oder Singen. Es gelang, das sehr früh gelegte Nähe-Distanz-Problem und das brüchige Vertrauen in eine haltende, primäre Umwelt in einer Weise zu bearbeiten, die den Ängsten der Patientin in ihrer Behutsamkeit und Respektierung ihres Mißtrauens angemessen war. Die Patientin testete den geschaffenen Boden in einer späteren Phase, indem sie Sitzungen im Bad veranstaltet und wünschte, die Therapeutin möge ihr Sitzen auf dem WC, die Geschäfte, die sie dort erledigte, begleiten. Als die Therapeutin den „Härtetest" bestand, sie nicht zu verstoßen, als sie auf dem Boden defäcierte, war diese agierte Vertrauensprobe abgeschlossen.

3. Hauptprobleme leibtherapeutischer Intervention bei Kindern mit frühen Persönlichkeitsschädigungen

3.1 Das Indikationenproblem

Wenn sie als Identitäts- und Entwicklungsförderung gesehen wird, ist Kindertherapie immer auch Leibtherapie. Ob Leibtherapie als therapeutische Methodik, die dem Patienten ganzheitlich und unter

Berücksichtigung leibsprachlicher Aussagen auch als Intervention am Leibe, seinen Grenzen und Strukturen begegnet, sinnvoll und verantwortbar ist, bleibt immer eine Frage der differentiellen Indikation. Eine solche Indikationsstellung ist Teil einer umfassenden klinisch-interdisziplinären Diagnostik im Querschnitt und im Prozeß, die das Kind in seiner Entwicklung, auf seinem kontextuellen Boden und vor seinem mehrgenerationalen historischen Hintergrund, in seiner Lebenswelt, mit seinen Ressourcen und denen seiner Familie, mit seinen eigenen Zielen und mit den Behandlungszielen der Familie sehen und erfassen muß. Arzt, Psychologe, Sozialarbeiter, Lehrer, Bewegungstherapeut tragen anamnestische und Querschnittbefunde zusammen, wenn es um eine stationäre oder teilstationäre Behandlung geht. Erfolgt die Diagnostik im Setting der freien Praxis, soll der niedergelassene Diagnostiker dafür sorgen, daß er diese Befunde entweder selbst einholt oder durch kollegiale Weiterverweisung sammeln kann. Dazu gehört auch das Erstellen einer Prognose. Was wären die Konsequenzen einer leib- oder körpertherapeutischen Behandlung eines Patienten im Kontext der Ressourcen seiner Familie? Was würde damit familial und intraindividuell aufgedeckt und mobilisiert, und wäre das Mobilisierte verarbeitbar und konstruktiv, im Dienste der kindlichen Entwicklung, weiter gestaltbar?

Die Indikationenfrage ist immer komplex, kontext- und entwicklungsorientiert zu stellen und zu beantworten. Ob und auf welchem Zugangsweg wir leibtherapeutisch arbeiten, hängt von einer Vielzahl von Faktoren ab, von denen hier einige wichtige genannt seien:

- vom Stand und von den Erfordernissen der psycho-physischen Entwicklung;
- wie sind im besonderen die Bereiche der *intrapsychischen Strukturen* des Ich und des Selbst beschaffen? Wie brüchig, dürftig, negativ oder positiv bewertet sind die Bestände des Selbst? Auf welchem Niveau ist das heranreifende Ich entwickelt, insbesondere was die Ichgrenzen und die Gestaltung der Abwehrtätigkeit betrifft? Dabei soll deutlich und benannt werden, welcher der theoretischen Systematiken wir uns dabei als Referenzsystem bedienen (*Kernberg* 1981; *Stern* 1985, *Petzold* 1990o, 1993b, et al. 1994 a);
- von den *Ressourcen des familialen oder ersatzfamilialen Kontextes*. Das, was das Kind für sich in seiner Leibtherapie erfährt und entwickelt, muß in der Familie oder ihrem Ersatz, wenn nicht

aufgegriffen und weiter gefördert, so doch zumindest toleriert werden. Daß ein Kind die Ichstärke besitzen soll, einen ganz eigenen Weg im Alleingang zu beschreiten, ist ein Widerspruch nicht nur aus der Natur früher Schädigungen heraus, die meist strukturelle Ichdefizite beinhalten, sondern im Hinblick auf die vitale Abhängigkeit des Kindes von seinem Kontext;

- von den *Ressourcen des Therapeuten*, der nicht nur in behandlungstechnischer Hinsicht, sondern auch im Hinblick auf die Gestaltungs-, Variations- und Differenzierungsmöglichkeiten seines Gegenübertragungsangebotes gefordert ist. Letztlich wird es auch immer eine sehr persönliche Entscheidung des Therapeuten sein, ob und in welcher Reichweite er sich in Leibtherapie und die Beziehungsdichte einlassen will, die daraus vor allem im Kontext einer längerfristig angelegten Einzeltherapie erwachsen kann;
- vom Setting: von der konzeptuellen Klarheit, zeitlichen und räumlichen Kapazität sowie von der Vernetzungsdichte des Therapeuten mit seinem Kontext und mit Spezialisten anderer Berufsgruppen im ambulanten Setting; von der konzeptuellen Klarheit und von der institutionellen Tragfähigkeit der Einrichtung sowie von der Eindeutigkeit und kooperativ-kommunikativen Kompetenz des Behandlungsteams im stationären oder teilstationären Bereich;
- von der Wechselwirkung dieser Faktoren.

Der auf das einzelne Kind bezogene Befund und die sich daraus ergebenden Behandlungsnotwendigkeiten müssen immer, bezogen auf die genannten Kontexte, reflektiert werden. Es mag so manches, im Hinblick auf das einzelne Kind, sein Schicksal, sinnvoll und nötig sein. Letztlich produktiv aber ist nur, was mit dem Kontext kongruent ist oder was das Kind kraft seiner Selbst- und Ichstruktur an kontextueller Inkongruenz, im Sinne von wachsender Autonomie, verarbeiten kann.

3.2 *Innere und äußere Loyalitäten*

Kinder sind emotional, sozial und ökonomisch abhängig von ihren Eltern oder Ersatzeltern. Der Verlust dieser Bezugspersonen bedroht das Kind existentiell und stellt meist das Schrecklichste und Unvorstellbarste zugleich dar. Die Fähigkeiten, den Verlust eines Elternteils durch Tod, Inhaftierung oder Familienauflösung zu verstehen und ihre Zeitperspektive zu begreifen, sind entwicklungspsychologisch, je nach Alter des Kindes, unterschiedlich. Das Erleben, ob in seiner affektiven Valenz zugelassen oder nicht, ist immer gleich erschütternd, meist ungeachtet der Qualität der Beziehung, die erfahren wurde und wird. Meist beantworten Kinder solche Lebensereignisse körpersprachlich, weil sie damit überfordert sind. Sie werden krank. Die Dramatik dieser Reaktionen, aber auch die verzweifelten körperlichen Attacken des Kindes gegen den Therapeuten, wenn in der Familientherapie Geheimnisse aufgedeckt oder elterliche Konflikte angesprochen werden, mit denen die Kinder ihre Eltern überfordert glauben, zeigen uns, wie sehr das Kind mit jeder Faser und unter allen Umständen seinen Eltern leibseelisch verbunden ist. Die Kinder zeigen uns, in welche Loyalitätskonflikte, nicht nur äußerer, sondern auch innerer Art, sie gestürzt werden durch intensive therapeutische Prozesse und Beziehungen, dies um so mehr, je abgekoppelter und entfernter der Prozeß vom familialen Lebensraum und Alltag verläuft, je tiefer die Beziehung zur behandelnden Instanz und je mehr die milieu- und / oder psychotherapeutische Arbeit am Leibe ansetzt.

Das Kind zeigt meist rasch durch Annahme oder Zurückweisung, im Sinne protektiven Widerstandes (*Schneider* 1981), welche (leib) therapeutischen Angebote es nutzen kann. Es initiiert damit einen Ablauf, der bald so aussieht, daß das Kind offen, kreativ und lernhungrig, den Veränderungsmöglichkeiten seines familialen Bezugssystems mit Siebenmeilenstiefeln vorauseilt. Es geht neue korrektive Beziehungen ein, wird stärker in seiner Einsichts- und Konfliktfähigkeit. Dadurch werden zunächst, bevor das Kind Widerstände, die die Familie schützen, aufbaut, Bedürfnisse, Impulse und Entwicklungen freigesetzt, die die Familie zunächst wenig beantwortbar, ja bedrohlich findet, weil eigene abgespaltene oder verdrängte Geschichte, Verletzungen, Bedürftigkeiten, Schuld- und Versagensgefühle mobilisiert werden.

All dies ist um so bedeutsamer, je früher die Schädigung des Kindes und je leibtherapeutisch orientierter die Behandlung ist, vor allem je leiblich näher die Beziehung zu den behandelnden Personen ist. Eltern frühgeschädigter Kinder sind oft selbst frühgeschädigt und in ihrer Leibsozialisation beeinträchtigt. Das, was mit dem Kind geschieht, bedeutet für die Eltern eine leibhaftige Kränkung, ja kann sogar leibhaftigen Angriff oder Entblößung bedeuten. Therapien sehr symbiotisch an einen Elternteil gebundener Kinder oder

Behandlung von sexuell mißbrauchten und körperlich mißhandelten Kindern zeigen dies.

Es erfordert Umsicht, Offenheit, Bescheidenheit und Konfliktfähigkeit aller Beteiligten, hier sinnvolle Wege zu finden. Wesentlich ist sicher immer der Einbezug der elterlichen Bezugspersonen in den therapeutischen Prozeß (*Petzold* 1969b). Aber auch den Mut zu haben, die Grenze des Machbaren, wenn sie erreicht ist und zur therapeutischen Stagnation führt, zu benennen und auf Konsequenzen, im Sinne der Beendigung der Behandlung, einer Beurlaubung, eines Abstandsnehmens von weiterer Tiefung im einzel- oder familientherapeutischen Prozeß oder der Einleitung einer Fremdunterbringung, zu bestehen. Gerade hier scheiden sich die Geister, und die Diskussion des „Kindeswohls" zwischen psychosozialen Helfern und mit Eltern zeigen oft, wie sehr es für alle Beteiligten um die Wurzeln ihrer Identität geht, leib-haftig und existentiell.

3.3 Übertragung und Gegenübertragung

Wie sehr Übertragung und Gegenübertragung ganzheitlich-leibliche Prozesse sind, wird deutlich, wenn wir bei uns selbst, als Therapeuten oder Mitbehandler, unsere Körperresonanzen auf Patienten und Patientensysteme und die sich konstellierenden Situationen und Szenarien wahrnehmen; wenn wir auf unsere Annäherungs- und Distanzierungsimpulse, auf leib-seelisches Erleben wie Ekel, sexuelle Erregung und auf psychosomatische Resonanzen wie Hungergefühle, Veränderungen der Vigilanz, Schmerzen und Beeinträchtigung der Beweglichkeit achten. Sie sind wichtige diagnostische Hinweise für unser Verständnis der Arbeit wie auch für die Notwendigkeit, uns selbst analytisch anzusehen. Leib- und Körperresonanzen, Fehlleistungen und unkontrollierbare Inszenierungen sollten besonders dann unsere Aufmerksamkeit erregen, wenn wir uns leib- und körpertherapeutisch mit Patienten einlassen, die Kinder sind, die also in ihrer leibseelischen Entwicklung in einem unabgeschlossenen und prägsamen Prozeß stehen und denen Schädigungen biographisch früh, d.h. prä- und periverbal zugemutet wurden.

Frühgeschädigte Kinder und Erwachsene sprechen die frühe Biographie dessen an, der mit ihnen arbeitet, seine eigenen Frühschädigungsanteile und die seiner primären Bezugspersonen. Kinder, mit denen wir leibtherapeutisch arbeiten, mobilisieren nicht nur die eigene Leibsozialisation des Therapeuten, sondern auch das Thema der realen oder potentiellen leiblichen oder nichtleiblichen Elternschaft, Zeugungs- und Gebärbereitschaft und -fähigkeit. Besonders solche Kinder tun dies, die eine schwierige Geschichte mit ihrer generellen Erwünschtheit, mit Ausstoßung oder Verlust in den Beziehungen zu den leiblichen Eltern haben. Die Kinder fordern uns hier auf dem Übertragungsweg im Wunsch, unser leibliches Kind zu sein, durch Adoptionsanträge, aber auch durch direkte Heimzahlung leiblichen Versehrt- und Zurückgewiesenseins in massiven Attacken gegen unseren Körper. Oder sie tragen handfeste Bedürfnisse an uns heran nach großer körperlicher Nähe, nach primärmütterlicher Versorgung oder frühväterlicher Demonstration von Welt, durch Neugierverhalten und den Wunsch, unseren Körper zu sehen und ihn zu explorieren. Oder sie konfrontieren uns mit panischer Berührungsangst und Flucht.

Familien bringen uns durch promptes Agieren und Reagieren auf solche intensiven Interaktionen zwischen uns als Therapeuten und dem Patienten in Schwierigkeiten. Es kann zu Behandlungsabbrüchen kommen, zu körperlichen Angriffen, zu Entwertungen. Oft geht es dabei auch um Neid auf die therapeutische Beziehung aus eigener früher Bedürftigkeit und Ansprüchen (*Schneewind, Kuchenbecker* 1984).

Das sind Phänomene, die in jeder intensiven Arbeit mit Kindern, Jugendlichen und ihren Familien, und in abgewandelter Form auch in der psychotherapeutischen Arbeit mit frühgeschädigten Erwachsenen auftauchen. Sie scheinen mir in ihrer unvermeidlichen Unkontrollierbarkeit, in ihrer körperlichen Valenz und Massivität in der Leibtherapie mit frühgeschädigten Kindern, Jugendlichen und Erwachsenen für den Therapeuten besonders wichtig, weil sie das deutlich machen, wozu uns eine solche Arbeit herausfordert, ganz unabhängig davon, wie wir in der Ausrichtung unserer mehr schulengebundenen oder methodenintegrativen Arbeit unsere Antwort auf diese Herausforderung gestalten.

Als Partner in Leibdialogen sind wir gehalten, unser Erleben und Verhalten daraufhin zu überprüfen, was an nicht primär kognitiv erfaßbarem Nonverbalem, frühem Material und Prozeß in uns und zwischen uns und anderen in Fluß gerät. In der Leibarbeit wird deutlich, wie klein die *Sinnerfassungskapazität* in den „Archiven" unseres Bewußtseins (*Petzold* 1992a) ist im Verhältnis zu dem, was in den „Archiven" unserer Leiber an gespeichertem Material und Dynamik wirksam ist und sich ohne unser bewußtes Zutun oder Wollen mitteilt und ohne daß der andere es zunächst bewußt registriert. Der stumme, unbewußte leibliche Dialog zwischen mir und meinem Patienten ist immer da, jedoch unmittelbarer und ungeschützter über die Körper- und Leibgrenzen hinaus, wenn ich leib- und körpertherapeutisch arbeite, den anderen berühre, aktiviere, konfrontiere bis hin zum Kontakt an der Körpergrenze bei körperlicher Nähe, im Tragen, Anfassen, in der Auseinandersetzung mit dem Kind oder Jugendlichen, der mich „an der Grenze" zu spüren verlangt. Dabei ist es wichtig, sich über eigene Betroffenheit biographischer, leibstruktureller und aktueller Art klar zu sein, aber auch stark tabuisierte Themen zu reflektieren: sexuell-erotische Empfindungen und Begierden hetero- und homosexueller Art, die der kindliche Körper in uns wecken kann (*Scherer* 1982), aggressiv-gewalttätige, sadistische, destruktive Phantasien und Impulse und vor allem das Erleben der Macht über den kleinen Leib des Kindes.

Geschieht diese Arbeit im Bereich der Therapie Frühgeschädigter, erhält das Gesagte eine Dringlichkeit, die um die Brisanz der Gefühls- und Empfindungsqualitäten und -inhalte potenziert und verschärft wird, die frühen Zumutungen und Überflutungen innewohnen. Diese Qualitäten wurden andernorts beschrieben, so daß ich hier nicht darauf eingehe (*Schneewind* 1991/92, 1993). Immer stellt sich in der kollegialen Diskussion die Frage, was all dies für den Therapeuten bedeutet. Sie ist oft umstritten und läßt, wie dies zum Thema paßt, die Emotionen hochgehen. Die Erfahrung, daß Therapeuten, die sich auf längere Dauer und vertieft auf (leib)therapeutische Behandlung frühgestörter Kinder, Jugendlicher und Erwachsener einlassen, Menschen sind, die über den ihrer Patienten analoge Erfahrungen und strukturelle Besonderheiten verfügen, legt nahe, daß der, der diese Arbeit tut, sich auch um leibtherapeutische Durcharbeitung eigener Frühschädigungsanteile kümmmert. Dies um so mehr, als die Arbeit im Präverbalbereich in höherer Intensität und Kontinuität – und wenn sie auch noch so behutsam mit der Erarbeitung von Abgrenzungsmöglichkeiten beginnt, wie dies zum Beispiel bei der geduldigen Erfahrbarmachung von Körpergrenzen bei psychotischen Menschen geschieht –, immer in die zunächst unsteuerbare Verwicklung und Konfluenz von Systemen und Systemteilen führt. Und daß die Faszination, die von dieser Arbeit ausgeht, erst recht erfordert, in der „Exzentrizität" des Therapeuten einen klaren Kopf, kognitive Durchdringung und Leidenschaftslosigkeit aufzubringen, damit die liebevolle, engagierte Hingabe an die Aufgabe überhaupt erst fachlich sinnvoll möglich wird.

3.4 *Probleme der Abwehr und des Widerstandes*

Das sich Wehren oder das sich nicht Wehren können gegen Reizkonstellationen aus der Innen- und Außenwelt, die eine Überforderung für die kindliche Persönlichkeit sind, finden wir meist besonders deutlich in der Leibgestalt. Wo naturgegebene Abwehrstrategien als Beantwortung unlust- und angstauslösender Stimulierung unter dem Druck der Massivität und Chronizität von Noxen versagen, treten archaische Mechanismen der Abwehr auch auf der Leibebene in Kraft. Müssen sie längerdauernd benutzt werden, führt dies schon beim Kind zur Ausbildung schwer veränderbarer Strukturen, die in der Leibgestalt, im Körperbild und in der Körperwahrnehmung symbolisiert (*Plassmann* 1993) und verfestigt, „eingeleibt" sind (*Schmitz* 1989). *Petzold* (1990e) hat eine Systematik dieser Vorgänge erstellt, die wir sehen können als Regressionen auf Entwicklungsstufen, die Anachronismen darstellen und als Notlösungen erscheinen im Versuch, sich in der Welt, vor allem in der interaktiven Welt der frühen Dyade und Triade, zurechtzufinden. Immer ist die Abwehrdynamik auf der Körperebene Abbild gescheiterter, zerstörter, defizitärer, traumatisierter Zwischenleiblichkeit und Symbolisierung von Beziehungserfahrung, die nicht interaktionell oder mit den Kräften des Ich bewältigt werden kann, sondern, da unverarbeitbar, auf der Körperebene archiviert wird.

Wird die manifeste oder latente Ablehnung, die das Kind früh erfährt oder als die es ihm unverständliche Verhaltensweisen der primären Bezugsperson interpretiert, nicht so massiv, daß ein Rückzug ins Sterben und Ersterben erfolgt, werden Teile des Körpers, Teile des Selbst und des frühen Ich, als „schlecht", krank oder fehlend erlebt oder gehandhabt. Schwer defizitäre Zwischenleiblichkeit kann auch von Kindern schon automutilativ beantwortet werden, wobei Körperöffnungen, wie Nase, Auge, Ohr, Anus, Scheide, Wunden, einen besonderen Stellenwert haben ebenso wie Körpergrenzen wie die Haut und Körperteile wie Finger und Hände, die mit dem frühen Thema der Interaktion als Geben und Nehmen, Zugreifen und Zurückstoßen, Schlagen oder Abwehren eng verbunden sind. Deprivationen oder niemals adäquat frustrierte Verschmelzungswünsche und die daraus entstehenden Konflikte werden dort leiblich ausgetragen, oder diese Orte körperlicher Beziehungserfahrung werden anästhesiert, fühllos gemacht, um sich eine letzte Abgrenzungsmöglichkeit zu sichern und sich gegen unerträgliche Schmerzen zu wehren. Der Leib, seine Bedürfnisse, seine Unlust-, Angst- und Schmerzempfindungen können auch bekämpft werden, so daß aggressive Regungen gegenüber der Außenwelt gegen das eigene (Leib)Selbst gerichtet werden. Die Komplexität der verwirrenden Welt, die dem Kind zu Unzeiten Brüche und Unvereinbarkeiten zumutet, wird polarisiert, oft auch weil sie sich polarisiert-unverbunden präsentiert, und diese Polarisierung wird wiederum introjiziert und in Unvereinbarkeiten im eigenen Leib und in der Einstellung zum eigenen Körper gelebt.

Die eingeleibten Abwehrformen gelangen in der Leibtherapie mit dem Kind zur Bearbeitung. Dabei treten die beim Kind vorrangigen Widerstandsformen auf, unter denen der „protektive Widerstand" (*Petzold* 1981b) besonders hervorzuheben ist. Das Kind schützt sich vor Erlebnissen, Gefühlen, Körperempfindungen, Beziehungserfahrungen und Veränderungen in seinen Realbeziehungen. Es drückt diese Widerstände dem Therapeuten und seinem Setting gegenüber aus und ist damit mehr oder weniger direkt expressiv oder introversiv. Dies nicht nur, um dem Ansturm ängstigender Regungen, Affekte und Impulse aus der Innenwelt zu entgehen, sondern vor allem um dem nicht zu begegnen, was diese Kinder am meisten brauchen, zumindest gemessen an den kindlichen Bedürfnissen nach Zuwendung, positiver Spiegelung, Halt Grenzsetzung, Orientierung und Beziehungskontinuität, die eine hinreichend normale Entwicklung kennzeichnen. Ängste vor plötzlichem Umschlagen guter Erfahrungen in Erleben von Gewalt, von Schmerzen, Verlassenheit sind begründet in der bisherigen Lebenserfahrung. Strukturell geht es um die Angst vor Verlust der an der Beziehungserfahrung aufgebauten Ich- und Selbstordnungen. Die Innenwelt und die sie gestaltenden Bilder der bedeutungsvollen anderen müssen verteidigt werden. Entwertung des Therapeuten und seines Setting, mißtrauische Distanziertheit und Abwehr von Verlustangst und Bedürftigkeit durch Aggressivität dienen nicht nur der Verteidigung „innerer Bestände", sondern auch dem Schutz loyaler Beziehungen zu den Elternfiguren. Wie sehr diese des Schutzes bedürfen, sehen wir oft daran, daß die Progression des Kindes aus der Patientenposition nicht selten zur Dekompensation eines Elternteils oder eines Subsystems der Familie führt. So wird Leibtherapie mit Kindern, vor allem wenn diese frühgeschädigt sind, zunächst die Ichstruktur und die Ichgrenzen stärken durch *funktionale* Arbeit und das Selbst und die Symbolisierungsfähigkeit anreichern mit der Förderung von Kreativität durch *erlebniszentriertes* Vorgehen. Ist die therapeutische Beziehung mit Kind und Familie gefestigt, können partielle oder geführte Regressionen mit dem Ziel der Nachsozialisation früher Defizite erfolgen. Sie werden vom Kind in der Regel im spiel- oder bewegungstherapeutischen Prozeß angefordert oder inszeniert und machen oft im Sinn protektiver Abwehr Halt an der Stelle, wo die Beziehung zum Therapeuten in Konkurrenz mit Loyalitäten zu den Personen tritt, von denen das Kind abhängig ist. Oder aber dem Prozeß wird von der Familie Einhalt geboten, die sich bedroht fühlt von einer eventuellen Lösung des gebundenen Kindes, von Versagens- oder Schuldgefühlen. Konfliktzentriertes leibtherapeutisches Arbeiten, im Sinne der Konfrontation verleiblichter Polarisierungen, Störungen, Traumata oder widerstreitender Impulse, wird fokalisiert erfolgen und jene Problematik in den Blick nehmen, die als zentral für die anzugehende Entwicklungsbehinderung erkennbar ist.

3.5 *Grenzen einer psychodynamisch verstandenen Leibtherapie mit frühgeschädigten Kindern*

Psychodynamisch orientiertes psychotherapeutisches Arbeiten hat in der klassischen Auffassung eine analytische Zielsetzung: Es taucht in die Tiefen des Unterbewußten, erkundet die Breite der Lebensvollzüge des Menschen, wandert die Länge der historischen Lebenslinie ab und nimmt die Fülle der Zukunftsprojektionen in den Blick. Daran, und erst recht an die das Existieren des Menschen so grundlegend berührenden Ansätze wie die Leib- und Körpertherapien, knüpfen sich meist Erwartungen großer Veränderungen. Diese erfüllen sich oft nicht in dem Maße, vor allem nicht bei Frühgeschädigten, wo oft fraktioniert über die Lebensspanne der geduldige Aufbau von Ich-Funktionen und Strukturen des Selbst nötig ist, wo es um den Versuch geht, das Selbst des Patienten um aufbauende Erfahrungen und gute Bilder zu ergänzen, Lösungen für Fragen zu finden, die keine umfassenden Antworten bekommen können, weil sich Vergangenes nicht ändern und Verletztes nicht heil machen läßt, sondern betrauert werden muß in einem Prozeß des Erkennens von Grenzen (*Ramin, Petzold* 1987). Kindertherapeuten unserer Zeit stehen unter dem Druck aktueller und künftiger Fragen der Finanzierung von Psychotherapie, für die immer weniger Mittel zur Verfügung stehen. Sie befassen sich mit kontextuellen Fragen wie Loyalitätskonflikten des Kindes im Therapiefeld, müssen Überlegungen anstellen zur Vereinbarkeit mittelschichtsstämmiger Therapieideologien, mit der Realität vieler sozialer Gruppen, aus denen sich frühgeschädigte Kinder rekrutieren. Diese Auseinandersetzungen machen für den Therapeuten immer neue Abschiede nötig, von liebgewordenen, mit der eigenen Identität und fachlichen Sozialisation verbundenen Vorstellungen, so z.B. von der Aufarbeitbarkeit früher Beschädigungen im Sinne einer hinreichenden Nachsozialisation und einer Durcharbeitung von Traumata und schweren Störungen. Langfristig angelegtes Arbeiten kann hilfreich sein, wo der Kontext die inneren und äußeren Kosten einer Analyse trägt und wo die Ergebnisse weiterentwickelt werden können. Die dazugehörigen klinischen Theorien und Konzepte sind wichtig, um dem Therapeuten, auch bei kurzen, lösungsorientierten Beratungen zu helfen, das angebotene innerweltliche und interaktive Material in kognitiv-analytische Akten einzuordnen, zu verstehen im Sinn eines stellvertretenden Durcharbeitens. Diese Sicht muß ergänzt werden durch theoretisch-methodische Zugehensweisen, die einerseits der Besonderheit des Kindes als sich entwickelndes, unfertiges Wesen Rechnung tragen und im Falle des therapeutischen Umganges mit Frühgeschädigten etwas über frühe Entwickungsbedingungen aussagen, und die andererseits die kontextuelle Verwobenheit von Kind, Familie, Sozioökonomie und Helfersystemen berücksichtigen und methodisch würdigen.

Daraus ergibt sich die Schwierigkeit, aus unterschiedlich gewachsenen und unterschiedlich alten therapeutischen Verfahren einen theoretischen und methodischen Denk- und Interventionscorpus zu entwickeln, der, aus der Pragmatik geboren, in seiner Konsistenz wissenschaftstheoretisch anfechtbar ist. Integrierend könnte ein Vorgehen sein, das sich beim einzelnen Kind und seiner Familie orientiert und geleitet ist vom Prinzip der Förderung von Entwicklung und Schwellenbewältigung.

In der Praxis der Leibtherapie mit frühgestörten Kindern kann das folgende Grobzielsetzung bedeuten: In Behandlungsklimata, die zugleich klare Grenzen haben und Erfahrungen benigner, auch leiblicher, Regression im Dienste offengebliebener früher Bedürfnisse ermöglichen, können für die Aufrechterhaltung von Entwicklungsstörungen und -blockaden relevante Konflikte des Kindes und der Familie fokal aufgegriffen und bearbeitet werden, wobei die konfliktzentrierte leibtherapeutische Einzelarbeit nur bei ausreichender Ichstruktur oder in einem voll- oder teilstationären Setting durchgeführt werden sollte, das stellvertretende Ichfunktion übergangsweise übernimmt. Das Schwergewicht liegt auf der Bestätigung und Förderung der Ressourcen von Familie und Kind und auf der auch leib- und bewegungstherapeutisch umsetzbaren, Ermutigung kreativer Potentiale. Die Beziehungserfahrung, die das Kind dabei macht, die, vor allem wenn sie leiborientiert oder leibnah ist, immer die loyalen Gebundenheiten berücksichtigen muß, kann als Anker wirken in der Entwicklung eines „Prinzips Hoffnung", eines „Das gibt es", „Das gibt es auch für mich" und „Das ist etwas, das ich selbst in mir tragen und entwickeln kann".

Literatur

Ajuriaguerra, J. de, Le corps comme relation. *Rev. de Psychologie Pure et Appliquée* 2 (1962) 137-157.

Althen, U., Das Erstinterview in der Integrativen Therapie. Grad.-Arbeit, Fritz Perls Institut, Düsseldorf 1987, *Integrative Therapie* 4 (1991) 421-449.

Ammon, G., Psychoanalyse und Psychosomatik. Piper, München 1974.

Argyle, M., Körpersprache und Kommunikation. Junfermann, Paderborn 1979.

Balint, M., Die Urformen der Liebe und die Technik der Psychoanalyse. Klett-Cotta, München 1988.

Bürgin, D., Der therapeutische Dialog mit dem „Grenzfallkind". Psychotherapeutische Zugänge zum Kind und Jugendlichen. Jubiläumssymposion der Kinder- und Jugendpsychiatrischen Klinik Neuhaus. Bern 1987.

Dornes, M., Der kompetente Säugling. Die präverbale Entwicklung des Menschen. Fischer, Frankfurt/a.M. 1993.

Ferenczi, S., Ein Beitrag zum Verständnis der Psychoneurosen des Rückbildungsalters (1921). Bausteine (1964) II, 180-187.

Filipp, S.H., Das Selbstkonzept. Stuttgart, Klett 1979.

Fornari, F., Psychoanalyse des ersten Lebensjahres. Fischer, Frankfurt a.M. 1970.

Frühmann, R., Petzold, H.G., Lehrjahre der Seele. Junfermann, Paderborn 1993a.

Goslin, D., Handbook of socialisation, theory and research. Rand McNally, Chicago 1969.

Haar, R., Die therapeutische Beziehung in der analytischen Kinder- und Jugendlichenpsychotherapie. *Prax. Kinderpsychol. Kinderpsychiatrie* 34 (1985) 303-309.

Harlow, H.F., The nature of love. *Am. Psychologist* 13 (1958) 673-685.

—, *Harlow, M.*, The effects of rearing conditions on behavior. *Bull. Menninger Clinic* 26 (1962) 213-214.

Heinl, P., Kontext und Kommunikation: Koordinaten des Genogramms (Familienstammbaums). *Integrative Therapie* 4 (1988) 365-375.

Hurrelman, K., Ulich, D., Handbuch der Sozialisationsforschung. Beltz, Weinheim 1980, 1982.

Katz-Bernstein, N., Phantasie, Symbolisierung und Imagination – „komplexes katathymes Erleben" als Methode in der Integrativen Therapie mit Vorschulkindern. In: *Petzold, Orth* (1990a) 883-927.

Kernberg, O.F., Objektbeziehungen und Praxis der Psychoanalyse. Klett-Cotta, Stuttgart 1981.

Klein, M., Das Seelenleben des Kleinkindes. Klett-Cotta, Stuttgart 1983.

Kurtz, R., Prestera, H., Botschaften des Körpers. Kösel, München 1979.

Lamb, M.E., Interactions between eight-month-old children and their fathers and mothers. In: *Lamb, M.E.* (ed.), The role of the father in child development, Wiley, New York 1976.

Landsberg, W., Schneewind, U.-J., Die Lebenschronik: Dynamik und Methodik von Behandlungsverläufen in der Psychotherapie fremdplazierter Kinder- und Jugendlicher. *Acta Paesopsychiatrica* 51 (1988) 137-139.

Lowen, A., Depression. Kösel, München 1982.

—, Der Verrat am Körper. Rowohlt, Reinbek 1983.

—, Narzißmus. Die Verleugnung des wahren Selbst. Kösel, München 1984.

Mahler, M., Pine, F., Bergman, A., Die psychische Geburt des Menschen (Symbiose und Individuation). Fischer, Frankfurt a.M. 1987.

Marcel, G., Leibliche Begegnung. In: *Kraus, A.* (Hrsg.): Leib, Geist, Geschichte. Hüthig, Heidelberg 1978.

Märtens, M., Petzold, H.G., Psychotherapieforschung und kindertherapeutische Praxis. In: *Metzmacher, B., Petzold, H.G., Zaepfel, H.*, Therapeutische Zugänge zu den Erfahrungswelten des Kindes von heute. Junfermann, Paderborn 1996.

Mentzos, St., Neurotische Konfliktverarbeitung. Fischer, Frankfurt a.M. 1987.

Metzmacher, B., Integrative Bewegungstherapie mit Kindern. In: *Petzold, H.G., Ramin, G.* (Hrsg.), Schulen der Kinderpsychotherapie. Junfermann, Paderborn 1987.

Minuchin, S., Rosman, B.L., Baker, L., Psychosomatische Krankheiten in der Familie. Klett-Cotta, Stuttgart 1986.

Moreno, J.L., Moreno, F.B., Spontaneity theory of child development. Sociometry VII, 2 (1944) 89-128; repr. *Sociometry* XVIII 4 (1955) 137-155, Beacon House, Beacon, Psychodrama Monographs 8, 1944.

Müller, L., Integrative Musiktherapie in der Behandlung eines Kindes mit schwerer, früher Entwicklungs- und Persönlichkeitsstörung. Vortrag auf der Fachtagung: Was wirkt in der Musiktherapie vom 7.10. bis 9.10.1994 in Zürich, (Tagungssammelband in Vorbereitung).

Müller, W., Körpertheater und Commedia dell'Arte. Pfeiffer, München 1984.

Olbrich, I., Heilende Kräfte im kindlichen Spiel. Bewegen, Wahrnehmen, Spielen, Sprechen. Integrative Arbeit mit Kindern mit Sprachproblemen. *Gestalt und Integration* 1 (1992) 42-50.

Orth, I., Unbewußtes in der therapeutischen Arbeit mit künstlerischen Methoden, kreativen Medien – Überlegungen aus der Sicht „Integrativer Therapie". *Integrative Therapie* 4 (1994) 312-339.

Osten, P., Die Anamnese in der Integrativen Therapie. *Integrative Therapie* 4 (1994) 392-430.

—, Die Anamnese in der Psychotherapie – ein Integratives Konzept. Reinhardt, München 1995.

Papoušek, H., Papoušek, M., Intuitive parenting: a dialectic counterpart to the infant's integrative competence. In: *Osofsky, J.D.* (Hrsg.), Handbook of infant development. Wiley, New York, 1987.

Papoušek, M., Die Rolle des Vaters in der frühen Kindheit: Ergebnisse der psychobiologischen Forschung. Kind und Umwelt. *Beiträge zur analytischen Kinder- und Jugendlichenpsychotherapie* 54 (1987) 29-49.

Perls, F.S., Das Ich, der Hunger und die Aggression. Klett-Cotta, Stuttgart 1979.

—, *Hefferline, R.F., Goodman, P.*, Gestalttherapie. Klett-Cotta, Stuttgart 1979.

Petzold, H.G., L'analyse progressive en psychodrame analytique. Sobor, Paris, 1969b; auszugsweise dtsch. in: *Petzold* (1988n) 455-491.

— (Hrsg.), Psychotherapie und Körperdynamik. Junfermann, Paderborn 1974j, 3. Aufl. 1979.

—, Die Rolle des Therapeuten und die therapeutische Beziehung. Junfermann, Paderborn 1980f.

—, Die Rolle des Therapeuten und die therapeutische Beziehung in der Integrativen Therapie, 1980g. In: *Petzold* (1980f) 223-290.

— (Hrsg.), Widerstand – ein strittiges Konzept der Psychotherapie. Junfermann, Paderborn 1981b.

—, Vorüberlegungen und Konzepte zu einer integrativen Persönlichkeitstheorie. *Integrative Therapie* 1/2 (1984i) 73-115.

—, Die modernen Verfahren der Bewegungs- und Leibtherapie und die „Integrative Bewegungstherapie". In: *Petzold, H.G.* (Hrsg.): Leiblichkeit. Paderborn, Junfermann, 1985i, 347-390.

—, Überlegungen und Konzepte zur Integrativen Therapie mit kreativen Medien und einer intermedialen Kunstpsychotherapie. *Integrative Therapie* 2-3 (1987) 104-140.

—, Die vier Wege der Heilung in der „Integrativen Therapie". *Integrative Therapie* 4 (1988d) 325-365.

—, Integrative Bewegungs- und Leibtherapie. Ausgewählte Werke Bd. I/1 und I/2. Junfermann, Paderborn 1988n.

—, Die vier Wege der Heilung in der „Integrativen Therapie", Teil II. *Integrative Therapie* 1 (1989) 42-97.

—, Integrative Therapie in der Lebensspanne. Zur entwicklungspsychologischen und gedächtnistheoretischen Fundierung aktiver und leibzentrierter Interventionen bei „frühen Schädigungen" und „negativen Ereignisketten" in unglücklichen Lebenskarrieren. 1990 (persönlich überlassenes MS).

—, „Entwicklung in der Lebensspanne" und Pathogenese, Vortragsfolge auf der Tagung „Bewegungstherapie und Psychosomatik", 22.-23.11.1990 an der Freien Universität Amsterdam, 1990e; erw. in: *Petzold* (1992a) 649-775.

—, Integrative Therapie. Ausgewählte Werke, Bd. II/2: Klinische Theorie. Junfermann, Paderborn 1992a.

—, Bemerkungen zur Bedeutung frühkindlicher Gedächtnisentwicklung für die Theorie der Pathogenese und die Praxis regressionsorientierter Leib- und Psychotherapie. *Gestalt und Integration* 1 (1992c) 100-109.

—, Integrative Therapie. Ausgewählte Werke, Bd. II/3: Klinische Praxeologie. Junfermann, Paderborn 1993a.

—, Integrative fokale Kurzzeittherapie (IFK) und Fokaldiagnostik – Prinzipien, Methoden, Techniken, 1993p. In: *Petzold, Sieper* (1993a) 267-340.

—, Integrative Leibtherapie. Vortrag anläßlich des 5. Int. Kongresses für Somatotherapie, Erlangen 1993.
—, *Beek, Y van, Hoek, A.-M. van der*, Grundlagen und Grundmuster „intimer Kommunikation und Interaktion" – „Intuitive Parenting" und „Sensitive Caregiving" von der Säuglingszeit über die Lebensspanne, 1994a. In: *Petzold* (1994j).
—, *Goffin, J.J.M., Oudhof, J.*, Protektive Faktoren und Prozesse – die „positive" Perspektive in der longitudinalen, „klinischen Entwicklungspsychologie" und ihre Umsetzung in die Praxis der Integrativen Therapie. In: *Petzold, Sieper* (1993a) 173-266.
—, *Kirchmann, E.*, Selbstdarstellungen mit Ton in der Integrativen Kindertherapie. In: *Petzold, Orth* (1990a) 933-974.
—, *Orth, I.*, Die neuen Kreativitätstherapien, 2 Bde., Junfermann, Paderborn 1990a.
—, —, Körperbilder in der Integrativen Therapie – Darstellungen des phantasmatischen Leibes durch „Body Charts" als Technik projektiver Diagnostik und kreativer Therapeutik, 1991a. *Integrative Therapie* 1/2 (1991) 117-146; repr. in *Petzold* (1993a) 1201-1226.
—, —, Therapietagebücher, Lebenspanorama, Gesundheits-/Krankheitspanorama in der karrierebezogenen Arbeit in der Integrativen Therapie. *Integrative Therapie* 1/2 (1993a) 95-153; auch in: *Frühmann, Petzold* (1993a) 365-438.
—, —, Kreative Persönlichkeitsdiagnostik durch „mediengestützte Techniken" in der Integrativen Therapie und Beratung, 1994a. *Integrative Therapie* 4 (1994) 340-391.
—, *Ramin, G.*, Integrative Therapie mit Kindern. In: *Petzold, H.G., Ramin, G.* (Hrsg.), Schulen der Kinderpsychotherapie. Junfermann, Paderborn 1987.
—, *Sieper, J.* (Hrsg.), Integration und Kreation. Junfermann, Paderborn 1993a.
Piaget, J., Urteil und Denkprozeß des Kindes. Schwann, Düsseldorf 1972a.
—, Sprechen und Denken beim Kinde. Schwann, Düsseldorf 1972b.
Plassmann, R., Organwelten: Grundriß einer analytischen Körperpsychologie. *Psyche* 3/47 (1993) 261-282.
Rhode-Dachser, C., Ausformungen der ödipalen Dreieckskonstellationen bei narzißtischen und bei Borderline-Störungen. *Psyche* 9 (1979) 773-799.
Schellenbaum, P., Homosexualität des Mannes. Kindler, München 1980.
Scherer, R., Der Körper des Kindes. In: *Kamper, D., Wulf, Ch.* (Hrsg.), Die Wiederkehr des Körpers. Suhrkamp, Frankfurt a.M. 1982.
Schmitz, H., Phänomenologie der Leiblichkeit. In: *Petzold, H.G.* (Hrsg.), Leiblichkeit. Junfermann, Paderborn 1985.
—, Leib und Gefühl. Junfermann, Paderborn, 1989.
Schneewind, U.-J., Der Umgang mit der emotionalen Zerrissenheit. Zur Behandlung von Borderlinepatienten in der Integrativen Kinder- und Jugendlichenpsychotherapie. *Gestalt und Integration* 1 (1992) 56-68.
—, Integrative therapy with early-disturbed children and adolescents. 5. Int. Kongreß für Gestalttherapie, Valencia 1993.
—, *Kuchenbecker, A.*, „Familienspieltherapie" – Zum Einsatz von Methoden aus der Integrativen Therapie in der analytisch-systemischen Familientherapie. In: *Remschmidt, H.* (Hrsg.), Psychotherapie mit Kindern, Jugendlichen und Familien. Enke, Stuttgart 1984.
Schneider, K., Widerstand in der Gestalttherapie. In: *Petzold, H.G.*, Widerstand, ein strittiges Konzept in der Psychotherapie. Junfermann, Paderborn 1981.
Sheleen, L., Maske und Individuation. Junfermann, Paderborn 1987.
Sperling, E., Massing, A., Georgi, H., Reich, G., Wöbbe-Mönks, E., Die Mehrgenerationen-Familientherapie. Vandenhoeck und Ruprecht, Göttingen 1982.
Spitz, R., Vom Säugling zum Kleinkind. Klett, Stuttgart 1967.

Stern, D.N., The interpersonal world of the infant. Basic Books, New York 1985.

Stierlin, H., Delegation und Familie. Suhrkamp, Frankfurt a.M. 1978.

—, *Rücker-Embden, I., Wetzel N., Wirsching, M.*, Das erste Familiengespräch. Klett-Cotta, Stuttgart, 2. Aufl. 1980.

Vyt, A., The second year of life as a developmental turning point: implications for sensitive caretaking. *Europ. J. of Psychol. of Education* 2 (1989) 145-158.

Willke, E., Tanztherapie. In: *Petzold, H.G.* (Hrsg.), Leiblichkeit. Junfermann, Paderborn 1985.

Winnicott, D.W., The family and individual development. London, Tavistock 1965.

—, Vom Spiel zur Kreativität. Klett-Cotta, Stuttgart 1973.

—, Reifungsprozesse und fördernde Umwelt. Kindler, München 1974.

Wirsching, M., Stierlin H., Krankheit und Familie. Klett-Cotta, Stuttgart 1982.

Wege aus der psychotischen Welt in die gemeinsame Realität

Die Persönlichkeitsentwicklung eines vierjährigen Jungen im therapeutischen Prozeß

Lars Kuntzag

Mit der vorliegenden Arbeit möchte ich einen Beitrag leisten zur Bedeutung der Integrativen Kindertherapie für die klinische Arbeit mit psychotischen Kindern im Vorschulalter. Dieses ganzheitliche Behandlungsverfahren wird in seinen metatheoretischen, realexplikativen und praxeologischen Grundzügen von *Petzold* und *Ramin* (1987), *Metzmacher, Zaepfel* (1996) als spezifische Behandlungsmethodik, nämlich der Integrativen Bewegungstherapie, von *Metzmacher* (1987) und als Ansatz einer leibtherapeutischen Hinwendung zu Kindern von *Schneewind* (1996, in diesem Band) dargestellt. Die in diesen Arbeiten formulierten leib- und bewegungsorientierten Behandlungsmöglichkeiten eröffnen unmittelbare Zugänge zu Kindern, die in ihrer frühen Leib-Selbst-Entwicklung geschädigt wurden und deren Denkstrukturen auf einem vorsymbolischen Entwicklungsniveau stehengeblieben sind. Eine verbale Kontakt- und Beziehungsgestaltung scheitert oft an ihren sehr eingeschränkten Möglichkeiten, eine dezentrierte und selbstreflektorische Haltung einzunehmen.

Die therapeutische Arbeit mit diesen Kindern verfolgt das Ziel, ihr Bemühen, sich kommunikativ in der Welt der Anderen zurechtzufinden, zu unterstützen.

Psychotische Symptome bei Kindern?

Ausführlich hat sich *Eggers* (1973) mit der Frage beschäftigt, wie psychoseähnliche Auffälligkeiten bei Kindern unter zehn Jahren zu bezeichnen sind. Einige Autoren gehen von den typischen Symptomen der Erwachsenen-Schizophrenie aus und suchen sie im Kindesalter; andere gehen von der Phänomenologie kindlicher Verhaltensweisen aus und beschreiben und definieren psychotische Symptome des Kindesalters „unabhängig von einer bestehenden Ähnlichkeit oder auch nur Vergleichbarkeit mit den aus der Psychopathologie des Erwachsenenalters geläufigen Kriterien" (*Eggers* 1973, 89ff.). Mit *Lempp* sei hier der zweite Weg favorisiert, um psychotische Auffälligkeiten von Kindern nicht einfach „in die ‚Schubladen' von Erwachsenen-Psychiatrie zu sortieren" (*Eggers* 1973, 90).

Das Kind kann schon sehr früh, teils unmittelbar nach der Geburt, „von psychotiformen Krankheitsbildern betroffen werden, die sich als ‚psychoses de développement' oder als ‚early onset psychoses' zusammenfassen lassen" (*Eggers* 1988, 179). Entwicklungspsychose wird als Begriff zur Kennzeichnung psychoseähnlicher Symptome bei Kindern bis zum Alter von acht bis neun Jahren verwandt. Von ‚late onset psychoses' sei dagegen zu sprechen, wenn das Kind eine solche Ich-Strukturierung erreicht hat, die z.B. das Entstehen von Schuldgefühlen oder „Minderwertigkeitsideen und die Erfahrung von Ich-Fremdheit ermöglicht, was wiederum das Erleben der eigenen Identität zur Voraussetzung hat" (*Eggers* 1988, 180). Für die Entwicklungspsychose kann als verbindliches Leitsymptom „die schwere Beziehungsstörung zur personalen und dinglichen Umwelt auf dem Hintergrund bizarrer und uneinfühlbarer Verhaltensauffälligkeiten angesehen werden" (*Eggers* 1988, 179). „Entwicklungspsychose" nimmt, anders als der ebenfalls diskutierte Begriff „Kindliche Schizophrenie", deutlich Rücksicht auf Veränderungen in der kindlichen Entwicklung.

Nach *Lempp* (1973) kann es eine Schizophrenie im Vorschulalter nicht geben, „da in diesem Alter der Realitätsbezug noch unausgeformt, wenig stabil und natürlicherweise von dem des Erwachsenen abweichend sein kann" (199). Kann es überhaupt psychotische Symptome geben, wenn man für verschiedene, scheinbar charakteristische Symptome aus dem schizophrenen Formenkreis Entsprechungen in phasenspezifischen Verhaltensweisen während der normalen Entwicklung des Kindes findet (*Lempp* 1988a)? Zumindest sei in den psychotischen Symptomen keineswegs nur das Pathologische zu sehen. Vielmehr könne es sich dabei „um tastende Versuche einer Selbstheilung, also um (wenngleich mißglückende) autoprotektive Vorgänge handeln." Das Kind „versucht in einer Regression, gewissermaßen in einem neuen Anlauf, mit seiner psychischen Entwicklung zu beginnen, um aus der Psychose zu der gemeinsamen Realität zurückzufinden" (*Lempp* 1988a, 175).

Das Zurückfinden läßt nach einem genauer zu bezeichnenden Ort des Woher und Wohin und nach dem „Überstieg" von einem zum anderen fragen. Im psychotischen Zustand, ebenso wie im Zustand magischen Welterlebens im Verlauf der normalen Entwicklung, erlebt das Kind seine Welt im Banne von Phantasievorstellungen. Im Sinne der Terminologie von *Lempp* (1988b, 1992) befindet es sich dabei in einer „Nebenrealität", im Unterschied zur „Hauptrealität" der Menschen, die auf der Grundlage der in ihrer Gruppe gültigen Regeln, gemeinsame Kommunikations- und Interaktionsformen benutzen und interpretieren. Während das normal entwickelte Kind nach der Phase magischer Weltbetrachtung lernt, die Welt so zu sehen und zu gestalten wie ältere Kinder und Erwachsene und durch diesen „Überstieg" Zugang zu deren Kommunikations- und Interpretationsverständnis findet, gelingt dies dem Kind im psychotischen Zustand nicht.

Das hat zur Folge, daß beispielsweise ein sechsjähriger Junge mit einer erheblichen sensumotorischen Teilleistungsschwäche Bäume umarmt, streichelt und sich Blätter und Zweige zärtlich so zu eigen macht, als würde er seine Mutter betasten, riechen und schmecken wollen. In dieser individuellen Sichtweise des Baumes, die zu dem auffälligen Umgang mit ihm führt, findet er keine Bestätigung durch andere. Er wird als Fremder in der gemeinsamen Realität betrachtet und behandelt. Aus dieser Erfahrung, so vermutet *Lempp* (1973), entwickelt das Kind als Reaktion die psychotische Symptomatik.

Der Baum *ist* für den Jungen in diesem Augenblick die Mutter. In seinem Kontakt zu ihm zeigt sich ein Verlust innerpsychischer Distanzierungsmöglichkeit. Er verknüpft eine Umweltwahrnehmung so mit *seinem* symbolischen Erleben der Welt, daß der Baum zu einem magischen Zeichen in ihr wird. Er lebt in diesem Moment in der Welt des Symbols wie in einer Realität. *Benedetti* (vgl. 1992) sieht hier die Abspaltung des Ichs vom Unbewußten, das dem Selbst nicht mehr zugehörig ist und nicht mehr in der eigenen Tiefe, „sondern erst draußen in der Welt... erfahrbar" ist (37).

Von Kindern, die an einer Borderline-Störung leiden, werden dagegen die fundamentalen Aufgaben in der Realitätsprüfung gelöst (*Bürgin* 1988, 29). Sie haben in der von allem Anfang an gegebenen sozialen Erfahrungswelt gelernt, andere differenziert wahrzunehmen und das eigene Selbst prägnant zu erfahren, so daß Selbstgefühl aufgebaut und grundsätzlich auch Selbstgewißheit gefestigt werden kann (*Petzold* 1992, 185). Über Symbol- und Spracherfahrungen konnten sie ihr Ich weiter aufbauen und damit aus exzentrischer Position die Welt wahrnehmen. Die von *Bürgin* beschriebenen „Grenzfall-Kinder" unterscheiden sich von entwicklungspsychotisch gestörten hinsichtlich der Dauer und Intensität der Zustände, in denen sie aufgrund einer Ich-Schwäche die Orientierung in der Realität einbüßen und ihre individuellen Phantasiewelten als „Hauptrealität" erleben (*Lempp* 1992, 26).

Bei entwicklungspsychotisch gestörten Kindern ist die Fähigkeit, sich in der gemeinsamen Realität wie selbstverständlich zu bewegen, noch nicht entwickelt oder – und das zu unterscheiden ist eine schwierige diagnostische Aufgabe – für einen gewissen Zeitraum außer Kraft gesetzt.

Rolf, über dessen Persönlichkeitsentwicklung im diagnostischen Prozeß hier berichtet wird, hatte in seinem Leben die Fähigkeit, sich in der gemeinsamen Realität verständlich zu machen, noch nicht erlernt. Aus seiner, später ausführlich dargestellten, biographischen Entwicklung sei hier nur erwähnt, daß ihm während der ersten Lebensjahre Umweltreize nicht in der nötigen Stimmigkeit und Konstanz angeboten worden waren und seine Reizaufnahme- und Verarbeitungsfähigkeit frühzeitig als gestört diagnostiziert worden waren. Eine erhebliche Teilleistungsschwäche zeigte sich in der sprachlichen, motorischen, taktilen und visuellen Reizerfassung und -verarbeitung. Aus der gegenseitigen Verstärkung dieser Defizite entwickelte sich bei Rolf ein Verhalten in bezug zur gemeinsamen Realität, das in manchen Aspekten als psychotisch zu bezeichnen war.

Aus der stationären Einzeltherapie, auf deren Verlauf in jedem Schritt sowohl die institutionellen als auch die familiendynamischen Gegebenheiten Einfluß nahmen, werden Erfolge und Mißerfolge der Versuche geschildert, die Voraussetzungen dafür zu schaffen, daß dem Kind der „Überstieg" (vgl. *Lempp* 1988b, 1992; vgl. auch *Metzmacher, Zaepfel* 1996) aus seiner „Nebenrealität", die oft seine „Hauptrealität" war, zur gemeinsamen Realität gelingen kann. Im Therapeuten können dabei Türen zu eigenen Phantasiewelten geöffnet werden, die erst eine Korrespondenz über Resonanzprozesse von „Nebenrealität" zu „Nebenrealität" ermöglichen. Hier findet der Austausch mit Rolf mehr über präverbale Töne und Silbenreihungen sowie über das gemeinsame Gestalten von Bewegungssequenzen als über den sprachlichen Dialog statt. Ähnlich wie beim „Schnörkelspiel" (*Winnicott* 1988c) mit dem Zeichenstift, entsteht dabei aus dem spontanen Körperausdruck des Kindes, auf den der Therapeut eine sowohl intuitive als auch am Fokus (vgl. *Metzmacher* u. *Zaepfel* 1996, 80ff.) orientierte Antwort sucht, die ebenfalls nonverbal erfolgt, eine prägnante Szene.

Aspekte der Säuglings- und Kleinkindentwicklung

Ich wähle hier einige theoretische Erkenntnisse über die frühe sensorische und kommunikative Entwicklung des Säuglings und Kleinkindes aus, die mir bei meiner therapeutischen Arbeit mit Kindern in psychosenahen Zuständen geholfen haben, sie in ihrer fremden Welt besser zu verstehen.

1. Phänomenologische Aspekte

Lange, bevor unser Denken Ordnung stiftet, kommunizieren wir dialogisch auf der Grundlage „einer allgemeinen intentionalen Struktur unseres Leibes" (*Petzold* 1986; *Meyer-Drawe* 1988, 245). Bereits im embryonalen Zustand nimmt der Mensch wahr, reagiert und speichert mit der Ausbildung neuronalen Gewebes in begrenztem Umfang (*Petzold* 1992). Der „aktive Säugling" (*Hartkamp* 1990, 121) verfügt von Beginn seiner Entwicklung an über ein differenziertes Sensorium und ist in der Lage, „auf äußere Wahrnehmung differenzierte Verhaltensantworten zu zeigen". Eine Kommunikation über Affekte wird bereits mit dem Neugeborenen möglich. Der Austausch erfolgt in dieser frühen Entwicklungsphase auf der Basis unseres leiblichen Zur-Welt-Seins, das uns Antworten auf Fühlen und Handeln des Säuglings finden läßt im Sinne von Resonanz wie, „ein Echo, das sich ereignet und nicht vorweggenommen werden kann" (*Meyer-Drawe*, 249). Sinnesempfindungen wie Schmecken, Riechen, Sehen und Hören und solche, die von der Haut ausgehen, wie Tasten oder Berühren, eröffnen in der primären dyadischen Beziehung ein lebendiges Spiel zwischen Mutter und Säugling im Grenzbereich zwischen Psyche, Soma und Geist. Mißlingt diese frühe Kommunikation, so spricht *Lichtenberg* vom „präsymbolischen Trauma" (*Hartkamp*, 123).

Innerhalb des Kommunikationsrahmens mit der Mutter können bereits wenige Monate alte Kinder, z.B. über verschiedene Vokalisationen, voraussagbare Ereignisse in der Umwelt selbst bewirken (z.B. Kitzelspielchen zu wiederholen). Mit Hilfe „melodischer Konturen" in Lautformungen vermögen sie zu „erbitten, fordern oder abzulehnen" (*M. Papoušek* 1994, 163).

Als beendet gilt die Säuglingszeit in anthropologischer Sicht, wenn das Kind steht oder geht, das Hören und die physiognomische

Weise des Sehens die Dominanz der Oralität abgelöst hat und das Sensorium für Atmosphärisches über Riechen und Schmecken entwickelt wurde (*Tellenbach* 1988). Jetzt wird die Welt der Spielzeuge und Märchen den Kindern verständlich. Steine, Bäume, Sonne, Mond und Tiere können sprechen, sie sind beseelt. „Die Ausschaltung physiognomischer Merkmale geht langsam vor sich und ist niemals vollständig" (*Meyer-Drawe*, 259). Das Verhaftetsein von sechs- und siebenjährigen Kindern im physiognomischen Erleben der Welt, wie es auch Rolf zeigt, läßt sich einerseits als schwere Entwicklungsretardierung beschreiben, andererseits öffnen sich auf der Ebene ihrer Relevanzstrukturen kommunikative Zugänge zum Kind. Im kreativen Spiel werden Materialien im Rahmen des bewegungs- und leibbezogenen Geschehens zunächst entfunktionalisiert, um sie mit der Symbolhaftigkeit, die aus dem imaginären Raum des Kindes erwächst, neu zu besetzen. Die Trennung zwischen Eigenem und Fremden ist jetzt noch nicht vollzogen, Objekte aus der Welt der Dinge werden vom Kleinkind in ihrer Bedeutung neu erschaffen und der eigenen Macht unterworfen. Das Kind stattet ein vorgefundenes Objekt mit bestimmten Eigenschaften aus und überbrückt mit Hilfe des „Übergangsobjektes" (*Winnicott* 1988a, *Schlösser* 1990) Innen und Außen.

2. Strukturelle Aspekte

Die gerade beschriebenen, innerpsychischen Prozesse im Säugling und Kleinkind beziehen sich auf theoretische Annahmen über die Persönlichkeitsentwicklung, die ich jetzt kurz darstelle. Der Selbstentwicklung kommt für die Fähigkeit des Vorschulkindes, kommunikative Bezüge zur Realität herzustellen und diese trotz innerer Affekte und Phantasien und von außen einwirkender Traumatisierungen aufrecht zu erhalten, große Bedeutung zu. Der Säugling erlebt bereits in den ersten beiden Lebensmonaten, daß ein differenziertes, selbstgesteuertes Handeln körperliche und seelische Spannungszustände reduziert. Diese „Sensibilität für Selbstorganisierende Prozesse" führt im dritten Lebensmonat zur Ausbildung des „Kern-Selbst." „In diesem Stadium ... vermag das Kind sich als von der Mutter in körperlicher, aktionaler und affektiver Hinsicht getrennt zu erleben" (*Stern* 1985, zitiert bei *Petzold* 1992a, 666).

Zwischen dem siebten und neunten Monat ist es in der Lage, mit Bezugspersonen Aufmerksamkeit, Intentionen und Gefühlslagen zu teilen. Sprachproduktion, Sprachverständnis, Vorstellungstätigkeit und Reflexivität sind die Grundlagen des Sprach-Selbst. Dieses Stadium beginnt zwischen dem 15. und 18. Lebensmonat (ebenda). Bis dahin erlebt sich das Kind un-allenfalls vorbewußt.

Mit Beginn des zweiten Lebensjahres zeichnet sich eine Entwicklung ab, die ein konturiertes Ich schon recht deutlich hervortreten läßt (vgl. *Petzold* 1992a). Im Prozeß der Loslösung distanziert sich das Kind von der Mutter und grenzt sich von ihr ab. Wenn Mutter und Kind ihre Aufmerksamkeit nicht mehr ausschließlich aufeinander richten, sondern auch auf Gegenstände, erkennen wir daran einen wichtigen Schritt in der Autonomieentwicklung des Kindes (vgl. *M. Papoušek* 1994, 126). Damit ist eine Voraussetzung zur Entwicklung der Fähigkeit, Dreiecksverbindungen zwischen „Ich-Du-Gegenstand" (vgl. *Zollinger* 1991) herzustellen, erreicht. Erst diese Dreiecksverbindungen ermöglichen den sprachlichen Aufbau des „gemeinsamen Realitätsbezuges" (vgl. *Lempp* 1992).

Die Fähigkeit, sich eine Erinnerung an das Gesicht der Mutter und ihre Worte abzurufen, mit denen das Kind von ihr nach einer Trennung auf den Arm genommen wurde und sich dort beruhigte, wirkt Trennungsängsten in Räumen, in denen es sich jetzt klarer von der Mutter abgegrenzt erlebt, entgegen. Voraussetzung für diese imaginativen Aufnahmen und Verinnerlichungen des Mutterbildes sind hinreichend gute Erfahrungen in Interaktionen mit ihr (vgl. *Winnicott* 1993). Die Kraft dieser Vorstellungen erlaubt es dem Kind, sich Wirklichkeiten, die jenseits der vertrauten Ich-Du-Beziehung liegen, anzunähern. Umgekehrt werden Verschmelzungsphantasien und halluzinatorisch abgewährte Ängste als Abwehrreaktionen auf traumatische Trennungserfahrungen gedeutet.

Aber nicht allein eine gelungene Geborgenheitserfahrung des Kindes, die sich in „symmetrischen Dialogen" (*Brazelton, Cramer* 1994) zwischen dem Kind und seiner Mutter realisiert, sondern auch die Bindung des Kindes zum Vater spielt für die Persönlichkeitsentwicklung des Kindes eine bedeutsame Rolle (vgl. *Suess* et al. 1992). Ist er anwesend und emotional erreichbar, so kann sich das Kind beim Vater seiner Selbst rückversichern, wenn es gegen seine Mutter gerichtete destruktive Phantasien zuläßt und später auch handelnd ausdrückt (z.B. Trotzalter). Selbst wenn das Kind erlebt, daß sich die Mutter ihm weiterhin liebevoll zuwendet und sich nicht durch „Vernichtung" an ihm „rächt" (*Winnicott* 1993), kann ein Vater seinem Kind Wege öffnen, sich in der Dreiecksbeziehung (Mutter-Kind-Vater) zurechtzufinden (*Ermann* 1985 spricht hier von „früher Triangulierung"). Vorschulkindern, die aufgrund von Teilleistungsstörungen und schweren Kontakt- und Beziehungsstörungen Dreiecksverbindungen meiden, müssen im therapeutischen Prozeß sowohl „mütterliche Haltungen" angeboten als auch destruktive Autonomiebestrebungen zugestanden werden. Denn beide Erfahrungen, nämlich Geborgenheit und Widerstand gegen Geborgenheit verkörpernde Menschen ermöglichen Individuation (vgl. *Winnicott* 1993, *Stierlin* 1994).

Erkenntnisgewinn am Einzelfall

Für den Bereich der Psychotherapie mit psychotischen oder psychosenahen Zustandsbildern bei Kindern liegen bisher keine zuverlässigen Quer- und Längsschnittuntersuchungen vor, deren Systematisierung es erlauben würde, generalisierte oder generalisierbare Aussagen zu machen.

Im Schildern anamnestischer und biographischer Hintergründe eines Kindes sowie der individuellen Phänomene seines kindlichen Erlebens mit den jeweiligen Resonanzphänomenen (Gegenübertragung) im Therapeuten wird etwas Grundsätzliches über die klinische Arbeit und das zugrundeliegende therapeutische Selbstverständnis der Integrativen Therapie zum Ausdruck gebracht. Um die psychische Struktur zu finden und zu verstehen, die hinter den verschiedenen Phänomenen kindlichen Verhaltens steht, bedarf es bei aller klinischen Erfahrung der Bereitschaft, sich als Therapeut mit eigenen Gefühlen und Gedanken auf das Kind und sein Unbewußtes einzustellen, um eine persönliche Beziehung zu ihm zu finden. Dabei werden Momente von hilfloser Verwirrung und Ablehnung erlebt, die sich zum Beispiel als Nichtwahrnehmen des Therapeuten oder als Zerstörungswut gegen Gegenstände und seine Kontaktversuche äußert. Manchmal kommt es plötzlich zu einem befreienden Miteinandertun, oder es entsteht ein gemeinsames Schweigen, in dem das krankhafte Symptom eingefaßt wird, „wie ein ruhiges Meer die ‚verwunschene Insel' umspült" (*Benedetti* 1983, 76). Im mehrperspektivischen Erfassen dessen, was in der Situation geschieht, kann auf der Grundlage von Beobachtung, die immer

Fremd- und Selbstbeobachtung im Lichte der Lebensgeschichte des Therapeuten ist, Verstehen für das wachsen, was ihn in seiner spontanen Wahrnehmung befremdet hatte.

In dieser exklusiven einzeltherapeutischen Situation können Therapeut und Kind auf den weiten Feldern ihrer individuellen Erfahrungen, Empfindungen und Phantasien Erlebnisräume aufbauen, in denen das Kind Kontakt- und Beziehungserfahrungen machen kann, die einen „nachsozialisierenden" Charakter haben können (vgl. *Petzold, Ramin* 1987).

Die supervisorische Begleitung und die Struktur des Klinikbetriebes bieten, auf den Ebenen von Reflexion und gegenseitiger Unterstützung, Orientierung und auch Halt für die Arbeit mit wenig strukturierten Persönlichkeiten. Allerdings sind auch in einer Klinik, der ein psychotherapeutisches Konzept zugrundeliegt, immer wieder Faktoren wirksam, die belastend auf den therapeutischen Prozeß einwirken. Auseinandersetzungen in der Klinikhierarchie um die materielle und personelle Versorgung der Kinder auf der Station oder mit den Jugendämtern um eine ganzheitliche Sicht bei der Organisation von Hilfe für die Kinder und ihre Familien sind Beispiele aus dem Behandlungskontext, die so dominant werden können, daß der einzeltherapeutische Verlauf von dort gesteuert zu werden scheint. Das sozial-emotionale Zusammenleben der Familienmitglieder als Bedingung von erheblicher Wirkungskraft für das Ge- oder Mißlingen der Arbeit mit dem Kind ist auch durch familientherapeutische Sitzungen in häufiger Frequenz oft nur ansatzweise zu verändern. Manche Familien werden von Wohnungsnot und Arbeitslosigkeit in einem Ausmaß bedroht, das Veränderungen am Beziehungsgefüge als sekundär erscheinen läßt. Die Balance zu finden zwischen der Förderung des Kindes in all seinen neu sich differenzierenden Persönlichkeitskonturen und dem Verständnis für die Ängste der Eltern, ihre oft nicht gelingende Trauer- und Individuationsarbeit oder die Resistenz von Familienbeziehungsstrukturen gegen Veränderungen erfordert auf Seiten des Therapeuten ein hohes Maß an Einfühlungs- und Distanzierungsvermögen.

Zugänge zum Verstehen des Kindes in seiner Welt

Benedetti beschreibt, was der Therapeut erlebt, wenn er sich auf die „Wellenlänge" des Patienten einzustellen vermag. Er spricht von einer Sinnesempfindung, die sich ihm in der Gestalt eines Bildes zeigt, das Ergebnis der „Wahrnehmung dessen" sei, „was im Patienten geschieht" (*Benedetti* 1983, 62). Eine Eigenschaft unseres Unbewußten ermögliche, Phänomene wahrzunehmen, „die das intrapsychische Leben des Patienten angehen, soweit es sich auf den Therapeuten bezieht" (ebenda).

Zwischen mir und Rolf liegt ein Altersunterschied von 37 Jahren. Wie sollen wir auf eine „Wellenlänge" kommen? Woran wird deutlich, daß mir eine Teilnahme an seinem Unbewußten möglich wurde und welche Phänomene zeigen, daß mein Unbewußtes durch ihn aktiviert wurde? In unserer ersten Stunde lasse ich mich von ihm in vorsprachliche Zeiten zurückführen. Meine Töne und Silben werden ebenso wie die seinen nicht zu Worten. Mein non-verbales Eingehen auf seine regressionsgebundene präverbale Kommunikation geht einher mit der Übernahme der Rolle einer Elternposition meinerseits, indem ich Rolf bei unserem „Gebrabbel" auf seine Geste hin auf meinem Arm trage. Ich versuche eine „Haltefunktion" (*Winnicott* 1988b) zu übernehmen, die von seiner primären Umgebung defizitär ausgefüllt worden war. Rolfs non-verbale Ausdrucksmöglichkeiten bestimmen unsere Kommunikation während der gesamten Therapie weitgehend. Wenn er in Stromleitungssystemen und Wasserrohren Begrenzungen sucht in seiner Angst vor inneren Überflutungserlebnissen, biete ich ihm die Decke am Boden. Ich möchte ihm damit zeigen, daß ich seine Angst wahrgenommen habe, und ihm einen abgegrenzten Ort, an dem er Ruhe finden kann, zur Verfügung stellen möchte. Durch Reduzierung von Reizen biete ich ihm Schutz, und durch Begrenzung unseres Interaktionsfeldes erleichtere ich ihm die Raumerfassung.

Sein spontanes Malen erweitert die Möglichkeiten der Verständigung ohne Sprache zwischen uns. Er hat insgesamt 35 Zeichnungen erstellt. Eine theoretische Zuordnung von Kinderzeichnungen in den Prozeß symbolischer Kommunikationsentwicklung bei Vorschul-Kindern mit Teilleistungsstörungen kann an dieser Stelle nicht geleistet werden. Daher zeige ich auch keine Bilder aus dieser Phase. Für Kinder, die sich verbal nicht angemessen verständlich machen können, sind Zeichnungen, ebenso wie ihr szenisches Spiel, ein wichtiges Kommunikationsmedium. In den ersten fünf bis sechs Monaten hat Rolf 14 Bilder mit roter Farbe gemalt, wobei er durch drei Bilder einige blaue Linien zog. Ab dem siebten Therapiemonat ist die rote Farbe völlig verschwunden, er malt jetzt schwarz, grün, gelb und blau. In dieser Zeit entstehen auch neue Formen auf dem Papier. Bis jetzt konnte ich offene Ovale, Kreise, Geraden (selten) und Schraffierungen erkennen, ohne dabei auch nur im entferntesten an Gegenstände zu denken. Er nennt diese Bilder „Wasser", „Rohre", „Ich". Sein Malen scheint – wie ein Spiegel – Aspekte seines Selbst und seiner Auseinandersetzung damit zu reflektieren. Er fordert mich auf, in einige Bilder Spülkästen, eine Waschmaschine oder einen Staubsauger zu malen. Gern gebe ich ihm Antwort in dieser Form. Als ich die Konturen eines Baumes andeute, malt er Kreise in mein Bild, die er Kirschen und Erdbeeren nennt. In der zweiten Hälfte seiner Therapie entstehen Bilder, die er „Schienen" nennt oder denen er Beschreibungen hinzufügt: „Das ist Rolf, der hat im Bauch ein Baby." Ansatzweise sind zwei ineinanderreichende Figuren zu erkennen. Zu einem anderen Bild sagt er: „Ich male mich." Es entstehen Kreise, die ein Knäuel bilden, unterteilt durch einige senkrechte und waagerechte Linien. Ein Bild unterscheidet sich in seiner gegenständlichen Klarheit deutlich von den anderen: Hausumrisse mit zwei Fenstern und einer Tür. Schienen, die er nicht nur so nennt, sondern erkennbar malt, führen vom Haus weg. Das Malen eröffnet nicht nur eine Kommunikation vom Kind zum Erwachsenen, sondern auch vom Erwachsenen zum Kind. Ich reagiere auf Rolfs Wunsch, in das Durcheinander roter Bahnen ein technisches Gerät einzufügen, das diesem ewigen Fließen und dem sich darin Verlieren Begrenzung und Kontrolle sein kann. Insofern nehme ich einen Aspekt seines Abwehrsystems an und vermittle ihm handelnd meine Bereitschaft, mich in sein Tun involvieren zu lassen. Zugleich bleibe ich mit der „Hauptrealität" verbunden, so daß ich, ähnlich wie eine Mutter mit ihrem Kleinkind, in zwei Welten, der eigenen des Kindes und der der Erwachsenen, wahrnehme und empfinde.

Ich sehe in dem Übergang von der Phase, in der er sich in kreisenden Rotlinien zeigte, zu ersten – allgemein-verständlichen – Zeichen einer flüchtigen Selbstdarstellung, daß Rolf sich aus dem nahezu ‚intrauterinen Selbst-Erleben'* herausentwickeln und mit

---

* Die roten Linien machen mir, als Blutbahnen des mütterlichen Leibes erinnert und

mir über eine spontan verständliche Symbolsprache in Beziehung treten kann. In diesem Geflecht gegenseitiger Resonanzprozesse kommunizieren wir über unser Unbewußtes miteinander und finden so manchmal die „Wellenlänge", auf der wir uns erreichen.

Darin erkenne ich eine Weitung seines kommunikativen Raumes. Sind seine Mitteilungen auch nach wie vor weitgehend „eigenweltlich" eingefärbt, so benutzt er doch vermehrt Symbole, die ich zu verstehen gelernt habe. Meine Resonanz, zu der auch die Freude über diesen Entwicklungsschritt gehört, fördert, so vermute ich, trotz seiner Angst vor der Öffnung des inneren Dialograumes, seine „Überstiegsfähigkeit" in eine gemeinsame Realität mit mir (vgl. *Lempp* 1992).

Das stationäre Setting

Rolf befand sich elf Monate in stationärer psychotherapeutischer Behandlung. Er lebte in einer Gruppe von neun Kindern. Sie wurde von zwei sozialpädagogischen Fachkräften und einem Praktikanten betreut. Nahezu jedes Wochenende verbrachte er bei seinen Eltern, die angehalten waren, in 14tägigem Abstand zu familientherapeutischen Gesprächen in die Klinik zu kommen.

Ausführliche Beschreibungen der Indikationen, Therapiekonzepte und Behandlungsziele, die in der Klinik vertreten bzw. angestrebt werden, finden sich bei *Schneewind* (1986, 1989) sowie in dem Aufsatz von *Landsberg / Malzahn* in diesem Band.

Die sich im Stationsleben entwickelnde und ständig verändernde Dynamik zwischen den Kindern einerseits und in den Beziehungen zu einzelnen Betreuern andererseits sowie die sich während der Behandlung verändernde Familiendynamik waren von Bedeutung für das Geschehen in jeder Therapiestunde. Diese Interdependenzen werden hier wegen meiner Fokusierung auf den interpersonellen Prozeß der therapeutischen Beziehungen nur insoweit dargestellt, als sie für das Verstehen seiner Veränderungen notwendig sind.

---

auf geheimnisvolle Weise aus dem Zustand leiblichen Verbundenseins reproduziert, Sinn.

Rolf – Vorgeschichte eines Kindes

Seine, während der Schwangerschaft, 19 Jahre alte Mutter erinnert diese als psychisch sehr belastet. Sie war mit 16 von zu Hause ausgezogen, weil sie die Auseinandersetzungen mit ihren Eltern nicht länger ertragen konnte. Sowohl durch diesen Auszug als auch die uneheliche Geburt von Rolf wurde die Vater-Tochter-Beziehung gestört. Sie fühlte sich von ihm verstoßen und litt unter seiner Ablehnung ihrem Sohn gegenüber. Von ihrer Mutter sei Rolf dagegen emotional angenommen worden. Rolfs Vater befand sich vom Beginn der Schwangerschaft bis zum fünften Lebensmonat des Jungen im Gefängnis. Ihre materielle Existenz war besonders wegen der Schulden ihres Partners oft gefährdet. Sie wußte manchmal nicht, wie sie die Nahrung und Windeln beschaffen sollte. Gelegentlich hatte sie sich bei ihrem Säugling ausgeweint, oft war er ihr zuviel. Rolf war damit starken emotionalen Schwankungen ausgesetzt. Nach der Trennung von Rolfs Vater (Rolf war 15 Monate alt), lebte sie wieder allein mit ihrem Sohn. Seine Großmutter übernahm einen Teil der Erziehung. Sie stellte sich ruhig und geduldig auf ihn ein, konnte ihm jedoch kaum Grenzen setzen. Als Rolf fast vier Jahre alt war, heiratete seine Mutter Herrn S., der sagt, Rolf wie sein eigenes Kind zu lieben.

Mit der Diagnose „exogenes Psychosyndrom" war er mit 4 Jahren zum ersten Mal psychiatrisch stationär behandelt worden. Während dieser mehrmonatigen Behandlungszeit hatte Rolf seine Mutter jeweils nur sonntags für zwei Stunden gesehen. Einerseits hatte sich Rolf im Kontakt- und Sprachverhalten weiterentwickelt, andererseits war die Entfremdung zwischen Mutter und Kind gewachsen, wie im Bericht der behandelnden Klinik zu lesen war.

Nur wenige Wochen lebte er nach der Entlassung zu Hause, dann kam es zur zweiten, elfmonatigen stationären Behandlung, über die hier berichtet wird. Zusammenfassend läßt sich sagen, daß es als Folge sowohl gestörter früher dyadischer und triadischer Beziehungserfahrungen als auch der materiell desolaten frühen Lebenswelt des Kindes zu vielfältigen „präsymbolischen Traumatisierungen" bei Rolf gekommen war. Das spontane Kommunizieren, wobei die vom Kind gesendeten non-, prä- und paraverbalen Signale erkannt, entschlüsselt und beantwortet werden, war in der frühen Mutter-Kind-Dyade gestört. Eine männliche Bezugsperson, die die Bewältigung von heftigen Ambivalenzgefühlen des Kindes zur Mutter hätte erleichtern können, stand nicht zur Verfügung. *Winnicott* (1988b) beschreibt, wie absolut ein Säugling in psychischer Hinsicht von der mütterlichen Fürsorge abhängig ist. Er kann die Umwelt nur dann als verläßlich erleben, wenn die Einfühlung der Mutter in seine spezifischen und wechselnden Bedürfnisse möglich ist.

Verhaltensauffälligkeiten in der Säuglings- und Kleinkindphase

Der Mutter sei Rolf bereits im ersten Lebensjahr als nicht normal entwickelt erschienen. So habe er mit neun Monaten angefangen, vor dem Einschlafen mit dem Kopf hin und her zu schaukeln. Er sei „über Grashalme gestolpert". Erst mit 1½ Jahren konnte er „Mama" sagen. Zu einer verbalen Kommunikation zwischen ihr und dem Kind sei es sehr spät gekommen. Er stellte keine Fragen und beantwortete an ihn gerichtete nicht, sondern wiederholte sie. Mit drei Jahren sprach Rolf Drei-Wort-Sätze, konnte dagegen Reime aus Büchern fast auswendig sagen. Der Junge sprach nie in der Ich-Form von sich, sondern sagte „der Rolf". Er ging auf Menschen zu, ohne sie anzugucken, andererseits berichtet seine Mutter, er habe manchmal ihren Kopf mit seinen Händen zu sich gewendet. Sein Streben nach klarem Kontakt, das ich in dieser Geste sah, stimmte mich hoffnungsvoll hinsichtlich der bevorstehenden Kontaktaufnahme zu ihm.

Wenn die Mutter sich nicht ausreichend um ihn gekümmert hatte, wurde er aggressiv und begann zu weinen. Er fing an zu schreien, schmiß sich auf den Boden, warf mit Gegenständen und knallte Türen. Musik oder Geschichten in Reimform beruhigten ihn. Beim Spielen suchte er stets die Nähe zu seiner Mutter. Zu einem Zusammenspiel sei es dann aber nie gekommen. Er spielte allein, andere Kinder habe er aggressiv abgelehnt.

In der motodiagnostischen Untersuchung im vierten Lebensjahr fielen besonders seine grob- und feinmotorischen Koordinationsstörungen sowie Schwächen in der visuellen Wahrnehmung auf. Sein Entwicklungsrückstand (*Kiphard* 1984) betrug durchschnittlich 14 Monate.

Kontaktanbahnung und prozessuale Diagnostik

Insgesamt kommt es zu 63 Einzeltherapiestunden. Nach der Darstellung wesentlicher, subjektiv ausgewählter, Interaktionen aus den ersten zehn Stunden im dyadischen Kontakt erfolgt eine diagnostische Einschätzung der Persönlichkeitsentwicklung des Kindes sowie eine Therapiezielbestimmung, bevor der weitere Therapieverlauf beschrieben wird. In meiner Beschreibung stehen einzelne Sequenzen häufig so unverbunden nebeneinander, wie ich sie als Therapeut erlebt habe. Damit wird die Unverbundenheit von Rolf mit sich und der Welt deutlich. Ich versuche über meine Situationsinterpretationen die Brüche verstehbar zu machen. Durch meine involvierte Kontaktaufnahme zu dem Kind in seinen unterschiedlichen Verhaltenszuständen strebe ich an, eine Rolle in der Inszenierung seines inneren Dramas zu übernehmen (vgl. *Metzmacher, Zaepfel* 1996).

In der ersten Stunde erkundet Rolf das Umfeld meines Zimmers sowie die Toilette und das benachbarte Zimmer, später Details in meinem Raum, besonders eine an einer Lampe herunterhängende Kette. Er will auf meinen Arm, um sie berühren zu können. Er macht die Lampe an und läßt die Kette an den metallischen Schirm schlagen. Ich sage: „Klingeling" und er lacht. Wir wiederholen dieses Spiel mehrere Male. Immer noch auf meinem Arm, reiht er nun beliebige Silben aneinander, auf die ich ebenso reagiere. So entsteht spontan ein Dialog zwischen uns. Auf den Schwingungen der Töne ist er gut erreichbar. Dann nimmt er von vier Klangkörpern die Deckel ab, steckt Puppen hinein und drückt den Deckel wieder drauf. Er sagt, das seien drei Kinder aus der Gruppe und er. Er sucht Kontakt zu mir und reagiert auf die Kinder, mit denen er zur Zeit lebt. Darin sehe ich Ansätze, die wir gemeinsam nutzen können, um miteinander unseren Kontakt gestalten zu können. Auf der Toilette erkundet er lange alle Rohre, durch die Wasser fließt. Er scheint besessen von dieser Welt. Ich habe den Eindruck, daß er jetzt nicht hört, was ich sage. Rolf spricht von sich in der dritten Person. In seiner Sprache ist wenig logische Zuordnung, Blickkontakt vermeidet er deutlich. Wenn mein Gesicht seinem nahe ist und ich ihn anschaue, wandern seine Augen im Kreis um mich herum. Er kommt mir wie hinter einer Wand aus Glas vor, durch die ich keinen Zugang zu ihm finde. Beim langen Erkunden der Wasserrohre in der Toilette scheint er konfluent mit dieser technischen Welt zu sein. Jetzt kann ich ihn nicht erreichen, und doch bin ich hoffnungsvoll wegen unseres Initialkontaktes.

In der zweiten Stunde nennt er mich „meinen Lars" und zieht mich lachend in mein Zimmer. Er hat zwei Plastikschläuche mitgenommen und schiebt sie auf Türklinken und Stuhlknäufe. Der Stuhl wird zum Wasserkasten, und er macht Geräusche wie bei einer Spülung. Etwas später spielt er von meinem Arm aus mit der Kette an der Lampe. Dabei kommunizieren wir über Silben, die er lachend aussprudelt. Diese Phase ist jedoch deutlich kürzer als in der ersten Stunde. Aus dem Sceno-Kasten (von *Staabs* 1978) holt er sich das Klo und macht Spülgeräusche. Eine weibliche Figur wirft er auf den Boden, eine männliche hält er länger andächtig in der Hand und setzt sie aufs Klo. Das sind Ansätze szenischen Spiels. Er zeigt in der Bewegung Differenzierungen seiner Gefühle in Wut und Ruhe. Er nimmt nun einen kleinen Holzbaum aus dem Kasten, den er „Apfelbaum" nennt, obwohl er keine Früchte trägt. Ich denke an seine orale Bedürftigkeit und möchte in näheren Kontakt zu ihm treten. Ich sitze neben ihm und schaue ihn an, ohne ihn zu berühren, weil ich glaube, daß diese Nähe noch zu bedrohlich für ihn wäre. Später nennt er meinen Namen, allerdings ohne daß ich fühle, gemeint zu sein, eher so, als benenne er einen Gegenstand. Ich fühle mich sehr einsam neben ihm und ahne etwas von seiner inneren Einsamkeit. Dann taucht er lange in die Welt der Wasserrohre ab. Rolf erlebt sich konfluent mit seiner Umwelt, „alles ist im Fluß". Ängste werden belebt durch den Kontakt zu mir. Sie drohen ihn wegzuschwemmen. Es scheint so, als könne Rolf einer Flut von Bildern und Gefühlen, die in ihm auftauchen, keine Grenzen setzen und als fühle er sich von der technischen Welt der Wasserrohre angezogen, weil in ihr die Überflutung gesteuert werden kann.

Vorbereitend für die dritte Stunde, lege ich eine Decke auf den Boden, um ihm an diesem Fixpunkt die Orientierung im Raum zu erleichtern. Gleichzeitig möchte ich ihm Kontakt innerhalb klarer Grenzen anbieten. Er setzt sich spontan neben mich auf die Decke, dreht mir aber den Rücken zu. Dann nimmt er ein Bilderbuch, legt es wieder weg, sucht etwas anderes und will aufs Klo. Beim Spülen steckt er seinen Kopf tief ins Becken und lauscht dem Rauschen des Wassers. Zurück im Raum, geht er auf meinen Vorschlag ein, sich neben mich zu setzen. Es findet kein Blickkontakt statt. Wir bringen die Klangkörper zum Tönen. Später macht er sie zu Räumen, in denen Menschen in Form von Puppen wohnen. Er sagt, es seien Personen, denen er täglich in der Klinik begegnet.

In den folgenden vier Stunden bleibt die Decke ein Ort, an dem wir zeitweise Ruhe finden können. Wir kommunizieren über gesungene Silben und das gemeinsame Malen von Wasserrohren und intensivieren so unseren Kontakt. Immer wieder gibt er Figuren Namen von Kindern und Erwachsenen, mit denen er Kontakt hat. Er orientiert sich in seinem neuen sozialen Umfeld und sucht nach Bezügen, die ihm im fremden Lebensraum der Klinik Sicherheit bieten könnten.

In der fünften Stunde spricht Rolf nicht von sich in der dritten Person, sondern sagt: „Ich." Er stellt Fragen wie: „Wer bin ich? Wer bist Du?" Das sind Momente, in denen er aus Konfluenzzuständen heraustritt und sich seiner selbst bewußt wird. Manchmal entscheidet er klar, wann er neben mir auf der Decke oder auf dem Kinderstuhl sitzen will. Den Gang zur Toilette in Augenblicken näheren Kontaktes zwischen uns und das selbst-versunkene Spiel mit Rohren und Schläuchen verstehe ich als notwendige Schutzmaßnahmen vor bedrohlichen Gefühlen.

Als er in der achten Stunde wieder einen Schlauch mitbringt und beginnt, mit ihm sein imaginäres Leitungssystem zu bauen, verweigere ich mein Mitspiel. Ich möchte die psychische Energie, die in diesem Symptom erhalten ist, „transformieren, so daß sie von [Rolf] genutzt werden kann" (*Benedetti* 1983, 73). Ich reiche ihm meine Hände, um ihn zu berühren. Ich nehme ihm damit einen Teil seiner alten Sicherheit und experimentiere mit neuen Kontaktmöglichkeiten. Er läuft mit dem Schlauch lachend weg und fordert mich mit Blicken auf, ihn zu fangen. Wir haben Blickkontakt, dann verschwindet er unter den Tisch. In den folgenden Stunden intensivieren wir unseren Kontakt mit Blicken und Berührungen dadurch, daß ich sein Schlauchspiel unterbreche. Unter dem Tisch sitzend, ruft er: „Wo bin ich?" wirft mir eine Decke über den Kopf und läßt sich, mit dieser schützenden Haut zwischen uns, für kurze Zeit kitzeln und tragen. Am Ende der zehnten Stunde flitzt er aus dem Raum und vertieft sich in das Hantieren mit einem Staubsauger der Putzfrau. Er greift auf seine alten Sicherheiten zurück, wenn er sie braucht.

Diagnose und Therapiezielbestimmung

Die im psychischen Erleben der Mutter stark belastete Schwangerschaft ebenso wie die Geburt des Kindes verliefen in medizinischer Hinsicht komplikationslos. Die von der Mutter aus den ersten Lebensjahren berichteten und im vierten Lebensjahr diagnostizierten sensumotorischen Retardierungen sind vermutlich Ausdruck von Störungen in der Entwicklung seines propriozeptiven, taktilen und vestibulären Systems, über die die Eigenwahrnehmung prä- und postnatal erfolgt. Damit geht nach *Petzold* (1992) die Grundlagenentwicklung des archaischen Leib-Selbst einher. Es liegt eine Teilleistungsstörung vor, die nach *Lempp* (1988b) den Erwerb des sich in den ersten sechs Lebensjahren entwickelnden Realitätsbezuges von Kindern beeinträchtigt. Sowohl seine gestörte Selbstentwicklung als auch seine sensumotorische Unreife, die nicht voneinander zu trennen sind, beeinträchtigen den Kontakt des Kindes zur Mutter und umgekehrt, aber auch zu mir, wenn ich ihn beispielsweise wie „hinter einer Glaswand" erlebe oder er unvermittelt zwischen engem Kontakt und völligem Kontaktabbruch pendelt. Der von Angstimpulsen so häufig unterbrochene Kontaktfluß überträgt sich dem Therapeuten als Gefühl, dem Kind nur schwer gerecht werden zu können und als Impuls, die erlebte Ambivalenz des Kindes, nah und unmittelbar danach fern sein zu wollen, auszugleichen. Seine Beziehung zu mir und zu Gegenständen (außer denen, die er für die Inszenierung seines psychotischen Symptoms nutzt) erscheint von so schwacher Intentionalität, daß hinter seinen Bewegungen kein lenkendes, homogenes Ich zu vermuten ist. Vielmehr sehen sie so aus, als gerate der Junge aufgrund von Innen- und / oder Außenreizungen von einem Zustand in den anderen, ohne diese Vorgänge steuern zu können. Dieses Bewegtwerden des Kindes teilt sich dem Therapeuten als Orientierungslosigkeit darüber mit, was er für eine Bedeutung neben und mit dem Kind finden kann. Nahe liegt, eine Hilfs-Ich-Funktion zu übernehmen, bis das Kind eine dezentrierte Haltung aufzubauen beginnt und lernt, seine inneren Zustände zu kontrollieren. Seine spontane aber kurzfristige Dialogfähigkeit von Ich zu Du zeigt, daß die nach der Geburt bereits vorhandene Unterscheidungsfähigkeit zwischen Ich und Nicht-Ich sich entwickelt hat (vgl. *Dornes* 1994) und auch zum Ausdruck kommt, allerdings ebenso spontan der Macht von Abwehrvorgängen zum Opfer fällt.

Deutlich wird in den ersten Stunden mit ihm aber auch die Differenziertheit seines emotionalen Ausdrucks, der er eine nur rudimentär vorhandene Strukturiertheit gegenüberstellen kann, so daß er plötzlich, manchmal aus Angst, in der Nähe die Orientierung verliert und innere Verbindung dort sucht, wo Wasser in unergündliche Tiefen fließt. Konstruktiv reagiert er im Sinne einer Differenzierung der Konfluenz in Ich und Du auf grenzsetzende Interventionen, die seinem Abgleiten in desorganisierte Erlebniszustände Einhalt bieten sollen. Seine Fähigkeit und Bereitschaft, bisher verfestigte Wege zu verlassen und neue zu erkunden, bieten neben dem im utero erworbenen Grundvertrauen (vgl. *Petzold* 1986e, 1992) positive Ansätze für den therapeutischen Prozeß.

Das therapeutische Bemühen zielt darauf, Rolfs Standfestigkeit zu stärken, so daß er im Kontakt mit sich selbst, mit mir und anderen Personen seiner sozialen Welt Kontakt aufnehmen und halten kann, um in Beziehungen leben zu können. Standfestigkeit heißt dabei zunächst Sicherheit im Erleben seines Körpers, besonders seiner Körpergrenzen. Es geht auch um die Entwicklung eines differenzierten Gefühls für seine inneren Zustände, sein Selbst-Gefühl. Durch empathische Vorgänge in der Therapie sollen Prozesse der Selbst-Empathie und damit eine Verstärkung seiner Selbstgewißheit in Gang gesetzt werden (*Petzold* 1992). Dadurch soll eine stabile Fähigkeit zur Differenzierung der Konfluenz in Richtung der Wahrnehmung von Eigenem und Fremdem, von Ich und Du erreicht werden. Sichtbar werden soll diese Entwicklung am Kontaktfluß des Kindes zur Welt, indem es autonom über Grenzsetzungen entscheiden kann. Seine Angst vor Desorganisation und Auflösung soll intrapsychisch kontrollierbar werden auf der Basis von Beziehungsfähigkeit zu Menschen seines sozialen Umfeldes.

Ob er diese Therapieziele erreicht hat, könnte beispielweise daran überprüft werden, ob sich der enge Bedeutungsgehalt von Rohr- und Leitungssystemen im Rahmen seines Wahrnehmungssystems dahin verändert hat, daß diese Phänomene für ihn ihre generelle Bedeutung zurückgewonnen haben. Damit wären nach *Lempp* (1988b) die Voraussetzungen für den „Überstieg" von seiner „Nebenrealität" zur „Hauptrealität" gegeben, in der er das Phänomen nach seinem objektiven Bedeutungsinhalt interpretieren könnte.

Der Therapieverlauf

Angst, Abwehr und immer wieder: Kontakte

Rolf baut in den folgenden Therapiestunden immer wieder enge Schutzräume, in denen er Behausungen sucht und taktile Kontaktpunkte findet. Mich bezieht er dabei eher wie einen Gegenstand ein oder vermittelt mir den Eindruck, als wäre ich für ihn nicht da. Wenn er einen Keller aus Kissen baut, holt er mich rein, läßt sich kurz auf meinem Rücken tragen und schafft danach sofort Distanz zwischen uns. Er verlegt selbstversunken Rohre an der Wand. Auf meinen an ihn gerichteten Wunsch, mit ihm zu spielen, reagiert er nicht. Als ich ihm vorschlage, ein Sofa in seinem Keller zu bauen, willigt er ein und läßt sich dort liegend von mir zudecken. Es entsteht folgender Dialog zwischen uns:

Rolf: „Ich bin Rolf, der Lars."

Ich sage: „Ich bin hier, du da!"

Rolf: „Nein, hier ist der Lars", auf sich deutend.

Als sein stellvertretendes Ich will ich mit meinen Worten, „so als ob die Funktion des Ichvollzuges nicht intrapsychisch erfolge" (*Benedetti* 1983, 76), durch positive äußere Beeinflussung seine innere Konfluenz strukturieren. Es scheint, als erlebe er uns in der Nähe als Einheit.

In dieser Zeit des Aufbaus einer therapeutischen Beziehung entstehen natürlich parallel, oft auch konkurrierend, Kontakte und Beziehungen zu Mitarbeitern der Station, die jeweils trotz wechselnder Arbeitsschichten für das Kind ein hohes Maß an emotionaler

Bedeutung und wirklichkeitsstrukturierender Verbindlichkeit haben. Wenn Bezugspersonen dort kündigen, und das muß Rolf gerade jetzt erfahren, kommt es dazu, daß seine Symptomatik, gerade erst durch die Fülle wiederkehrender halt- und orientierunggebender menschlicher Präsenz umhüllt, neu hervorbricht. Zugleich verändert die Schwangerschaft seiner Mutter, von der Rolf zunächst nur durch ihr leiblich-seelisches Belastet- und Überfordertsein und dann im Familiengespräch erfährt, ihre Beziehung zueinander. Es ist, als rücke sie innerlich sehr weit von ihm weg. Nach ihren Worten belebt sich die Erinnerung an ihre Schwangerschaft mit Rolf in ihren überwiegend düsteren Farben. Ihre Zentrierung auf den sich regenden und bereits jetzt in Abgrenzung zu ihm hoffnungsvoll besetzten Embryo nimmt Rolf unbewußt wahr und reagiert aus dem Gefühl wiederholten Verlassenwerdens auch ihr gegenüber zeitweise mit Kontaktabbruch. Seine Mutter fühlt sich dadurch tief gekränkt, wobei dieser Schmerz so groß wird, weil alte Verletzungen aus ihrer Tochter-Eltern-Beziehung ihre Wirkung jetzt vermutlich neu entfalten. Sie neigt nun, sich selbst schützend, dazu, den Therapeuten die Verantwortung für diese so quälenden inneren Zustände zuzuweisen, so daß das familientherapeutische Bündnis immer wieder in Frage gestellt wird und mühsam neu erschaffen werden muß. Der Lebenspartner der Mutter, in dem sich jetzt auch die Geschichte mit seinem Sohn aus vergangener Beziehung unbewußt belebt, signalisiert Rolf aus großer Distanz seine Zuneigung. Er bleibt auf seinem Stuhl wie festgenagelt sitzen, wenn Rolf einsam am Boden sitzt und sich in seine halluzinierte Welt aus Wasser- und Leitungssystemen flüchtet. Rolf wird einerseits in seinem so mühsam wie zaghaft im Schoß des vielfältigen klinischen Umsorgt- und Begrenztwerdens angelegten Vertrauens erschüttert, und andererseits ist er als Teil dieses weitgehend unbewußt erlebten Systems auch „Mitspieler", indem er zum Beispiel vor den Augen seiner Mutter demonstrativ auf den Schoß des Therapeuten krabbelt.

Kehren wir zum einzeltherapeutischen Geschehen zurück. Aus der Summe all dieser atmosphärisch erlebten Eindrücke wird die Wut, mit der er mich schlägt, nachvollziehbar. Zunächst hat er jedoch eine Decke über mich gelegt, um die Grenzen zwischen ihm und mir zu sichern. Zwischendurch ist er immer wieder fasziniert von neuen Varianten des Spiels mit Schläuchen. Seine Handlungssequenzen sind unverbunden. Das dünne Band zwischen uns unterzieht er Belastungsproben durch erhöhte Aggressivität. Er richtet sie gezielt gegen mich, löst sie jedoch niemals in der Auseinandersetzung mit mir auf, sondern bricht den Kontakt vorher ab.

In der dreizehnten Stunde wird ein Papprohr, das bisher für ihn ein Wasserrohr war, für uns zum ‚Kommunikationsrohr'. Rolf steckt seinen Arm von der einen Seite, ich meinen von der anderen hinein. Unsere Finger berühren sich. „Es erfolgt eine Art ‚Drehung' des Symptoms in der interpersonalen Beziehung, durch die es ... ein zweites Gesicht bekommt, ohne noch das erste aufzugeben ... Es ermöglicht dem Patienten, sich mit seinem Symptom in Kontakt zu bringen, damit es verarbeitet werden kann" (*Benedetti* 1983, 76). Als ich ihn darauf aufmerksam mache, dreht er seinen Kopf weg und geht. Er kehrt zurück, zieht mir die Schuhe aus, zieht sie an und läuft lachend los.

Rolf findet in diesem Spiel kreativ einen neuen Weg zu mir. Ich brauche ihm nur zu folgen. Im Augenblick ist der Kontakt zu mir über meine Schuhe leichter für ihn als die Berührung unserer Finger im Rohr. Einerseits bleibt er in seiner magischen Vorstellung über die Schuhe mit mir verbunden (sie werden damit zu „Übergangsobjekten"), andererseits vermeidet er den bedrohlichen Fingerkontakt zu mir.

In dieser selbstbestimmten Gestaltung differenzierter Kontaktformen im experimentellen Raum zwischen Therapeut und Kind sucht es, halb un-, halb vorbewußt, nach Antworten, die zu seinem momentanen innerpsychischen Zustand passen und ihm deshalb guttun.

In der vierzehnten Stunde wirkt Rolf planlos und hektisch, wie getrieben. Als ich ihm am Ende helfe, seine Schuhe anzuziehen, zerkratzt er mir die Hände. Diesen starken aggressiven Impuls bringe ich mit seiner Abwehr von Realität, in der wir jeweils in unseren eigenen Schuhen gehen, in Verbindung. Der Differenzierungsprozeß aus phantasiertem „Eins-Sein" zur Erfahrung vom „Getrennt-Sein" ist von Angst begleitet, die als Aggression vom bedrohten Ich ferngehalten wird. Zugleich sehe ich Konstruktives in seiner Aggression insofern, als die wütend ausgedrückte Verzweiflung nach *Winnicott* (1993) ein notwendiger Schritt ist, um Größenvorstellungen, die aus Verschmelzungsphantasien wachsen, an einer Bezugsperson „abzureiben".

In der folgenden Stunde holt Rolf das Papprohr, steckt seine Hand hinein und freut sich, wenn unsere Finger sich berühren. Ich bin sehr berührt von seiner Kontaktinitiative, bei der er auf unsere

Erfahrungen zurückgreift. Er baut nun lange und sorgfältig ein Haus aus Tisch, Kissen und Decken. Als es fertig ist, kriecht er hinein, ruft mich durch die Tür guckend. Wir bleiben während der gesamten Stunde aufeinander bezogen und haben dabei einige Sekunden anhaltende Blickkontakte. Es ist das Haus seiner Oma. Mit seiner Oma muß er protektive Erfahrungen gemacht haben. Er belebt gerade diese Erfahrung in unserer Beziehung.

In der nächsten Stunde ist Rolf von allem, was Rohr oder rohrähnlich ist, angezogen. Zwischendurch entstehen Kontaktmomente zwischen uns, z.B. in unserem „Kommunikationsrohr". Als ich ihn auf dem Schoß habe, klettert er sofort runter, kriecht unter den Tisch, spuckt nach mir, sieht sehr zornig aus und sagt:

„Du bist nicht Lars."

Ich: „Wer denn?"

Rolf: „Nichts."

Ich spüre, daß er mich in diesem Moment ‚vernichten' will. Ich frage mich, ob ich ihm den notwendigen Halt geben kann. Er wechselt schnell zwischen Liebe und Haß. Das erlebe ich als Herausforderung an unsere Beziehung und als Projektion früher Ambivalenz aus dem Kontakt mit seiner Mutter. Ich erlebe in mir angesichts seines Durcheinanders Gefühle von Trauer und Wut. Er rennt aus dem Zimmer. Ich trage ihn auf meinem Arm zurück. Er schlägt von hier aus immer heftiger eine Triangel, die zunächst noch an der Wand hängt. Ich stelle ihn auf den Boden und biete ihm an, noch stärker auf das Instrument zu schlagen, das ich jetzt in der Hand halte. Er tut es mechanisch, wie abwesend. Er will zurück auf die Gruppe. Ich bestehe darauf, daß er sich seine Schuhe anzieht. Er schlägt mir den Klöppel auf die Füße und will allein losrennen. Ich halte ihn fest an der Hand und übergebe ihn einem Erzieher. Meine Hilflosigkeit ist groß. Ich bin froh, ihn auf der Station in guten Händen zu wissen.

Regressive Leiberfahrungen

In der siebzehnten Stunde baut er sich einen Keller unter dem Tisch. Er gibt mir klare Anweisungen, was ich tun soll und ruft mich nach Fertigstellung hinein. Wir sind in dem kleinen Raum sehr eng beieinander. Er als „Ente", ich als „Fisch" schwimmen wir gemeinsam im „Wasser". Mir kommen dabei Phantasien über pränatale Zustände. Als ich ihm am Ende der Stunde auf meinem Schoß die Schuhe anziehe, wird er nach kurzem Widerstand sehr weich. Ich freue mich über diese Veränderung.

In der achtzehnten Stunde baut er singend ein Haus, geht hinein und nimmt mit seinen Fingern, die er durch die Wände bohrt, Kontakt mit mir auf. Er freut sich lachend über die Berührung. Dann nimmt er das Papprohr, steckt seinen Arm durch und sagt: „Gib mir deine Hand!"

In die neunzehnte Stunde will er einen Schlauch mitnehmen. Ich versage ihm diesen Wunsch, woraufhin er mir die Decke vor die Füße wirft. Kein Blickkontakt. Nach einiger Zeit sagt er, daß er Bauchschmerzen hat. Er duldet meine Hand auf seinem Bauch. Aggressiv und weinerlich zugleich baut er ein Haus, bereitet ein Bett und läßt liegend leichte Berührungen zu. Er nimmt unser Papprohr, ruft mir: „Guten Tag" zu. Ich antworte ihm. Dann sucht seine Hand durch das Rohr meine. Keine weinerliche Stimme mehr. Er erfindet ein neues Spiel. Papprohr am Mund, sagt er: „Guten..."- Pause. Ich sage: „Tag". So geht es einige Male hin und her. Er strahlt. Wir haben schon eine ganz besondere gemeinsame Kommunikationsgeschichte. Unsere Beziehung wird intensiv durch viele, gemeinsam durchlebte Belastungsproben.

In der zwanzigsten Stunde ist Rolf krank. Er hat Fieber. Am Wochenende war er nicht zu Hause, weil seine Eltern ihn nicht da haben wollten. Seine Mutter hat Schwangerschaftsbeschwerden, ihr wird alles zuviel. Er nimmt eine Babyflasche mit zur Therapie und will ein Haus bauen. Das Haus entsteht nicht unter dem Tisch. Er wagt sich weiter in den Raum. Er errichtet eine Hauswand zwischen uns. Das Papprohr soll Wasserrohr sein. Ich sage nochmals: „Nein, das ist ein ‚Armrohr'", stecke meinen Arm durch und suche seine Finger. Schließlich steckt er zögernd seine Hand ins Rohr und sagt: „Guten Tag!"

Später klettert er mit dem Kopf zuerst durch die Rückenlehne eines Sessels und bleibt mit dem Bauch stecken. Auf seinen Wunsch, ihn zu befreien, ziehe ich ihn behutsam heraus. Er bleibt ruhig in meinem Arm liegen und schmiegt sich an.

In der einundzwanzigsten Stunde gestaltet Rolf ein neues „Grenzspiel". Er unternimmt Kontaktexperimente mit mir. Von der einen Seite der Wand, die er aus Kissen gebaut hat, ruft er: „Du Doofer, du Lieber!" zu mir auf der anderen Seite. Er kommt angekrabbelt, nimmt mich mit in seinen Bereich, um mich gleich über die Grenze zurückzuschicken. Am Ende bringt er die Mauer zum Einsturz und liegt singend in meinem Arm. Erst singe ich mit, dann bestimmt er, allein singen zu wollen.

Kleine Schritte auf dünnem Eis in die Autonomie

Die dreiundzwanzigste Stunde will er mit mir im Wald verbringen. Hier treffen wir andere Kinder seiner Gruppe. Er läßt sich von mir über einen Bach und Stämme tragen, führen und schließlich begleiten. Er entfernt sich von mir, entdeckt einen neuen Teil der Welt, kommt an meine Hand zurück, vergewissert sich meiner und auch meiner Freude über seine Freude über seine vorsichtige Lösung und wird für kurze Zeit ein Teil der Gruppe. Er sieht glücklich aus. Ich vermute, daß er sich in den Blicken der anderen Kinder als jemand gespiegelt sieht, der etwas freier und mutiger geworden ist.

Wir malen in der vierundzwanzigsten Stunde. Er will einen Keller mit Rohren malen. Ich male einen Baum mit Früchten. Schließlich malt er Kirschen in meinen Baum und sagt: Unten wachsen Erdbeeren. Ich freue mich, daß er im Kontakt mit mir die enge Begrenzung seiner Welt „übersteigt" und einen Schritt in die gemeinsame Realität geht.

In der Familientherapie bestimmen Beziehungsstörungen zwischen den Therapeuten und den Eltern, vorwiegend der Mutter, die Atmosphäre. Ihre Schwangerschaft entwickelt sich weiter problematisch. Wir sehen hohe Abwehr uns und Ablehnung dem Kind gegenüber. Die sichtbare Zuwendung von Rolf zu mir löst vermutlich heftigste Konkurrenz und mütterliche Versagensgefühle aus.

In die fünfundzwanzigste Stunde kommt Rolf mit einem Plastikschlauch. Als ich ihn berühre, lehnt er sich bei mir an. Ich male einen Baum, den er mit roten Früchten ergänzt. Er baut ein Haus, holt mich rein und legt sich entspannt an mein Bein; dabei spielt er mit dem Schlauch und spricht von Wasser.

In den folgenden drei Stunden baut er mit Klötzen aus Holz die verschiedenen Orte, an denen er lebt: Das Haus seiner Oma, die Behandlungsgruppe in der Klinik und mein Zimmer, in dem die Therapiestunden stattfinden. Er grenzt seine Eltern aus, obwohl er doch umfassend von ihnen abhängig ist. Einerseits wächst immer die Sorge, ob das Gelingen des Integrationsprozesses in seine Familie wohl gelingen wird, und andererseits entsteht aus Zuneigung zum Kind Ärger auf seine Eltern, die sich zu wenig „anstrengen“, um Kontakt zu Rolf zu finden. Trotz regelmäßiger Supervision entfalten hier Übertragungs- und Gegenübertragungsprozesse eine Dynamik, die den familientherapeutischen Prozeß belasten. Die Veränderung seines familiären Bezugssystems durch die bevorstehende Vergrößerung der Familie ist für Rolf in doppelter Hinsicht von so großer Bedeutung, daß er die durch sie belebten Ängste verleugnen muß und im Spiel zunächst nicht thematisiert. Zum einen werden vermutlich die in seinem Gedächtnis abgelagerten traumatischen Erlebnisse aus der postnatalen Beziehung zu seiner Mutter belebt und zum anderen nimmt er ahnend vorweg, daß sein Wunsch nach empathischer mütterlicher Zuwendung unerfüllt bleiben wird. Die Eltern sagen, daß ihr Sohn an den Wochenenden voller Verzweiflung und Wut darüber sei, daß er bald nicht mehr das einzige Kind zu Hause sein wird. In der dreißigsten Stunde trägt er seine Verzweiflung auch in die therapeutische Beziehung.

Krisenhafte Einbrüche

Er greift zu den Rohren und hantiert wie nebenbei mit ihnen. Voller Angst sagt er plötzlich: Die platzen. Ich verstehe ihn so, als sei ihm zum Platzen, als drohe Angst ihn zu überschwemmen. Er versucht aufgeregt, Rohre zusammenzustecken, so als wolle er die sich unkontrolliert ausbreitenden Erregungen fassen, unter Kontrolle bringen. Dann will er malen und läßt dabei Formen entstehen, die er als Klos bezeichnet. Jetzt wirkt er entspannter und sagt mir, daß ich die Baumbilder von der Wand und statt dessen die Klobilder aufhängen soll. Als Mittel gegen die Angst hilft ihm, daß ich seinen Rückzug in die „Nebenrealität“ akzeptiere. Nachdem ich seinem Wunsch entsprochen habe, wirkt er etwas von Angst befreit. Es folgen zwei Stunden, in denen er erneut überwiegend ängstlich und verzweifelt wirkt. Ich hatte ihm gesagt, daß ich bald für einige Zeit weg, in Urlaub sein würde. Als Reaktion auf die bevorstehende Trennung verfällt die bis dahin in unserer Beziehung erreichte Differenzierung seiner Persönlichkeit zu einer Art konfluenter Wahrnehmung der Welt. Die Qualität dieses Kontaktes erinnert mich an unseren Therapiebeginn. Blickkontakte bleiben flüchtig und selten. Im Spiel mit Biegepuppen gibt er seiner Großmutter positive Bedeutung und sucht, in der Belebung ihrer guten Gefühle für ihn, Halt vor drohendem Chaos im Verlassenwerden durch mich. Während meiner Abwesenheit will sich Rolfs Bezugspädagogin für ihn Zeit nehmen, kleine Ausflüge mit ihm machen und einen Besuch bei seiner Oma ermöglichen, um ihn während der befürchteten Krise zu stützen.

In den ersten beiden Stunden nach meinem Urlaub kapselt sich Rolf ab und geht auf meine Versuche, durch das Rohr Kontakt zu ihm zu finden, nicht ein. Er baut ein Haus aus Bauklötzen, in dem wir jeder eine Wohnung bewohnen, die deutlich voneinander getrennt sind. In dieser klaren Abgrenzung hat er Kontakt mit mir, er läßt mich mitbauen. Ich denke, daß er während meiner Abwesenheit eine erste Öffnung aus unserer engen Dyade hin zur Triade gefunden hat, die dadurch möglich wurde, daß sich ihm eine andere, seit Beginn der Therapie schon vertraute Person, zugewendet hatte. Ich schlage ihm vor, einen Verbindungsgang zwischen unseren Wohnungen zu bauen. Er tut es und steht bald danach auf, um sich mit Rohren in ein technisches Spiel zu vertiefen. Als ich mich zu ihm setze und seine Hand berühre, zieht er sie zurück, spielt weiter, erzählt von Rohren und nennt dabei meinen Namen. Nun nehme ich seine Hand, die er in meiner ruhen läßt. Er lehnt sich an mich. Ich nehme ihn auf den Schoß. Er läßt es geschehen, und sein Körper fühlt sich entspannt an. Er erzählt dabei von Wasser, das überläuft. In seiner Stimme und seinen Augen liegt Traurigkeit, die auch mich erfaßt. Er weint nicht. Das überlaufende Wasser symbolisiert wohl den Strom seiner Tränen. Sprach er vor einigen Stunden von platzenden Rohren, so scheinen jetzt Ventile da zu sein, die den Druck regeln können. Die Nähe wurde wieder möglich zwischen uns, nachdem er im Spiel seinen Raum gegen meinen abgegrenzt hatte, sagt mir meine aus dem emotionalen Erleben dieser Szene entstandene Interpretation.

In der folgenden Stunde baut er erneut zwei Wohnungen, spielt allein und spricht mit mir, ohne mich anzuschauen. Ich sage ihm, daß ich gerne beim Sprechen in sein Gesicht schauen würde. Kurze Zeit danach klettert er auf meinen Schoß und sagt: „So, jetzt siehst du mich."

In der siebenunddreißigsten Stunde will Rolf eine Rutsche bauen. Ich biete mich als Rutsche an: Einmal rutscht er auf mir – dann will er Wasser malen. Ich male kurz mit, biete ihm dann an, sein Pferd zu sein. Zögernd setzt er sich auf meinen Rücken. Wir reiten einige

Runden. Wir beenden die Stunde, indem wir als zwei „Kühe" Gras fressen und uns austauschen, wie gut es schmeckt. Die Nähe im Getragenwerden auf meinem Rücken entspricht nicht seinem Bedürfnis. Er will distanzierten Kontakt aus einer eigenständigen Position. Symbolisch verbunden fühlt er sich mit mir dadurch, daß wir in der gleichen Rolle handeln, gemeinsam „Gras fressen".

In der neununddreißigsten Stunde baut er sich ein Bett. Ich soll mich neben ihn legen. Er sieht schlecht aus. In der Nacht hat er unruhig geschlafen. Wir liegen jetzt entspannt nebeneinander, und ich nehme über Fingerspiele auf seinem Körper Kontakt zu ihm auf. Er lacht laut und will am Ende der Stunde nicht gehen. Nach der Stunde bekommt Rolf Bauchschmerzen und Fieber. Als ich mich zu ihm ans Bett setze und ihn streichele, beginnt er zu weinen und guckt mich lange mit großen, offenen Augen an – so wie ich ihn bisher noch nicht erlebt habe. Wir berühren uns gegenseitig an verschiedenen Körperstellen und benennen diese. Er lacht und freut sich.

In der folgenden Stunde ist eine leichte, heitere Atmosphäre zwischen uns. Er malt zum ersten Mal ein Haus an die Tafel. Es hat zwei Fenster. In der folgenden Stunde sitzt er auf meinem Schoß, greift sich einen Trommelstock, den er wütend gegen mich schwingt. Wie weit ist er noch davon entfernt, in der Versöhnung innerer Gegensätze Ruhe zu finden. Er schlägt mich so heftig, daß ich ihn mit Worten nicht bremsen kann. Ich muß seine Hand festhalten. Es kommt zum Kampf am Boden. Ich lasse ihn gegen meine Hände treten und schleudere seine Beine nach jedem Stoß zurück. Es entsteht ein wildes Spiel, an dem er ausgelassen teilnimmt. Dann ebbt es ab und geht langsam über in Krabbel- und Kitzelspiele auf seinem Körper. Er muß jetzt aufs Klo. Als er zurückkommt, schneidet er mir im „Spiel" einen Fuß und eine Hand ab. Den Bauch schneidet er mir auf. Das Schlagen mit dem Trommelstock war offensichtlich die Einleitung zu Vernichtungsschlägen und nicht zu Kraftspielen. Ich kann gut auf seine Aggressivität eingehen, weil ich sicher bin, daß er sich nicht in diesen Gefühlen verlieren und meine Grenzsetzungen akzeptieren wird.

In der nächsten Stunde nennt er mich „Leitungsrohr". Das finde ich kreativ. Seine Wasserrohre wurden während des Therapieverlaufes bald zu „Kommunikationsrohren", über die ich unseren Kontakt angebahnt hatte. Ich verstehe mich auch als Vermittler zwischen der technischen Welt, die sein Zufluchtsort ist, und der realen und lebendigen Welt.

In der Familientherapie steht ein Streit zwischen seiner Mutter und Großmutter im Vordergrund. Rolfs Mutter möchte sich aus all den Abhängigkeiten zu ihr lösen, denn sie fühlt sich jetzt durch die Verbindung zu ihrem langjährigen Partner geliebt und gestärkt. Ihr Bemühen ist getragen von verzweifelter Wut, erlebt sie doch sehr deutlich, daß sie als Schwangere der Unterstützung ihrer Mutter bedarf und auch Rolf sich zu ihr hingezogen fühlt, besonders weil sie selbst zu kraftlos ist. Für Rolf haben diese Auseinandersetzungen bedrohliche Ausmaße, denn er nimmt wahr, daß sein Zufluchtsort, den er so oft bei seiner Oma fand, erschüttert wird. Wie ausgeliefert und ohnmächtig muß er sich fühlen. In der Therapiestunde ist er ein sehr ängstliches und verstörtes Kind. Er flüchtet in die technische Welt.

Zuspitzung seiner Krise

In der dreiundvierzigsten Stunde malt Rolf ruhig und konzentriert ein Haus an die Tafel. Waagerechte Linien werden von senkrechten durchbrochen, so daß Unterteilungen entstehen. Waschbecken, Spülkästen, Fenster und Türen werden von ihm eingefügt und benannt. Obwohl er mir meist den Rücken zuwendet, bleiben wir im Gespräch. Ich verstehe sein Malen als einen Versuch, Klarheit in seine für ihn unüberschaubare familiäre Situation zu bringen. Die nächsten beiden Stunden dokumentieren Rolfs Auseinandersetzung mit dem zu erwartenden Geschwisterkind. Er malt einen Kopf mit einem dicken Körper, in dem ein Baby ist. Rolf sagt, das Baby sei er. Ich sage, daß seine Mama ein Baby bekommt. Er antwortet nicht, sondern baut eine Bude, die er gut abdichtet. Von innen nimmt er Kontakt über seine Finger zu mir auf. Ich denke, daß er sich eine Höhle wie in Mutters Bauch baut. Er holt mich hinein und schmiegt sich an mich. Wir sitzen dort lange schweigend zusammen. In der folgenden Stunde malt er Wasser, das in ein Abflußrohr fließt. Er wendet sich vom Bild ab, und ich nehme ihn auf meinen Arm. Während wir es betrachten, frage ich ihn, wo er auf diesem Bild ist. Er fühlt sich aufgefordert, weiter zu malen, und es entsteht unten rechts im Bild ein großer, ovaler Ballon, den er „das Baby" nennt. In der Mitte zum oberen Bildrand hin malt er einen Berg, auf den er seine Mutter als eckiges Gebilde mit drei Strichen als Augen und Nase setzt. Links unterhalb seiner Mutter malt er ein fast gestaltloses Wesen und sagt: „Ich schwimme" dazu. Er ist in diesem Bild seiner Mutter am nächsten, das Baby ist jedoch groß und hat Kontur, obwohl es noch nicht geboren ist. Seine Mutter sieht er kantig und ohne Mund (ohne liebevolle Ansprache?), sich selbst als ein Wesen ohne Grenzen. Nach dem Malen trage ich ihn wie ein Baby im Arm und versorge ihn mit der Flasche. Rolfs gesteigerte Aufmerksamkeit für sich selbst und die Eindeutigkeit seines absichtsvollen Tuns, unter gleichzeitiger affektiver Beziehungsdichte zwischen uns, machen aus diesen Stunden Momente von zentraler Selbsterfahrung. Die interpersonale Resonanz stellt sich hier so harmonisch ein, weil Rolf zur Ruhe gefunden hat. In dieser Zeit und an diesem Ort sind innere Ambivalenzen versöhnt und sein Ich hat eine neue Stufe von Exzentrizität erreicht, so daß er sich ohne Angst in meine Arme begeben, dort verweilen und dann, wenn es gut ist, sich daraus lösen kann. Hier wird deutlich, wie Subjektivität in Intersubjektivität wurzelt (*Petzold* 1992).

Jetzt ist sein Bruder Moritz auf die Welt gekommen. In den folgenden Stunden bewegt er sich nur in meinen Schuhen. So bin ich ihm über einen Teil von mir ganz sicher auf seiner Fahrt, die mir vorkommt wie eine Sturzfahrt, zurück in ein aus präverbaler Zeit gespeichertes Erleben. Es kostet mich Kraft, ihm zu folgen. Er ist unruhig und beginnt zu malen. Ich sehe zwei Wesen, die aus dem Wasser aufsteigen und sich wie zum Kampf gegenüberstehen. Das kleine Wesen hat eine Schnur, die im Raum hängt, das andere trägt aggressive Züge. Ich spüre die Angst, die von Rolf ausgeht. Ich bleibe neben ihm stehen und wage nicht, ihn zu berühren. Nun malt er groß an die Wandtafel zwei aus dem Wasser auftauchende Wesen, die nur Augen und Nasen haben, wie er sagt. Aus Schwerthüllen baut er Rohre und verlegt sie an der Wand, dabei von Wasser sprechend. Meine Kontaktversuche, zum Beispiel durch unser „Kommunikationsrohr", weist er zurück. Er sagt: „Du bist nicht da." Er ist verzweifelt allein. Die Welt in ihm scheint in ein Chaos zu zerfließen, in dem er droht, unterzugehen. Endlich, mir kommt die Zeit des konzentrierten Wartens sehr lang vor, macht er den Vorschlag, mit mir eine Hütte zu bauen. Er baut allein, ist dabei aber bezogen auf mich. Im Aufrichten von Grenzen scheint sich sein inneres Chaos zu strukturieren. Aber groß sind meine Befürchtungen, wenn ich an Rolfs Zukunft in der Familie denke. Hier scheinen die Ressourcen für eine langwierige therapeutische Arbeit an der Auflösung von Projektionen, die eine Beziehungsänderung zwischen Rolf und seinen Eltern hemmen, zur Zeit nicht vorhanden zu sein. Es sieht so aus, als wäre Moritz bereits vor seiner Geburt als Hoffnungsträger damit beauftragt worden, seine Eltern von der Last alter Traumata zu befreien. Im familientherapeutischen Prozeß und deutlicher noch durch die Veränderung ihres Kindes sind sie herausgefordert worden, beunruhigende Gefühle zu integrieren und vertraute Einstellungen zu überprüfen. Vielleicht kommt die Schwangerschaft den Eltern auf unbewußter Ebene zur Vermeidung von Schmerz gelegen. Sie können uns so ihre Abwehr gegen das Erinnern eigener Defiziterfahrungen und Traumatisierungen in Form eines sichtbaren Zeichens familiärer Stabilität und Funktionalität wortlos signalisieren. Die Schwangerschaft vermag gleichzeitig, der Klinik als „Mutterschoß" das Bild leiblicher Mütterlichkeit entgegenzusetzen.

Am Ende dieser Stunde will Rolf lange auf meinem Schoß sitzen – so als hätte das kleine Wesen im Bild über die Schnur jetzt eine Anbindung gefunden. In den Stunden danach zeigt er Aggressivität gegen mich und eine Babypuppe, die ich jedoch spielend eingrenzen kann, weil Rolf in ihr die Bezogenheit zu mir nicht verliert. Er läßt sich leicht im Kontakt halten und beruhigen, nachdem er in der Krise erfahren hat, daß meine Anwesenheit ihm Sicherheit gibt.

Auf Drängen der Eltern und aus der Notwendigkeit, Rolf die Geburt seines Geschwisterkindes zu Hause miterleben zu lassen, ist seine Entlassung in sechs Wochen geplant. Mit welch ambivalenten Gefühlen sie seiner Rückkehr entgegensehen, wird an ihren Beschwerden bei uns darüber deutlich, daß Rolf zu Hause an den Wochenenden so anstrengend sei. Eine weitere Hospitalisierung des mittlerweile 5½ Jahre alten Kindes erscheint jedoch als sehr problematisch, weil die Gefahr bestünde, daß es den Bezug zur Alltagswirklichkeit seiner Familie und der Gruppe Gleichaltriger in Kindergarten und Schule noch stärker verlieren würde.

Lösung der dyadischen Beziehung

In der einundsechzigsten Stunde baut er ein Haus aus drei Stühlen, ohne sie, wie früher so oft, mit Kissen und Decken dicht zu machen. Blickkontakte können ausgetauscht werden zwischen ihm, der drinnen, und mir, der draußen ist. Er verkauft mir aus seinem Haus heraus drei Eier. Die Zahl drei verstehe ich als ein aus seinem Unterbewußten hervortretendes Zeichen dafür, daß er sich jetzt damit beschäftigt, wie er nach dem Ende unserer dyadischen Beziehung in seiner Familie Halt finden kann, in der Moritz als Säugling die primäre Zuwendung seiner Mutter beansprucht und erhalten wird.

Dann malt er mir zwei Gebilde.

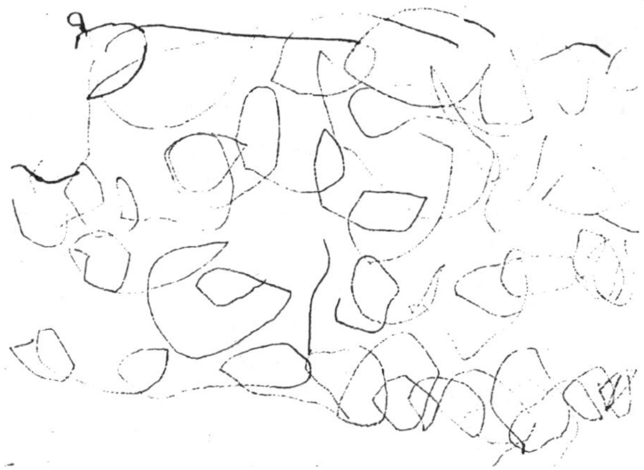

Auf dem ersten erkenne ich Linien, die sich kreuzen, als Geraden weiterlaufen, Bögen schlagen, rückwärts laufen, enden, mit einem kräftigen Strich weitergeführt werden. In der zweiten Zeichnung erkenne ich drei sich parallel in der Waagerechten fortsetzende Kreise. Diesen Spiralen gibt er Silbennamen: Abela, Ebabu und Te. *Abela* und *Ebabu* hören sich an wie lallende Sprachversuche von Säuglingen, *Te* deute ich als ein Symbol für Auseinandersetzungen mit der Welt. Der Rückblick auf Aspekte seiner „psychischen Geburt" durch die Therapie ist für mich die Botschaft seiner symbolhaften Gestaltung des Abschiedes. Wie ein Küken die Eierschale durchbricht, um autonom zu leben, hat Rolf auf der Grundlage eines gestärkten Selbst sein Ich-Erleben differenziert, um mehr Verbindung zum Du aufnehmen zu können. Die von dort empfangenen Resonanzen wirken zurück auf das Selbst, so daß wie im Bild der Spirale, Wachstum auf einer höheren Ebene möglich wird. Gebaut hat er in dieser Stunde einen Raum mit vielen Zugängen. Die Öffnung nach außen ist ihm jetzt angstfreier möglich, nachdem er mit mir erlebte Szenen, in denen es für ihn Geborgenheit und Abgrenzung gab, verinnerlicht hat. Das Linienlabyrinth im ersten Bild ist für mich ein Spiegel seiner lebens- und therapiegeschichtlichen Einbrüche, Rückschritte und Neuanfänge. Im Gegensatz zu den Silben Abela und Ebabu klingt in Te der Aufbruch, das Heraustreten aus regressiven Schutzräumen an.

Jetzt sitzt Rolf in seinem Raum und entgegnet mir auf meinen Wunsch einzutreten: „Du bleibst draußen, bis ich dich rufe!" Ich freue mich über diese klare, verbale Abgrenzung und werde auch ein wenig traurig. Liebevoll lehnt er seinen Kopf an meinen, wenn ich ihn auf die Gruppe trage. In der vorletzten Stunde baut er ein Haus mit vielen Öffnungen und setzt mich weit weg von sich in eine andere Ecke. Er bastelt einen Schlüssel für die Toilette. Dann tritt er aus seinem Haus, kämpft mit mir und erschießt mich. Er läßt mich liegen und geht mit dem gebastelten Schlüssel zur Toilette, die als „Dritte im Bunde" oft Zufluchtsort aus unerträglich engem Kontakt zu mir geworden war. Er tötet mich lieber, als die Schmerzen der Trennung zu erleben. Vielleicht drückt er auf diese Art das unbewußte Bedürfnis aus, sich einem eigenen toten Bereich „gegenüberzustellen", „weil sonst das kleine Bruchstück des lebendigen Ichs unterzusinken droht" (*Benedetti* 1983, 65). Er geht zur Toilette und lauscht dem Rauschen des Wassers im Toilettenraum, während ich kurze Zeit „tot" liegen bleibe. In unserer letzten Stunde sind wir in einer heiteren Stimmung. Das Papprohr und Mauern aus Kissen sind noch einmal Requisiten, mit denen er in vielen Stunden „Szenen über Grenzerfahrungen“ als sein zentrales Lebensthema inszeniert hatte. In der Leichtigkeit seines Umgangs mit diesem Material im Rahmen unserer Beziehung ist die Anstrengung unserer Arbeit zwar präsent, aber in diesem Augenblick zugleich überwunden. Er legt einen Schienenweg, der zu seiner Oma führt – einem Ort, an dem er geborgen war. Ihre Nähe wird er auch in Zukunft nötig haben.

Zusammenfassung

Auf der Grundlage entwicklungspsychologischer Überlegungen wird der Verlauf der therapeutischen Kontakt- und Beziehungsgestaltung mit dem Patienten in Form von Bewegung, Berührung, kreativem Spiel und Malen, die wir als Prozeß „zwischenleiblicher Interventionen“ (*Petzold* 1993a, 1167ff.) verstehen, nachgezeichnet. Der non-verbalen Kommunikation mit Hilfe von Symbolen und deren Interpretationsversuchen kommt dabei eine herausragende Bedeutung zu. Kontakt erwuchs aus undifferenziertem, konfluentem Sein in dem Maß, wie in der therapeutischen Beziehung eine „intrapersonale Daseinsgewißheit“ (vgl. *Petzold* 1992) heranwachsen konnte, die zugleich durch Bezugspersonen auf der Station bekräftigt wurde. Suchte der Junge zu Beginn der Therapie sozusagen in seiner Ersatz-, Neben- oder teilweise auch eigentlichen Welt der Rohre und Leitungssysteme die Begrenzungen, die er in sich und mit anderen nicht fand, so errichtete er am Ende mit mehr Selbstverständlichkeit Grenzen im Außen, um Kontakt herstellen und halten zu können.

Was war auf der innerpsychischen Ebene geschehen? Eine Antwort versuche ich im Sinne der therapeutischen Konzepte von *Winnicott* (1993), *Petzold* (1991a, 1993a), *Benedetti* (1983, 1989, 1992) und *Lempp* (1992) zu geben.

Im freien, kreativen Spiel entwickelte Rolf für innere Zustände nonverbale Symbole, die ihm dabei halfen, diese besser zu begreifen und zu verstehen. Dabei zeigte sich, daß er zunächst in seiner Welt der psychotischen Symbole, *Benedetti* nennt sie „unechte Symbole“, versank und in ihnen seine Existenz erfuhr. Daneben gab es jedoch auch eine Kommunikation über „echte Symbole“, mit denen er seinem Gegenüber etwas bezeichnete und selbst hinter ihnen „auf Abstand" blieb, sie weniger unmittelbar verkörperte. Dieser, im Verlauf der Psychotherapie deutlich hervortretende, Dezentrierungsprozeß kennzeichnet Übergangserfahrungen von der vorsymbolischen zur symbolischen Kommunikation. Die Fähigkeit, anderen über Symbole etwas mitzuteilen, ohne das Mitgeteilte zu sein (vgl. *Benedetti* 1992), ermöglichte Rolf eine bessere Verständigung mit anderen Menschen und damit ein besseres Zurechtfinden in der „Hauptrealität" (*Lempp* 1992).

Seine innerpsychische Arbeit, so möchte ich die Anstrengungen des Kindes nennen, lag darin, gegen seine auf die technische Welt und später auf mich projizierten Verschmelzungsphantasien, einen realistischen Bezug zu ihr und mir zu finden. Die „Nachbeelterungen" des Kindes (*Petzold* 1993a, 1120) im einzeltherapeutischen und stationären Setting führten über „benigne Narrative" zu einem, allerdings noch rudimentären, Aufbau von „Selbst- und Identitätsgewißheit" (*Petzold* 1991a, 389). Seine Annäherung an den Therapeuten entwickelte sich über regressive Haltungen und Zustände, aber auch über destruktive Impulse. Destruktive Aggressionen des Kindes, mit denen er im Verlauf seiner Entwicklung seine Mutter in der Phantasie zerstört, interpretiert *Winnicott* (1993) als notwendigen, innerpsychischen Mechanismus. Nur er bewirkt die Befreiung des Kindes aus den Allmachtsphantasien und leitet eine realistische „Verwendung" der bis dahin „besetzten" Mutter ein. Diese muß allerdings den Anstürmen ihres Kindes gewachsen sein und „überleben", indem sie sich nicht „rächt" (vgl. *Winnicott* 1993, *Bürgin* 1996). Die Ambivalenz des Kindes im therapeutischen Prozeß, die ihn zwischen Nähe und Distanz zum Therapeuten schwanken ließ, interpretiere ich als Ausdruck von Wiederholungen früher Mutter-Kind-Erfahrungen und zugleich als Neubeginn. Daß ihm in seinen destruktiven Impulsen ein Standhalten widerfuhr, trug zur Entwicklung innerpsychischer Standfestigkeit bei.

In der Entwicklung seiner Identität, in der sich ein reifes Selbst mit reifem Ich verbinden, ist der Junge noch deutlich retardiert. Er weiß wenig über sich, seinen Wohnort, den Beruf des Vaters oder die Lebenssituation seiner Familie. Überwiegend nimmt er die Attributionen aus dem sozialen Kontext als bloßen Zustrom auf, ohne sie bewußt einzuordnen und zu bewerten (*Petzold* 1992). Der Aufbau „benigner Narrative", die gegen die Wirkung früh vermittelter Bewertungsmuster von großer Bedeutung sind, wird sichtbar, indem er Eindrücke aus dem Klinikalltag, kaum jedoch Anzeichen familiärer Neubewertungen seiner Person reproduziert. Symbolisch führt am Ende auch sein Weg zur Oma, mit der ihn die positive Bewertung seines Selbst verbindet, und nicht zu seinen Eltern.

Die vielen Erfahrungen, derer er zur weiteren Herausbildung seiner Identität im Kontakt mit Kindern und einfühlsamen Erwachsenen bedarf, eröffnen sich ihm im Kindergarten, den er nach seiner Entlassung besucht. Verständnisvolle Pädagogen nehmen sich seiner liebevoll an, so daß er dort nach einigen Monaten zur Gruppe gehört. Nach dem Wechsel in eine andere Vorschuleinrichtung wird er auffällig, kann jedoch durch das Engagement der Lehrerin für ihn und mit begleitenden Hilfen der örtlichen Erziehungsberatungsstelle in der Klasse gehalten werden. Die Gefahr der Destabilisierung seiner Persönlichkeit, besonders in Schwellensituationen, wie zum Beispiel beim Übergang in die Schule, ist noch immer recht groß.

Literatur

Benedetti, G. et al., Psychosentherapie: psychoanalytische und existentielle Grundlagen. Stuttgart 1983.

—, Das Symbol in der psychoanalytischen Psychotherapie. In: *Benedetti, Rauchfleisch* (Hg.), Welt der Symbole. Göttingen: Vandenhoeck & Ruprecht 1989.

—, Psychotherapie als existentielle Herausforderung. Göttingen: Vandenhoeck & Ruprecht 1992.

Bürgin, D., Der therapeutische Dialog mit dem „Grenzfall-Kind". In: *G. Klosinski* (Hrsg.), 1989.

—, Winnicott: klinisch relevante entwicklungspsychologische Konzepte. In: *Metzmacher, Petzold, Zaepfel* (Hg.) 1996.

Dornes, M., Der kompetente Säugling. Frankfurt/M.: Fischer 1994.

Eggers, Chr., Verlaufsweisen kindlicher und präödipaler Schizophrenien. Heidelberg, New York: Springer 1973.

—, Die Entwicklung kindlicher Psychosen. In: *Acta Paedopsychiatrica* (1988) 51.

Hartkamp, N., Einige Befunde der Säuglingsbeobachtung und der neueren Entwicklungspsychologie. In: *Praxis der Kinderpsychologie und Kinderpsychiatrie* (1990) 39.

Janzarik, W. (Hg.), Persönlichkeit und Psychose. Stuttgart: Enke 1988.

Kiphard, E.J., Wie weit ist ein Kind entwickelt? Dortmund: Modernes Lernen 1984.

Klosinski, G. (Hrsg.), Psychotherapeutische Zugänge zum Kind und Jugendlichen. Bern: Huber 1989.

Lafeber, Chr., Psychotische Kinder. Bern: Huber 1986.

Lempp, R., Psychosen im Kindes- und Jugendalter – eine Realitätsbezugsstörung. Bern: Huber 1973.

—, Gibt es eigentlich psychotische Symptome? In: *Acta Paedopsychiatrica* (1988a) 51.

—, Die psychischen, psychosozialen und somatischen Bedingungen im Kindesalter und ihre Bedeutung für Genese und Verständnis der Schizophrenie. In: *Janzarik, W.* (Hrsg.) Stuttgart: Enke 1988b.

—, Vom Verlust der Fähigkeit, sich selbst zu betrachten. Bern: Huber 1992.

Metzmacher, B., Integrative Bewegungstherapie mit Kindern. In: *Petzold, H.G., Ramin, G.* (Hrsg.) 1987.

—, *Petzold, H., Zaepfel, H.* (Hg.), Therapeutische Zugänge zu den Erfahrungswelten des Kindes von heute. Integrative Kindertherapie in Theorie und Praxis Bd. 1. Paderborn: Junfermann 1996.

—, *Zaepfel, H.*, Methodische Zugänge zu den Erfahrungswelten des Kindes. In: *Metzmacher, Petzold, Zaepfel* (Hg.), 1996.

Meyer-Drawe, K., Unerwartete Antworten. Leibphänomenologische Anmerkungen zur Rationalität kindlicher Lebensformen. In: *Acta Paedopsychiatrica* (1988) 51.

Neubaur, C., Übergänge. Frankfurt/M.: Athenäum 1987.

Papoušek, M., Vom ersten Schrei zum ersten Wort. Bern: Huber 1994.

Petzold, H.G., Konfluenz, Kontakt, Begegnung und Beziehung als Dimensionen therapeutischer Korrespondenz in der Integrativen Therapie. In: *Integrative Therapie* (1986) 4.

—, Die vier Wege der Heilung in der „Integrativen Therapie". In: *Integrative Therapie* (1988) 4.

—, Die vier Wege der Heilung in der „Integrativen Therapie" Teil II. In: *Integrative Therapie* (1989) 1.

—, Die „Brille von vorgestern" – „Vergangenheitsprojektion und Zeitreisen in der Erinnerungs- und Antizipationsarbeit der Integrativen Therapie". In: *Gestalt und Integration* (1990) 1.

—, Die volle Nutzung der ersten Behandlungsstunde. In: *Biermann, G.* (Hrsg.): Handbuch der Kinderpsychotherapie. Frankfurt/M.: Fischer 1988c, 169-185.

—, Vom Spiel zur Realität. Stuttgart: Klett-Cotta 1993.

—, Intergrative Therapie. Modelle, Theorien und Methoden für eine schulenübergreifende Psychotherapie. 1. Klinische Philosophie, Paderborn: Junfermann 1991a.

—, Integrative Therapie. Modelle, Theorien und Methoden für eine schulenübergreifende Psychotherapie. 3. Klinische Praxeologie, Paderborn: Junfermann 1993a.

—, Ein integratives Modell früher Persönlichkeitsentwicklung als Beitrag „Klinischer Entwicklungspsychologie" zur Psychotherapie. In: *Integrative Therapie* (1992) 1-2.

—, *Ramin G.*, Integrative Therapie mit Kindern. In: *Petzold H.G., Ramin G.* (Hrsg.), Schulen der Kinderpsychotherapie, Junfermann, Paderborn 1987.

Schlösser, A.M., Übergangsobjekt und Objektbeziehung. In: *Praxis der Kinderpsychologie und Kinderpsychiatrie* (1990) 39.

Schneewind, U.-J., Leibtherapie mit Kindern: in diesem Band.

—, Psychotherapie in der Kinder- und Jugendpsychiatrie. Wege zur Identitätsfindung zwischen Normierung und dosiertem Freiraum. Vortrag 1. Europ. Kongress f. Gestalttherapie, Mainz 1986.

Schuster, M., Psychologie der Kinderzeichnung. Heidelberg: Springer 1990.

Suess, G.J., Grossmann, K.E., Sroufe, L.A., Effects of Infant Attachement to Mother and Father on Quality of Adaption in Preeschool. *Intern. Journal of Behavioral Development* 1992, 15/1, 43-65.

Staabs von, G., Der Scenotest. Bern: Huber 1978.

Stierlin, H., Individuation und Familie. Frankfurt/M.: Suhrkamp 1994.

Tellenbach, H., Die Abfolge der Reifungsstufen Baby- Kleinkind- Schulkind- Pubertät in anthropologischer Sicht. In: *Acta Paedopsychiatrica* (1988) 51.

Winnicott, D.W., Von der Kinderheilkunde zur Psychoanalyse. Frankfurt/M.: Fischer 1988a.

—, Reifungsprozesse und fördernde Umwelt. Frankfurt/M.: Fischer 1988b.

Psychotherapie mit sexuell mißbrauchten Kindern

Lydia Reichhart

Sexueller Mißbrauch von Kindern nimmt in erschreckendem Maße zu. Medien und Öffentlichkeit haben sich dieser Problematik angenommen, mit allen damit verbundenen Vor- und Nachteilen. Neben der Aufdeckung des Mißbrauches und dem Schutz der Kinder wurde immer mehr die Notwendigkeit der Psychotherapie erkannt. Aus meiner klinischen Erfahrung heraus möchte ich einige Facetten dessen weitergeben, was mir sexuell mißbrauchte Mädchen und junge Frauen verschiedenen Alters offenbart haben. Ich lernte viel von ihnen, und die Belehrung durch die Opfer über die Auswirkungen einer solchen oft jahrelang dauernden seelisch-körperlichen Mißhandlung geht mit jedem neuen Kind weiter. Gerade sexuell mißbrauchte Kinder erfordern unseren tiefsten Respekt, äußerste Behutsamkeit und eine sehr individuelle Hilfe.

Eine meiner ersten Erkenntnisse war, daß die sog. Aufdeckung oder Diagnose des Mißbrauchs ein spezielles Vorgehen erfordert, welches sich von sonstigen diagnostischen Vorgehen unterscheidet. Darüber möchte ich zunächst etwas sagen.

I. Die sogenannte Aufdeckung – oder der diagnostische Prozeß

„Du kannst mein Herz nicht aufschließen", sprach ein etwa 11jähriges Mädchen im Rahmen eines Diagnostikprozesses und machte mir damit die Schwierigkeit und Begrenztheit meines Vorhabens deutlich. Ein Vorhaben, das im Rahmen der Erstellung von Gutachten zur sog. Abklärung des Verdachtes auf sexuellen Mißbrauch an mich gestellt wurde und das mir auf dem Hintergrund der Notlage der Opfer des sexuellen Mißbrauchs immer fragwürdiger erschien. Warum? Wir müssen uns hüten, in der Diagnostikphase in eine Art detektivische Neugier in Delegation des Jugendamtes oder des Richters zu verfallen, so als stünde die Aufdeckung und die Enthüllung eines Tatbestandes im Vordergrund vor der Person und den

Belangen des Kindes. Die Mitteilung eines sexuellen Mißbrauchs heißt noch nicht zwangsläufig, daß es dann für das Kind besser weitergeht, auch wenn professionelle Hilfsorganisationen beteiligt sind. Mittlerweile hat sich für uns herausgestellt, daß man die psychologische Diagnostik von Mißbrauchsopfern nicht in der gleichen Weise machen kann, in der man andere Verhaltensauffälligkeiten zu diagnostizieren versucht. Der Prozeß der psychologischen Diagnostik von sexuell mißbrauchten Kindern ist von Anfang an ein äußerst behutsamer und dialogisch orientierter Prozeß, der unter ganz spezifischen Anforderungen steht (*Landsberg, Reichhart* 1992). Mehr als in anderen Fällen sind wir darauf angewiesen, *aktiv einen Zugang zu dem Kind* zu suchen. Opfer sexueller Gewalt sind bekanntermaßen häufig verschlossen. Sie haben sich schon oft direkt oder indirekt Menschen ihrer unmittelbaren Umgebung mitgeteilt, ohne daß man sie verstehen wollte oder konnte. Es besteht durchgängig im Umfeld des sexuell mißbrauchten Kindes ein hoher Grad von Verleugnung im Sinne eines psychischen Abwehrmechanismus. Angehörige können nicht glauben, weil die Konsequenz der Tat zu schwierig ist oder weil die Tatsache des Mißbrauchs psychisch nicht ausgehalten werden kann. Kinder, die Mißbrauchsopfer sind, haben von ihrer Umgebung oft vordergründiges Interesse erfahren und wurden dann nicht selten alleine gelassen. Sie haben erlebt, daß Versprechen – sei es vom Täter, sei es von anderen Angehörigen – nicht gehalten wurden. Wenn sie zu uns kommen, sind sie häufig resigniert und mitteilungsmüde. Ausgangslage jedes Kontaktes zu mißbrauchten Kindern ist nun Mißtrauen und Verschlossenheit. Das ist zu respektieren und hoch einzuschätzen, als der zum gegebenen Zeitpunkt bestmögliche psychische Schutz des Kindes. Ich habe erlebt, daß fast alle Kinder ausgetestet haben, ob das Interesse, das ich ihnen nun entgegenbringe, ein wirkliches Interesse ist oder ob ich nur so tue als ob.

Als Beispiel für ein solches Austesten möchte ich ein 11jähriges Mädchen anführen. Sie spielte mit den anatomisch korrekten Puppen. Sie fragte mich während des Spielens, ob ich auch alles genau sehe. Ich meinte daraufhin: „Bei dir muß ich ja genau zugucken, um zu merken, was mit dir passiert ist.“ „Ja, das mußt du!“, sagte sie, „*du* mußt das erraten.“ Sie gab mir damit den Auftrag, für sie Interesse zu entwickeln. Sie gab mir auch die Verantwortung für mein Sehen. Sie „verriet“ mir nichts, sie wollte, daß ich was herausfinde. Ich habe verstanden, daß sie wissen will, ob ich wissen oder ob ich wegsehen will. Dieses Wissenwollen als Grundhaltung der Therapeutin sollte jedoch nicht als detektivisch professionelle Neugier verstanden werden, die unpersönlich bleiben kann. Dieses Wissenwollen kann nur im Zusammenhang mit einer mitmenschlichen Bezogenheit und einem menschlich professionellen Einlassen auf dieses Kind verstanden werden. Wenn Kinder unsere persönliche Anteilnahme nicht spüren, werden sie sich nicht öffnen. Diese Erfahrung war für mich sehr eindrucksvoll. Auf keinen Fall sollte man Mißbrauchsopfer bedrängen, irgendetwas zu tun. Dies haben sie ja sehr traumatisch erlebt. Es geht in der Begegnung mit dem Kind darum, ihm einen „Möglichkeitsraum" zu eröffnen.

Diagnostik mit Mißbrauchsopfern ist nicht abgeschlossen, wenn der Mißbrauch aufgedeckt wurde, sondern der Versuch des riskierten Vertrauens, welches das Kind in die Diagnostikerin setzt, und die Katharsis, die mit der Mitteilung oft schlimmer Mißbrauchserlebnisse verbunden ist, erfordert es oft, das Kind weiter zu begleiten. Es geht also nicht immer, Diagnostik und Therapie zu trennen und u.U. sogar noch die Diagnostik von einer Institution oder Personen machen zu lassen und von einer anderen Person oder Institution die Therapie. Diese Tatsache wird inzwischen von vielen mit diesen Kindern arbeitenden Fachleuten geteilt (vergl. *Jungjohann*, Fachtagung für sexuellen Mißbrauch in Düsseldorf 1992).

Über die Diagnostik von mißbrauchten Kindern gibt es mittlerweile umfangreiche Fachliteratur (*Fegert* 1990, *Fürniss* 1986, 1989, *Jungjohann* 1990). Ich möchte an dieser Stelle auf einige mir wichtige Aspekte aufmerksam machen:

1. Zur Grundhaltung der Therapeuten

Diagnostik mit mißbrauchten Kindern betrifft *immer* die Mitteilung eines schweren, real erlittenen Traumas. Sie erfordert deshalb ein von Empathie getragenes prozeßhaft-dialogisches Eingehen auf das Kind, in dem von Anfang an die Diagnostikerin als Person eine Rolle spielt. Dies stellt hohe Anforderungen an uns Fachleute in bezug auf ein persönliches Sicheinlassen bei gleichzeitig vorhandener guter Abgrenzungsfähigkeit. Es gilt, die eigenen Abwehrmechanismen dem Thema gegenüber zu kennen und die spezifischen Gegenübertragungsgefühle, die bei sexuellem Mißbrauch auftreten, wahrzunehmen und für den Prozeß handhabbar zu machen. Bei diesem recht schwierigen und unter die Haut gehenden Thema sind dies meines Erachtens einmal die Gefahr, zu schnell handeln und zuviel sehen, doch zu direkt vorgehen zu wollen, zu erschrocken, zu entsetzt und zu verzweifelt zu sein und damit dem Kind den sicheren Raum zu nehmen, in den hinein es sich mitteilen kann. Eine andere Gefahr sehe ich darin, sich der Vagheit und der Bagatellisierung von Mitgeteiltem sowie der Verleugnung und des Nichtsehenwollens zu sehr zu nähern. Wir sind im Prozeß der Diagnostik mit Mißbrauchsopfern also immer wieder darauf angewiesen, uns beständig selbst so abzugrenzen, daß wir weder dem Schock des vom Kind erlittenen Traumas erliegen, was zu überstürzten Handlungen führt, noch der Ungläubigkeit und Bagatellisierung nachgeben, was in hilflos-depressiven Haltungen münden kann.

2. *Methoden der Diagnostik*

Das Vorgehen in der Diagnostik mit mißbrauchten Kindern ist auch vom methodischen Ansatz her individuell zu variieren. Es gibt Kinder, die alle Standardtests der Psychodiagnostik (Sceno, Verzauberte Familie, Familie in Tieren, Children-Apperception-Test etc.) verweigern, aus Angst, daß sie etwas verraten könnten, was sie nicht wollen. Es gibt Kinder, die überhaupt nicht sprechen wollen und sich nur über Bilder ausdrücken, mit denen ich über Stunden hinweg nur gemeinsam gemalt habe. Es gibt wiederum andere Kinder, die nur oberflächlich bei einem Spiel oder einer Sache bleiben können aus der Angst heraus, daß sich eine Szene entwickeln könnte, die sie auf einer tieferen Ebene etwas verraten läßt. Wirkliche Mitteilungen über das Erlebte sind oft nur möglich, wenn schon ein bestimmtes Vertrauen zur Therapeutin gefaßt wurde. Hierzu ist es notwendig, daß Kinder, die unter dem Verdacht des sexuellen Mißbrauchs stehen, sehr viel mehr Zeit und Raum brauchen, als dies für Kinder notwendig ist, die ein solches Trauma nicht erlitten haben.

3. *Verantwortungsübernahme*

Die Öffnung des Opfers, d.h. die Mitteilung des Erlebten erfordert von uns wiederum, daß wir die Verantwortung dafür übernehmen, was mit dem Kind nach der Mitteilung geschehen soll und wie es weiter geht. Ich habe es oft als hilfreich erlebt, wenn ich dem Kind schon in einem frühen Stadium des Kontaktes indirekt in Form einer Geschichte oder ganz allgemein sage, was man tun kann und was ich tun würde, wenn mir ein Kind einen Mißbrauch erzählt. Hier ist die Form der indirekten Geschichte (vergl. *Fürniss* 1990) hilfreich. Über die Folgen einer evtl. Mitteilung muß ich mir unter Berücksichtigung des Lebenskontextes und der Persönlichkeit des Kindes schon recht bald Gedanken machen. Sonst besteht die Gefahr, daß sich Konfusion und Hilflosigkeit wiederholen, die das Kind schon so oft erlebt hat.

4. Diagnostik und Therapie sind verschränkt

Diagnostik und Therapie sind im Falle des Mißbrauchs von Anfang an verschränkt, sind aber nicht ein und dasselbe. Wenn ein Kind wieder Zutrauen faßt, sich mitteilt und nach der Mitteilung Begleitung und verantwortliche Hilfe durch Erwachsene erfährt, hat dies therapeutischen Charakter und ist an sich heilsam. Manchmal ist der therapeutische Prozeß damit schon abgeschlossen. Nicht jedes sexuell mißbrauchte Kind benötigt langfristige Psychotherapie. In Fachkreisen spricht man in dieser Hinsicht seit einiger Zeit von „Trauma-Bearbeitung". Auf keinen Fall können wir „aufdecken" und das Kind alleine lassen, denn das hieße, dem erlittenen Trauma ein weiteres hinzufügen. Richtig verstandene Diagnostik mit diesen Kindern hat also therapeutischen Charakter, in dem Sinne, daß sie klärend und u.U. kontextverändernd wirkt. Umgekehrt wird auch in der Psychotherapie die „Aufdeckung" nicht aufhören. Es gibt einen Prozeß des Suchens, der der Psychotherapie ohnehin immanent ist und der bei Mißbrauchsopfern manchmal nach zwei- oder mehrjähriger Therapiezeit noch andere Facetten des Mißbrauchs offenlegt, die vielleicht nahestehendere, intimere Personen betreffen. Psychotherapie mit Mißbrauchten kann das Wissenwollen dessen, was wirklich passiert ist, nicht aufgeben. Diagnostik und Therapie sind also verschränkt, aber nicht identisch.

5. Voraussetzungen für eine Psychotherapie

Psychotherapie als länger angelegter Prozeß sollte nicht ohne eine Erkenntnis im Sinne eines vorläufig bleibenden Bildes über Persönlichkeit und Lebenskontext des Kindes beginnen. Störungen, Konflikte und Defizite (*Petzold* 1992), emotionales Erleben und kognitive Fähigkeiten des Kindes und seine Beziehungen in seinem Lebenskontext sollten sich uns „gestalthaft" vermittelt haben, wenn wir in einen psychotherapeutischen Prozeß eintreten. Daß die sich hier bildende Gestalt nicht endgültig ist, sondern in einem ständigen Wandel der Form begriffen (*Buchholtz* 1991), bedarf keiner besonderen Erwähnung. Jede Erkenntnisgewinnung aus dem gemeinsamen Prozeß mit dem Kind heraus hat wieder verändernden Charakter, so daß die Diagnostik ein offener Prozeß ist und in die Psychotherapie einfließt; am Anfang sicher bewußter und gezielter als zum späteren Zeitpunkt. Wenn ich also später auf Grundthemen der Psychotherapie mit mißbrauchten Kindern eingehe, werden Sie feststellen, daß immer wieder diagnostische Sichtweisen einfließen. Ich habe mich bisher so ausführlich der Anfangsphase mit der sog. Aufdeckung und Diagnostik gewidmet, um deutlich zu machen, welche Bedeutung sie für den gesamtpsychotherapeutischen Prozeß hat. Da Psychotherapie nicht stattfinden kann, ohne daß wir uns die spezifische Lebensform der mißbrauchten Kinder bewußtmachen, werde ich nachfolgend hierauf eingehen.

II. Die Weise des „In-der-Welt-Seins" eines mißbrauchten Kindes

Störungen, Konflikte und Defizite entstehen nach dem Verständnis der integrativen Therapie immer im Kontext des Lebensraumes und im Kontinuum der Lebenszeit (*Petzold* 1992). Für uns heißt das, daß wir das Kind nie nur intraindividuell sehen können, sondern es ist mit seiner Leiblichkeit, seinen Kognitionen und seinen Emotionen immer in einer bestimmten Weise in seinem Lebenszusammenhang so geworden, wie es ist. Es ist weiterhin Teil seiner Umwelt, von der es beeinflußt wird und auf die es Einfluß hat. So gestaltet sich seine Identität. Dies ist ein Grundverständnis psychotherapeutischen Vorgehens. Der Mensch ist also von Anfang an Teil der Welt und auf die Welt bezogen. Er ist Körper-Seele-Geist-Wesen im sozialen und ökologischen Umfeld (*Petzold* 1990). Da der Mensch – ab ovo – ein soziales Wesen ist, ist er in seinem Welterleben und in seiner Sicht der Welt, die sein Handeln bestimmt, von Anfang an durch das, was ihm begegnet und ihm entgegengebracht wird, bestimmt und zur Antwort genötigt. Er kann sich nicht entziehen, wie immer die Antwort im Sinne einer psychischen Verarbeitung oder Nichtverarbeitung oder im passiven oder aktiven Sinne auch aussehen wird. In der integrativen Therapie gehen wir davon aus, daß das Symptom die Antwort und gleichzeitig Mitteilung auf bestimmte gewordene und vorhandene Lebensumstände ist.

Für die Therapie sexuell mißbrauchter Kinder – so wie in der Kindertherapie und Psychotherapie allgemein – ist es für uns unabdingbar, uns bruchstückhaft und mosaikartig dem inneren „Welterleben" und „Weltverständnis" des Kindes zu nähern. Wir treten in seine subjektive Welt ein. Dieser Prozeß, der in der Diagnostik wie o.b. beginnt, setzt sich in der Psychotherapie fort. In die innere Welt des Kindes einzutreten und von ihm her die Welt zu verstehen, sich seiner subjektiven Weltsicht zu öffnen, ist die Herausforderung, die diese Kinder an uns stellen. Für die Psychotherapie sexuell mißbrauchter Kinder bedeutet dies, sich sowohl in Kenntnis ihrer Situation als auch gleichzeitig im Unwissendmachen auf die Begegnung mit den Kindern einzulassen. Was ist damit gemeint?

1. *Einige Anmerkungen zu den in der Literatur verwendeten Konzepten*

Objektiv wissend geworden sind wir durch die inzwischen immer zahlreicher werdende Literatur über die Psychodynamik der Mißbrauchsopfer und ihrer Familien, welche letztlich ja wieder aus der Arbeit mit mißbrauchten Menschen gewonnen wurde. Hier läßt sich folgendes Bild zeichnen: *Hirsch* (1990) beispielsweise sieht Inzest auf dem Hintergrund des Mißbrauchs des Kindes im Sinne des narzißtischen Selbstobjekts und als Partnersubstitut, was beim Ausmaß dieser narzißtischen Beziehungsformen immer auch Isolation und Vereinzelung des Kindes in der Familie und der Familienmitglieder untereinander bedeutet. Gleichzeitig liegt eine große Gebundenheit der Familienmitglieder untereinander und Abgeschlossenheit nach außen vor (*Trepper, Barrett* 1991). Im Zuge pathologischer Parentifizierungen und mangelnder Generationsgrenzen kann sich keine altersadäquate kindliche Identität entwickeln. *Jungjohann* (1992) gibt an, daß in allen Fällen von Mißbrauch pathologische Triangulierungen und pathologische Delegationen vorhanden sind. Was die grundlegende Dynamik der Inzestopfer anbetrifft – so wie meiner Erfahrung nach auch die Dynamik der langjährig mißbrauchten Opfer von Nachbarn, Verwandten 2. Grades o.a. näheren Personen des sozialen Umfeldes – ist ein großes Problem, daß diese Kinder ein Leben lang daran gewöhnt worden sind, die Bedürfnisse der anderen zu erfüllen. Sie stellen diese Bedürfnisse an die erste Stelle und verzichten meist auf die Befriedigung der eigenen, ja, sie kennen sie häufig gar nicht mehr. Bei fast allen *langjährig* mißbrauchten Kindern gibt es Defizite in der Befriedigung emotionaler Bedürfnisse nach Zuwendung und Körperkontakt. Der sexuelle Mißbrauch, häufig vermischt mit Zuwendung und Zärtlichkeit, stellt oft die einzige Quelle emotionaler Zuwendung überhaupt dar, obwohl diese Quelle der Zuwendung mit Gewalt und Übergehen der eigentlichen Gefühle und Bedürfnisse des Kindes verbunden ist (vergl. auch *Hirsch* 1990). Andere Autoren (*Mitnik* & *Mindy* 1986) weisen darauf hin, wie die Autonomieentwicklung durch den Mißbrauch in entscheidendem Maße blockiert wird.

2. *Klinische Auffälligkeiten*

Die **Leiblichkeit** des mißbrauchten Kindes ist oft so gestaltet, daß das Kind sich im Genitalbereich als besonders präsent empfindet, was sich dahingehend auswirkt, daß es sich z.B. im Rahmen einer Kindergruppe oft „genital zeigt", viel masturbiert oder sich auch genital verletzt. Ansonsten finden wir häufig eine erstaunliche Leblosigkeit, so, als würde der Leib außerhalb der Genitalien nicht existieren, als sei er nicht spürbar für das Kind. Das führt zu Überschätzungen der Bewegungsabläufe, zu riskanten Sprüngen, Klettern und Laufen, so, als ob diese Kinder nicht über den eigenen Leib verfügen können und kein Gespür dafür haben, was geht und was nicht geht. Manchmal führt diese Leblosigkeit zu „Immunität" bei Verletzungen. Die Kinder verletzen sich mit spitzen Gegenständen selbst, behaupten aber, daß das nicht weh tue. Ein anderes Phänomen ist, daß sie zuviel essen, was manchmal zu Übergewicht bis zur Selbstzerstörung führt. Viele der mißbrauchten Kinder und Jugendlichen sind unfähig, sich zu entspannen und körperlich loszulassen. Sie sind vegetativ angespannt und leiden unter Schlaflosigkeit.

Im **Bereich der sozialen Kontakte** sehen wir oft eine sexualisierte Kontaktaufnahme zu Erwachsenen oder Kindern und eine allgemeine Distanzlosigkeit im Kontakt, gleichzeitig aber eine Überempfindlichkeit bei Berührungen, was sich zu einer ausgesprochenen Berührungsangst ausweiten kann. Es besteht großer Widerstand gegen Grenzsetzungen aller Art, die sofort als einengend empfunden werden. Es scheint ihnen wichtig, die Kontrolle über andere zu erhalten oder zu behalten, indem sie den Kontakt in der Beziehung sehr stark bestimmen wollen. Ein Aufeinandereingehen und sich Loslassen im Spiel ist oft lange Zeit überhaupt nicht möglich und viel zu angstbesetzt.

Im Bereich der **emotionalen Ausdrucksfähigkeit** haben wir entweder Blockaden und Erstarrung oder impulsive Gefühlsausbrüche, manchmal in Verbindung mit psychomotorischen Anfällen, welche aktuell situativ nicht ohne Weiteres nachvollziehbar sind.

Was das *sachlich, neugierige* **Interesse von Kindern an Angeboten der Umwelt** betrifft, sind mißbrauchte Kinder oft zunächst sehr interesselos. Dementsprechend sind sie auch im Leistungsverhalten oder im Spielverhalten, im Beschäftigen mit einer Sache uninteressiert und unruhig. Es scheint so, als habe das Erleben des Mißbrauchs einen so großen Raum in ihrer Seele eingenommen, daß andere Dinge keinen Platz mehr darin haben.

Was das **Bild ihres Selbst** betrifft, habe ich von langjährig mißbrauchten Kindern gehört, daß sie erwachsen seien und alleine, ohne ihre Eltern, zurechtkommen könnten. Manche glaubten, daß sie schon heiraten und völlig selbstverständlich mit anderen Kindern oder Erwachsenen Geschlechtsverkehr haben könnten. In diesen Fällen kann man von einem durch den Mißbrauch entstandenen kindinadäquaten Identitätserleben sprechen, das einer „psychischen Deformation" gleicht. Mir ist auch aufgefallen, daß sexuelle Verhaltensweisen wie z.B. sexualisierte Kontaktaufnahmen am Anfang der Psychotherapie häufig als Ichsynton erlebt werden; sie werden nicht per se vom Kind als inadäquat oder problematisch empfunden. Ich betone aber, daß ich diese Erfahrungen im Rahmen meiner Arbeit in einer Klinik für Kinder- und Jugendpsychiatrie gemacht habe. Sie mögen deshalb nicht generalisierbar sein. Grundsätzlich kann man bei mißbrauchten Kindern von tiefen Wertlosigkeitsgefühlen ausgehen, verbunden mit eher depressiv getönten Erlebensweisen, wie Sinnlosigkeit, Apathie, Rückzug oder auch aggressiv abgewehrt und in den verschiedensten Symptomen auffällig. Erschütternd war mir bei allem immer wieder die Selbst-Fremdheit der Kinder. Kinder, die zeit ihres Lebens nur damit beschäftigt waren, sich nach anderen zu richten, hatten sich und ihre Bedürfnisse, ihre Gefühle, ihren Leib, ihre Interessen, ihre Gedanken, ihre Werte usw. nicht kennengelernt. Ihnen allen war gemeinsam, daß ihnen eine andere Welt – die des Mißbrauchers – aufgedrückt worden war, gegen die sie nicht rebellieren durften und konnten.

3. *Wie gehen wir bei sexuell mißbrauchten Kindern mit unserem klinischen Wissen um?*

Wir wissen also inzwischen „objektiv" viel über die Psychodynamik und die Familiendynamik von Mißbrauchsopfern, Wissen, welches sich aus Theorien und Modellvorstellungen ableitet und was unser Verständnis mißbrauchter Kinder mitbestimmt; Wissen aber auch, welches wir erkennend aus der Arbeit mit sexuell mißbrauchten Kindern gewonnen haben. Jedes Kind, dem wir in der Psychotherapie begegnen, ist darauf angewiesen, daß wir uns mit diesem Wissen speziell auf sein Weltbild und sein Welterleben immer wieder neu einlassen, wollen wir vermeiden, daß wir unsere Vorstellungen dem Kind als sein Erleben aufdrücken. Wir sind also Wissende und Unwissende zugleich. Die Kinder lehren uns, wie sie die Welt sehen, wenn wir uns in ihre Lehre begeben. Diese selbstverständlich anmutende Ansicht scheint mir für die Therapie von Mißbrauchsopfern besonders betonenswert, weil ich oft erlebe, daß generelle Erkenntnisse angewandt werden, etwa daß man dem Kind mitteilt, es brauche sich nicht schuldig zu fühlen, wenn die Familie auseinanderbricht etc. Und wenn sich das Kind schuldig fühlt? Für die Psychotherapie ist wichtig, daß wir die Dinge so annehmen, wie sie sind. Auch daß das Kind den Mißbraucher liebt, in ambivalenten Gefühlen ihm gegenüber gefangen ist, schien für uns Psychotherapeuten lange Zeit schwierig zu sein.

Durch den o.b. Prozeß des Sicheinlassens in die innere Welt vermittelt sich uns mosaikartig ein Bild von dem, wie das Kind in seinem Denken, Fühlen, in seiner Leiblichkeit und in seinem Bezug zu seiner Umwelt lebt. Dabei wirkt jede Erfahrung, die wir mit dem Kind machen, wie ein Mosaiksteinchen, das das Gesamtbild wieder verändern kann. Nach und nach vermittelt sich ein Bild von dem, wie das Kind sich und andere erlebt und wie es bisher gelebt hat. Das Wort Bild verwende ich im Sinne einer ganzheitlich aufgehenden Gestalt, einer Art Form, die Phantasien, Atmosphären, Stimmungen, Gedanken, aber auch leibhaftige Vorstellungen der Umgebung des Kindes und des Kindes selbst mit impliziert. Dieses Bild, welches da entsteht, vermittelt sich uns Therapeuten durch den Kontakt und die Begegnung mit dem Kind. Es ist etwas, was in der Therapie gemeinsam geschaffen wird. Das Kind zeigt sich uns, und wir sind darauf angewiesen, uns dem Gezeigten zu öffnen, es anzunehmen und es zu verstehen und dem Kind zurückzugeben, das seinerseits wieder annehmend und verstehend anworten kann. Therapeutin und Kind rekonstruieren und konstruieren im gemeinsamen prozeßhaften Handeln in Divergenz und Konsenz die gelebte Wirklichkeit des Kindes, die sich immer nur dialogisch-prozeßhaft gestalten kann und in ihrer Form nie absolut wird.

III. Facetten der Psychotherapie mit sexuell mißbrauchten Kindern

Ich möchte nachfolgend einige Erfahrungen und Erkenntnisse aus der Psychotherapie mit sexuell mißbrauchten Kindern festhalten, und zwar vor allem unter den Aspekten

- der sich herausbildenden spezifischen Beziehungsmuster,
- der Reinszenierung der erlebten „mißbräuchlichen Welt im therapeutischen Raum" und der
- Bedeutung der Medien in der Therapie mit mißbrauchten Kindern.

1. *Das therapeutische Beziehungsgeschehen in der Arbeit mit sexuell mißbrauchten Kindern*

1.1 Der Beginn und die Periode des Zögerns

Schon *Anna Freud* (1969) wies uns darauf hin, daß es für die Kinderpsychotherapie notwendige Voraussetzung ist, daß wir das Interesse der Kinder wecken müssen, um mit ihnen zu einem Arbeitsbündnis zu kommen. Das gilt natürlich auch für die Psychotherapie mit mißbrauchten Kindern. Wie können wir ein mißbrauchtes Kind für Psychotherapie interessieren? Auf die Notwendigkeit unseres Engagements habe ich eingangs schon hingewiesen. Das Kind wird ermutigt, ein Risiko einzugehen, wenn wir uns ihm von unserer Haltung her offen, interessiert und authentisch nähern, wobei wir unsererseits unser Interesse für die Gesamtpersönlichkeit des Kindes einbringen. Denn es geht ja nicht nur um Aspekte des Mißbrauchs, sondern auch um andere Bereiche aus dem Leben des Kindes, wie seine Vorlieben für bestimmte Spiele, seine Freunde, seine Leistungen, seine Lieblingspersonen usw. Wir werden uns nach seinen Vorlieben und Interessen erkundigen und ihm verschiedenes Spielmaterial vorlegen, um ihm die Möglichkeit zu geben, sich auszudrücken und gleichzeitig Kontakt zu uns herzustellen. Da mißbrauchte Kinder recht mißtrauisch und verschlossen sind, empfiehlt sich meiner Erfahrung nach die recht schnelle Einführung eines Mediums, die oft entlastend wirkt. Wichtig erscheint mir, daß das Kind viel Zeit und Raum bekommt, es also nicht vorschnell in etwas hineingedrängt wird.

Ramin (1987) spricht von *Klarheit* als notwendiger Voraussetzung der therapeutischen Haltung in der Kinderpsychotherapie. Klarheit heißt im Falle des sexuellen Mißbrauchs, sich klar auf die Seite des Kindes zu stellen. Klarheit heißt, das Kind zu hören in seinen ganzen Ambivalenzen, seinen Liebes- und Haßgefühlen, seinem Gefühl des Verrats und der Schuld, seinen unerfüllten Liebessehnsüchten und seinen Lebenswünschen, die es in seiner jetzigen Situation hat. Für ein mißbrauchtes Kind ist es oft schlimmer, von der Familie weggenommen zu werden und in einem Heim zu leben, als den schon jahrelang stattfindenden Mißbrauch zu ertragen, weiter auszuhalten. Dies wiederum kann für professionelle Helfer schwer sein. Klarheit dem Kind gegenüber bedeutet auch Klarheit in der Abgrenzung, der immer wieder auch im Therapeuten zu schaffenden Individuation, von der *Thea Bauriedl* (1980) spricht. Vieles geht nahe, geht „unter die Haut", so daß vorschnelle Handlungen evoziert werden, manchmal eher aus der Betroffenheit der Professionellen heraus als im Sinne des Kindes gerechtfertigt. Andererseits passiert es häufig, daß zu wenig gehandelt wird, weil Professionelle sich scheuen, klare Schritte zu unternehmen. Mißbrauch scheint die Gefahr zu implizieren, entweder übertrieben zu handeln oder den Dingen ihren Lauf zu lassen. Das scheinen mir Auswirkungen partieller Verschmelzungen mit der Problematik des jeweiligen Falles zu sein. Arbeit mit mißbrauchten Kindern bedeutet in hohem Maße Selbstreflexion und Auseinandersetzung mit den eigenen Mißbrauchserlebnissen, eigener Sexualität und bedeutet ständige Abgrenzung und Individuation, um sich in einer begegnend dialogischen Haltung (*Hycner* 1989) zum Kind zu begeben.

Besonders die Anfangsphase der therapeutischen Begegnung ist durch sehr viel Verschlossenheit und großes Zögern gekennzeichnet. In diesen Phasen des Zögerns, die ich als sehr wichtig empfinde, nehmen Kinder überhaupt keinen oder nur ganz zaghaften Kontakt auf. Letzteres vor allem dadurch, daß sie uns zu beobachten scheinen, wie wir auf sie reagieren. In dieser Phase, die mich an das *Winnicott*sche Konzept des Übergangsraumes erinnert, kommt es darauf an, innerlich präsent zu bleiben und für das Kind da zu sein, ohne daß man viel in Aktion tritt.

Fallbeispiel:

Bettina, 6 Jahre und 10 Monate alt, sollte von mir auf Wunsch der Mutter und Auftrag des Gerichts psychologisch untersucht werden, da im Rahmen eines Scheidungsverfahrens der Verdacht aufgekommen war, der Vater könnte Bettina sexuell mißbraucht haben. Für Bettina war es sehr schwer, Geschichten zu erzählen oder sich überhaupt verbal zu äußern. Sie konnte zu Beginn unseres Kontaktes auch nicht gut spielen, malte aber gerne, so daß ihr Ausdruck durch das Zeichnen ein wichtiges diagnostisches Hilfsmittel wurde. Dabei wurden ihr sowohl Instruktionen vorgegeben, wie: „Male einen Obstbaum.", „Male einen Menschen.", „Male drei Bäume." etc., als auch der Inhalt der Bilder freigestellt.

Bettina malte zunächst einen Baum, dann drei Bäume mit Schmetterling, dann ein Bild, welches ein Mädchen ihres Alters mit einem kleinen Häschen darstellte, dann seine Familie als Personen in verschiedenen Symbolen (Bild 1 zeigt die Familienmitglieder). Das nächste Bild zeigte neben einem See und Erde im oberen Drittel des Bildes eine kleine Ente, die wach, interessiert, aber auch etwas angriffslustig auf einen Eselskopf blickte. Ich bat dann Bettina, einen Mann und eine Frau zu malen, nahm ein Blatt Papier und machte in die Mitte nebeneinander zwei Punkte – welche vom Kind als Nabel intuitiv erfaßt werden können: „Ob nackt oder angezogen, das ist egal", lautete die Instruktion. Sie entschied sich, Mann und Frau nackt zu zeichnen. Die Geschlechtsteile zeichnete sie ohne Schamhaare, mehr kindlich wirkend.

In einer nächsten Stunde bat ich sie, einen Mann und ein Mädchen zu malen und ließ völlig offen, ob nackt oder angezogen. Bettina zeichnete ein nacktes Mädchen, welches von der Ausdifferenzierung der Geschlechtsorgane her wie eine Frau wirkte. Vaginalbereich und Brüste waren überdimensional groß gezeichnet (Bild 2).

Mit Bettina wurde außerdem das von *Winnicott* beschriebene Schnörkelspiel durchgeführt. Sie begeisterte sich dafür so, daß insgesamt drei Serien angefertigt wurden. Aus einer dieser Serien stammt Bild 3. Bettina sagt dazu: „Das Kind will, daß die Mutti aufwacht, dann hat sie einen kalten Waschlappen ins Gesicht gemacht."

Abb. 1

Alle Bilder sprechen für sich. Das Fallbeispiel zeigt, welchen Raum des Zögerns und welche Zeit ein Kind braucht, um sich allmählich mitzuteilen und von neutralen Themen auf brisantere zu kommen. Bis zum zuletzt beschriebenen Bild bedurfte es 10 Stunden. Nach anfänglicher Malperiode konnten dann szenische Rollenspiele folgen. Es schien so, als müsse das Kind dazu Mut fassen.

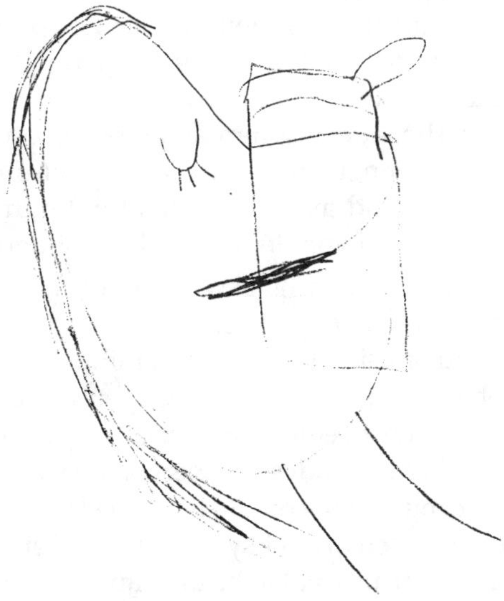

Abb. 2 und Abb. 3

Andere Kinder gehen mit der anfänglichen Verschlossenheit, ihrer Isolation und ihrem Mißtrauen so um, daß sie weglaufen wollen. Sie wirken distanzlos bis unruhig, getrieben und beschäftigen sich mit allem, was sich im Zimmer befindet und letztlich mit nichts wirklich. Sie bekommen weder Bezug zu einem Gegenstand noch Kontakt mit mir als Psychotherapeutin. Auch diese Kinder brauchen ihren Raum, in den hinein sie sich zunächst so zeigen können, wie sie sind, nämlich unruhig, dissoziiert, als würden sie „in Stücken" existieren. Hier wäre es verfehlt, vorschnell auf eine Sache oder den Kontakt zu fokussieren. Erst im Raum des Lassenkönnens bei gleichzeitig freundlich zugewandten Kontaktangeboten, bei denen die Freiheit des Kindes aufrechterhalten bleibt, sich nicht einlassen und zeigen zu müssen, besteht die Möglichkeit, daß das Kind sich sammelt. Auch hier geht es um die aktive Präsenz des Dabeiseins, die nichts mit passivem Geschehenlassen zu tun hat. Ich habe überraschenderweise oft erlebt, daß solche Kinder mich nach ein paar Stunden fragen, ob ich mitspiele, woraus sich dann ein Dialog oder eine Szene entwickelt.

Das, was ein Kind inhaltlich mitteilt, ist immer abhängig von dem gemeinsamen Beziehungskontext. Wenn man in der Phase der Verschlossenheit die anatomisch korrekten Puppen einsetzt, ohne dem Prozeß des Zögerns genügend Raum gegeben zu haben, wird das Kind diesen Anreiz nicht aufgreifen. Ist der Zeitpunkt besser gewählt, greifen die Kinder die Puppen oft begierig als Medium der Mitteilungsmöglichkeit auf. Als ein Zeichen dafür, daß ein vertrauter Raum in der therapeutischen Beziehung entstanden ist, schließen Kinder manchmal zu diesem Zeitpunkt die Tür des Behandlungszimmers ab und machen mich darauf aufmerksam, daß ich nichts weitersagen soll von dem, was sie mitteilen.

Nach einer Phase des Zögerns gewinnt ein Kind Zutrauen, läßt uns immer mehr teilnehmen an seiner inneren und äußeren Lebenswelt. Mosaikartig fügen sich Erfahrungen mit dem Kind, Informationen, Atmosphärisches, Szenisches, Gegenübertragungs- und Übertragungsgeschehen zu einem Bild zusammen, das uns die subjektive Lebensrealität des Kindes erahnen läßt. Es entsteht eine Art Form, eine Gestalt mit unterschiedlichen Facetten, mit Kern- und Teilbereichen. Wir werden in der Psychotherapie Teil dieser Gestalt, die durch uns und mit uns entsteht und aus der wir uns immer wieder herauslösen müssen, die wir gleichzeitig aber auch sind. Bilder entstehen und werden verworfen, so daß wir verfangen sind in der Dialektik des Sichhineinbegebens ins Geschehen und des Sichherausnehmens, psychoanalytisch gesprochen, verfangen in der Dialektik der Verschmelzung und der immer wieder stattfindenden Individuierung (*Bauriedl* 1989). Sexuell mißbrauchte Kinder haben ein sensibles Gespür dafür, ob ich offen für sie bin, ob ich etwa erschrecke, ob ich über sehr zaghaft Geäußertes hinweggehe, ob ich aufmerksam zu ihnen hinschaue oder mich eher abwende. Dadurch, daß sie sich ständig auf die Bedürfnisse des Mißbrauchers haben einstellen müssen, haben sie ein feines Gespür für die Reaktion des Gegenübers entwickelt, so daß wir uns mit ihnen über weite Strecken hinweg im nichtsprachlichen Bereich bewegen und begegnen, was der Verschmelzung unbewußter Prozesse zwischen Therapeutin und Kind noch einmal eine andere Qualität gibt.

Unbewußte Prozesse machen sich durch Stimmungen, Atmosphären und Gefühle deutlich, die ihre Entsprechung in der Psyche der (des) Therapeut/Innen finden und die immer wieder in ihrer Bedeutung auf das Kind hin reflektiert und innerlich zurückgegeben werden müssen. Dazu gehören besonders Lähmung, Entsetzen, Schreck, Abscheu, Ekel, aber auch sexuelle Erregung, was oft tabu sein wird. Wut und Trauer stellen sich beim Kind oft erst später ein.

1.2 Sexualisiertes, aggressives Verhalten als Kontaktversuch

Ein weiteres Phänomen aus der Beziehung zu den mißbrauchten Kindern ist die Kontaktaufnahme in einer sexualisierten Form, die nicht nur verbal, sondern auch leiblich geschieht. Sexuell mißbrauchte Kinder berühren uns manchmal direkt an den Geschlechtsorganen oder zeigen sich „anbietend" zweideutig, um die Reaktion des Gegenübers zu erleben. Sie erzeugen damit häufig Abscheu und Angst bei Erwachsenen oder bieten sich durch sexualisierte Kontaktformen unbewußt wieder als Opfer an. Bei zeitlich lang andauernden Mißbrauchserlebnissen ist sexualisiertes Verhalten manchmal die einzige Form körperlicher Kontaktaufnahme zu Erwachsenen, die die Kinder kennen. Zuwendung durch zärtliche Gesten oder Schutz durch körperlichen Halt als kindadäquate Formen erwachsener Zuwendung ist etwas, was sexuell mißbrauchte Kinder oft nicht erfahren haben. In der Therapie lernen sie allmählich, zwischen verschiedenen Beziehungen zu unterscheiden, und machen neue leiblich/seelische Erfahrungen mit anderen Zuwendungsformen. Sexuell mißbrauchte Kinder sind sehr zuwendungsbedürftig nach leiblicher Nähe, gleichzeitig haben sie sehr große Angst vor Übergriffen. Es braucht lange Zeit der Erfahrung mit klarer Zuwendung seitens der Therapeuten, um diese Angst abzubauen. Dabei hat mich immer wieder erschreckt, wie stark es im Weltbild dieser Kinder verankert ist, daß ich sie für *meine* Bedürfnisse einsetzen könne. Dies geht bis zu Erwartungen, daß sich der Mißbrauch wiederholt. „Du fickst mich doch", sagte mal ein Mädchen zu mir oder: „Hau mich doch." Sie erwarten von uns das, was sie erlebt haben, wollen es gleichzeitig aber nicht, und im Erleben des Neuen, das sich in der therapeutischen Beziehung gestaltet, erleben sie den Schmerz über das Gewesene.

Oft habe ich mit sexuell mißbrauchten Kindern erlebt, daß sie zerstörerisch wirken, entweder anfangen, die Gegenstände des Therapiezimmers zu zerstören oder sich selbst verletzen, so daß man sie schützen muß im Sinne einer guten elterlichen Präsenz gegen die innere und ehemals im Lebensumfeld erlebte Destruktivität. Diese Phase ist recht schwierig, da Schutz im Sinne der Eingrenzung eines körperlichen Halts sehr leicht vom Kind als Gewalt erlebt wird. Andererseits fordern Kinder aber die körperliche Präsenz der Therapeutin in solchen Situationen heraus. Es reicht also nicht, wenn man die destruktive Wut auf ein lebloses Objekt ablenkt. Die Kinder sind in solchen Phasen darauf angewiesen, sich in dieser oft verzweifelt erlebten Destruktivität mitteilen zu können, sich angenommen und gleichzeitig auch vor den Auswirkungen dieser zerstörerischen Wut geschützt zu fühlen und zu erleben, daß weder sie noch die Therapeutin zerstört werden. Häufig ist diese Wut ein Durchgangsstadium zu einer großen inneren Verzweiflung und einer inneren Isolation, mit der sie sich dann anvertrauen und deren Äußerung erst den Weg frei zu machen scheint für ein nie gelebtes Bedürfnis nach Anhänglichkeit und Zuwendung, das biografisch unerfüllt geblieben ist.

1.3 Ausgleich von Defiziten

Therapie mit sexuell mißbrauchten Kindern bedeutet immer auch die Bereitschaft seitens der Therapeuten, dem Kind den Raum und die Möglichkeit zu eröffnen, bestimmte Defizite nachsozialisatorisch auszugleichen. Es stellen sich nach der o.b. Phase der Verzweiflung häufig recht kindliche Bedürfnisse aus früheren Altersstufen ein, wie z.B. mit einem Babyfläschchen gefüttert werden oder etwas vorgelesen haben zu wollen oder in Anwesenheit der Therapeutin einschlafen zu dürfen und Wiegenlieder gesungen zu bekommen und dergleichen mehr. Meiner Meinung nach ist der Umgang mit solcher Regression eine Kunst. Zum einen muß sie in bestimmtem Maße angenommen werden, wenn solche frühkindlichen Bedürfnisse auftreten, zum anderen darf das Kind aber nicht darin verharren, sonst tritt ein maligner Zustand (*Balint* 1987) ein, der therapeutisch schwer behebbar ist. Drittens kommt es bei der Arbeit mit Regression sehr auf den Lebenskontext des Kindes an, vor allem darauf, wie die Bezugspersonen dort mit Regression umgehen können. Wenn ein 10jähriges Kind in seinem Lebensumfeld nach einer Babyflasche verlangt und dies dort sanktioniert wird, ist es schwierig, mit dem Kind in der Therapie sehr regressiv zu arbeiten, bevor es nicht genügend Ich-Fähigkeiten hat, die verschiedenen Kontexte zu unterscheiden.

Soweit einige Aspekte zum therapeutischen Beziehungsgeschehen in der Arbeit mit sexuell mißbrauchten Kindern. Sie betreffen in besonderem Maße

- die Authentizität der Therapeuten-Persönlichkeit, das wirkliche Interesse am Kind, um dessen berechtigtem Mißtrauen begegnen zu können;
- Geduld und das Wissen um lange Perioden des Zögerns beim Kind;
- besondere Anforderungen an Klarheit und Abgrenzung bei gleichzeitig persönlich-professionellem Einlassen auf das Kind. Umgang mit Nähe, Leiblichkeit und Sexualität;
- das Ermöglichen alternativer Erfahrungen von Zuwendung, Nähe und Halt, Umgang mit Regression;
- Annehmen und Eingrenzen destruktiver Impulse des Kindes wie Aggression und Selbstverletzung.

Die therapeutische Beziehung ist das „tragende Element" in Diagnostik und Therapie mißbrauchter Kinder, und sicher sind o.g. Auswahl und Schwerpunktsetzung subjektiv aus meinen therapeutischen Erfahrungen entstanden. Sie erheben keinen Anspruch auf Vollständigkeit und mögen ergänzt oder modifiziert werden. Ich möchte nun noch zu einem anderen Blickwinkel der psychotherapeutischen Arbeit mit sexuell mißbrauchten Kindern kommen.

2. *Die Reinszenierung der „erlebten Welt" des mißbrauchten Kindes im therapeutischen Raum*

In der Therapie sexuell mißbrauchter Kinder ist die *szenische Darstellung* noch einmal besonders wichtig, weil vieles, was die Kinder erlebt haben, überhaupt nicht in Worte gefaßt werden kann. Ich möchte deshalb nachstehend noch etwas zur Reinszenierung **der erlebten Welt im therapeutischen Raum** sagen. Als Therapeuten von sexuell mißbrauchten Kindern sind wir in besonderem Maße darauf angewiesen, uns der szenischen Darstellung von Kindern zu stellen, sie als Handelnde mitzuerleben und uns darauf einzulassen. Indem uns das Kind im szenischen Spiel eine Rolle zuweist, läßt es uns stellvertretend für es selbst fühlen und erleben, was ihm passiert ist. Gleichzeitig haben wir in der zugewiesenen Rolle auch die Möglichkeit, anders zu handeln, also einen Unterschied zum bisher Erlebten des Kindes zu machen und damit neue Optionen zu setzen. Dies ist aber erst zu einem späteren Zeitpunkt möglich. Meiner Erfahrung nach bestehen die meisten Kinder zunächst darauf, daß man sich so verhält, wie sie sich selbst haben verhalten müssen, womit sie sich vergewissern, daß man sie versteht. Wir müssen uns immer wieder vergegenwärtigen, daß uns Kinder szenisch mitteilen, was uns Erwachsene verbal sagen können, und daß insbesondere mißbrauchte Kinder die Sprache als Ausdrucksmittel des Erlebens oft verloren haben oder für das Erlebte nie Worte gefunden haben.

Beispiele hierzu aus der Therapie eines 10jährigen Mädchens:

> Birgit brachte eine Babypuppe mit in die Therapie und wollte Mama und Kind spielen, wobei sie die Rolle der Mutter übernahm. Ich sollte das Baby spielen, was bedeutete, daß ich dem Objekt Babypuppe „Stimme geben", also für es sprechen soll. Sie nahm zunächst eine harte Plastikhaarbürste und begann der Babypuppe ziemlich harsch die Haare zu kämmen, worauf ich in meiner Rolle anfing zu quengeln und zu schreien. Daraufhin schickte mich Birgit samt Baby in die Zimmerecke: „Du hast nichts zu sagen. Sei still. Bleib in deiner Ecke." Auf mein Betteln hin, mich doch rauszulassen: „Nur, wenn du ganz lieb bist, wenn du mir was schenkst." Beim kleinsten eigenen Bedürfnis wurde ich in meiner Rolle als Kind sofort wieder weggeschickt und eingesperrt.

Dieses war eine der vielen Szenen, die das Kind spielte und mit der es erlittene Gewalt und primäre emotionale Defizite ausdrückte. Ein anderes für sie typisches Spiel hatte das Thema: „Von der Mutter nicht gesehen zu werden."

Birgit entwickelte eine Art Such- und Fangspiel, in dessen Verlauf sie mich sehr klar instruierte, sie nicht zu sehen. Dabei stand sie häufig einen Meter von mir entfernt, und ich hatte die Augen offen. Ich wußte zu diesem Zeitpunkt schon, daß Birgit von ihrem 5. bis 9. Lebensjahr von einem Nachbarn sexuell mißbraucht wurde und daß die Mutter objektiv sah, wie ihr Kind dort hinging, wußte, daß dieser Mann schon seine eigene Tochter mißbraucht hatte, aber sie „sah" nicht, was mit ihrem Kind geschah. Im Spiel mit mir stellte mich Birgit nun in ihre Nähe, aber ich mußte so tun, als ob ich sie nicht sehe. Aus dieser Szene entwickelte sich dann ein sehr lustvolles Spiel unter dem Motto: „Ich sehe dich doch, wo bist du denn, ich suche dich, ich finde dich, usw.", z.T. eine Art Singsang, bei dem sie sehr genoß, von mir gesehen und gesucht zu werden.

In beiden Szenen zeigte mir das Kind etwas. In der ersten Szene übernehme ich quasi ihre Rolle, und sie zeigt mir damit den Grad der Anpassung an die Mutter und die Einschränkung ihrer Bedürfnisse sowie ihr inneres Erleben eines Mutter-Kind-Kontaktes.

In der 2. Szene zeigt mir das Kind, daß die Mutter es eigentlich als Person nicht gesehen hat. Diese Szene fand zu einem späteren Zeitpunkt in der Therapie statt, als es das Kind mir schon gestattete, in der szenischen Darstellung die Mutterrolle zu übernehmen und es auch zu finden. Hier ist also über das Mitteilen hinausgehend schon neue Erfahrung möglich gewesen.

Ich hoffe, durch diese Beispiele einen kleinen Eindruck von dem vermittelt zu haben, was es heißt, von den Kindern an der Teilnahme des Erlebten eingeladen zu werden. Die szenische Darstellung bietet für das Kind eine gute Möglichkeit, Begegnung und Kontakt zuzulassen und sich gleichzeitig dabei indirekt mitzuteilen und die Realeltern zu schonen. Die szenische Mitteilung bietet auch die Möglichkeit, etwas deutlich werden zu lassen, was bisher eher im unbewußten und verschwommenen Bereich vorhanden war, aber nicht Gestalt annehmen konnte. Durch mein Miterleben der Szene und die mir zugewiesene Rolle erlebt das Kind meine Reaktion und eine andere Sichtweise, die erweiternd zu seinem bisherigen Welterleben wirkt.

2.1 Szenische Darstellung und Sprache

Mit Kindern szenisch zu arbeiten bedeutet auch, ihre Sprache zu sprechen. Dies ist so selbstverständlich, daß es nicht weiter ausgeführt werden braucht. Jedes mißbrauchte Kind hat seine eigene Sprache für Sexualität, die es gilt herauszufinden und zu benutzen. Je selbstverständlicher die Therapeutin mit der sexuellen Sprache umgeht, um so mehr ermöglicht sie dem Kind den Raum, sich mit seinen sexuellen Erlebnissen einzubringen. Je größer die Tabus bei der Therapeutin sind, um so weniger Chancen erhält das Kind, sich mit dem tabuisierten Erleben im therapeutischen Raum zu öffnen. Zur szenischen Darstellung gehört aber nicht nur das gesprochene Wort, sondern der ganze Bereich des nichtsprachlichen Dialoges, wozu Gestik, Mimik und die gesamte Leibsprache zählt. Es ist mir immer wieder aufgefallen, wie sensibel mißbrauchte Kinder für die Mimik sind. Sie lesen vieles vom Gesicht ab, ohne daß man etwas sagt. Auch in den Bereichen der nichtverbalen Sprache gilt es, sich auf das Kind einzustimmen, wobei seitens der Therapeutin eine Bewußtheit und Verankerung in der eigenen Leiblichkeit notwendig ist, insbesondere auch die Auseinandersetzung mit der eigenen Sexualität.

2.2 Sexuelles Verhalten im öffentlichen Raum

Reinszenierung des Erlebten bei sexuell mißbrauchten Kindern bedeutet auch, daß sie sexuelle Verhaltensweisen öffentlich machen. In dem klinischen Kontext, in dem ich arbeitete, betraf dies zum einen einzeltherapeutische Situationen, in denen szenisch Mißbrauchshandlungen gespielt wurden, um der Therapeutin zu zeigen, was der Mißbraucher gemacht hat. Aber auch im alltäglichen Zusammenleben mit anderen Kindern und Erwachsenen zeigen mißbrauchte Kinder sehr offen sexuelle Verhaltensweisen. Es dauert seine Zeit, bis Kinder ihre Sexualität als etwas Eigenes, Schönes und Lustvolles, aber Intimes begreifen, für das es aber einen bestimmten Intim-Raum braucht. Vorher erlebten wir in der Klinik das Phänomen, daß sie z.B. vor anderen masturbierten. Manchmal versuchen sie auch, andere Kinder zu sexuellen Spielen zu verleiten. Dahinter stehen oft Wünsche nach Anerkennung und Kontakt. Beim sexuellen Mißbrauch verbinden Täter häufig Zuwendung mit der Forderung nach sexuellen Handlungen. In Familien, in denen es sonst kaum Halt und Zuwendung für das Kind gibt, bestehen wenig Chancen, altersadäquate Kontaktaufnahmen zu anderen Erwachsenen und Kindern zu erfahren. Beispielsweise haben sexuell Mißbrauchte nicht gelernt, mit anderen Kindern zu spielen, und bieten dann gegenseitige Masturbation als gemeinsames Spiel an. Manche nehmen auch in distanzlos-sexualisierter Form Kontakt zu fremden Erwachsenen auf, wodurch sie sich erheblich gefährden.

Dieses sexualisierte Verhalten in der Öffentlichkeit entspricht nicht dem eigentlichen Bedürfnis des Kindes, z.B. nach Aufmerksamkeit, Zuwendung und Spiel. Sexuell mißbrauchte Kinder kennen zunächst ihre eigenen Bedürfnisse nicht. Es braucht einige Zeit und Verinnerlichung vieler Neu-Inszenierungen im Kontext und Selbst-Erleben, bis sie das Eigene entdecken können. Zunächst machen sie das, was man mit ihnen gemacht hat. Auch ein solches Verhalten wäre im Rahmen der Reinszenierung von Erlebniswelten zu verstehen.

3. *Verwendung von Medien in der Therapie sexuell mißbrauchter Kinder*

Sexuell mißbrauchte Kinder haben im besonderen Maße in der dualen Situation Gewalt und Übergriff des erwachsenen Gegenüber erlebt, so daß die therapeutische Zweierbeziehung für sie eine große Anforderung ist. Die Ängste, daß sich der Mißbrauch wiederholt, bestimmen entweder direkt oder indirekt über lange Phasen hinweg den therapeutischen Prozeß. Oft ist ein direkter Kontakt in Form einer szenischen Darstellung, wie beschrieben, erst möglich, wenn das Kind über längere Zeit hinweg „neutralere" Erfahrungen mit der Therapeutin gemacht hat. Hilfreich ist dabei die Beschäftigung mit einem dritten Objekt. Bei manchen Kindern ist dies der Ausdruck durch Zeichnungen, worauf ich schon eingegangen bin. Ergänzend sei noch gesagt, daß karthatisch effektvoll das Schnörkelspiel nach *Winnicott* (1990) ist. Dies sieht so aus, daß immer einer mit geschlossenen Augen einen Schnörkel malt und der andere daraus ein Bild vervollständigt. Dieses Spiel bietet die Möglichkeit der Mitteilung von Unbewußtem und ist zugleich auf einer tieferen unbewußten Ebene dialogisches Begegnen. Es ist für mich immer wieder erstaunlich, wie schnell sich Kinder durch dieses Zeichnen verstanden fühlen und wie begierig sie darauf sind, dies zu wiederholen, vor allem Kinder, die sich über die Sprache schlecht mitteilen können. Dieses Spiel bietet zudem oft Anreize, Geschichten zu einzelnen Bildern zu entwickeln und mit Rollenspielen auszuformen.

Hilfreich für die Psychotherapie ist die Verwendung von Plüschtieren, Barbie-Puppen oder Playmobilfiguren, mit denen sehr viel szenisch gespielt werden kann, ohne daß gleich selbst Rollen übernommen werden müssen. Von besonderer Bedeutung sind die anatomisch korrekten Puppen, die mittlerweile in verschiedenen Ausführungen auf dem Markt sind und Ausdruck erlittener Mißbrauchshandlungen erleichtern. Sie sollten immer irgendwo in der Nähe sein, aber nur Teil von verschiedenen Medien, weil die einseitige Fokussierung auf die anatomisch korrekten Puppen auch Ängste und Widerstand evozieren kann. Nützlich habe ich auch die Verwendung eines Puppenhauses mit verschiedenen Puppen erlebt und nicht zuletzt das Sceno-Verfahren von *Staabs*, mit dem immer wieder verschiedene Familienszenen dargestellt werden können.

Manchmal ist es auch wichtig, mit einem Kind Puzzle oder „Mensch ärgere dich nicht" zu spielen oder zusammen mit ihm Hausaufgaben zu machen. Dies zum einen, weil Kinder eine altersadäquate Zuwendung oft gar nicht erlebt haben, zum anderen, weil im neutralen spielerischen Miteinander gerade in Zeiten von Angst und Bedrohung sich die Beziehung auf einen neutraleren Aspekt zwischen dem Kind und der Therapeutin einpendeln kann. Dies scheint besonders wichtig, wenn sehr starke Übertragungsängste eine Rolle spielten, wie Angst vor Zerstörung oder Verletzung. Eine Beschäftigung mit einem „ungefährlichen" Medium bringt vorübergehende Entlastung und Stabilisierung. Ansonsten sind Kinder erfinderisch und machen alles zum Medium der Therapie, was sich im Raum befindet, ob sie sich nun mit Stühlen und Decken Höhlen bauen oder ob sie aus einem Schreibtischstuhl ein Folterinstrument machen, den Teddybären baden oder die Babypuppe umbringen; es ist alles möglich. Wichtig für uns ist, daß wir viele und verschiedene Medien zur Verfügung haben, z.B. auch Gewehre oder Monster oder Autos, um dem Kind jeweils seiner psychischen Lage gemäß ein Objekt anzubieten, mit dem es sich ausdrücken kann.

IV. Resumée

Worum geht es in der Psychotherapie mit sexuell mißbrauchten Kindern? Aus dem Gesagten hoffe ich, deutlich gemacht zu haben, daß es zum einen darum geht, sich dem mißbrauchten Kind in einer therapeutischen Beziehung als jemand anzubieten, der dieses spezifische Trauma der Gewalt und des seelischen und leiblichen Mißbrauchs verstehen kann und auszuhalten in der Lage ist. Dazu gehört, das Kind zu ermutigen, Erlebtes szenisch oder per Medium auszudrücken. Der Ausdruck sexueller Mißbrauchserlebnisse wirkt befreiend, ermöglicht Kreativität und Gestaltung, wo bisher nur Sprachlosigkeit und Lähmung war. Genau so gleichwertig ist aber auch die Psychotherapie mit sexuell mißbrauchten Kindern dazu da, sie in ihren kindlichen Wesensmerkmalen, die ihnen eigen sind, zu erspüren, zu verstehen und ihnen zu helfen, in der Begegnung mit uns Therapeuten ihre eigentliche kindliche Identität zu entwickeln. Das bedeutet, daß sie mit uns neue kompensatorische Erfahrungen ihres Selbsterlebens machen können, die sie ihrem Wesen näher bringt. Bei langjährig mißbrauchten Kindern bedeutet das oft Rückgang auf ganz frühe, schon erlebte defizitäre Phasen. Es scheint so, als ob sexuell mißbrauchte Kinder punktuell und facettenartig Bedürfnisse aus bestimmten Lebensaltern einfach in der therapeutischen Beziehung nachleben, wobei dies immer bruchstückhaft bleiben wird. Am wesentlichsten erscheint mir, den Kindern zu helfen, das Eigene zu erkennen und die eigenen Bedürfnisse wichtig zu nehmen, ihnen zu erlauben, sich gegen die Wünsche anderer abzugrenzen, ohne daß sie die Erfahrung machen müssen, daß dadurch Schlimmes passiert.

Was immer auch in der Psychotherapie mit sexuell mißbrauchten Kindern geschieht: Die Sicht ihrer kindlichen Welt und die Sicht ihres Selbst wird zusammenbrechen. Sie werden erkennen, daß sie nicht so erwachsen sind, wie sie gedacht haben, daß sie nicht so alleine mit allem fertig werden können, wie sie es angenommen haben, daß Erwachsene Kinder anders lieben, als sie es gewöhnt sind, daß sie sich nicht nur auf die Bedürfnisse der anderen einstellen müssen, sondern daß auch ihre Bedürfnisse erfüllt werden, daß es noch andere Dinge gibt als die Sexualität, daß es noch andere Gefühle im Leib gibt als die sexuellen Gefühle, daß es Trost, Zuwendung und Hilfe von Erwachsenen geben kann, die zweckfrei ist, daß es Gefühle geben darf, die einfach so sind, wie sie sind, sie nichts mehr vorspielen brauchen, was nicht ist, daß es eine altersadäquate, kindlich sexuelle Lust gibt, daß sie sich selbst befriedigen und daran Spaß haben können, daß es Formen von Zärtlichkeiten gibt, die zwischen Kindern und Erwachsenen lustbetont sind, ohne daß sie in sexuelle Handlungen abgleiten müssen, daß man eigene Wünsche und einen eigenen Willen haben darf und manches mehr. Schon diese Aufzählung der Möglichkeiten macht uns deutlich, welch eine vehemente Veränderung wir hier initiieren. Es wird sicherlich nicht alles so eintreffen, was aufgezählt wurde, die bisherige Welt des Kindes wird jedoch erschüttert. So fruchtbar diese Erschütterung ist, so schwierig ist sie auch. Das Kind kann immer nur die Möglichkeiten weiterleben, die ihm auch in seinem Lebenskontext möglich sind. Seine Beziehungen zu seiner Familie sind häufig sehr ambivalent. Obwohl es Schreckliches erlebt hat, ist es ihr verpflichtet und liebt sie. Auch der Mißbraucher ist oft jemand, den das Kind liebt. Nicht immer gelingt eine Arbeit dergestalt, daß der Mißbraucher so einbezogen werden kann, daß er die Verantwortung für seine Tat übernimmt und wirklich an dem Problem arbeitet, so daß er die sexuellen Handlungen dem Kind gegenüber unterlassen kann. Die Realisierung einer solchen Idealvorstellung ist in der Praxis eher selten. Meistens streiten Täter alles ab und lassen das Kind alleine mit sich und seinen Gefühlen, so wie sie es in den Jahren des Mißbrauches auch getan haben. Wenn wir Glück haben, bekennt sich der gegengeschlechtliche Partner zu dem Kind und wirkt stützend und unterstützend, annehmend und ausgleichend, so daß hier eine Befreiung im Sinne von Versöhnung und Verzeihung stattfinden kann und dem Kind ermöglicht wird, in der Realbeziehung zur Mutter oder zum Vater andere Erfahrungen zu machen. Auch dieser Prozeß ist schwierig und langwierig. Bei Kindern, die von Personen außerhalb der Familie mißbraucht wurden, gestalten sich diese Prozesse oft etwas einfacher. Wenn wir mit mißbrauchten Kindern arbeiten, heißt das immer für uns, daß wir auch mit dem Umfeld arbeiten, wobei es sinnvoll ist, wenn ein Therapeut mit der Familie und einer mit dem Kind arbeitet. Mit dem Umfeld zu arbeiten, bedeutet immer, zu versuchen, dem Kind eine Klärung mit dem Mißbraucher zu ermöglichen. Gelingt dies nicht, kann man zumindest versuchen, am Verhältnis des Kindes zum gegengeschlechtlichen Partner, der nicht mißbraucht hat, so zu arbeiten, daß das Kind gesehen wird, geschützt wird und in seinen Bedürfnissen akzeptiert und beantwortet wird, so daß die Bezugspersonen des primären Umfeldes die Aufgabe übernehmen, die ersatzweise für eine bestimmte Zeit von der Psychotherapie übernommen wurden.

Literatur

Balint, M., Regression. München: dtv 1987.

Bauriedl, T., Beziehungsanalyse. Frankfurt: Suhrkamp 1980.

Bellak, L., Bellak, S., Kinder-Apperzeptions-Test (CAT). Göttingen: Hogrefe 1955.

Brem-Gräser, L., Familie in Tieren. München: Reinhardt 1970.

Buchholtz, F., Die Utopie des Ikarus. Dortmund: Alternativ-Verlag 1991.

Fegert, J., Ärztliche Diagnosemöglichkeiten in Klinik und Praxis. In: *Enders, U.* (Hrsg), Zart war ich, bitter war's. Sexueller Mißbrauch an Mädchen und Jungen. Erkennen – Beschützen – Beraten. Köln 1990a.

—, *Mebes, M.*, Schriftenreihe Sexueller Mißbrauch Bd. 1. Verlag Dona Vita 1990.

Freud, A., Einführung in die Technik der Kinderanalyse. Frankfurt: Fischer 1983.

Fürniss, T., Krisenintervention und Therapie bei sexueller Kindesmißhandlung in der Familie – Erfahrungen aus Großbritannien. In: *Olbers, H.* et al., Kindesmißhandlung. Köln 1983, 77-89.

— et al., Therapeutische Interventionen bei sexueller Kindesmißhandlung. *Monatsschrift Kinderheilkunde* 134 1986, 340-344.

Hirsch, M., Realer Inzest. Psychodynamik des sexuellen Mißbrauchs in der Familie. Berlin: Springer 1987.

Hycner, R., Zwischen Menschen. Ansätze zu einer Dialogischen Psychotherapie. Köln: Edition Humanistische Psychologie 1989.

Jungjohann, E.E., Symptom als Botschaft – Psychosomatische Reaktion als Signal bei sexueller Ausbeutung des Kindes *Acta Paedopsychiatrica* 53 (1) 1990, 54-61.

—, Vortrag gehalten auf der Medizinischen Fachtagung zum sexuellen Mißbrauch von Kindern und Jugendlichen. Düsseldorf, März 1992.

Kos, Biermann, Verzauberte Familie. München: E. Reinhardt 1973.

Mitnik, M., Mindy, L., Inzestuös mißbrauchte Kinder, Symptome und Behandlungsmethoden. In: *Backe* et al. (Hrsg), Sexueller Mißbrauch von Kindern in Familien. Köln 1986.

Petzold, H., Die modernen Verfahren der Bewegungs- und Leibtherapie und die „Integrative Bewegungstherapie". In: *Petzold, H.*, Leiblichkeit. Paderborn: Junfermann 1986.

—, *Schuch, H.W.*, Grundzüge des Krankheitsbegriffes im Entwurf der Integrativen Therapie. In: *Pritz, A., Petzold, H.* (Hrsg), Der Krankheitsbegriff in der modernen Psychotherapie. Paderborn: Junfermann 1992.

Ramin, G., Petzold, H., Integrative Therapie mit Kindern. In: *Petzold, H., Ramin, G.* (Hrsg), Schulen der Kinderpsychotherapie. Paderborn: Junfermann 1987.

Reichhart, L., Landsberg, W., Sexueller Mißbrauch, Verarbeitungshilfen in der Kindertherapie durch das Spiel. In: *Gegenfurtner, M.* et al., Sexueller Mißbrauch von Kindern und Jugendlichen – Diagnostik, Krisenintervention, Therapie. *Sozialpädagogik und Psychologie* 4 1992.

Staabs, G. von, Sceno-Test. Bern: Huber 1964.

Trepper, T., Barett, M.J., Inzest und Therapie. Dortmund: modernes lernen 1991.

Winnicott, D.W., Reifungsprozesse und fördernde Umwelt. Frankfurt: Fischer 1988.

—, Das Baby und seine Mutter. Stuttgart: Klett-Cotta 1990.

—, Vom Spiel zur Kreativität. Stuttgart: Klett-Cotta 1989.

Kind und Tod – Familie und Tod*

Hanna Wintsch

1. Einleitung

Meine erste berufliche Konfrontation mit dem Thema Kind und Tod liegt ziemlich genau zwanzig Jahre zurück, damals noch nicht als Therapeutin, sondern bei meinem Berufseinstieg als junge Lehrerin. In der Klasse, die ich übernahm, hatte Jeanette ca. ein halbes Jahr zuvor ihre Mutter an Krebs verloren. Ich erinnere mich sehr gut an meine Gefühle der Ohnmacht, Hilflosigkeit und an mein schlechtes Gewissen. Jeanette ist inzwischen längst eine erwachsene Frau, aber ihr damaliges Bild ist mir auch heute noch sehr präsent: dieses großgewachsene, 8jährige Kind, meist unvorteilhaft gekleidet, altmodische Frisur, mit bleichem Gesicht und großen, dunklen, fragenden und oft auch leeren Augen. Ich hielt diese Augen manchmal fast nicht aus, die – sei es im Unterricht oder in den Pausen – mir eigentlich immer wieder signalisierten, daß Jeanette mich brauchte. Aber ich wußte nicht wie. Ich erinnere mich ebenfalls an meine Unbeholfenheit im Kontakt zum Vater, der von mir Beratung für seine Kinder erhoffte. Ich war von meinem Anfängerinnenstatus und den vielen (35), zum Teil sehr schwierigen Kindern zu stark in Anspruch genommen, um mich näher mit dem Thema Kind und Tod auseinanderzusetzen und um Jeanette und ihrem Vater die nötige Unterstützung leisten zu können. Immerhin spürte sie offenbar, daß ich sie gerne mochte. Einmal lag im Schulzimmer-Briefkasten eine schöne, farbige Zeichnung. Darunter stand: „Liebe Frau Wintsch, ich komme gerne zu Ihnen, sonst habe ich nichts zu sagen, Jeanette." Damals reagierte ich sehr erfreut und erleichtert. Heute bin ich nicht mehr so sicher, ob dieses „sonst habe ich nichts zu sagen" nicht eher ein Wunsch war, *doch* etwas zu sagen.

In den letzten Jahren habe ich mich intensiv mit dem Thema Kind und Tod bzw. Familie und Tod auseinandergesetzt, Weiterbildungen und Trauerseminare besucht und trotzdem: Etwas von dieser

* Überarbeitete Fassung eines Referates, gehalten an den Züricher Gestalttagen 8.-10.4.1994

Hilflosigkeit und Ohnmacht, die ich damals im Umgang mit Jeanette spürte, bleibt auch heute noch. Der Tod als letzte Grenze führt auch Fachleute wie PsychotherapeutInnen, PädagogInnen, MedizinerInnen oder andere, an die eigenen, beruflichen und persönlichen Grenzen. Für uns als Therapeutinnen und Therapeuten ist das Thema Tod wohl nicht zuletzt deshalb so schwierig, weil es uns wie kaum ein anderes Faktum mit den Grenzen der Machbarkeit konfrontiert: Auch mit der besten Therapie können wir weder ein Kind noch einen Elternteil wieder lebendig machen. *Bowlby*, der sich jahrzehntelang und sehr intensiv mit der Trauer von Kindern und Erwachsenen auseinandergesetzt hat, formuliert dies so: „Der Verlust eines geliebten Menschen ist eine der schmerzlichsten Erfahrungen, die jemand machen kann. Und es ist nicht nur schmerzlich, einen Verlust zu erleiden, sondern auch sehr schmerzlich, Zeuge eines Verlusts zu sein, da man sehr wenig helfen kann" (*Bowlby* 1983, 18). Heute denke ich, daß das Bewußtsein der eigenen Grenzen nicht nur schmerzlich, sondern auch eine wichtige Voraussetzung ist, um Menschen in Trauerprozessen, unabhängig ob Kinder oder Erwachsene, hilfreich begleiten zu können.

Bevor ich zu den einzelnen Themenschwerpunkten übergehe, ist es mir ein Anliegen zu betonen, daß Tod und Trauer wichtige Bestandteile des (gesunden) Lebens sind. Auch heftige Schmerz- und Trauerprozesse sind nicht pathologisch und gehören vorerst nicht (oder jedenfalls nicht unbedingt) in therapeutische Behandlung. Menschen, die trauern, brauchen in erster Linie menschliche Anteilnahme, ein Wort, das leider etwas abgedroschen ist, mir in seinem ursprünglichen Sinn jedoch treffend scheint. In der therapeutischen Arbeit haben wir aber manchmal mit Familien zu tun, in denen der Trauerprozeß in irgendeiner Form blockiert war oder pathologisch verlief. Außerdem kommt es vor, daß während einer Therapie ein Familienmitglied an einer Krankheit stirbt oder tödlich verunglückt. Schließlich begegnen wir nicht nur in der therapeutischen Arbeit trauernden Menschen, sondern wir sind plötzlich selber durch den Tod betroffen, sei es unmittelbar oder in unserem Verwandten-, Bekannten- oder Freundeskreis. Auch in meinen Ausführungen sind die Grenzen zwischen Sachwissen, präventiven Maßnahmen und therapeutischen Interventionen fließend.

Schließlich noch ein Hinweis ganz anderer Art: Je mehr man sich in ein Thema vertieft, um so vielschichtiger und komplexer wird es. Um mich vom Anspruch zu entlasten, alle Themen zu behandeln, habe ich eine Literaturliste zu verschiedenen Themenbereichen zusammengestellt und hoffe, damit ein Stück Vorarbeit geleistet zu haben für diejenigen, die sich eingehender mit dem Thema Kind und Tod – Familie und Tod beschäftigen wollen.

2. Entwicklungspsychologische Grundlagen (Todeskonzept)

Sowohl für Eltern wie für uns als TherapeutInnen ist es wichtig zu wissen, welche Vorstellungen das Kind vom Tod hat, weil dies je nach Alter sehr unterschiedliche Konsequenzen hat. Diese Vorstellungen werden in der Fachliteratur mit dem etwas seltsamen Begriff „Todeskonzept" bezeichnet. Hier die Definition nach *Wittkowski*:

> „Das *Todeskonzept* bezeichnet die Gesamtheit aller kognitiven Bewußtseinsinhalte (Begriffe, Vorstellungen, Bilder), die einem Kind oder einem Erwachsenen zur Beschreibung und Erklärung des Todes zur Verfügung stehen. Das Todeskonzept beinhaltet eine *kognitive* Komponente, an der primär Wahrnehmung und Denken beteiligt sind, sowie eine *emotionale* Komponente, welche die mit einzelnen kognitiven Inhalten des Todeskonzeptes verbundenen Gefühle abdeckt" (*Wittkowski* 1990, 44; Hervorhebung HW).

Das Todeskonzept ist zusammengesetzt aus mehreren Subkonzepten, die je nach Autor der verschiedenen Studien etwas variieren. Ging man ursprünglich von bis zu 10 Dimensionen aus, hat man sich heute meist auf drei Komponenten geeinigt, wie sie auch im Erwachsenenalter gelten, nämlich *Nonfunktionalität* (Erkenntnis, daß alle lebensnotwendigen Körperfunktionen mit dem Eintritt des Todes aufhören), *Irreversibilität* (Unumkehrbarkeit des einmal eingetretenen Todes), *Universalität* (Einsicht, daß alle Lebewesen sterben müssen). Manchmal wird als 4. Dimension noch die *Kausalität* hinzugefügt (Ursachen des Todes sind physikalischer bzw. biologischer Art). Auf die einzelnen Studien* möchte ich hier nicht eingehen, wer sich dafür interessiert, findet bei *Bürgin* (1978) und *Wittkowski* (1990) gute Zusammenfassungen. Eine Bemerkung möchte ich allerdings noch hinzufügen: Die Autoren gehen von sehr unterschiedlichen Untersuchungsmethoden aus: Während die einen Kinder zum Thema zeichnen lassen, nennen andere Kindern einen bestimmten Begriff (z.B. Hund) und fragen, *ob* und gegebenenfalls *warum* er sterben könne. Wieder andere ließen Kinder Aufsätze über

* Vgl. dazu *Bowlby* 1983, *Brocher* 1985, *Furmann* 1977, *Leist* 1990, *Raimbault* 1981.

den Tod schreiben, andere arbeiteten mit detailliert ausgearbeiteten Fragebogen zum Thema Tod. Bei Befragungen wird ebenfalls von verschiedenen Kategorien ausgegangen (z.B. Tiere, Pflanzen, Menschen, unbelebte Objekte). Die unterschiedlichen Resultate der Studien sind deshalb nicht zuletzt auf die unterschiedlichen Untersuchungsmethoden zurückzuführen. Es bleibt offen, inwieweit die Medien, nicht zuletzt z.B. die Tagesschau, aber auch all die Computerkriegsspiele in den letzten 5-10 Jahren die Vorstellungen der Kinder über den Tod verändert haben.

Bei der folgenden Zuordnung von Vorstellungen und Gefühlen über den Tod zum entsprechenden Entwicklungsalter gilt, daß es sich nicht um eine strenge Einteilung handelt, also viele individuelle Differenzen bestehen. Unbestritten ist, daß der kognitive Entwicklungsstand eine große Rolle beim Erfassen des Todes spielt. Nicht zu vergessen ist die Tatsache, daß Kinder schon sehr früh um einen Verlust trauern können, schon lange bevor sie den Tod wirklich erfaßt haben.

9 Monate – 1 Jahr	Unterscheidung von belebt/unbelebt. Das Gugus-Dada-Spiel wird auf die ursprüngliche Bedeutung von Lebendig- und Totsein zurückgeführt. Vorher und auch noch in dieser Zeit erfährt das Kleinkind einen Verlust durch die traurigen Stimmungen und Gefühle der Eltern.
1 – 2½ Jahre	Die Beobachtung von belebt/unbelebt wird auf Pflanzen, Insekten und andere Tiere ausgedehnt und weiter differenziert. Totsein wird als Analogie zu schlafen, Trennung oder Reise empfunden. Geburt und Tod sind in dieser Zeit reversibel.
2½ – 3 Jahre	Tod ist „nicht-leben", d.h., es besteht eine Negativ-Definition von Leben. Die Endgültigkeit wird nicht erfaßt. Rollenspiele, z.B. von Verkehrsunfällen, wie „Du bist jetzt schnell tot und nachher gleich wieder lebendig", sind in dieser Zeit häufig. Falls Verluste von engen Bezugspersonen erlebt werden, werden auch von unter 3jährigen klare Vorstellungen von der Endgültigkeit und Irreversibilität beob-

	achtet. In dieser Zeit ist die Trauer sprunghaft, Aggressionen werden im Verhalten und im Spiel ausgelebt.
3 – 5 Jahre	In dieser Zeit ist die magische Phase. Bevor Kinder begreifen, daß der Tod prinzipiell unvermeidlich und universell ist, glauben sie, den Tod durch bestimmte Verhaltensweisen (z.B. sich verstecken, lachen) vermeiden zu können. Manche denken auch, bestimmte Menschen (z.B. die eigenen Eltern, die Kindergärtnerin) seien nicht vom Tod betroffen. Die meisten verstehen, daß einige Menschen (z.B. alte Leute) sterben müssen, begreifen aber erst später, daß sie selbst ebenfalls sterblich sind. Die Vorstellung von Totsein besteht in reduziertem Leben. Ursachen werden vorwiegend in äußeren Fakten wie Unfall oder Gewalt gesucht. Innerkörperliche Krankheiten werden noch nicht als Todesursache anerkannt. Wut, Ausgeliefertsein und Angst gegenüber den sie verlassenden Personen sind sehr typisch. In der magischen Phase neigen Kinder zu starken Schuldgefühlen, weil sie vielleicht vorher wütend waren oder den Tod sogar gewünscht haben – allerdings ohne dessen Bedeutung abschätzen zu können.

Grundsätzlich gilt, daß Kinder bis zu diesem Zeitpunkt ein unbefangenes, oft fast unbeschwertes Verhältnis zum Tod haben.

5 – 8 Jahre	In diesem Zeitraum erfassen Kinder meist die Subkonzepte Universalität, Irreversibilität und Nonfunktionalität. Manchmal wird der Tod zwar noch personifiziert. Es besteht auch die Vorstellung, daß die Verstorbenen wieder zurückkommen. Es gibt aber auch Kinder wie Wendy, die mit 4 Jahren die Mutter verliert. Als ein Jahr später ihr Onkel stirbt, wird sie getröstet mit den Worten, der Onkel liege ganz bequem in der Erde, er sei ja durch den Sarg geschützt. Wendy entgegnet: „Aber wenn er

wirklich tot ist, braucht er es ja nicht mehr bequem zu haben" (*Furmann* 1977, 94). In dieser Altersstufe ist häufig eine Neugier zu beobachten, z.B.: „Was geschieht mit toten Tieren?" Außerdem tauchen zunehmend Ängste vor dem Tod auf.

Hierzu ein Beispiel aus meiner eigenen Kindheit: Damals trugen Menschen während des sogenannten Leidjahres häufig einen schwarzen Knopf als Symbol der Trauer. Als Kind faszinierten mich diese Menschen mit dem schwarzen Knopf. Es war eine eigenartige Mischung von Neugier, Bewunderung, Respekt und interessierter Beobachtung, gleichzeitig aber auch Angst, es könnte mir durch die Nähe eines Menschen in Trauer selber etwas zustoßen.

Ab 9 Jahren

Ab neun Jahren verfügen die meisten Kinder über ein Todeskonzept, wie es von Erwachsenen geteilt wird. Aus dieser Altersstufe gibt es von *Tobias Brocher* (1985) einige eindrückliche Zeichnungen (s. Bildteil).

Wichtige Ergänzung: Alle diese Angaben gelten für gesunde Kinder. Wenn Kinder krank sind, insbesondere wenn sie schwere oder gar lebensbedrohende Krankheiten haben wie Krebs, Aids etc., haben sie schon viel früher ein oft umfassendes Verständnis vom Tod. Vielfach ist es dann so, daß *sie* die Eltern und Geschwister trösten, indem sie (manchmal) eine Natürlichkeit und Gelassenheit ausstrahlen, die für Erwachsene sehr beeindruckend ist und von der wir auch viel lernen können.

Adoleszenz

In der Adoleszenz unterscheidet sich das Todeskonzept kaum von den Erwachsenen. Bei aktuell erlebten Todesfällen passiert es jedoch häufig, daß eine Regression auf frühere Stufen eintritt. Häufiges und intensives Nachdenken über den Tod, auch über die Frage, was kommt nach dem Tod, gehören zur Adoleszenz. Im Zusammenhang mit Sinnkrisen tauchen Suizidgedanken auf, kann der Tod als Lösung angesehen werden. Religiöse Einflüsse sind sehr wichtig (z.B. auch Jugendsekten). Obwohl sich Jugendliche teilweise intensiv mit dem Tod auseinandersetzen, verschieben sie ihn gleichzeitig in die (ferne) Zukunft.

Nicht nur das Alter, in dem das Kind den Verlust erleidet, spielt eine wichtige Rolle, sondern auch das Alter des verstorbenen Geschwisters und dessen Bedeutung und Stellung in der Geschwisterreihe. Sowohl beim Tod von Kindern wie von einem Elternteil sind die Art des Todes (Unfall, Krankheit, Gewalt, Suizid) und die Todesumstände bedeutsam.

3. Trauerprozesse bei Kindern und Jugendlichen

3.1 Trauer um ein Geschwister[*]

Beim Verlust eines Geschwisters ist es von großer Bedeutung, wie die Eltern ihre eigene Trauer leben und wie sie das Kind in seiner Trauer unterstützen können. Man spricht in der Literatur vom „double loss" – doppelten Verlust. Das Kind verliert ein Geschwister und gleichzeitig den emotionalen Zugang zu seinen Eltern, die durch ihren Schmerz so absorbiert sind, daß sie dem Kind nicht zur Verfügung stehen können. Mir scheint allerdings, daß dieser „double loss" eigentlich auch zutrifft, wenn ein Kind einen Elternteil verliert, weil dann dem anderen Elternteil durch den Verlust der Partnerin oder des Partners wenig Kraft und Trost für das Kind bleiben.

Der Tod eines Geschwisters verändert das ganze Familiensystem. Das überlebende Geschwister muß Rollen und Funktionen übernehmen, die es vorher nicht hatte. Dies hängt von der Haltung der Eltern gegenüber dem verstorbenen Kind ab, vielfach ändert sich auch die Haltung gegenüber dem überlebenden Kind. Für mein Empfinden kommt dies sehr deutlich in Tinas Zeichnung ihrer

* Viele Anregungen zur Geschwistersituation verdanke ich meiner Team-Kollegin Anne Marthaler

Familie vor und nach dem Tod ihres Bruders zum Ausdruck (vgl. Abbildung 6).

Die Konsequenzen, die der Tod eines Kindes für die Geschwister mit sich bringt, sind auch abhängig von den Beziehungen und Identifikationsmustern mit dem verstorbenen Geschwister. Um ein Beispiel (*Bank, Kahn* 1988) herauszugreifen: Bei polarisierten und ablehnenden Beziehungen (z.B. bei extremer Rivalitätsbeziehung) kann der Tod des Geschwisters zu einem Konflikt zwischen Trauer und Wut oder Schuldgefühlen führen. Das überlebende Geschwister glaubt, es sei schuld am Tod des Geschwisters, weil es z.B. vor dessen Tod ihm gegenüber Todeswünsche hegte. Daraus können sich, sozusagen aus Selbstbestrafung für die Todeswünsche, Symptome wie erhöhte Unfallneigung oder asoziales Handeln ergeben. Schuld kann sich auch in subtilerer Form manifestieren, z.B. in Leistungshemmungen und psychosomatischen Störungen. Wut und Ärger können umschlagen in Angst ums eigene Überleben, das Kind wird getrieben von Wiedergutmachungswünschen den Eltern gegenüber.

Stirbt ein Kind, sehen sich die Eltern mit vielfachen Verantwortungen konfrontiert: Dem eigenen Schmerz über den Verlust des Kindes stehen Aufgaben der Elternrolle gegenüber. Sie sollten dem Geschwister helfen, sich mit der unfaßbaren Tatsache abzufinden, daß sein Bruder oder seine Schwester tot ist. Außerdem sollten sie die überlebenden Geschwister trösten. Etwas ähnliches gilt, wenn ein Elternteil den Partner oder die Partnerin verliert. Verständlicherweise sind Eltern oft nicht in der Lage, all diese Aufgaben zu übernehmen. Trotzdem sind überlebende Geschwister dringend auf Hilfe angewiesen.

Anhand eines Beispieles möchte ich einige typische Situationen herausgreifen (vgl. Abbildung 7 und 8):

Steffi (18) schildert sechs Jahre nach dem Todesfall zuerst ihre größere Verbundenheit mit ihrem älteren Bruder Andreas. Dann: „Mit meinen Eltern war das anders. Mit ihnen hatte ich einige Konflikte. *Ich verstand ihre Art von Trauer nicht.* Mein Vater nahm über längere Zeit Beruhigungsmittel. Das machte mir angst. Meine Eltern sprachen sehr oft davon, daß sie den Mörder meines Bruders umbringen wollten. Sie sprachen in der Zeit, kurz nachdem mein Bruder ums Leben kam, auch oft davon, daß sie Selbstmord begehen wollten. Das machte mir noch mehr angst. Sie erzählten manches Mal, daß sie nur noch wegen meines großen Bruders und mir weiterleben würden. Dadurch bekam ich ein richtig schlechtes Gewissen, daß es mich überhaupt gibt. Es klingt zwar blöde, aber es war so. Ich bereute fast, daß es mich gab und sie dadurch zwang weiterzuleben, obwohl sie es gar nicht wollten. Manchmal dachte ich auch, daß es für alle Beteiligten besser gewesen wäre, wenn *ich* statt Marco gestorben wäre. Mir hätten bestimmt nicht so viele Leute so hinterhergetrauert. Ich dachte auch, daß es für meine Eltern leichter gewesen wäre. Natürlich wußte ich, daß es Blödsinn ist, aber mein Gefühl sagte mir das Gegenteil. *Meine Eltern verstanden meine Art zu trauern nicht.* Sie verstanden auch nicht, daß ich mich geändert hatte ... Meine Eltern dachten, ich wollte und hätte Marco vergessen. Sie dachten, ich wollte alles verdrängen. Das tat ihnen weh. Sie machten sich Sorgen um mich ... Momentan, glaube ich, haben wir wieder ein ziemlich gutes Verhältnis. Sicher treten noch Konflikte auf, aber insgesamt hat sich das Verhältnis zu meinen Eltern sehr stark zum Positiven verändert ... Es nervt mich sehr, daß sie sich jetzt so viele Sorgen um mich machen. Manchmal fühle ich mich dadurch richtig in die Enge getrieben ... Meine Freunde halfen mir wirklich sehr ... Von jemandem, der nicht das Gleiche durchgemacht hat zu verlangen, daß er deine Trauer richtig versteht, ist auch zu viel verlangt. Aber ich freue mich über jeden Versuch, der trotzdem unternommen wird" (*Bassler/Schins* 1992, 91 f.; Hervorhebung HW).

Eltern sind oft verletzt, wenn Kinder und Jugendliche Fußball spielen, laute Musik hören, in die Disco gehen, sich mit Freunden unterhalten. Kinder ihrerseits halten es oft fast nicht aus, wenn die Eltern bedrückt sind, beispielsweise meinte ein Junge: „Als die Eveline noch lebte, war es laut im Haus, und jetzt ist eine richtige Grabesstille."

In erster Linie brauchen die Eltern Hilfe und Unterstützung. Eltern sollten zulassen, daß Geschwister *ihre* Form von Trauer wählen und sich auch außerhalb der Familie Hilfe holen, z.B. von ihren Bezugspersonen (PatInnen, Tanten, Onkeln, FreundInnen, NachbarInnen). Kinder sollten weinen und traurig sein dürfen, es darf aber nicht ein Muß werden. Kinder sollen auch wieder normal sein dürfen. Lachen, spielen, musizieren, tanzen und zu Parties gehen sollte selbstverständlich erlaubt sein. Auch über die schlechten Seiten des Geschwisters sollten Kinder reden dürfen. Wird dem Kind erlaubt, seine Wut, seinen Ärger oder Zorn über das gestorbene Geschwister auszudrücken, wird der Umgang mit Schuldgefühlen erleichtert.

3.2 Kinder und Jugendliche, die ihre Mutter oder ihren Vater verlieren

Vieles, was vorher beim Geschwistertod über die Aufgaben der Eltern gesagt wurde, gilt auch beim Verlust eines Elternteils für den überlebenden Elternteil. Viele Eltern sind jedoch überfordert, sich der Intensität der Gefühle der Kinder zu stellen. Umgekehrt reagieren die Kinder sehr rasch; wenn ein Elternteil Angst vor Gefühlen hat, werden die Kinder ihre Gefühle verbergen. Wenn ein Elternteil Schweigen bevorzugt, werden Kinder früher oder später keine Fragen mehr stellen.

Nach dem Tod der Mutter oder des Vaters sollte das Kind möglichst rasch und korrekt über den Tod informiert werden, alle möglichen Fragen stellen dürfen, darauf eine ehrliche Antwort erhalten und an der Trauer der Familie teilnehmen können. Außerdem braucht es die tröstende Anwesenheit des überlebenden Elternteils oder einer nahen Bezugsperson, damit es sich versichern kann, daß diese Beziehung bestehen bleibt. Das Kind muß Gelegenheit haben, seine Trauer und Angst, aber auch seinen Zorn über das Verlassenwerden auszudrücken. Häufig kommt die Angst dazu, den überlebenden Elternteil auch noch zu verlieren oder selbst zu sterben. Wenn möglich sollten äußere Veränderungen (z.B. ein Umzug) so gering wie möglich gehalten werden, da dies dem Kind zusätzlich Vertrautes entzieht und die Unsicherheitsfaktoren potenziert.

Auch Kinder reagieren oft mit Abwehrmechanismen wie Verleugnung, Affektisolation, Affektumkehr, Verschiebung, kognitive Blockierungen, psychosomatischer Reaktionsbildung etc., damit sie von ihren Gefühlen nicht überflutet werden. Es gilt, diese Abwehr – mindestens eine Zeitlang – zu respektieren. Ich unterscheide zwischen hilfreichen und entwicklungshemmenden Abwehrmechanismen. Für mich ist klar, daß – insbesondere bei plötzlichen Todesfällen eines Elternteils – Abwehrmechanismen für Kinder nötig sind, damit sie nach dem ersten Schock nicht in eine lähmende Apathie oder Depression fallen. Deshalb haben für mich Abwehrmechanismen auch sehr gesunde Anteile. Erst, wenn die (Weiter-) Entwicklung eines Kindes durch die Abwehrmechanismen blockiert wird, sollte therapeutische Hilfe angeboten werden.

Noch eine Bemerkung zu einer häufigen Verhaltensweise trauernder Kinder, die den überlebenden Elternteil oft verunsichert: Kinder äußern manchmal Wiedervereinigungswünsche, sei dies, indem sie den Tisch für den verstorbenen Elternteil decken, mit ihm etwas unternehmen möchten, aber auch sagen, sie möchten sterben, damit sie doch wieder bei der Mami sind. Dies sind in den seltensten Fällen wirkliche Suizidwünsche, sondern der Wiedervereinigungswunsch steht hier im Vordergrund. Das Kind braucht altersentsprechende Aufklärung, denn es stellt sich „das Nachtessen im Himmel“ vielleicht ähnlich vor wie einen Besuch bei Verwandten.

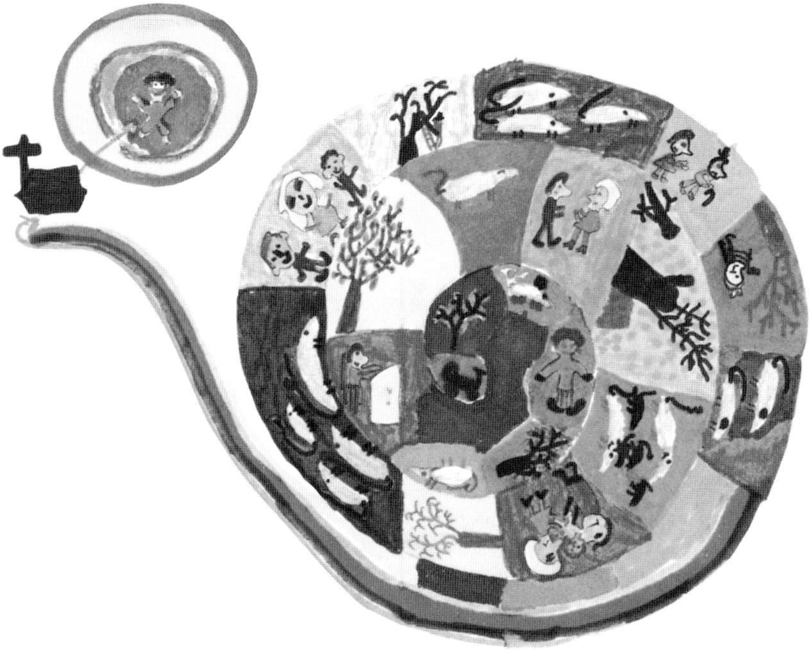

Abb. 1: Peter, 9 Jahre: „Ich stelle mir vor, daß, wenn ich tot bin, ich bei Gott wieder aufwache!

Abb. 3 Ulli, 9 Jahre: „Wenn ich ins Grab falle, denke ich, daß ich in tausend Fetzen zerfalle.“

Abb. 2: Dörte, 9 Jahre: „Ich stelle mir vor, daß ich auf einem Regenbogen in den Himmel klettere und daß der liebe Gott mich in ein Baby verwandelt und daß ich wieder zur Welt komme, und immer so weiter, daß ich immer bessere Leben habe. Wenn ich das hundertmal gemacht habe, fängt alles von vorne an."

Abb 4: Timo, 8 Jahre: „Wenn ich ins Grab falle, falle ich ins Nichts, aber immer noch auf eine Art Straße."

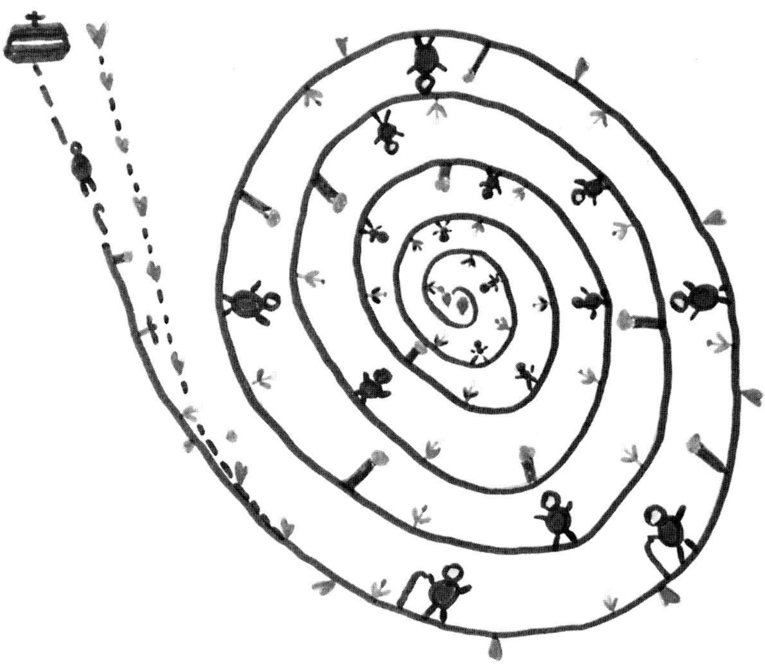

Abb. 5: Martina, 9 Jahre: „Wenn ich auch mal sterbe, aber mein Herz stirbt dann nicht. Weil immer im Herzen alles gut ist. Und im Himmel ist auch alles gut."

Abb. 6: Tinas Familie vor und nach dem Tod ihres Bruders.

Abb 7: Steffis (18) Familie vor und nach dem Tod ihres jüngeren Bruders.

Abb 8: Andreas' (21) Familie vor und nach dem Tod seines jüngeren Bruders.

Abb 9: Iris (9) Im Pferdeparadies

Quellenhinweise für die Abbildungen:

- Die Abbildungen 1-5 wurden entnommen aus:
  Tobias Brocher, Wenn Kinder trauern.
  © Kreuz Verlag AG Zürich 1980.

- Die Abbildungen 6-8 wurden entnommen aus:
  M. Bassler, M. T. Schins, Warum gerade mein Bruder?
  Trauer um ein Geschwister.
  Rowohlt, Reinbek 1992.

- Die Abbildung 9 wurde entnommen aus:
  Iris Isler, Die Fahrt zum Pferdeparadies.
  © Atlantis Kinderbücher bei verlag pro juventute, Zürich 1992.

Jugendliche trifft der Tod eines Elternteils in einer besonders heiklen Phase, da sie mitten im oft turbulenten Prozeß der Ablösung stehen. Eine Jugendliche war in der Abschlußphase ihrer ca. zweijährigen Therapie, als sie erfuhr, daß ihre Mutter an einer schweren Erkrankung innerhalb weniger Monate sterben würde. Anja entschied sich, die Therapie trotzdem zu beenden, malte mir zum Abschied ein sehr ausdruckstarkes Bild und sagte dazu: „Innen ist es farbig und hell, außen eher dunkel." Ungefähr zwei Monate später starb ihre Mutter. Einige Zeit danach meldete sich Anja wieder und brauchte viel Unterstützung in einer schweren Krise. In dieser Zeit malte Anja ein anderes Bild und meinte: „Langsam wird es wieder etwas heller, von oben kommt ein wenig Licht." Später geriet Anja erneut in eine schwere Krise und wollte am liebsten auch sterben. Es war für alle, d.h. Anja selbst, ihren Vater, ihre Geschwister und mich als Therapeutin eine große Belastung, und wir wußten nicht, ob wir sie ohne Klinikeinweisung durch diese Krise durchtragen könnten. Es war in dieser Phase auch schwierig, die mütterlich gefärbte Übertragung so zu handhaben, daß sie nicht zu sehr die Illusion nährte, ich könnte ihre Mutter tatsächlich ersetzen. Der Trauerprozeß erforderte von allen Seiten viel Geduld, bis Anja in vielen kleinen Schritten sich in ihrer neuen Identität als junge Erwachsene zurechtfinden konnte und stark genug war, ihren Weg alleine zu gehen.

3.3 *Ausdrucksformen von Trauer bei Kindern und Jugendlichen*

Im Laufe der Jahre ist es mir immer klarer geworden, wie sehr ich früher Trauer mit Tränen gleichgesetzt habe. Tränen sind natürlich eine wichtige Ausdrucksform der Trauer. Sie sollen fließen können, wann immer die Betroffenen es wünschen. Aber ich habe realisiert, wie ungerecht wir der kindlichen Trauer werden, wenn wir sie *nur* mit traurigem Gesicht und Tränen in Verbindung bringen, so wie wenn jemand verwundert oder gar entrüstet sagt: „Er/sie hat nicht mal geweint bei der Beerdigung." Im folgenden werde ich Ausdrucksformen kindlicher Trauer stichwortartig (und ohne Anspruch auf Vollständigkeit) auflisten.

Kinder

- können oft nicht weinen, vor allem nicht dann, wenn es erwartet wird;
- haben den Wunsch, möglichst *normal* zu sein, es lustig zu haben;
- brauchen übliche Aktivitäten wie Spiele, Clubs, Unterhaltung, Discos etc.;
- reagieren oft mit Wut auf Verluste, zum Teil mit ungerichteter Aggression, aber auch mit direkten Vorwürfen an die Eltern oder den überlebenden Elternteil;
- trauern sprunghaft. Sie fragen sehr direkt, lösen vielleicht bei Erwachsenen auch schmerzhafte Gefühle aus und sind fünf Minuten später wieder vergnügt (?) am Rollschuhlaufen oder an irgendetwas anderem;
- wollen viel wissen, über den Unfall, die Krankheit, die Umstände, was passiert mit dem Toten, dem Körper, aber auch mit der Seele;
- haben oft Wiedervereinigungswünsche, decken z.B. den Tisch auch für das verstorbene Geschwister oder den Elternteil;
- idealisieren einen verstorbenen Elternteil meist während einer kürzeren oder längeren Phase;
- leben unmittelbar, d.h., sie wollen traurig sein dürfen in den Momenten, in denen *sie* wollen; wollen manchmal getröstet, manchmal aber auch alleingelassen werden;
- nehmen manchmal intensiv Kontakte zu Tieren auf, da diese „verfügbarer" sind als Menschen;
- führen keine langen Gespräche. Sie brauchen Gesprächsangebote, sollen aber nicht zum Reden gezwungen werden;
- sind nicht gerne Außenseiter. Sie brauchen zwar Verständnis, aber es darf keine „Samthandschuh"- oder Schonhaltung entstehen;
- reagieren nach einem Todesfall (insbesondere eines Elternteils) häufig mit Trennungsängsten.

Neben der bereits mehrfach erwähnten Altersabhängigkeit geht man davon aus, daß Kinder nicht wie Erwachsene phasenartige

Trauerprozesse erleben, sondern gewissermaßen etappenweise trauern. Ihre Trauer ist sehr intensiv, dauert unter Umständen jedoch nur 5-10 Minuten, danach ist dem Kind vielleicht über längere Zeit nichts mehr anzumerken. Kinder haben einen anderen Bezug zur Lebensdauer. Wenn sie krank sind und wissen, daß sie sterben müssen, ist das für die Angehörigen meist schlimmer als für die Kinder selber. Sie haben Angst vor Schmerzen, aber selten vor dem Tod, sie strahlen oft sogar Ruhe und Gelassenheit aus, die dann die Erwachsenen tröstet.

Die 9jährige Iris hat uns ein eindrückliches Hör- und Bilddokument hinterlassen. Zwei Wochen vor ihrem Tod zeichnete und erzählte sie die Geschichte: „Die Fahrt zum Pferdeparadies." Ohne Kenntnis der Begleitumstände ist es ein „gewöhnliches" Kinderbuch. Auf dem Hintergrund des Wissens, daß Iris sich über ihren kurz bevorstehenden Tod im klaren ist, vermittelt uns das Buch ein eindrückliches Bild über die Vorstellungswelt von Kindern. Ich zitiere aus dem Vorwort: „Ihre Botschaft ist voller Freude und Hoffnung. Sie vermittelt eine Welt, zu der nur Kinder – und Erwachsene, die Kinder verstehen – Zugang haben."

Und der Schluß der Geschichte: „Aber zuerst müssen sie sich richtig einleben. Und alle sind so glücklich, daß niemand weiß, wie glücklich er ist. Nur die, die mit dabei sind, wissen es! Die wissen genau, wie glücklich sie sind. Aber ganz genau auch nicht. Ähnlich wie ganz zu Anfang im Pferdeparadies stehen alle wieder unter einem riesengroßen Regenbogen. Eine Wolke ist über ihnen, und alle sagen: ‚Es ist einfach toll im Pferdeparadies. Wir bleiben für immer hier. Wir gehen nie mehr nach Hause. Kommst Du nicht auch zu uns ins Pferdeparadies? Tschüß! – Eure Freunde'. Und alle gehen und sind glücklich fürs ganze Leben" (*Iris Isler* 1992; vgl. Abbildung 9). Auch *Canacakis/Bassfeld* greifen das Symbol des Regenbogens auf (*Canacakis/Bassfeld* 1994). Sie beschreiben in ihrem Buch die abenteuerliche Suche nach den Regenbogentränen, welche lebenshindernde Trauer in lebensfördernde umwandeln können. Gewissermaßen als Übergangsobjekt dient die Figur des „Tränchens", das Kinder (und Erwachsene) strukturierend in ihrem Trauerprozess begleitet, z.B. ins „Herzensschloß" oder in „Orpheus Unterwelt". Kreativität, Symbole, Rituale und leibhaftige Erfahrung sind wichtig bzw. heilsam, außerdem ist die Kraft der Gemeinschaft von zentraler Bedeutung; in der Gruppe oder im Kollektiv ist es einfacher zu trauern.

Jugendliche werden von den Erwachsenen oft nicht ernst genommen in ihrer Art zu trauern, weil sie sich meist nicht an konventionelle (Trauer-)Normen halten.

Jugendliche
- ziehen sich zurück, kapseln sich ab, hören laute Musik, wollen sich ablenken;
- schreiben intensiv Tagebuch;
- suchen (meist) eher den Kontakt bei Freunden außerhalb der Familie;
- geraten oft in eine schwere Sinnkrise, teilweise verbunden mit Suizidgedanken;
- stürzen sich ins Leben, in Abenteuer, in Unterhaltung;
- essen manchmal nichts mehr;
- haben psychosomatische Beschwerden (Kopf-, Bauch-, Rückenschmerzen, Müdigkeit etc.);
- reagieren sehr empfindsam;
- haben manchmal das Bedürfnis, ihr Leben einschneidend zu verändern (Berufswechsel und ähnliches).

In „Du fehlst mir, du fehlst mir!" beschreibt der Jugendbuchautor *Pohl* anhand von Tagebuchaufzeichnungen, Briefen und Erzählungen der Zwillingsschwester Tina auf sehr einfühlsame, offene und gleichzeitig sehr erfrischende, lebensnahe und auch humorvolle Art, wie die 14jährige Tina den plötzlichen Unfalltod ihrer eineiigen Zwillingsschwester Cilla verarbeitet. Die authentische Schilderung nimmt die LeserIn mit hinein in das Gefühlschaos, in das Tina durch ihre Pubertät und den plötzlichen Verlust ihrer Zwillingsschwester gerät und wie sie sich erst nach vielen Turbulenzen und Stürmen wieder einigermaßen zurechtfindet. Auch ihr passiert es, daß ihre Art zu trauern von den Erwachsenen nicht oder mißverstanden wird. Als ein Lehrer Tina aus Versehen Cilla nennt, geht sie mit den Fäusten auf ihn los. Die Lehrer benachrichtigen nach Wutausbrüchen, Schulschwänzen und Weglaufen die Eltern, worauf diese Tina hart kritisieren: „'Bildest du dir etwa ein, daß du Cillas Andenken irgendwie dadurch *ehrst*, daß du die Schule vernachlässigst!' Den ganzen Sommer lang hab ich auf meine deprimierten Eltern aufgepaßt! Mich selbst zurückgestellt und ihnen allen geholfen. Jetzt ist ihr Dank, daß sie mir das Recht zu trauern verweigern. Tod und Trauer sind offensichtlich ausschließlich Erwachsenen vorbehalten.

Wer vierzehn Jahre alt ist, hat den Kopf hochzuhalten, ein fröhliches Gesicht zu machen, sich mit seinem Make-up zu beschäftigen, dreimal täglich die Pickel zu betupfen und wenigstens anständig mit der Schule fertig zu werden ... Und die Lehrer glauben, ich hätte Cilla vergessen. Sie glauben, ich wäre zu jung, um den Tod überhaupt zu verstehen, und daß ich alles vergessen hätte, weil der Sommer jetzt vorbei ist. Ziemlich vernagelte Denkweise – von sehr bescheuerten Erwachsenen. Sie sind es doch, die vergessen haben, wie es ist, jung zu sein – was man da denkt und weiß und empfindet" (*Pohl/Gieth* 1994, 156/160).

4. Trauerprozesse bei Erwachsenen

4.1 Eltern, die ein Kind verlieren

Als wir uns vor einigen Jahren im Team unserer Beratungsstelle intensiver mit Trauerprozessen auseinandersetzten, realisierten wir, wie häufig unverarbeitete oder tabuisierte Verluste eine Rolle spielen. Ganz besonders oft verschwiegen werden Kinder, die vor, während oder kurz nach der Geburt sterben. Ein ungeborenes Kind zu verlieren, sei es durch Fehl- oder Totgeburt, ist ein äußerst schmerzvolles Trauererlebnis. Sowohl die Medizin wie unsere Kultur grenzen diese frühen Verluste als unwichtig aus und schaffen viel unnötiges Leid. Wenn diese Verluste tabuisiert werden, kann dies für die Eltern gravierende Folgen haben. Aber auch die Kinder, unabhängig ob sie vor oder nach dem Tod des Geschwisters geboren sind, leiden unter diesen „Schattengeschwistern". Bei Kindern, die später sterben, ist die Gefahr der Tabuisierung etwas kleiner.

Im Gegensatz zu Kindern durchleben Erwachsene ihre Trauer oft in einer gewissen Gesetzmäßigkeit. Aus diesem Grund haben verschiedene Trauerforscher *Phasenmodelle* entwickelt, z.T. werden andere Namen für ähnliche Prozesse verwendet, z.T. wird auch die Gewichtung anders gesetzt. Grundsätzlich gilt, daß die Phasen – von welchem Modell auch immer – nicht starr aufgefaßt werden dürfen. Es handelt sich eher um Annäherungswerte oder um Konzepte, die (z.B.) für Therapeuten und Therapeutinnen hilfreich sein können, wenn sie im Hinterkopf deponiert sind, ohne daß sie Beziehungen und Trauerprozesse direktiv prägen. Ich habe aus den vielen verschiedenen Phasenmodellen zwei ausgewählt und zusammengefaßt, dasjenige von *Verena Kast* (1987, vgl. Anhang 1) und das sogenannte transzyklische Modell von *Jorgos Canacakis* (1987, vgl. Anhang 2). Da es den Rahmen dieser Arbeit sprengen würde, werde ich die Modelle jetzt nicht eingehend erläutern, sondern einige Aspekte herausgreifen, die typisch sind für Eltern, die ein Kind verlieren und dies nachher anhand einer Falldarstellung verdeutlichen.

Bei den meisten Paaren entsteht nicht unmittelbar nach dem Tod, sondern einige Wochen oder Monate später eine akute *Paarkrise*. Zwischen 40 und 70% der Ehen werden nach dem Verlust eines Kindes geschieden. Die gegenseitigen Ansprüche sind sehr hoch und führen zu zusätzlichen Enttäuschungen und Verletzungen. Die Mauern der Einsamkeit zwischen den Elternteilen schließen oft auch die Kinder aus. Häufig weigert sich ein Elternteil, über das verstorbene Kind zu sprechen.

Ein zentrales Thema ist die *Schuldfrage*, sie kann sowohl bei Krankheiten als auch bei anderen Todesursachen auftauchen, häufig ist sie irrational. Es gilt jedoch, Schuldgefühle nicht vorschnell auszureden, sondern sorgfältig zu klären. Meist tauchen bei plötzlichen Verlusten stärkere Schuldgefühle auf als bei Krankheiten. Es ist klar, daß die Schuldfrage auch in einer Therapie nie ein für allemal erledigt werden kann: Sie taucht immer wieder auf, jedoch in geringerer Heftigkeit. Deshalb finde ich das Modell von *Canacakis* hilfreich, daß die Verluste – bis zu einem gewissen Grad – immer wieder neu verarbeitet werden müssen.

Neben der Schuldfrage sind *verschiedene Tempi* in Trauerprozessen oft Auslöser für eine Paarkrise. Vielfach erlaubt der eine Elternteil dem andern nicht, sich wieder am Leben zu freuen, durch einen Kinobesuch, ein gemeinsames Essen im Restaurant oder was auch immer: „Wie kannst du nur ... – letztlich Spaß haben und sich vergnügen – ... wenn unser Kind tot ist!" Freude und Aktivität werden als Verrat am Kind erlebt, dies schließt oft den Bereich der Sexualität ein. In einer Familie wollte die 6jährige Tochter ca. einen Monat nach dem Tod ihrer Schwester unbedingt zum Fastnachtsumzug. Die Mutter überwand sich der überlebenden Schwester zuliebe mitzugehen, etwas, das ihr Mann als Pietätslosigkeit auslegte und ihr lange nicht verzieh.

Der Wunsch nach einem weiteren Kind wird unterschiedlich erlebt. Viele Paare entscheiden sich kurz nach dem Tod für ein weiteres Kind, bei anderen dominiert die Angst vor einem erneuten Verlust, und sie können sich kaum vorstellen, nochmals ein Kind zu haben.

In unserer Gesellschaft werden *geschlechtsspezifische Trauerformen* durch Erwartungsdruck noch zementiert. Der Mann hat Haltung zu bewahren, muß gleich wieder zur Arbeit, Tränen sind verpönt, es besteht die Gefahr der Verdrängung, die häufig zu psychosomatischen Beschwerden führt. Der Mutter wird meist eine emotionalere Art und Weise der Trauer zugestanden, aber es wird auch von ihr erwartet, daß sie relativ bald ihr totes Kind vergißt. Frauen neigen eher zu Depressionen. In Selbsthilfegruppen und Trauerseminarien bilden Männer meist eine kleine Minderheit.

Noch eine sprachliche Auffälligkeit: Es gibt Witwer, Witwen, Waisen, aber für Eltern, die ein Kind verloren haben, gibt es keinen Ausdruck. „Verwaiste Eltern" (*Schiff* 1990) ist eher als Hilfsbegriff anzusehen oder als Bezeichnung für die Selbsthilfegruppenbewegung.

Falldarstellung

Die 6jährige Martina wurde wegen Einnässen und Kotschmieren angemeldet. Der um zwei Jahre jüngere Patrick war vor 1½ Jahren tödlich verunfallt. Ich möchte mich hier auf die Zusammenfassung der Therapie mit den Eltern beschränken, da sie meines Erachtens auch den Hauptteil meiner Bemühungen um die Familie von Martina ausmachten.

Zu Beginn bestand die Schwierigkeit, daß der Vater gar nicht zu Gesprächen kommen wollte und sich fast ein Jahr (sowohl zu Hause wie auch in der Therapie) weigerte, über den Tod von Patrick zu sprechen. Für ihn war eine Annäherung oder Verständigung kaum mehr möglich, die Scheidung sei „wohl die einzige Lösung." Die Mutter ertrug den Zustand ebenfalls kaum, deklarierte aber klar, daß sie mit ihrem Mann zusammenbleiben möchte, jedoch Hilfe brauche. Als ich die Eltern schließlich konfrontierte, ohne Bearbeitung des zentralen Konflikts bzw. der Trauerarbeit hätten weitere Gespräche wenig Chancen, stimmten sie nach einigem Zögern zu.

Es folgten äußerst intensive, für beide Elternteile sehr schmerzhafte Sitzungen. Ein zentrales Thema bildete die *Schuldfrage.* Beide brauchten sehr viel Schutz voreinander, da ohne klare Struktur das Gespräch sofort in gehässige Zänkereien mit gegenseitigen Verletzungen überging. Eine große Schwierigkeit zeigte sich im *unterschiedlichen Tempo* des Trauerprozesses. Die Mutter hatte sich seit dem Unglück sehr intensiv auseinandergesetzt, wurde auch von engen Freundinnen hilfreich unterstützt und war so an einem ganz anderen Punkt als der Vater. Mit der Begründung, es könne ihm sowieso niemand helfen, sprich: Patrick wieder lebendig machen, hatte er seit gut zwei Jahren mit niemandem darüber gesprochen. Nicht nur das Tempo war sehr unterschiedlich, auch die *Art des Trauerns.* Die Mutter machte Zeiten akuter Trauer durch, während der Vater an vielerlei psychosomatischen Beschwerden litt (Rücken- und Magenschmerzen, Migräne, allgemeines Unwohlsein), dies jedoch lange nicht in Zusammenhang mit seiner Trauer brachte. Die Mutter konnte nur mit eng vertrauten Freundinnen über Patrick reden, der Vater zog sich von Freunden zurück, für ihn war es einfacher, eher fremden Personen (zuerst mir als Therapeutin, später zwei Geschäftskollegen) von Patrick zu erzählen.

Ein Wendepunkt zeigte sich schließlich – nach ca. 1½ Jahren, Trauern braucht sehr viel Zeit! – durch eine relativ detaillierte Gedankenreise zurück zu dem Zeitpunkt, als beide Patrick zum letzten Mal lebendig sahen. Die Eltern schrieben ihre Erlebnisse zu Hause auf, und als ich die Texte las, wurde deutlich, daß nun beide eine Einzelsitzung brauchten, da vom Vater neben Suizidgedanken auch Todeswünsche gegenüber der Frau und Martina geäußert wurden. Es war zentral, daß er seine Trauer und vor allem seinen Zorn ausdrücken konnte. Die gestauten Aggressionen gegenüber seiner Frau, z.T. auch gegen Kinder und Geschäft, richteten sich schließlich gegen ihn selber und nahmen ein bedrohliches Ausmaß an, so daß er mehrfach konkrete Suizidgedanken äußerte.

Für die Mutter war es sehr wichtig, Unterstützung zu erhalten, daß es sich lohne weiterzuleben, auch daß sie Dinge für sich tue, die ihr Freude machen und es keine Norm gebe, wie sie zu trauern habe.

Nach diesen Einzelsitzungen waren behutsam gemeinsame Schritte möglich, z.B. nach einem vorbereitenden Gespräch, in dem sie ihre Wünsche aussprachen, ein gemeinsamer Besuch am Grab. Die Eltern wurden sich auch bewußt, wie schwierig die letzten vier Jahre für Martina gewesen waren. In der Sitzung am 4. Todestag von Patrick gelang es erstmals, ohne Vorwürfe, Anklagen und Selbstbeschuldigungen über Patrick zu reden. Die Eltern wählten unabhängig voneinander eine Begebenheit aus den gleichen Ferien mit Patrick aus, die sie mit sichtbarer Freude und Stolz erzählten. Es war auch eine Wärme und Zuneigung zwischen den Eltern spürbar, die vorher kaum, oder nur für ganz kurze Momente, spürbar gewesen war.

So individuell diese Trauerarbeit auch war, die erwähnten Themen wie Schuld, Paarkrise, Todeswünsche, unterschiedliches Tempo und geschlechtsspezifische oder einfach unterschiedliche Art des Trauerns kommen bei den meisten trauernden Eltern vor.

4.2 Eltern, die ihren Partner oder ihre Partnerin verlieren

Eltern, die ihren Partner oder ihre Partnerin verlieren, müssen neben ihrem Schmerz oft für sie völlig neue Funktionen übernehmen. Die Last der Verantwortung für Entscheidungen vieler Art (Kinder, materielle Entscheidungen, Umzug etc.) ist für viele fast erdrückend. Der Austausch über den Alltag, die gegenseitige Unterstützung, das alltägliche Miteinander, die Sexualität – viele Selbstverständlichkeiten fallen plötzlich weg. Außerdem ist es sehr schwierig, die (normale) Idealisierung der Kinder für den verstorbenen Partner zu ertragen, insbesondere wenn z.B. die Mutter den

Eindruck hat, der Tod sei selbstverschuldet. In Konfliktsituationen geäußerte Bemerkungen wie: „Wärst doch nur *du* gestorben, anstatt Mama/Papa", sind ebenfalls sehr verletzend.

Männer, die ihre Frauen verlieren, können erfahrungsgemäß zwar auf Unterstützung und Hilfe für die Kinder zählen, bezüglich der Trauer um ihre Partnerin werden sie jedoch oft allein gelassen. Frauen, die ihren Partner verlieren, werden nicht nur bezüglich ihrer Kinder, sondern auch in ihrer persönlichen Situation unterstützt, da Frauen untereinander eher engere Freundschaften pflegen als Männer, oder mindestens in ein soziales Netz eingebettet sind. Wie weit dies der Grund ist, daß sich verwitwete Männer in der Regel rascher wieder verheiraten als verwitwete Frauen, sei hier offen gelassen. Für die Kinder besteht in beiden Situationen die Gefahr, daß sie frühzeitig erwachsene Rollen und Funktionen übernehmen müssen.

5. Therapeutische Begleitung von Trauerprozessen

Ich hoffe, daß die Ausführungen verdeutlicht haben, wie sehr der Tod eines Kindes oder Elternteils das Familiensystem verändert. Es kommt auf die entsprechende Verarbeitung an, ob Kinder und Eltern daran zerbrechen oder zu einem neuen Leben finden.

Die Integrative Therapie bietet mit ihren therapeutischen Methoden und kreativen Medien ein reiches Spektrum, um der Trauer Ausdruck zu verleihen, womit oft bereits der erste therapeutische Schritt getan ist. Da Trauerprozesse höchst individuell sind, gilt es, mit dem Kind, dem/der Erwachsenen oder der ganzen Familie gemeinsam die entsprechende Ausdrucksform zu finden. Neben (den natürlich wichtigen) Gesprächen kann auch die Arbeit mit Fotos, Musik, Malen, Ton, der Körperwahrnehmung und geleiteten Imaginationen sinnvoll sein. Psychodramatische Rollenspiele, wie etwa die Arbeit mit dem „leeren Stuhl", scheinen erst geeignet zu sein, wenn sich die therapeutische Beziehung einigermaßen sicher und stabil entwickelt hat. Oft erlebe ich jedoch, daß bei existentiellen Erfahrungen anteilnehmendes Schweigen und Aushalten-können von mir als Therapeutin mindestens ebenso wichtig sind wie der Einsatz bestimmter Techniken. Mit Ritualen bin ich vorsichtig, habe sie oft als hilfreich erlebt, denke aber, daß sie nicht vorschnell aus Trauer- und Weiterbildungsseminarien für TherapeutInnen auf KlientInnen übertragen werden dürfen. Gegenüber Selbsthilfegruppen bin ich grundsätzlich positiv eingestellt, ziehe jedoch begleitete Gruppen reinen Selbsthilfegruppen vor. Vor allem bei Kindern und Jugendlichen gilt es, den ganzen Menschen im Auge zu behalten: Auch wenn heftige Schmerz- und Trauerprozesse im Vordergrund stehen, dürfen die gesunden Entwicklungskräfte und – potentiale nicht vernachlässigt werden.

Wie eingangs erwähnt, gehören Tod und Trauer primär nicht zur Psychopathologie. Dennoch erfordert die therapeutische Begleitung von Kindern, Jugendlichen und Familien besondere Sachkenntnisse. Neben den geschilderten entwicklungspsychologischen und systemischen Grundlagen bezüglich Verlusterlebnissen ist es unausweichlich, sich als TherapeutIn mit eigenen Verlust- und Grenzerfahrungen auseinanderzusetzen. Die nachfolgenden Fragen mögen als Anregungen dienen, eigene Trauererlebnisse zu bearbeiten und die therapeutische Arbeit mit Trauernden zu reflektieren:

- Wie bin ich persönlich mit Verlusten umgegangen? Wann laufe ich Gefahr, mich zu hart abzugrenzen – oder mich zu verlieren, konfluent zu sein?
- Wann bin ich in der therapeutischen Arbeit an meine Grenzen gestoßen?
- Wann waren die Grenzen hilfreich, wann waren sie schmerzlich?
- Wie gehe ich damit um, wenn es ums Aushalten geht? (Schmerz, Zorn, Wut, Ohnmacht, Unwiderruflichkeit/Sinnlosigkeit eines Todes)
- Was löst die Auseinandersetzung mit meinem eigenen Tod aus?
- Was hilft mir/was brauche ich, um für mich als TherapeutIn zu sorgen, um vielleicht meine Grenzen zu erweitern? (Neben äußeren Rahmenbedingungen z.B. auch das Konzept des „Inneren Beistandes", das meines Erachtens nicht nur für KlientInnen, sondern auch für TherapeutInnen gilt.)

In der Integrativen Kinder- und Jugendpsychotherapie verdanken wir *Violet Oaklander* eine äußerst konstruktive Verarbeitung ihres sehr persönlichen und schmerzhaften Verlustes. *Violet Oaklander* hat mit ihrem Buch „Gestalttherapie mit Kindern und Jugendlichen" eine Art Fach-Bestseller geschrieben, der weit über die Grenzen der Gestalttherapie hinaus Anerkennung fand. Dieses Buch ist ihrem Sohn Michael gewidmet, der nach langer und schwerer

Krankheit starb, als er 12jährig war. Das Buch war gewissermassen ein Vermächtnis an ihn. Hören wir sie selber:*

„... When I started to write the book, I think it was a way of my handling my grief ... It seems so perfect to dedicate the book to Michael, because while I was writing, it felt like a catharsis of working on this book and getting past through my grief ... It was like a mission to write this book ... It was so important for me, I just know I had to write it. And I always felt, I always thought about Michael a lot when I wrote the book. I almost felt like he was helping me. It was that feeling that he was there for me while I was writing."
(„Als ich anfing, das Buch zu schreiben, war das eine Art, meine Trauer zu bewältigen ... Es scheint mir einfach ideal, das Buch Michael zu widmen, denn während des Schreibens erlebte ich eine Art Katharsis und dadurch einen Durchbruch in meiner Trauer ... Es war wie eine Mission, dieses Buch zu schreiben ... Es war so wichtig für mich, und ich wußte genau, daß ich es schreiben mußte. Ich fühlte und dachte immer viel an Michael, als ich das Buch schrieb. Ich konnte beinahe spüren, wie er mir half. Es war das Gefühl, daß er für mich da war, während ich schrieb." – Sinngemäße Übersetzung, HW)

Es bleibt offen, ob *Violet Oaklander* ihr Buch auch geschrieben hätte – und in dieser lebendigen Vielfalt, Kreativität und Intensität – wenn sie ihren Sohn nicht verloren hätte. Aus eigener Erfahrung weiß ich, daß existentielle Erfahrungen und Konfrontationen mit dem Tod zwar enorm viel Kraft kosten, gleichzeitig aber auch eine andere Art von Kräften freisetzen, zu denen der Zugang vorher nicht möglich war.

Ich möchte meine Ausführungen abschließen mit dem Gedicht einer Mutter, die ihre Tochter verloren hat:

Haltung
Sich selbst halten müssen und doch wünschen
gehalten zu werden
Aushalten müssen als Bürde des Lebens
Mithalten müssen oder wollen – aber womit?
Enthalten in einem Kopfschütteln erstarren
Erhalten den Rest der noch bleibt
Behalten die Erinnerung
und dabei noch sich und andere liebhalten können
Haltung

* Die Aussagen von *Violet Oaklander* sind einem Interview entnommen, das ich im Rahmen eines wissenschaftlichen Projekts durchführte.

Anhang 1

Trauerphasen*

1. Phase des Nicht-wahrhaben-Wollens

- Empfindungslosigkeit, Starre
- Man muß weiterleben, als hätte es diesen Tod nicht gegeben.

2. Phase der aufbrechenden chaotischen Emotionen

Schmerz, Wut, Angst, Zorn, Freude, Schuldgefühle
→ Evtl. Suche nach einem Schuldigen
Ruhelosigkeit → Schlafstörungen, erhöhte Anfälligkeit für Infekte

Das «Emotions-Chaos» muß ausgehalten und ausgedrückt werden.

3. Phase des Suchens, Findens und Sich-Trennens

«Ich kann an nichts anderes denken als an den Verstorbenen ...»
Der Verstorbene wird gesucht: in Träumen, Phantasien, auf Fotografien, an von ihm bevorzugten Orten, in Erzählungen.
→ Wiederhergestellte, oft idealisierte Beziehung
Zusammenstoß mit der Alltagsrealität
(Bedürfnis nach Zärtlichkeit, Sexualität, Hilfe etc.)
Bewirkt neue Beziehung:

- Was hat der Verstorbene in meinem Leben übernommen, das ich selbst übernehmen kann? (Rücknahme der Delegation)
- Was habe ich am Verstorbenen geliebt/gehaßt, das zugleich Eigenschaft von mir selbst ist? (Rücknahme der Projektion)
- Was hat der Verstorbene in mir geweckt, belebt, aus mir herausgeliebt, das bleibt und nicht mit dem Verstorbenen weggeht?

Der Verstorbene wird zu einem «inneren Begleiter»
Lebensmöglichkeiten, die durch die Beziehung möglich wurden, werden die eigenen.
In dieser Erinnerungsphase werden Probleme der Beziehung sichtbar und akzeptiert.
Die Substanz einer Beziehung wird deutlich erlebbar.

---

* aus *Kast V.*: Der schöpferische Sprung. Vom therapeutischen Umgang mit Krisen. Walter, Olten 1987, S. 122/123.

4. Phase des neuen Selbst- und Weltbezugs

Der Verlust ist akzeptiert.
Der Schmerz kann/muß geopfert werden.
Erneutes Überwältigtwerden von schmerzenden Gefühlen kann als Hinweis darauf akzeptiert werden, die Erinnerung an die Beziehung, an Probleme, an glückhafte Begegnungen wieder zuzulassen. Neue Beziehungen werden gelebt in der Spannung zwischen dem Sich-ganz-Einlassen, um nichts zu verpassen, und Sich-nicht-Einlassen, damit der Trauerprozeß nicht noch einmal durchgestanden werden muß.

Probleme in den Trauerphasen

Probleme in der Phase des Nicht-wahrhaben-Wollens

Weiterleben, als wäre fast nichts geschehen.
Verlust wird abgespalten → Leere.
Trauer muß vermieden werden.
Steckenbleiben in den nächsten Phasen → chronisch trauern

Probleme in der Phase der aufbrechenden Emotionen

Nicht akzeptierte Gefühle des Emotions-Chaos werden unterdrückt → Zorn, Schuldgefühle.
Die Emotions-Stürme werden nur zu Beginn der Trauerzeit akzeptiert.

Probleme in der Phase des Suchens – Findens – Sich-Trennens

Das Sich-Suchen wird intensiviert,
das Sich-Trennen vermieden.
Der Verlust wird nicht akzeptiert.
Der Schmerz tritt an die Stelle des Verstorbenen.

Probleme in der Phase des neuen Selbst- und Weltbezugs

Der «Abschiedskomplex» wird zu wenig bedacht.
Es wird zu wenig akzeptiert, daß der Trauerprozeß ein Prozeß ist, der immer wieder ausgelöst werden kann.

Anhang 2

Die Trans-Zyklen (Phasen) im Trauerprozeß*

Die Phasen unseres integrativ-kreativen Modells erhalten Namen, die dem Charakter der Trauerverläufe entsprechen. Sie heißen «Trans-Zyklen» (von *trans* = über, hinaus, überschreitend, und *Zyklen* vom altgriechischen κυκλος = Kreis, Zirkel, Ring, Bogen, Kreislauf). Diese Trans-Zyklen in den Trauerprozessen zeigen folgende Eigenschaften:

- Sie haben fließende und grenzüberschreitende Übergänge.
- Sie wiederholen sich kreisförmig.
- Oft fangen sie an oder enden willkürlich an einem Punkt des sich wiederholenden Kreislaufs.
- Oft gibt es Sprünge von der Mitte des einen Zyklus zum Beispiel an das Ende des nächsten.
- Die Wiederholungen ähneln sich mit der Zeit immer weniger und gleichen schließlich einer Spirale.
- Zyklische Wiederholungen kommen auch bei den einzelnen Trans-Zyklen selbst vor.

Das Trans-Zyklen-Modell des Trauerverlaufs ist aus den Beobachtungen und der Analyse der Myroloja sowie aus Modellerprobungen der vergangenen drei Jahre entstanden. Es kann voll zur Wirkung kommen, wenn man in seinen Grundannahmen den Menschen als zur Kreativität fähiges Wesen akzeptiert, den Höhepunkt der Verlustkrise als entscheidenden Moment zur Auflösung des schöpferischen Tuns anerkennt und geeignete Materialien und Medien bereitstellt sowie anleitende und vorbereitende Worte ausspricht.

1. Trans-Zyklus: Bewußtwerdung des inneren und äußeren Bewegtseins

Emotionale und körperliche Labilität. Verwirrung, Verzweiflung, Hilflosigkeit. Gefühlschaos: Angst, Groll, Wut, Schuldgefühl, Protest, Klage, Kontrolle, Verstummen, Gefühllosigkeit, Starre, Verleugnung. Primäre Katharsis. Kontaktaufnahme zur Krise.

---

* aus *Canacakis J.*: Ich sehe deine Tränen. Trauern, klagen, leben können. Kreuz Verlag, Stuttgart 1987; S. 140-142.

2. Trans-Zyklus: Zeit der Inspiration und des kreativen Sprungs

Aufsteigende Phantasien, Tagträume, Einfälle. Aufkommen von Szenen der Vergangenheit, Zukunftsvisionen, Halluzinationen, Wahnbildern. Innere Leere, Überflutung von innen oder Interesselosigkeit für außen. Feststellung von Mängeln, Defiziten, Entfremdungstendenzen, Realitätsverlust. Tendenz zum Zeitgewinn und Wunsch, die Zeit zurückzudrehen. Innere und äußere Impressionen und Stimulierungen suchen nach Ausdruck. Innerer Dialog und äußerer Dialog mit dem Toten. Verhandeln mit dem Tod. Suche nach dem Toten in der Vorstellung. Identifizierung mit dem Toten. Übergangsphase. Erste Versuche der kreativen Handlungen und der Expression. Bewußtwerdung der Unausweichlichkeit des Todes und der Nichtwiederholbarkeit des Schicksals. Erneutes Aufkommen von Verzweiflung und Resignation, die aber durch kreative Expression geordnet werden können.

3. Trans-Zyklus: Selbstregulierung durch die Dynamik des schöpferischen Tuns

Wandlungsphase. Ringen um Ausdruck, Formung und Gestaltung. Gleichgewicht zwischen kreativem Ausdruck und dem Trauergefühl in der direkten Konfrontation mit dem Verlust. Umwandlung des Energiepotentials der Trauer in schöpferische Produkte. Das Fließen der Trauer kanalisiert sich. Der Körper ist stark miteinbezogen, seine Gebärden übernehmen Ausdrucksaufgaben. Der Trauernde taucht in tiefere Ebenen seines Gefühls und seines Körpers und durchlebt Momente von «Trance» und «Ekstase».

4. Trans-Zyklus: Stabilisierung und erneute Beziehung nach innen und außen

Festigung des seelischen Gleichgewichts. Zeit der Entspannung, des meditativen Verharrens. Einstellung eines ruhigen Gleichgewichts. Ansammlung positiver Erinnerungen, Empfindungen der Erleichterung, der Annahme und des Verständnisses. Die Verlustsituation wird auf andere Weise gesehen, «Kontaktfühler» werden ausgestreckt zu sich selbst und zur Welt «draußen». Loslösung, Abschied, Herausfinden der eigenen Möglichkeiten, Fähigkeiten und Alternativen. Klärung des eigenen Weges: Versuche, das eigene Leben zu leben, ohne den Verstorbenen.

5. Trans-Zyklus: Neuordnen, Neuanfangen, Neuorientieren

Perspektivische Ausschau. Bewußtwerdung der veränderten Situation. Ausführliche und mittelfristige Planungen. Hinwendung zum Alltäglichen. Neue Aufgaben, die auch Selbstverwirklichungswünsche einschließen. Neue Trauereinbrüche, die wegen plötzlichen Erinnerns oder an Gedächtnistagen auftreten, werden ohne Angst und mit weniger Belastung zugelassen und mit Zuwendung durchgangen.

Beendigung der ersten Phase der Trauer-Trans-Zyklen.

Die Zahl der Wiederholungen dieser Trauerzyklen hängt vom Grad der bisherigen gelungenen Verarbeitung ab. Der Zeitrahmen variiert sehr stark. Es können innerhalb einer Stunde, eines Tages, eines Monats, eines Jahres mehrere Trauerzyklen nacheinander oder einzelne sich wiederholende Zyklen ablaufen. Das ist von der trauernden Person abhängig, von der Bedeutung des Verlusts und der Art der Beziehung zum Verstorbenen. Diese Trauerzyklen gelten mit wenigen Veränderungen auch für alle anderen Arten des Verlusts, der Trennung und des Abschiednehmens, auch in Fällen, in denen man «im voraus» trauert, bei bevorstehender Erwartung des Todes in Situationen schwerer und unheilbarer Krankheit.

Literatur

Allgemeine Literatur zu Tod und Trauer

Bowlby, J., Verlust, Trauer und Depression. Fischer, Frankfurt 1983.

Canacakis, J., Ich sehe deine Tränen. Trauern, Klagen, Leben können. Kreuz, Stuttgart 1987.

—, Ich begleite dich durch deine Trauer. Kreuz, Stuttgart 1990.*

—, *Bassfeld-Schepers, A.*, Auf der Suche nach den Regenbogentränen. Heilsamer Umgang mit Abschied und Trennung. C. Bertelsmann, München 1994.

Jerneizig, R., Langenmayr, A., Schubert, U., Leitfaden zur Trauertherapie und Trauerberatung. Vandenhoeck & Ruprecht, Göttingen 1991.

Kast, V., Trauern. Phasen und Chancen des psychischen Prozesses. Kreuz, Zürich 1986.

—, Der schöpferische Sprung. Vom therapeutischen Umgang mit Krisen. Walter, Olten 1987.

Mitscherlich, M., Trauer ist der halbe Trost. Pendo, Zürich 1995.

---

* Bücher, die auch für Eltern geeignet sind

Petzold, H., Gestaltdrama, Totenklage und Trauerarbeit. In: *Petzold, H.* (Hrsg.), Dramatische Therapie. Hyppokrates, Stuttgart 1982.
Rauchfleisch, U., Leiden – verzweifeln – hoffen. Paulus, Freiburg 1991.
Wittkowski, J., Psychologie des Todes. Wissenschaftliche Buchgesellschaft, Darmstadt 1990.
Worden, J.W., Beratung und Therapie in Trauerfällen. Ein Handbuch. Huber, Bern 1987.

Kinder und Tod

Brocher, T., Wenn Kinder trauern. Rowohlt, Reinbek bei Hamburg 1985.*
Bürgin, D., Das Kind, die lebensbedrohende Krankheit und der Tod. Huber, Bern 1978.
Fachverlag des deutschen Bestattungsgewerbes GmbH. (Hrsg.): Helft Kindern den Tod zu begreifen. Düsseldorf 1988.*
Furman, E., Ein Kind verwaist. Klett-Cotta, Stuttgart 1977.
Klemm, M., Hebeler, G. (Hrsg.), Tränen im Regenbogen. Phantastisches und Wirkliches – aufgeschrieben von Mädchen und Jungen der Kinderklinik Tübingen. Attempto, Tübingen 1989.*
Fässler-Weibel, P. (Hrsg.), Wenn Kinder sterben. Paulusverlag, Freiburg 1993.*
Knapp, Th., Welt meines Kindes. Sterben und Tod im Erleben einer Dreijährigen. *Prax. Kinderpsychol. Kinderpsychiat.* 36, 308-311 (1987).
Kübler-Ross, E., Kinder und Tod. Kreuz, Zürich 1984.
Leist, M., Kinder begegnen dem Tod. Gütersloher Verlagshaus, Gütersloh 1990.
Morse, M., Perry, P., Zum Licht. Was wir von Kindern lernen können, die dem Tod nahe waren. Goldmann 1994.
Pichler, E., Richter, R., Unser Kind hat Krebs. Trias Thieme, Stuttgart 1985.*
Raimbault, G., Kinder sprechen vom Tod. Klinische Probleme und Trauer. Suhrkamp, Frankfurt 1981.
Schindler, R. (Hrsg.): Tränen, die nach innen fließen. Mit Kindern dem Tod begegnen. Erlebnisberichte betroffener Kinder und Eltern. Edition Kemper, Kaufmannn, Lahr 1993.
Schuster-Brink, C., Kinderfragen kennen kein Tabu. Otto Maier, Ravensburg 1991.*
Steinwede, D., Wie das Leben durch die Welt wanderte. Märchen der Menschen von Tod und Leben. Gütersloher (TB 881) 1980.
Student, J.C. (Hrsg.), Im Himmel welken keine Blumen. Kinder begegnen dem Tod. Herder Spektrum, Freiburg 1992.*
Wintsch, H., Kind und Tod – Familie und Tod. In: *Signer, D.* et al. (Hg.), Grenzen – Chance und Bedrohung. Schweiz. Verein f. Gestalttherapie, Zürich 1995.
—, Therapeutische Begleitung von Kindern und Eltern in Trauerprozessen. In: *Signer, D.* et al. (Hg.) 1995.
—, Wie Kinder trauern. *Intra* 28, 1996, 60-66.

Eltern, die ein Kind verlieren

Goldmann-Posch, U., Wenn Mütter trauern. Erinnerungen an das verlorene Kind. Knaur, München 1990.*
Jurgensen, G., An einem Nachmittag im April. Piper, München 1995.
Leach, Ch., Abschied nehmen. Ein Vater trauert um seinen Sohn. Kösel, München 1990.*
Schiff, H.S., Verwaiste Eltern. Kreuz, Stuttgart 1990.*

Abort, Totgeburt, plötzlicher Kindstod

Gruen, A., Der frühe Abschied. Eine Deutung des plötzlichen Kindstodes. Kösel, München 1988.

Hahn-Lepper, M., Nicht zum Leben geboren. Fischer, Frankfurt a.M. 1990.*

Hartmann, J., Lautlos und unbemerkt. Der plötzliche Kindstod. Beck, München 1990.*

Langsdorf, M., Kleiner Eingriff, großes Trauma; Abtreibung und Folgen. Holtzmeyer, 1991.

Lothrop, H., Gute Hoffnung – jähes Ende. Kösel, München 1991.

Lütolf Schweizer, J., Simone – Trauerarbeit um ein verlorenes Kind. In: *Frühmann, R.* (Hrsg): Frauen und Therapie. Junfermann, Paderborn 1984.

Lutz, G., Küenzer-Riebel, B., Nur ein Hauch von Leben. Eltern berichten vom Tod ihres Babys und von der Zeit der Trauer. Fischer, Frankfurt a. M. 1991.*

Poensgen, M., Abschied von den unvergessenen Kindern. Frauen nach Schwangerschaftsabbruch und Adoptionsfreigabe. Lambertus, Freiburg 1991.

Schwizer, V., Januarkinder. Vom Überleben auf der Intensivstation. Unionsverlag, Zürich 1988.*

Tod eines Geschwisters

Bank, St., Kahn, M.D., Geschwister-Bindung. Junfermann, Paderborn 1989.

Bassler, M., Schins, M.T., Warum gerade mein Bruder? Trauer um ein Geschwister. Erfahrungen, Berichte, Hilfen. Rowohlt, Reinbek 1992.

Harder, G.M., Sterben und Tod eines Geschwisters. Pro Juventute, Zürich 1991.

Toman, W., Familienkonstellationen. C.H. Beck, München 1965.

Suizid von Kindern / Jugendlichen

Biener, K. et al., Selbstmorde bei Kindern und Jugendlichen. Verbreitung und Verhütung. Pro Juventute, Zürich 1984.

Ide, H., Mein Kind ist tot. Trauerarbeit in einer Selbsthilfegruppe. Rowohlt, Reinbek 1988.*

Orbach, I., Kinder, die nicht leben wollen. Vandenhoeck & Ruprecht, Göttingen 1990.

Schütz, J., Ihr habt mein Weinen nicht gehört. Hilfen für suizidgefährdete Jugendliche. Fischer, Frankfurt a. Main 1994.

Bücher für Kinder zum Thema Tod

Becker, A., Niggemeyer, E., Ich will etwas vom Tod wissen. Geschichten vom Tod und vom Leben. Otto Maier, Ravensburg 1979.

Donnely, E., Servus Opa, sagte ich leise. Oettinger, Hamburg 1985.

Egger, B., Jucker, S., Marianne denkt an ihre Großmutter. bohem press, Zürich/Recklinghausen 1986.

Feth, M., Und was ist mit mir? Sauerländer. Aarau, Frankfurt a.M., Salzburg 1990.

Isler, I., Die Fahrt zum Pferdeparadies. Pro Juventute, Zürich 1992.

Klemm, M., Hebeler, G. (Hrsg.), Tränen im Regenbogen. Phantastisches und Wirkliches – aufgeschrieben von Mädchen und Jungen der Kinderklinik Tübingen. Attempto, Tübingen 1989.

Kübler-Ross, E., Die unsichtbaren Freunde. Oesch, Glattbrugg-Zürich 1985.

Lundgren, G., Jacobsson, L., Wellner, M., Der Baum, der nicht sterben wollte. Carlsen, Reinbek 1985.
Lindgren, A., Die Brüder Löwenherz. Oetinger, Hamburg 1973.
Mebs, G., Birgit – Eine Geschichte vom Sterben. dtv, München 1986.
Oyen, W., Kaldhol, M., Abschied von Rune. Ellermann, München 1987.
Schindler, R., Heyduck Huth, H., Pele und das neue Leben. Eine Geschichte von Tod und Leben. Kaufmann, Lahr 1989.
Sommer-Bodenburg, A., Von jenseits des großen Waldes. Bertelsmann, München 1994.
—, *The Tjong Khing*, Julia bei den Lebenslichtern. Bertelsmann, München 1989.
Varley, S., Leb wohl, lieber Dachs. Betz, Wien 1984.
Veltjuijs, M., Was ist das? fragt der Frosch. Sauerländer, Aarau 1992.
Wilhelm, H., Ich hab dich so lieb! Carlsen, Reinbek 1987.
Zeevaert, S., Max, mein Bruder. Arena, Würzburg 1986.
Zöller, E., Auf Wiedersehen Mama. Georg Bitter, Recklinghausen 1990.

Bücher für Jugendliche zum Thema Tod

Gagelmann, H., Annas Tod. Briefe an das Leben. Walter, Olten 1988.
Gerber-Hess, M., Das Jahr ohne Pit. Ein Tagebuch. Rexverlag, Luzern, Stuttgart 1989.
Hömmen, Ch., Mal sehen, ob ihr mich vermißt. Menschen in Lebensgefahr. Rowohlt, Reinbek 1989.
Pohl, P., Gieth, K., Du fehlst mir, du fehlst mir! Hanser, München 1994.
Quack-Klemm M., Lebenskandidaten. „Wir lassen uns nicht begraben, ehe wir tot sind." Grenzerfahrungen und Alltägliches von jungen Menschen mit Krankheit und Behinderung. Attempto, Tübingen 1993.
Schins-Machleit, M.-T., Es geschah an einem Sonntag. Rowohlt, Reinbek 1989.

3.

Über die Bedeutung institutioneller Rahmenbedingungen für die stationäre Integrative Kinder- und Jugendlichenpsychotherapie

Integrative Therapie in der Klinik für Kinder- und Jugendpsychiatrie

*Walter Landsberg, Klaus Malzahn**

1. Einleitung

Kinder und Jugendliche haben im Verlauf ihrer Entwicklung, der normalen wie der pathologischen, immer Krisen durchlaufen und Auffälligkeiten oder Störungen gezeigt. All dieses wurde lange Zeit ausschließlich mit den Augen der Erwachsenen gesehen und auch erzieherisch angegangen. Die Kinder- und Jugendpsychiatrie ist ein junges medizinisches Fachgebiet, das sich in Analogie zu seinem Gegenstand (der Kindheit und Jugend) nach wie vor in einem dynamischen Entwicklungsprozeß befindet und sich, ähnlich wie viele unserer Patienten, auf der Suche nach einer eigenen Identität befindet und um diese ringt. Die Kinder- und Jugendpsychiatrie versucht herauszufinden, wie sie arbeiten, diagnostizieren und behandeln kann, wie sie den sich ihr anvertrauenden Patienten ein störungsorientiertes, ökonomisch noch vertretbares, aber auch ein qualifiziertes, über reine Symptomeliminierung herausgehendes Behandlungsangebot machen kann.

Die Arbeit in der Kinder- und Jugendpsychiatrie ist immer eine Arbeit an Grenzen und nur zu häufig eine Gratwanderung. Es gilt, unterschiedliche Aspekte wahrzunehmen und Verbindungen zwischen ihnen herzustellen. Mit anderen Worten heißt das, daß die Arbeit in der Kinder- und Jugendpsychiatrie ein permanenter Integrationsprozeß ist, der sich auf sehr unterschiedlichen und vielfältigen Ebenen abspielt. Wir haben es nun einmal mit oft schwer gestörten Patienten zu tun und ihren fremden, oft schwer erreichbaren individuellen Welten. Dadurch kommen vor allem die Mitarbeiter in der Klinik immer wieder an ihre Grenzen. All dies muß wahrgenommen und berücksichtigt werden, wenn wir qualifiziert psychotherapeutisch arbeiten wollen. Darüber hinaus muß in der stationären Therapie die allgemeine Störanfälligkeit des gesamten

* Aus der Elisabeth-Klinik in Dortmund.

Systems Klinik hingenommen und von allen zusammen im Alltag durchgetragen werden. Die Arbeit in der Kinder- und Jugendpsychiatrie beinhaltet die Suche nach den Hintergründen und Wurzeln, nach Phänomenen und Strukturen, um herauszufinden, wie das individuelle So-Sein für den Betroffenen zusammen mit seiner Familie, aber auch in seinem weiteren Umfeld lebbar werden kann.

Im folgenden soll versucht werden, unseren Weg zur Verwirklichung dieser Zielvorstellungen anhand der klinischen Praxis in Verbindung mit einem Fallbeispiel zu erläutern. Zur Einführung soll eine klärende Darstellung unserer Bausteine bei diesem Unterfangen dienen, nämlich der Grundsätze und des Auftrags der kinder- und jugendpsychiatrischen Versorgung, der Geschichte des Fachgebietes sowie der Besonderheiten der stationären Behandlung und der Integrativen Therapie.

2. Grundsätze und Auftrag der kinder- und jugendpsychiatrischen Versorgung*

Die Kinder- und Jugendpsychiatrie ist Teil eines medizinischen Versorgungssystems, das ambulante, teilstationäre und stationäre Dienste zur psychosozialen Versorgung von Kindern, Jugendlichen und jungen Volljährigen umfaßt. Die kinder- und jugendpsychiatrischen Kliniken und Abteilungen sind nach den Begriffsbestimmungen des § 2 Ziff. 1 des Krankenhausfinanzierungsgesetzes (KHG) und entsprechend den Bestimmungen in § 107 Abs. 1 Sozialgesetzbuch V (SGB V) Einrichtungen, in denen durch ärztliche, pflegerische und sonstige Hilfeleistung psychische, psychosomatische und neuropsychiatrische Krankheiten und Behinderungen des Kindes- und Jugendalters diagnostiziert und geheilt oder gelindert oder doch zumindest deren Verschlimmerung verhütet wird.

Als Einrichtungen für die stationäre und teilstationäre kinder- und jugendpsychiatrische Behandlung stehen in der Bundesrepublik Deutschland kinder- und jugendpsychiatrische Kliniken (einschließlich Fachkrankenhäuser) und Abteilungen zur Verfügung.

---

* Kapitel 2 ist die leicht überarbeitete Fassung des 1. Kapitels von „Zielsetzung/Orientierungsdaten kinder- und jugendpsychiatrischer Kliniken und Abteilungen der Bundesarbeitsgemeinschaft der leitenden Ärzte kinder- und jugendpsychiatrischer Kliniken und Abteilungen e.V." (BAG, 1993).

Sie übernehmen entsprechend ihrer Größe, Ausstattung und Struktur regionale, gegebenenfalls auch überregionale Versorgungsaufgaben wahr und beteiligen sich im Rahmen ihrer Möglichkeiten an der Pflichtversorgung. Sie sind Bestandteil des allgemeinen Gesundheits- und Krankenhauswesens und in die allgemeine Krankenhausbedarfsplanung einbezogen.

Bei der Diagnostik und Behandlung von psychischen Krankheiten im Kindes- und Jugendalter ist es unerläßlich, die erwachsenen Bezugspersonen der Patienten in die Diagnostik und Behandlung mit einzubeziehen, die für die gesunde Entwicklung der Persönlichkeit und die soziale Integration des Kindes oder Jugendlichen Verantwortung tragen. Das sind die Eltern oder andere gesetzliche Vertreter des Minderjährigen ebenso wie Heimerzieher, Lehrer, Mitarbeiter der Jugendhilfe und andere Beziehungspersonen. Zielsetzung der Kinder- und Jugendpsychiatrie sollte der Grundsatz einer *familiennahen* Versorgung sein. Darüber hinaus sollen aber auch die Beziehungen des Patienten und seiner Familie zum erweiterten sozialen Herkunftsbereich soweit wie möglich erhalten bleiben, z.B. durch den Besuch der Herkunftsschule oder durch die Benutzung von Einrichtungen der kommunalen Infrastruktur.

Aufgabe der Kinder- und Jugendpsychiatrie ist die Erkennung, Behandlung, Prävention und Rehabilitation bei psychischen, psychosomatischen, neuropsychiatrischen Erkrankungen und Störungen sowie bei psychischen und sozialen Auffälligkeiten mit Krankheitswert während akuter Krankeitsphasen und Krisen im Kindes- und Jugendalter, die die Entwicklungsprozesse gefährden. Neben der Kinder- und Jugendpsychiatrie bietet die Jugendhilfe Kindern und Jugendlichen sowie deren Familien Hilfen unterschiedlicher Art und einen offenen Zugang an. Beide Systeme verfügen über ein breites, sich ergänzendes, aber auch sich überschneidendes und konkurrierendes Angebot mit unterschiedlichen Schwerpunkten.

3. Geschichte der Kinder- und Jugendpsychiatrie

Die Entwicklung der Kinder- und Jugendpsychiatrie kann als Ausdruck der gesellschaftlichen Bedeutung und des Umgangs der Gesellschaft mit Kindern und Jugendlichen gesehen werden, denn in der Kinder- und Jugendpsychiatrie vereinigen sich psychologische, pädagogische und psychiatrische Erkenntnisse und spiegeln deren Entwicklung wider.

Nach *Nissen* (1986) läßt sich der Beginn der *wissenschaftlichen* Kinder- und Jugendpsychiatrie in Europa um die Mitte des 19. Jahrhunderts datieren. In der Zeit davor, vor allem im Mittelalter, wurden Kinder als kleine Erwachsene angesehen und behandelt. So befanden sich unter den Opfern des Hexenwahns auch geistig behinderte oder sonstwie psychisch auffällige Kinder. Aber selbst die Kreuzzüge forderten das Opfer der Kinder. So sollen allein im Jahr 1212 60.000 Kinder bei den Kinderkreuzzügen zugrunde gegangen sein. „Ganze Schiffsladungen wurden an die Sarazenen verkauft" (*Nissen* 1986, 300).

Die medizinische Betrachtung spiegelte den allgemeinen Erkenntnisstand wider, der seinen Ausdruck in der gesellschaftlichen Sichtweise fand. Erst 1848 führte *H. Schüle* in einem Kapitel seines psychiatrischen Lehrbuches über „Die Seelenstörungen des Kindesalters" aus, „daß diese *nicht* ein typischer Abklatsch der Erwachsenen seien, ‚weil die Patienten eben noch Kinder sind und ein kindliches Gehirn eigenartige Reaktionen hat'" (zit. nach *Nissen* 1986, 303). *H. Emminghaus* setzte diese Sichtweise 1887 fort, indem er eine aus der *Direktbeobachtung* gewonnene umfassende Darstellung der kindlichen Psychosen in einem eigenen Kapitel seines Handbuches lieferte, die eben nicht eine „nur vom Erwachsenen- auf das Kindesalter deduzierte und transponierte Psychopathologie" (*Nissen* 1986, 304) darstellte.

Vom ausgehenden Mittelalter bis in das 19. Jahrhundert verliefen die Entwicklungspfade von Heilpädagogik und Kinder- und Jugendpsychiatrie noch weitgehend undifferenziert. Der Begriff der „Heilpädagogik" wurde in den deutschen Sprachraum durch die Leipziger Pädagogen *Georgens* und *Deinhardt* eingeführt, die 1861 eine „Heilpädagogik mit besonderer Berücksichtigung der Idioten und der Idiotenanstalten" veröffentlichten (*Remschmidt* 1992). Die weitere Entwicklung der Heilpädagogik wurde dann durch so bekannte Erzieher wie *Johann Heinrich Pestalozzi* (1746-1827) und *Friedrich Fröbel* (1778-1852) vorangetrieben. Durch *Johann Hinrich Wichern* wurde 1833 das erste „Rauhe Haus" zur Rettung verwahrloster Kinder und Jugendlicher gegründet. Auch *Theodor Heller* ist zu nennen, ein Schüler von *Wilhelm Wundt*, der in Leipzig 1879 das erste psychologische Institut der Welt, nämlich das „Institut für experimentelle Psychologie" gegründet hatte. *Heller* legte den Grundstein für eine heilpädagogische Anstalt und verfaßte 1904 seinen „Grundriß der Heilpädagogik". 1908 folgte seine Erstbeschreibung über die „Dementia infantalis" (*Remschmidt* 1992, 13).

Die ersten stationären medizinischen Einrichtungen für psychiatrisch auffällige Kinder und Jugendliche waren die 1864 von *Heinrich Hoffmann* (Kinderarzt und Autor des Struwwelpeter) in Frankfurt gegründete Kinderabteilung an der „Städtischen Anstalt für Irre und Epileptiker" sowie die 1911 durch *Lasar* in Wien errichtete pädagogische Beobachtungsstation an einer Kinderklinik. In den 20er Jahren folgten dann die Gründungen entsprechender Abteilungen auch an anderen Kinderkliniken (*Remschmidt* 1992, 18).

Kanner charakterisierte die Geschichte der Kinder- und Jugendpsychiatrie seit 1900 global durch vier Entwicklungsschritte (*Nissen* 1986, 302):

1. thinking about children,
2. doing things to children,
3. doing things for children,
4. working with children.

Auch im Bereich der ambulanten Versorgung blickt die Kinder- und Jugendpsychiatrie auf eine lange Tradition zurück. So gründete *Fürstenheim* 1909 in Berlin eine „Medico-Pädagogische Poliklinik für Kinderforschung, Erziehungsberatung und ärztlich-erzieherische Behandlung" und sieben Jahre später beim Frankfurter Gesundheitsamt eine „Ärztlich-heilpädagogische Jugendsichtungsstelle". 1922 wurde in München die erste Erziehungsberatungsstelle durch *Seif* gegründet (*Remschmidt* 1992, 18). In den letzten Jahrzehnten entstanden auch Bestrebungen, die ambulante kinder- und jugendpsychiatrische Tätigkeit sowie die stationäre Versorgung durch teilstationäre Angebote z.B. im Sinne von Tageskliniken zu ergänzen (vgl. *Hesse* 1989).

Die fachliche Orientierung der Kinder- und Jugendpsychiatrie schöpft aus verschiedenen Wissenschaften, aus den psychologischen Entwicklungstheorien, der Klinischen Psychologie und psychiatrischen Psychopathologie, wie auch aus den Erziehungswissenschaften, der Sozialpsychologie und Gruppendynamik und aus den psychotherapeutischen Schulen, wobei natürlich der durch *Sigmund Freud* (1856-1939) begründeten psychodynamisch-psychoanalytischen Tradition neben der neuropsychiatrischen Tradition als Teilbereichen der Medizin eine besondere Bedeutung zukommt.

Obwohl *Freud* selbst der Kinderanalyse eher zurückhaltend gegenüberstand, ermutigte er doch Kollegen und Schüler, sich mit der Übertragung der psychoanalytischen Prinzipien auch auf die Kindertherapie zu beschäftigen. Zuerst geschah dies in einer einfachen Übertragung von Theorie und Technik auf die Arbeit mit Kindern. Erst in den 20er und 30er Jahren, so beschreibt *Biermann* (1969) diesen Prozeß, entstanden regelrechte kindertherapeutische Schulen, nämlich die der *Freud*-Tochter *Anna* (1895-1982) sowie der von *Melanie Klein* (1882-1960). Zuerst kam es zum Schulenstreit und zu Auseinandersetzungen zwischen beiden Richtungen, bevor erst nach dem Zweiten Weltkrieg – und zwar aufgrund einer Zunahme der Ergebnisse direkter psychoanalytischer Forschung am Kind – die theoretischen Grundlagen verbessert werden konnten und Schritte der institutionellen Entfaltung und Verankerung folgten. Hier ist besonders *August Eichhorns* „Verwahrloste Jugend" von 1925 zu nennen, sowie die Arbeiten von *René Spitz* und *Annemarie Dührssen*. Seit 1948 existiert im Rahmen der psychoanalytischen Ausbildung eine Ausbildung zum Psychagogen, in deren Rahmen auch nichtärztliche Therapeuten in der Bundesrepublik zur Kassenabrechnung als analytische Kinder- und Jugendlichenpsychotherapeuten zugelassen werden konnten (*Remschmidt* 1992, 19f). Daneben sind in ca. 800 Erziehungsberatungsstellen, die meistens von Diplom-Psychologen geleitet werden, schulen- und berufsgruppenübergreifend Fachleute tätig, die verhaltensauffällige Kinder und Eltern mit Erziehungsschwierigkeiten beraten.

Die Kinder- und Jugendpsychiatrie befindet sich zur Zeit in einer Phase der Konsolidierung, die sich in der selbstverständlichen Einbettung der etwa 70 stationären Institutionen in das universitäre und versorgungsorientierte medizinische Spektrum deutlich macht. In vielen kinder- und jugendpsychiatrischen Kliniken hat sich aufgrund der Orientierung an den behandlungspraktischen alltäglichen Fragen zumeist eine pragmatische Orientierung entwickelt, die sich nicht auf ein Therapieverfahren festlegt, sondern „im guten Sinne eklektisch" (*Remschmidt* 1992, 19) verschiedene Entwicklungs-, Krankheits- und Behandlungskonzepte miteinander verbindet.

1979 erfolgte in Dortmund die Gründung der Elisabeth-Klinik als einer eigenständigen kinder- und jugendpsychiatrischen Klinik im Zuge einer gesellschaftlichen Entwicklung, die als eine Folge der 1968 begonnenen Jugend- und Studentenrevolte und, davon ausgelöst auch einer Revolte in den Erziehungsheimen, zu einem Umdenken im Bereich der öffentlichen Fürsorgeerziehung geführt hatte. Wie die meisten anderen kinder- und jugendpsychiatrischen Einrichtungen, ist die Elisabeth-Klinik nicht nur als Sonder- und Akutkrankenhaus im Rahmen der Regelversorgung tätig, sondern unterhält auch eine eigene Ambulanz, in der Kinder und Jugendliche und ihre Familien untersucht, beraten, behandelt oder weiter verwiesen werden können. In der Elisabeth-Klinik fühlen wir uns neben der Verankerung in einer tiefenpsychologischen Tradition einem humanistischen und wachstumsorientierten Ansatz verpflichtet, der durch die Integrative Therapie von *Hilarion Petzold* fundiert wurde und damit einen rein pragmatisch-eklektischen Stil überwindet (vgl. *Petzold* 1992a, 927ff).

4. Besonderheiten stationärer Psychotherapie

Die stationäre Krankenbehandlung von psychiatrisch auffälligen Menschen blickt auf eine widersprüchliche Tradition zurück. Zum einen war und ist sie Ausdruck des gesellschaftlichen Bedürfnisses zur Ausgrenzung nicht der Norm entsprechender Menschen. Auf der anderen Seite spiegelt sie jedoch das Bemühen wider, die aus dem allgemeinen Produktions- und Reproduktionsprozeß herausfallenden Menschen im Sinne staatlicher, kirchlicher oder auch privater Wohlfahrt aufzufangen und ihnen Asyl, das heißt Schutz und Hilfe zu bieten. Gerade die Kirchen- und Ordensleute waren traditionell die letzte Instanz, die sich nicht um eine Verurteilung und Absonderung, sondern wenn nicht gar um Heilung, so doch wenigstens um Linderung oder menschliche Verwahrung und Begleitung der psychisch Kranken sorgten. Später entstand daraus das weltliche Berufsbild der Krankenschwestern und -pfleger. Medizinische Wissenschaft wurde die Psychiatrie erst zum Ende des 19. Jahrhunderts, als die größten wissenschaftlichen Fortschritte in der Medizin erzielt worden waren und daraufhin sowohl die gesteigerten Behandlungsmöglichkeiten wie auch das gestiegene Ausbildungs- und Forschungsinteresse zu einer vermehrten Arbeit der Ärzte in den psychiatrischen Anstalten führten. Bis heute hat sich dieses Phänomen in dem schlichten Faktum erhalten, daß die meisten Ärzte im Gegensatz zum Pflegepersonal nur „Gäste im Krankenhaus" sind und die Station nach Abschluß ihrer Fortbildungszeit zwecks Niederlassung in einer eigenen Praxis verlassen oder eine Karriere innerhalb der Krankenhaushierarchie anstreben (*Dörner / Plog* 1986, 463).

Die stationären Behandlungsformen spiegeln, ganz ähnlich wie dies bereits für die Entwicklung der Kinder- und Jugendpsychiatrie beschrieben wurde, den allgemeinen und den spezifisch-medizinischen Erkenntnisstand wider. Erst die theoretisch entwickelteren Formen der psychotherapeutischen Verfahren, insbesondere der in der medizinischen Tradition stehenden Psychoanalyse, führten zur Entwicklung spezifischer, auf das stationäre Setting zugeschnittener Psychotherapieanwendungen.

Das ursprüngliche Setting der Psychotherapie, das sich an der Psychoanalyse nachvollziehen läßt, stammt ursprünglich aus der ambulanten Praxis, speziell sogar aus der privaten Praxis des Nervenarztes und spiegelt deren Spezifität wider. Die Abstinenz des Psychoanalytikers soll die Übertragung des Patienten fördern und ihre Deutung auf dem puren Hintergrund der Psychopathologie des Patienten möglich machen. In der stationären Praxis des Krankenhauses, das eben nicht nur das dyadische Setting vorsehen kann, ist die Aufrechterhaltung dieser Abstinenz unmöglich. Das Setting erweitert sich auf viele Personen, und viele im Krankenhaus tätige Kollegen kennen die dramatischen Veränderungen der therapeutischen Beziehung, nachdem ein Patient nach einer gewissen ambulanten Vorbereitungszeit in eine stationäre Therapie übernommen worden ist. Die Effizienz dieser nun neuen, nämlich stationären Psychotherapie hängt davon ab, wie die Organisation der verschiedenen Beziehungsangebote, denen der Patient ausgesetzt ist und die von ihm ausgehen, gelingt. Grundlegende Voraussetzung für die Planung dieser Integrationsschritte ist eine Bedingungsanalyse, die sowohl institutionelle Aspekte wie Größe der Klinik, Trägerinteresse, personelle und materielle Ausstattung, sowie auch Fragen der Aufgabenstellung der Klinik und der jeweiligen Station, sowie die Besonderheiten der Patientengruppe erfassen muß.

Im allgemeinen lassen sich verschiedene Bedingungen für die Indikationsstellung zur stationären Behandlung ableiten. *Kernberg*, der sich intensiv mit der Psychotherapie von schweren frühen Schädigungen, mit Borderline-Persönlichkeitsstörungen und pathologischem Narzißmus beschäftigt hat, sieht die Notwendigkeit, den Patienten dann stationär aufzunehmen, wenn schweres regressives oder aggressives Agieren durch psychotherapeutische Mittel, das heißt Deutungen, alleine nicht mehr beherrscht werden kann. Speziell gehören dazu suizidales Agieren, destruktive Tendenzen, Alkohol- und Medikamentenmißbrauch und antisoziales Verhalten. Die stationäre Aufnahme ist dann eine langfristige Strukturierung der Lebensumstände des Patienten. Die eigentliche Behandlung besteht in einer ambulanten psychoanalytischen Psychotherapie, die während des stationären Aufenthaltes fortgeführt wird (*Kernberg* [1975] zitiert nach *Janssen* 1987, 38). Letztlich wird also weiterhin versucht, die Neutralität des analytischen Psychotherapeuten durch die Trennung der dyadischen Psychotherapie von der klinischen Behandlung abzusichern. Diese Spaltung zwischen der eigentlichen Psychotherapie und dem stationären Setting führt nicht nur zu einer Idealisierung des Psychotherapeuten und damit zu massiven Selbstwertproblemen der übrigen Mitarbeiter, sondern sie mißachtet die Möglichkeiten, die sich aus der Erweiterung des dyadischen Settings ergeben, und zwar sowohl in ihren positiven Potenzen wie auch in ihren Gefahren und Risiken. In den fünfziger Jahren untersuchten *Stanton* und *Schwarz* in den USA den Einfluß des stationären Settings auf die Therapie und fanden heraus, „daß Spaltungen und Konflikte unter den Mitarbeitern des Krankenhauses die Desorganisation psychotischer Patienten noch intensivieren" (*Janssen* 1987, 38).

Auch *Kernberg* setzte sich im Rahmen seiner Arbeit an der Menninger Foundation mit der stationären Psychotherapie weiter auseinander und widmete dem „Individuum in der Gruppe" einen größeren Teil seines Buches über die Wechselprozesse zwischen der inneren Welt und der äußeren Realität und beschreibt ausführlich die Auswirkung der regressiven Prozesse in Gruppen, gesamten Organisationen und beim Leitungs- und Führungspersonal (*Kernberg* 1988).

Bei Kindern und Jugendlichen kommt eine weitere wichtige Indikation, die häufig anzutreffen ist, hinzu, nämlich das Versagen des sozialen Umfeldes, in dem das Kind lebt und das auch trotz intensiver ambulanter Betreuung durch den Sozialdienst des Jugendamtes, die Erziehungsberatungsstelle oder den niedergelassenen Arzt oder Psychotherapeuten und die Schule – z.B. in Form der Schule für Erziehungshilfe –, soweit überhaupt verfügbar, nicht kompensierbar ist. *Fritz Mattejat* sprach auf einem Symposium zum Thema „Subjektivität in der kinder- und jugendpsychiatrischen Diagnostik, Therapie und Forschung" 1992 in Lübeck sogar davon, daß die

Kinder- und Jugendpsychiatrie eigentlich *die* Familienpsychiatrie sei.

Leider geschieht es im stationären Alltag heute noch häufig, daß im kinder- und jugendpsychiatrischen Krankenhaus, ähnlich wie in einer Kurklinik, wahllos verschiedene Behandlungsangebote, wie z.B. Einzeltherapie, Gruppentherapie, Familientherapie, Soziotherapie, Beschäftigungstherapie, Bewegungs-, Kunst- und Musiktherapie nebeneinanderstehend, gleichwertig und konkurrierend angeboten werden. Vom klassischen medizinischen Standpunkt her, der Behandlung in erster Linie als Handlung des Arztes versteht, erhofft man sich durch die intensive Einwirkung auf den Patienten von verschiedenen Seiten her und unter Nutzung verschiedener, auch nonverbaler und systemischer Zugangsmöglichkeiten zur kindlichen Psyche eine Intensivierung der Therapie. Ein solches Verständnis entspricht eher dem Vorgehen in einer Kurklinik und ist natürlich als eklektisch zu qualifizieren. Pragmatisch verbindet sich mit dem multiplen Behandlungsangebot die Hoffnung, daß die Alltagsgewißheit „Viel hilft viel" zu übersummativen Effekten führen möge. Doch wird die dramatische qualitative Veränderung der therapeutischen Beziehung, die eine Veränderung des therapeutischen Konzeptes geradezu verlangt, dabei oft übersehen. Stellt man sich einmal auf die Seite des Patienten und sieht das Behandlungsangebot aus seiner Perspektive, so verändert sich die Orientierung grundlegend: Nach der Aufnahme in die Behandlungseinheit sieht das Kind oder der Jugendliche sich in erster Linie dem Einfluß der Gruppe der Mitpatienten und der Erzieher ausgesetzt. Die Beziehung zu dem bislang exklusiven Therapeuten und das Einlassen auf seine verschiedenen Beziehungsangebote verändert sich dadurch zum Teil erheblich. Die Gruppendynamik gewinnt an Gewicht, und der Patient wird in den Sog der Peergruppe und des Stationsalltags gezogen bzw. setzt seine individuelle Psychopathologie oder seine Abwehr, die Behandlungseinheit als Bühne und als Verstärker nutzend, in Szene. Dieses Zusammenspiel innerhalb der Peergruppe und möglicherweise noch verstärkt durch die Reaktion der Erwachsenen kann innerhalb kürzester Zeit zu einer Potenzierung und damit zu einem Umkippen einer therapeutisch förderlich gemeinten Atmosphäre in das Chaos eines pathologischen Agierens mit der Freisetzung von massiver Aggressivität und Destruktivität führen. Die eigentliche Psychotherapie läßt sich dann natürlich nicht mehr lege artis durchführen. Die Abstinenz des Therapeuten geht verlo-

KINDER-POST

ren, seine Autorität wird untergraben, die Übertragungen auf Therapeuten und Erzieher können nicht mehr nur als Ausdruck der individuellen Psychopathologie des Patienten gedeutet werden, sondern erfahren auf dem Hintergrund der Institutions-, Berufsgruppen-, Team- und Patientengruppendynamik völlig neue Qualitäten. Die im Allgemeinkrankenhaus noch durch die klaren Rollenerwartungen des Patienten an den Arzt oder die Krankenschwester vermiedenen Konkurrenzphänomene brechen, da die klassischen Berufsrollen sich nicht mehr aufrechterhalten lassen, in der stationären kinder- und jugendpsychiatrischen Behandlung zwischen den verschiedenen Mitarbeitern des Hauses und der Behandlungseinheit auf. Führung übernimmt nicht mehr der Experte mit seinem Fachwissen oder gar der Inhaber des analytischen Deutungsmonopols, sondern der, dessen Handlungspraxis am effektivsten ist oder am überzeugendsten erscheint, wenigstens jedoch zu einer kurzfristigen Befriedung der Station führt. Die Nachteile dieser Anwendung der dyadischen Therapieverfahren auf das stationäre Setting liegen auf der Hand. Die Potenzen der Gruppenbehandlung und der Teamarbeit sowie die förderlichen Möglichkeiten des vielfältigen Beziehungs- und Kommunikationsangebotes einer Therapie-Station werden konzeptionell überhaupt nicht genutzt und vergeudet.

Paul Janssen, Psychoanalytiker und ärztlicher Leiter eines Landeskrankenhauses, versuchte 1987 ein integratives Modell stationärer psychoanalytischer Therapie in der Klinik zu entwerfen, das auch auf die Praxis in der kinder- und jugendpsychiatrischen Klinik übertragen wurde, indem man die Besonderheiten der Therapie mit Kindern und Jugendlichen noch hinzufügte. Die Grundlage seines Behandlungskonzeptes ist eine hohe fachliche und persönliche Kompetenz aller Mitarbeiter, nicht nur der Ärzte und der Psychologen, also der im arbeitsvertraglichen Sinne psychotherapeutisch Tätigen, sondern auch des Krankenpflegepersonals, das neben der bereits vorhandenen Kompetenz aus der Grundausbildung und Berufspraxis zusätzliche Weiterbildung in klinikinternen Seminaren erfährt (*Janssen* 1987, 96). Hier zeigt sich schon deutlich, wie weit diese Konzeption dem Wunschdenken eines Psychoanalytikers entstammt, denn die institutionelle und supervisorische Erfahrung zeigt doch immer wieder deutlich, wie illusionär der Versuch ist, die traditionelle Krankenhaushierarchie mit den unterschiedlichen tariflichen Vergütungsgruppen therapeutisch zu negieren.

Das *Janssen*sche Modell geht in realistischer Weise davon aus, daß der Alltag der Patienten sich in erster Linie im stationären Raum abspielt. In diesem Rahmen werden die Patienten nun alle Möglichkeit nutzen, „ihre inneren Probleme in dem multipersonalen Beziehungsfeld zu reinszenieren," verbunden mit der analytischen Hoffnung, daß „sie im Hier und Jetzt mit Hilfe der Therapeuten Einblick in die infantile Welt der Objektbeziehung erhalten und über neue Einsichten und Erfahrungen in den therapeutischen Beziehungen eine innere Veränderung einleiten" können (*Janssen* 1987, 97). Das eigentlich psychotherapeutische Angebot bestand dabei in einer stationären Gruppentherapie, die viermal in der Woche durchgeführt wurde, und in einer Einzeltherapie, die den Patienten als durchgehende Einzelbetreuung von der vorstationären ambulanten Untersuchung und Behandlung bis zur Nachbetreuung nach der Entlassung durch den therapeutischen Prozeß begleitete. Die Aufgabe des Einzeltherapeuten definierte *Janssen* als die Aufrechterhaltung des Arbeitsbündnisses und die Übernahme von Hilfs-Ich-Funktion bei regressiven Prozessen. Daneben standen aber natürlich auch noch die eigentlichen therapeutischen/psychoanalytischen Interventionen der Interpretation, Konfrontation und Fokalisierung sowie die sich aus der Krankenhauslogik ergebenden Aufgaben des Stationsarztes, nämlich der Organisation und Koordination der Prozesse, der Regelung von Aufnahme und Entlassung sowie der Abfassung von Berichten. Außerdem existierten weitere spezielle therapeutische Angebote wie Musiktherapie, Maltherapie, Bewegungstherapie sowie die allgemeinärztliche Sprechstunde des Stationsarztes. Getreu der Grundannahme *Janssens*, daß das Team gemeinsam die therapeutische Aufgabe leistet und nicht der explizite Therapeut alleine, stellte er die Grundregel eines kontinuierlich offenen Austausches über die Erfahrungen in den Interaktionen mit dem Patienten für das Team auf. Zu diesem Zweck fanden regelmäßige Konferenzen statt, die von einem psychoanalytischen Berater geleitet wurden. Um die verschiedenen Aufgabenstellungen abzudecken, wurden Diagnosekonferenzen für die psychotherapeutischen Einzelbehandler durchgeführt, Stationskonferenzen für das Mitarbeiterteam der Station, Verlaufskonferenzen als Fallbesprechungen, die speziell über einen einzelnen Patienten durchgeführt wurden, sowie eine Gruppenprozeßkonferenz, um den Gruppenprozeß in der Therapiegruppe zu reflektieren. Zusätzlich gab es noch einmal pro Woche ein Gesamtteam aller vier Behandlungseinheiten sowie eine Abschlußkonferenz für die Einzeltherapeuten, in denen diese vier bis sechs Monate nach Abschluß der stationären Behandlung den poststationären Verlauf darzustellen hatten. Daneben existierten noch weitere organisatorische Besprechungen und Diskussionsrunden, etwa über Fragen des Settings und der therapeutischen Methoden.

Bei der Beurteilung dieses Modells fällt sofort der unglaubliche Zeitaufwand an Besprechungen ins Auge, der notwendig ist, um alle Prozesse in den multiplen Beziehungsfeldern wieder zu integrieren, zumindest aber doch zu koordinieren oder, was in der Realität wohl am häufigsten vorkommt, ein Entgleisen zu verhindern. In einem universitären Lehrkrankenhaus mögen die Mitarbeiter, die sich in ärztlich-therapeutischer Fortbildung befinden, zu diesem Engagement ja noch bereit sein, aber wie sieht es mit den Kollegen aus, denen dieses Engagement über Jahrzehnte hinaus abgefordert wird? Ein niedergelassener Psychotherapeut, der im dyadischen Setting arbeitet, verbringt dagegen nur einen sehr geringen Teil seiner Arbeitszeit in der Kontrollanalyse oder Balint-Gruppe und wird diese noch zum größten Teil als Ausdruck seiner persönlichen Fortbildungsbemühungen akzeptieren.

In der psychotherapeutischen Behandlung von Kindern und Jugendlichen ist es bereits für einen niedergelassenen Behandler oder einen Berater/Therapeuten aus einer Beratungsstelle evident, daß zu dem zeitlichen Aufwand für die Einzeltherapie noch die Notwendigkeit zur Durchführung einer Familientherapie oder zumindest begleitender Elternarbeit hinzukommen sowie das gelegentliche Gespräch mit Lehrern oder anderen, für das Kind wichtigen Bezugspersonen. Im stationären Setting der kinder- und jugendpsychiatrischen Behandlung summieren sich jedoch die schon nicht unerheblichen Anforderungen der Kinderbehandlung mit denen des stationären Behandlungsmodells. Das heißt, daß ein Kinder- oder Jugendlichenpsychotherapeut im Krankenhaus nur den geringsten Teil seiner therapeutischen Aufwendungen zeitlich direkt mit den Kindern verbringt, der größte Teil seiner Arbeitszeit kommt nur mittelbar den Kindern zugute. Eine Vielzahl von Besprechungszeiten sind zur Koordination der an dem Behandlungsprozeß beteiligten Fachkräfte erforderlich. So finden in der Elisabeth-Klinik Visiten, Teamgespräche, Fallbesprechungen, Fallkonferenzen, Supervisionen, Balintgruppen und organisatorische Besprechungen statt.

Darüber hinaus ist leicht nachvollziehbar, daß Kinder die Gleichwertigkeit und Gleichzeitigkeit von Erziehung, Förderung, Einzel- und Familienpsychotherapie benötigen, sowie die Erweiterung der individuumszentrierten Orientierung auf die sozialen Gemeinschaften. *Erziehung* benötigen die Kinder, damit sie sich gesund und altersgemäß entwickeln können, *heilpädagogische Förderung*, weil bei ihnen Erziehungsdefizite im Bereich sozialen Verhaltens bestehen, und *Familientherapie* benötigen sie nicht nur, weil sie ihre Symptomatik in der Familie und auf dem Hintergrund einer familiären Pathologie entwickelt haben, sondern auch, da sie weiterhin von der Familie abhängig sind und sich Veränderungen natürlich nur im Rahmen der Familie realisieren lassen. Selbst wenn der familiäre Rahmen, etwa wegen einer notwendigen Heimunterbringung, verlassen werden muß, ist Familientherapie notwendig, um eine Ablösung ohne Schuldzuweisung zu ermöglichen.

5. Integrative Therapie in der Klinik für Kinder- und Jugendpsychiatrie

5.1 Grundlagen der Integrativen Therapie

Über die Integrative Therapie liegen inzwischen zahlreiche Veröffentlichungen vor, auch über ihre Anwendung auf die Behandlung von Kindern und Jugendlichen. Zu nennen sind hier die Arbeiten von *Petzold, Ramin* (1987), von *Metzmacher* (in *Petzold, Ramin* 1987) über Integrative Bewegungstherapie mit Kindern und von *Schneewind* (1989, in diesem Band) über Leibtherapie mit Kindern. Hier sollen deshalb nur noch einmal kurz die wichtigsten Grundsätze der Integrativen Therapie, die für die Praxis der Kinder- und Jugendpsychiatrie Bedeutung finden, benannt werden.

Heraklitisches Denken

Die Integrative Therapie vertritt die Überzeugung, daß das Leben ein beständiger Prozeß, ein Kontinuum ist, in dessen Verlauf ständig Leben erlebt und Widerfährnisse erlitten werden. Kontakt, Begegnung und Beziehung finden statt, Erfahrungen und Erkenntnisse werden gewonnen, einverleibt und müssen integriert werden.

Das Selbst aktualisiert sich beständig durch alte und neue Formen des Ausdruckes, teilt sich anderen mit und führt zu Kreationen. Aus dem heraklitischen Satz: „Man kann nicht zweimal in den gleichen Fluß steigen", leitete *Perls* den gestalttherapeutischen Ratschlag vom Fluß ab, den man nicht antreiben müsse, da er ja von selbst fließe: „Don't push the river, it flows by itself." Die Erfahrungen und Widerfährnisse auf dem Lebensweg führen zur Konstitution von Persönlichkeit, zur Lebenserfahrung, die auch immer das Bedürfnis nach Sinnerfahrung oder Sinnstiftung beinhaltet. Das Erdulden von Sinnlosigkeit dagegen ist zerstörerisch, verrücktmachend oder es begegnet uns Sinnlosigkeit, Verrücktheit als Symptom, die selber Ausdruck von Desintegration ist.

Ko-respondenz

Der Mensch ist ständig auf andere Menschen bezogen. Er steht in Beziehung, auch wenn er alleine ist. Ko-respondenz, wechselnde Beeinflussung, findet auch im Verhältnis zur vergegenständlichten Menschheitserfahrung und Kultur statt und bildet sich bis in die intrapersonalen Prozesse hinein ab. Ko-respondenz schafft im günstigen Falle Kon-sens, Gemeinschaft und damit die Möglichkeit zu ko-operieren und die Erfahrung, über interpersonale Grenzen hinauswachsen zu können. Nur wirkliche Subjekte, deren Integrität und Individualität durch die Gemeinschaft der Mitmenschen geachtet werden müssen, sind zur Verwirklichung dieser gesellschaftlichen Prozesse in der Lage. Findet keine Ko-respondenz statt, tritt Fremdheitserleben ein. Entfremdung von der Realität, den Mitmenschen, dem eigenen Handeln, dem eigenen Selbst oder dem eigenen Körper ist krankmachend.

Kontext

Als Vertreter einer phänomenologisch orientierten Hermeneutik als erkenntnistheoretischer Grundlage, gründet die Integrative Therapie auf der sinnlichen Erkenntnis, die als „Erkenntnis durch die Sinne" in der Gestalttherapie bereits eine zentrale Rolle spielte und in der Integrative Therapie in der Arbeit mit kreativen Medien, mit Expression und Spiel, in der Beachtung des Atmosphärischen und in der Schaffung von heilsamen Atmosphären weiterentwickelt wurde. Die verschiedenen Erlebenswelten des Individuums schaffen den Kontext oder besser die sich mit denen anderer Individuen überschneidenden Kontexte, unter denen Erleben und Handeln des Individuums ihren Sinn konstituieren. Symbolisierungen, die z.B. in projektivem Material wie Kinderzeichnungen, assoziativen Erzählungen, szenischem Spiel etc. deutlich werden, können nur aufgrund der Kenntnis von Kontext und Subjektivität des Schöpfers durch Korespondenz gedeutet und verstanden werden.

Menschenbild, Entwicklungstheorie und Pathogenese

Die Anthropologie der Integrativen Therapie versteht den Menschen als ein Körper-Seele-Geist-Wesen in einem sozialen und ökologischen Umfeld an einem aktuellen Zeitpunkt seines eigenen Lebenskontinuums vor dem historischen Hintergrund der Menschheitsgeschichte. Entwicklungs- und Persönlichkeitstheorie sind in der Integrativen Therapie nicht zu trennen. Die Persönlichkeit ist eine sich ständig entwickelnde und verändernde. Dieser Prozeß kann behindert, gestört oder gefördert werden, er kann stagnieren, durch neue Erfahrungen rasant fortschreiten oder Traumatisierungen erfahren. Gesundheit und Krankheit sind miteinander verwoben und unterliegen ihrerseits der Prozeßhaftigkeit der menschlichen Existenz. Eine Diagnose ist nie statisch zu sehen, sondern prozessual als Ergebnis von Ko-respondenz und Sinnfindung und -stiftung des Diagnostikers. Krankheit ist als Ergebnis von Schädigungen multifaktorieller und zeitextensiver Art zu verstehen, die vom Individuum und seiner Umwelt nicht aufgefangen und kompensiert werden können. Auch Coping-Strategien sind nicht vorhanden oder nicht ausreichend, so daß durch Psychotherapie im Sinne von Krisenintervention, Konfliktbewältigung oder -verarbeitung, wie auch durch Erhaltung, Kompensation, Förderung, Restitution und Nachsozialisation von außen Hilfe geleistet werden muß.

Psychotherapie

Die Integrative Therapie schöpft, ähnlich wie dies bereits für die Kinder- und Jugendpsychiatrie ausgeführt wurde, aus verschiedenen erkenntnis- und handlungsleitenden Quellen, um ihrem Praxisfeld und ihren kranken, in ihren Konfliktbewältigungs-, Sinnfindungs-, Entwicklungs- und Ausdrucksmöglichkeiten beeinträchtigten Patienten gerecht zu werden. Therapeutisch steht die Integrative Therapie in der psychoanalytischen Tradition mit ihrem Verständnis psychischer, vor allem auch unbewußter Prozesse sowie der aktiven Anwendungen der Psychoanalyse durch *Perls* und *Ferenczi*. *Petzold* wurde bei seiner Entwicklung der Integrativen Therapie darüber hinaus durch das Psychodrama von *Moreno* angeregt und entwickelte die therapeutische Arbeit mit kreativen Medien in der Integrativen Therapie weiter. Darüber hinaus verfügt die Integrative Therapie mit den hier kurz benannten und den weiteren im *TREE OF SCIENCE* (vgl. *Petzold* 1990 abgedruckt in *Petzold* 1992a, 476) zusammengestellten Grundsätzen über ein theoretisches und praxeologisches Gerüst, in das neuere Erkenntnisse und Fortschritte der Therapieforschung und Entwicklungstheorie, z.B. durch die Ergebnisse der Säuglingsforschung, integriert werden können.

5.2 *Umsetzung der Grundsätze der Integrativen Therapie in die klinisch-stationäre Therapie*

Unter Anwendung des tiefenhermeneutischen Grundsatzes der Integrativen Therapie „von den Phänomenen zu den Strukturen zu den Entwürfen" (*Petzold* 1991a, 432) können wir, ausgehend von den Bedürfnissen unserer Patienten, Anforderungen an die *Strukturen* der stationären Behandlung ableiten:

Voraussetzungen:	**Kinder müssen:**
Krankenhaus	ernährt, versorgt, gepflegt,
Kinderklinik	gehalten, beschäftigt, einfühlend verstanden, erzogen, beschult,
Psychiatrie	untersucht und behandelt werden.

Diagnose und Therapie finden in einem gemeinsamen, voranschreitenden Prozeß statt, für den die Spirale ein passendes Symbol ist (vgl. *Petzold / Sieper* 1988b). Für die *Diagnostik* gilt dabei der heraklitische Satz: „Es ist allen Menschen gegeben, sich selbst zu erkennen und vernünftig zu sein" (DK22, B116, zit. nach *Petzold* 1991a, 426). Auch wenn wir ein Container-Modell anwenden müssen, bei dem der Therapeut und das Team sich stellvertretend um das stetige Voranschreiten der Erkenntnis bemühen. Dabei haben wir die verschiedenen Kontexte, d.h. Lebenswelten des Patienten und die zeitliche Dimension seiner Entwicklung zu beachten.

Diagnostik wird zu einem Prozeß des Erkennens.	
Zeitkontinuum:	**Kontext:**
Vergangenheit	Individuum, Familie, Gesellschaft, Kultur
Gegenwart	Defizite, Störungen, Traumata, Fähigkeiten, Ressourcen
Zukunft	Kompensation, Förderung, Entwicklung, Perspektive

Grundlegend für die Diagnostik bei Kindern und Jugendlichen wie auch überhaupt für die Unterscheidung, Dia-gnose von gesunden und kranken Persönlichkeitsanteilen und Denk- und Verhaltensmustern ist die Fundierung in einer Entwicklungstheorie, die den Ansprüchen der Integrativen Therapie gerecht wird. Von *Petzold* (1990e, veröff. in *Petzold* 1992a, 649) wurde hierzu ein Entwurf zu einer „Integrativen Therapie in der Lebensspanne" vorgelegt.

Für die *Behandlung* gilt der heraklitische Satz: „Des Menschen Verhalten ist sein Schicksal" (DK22, B109, aaO., 427). „Der Einsichtsgewinn in das eigene Verhalten entscheidet für *Heraklit* über das Lebensglück des Menschen" (ebd.). Auch hierbei sind wieder die Prinzipien von Kontext und Kontinuum zu beachten.

Behandlung wird zu einem gemeinsamen Handeln.	
Zeitkontinuum:	**Aufgabe:**
Gegenwart	Prävention, Erhaltung, Bewältigung
Zukunft	Förderung und Entwicklung
Vergangenheit	Restitution durch Nachsozialisation

Dabei bedeutet *Bewältigung* leider häufig auch nur, daß reale Defizite ausgehalten und coping-Strategien entwickelt werden müssen. Daneben spielen jedoch *Erhaltung, Förderung und Entwicklung* gesunder Anteile sowie das Erleben positiver Beziehungserfahrungen, sowohl in der Gleichaltrigengruppe wie auch in der signifikanten Begegnung mit einzelnen Erwachsenen, eine immer stärkere Rolle. So wie wir in der Integrativen Therapie die Perspektive von der reinen Analyse der Störungen und ihrer Entwicklung, also der Psychopathologie und der Pathogenese um die Sichtweise einer lebenslangen Entwicklung und der Salutogenese erweitern, gewinnen auch gerade in der Kindertherapie neben den negativen, schädigenden Faktoren die positiven, protektiven Faktoren einen immer größeren Stellenwert (vgl. *Petzold*, Sieper 1993, Bd. 1, 173 ff). Die alternativen Erfahrungen mit Erwachsenen sowie in der angeleiteten Gleichaltrigengruppe auf der Station bilden insgesamt über die Behandlungszeit einen übergeordneten protektiven Faktor (Megafaktor), der in seiner Auswirkung auf die zukünftige Bewältigung von Problemen und Defiziten nicht zu unterschätzen ist.

6. Klinische Praxis*

Die Elisabeth-Klinik in Dortmund ist ein wirtschaftlich selbständiges Sonder- und Akutkrankenhaus mit knapp 50 Behandlungsplätzen. Sie ist nicht Teil einer größeren Institution, die soziale Sicherheit garantiert, sondern sie muß sich selbst unterhalten. Generell ist die Kinder- und Jugendpsychiatrie ein kosten- und lohnintensives Unternehmen. Im stationären Bereich wird Intensivmedizin betrieben. Deshalb sind ca. 90% der Kosten Personalkosten. Nominal trügt das ideal klingende Patienten-Mitarbeiterverhältnis von etwa 1:1,5. Allzuoft steht im Alltag ein ausgebildeter Erzieher mit einem Praktikanten zehn nicht gruppenfähigen Patienten gegenüber. Das fordert den Mitarbeiter in seiner Fachlichkeit und seinem persönlichen Engagement sehr. Gleichzeitig ist er Angestellter mit gewerkschaftlichen Forderungen. Es gibt den Schichtdienst, die 38,5-Stunden-Woche und den Pflegenotstand.

Wenn wir über stationäre Psychotherapie sprechen, dann müssen wir zunächst über die Institution sprechen. Es geht dabei um drei Dinge: die Klinik als *Ganzes* (alle Mitarbeiter einschließlich Hauswirtschaftsdienst, Verwaltung und Hausmeister, der ein wichtiger Realitätsvertreter im Haus ist), das einzelne *Team* und *den Mitarbeiter*. Die Arbeit, das Klima, die Atmosphäre werden nur durch das Gesamtteam zur Güte dessen, was der Patient braucht. Je qualifizierter und selbsterfahrener jeder ist, um so besser kann er sich in

* Kapitel 6 ist die überarbeitete und erweiterte Fassung eines Aufsatzes des Chefarztes Dr. Landsberg über die Elisabeth-Klinik (*Landsberg* 1989).

sein Behandlungsteam einbringen. Leider wird durch das Tarifsystem, aber auch durch die begrenzten finanziellen Möglichkeiten der Klinik verhindert, daß wir über einen Mitarbeiterstab verfügen, wie er von *Janssen* (1987) für diese Tätigkeit gefordert wird. Die Bereitschaft, aber auch die Möglichkeiten des Pflege- und Erziehungsdienstes, an spezifischen, qualifizierenden, mit Selbsterfahrung verbundenen Weiterbildungsmaßnahmen teilzunehmen, sind begrenzt bzw. zur Zeit erst im Entstehen.

Wir sind unser therapeutisches Instrument. Es gibt nicht die Vielzahl an technischen Hilfsmitteln wie in der Organmedizin. Die Verbesserung der Zusammenarbeit der verschiedenen Berufsgruppen innerhalb jedes Teams ist deshalb wichtig. Wir erleben uns heute kritischer und in unserer Belastbarkeit abgrenzungsfähiger. Wir haben gelernt, daß die Krise der Klinik, des Behandlungsteams, des Mitarbeiters Krisen der Behandlung hervorrufen und umgekehrt. Einerseits reagieren die Patienten seismographisch auf die Ereignisse in der Klinik meist empfindlicher und schneller als die Mitarbeiter. Andererseits werden aber oft aus den Krisen der Patienten auch Krisen der Institution, z.B. durch ein Agieren der Gegenübertragung. So sind gerade emotional entgleisende Teamkonflikte oder institutionelle Zuspitzungen oft ein diagnostischer Hinweis auf Patienten mit frühen Schädigungen, insbesondere bei der Borderline-Persönlichkeitsorganisation. Wenn wir für die institutionellen Krisenerscheinungen aber keine Lösung gefunden haben, dann können wir dies auch nicht von den Patienten für ihre eigenen Krisen erwarten. Wir haben durch leidvolle Erfahrungen gelernt, uns rechtzeitig, nicht erst kurz vor dem eigenen Zusammenbruch, Hilfe durch Organisationsberatung und Supervision zu holen.

17 Jahre Elisabeth-Klinik heißt 17 Jahre Motivationsarbeit mit Eltern, sie davon zu überzeugen, daß die stationäre Behandlung eine Hilfe darstellt und nicht durch ein Rezept zu erbringen ist. Wachstum und Entwicklung brauchen ihre Zeit. Das verlangt von uns, daß wir die Angst vor der Stigmatisierung und der möglichen Ausstoßung des Patienten ernstnehmen. Wir kämpfen dabei aber auch gegen die Vorbehalte gegen die Psychiatrie und die Vorstellungen von der Psychotherapie.

Das Klientel der Klinik hat sich im Lauf der Zeit sehr gewandelt. Unsere Patienten sind schwieriger geworden. Wir sehen zunehmend multiple Symptombildungen und schwere Störungen im Persönlichkeitsaufbau. Die klassischen Diagnosekategorien werden zunehmend inadäquater. Unsere Patienten sind die Kinder der Schlüsselkinder, der inkompletten Familien. Sie sind mit ihren Sorgen, Nöten, Wünschen und Bedürfnissen allein gelassen worden. Da ihnen verbindliche, verläßliche Kontakte nicht gewährt werden, beziehen sie sich nur noch auf sich und fordern aus ihrer Not heraus eine sofortige Befriedigung ihrer Wünsche, weil diese sonst doch nicht erfüllt werden. Das führt zu narzißtisch-aggressiven, dissozialen Verhaltensweisen, denen wir in zunehmendem Maße begegnen. Der vermehrte Medienkonsum, die sozialen Ängste und die sich ändernden Umweltbedingungen tun das ihre dazu. Die Kinder werden mit diesen Belastungen nicht mehr fertig, sollen aber funktionieren, Erwartungen erfüllen und Leistung erbringen. Das führt zur Verwöhnungsverwahrlosung, Dissozialität, Lernleistungsstörung oder Resignation, Depression usw. Das nicht gewollte, von früh an vernachlässigte Kind verweigert die Schule, klaut in Kaufhäusern, verprügelt andere Kinder und lutscht am Daumen.

6.1 *Grundvoraussetzungen, Sichtweisen und Zielsetzungen der Arbeit*

Eingangsvoraussetzung ist, daß Kinder gebracht werden. Sie sind von ihren Eltern und *deren* Behandlungsbereitschaft abhängig. Das ist ein wesentlicher Unterschied zur Psychotherapie Erwachsener. Uns werden Kinder von ihren Eltern wegen Auffälligkeiten vorgestellt, deren Beseitigung von den Eltern oder Lehrern gewünscht werden. Die Kinder und Jugendlichen selbst wollen erst einmal gar nichts. Sie haben ihre Vorinformationen von ihren Eltern. Sie sollen zum Arzt, um gesundgemacht zu werden. Sie haben erlebt, daß Ärzte Spritzen geben und Psychologen „Idiotentests" durchführen. Beide können einen in die „Klapsmühle" schicken. Wer Behandlung braucht, ist „dumm". An die Stelle dieses kausalen Denkens versuchen wir dann, ein zirkuläres, dynamisches zu setzen. Wir deuten das Symptom als Kompromißbotschaft zwischen Wunsch und Vermeidung und die Auffälligkeiten des Indexpatienten als Symptom einer Familienkrankheit. Nur zu oft erleben wir, daß es dem Patienten durch seine Störungen gelingt, seine Familienangehörigen im Schlepptau in die Behandlung zu ziehen.

Wir sehen unsere Aufgabe darin, seelisches Leid zu lindern, zu Gesundheit und Lebensfreude beizutragen und Kindern bei der

Bewältigung bevorstehender Entwicklungsaufgaben zu helfen. Wir suchen gesunde, entwicklungsfähige, nicht genutzte Persönlichkeitsanteile und arbeiten an gestörten, wobei wir uns inzwischen immer stärker zu einer fokal-ausgerichteten Behandlung entschließen, die von ihrer Zielsetzung bescheidener, gleichwohl realistischer ist. Wir orientieren uns an den sich uns bietenden Symptomen, die wir als Ausdruck einer Botschaft verstehen, die es zu entschlüsseln gilt, um die zugrunde liegende Störung behandeln zu können. Die Symptombildung ist das letzte Mittel der Sinngebung und Kraft, das einer Person zur Verfügung steht, um ihre inneren Konflikte zum Ausdruck zu bringen. Der psychosomatisch Kranke spricht durch seine Organe. Es gilt, diese Sprache zu dekodieren und eine Kommunikation zu entwickeln, die Bewußtsein und akzeptierendes Verstehen schafft. Es kann deshalb nicht allein unsere Aufgabe sein, diese isolierten Symptome zu beseitigen. Wir betrachten uns nicht als Reparaturwerkstatt für Kinder.

Wir können heilend wirken, Modell sein, uns mit dem Patienten auf einen Prozeß einlassen und gemeinsam mit ihm nach Möglichkeiten suchen, die ihm helfen, seine Probleme zu bewältigen und seine Selbstheilungskräfte zu entwickeln. Wir leisten als Therapeuten Entwicklungshilfe oder, wie wir auch immer wieder sagen, Schwellentherapie, um dem Patienten zu helfen, die für ihn in seinem Lebenskontinuum und -kontext anstehenden Entwicklungsschritte leichter zu bewältigen. Heil wird der Patient dann aus eigenen Kräften. Wir können zwangsernähren, aber nicht zwangstherapieren. Ziel ist die Vermittlung von Lebenshilfen, nicht die Symptombeseitigung.

6.2 Die Behandlung

Auf allen Stationen der Klinik wird psychotherapeutisch gearbeitet. Weil die Grundbedürfnisse der verschiedenen Altersgruppen in bezug auf Versorgung, Betreuung, Beschäftigung und Strukturierung unterschiedlich sind, haben wir vier altersgestaffelte Behandlungsgruppen und eine tagesklinische Gruppe. Wir sind jedoch auch Akutklinik. Immer wieder sind diagnostische und Kriseninterventionsaufnahmen notwendig. Da es keine geschlossenen Therapiegruppen gibt, führt das zu Gruppenstrukturveränderungen.

Deshalb vermeiden wir, wenn möglich, Aufnahmen ohne Voruntersuchung.

Um die Thematik konkreter faßbar zu machen, möchten wir von einem *Fallbeispiel* ausgehen:

Tanja ist bei der Erstvorstellung 12 Jahre alt. Sie wird wegen aggressivem, unduldsamem Verhalten mit der Tendenz, sich permanent in Szene setzen zu müssen, um Aufmerksamkeit zu erregen, vorgestellt. Es werden ihre Schulleistungsproblematik, wie bei 75% unserer Patienten, erwähnt, ihre Eßstörungen im Sinne starker oraler Gier, aber auch Auffälligkeiten, wie Stehlen und starkes sexuelles Interesse beklagt. Die Adoptiveltern sprechen von einer Identitätsproblematik: Das Mädchen spiele bei ihnen immer wieder darauf an, daß sie ja nicht die richtigen Eltern seien. Insbesondere die Mutter hat das Gefühl, von dem Mädchen nicht akzeptiert zu werden, und benennt selbst eine sehr tiefgreifende Störung im Kontakt zu Tanja. Diese Beziehungsstörung habe von Anfang an bestanden.

Tanja wurde mit 1½ Jahren adoptiert. Der Adoptionswunsch entstand nach der Geburt der leiblichen Tochter und dem Wissen, keine weiteren Kinder mehr bekommen zu können. Die Adoptiveltern wollten damals keinerlei Information über die Herkunftsfamilie von Tanja haben. Sie wollten das Kind völlig unbelastet von Vorinformationen aufnehmen. Die ersten Kontakte zu Tanja entstanden in einem Kinderheim, in dem Tanja damals untergebracht war. Die Situation in diesem Kinderheim wirkte von Anfang an erschreckend auf die Adoptivmutter, zumal sie dort mehrere Nächte verbrachte. Der Adoptivvater sei sofort auf Tanja zugegangen und wurde dabei sehr von seiner leiblichen Tochter unterstützt. Die Adoptivmutter berichtet, daß sie vom ersten Augenblick an eine innere Reserve gegenüber dem Kind erlebt habe und sehr von der dort erlebten Heimsituation beeinträchtigt, ja abgestoßen wurde.

Bevor Tanja in die Klinik aufgenommen wurde, wollten wir sie und ihre Familie erst einmal kennenlernen, um uns gemeinsam mit ihnen auf diese Behandlung vorzubereiten. Im weiteren ging es vor allem darum, die Ziele der Behandlung bereits im Vorfeld festzulegen. Beide Eltern, wie auch Tanja, formulierten die Erwartung, daß der Familie geholfen wird, die innerfamiliäre Beziehungskrise einer Lösung näherzuführen und Tanja Hilfen anzubieten, sich altersgemäß weiter zu entwickeln. Die Identitätsproblematik der Patientin vor dem Hintergrund ihrer Adoption ließ es für uns ratsam erscheinen, schon im Vorfeld der Aufnahme diese Thematik zu benennen, um die Wurzeln von Tanjas Herkunft so weit wie möglich zu ergründen. Wir wollten ihr damit einen Boden für ihre Identitätsentwicklung schaffen. Nachdem ein Konsens über diese Fragen hergestellt worden war und die Adoptiveltern sich mit dem Jugendamt in Verbindung gesetzt hatten, welches uns in der Folgezeit bei der Arbeit sehr hilfreich war, erfolgte die Aufnahme.

Wir bieten jedem Patienten zwei Einzeltherapiestunden, eine Gruppentherapie, eine Kleingruppentherapie in der Woche und zwei familientherapeutische Sitzungen pro Monat an. In den Gruppenalltag sind Erziehung, Förderung, Beschäftigung, Lern- und Arbeitsangebote integriert. Darüber hinaus geht jedes Kind in die Schule, wenn möglich sogar in seine Herkunftsschule.

Das ist unser formales Behandlungsangebot. Sehr viel wesentlicher für uns ist, daß die Patienten einen klar strukturierten, überschaubaren, berechenbaren Alltag haben, in dem ihnen ein verbindliches Beziehungsangebot gemacht wird. Die Grundvoraussetzungen der „Für-Sorge" für den Patienten müssen erfüllt sein. Nur auf der Grundlage eines solchen Settings kann Psychotherapie überhaupt wirken. Wir müssen uns im klaren sein, wohin wir therapieren bzw. erziehen wollen, und überprüfen, ob das in Einklang mit den Wünschen und Bedürfnissen des Patienten und seiner Eltern zu bringen ist. Therapie ist ein schöpferischer Prozeß, der Aufbruch und Veränderung bedeutet, wobei der Weg nicht von vornherein festzulegen ist. Genesung ist nicht Anpassung, sondern heißt in vielen Fällen leben lernen mit dem, was ist. Wir können dafür eine Umgebung anbieten, die dem Defizitausgleich, der Selbstentwicklung und der Förderung dient, begleitet und reflektiert durch Erwachsene und die zu ständiger Realitätsauseinandersetzung in ihrem gesamten Spektrum herausfordert.

6.2.1 Behandlungsgruppe

Im Gruppenalltag geht es weniger darum, wie Theorien verwirklicht werden können, wie das Therapiekonzept umgesetzt werden kann. Häufig bewegen den Mitarbeiter viel alltäglichere Fragen: Wie kann das Kind dazu gebracht werden, seine Schulaufgaben zu machen? Wie kann ein erneuter aggressiver Durchbruch verhindert werden? Wie können die bereits durch andere Dinge genervten Erzieher dazu angeleitet werden, situationsadäquat auf die Bedürfnisse einzelner Patienten einzugehen? Wie kann bei ihnen erreicht werden, daß Ablehnung provozierende Kinder angenommen werden? Wie kann ein verstehender Zugang zur Problematik und zu Auffälligkeiten von Patienten gefunden werden, um ein durch agierende Provokation hervorgerufenes Aufschaukeln der Gesamtsituation auf der Station aufzufangen oder zu verhindern?

Die Behandlungsgruppe dient als Halt und Orientierungsfeld. Sie ist der Boden, auf dem Therapie möglich wird. In unserer Arbeit orientieren wir uns an den Prozessen in der Gruppe, an den Bedürfnissen des einzelnen und der Gruppe. Dieses Vorgehen bedeutet eine Arbeit mit Übertragung und Gegenübertragung und ein persönliches Sich-Einlassen auf den Patienten, der in der Gruppe seine Problematik inszeniert. Immer wieder erleben wir, daß sich der in der Ambulanz therapiemotivierte, angepaßte Patient nach seiner stationären Aufnahme wandelt. Das führt immer wieder zu heftigen Kontroversen und gegenseitigen Schuldzuweisungen zwischen Therapeuten und Stationsmitarbeitern. Es wird übersehen, daß das sich ändernde Beziehungsgefüge zu anderen Interaktionen führt und den Patienten in Kontakt mit anderen, zu ihm gehörenden Persönlichkeitsanteilen bringt, die das Auftreten anderer Phänomene zur Folge hat. Die stationäre Behandlungsgruppe fungiert als Bühne, auf der sich der Patient mit seiner Persönlichkeit und mit seiner Symptomatik zur Darstellung bringt. Wir erleben deshalb scheinbar einen anderen Patienten, dabei zeigt er sich uns nur vielfältiger und facettenreicher. All dies gehört zu ihm, all dies muß mitberücksichtigt werden, wenn wir ihm in der Behandlung gerecht werden wollen, und das muß auch Berücksichtigung bei der Therapieplanung finden. Was der Patient im Alltag tut, was er damit bei den Gleichaltrigen und Mitarbeitern auslöst, ist zunächst nicht vorhersehbar. Folglich kann z.B. der Pflege- und Erziehungsplan, in dem die Ziele der milieutherapeutischen Behandlung festgelegt werden, erst nach Ablauf einer Beobachtungszeit erstellt werden. Es muß zunächst beobachtet werden, wie die bei der Aufnahme von Eltern und Therapeut festgelegten Behandlungsziele sich angesichts der in der konkreten Situation des Gruppenalltags auftretenden Symptome umsetzen lassen.

Das sich im Gruppenalltag entwickelnde psychodynamische Geschehen führt immer wieder zu konflikthaften Prozessen zwischen den daran Beteiligten, die es zu lösen gilt, um immer wieder neu miteinander in Kontakt kommen zu können. Die sich dabei abspielenden intra- und interpersonellen Prozesse sind eine immer wieder neue Herausforderung für alle Beteiligten. Dabei macht uns die tägliche Arbeit auch immer wieder deutlich, daß wir nicht mit einem starren Konzept arbeiten können. Das Konzept bildet nur den Orientierungsrahmen, der für alle verbindlich ist. Die Ausgestaltung ist ein kreativer und vor allem konflikthafter Prozeß. Es geht um unsere Einstellung und innere Haltung.

Zur Verdeutlichung soll eine kurze Fallvignette dienen:

> Ein elfjähriger Junge wurde uns wegen aggressiver und verbal-sexueller Auffälligkeiten in der Schule vorgestellt. Auch in der stationären Behandlung, die uns nach der ambulanten Diagnostik erforderlich erschien, konnte er sich nur schwer auf die Gleichaltrigengruppe und die Erwachsenen einlassen, und es kam immer wieder zu aggressiven Durchbrüchen und zu Sachbeschädigungen, z.B. eingetretenen Türen. Er befand sich in einer Krise, die darauf zurückzuführen war, daß ihm die

Eltern nicht erlaubt hatten, sich so zu entwickeln, wie er ist, sondern ihn mit unbewußten Erwartungen konfrontiert hatten. Dadurch wurde er zu einer Projektionsfläche für die unerfüllten Lebensziele seiner Eltern, was diese in ihren bewußten Äußerungen jedoch weit von sich wiesen. Diese Diskrepanz zwischen narzißtischen Erwartungen bei offen geäußerter laissez-faire-Haltung war auch in den Selbstzuschreibungen der Eltern zu beobachten und ließ sich in den therapeutischen Familiengesprächen nicht auflösen. Statt dessen kam es zum Rivalisieren mit den Therapeuten und zu Schuldzuweisungen an die Mitarbeiter der Station, verbunden mit der paradoxen Botschaft, daß die Eltern mit der Behandlung zufrieden wären. Die Situation eskalierte dann endgültig, als die Eltern uns durch den Jungen mitteilen ließen, daß er zu einer Operation in ein anderes Krankenhaus müsse. Die Eltern waren der Auffassung, daß diese Unterbrechung mit uns abgesprochen wäre. Wir hatten zwar eine entsprechende Untersuchung empfohlen, über deren Ergebnis aber bisher nichts erfahren. Wegen der anderweitig notwendigen stationären Behandlung kam es dann, von unserer Seite unbewußt trotzigmitagiert, formal zur Entlassung des Jungen, was nun wiederum die Eltern empörte. Daran entzündete sich eine heftige Auseinandersetzung, in die Eltern, Therapeuten und Stationsmitarbeiter verwickelt waren. Im Verlauf dieses Prozesses gelang es erst allmählich, die Positionen zu klären, Abgrenzungen zu finden, Vereinbarungen zu treffen und eigentlich zum ersten Mal ein Therapiebündnis zu vereinbaren, das eine Wiederaufnahme und eine konfliktorientierte Behandlung möglich machte. Wären wir dagegen unserem Konzept in Form der Hausordnung gefolgt, hätten wir die Behandlung spätestens nach der zweiten massiven Sachbeschädigung abbrechen müssen. Es soll jedoch an dieser Stelle auch noch einmal deutlich angemerkt werden, daß der personelle Aufwand und der psychische Streß für alle Beteiligten bei einer so flexiblen Handhabung der Regeln kaum abzuschätzen ist. Immer wieder stehen wir vor solchen schwierigen Entscheidungen zwischen therapeutischer Chance und Stationserfordernissen. Dabei machen uns scheinbar widersprüchliche Erfahrungen immer wieder Hoffnung, wie z.B. die Jugendlichen, die sich nur chaotisierend in die Gruppenpsychotherapie einlassen konnten, aber gleichzeitig in der „Juko" (dem Patiententeam) zu konstruktiven Auseinandersetzungen kamen, in deren Verlauf die Patienten sich sehr persönlich einlassen konnten.

Die Patienten erfahren im Setting der Gruppe viel über Grenzen und den Umgang mit gesetzten Grenzen. Sie lernen, sich auf soziale Kontake einzulassen. Für ihre Symptome, wie z.B. Unruhe, Aggressivität und Depression, gilt es, andere Ausdrucksformen zu finden.

Tanja wurde für uns in der Klinik zunächst einmal zum Problemkind. Sie versuchte durch sehr vielfältige Auffälligkeiten, die Aufmerksamkeit sowohl der Kinder wie der Erwachsenen auf sich zu ziehen, um Zuwendung und Beachtung zu finden. Sie zog anfangs durch ihr distanzloses, provozierendes Verhalten immer wieder den Ärger der Kinder und der Erwachsenen auf sich. Sie erzwang Aufmerksamkeit durch Weinen und körperliches Leiden. Sie forderte Zuwendung und lehnte diese gleichzeitig ab. Sie suchte den Kontakt zu den anderen Kindern, indem sie als Königin oder Aschenputtel auftrat. Kurz: Sie zeigte sich uns in gleicher Weise wie zu Hause und in der Schule. Sie konnte jedoch in der Klinik die Erfahrung machen, daß wir anders auf diese Auffälligkeiten reagierten, weil wir keine gemeinsame Geschichte miteinander hatten. Wir wiesen auf Grenzen hin, und sie lernte den

Umgang damit in der Gruppe. Sie lernte, sich in soziale Kontakte einzulassen und unter der Anleitung von Erwachsenen z.B. ihr emotionales Hungergefühl anders zu stillen als ausschließlich mit Lebensmitteln.

Ein uns im Gruppenalltag immer wieder faszinierendes Phänomen ist die Art, wie Kinder sich und ihre Familien atmosphärisch und szenisch in die Gruppe einbringen. Die Kinder übertragen die sie bedrohenden Eigenschaften ihrer Familienangehörigen auf Mitglieder der Gruppe oder binden abgespaltene, ängstigende Selbstanteile an diese. Jemand in der Gruppe gerät in die Position des Idealisierten, der andere in die Rolle des Bösen. Je tiefgreifender die Persönlichkeit der Patienten gestört ist, um so mehr sind sie darauf angewiesen, die verschiedenen Anteile ihrer Persönlichkeit an verschiedene Personen zu binden, um sich so vor der Verschmelzung mit der Umwelt zu schützen oder in einer Mehrpersonenbeziehung immer einen ausschließen zu können. Nur so können sie sich selbst aushalten. Später lernen sie, ihre destruktiven Phantasien in der Realität zu überprüfen. Die Patienten können sich darauf nur einlassen, wenn sie sich durch klar abgegrenzte, ritualisierte, immer verfügbare Beziehungsangebote sicher gehalten fühlen; dieser Halt ist ihr Schutz. Er vermittelt ihnen aber auch, daß sie besondere, von anderen verschiedene Wesen sind, die sich wiederum auf andere beziehen können.

An unserem Fallbeispiel läßt sich dieser Abwehrmechanismus deutlich machen: Bei Tanja ging es um die Übertragung des idealisierten Bildes der leiblichen Mutter und die gleichzeitige Übertragung der Imago der abgelehnten Adoptivmutter. Das wurde im Verlauf des Prozesses immer deutlicher. Für uns entwickelte sich daraus die Notwendigkeit, reale Bilder der leiblichen Mutter an die Stelle der phantasierten zu stellen, damit Tanja lernte, die Phantasie von der Realität zu unterscheiden.

6.2.2 Schule

Uns steht eine Schule für Kranke zur Verfügung. Knapp die Hälfte unserer Patienten wird hier von derzeit fünf Lehrern im Einzel- und Kleingruppenunterricht betreut, während die übrigen Patienten öffentliche Schulen besuchen. Unsere Schule stellt durch ihr geändertes Unterrichtsangebot zunächst eine Entlastung für die Kinder dar. Sie ist aber auch ein Ort, an dem von Lehrern, die auch Freunde und Erzieher sind, kindliche Neugier und Erkenntnislust unterstützt wird. Auf diese Weise dient die Schule der Persönlichkeitsentwicklung und Bildung. Sie stellt aber auch Forderungen und wird damit zu einer Herausforderung für die Kinder, auf die wir nicht verzichten wollen, weil sie eine Repräsentanz von allgemein anerkannter gesellschaftlicher Realität im therapeutischen Milieu darstellt und so eine Bereicherung des therapeutischen Prozesses im Sinne einer Triangulierung ist.

6.2.3 Einzelpsychotherapie

In der Behandlung versuchen wir, die klassischen psychoanalytischen Formen erkennenden, aufdeckenden und durcharbeitenden Vorgehens, unter Berücksichtigung von Übertragung und Gegenübertragung mit Nachsozialisation, stützendem, forderndem und konfrontierendem Vorgehen zu verbinden. Methodisch kommen übungs-, erlebnis- und konfliktorientierte Methoden sowie leiborientierte Verfahren in Betracht, mit deren Hilfe Gefühle, Atmosphären, Szenen und Inszenierungen ins Erleben gebracht und nachvollziehbar werden sollen. Wichtig ist uns, daß die Ziele die Methode bestimmen, denn heilend wirkt die menschliche Begegnung und nicht das Therapiemittel. Das heißt, der Kontakt im Stationsalltag, die Begegnung in der Therapiestunde und erst recht die sich oft jahrelang im Rahmen ambulanter Nachbetreuung dem Kind vermittelnden Atmosphären und Haltungen, können das Selbstbild und die Introjekte des Patienten oft wirkungsvoll verändern und im Sinne von Kompensation und Substitution oder Umdeutung heilen.

Wir sprechen von Patienten mit frühen Schädigungen der Persönlichkeitsentwicklung, die im Verlauf der ersten Lebensjahre Störungen, seelische Traumen und Defizite verleiblicht haben (Ablehnung, mangelnde Objektkonstanz, Trennung). All dies wurde bei den späteren Patienten im Verlauf der Kindheit nicht ausgeglichen, sondern verfestigt. Wir erleben immer wieder, daß an die Stelle der Aufarbeitung der Kontaktabbruch tritt, z.B. in Form der Ehescheidungsreaktionen. Als Schutz des Selbst, des Ich und der Identität entwickeln die Kinder reaktiv eine psychische Erkrankung, in deren Wesen die große Sehnsucht nach Beziehung liegt, die ihnen immer wieder fehlte oder der sie traumatisch entrissen wurden und vor der sie deshalb gleichzeitig eine übergroße Angst entwickelt haben. Es ist unser Bemühen als Therapeuten, Kontakt zu diesen schwer erreichbaren, individuellen Welten zu finden und den Patienten durch ein „Beeltern" oder „Nachbeeltern" zu helfen. Die Fähigkeit und Bereitschaft zur Resonanz des Therapeuten und seiner Fähigkeit, als Erwachsener Verantwortung zu tragen, ist das einzige

Instrument, mit dem diese Arbeit des Durchtragens von Übertragung und Gegenübertragung möglich ist und durch die wir schließlich in tiefe Beziehung zum Patienten kommen. Natürlich können wir ihre Verletzungen, Verluste und Enttäuschungen nicht ungeschehen machen. Auch wissen wir, daß psychische Strukturen nicht verändert werden können, sondern bestehen bleiben. Aber wir können mit dem Patienten nach Bewältigungsmodellen suchen, die ihm helfen, seine *Selbstheilungskräfte* zu entwickeln.

Am Fallbeispiel wird dies wieder deutlich: Die bestehende Grundstörung machte es Tanja zunächst schwer, sich auf einen einzelpsychotherapeutischen Prozeß einzulassen. Sie lebte offensichtlich mit der Erfahrung, daß gerade der nahe Umgang die Gefahr in sich birgt, sich schmerzhaft zu spüren. So stand zu Beginn die aggressive Abwehr im Vordergrund. Sie ließ sich nur langsam auf einen therapeutischen Kontakt ein, aus dem Beziehung wurde. Ihre Sehnsucht nach früher Symbiose mit der Mutter konnte zunächst nur auf der Symbolebene anhand des Paradiesthemas angesprochen werden. Später konnte sie sich auch emotional auf einen regressiven Prozeß mit ihrer Einzeltherapeutin einlassen.

Es ist für die Identitätsentwicklung wichtig, daß Kinder viel über ihre Vergangenheit erfahren, um zu wissen, was Realität ist und war. Alle Kinder beziehen das, was in der Familie geschieht, auf sich und fühlen sich verantwortlich. Das bezieht sich auch auf scheinbar unwesentliche Dinge, die die Kinder taten oder an sich hatten. Diese Dinge werden in der Phantasie der Kinder dann z.B. die Ursache für die Scheidung der Eltern oder, wie bei Tanja, für die Adoptionsfreigabe. Diese Phantasien lassen sich nur durch die Konfrontation mit der Realität verändern. Es geht auch um die Erfahrung, daß es nicht nur ein zeitloses **Jetzt** gibt, sondern daß es auch eine **Vergangenheit** gab. Und wenn jemand eine Vergangenheit hatte, dann wird er auch eine **Zukunft** haben.

Tanjas Neigung zur Idealisierung der leiblichen Mutter konnte in der Einzeltherapie verändert werden. Die reale Begegnung mit der Person, die die Mutter heute ist, und die Erfahrung, von der leiblichen Mutter nicht nur damals, sondern auch heute nicht gewollt zu sein, trug zu dieser Veränderung bei. Die Spaltung in eine „gute" und eine „böse" Mutter konnte aufgegeben werden. Es kam zu einem Nachreifungsprozeß, der Tanja über den Weg einer schmerzhaften Anerkennung der Realität nicht nur eine Integration der vormals gespaltenen Mutter-Introjekte ermöglichte, sondern in dessen Verlauf Tanja sich auf eine weitergehende Selbsterfahrung einlassen konnte, die ihr zu mehr Selbstbejahung verhalf und ihr damit ein sich allmählich stabilisierendes Selbstgefühl ermöglichte.

6.2.4 Gruppenpsychotherapie

Die Gruppenpsychotherapie dient der strukturierenden Durcharbeitung der Prozesse, die sich im Alltag der Gruppe abspielen. Es geht um die Arbeit an den Beziehungen unter den Gruppenmitgliedern, aber auch um die Vermittlung von Hintergrundinformationen z.B. aus den Familien, die den anderen Kindern und Erwachsenen das Verhalten und die Stimmung des Einzelnen deutlicher werden läßt. Vom Verfahren her bietet sich ein bimodales Modell der Gruppenarbeit (*Petzold/Schneewind* 1986) an. Die in erlebniszentrierten Sequenzen prägnant gewordenen Inhalte werden klärend und deutend bearbeitet. Die Patienten stellen ihre innere und soziale Konflikthaftigkeit dar. Dabei ist das Ziel, sie in die Lage zu bringen, ihre Anliegen und Probleme in einer altersgemäßen Form auszusprechen, die Klärung von Konflikten zu üben, Wünsche und Forderungen anzumelden sowie Feedback zu geben und zu erhalten. Die Gruppentherapie hat dann eine zusammenhaltende, heilende Funktion.

Die Gruppenpsychotherapie wirkte auf Tanja zunächst reizüberflutend. Später konnte sie diese zur Darstellung ihrer inneren und sozialen Konflikthaftigkeit benutzen. Sie war dann schließlich in der Lage, altersgemäß ihre Probleme sowie die Belange und Konflikte anzusprechen, die sie im Alltag beschäftigten.

6.2.5 Familientherapie

Wir vertreten einen familienbezogenen, strukturellen Ansatz, der das Individuum im Kontext seiner Familie und die Kinder in häufig unbewußten Abhängigkeitsmechanismen in der Familie verstrickt sieht. Traditionelle Begrifflichkeiten übernehmend, gehen wir von Delegation, fehlenden Generationsgrenzen und Parentifizierung aus, sehen das Kind als Substitut des elterlichen Selbsts und darüber hinaus generell eine mangelnde Individuation in der Familie. Eine besondere Rolle spielen für uns familiäre Atmosphären, die wir gelegentlich durch gezielte Hausbesuche noch deutlicher zu erfassen suchen. Sie liefern uns wichtige diagnostische Hinweise und Hypothesen, aber wir versuchen auch, die Familienatmosphäre gezielt zu beeinflussen. Denn in der Familientherapie sollen sich die Familienmitglieder anders kennenlernen. Sie können Unbewußtes wiederentdecken und die Rollen kennenlernen, die sie in der Familie innehaben. Sie können deren Sinn und Zweckmäßigkeit hinterfragen. Oft sind diese Ziele viel zu hoch angesetzt. Ganz wichtig ist uns jedoch immer die Arbeit an der Generationsgrenze, also die Eltern in ihrer Rolle als Erwachsene und Eltern, die Kinder in ihrer Rolle als Kinder zu bestärken. Diese Befähigung der Eltern zur Übernahme väterlicher und mütterlicher Verantwortung setzt jedoch voraus, daß sie zunächst einmal die eigenen Familienerfahrungen und Rollenbilder reflektieren und in wirklichen Kontakt zu den übrigen Familienmitgliedern kommen. Es gilt, die oft bestehende familiäre Sprachlosigkeit oder festgefahrene Wahrnehmungs- und Kommunikationsmuster zu überwinden und Verbindungen wieder herzustellen.

Oft hat auch die Therapie mit den Eltern „nachreifenden" Charakter. Sie sind oft selbst alleingelassene, zurückgesetzte Kinder, die an den Spätfolgen des Nationalsozialismus und des Zweiten Weltkrieges leiden. Sie projizieren nicht gestillte kindliche Wünsche auf ihre Kinder und machen diese so unbewußt zu Hoffnungsträgern, zu narzißtisch besetzten Selbstobjekten und in der Übertragung zu ihren Eltern oder Partnern, von denen sie Bedürfnisbefriedigung erwarten. Sie lassen ihre Kinder nicht sein, was sie sind, *Kinder*.

Zudem erleben wir natürlich auch in der Therapie die sich verändernden und zuspitzenden sozialen Verhältnisse: sozialen Abstieg, mehrfachbelastete, alleinerziehende Mütter oder gehäuft Familien aus einer gesellschaftlichen Randsituation. Stieffamilien-Probleme mit einer vom Patienten miterlittenen Geschichte gescheiterter Partnerschaften führten schon dazu, daß wir unseren Aufnahmefragebogen ändern mußten, um diese veränderten sozio-strukturellen Gegebenheiten überhaupt auf den ersten Blick erfassen zu können. Die komplette Familie, die sich im Rahmen der stationären Behandlung ihres Kindes mit in die Therapie begibt, ist die Ausnahme und wird fast schon zum Mythos. Der Hauptteil unserer Arbeit gilt einer Perspektivenerweiterung der Familien, um die vorhandenen Eigenanteile und -verantwortungen überhaupt erst wahrnehmbar und eingestehbar zu machen.

Für die Psychotherapie bedeutet die Integration dieser verschiedenen Aufgaben in Einzel-, Gruppen-, Familien- und Soziotherapie sowie interinstitutioneller Sozialarbeit zwar eine große Chance, die jedoch für den für die Behandlung verantwortlichen Therapeuten eine Identitätsproblematik und persönliche Belastung mit sich bringt, die kaum noch zu bewältigen ist und unter dem Stichwort „burn-out" noch an anderer Stelle zu diskutieren sein wird.

Zurück zum Fallbeispiel: Zusammen mit dem Jugendamt bereiteten wir mit Tanja und ihrer Familie eine Begegnung Tanjas mit ihrer leiblichen Mutter vor und führten vorab einen Hausbesuch durch, bei dem wir viel über Tanjas Vorgeschichte erfahren konnten:

Tanja hatte früher einen anderen Namen. Sie ist das 2. Kind aus der Ehe der Kindsmutter. Die Kindsmutter habe die Schwangerschaft erst im 4. Monat bemerkt. Ihre Ehe betrachtete sie damals schon als gescheitert. Der Kindesvater habe die Vaterschaft angezweifelt und sie zur Adoptionsfreigabe überredet. Anschließend verließ er Tanjas Mutter und nahm seine erstgeborene Tochter mit. Zwischen dieser und der Mutter bestehe immer noch ein lockerer Kontakt. Später ging die Kindsmutter eine uneheliche Verbindung ein. Aus dieser entstammt ein recht pfiffiges, lebendiges Mädchen, welches heute 9 Jahre alt ist und bei der Kindsmutter und ihrem jetzigen Partner lebt.

Später fand ein Kontakt mit der leiblichen Mutter und Tanja in der Klinik statt. Nach diesem Besuch, dem ersten Treffen von Mutter und Tochter nach 10 Jahren, kam es trotz der Versprechen der Mutter zu keiner weiteren Kontaktaufnahme von seiten der leiblichen Mutter mehr. Hier wurde die Ambivalenz der leiblichen Mutter noch einmal deutlich. Im Kontakt mit Tanja war sie sehr präsent und auch sehr betroffen gewesen. Danach war sie nicht mehr erreichbar.

In der Familientherapie zusammen mit den Adoptiveltern ging es vordergründig um Tanjas Andersartigkeit. Diese und anderes wurde als Erklärung für die Unmöglichkeit ihrer Integration in die Familie angeführt. Später wurde deutlich, daß die Adoption durch die Familie unter anderem deshalb erfolgte, um sich der Trauer, keine eigenen Kinder mehr zu bekommen, nicht stellen zu müssen. Dies galt insbesondere für die Adoptivmutter, der Tanja quasi als „Depressionsabwehr" diente. Hierin fand sich eine Erklärung für die gespannte Beziehung zwischen Tanja und ihrer Adoptivmutter. Da sich Tanja als Außenseiter der Familie zur Verfügung stellte, mußte sich diese nicht mit sich selbst beschäftigen. Solange Tanja durch ihre Auffälligkeiten und ihr Anderssein für alle familiären Spannungen verantwortlich gemacht werden konnte, brauchten sich die Adoptiveltern nicht mit dem eigenen Paarproblem oder beispielsweise den Schulleistungsstörungen ihrer leiblichen Tochter befassen.

6.2.6 Grenzen

In jeder Behandlung stoßen wir immer wieder an Grenzen. Diese werden durch das *Individuum*, durch die *Umwelt*, aber auch durch die *Institution* gesetzt. Dem *Individuum* muß ein klar strukturierter Umgang angeboten werden. Im Alltag ist darüber hinaus auch elterliche Präsenz, Sorge und Fürsorge erforderlich. Denn Gewalt, Machtkämpfe und Reglementierungen führen immer wieder zu Unsicherheit und Destabilisierungen bei ihnen, in Gruppen und Teams.

Wenn wir die Individuen wie z.B. Tanja betrachten, sprechen wir von Personen mit frühen Störungen der Persönlichkeitsentwicklung. Tanja hat im Verlauf des ersten Lebensjahres Ablehnung, mangelnde Objektkonstanz und Trennungen verleiblicht. All dies wurde auch durch die Adoption nicht kompensiert, wie die Adoptivmutter-Tochter-Beziehung zeigt. Diese „Grundstörung" kann vom Individuum nur durch die Entwicklung einer psychischen Erkrankung kompensiert werden. Es ist unser Bemühen als Therapeuten, hier helfend, heilend, stützend und fördernd, aber auch konfrontierend tätig zu werden. Dabei muß offen bleiben, wie weitgehend uns das gelingt, denn auch wir können Schädigungen nicht ungeschehen machen. Wir haben erfahren müssen, daß einmal gebildete und gefestigte psychische Strukturen kaum noch verändert werden können. Die Patienten können jedoch lernen, mit ihrem So-Sein zu leben, sich so zu akzeptieren, sich so anzunehmen, wie dies bei Tanja im Verlauf ihrer Behandlung ansatzweise gelungen ist.

Auch mit den *Familien* geraten wir immer wieder an Grenzen. Uns wird deutlich gemacht, daß es für die Familie einfacher ist, mit der Störung eines Familienmitgliedes, des „Indexpatienten" zu leben. Das scheint leichter zu sein, als den gesamtfamiliären Kontext zu ändern. Die Angst ist für den einzelnen oder für das System im Augenblick so groß, daß es einfacher scheint, sich ihr zu entziehen. Auch die Adoptiveltern von Tanja waren lieber bereit, in den Auffälligkeiten von Tanja genetische Störungen zu sehen, als das eigene Verhalten zu reflektieren oder sich ihrem eigenen So-Sein und damit der eigenen Depression zu stellen.

Grenzen hat auch die Bereitschaft der Eltern, sich auf einen therapeutischen Kontakt einzulassen. Sie ist meist von erheblichen Widerständen und Ängsten begleitet oder von Mythen und Familiengeschichten überschattet. Von der Familie werden dann deutliche Signale gesetzt, „bis hierher und nicht weiter". Das kann sogar zu plötzlichen, traumatisierenden Behandlungsabbrüchen führen.

Begrenzungen entstehen aber auch dadurch, daß die Kinder die von ihren Eltern gesetzten Werthaltungen und Grenzen nicht akzeptieren können, weil ihre Wert- und Realitätswahrnehmung sich damit nicht in Einklang bringen läßt. Es ist kein gegenseitiges Akzeptieren möglich. Es geht dann darum, Möglichkeiten der Abgrenzung zu suchen, und das kann unter Umständen Trennung bedeuten. So ging es auch mit Tanja. Die tiefe emotionale Kluft zwischen Adoptivmutter und Kind war nicht zu bewältigen. Das führte zur

Erwägung einer Fremdunterbringung. Erst als diese vollzogen war, wurde der Adoptivmutter deutlich, daß ihre seelischen Probleme nicht dadurch beendet waren, daß Tanja die Familie verließ. Sie begab sich daraufhin in eine einzeltherapeutische Behandlung.

Grenzen treten auch bei auseinanderbrechenden Familien auf oder wenn in Folge der Dysfunktionalität von Elternschaft das Wohl und die weitere Entwicklung von Kindern gefährdet ist. Eine psychotische Mutter und ein zu Hause abwesender, sich entziehender Vater können ein Kind nicht erziehen. Hier ist im Sinne des Wohles der Kinder zu handeln.

Auch als *Institution* stoßen wir immer wieder an Grenzen. Die Kooperation unterschiedlicher Berufsguppen mit annähernd gleichen Funktionen macht ein integratives Konzept zwingend notwendig. Die Arbeit mit Übertragung und Widerstand wird nicht durch Therapeuten geprägt, sondern wird vor allem durch die den Gruppenalltag gestaltenden Pädagogen zur Güte dessen, was der Patient braucht (*Becker* 1987). Immer wieder überträgt sich das Chaos der Patienten auf die Mitarbeiter, führt bei ihnen zu Ohnmacht und Angst oder zur Gleichgültigkeit. All dies blockiert die Arbeit der Mitarbeiter und hat Polarisierungen zur Folge. Immer wieder gilt es, Verständnis für die Problematik der Patienten zu wecken, auszugleichen, Verbindungen herzustellen, zu Selbstreflexion und Differenzierung anzuregen. Ohne emotionale Bindung an die Tätigkeit, ohne Spaß und Freude ist eine Arbeit in der Kinder- und Jugendpsychiatrie nun einmal nicht möglich. Es gab und gibt auch immer wieder Krisen bei einzelnen Mitarbeitern und Krisen und Konflikte zwischen den Mitarbeitern, die es zu bewältigen gilt. Ein Fehlen dieser Krisen würde eher für ein fehlendes Engagement oder allzu gut funktionierende Klinikroutine sprechen. Ein nicht rechtzeitiges Beachten von Gegenübertragungsphänomenen kann zu Situationen führen, die eine Kontraindikation für eine weitere Behandlung darstellen (*Heinzmann* 1983). Gleichzeitig hat die konstruktive, supervisorische Auseinandersetzung mit diesen Konflikten Modellcharakter für die Patienten, die oft nur ein aggressives Aufeinandereinschlagen und den Kontaktabbruch kennen.

Kehren wir abschließend noch einmal zu Tanja zurück. Ihre Behandlung in der Klinik dauerte knapp ein Jahr. Das ist eine lange Zeit, aber: „Nur Unkraut wächst schnell." Sie besucht z.Zt. eine Schule mit internatsmäßiger Unterbringung. An den Wochenenden lebt sie in der Adoptivfamilie. Das scheint für alle das im Augenblick mögliche zu sein. Diese Lösung ist nicht die Regel, denn 80% unserer Patienten gehen zurück zu ihren Eltern.

6.3 Schluß

Der Wunsch nach Integration und weiterer Professionalisierung im Sinne von Wachstum der gesamten Institution begleitet uns in die Zukunft. Die sich ändernden Umweltbedingungen werden zu anderen Krankheitsbildern führen. Die ökologischen Veränderungen, die Technisierung und der Medieneinfluß sind äußere Zeichen dafür. Im speziellen denken wir an die Arbeitslosigkeit, inkomplette Familien, Sucht, Gewalt, Kindesmißhandlung, sexuellen Mißbrauch und Angst vor oder Erkrankung an Aids. Die Gastarbeiter und Spätaussiedler konfrontieren uns zudem mit Identitätsfragen, Verlusttraumen, kulturellen und transkulturellen Problemen und mit unserer bisher nicht bewältigten Vergangenheit. Die Kinder müssen all dies verkraften. Aber auch wir werden uns darauf einstellen müssen, wenn wir die an uns gestellten Anforderungen erfüllen wollen. Wir sehen in der Behandlung dieser tabuisierten psychischen Krankheiten unserer Gesellschaft die Zukunft unserer Klinik.

Literatur

BAG, Bundesarbeitsgemeinschaft der leitenden Ärzte kinder- und jugendpsychiatrischer Kliniken und Abteilungen e.V. und Bundesarbeitsgemeinschaft der Träger psychiatrischer Krankenhäuser: Zielsetzung/Orientierungsdaten kinder- und jugendpsychiatrischer Kliniken und Abteilungen. Internes Papier, September 1993.

Becker, S., Einleitung in das Schwerpunktthema. In: *Becker, H.* u.a.: Psychoanalytische Sozialarbeit mit psychotischen Kindern und Jugendlichen. München 1987.

Biermann, G., (Hrsg.), Handbuch der Kinderpsychotherapie. München 1969.

Boszormenyi-Nagy, I. u.a.: Invisible Loyalities. New York 1973.

Buchholz, M.B., Probleme und Strategien qualitativer Psychotherapieforschung in klinischen Institutionen. *Psyche* 2, 1994.

Dörner, K., Plog, U., Irren ist menschlich. Bonn 1986.

Heinzmann, B. u.a., Bedeutung und Veränderungsprozesse des „Alltags" bei stationärer Psychotherapie. *Zeitschr. f. Kinder- und Jugendpsychiatrie* 11, 1983, 379-387.

Herzka, H.S., System und Individuum in einer Tagesklinik. In: *Prax. Kinderpsychologie u. Kinderpsychiatrie* 36, 1987, 134-138.

Hesse, A., Die Tagesklinik. In: *Reinhard, H.G.* (Hrsg.), Die kinder- und jugendpsychiatrische Tagesklinik. Düsseldorf 1989.

Janssen, P.L., Psychoanalytische Therapie in der Klinik. Stuttgart 1987.
Kernberg, O.F., Borderline-Störung und pathologischer Narzißmus. Frankfurt 1979.
—, Innere Welt und äußere Realität. München, Wien 1988.
Kunze, Kaltenbach (Hrsg.), Psychiatriepersonalverordnung. Stuttgart 1994.
Landsberg, W., Die Elisabeth-Klinik Dortmund, Klinik für Kinder- u. Jugendpsychiatrie und Psychotherapie, *Krankenhauspsychiatrie* 3, 1992, 198-200. Euhe, Stuttgart.
—, *Schneewind, U.J.*, Die Lebenschronik: Dynamik und Methodik von Behandlungsverläufen fremdplazierter Kinder. *Acta Paedopsychiatrica* 51, 1988, 137-139.
Matakas, F., Psychoanalyse in der Anstalt. Psyche 2, 1988.
Meischner, W., Eschler, E., Wilhelm Wundt. Köln 1979.
Metzmacher, B., Integrative Bewegungstherapie mit Kindern. In: *Petzold/Ramin*, 1987.
Nissen, G., Psychische Störungen im Kindes- und Jugendalter. Berlin 1986.
Oaklander, V., Gestalttherapie mit Kindern und Jugendlichen. Stuttgart 1989.
Petzold, H. G., Der „Tree of Science" als Erklärungs- und Erkenntnismodell für Theorie und Praxis der Integrativen Therapie, bearbeitet von Bernd Heinermann, Europäische Akademie für psycho-soziale Gesundheit und Kreativitätsförderung. Hückeswagen (Beversee) 1990.
—, Integrative Therapie: Modelle, Theorien und Methoden für eine schulenübergreifende Psychotherapie. Paderborn 1993, 3 Bände: Klinische Philosophie, 1991a, Klinische Theorie, 1992a, Klinische Praxeologie, 1993a.
—, *Frühmann, R.*, Modelle der Gruppe in Psychotherapie und psycho-sozialer Arbeit. 2 Bände. Paderborn 1986.
—, *Ramin, G.*, Integrative Therapie mit Kindern und Jugendlichen. In: *Petzold/Ramin*, Schulen der Kindertherapie. Paderborn 1987.
—, *Schneewind, U.-J.*, Konzepte zur Gruppe und Formen der Gruppenarbeit in der Integrativen Therapie und Gestaltherapie. In: *Petzold* u. *Frühmann*, 1986, 109-254.
—, *Sieper, J.*, Die FPI-Spirale – Symbol des „heraklitischen Weges", (1988b), neu überarbeitet nachgedruckt als: Die Spirale – das Symbol des „Heraklitischen Weges" in der Integrativen Therapie. In: *Petzold* 1991a, 413-444.
—, *Sieper, J.* (Hrsg.), Integration und Kreation. 2 Bände. Paderborn 1993.
Remschmidt, H., Adoleszenz. Stuttgart 1992.
Schmidtchen, S., Kinderpsychotherapie. Stuttgart 1989.
Schneewind, U., Integrative Leibtherapie mit Kindern. Unveröff. Manuskript, 1989. Neu überarbeitet nachgedruckt in diesem Band.
Sperling, E. u.a., Die Mehrgenerationen Familientherapie. Vandenhoeck & Ruprecht, Göttingen 1982.

Familienorientierte Behandlung in der Integrativen Kinder- und Jugendlichenpsychotherapie

Hartmut R. Rau

1. Einleitung

Die Integrative Kinder- und Jugendlichenpsychotherapie leitet sich aus dem Ansatz der Integrativen Therapie, einem ganzheitlichen Behandlungsansatz, her (*Petzold, Ramin* 1987, 359). Der Ansatz der Integrativen Kinder- und Jugendlichenpsychotherapie ist auf eine dyadische Therapieform, (Therapeut – Kind) ausgerichtet. In der konkreten psychotherapeutischen Arbeit mit Kindern und Jugendlichen ist aber die Notwendigkeit der Einbindung von Eltern bzw von Familien zunehmend klar geworden (vgl. *Rau, Wolf* 1980; *Zauner* u.a. 1976). Will man nicht, daß die häufig mühevolle Arbeit an dem Kind oder Jugendlichen zu scheitern droht, ist die Einbeziehung der Eltern bzw. der Familie sogar unerläßlich. Die beiden Arbeitsansätze in der Kinder- und Jugendlichentherapie sind derzeit die Einzeltherapie des Kindes oder Jugendlichen mit der begleitenden Elternarbeit und die Familientherapie. Die begleitende Elternarbeit ist meiner Meinung nach zu sehr an Konzepten der Erziehungsberatung orientiert und bezieht die dynamischen Prozesse der Familie zu wenig mit ein. In der Familientherapie dagegen wird „die Familie“ als Patient definiert. Das Kind bzw. der Jugendliche wird als „Symptomträger“ bezeichnet. Das „Symptomträger“-Konzept wie das „Patient Familie“-Konzept birgt aber nun die Gefahr, daß die individuelle Psychodynamik einzelner Familienmitglieder nicht genügend berücksichtigt wird (vgl. *Petzold* 1988, 198). Dies ist ein Problem, dem wir in der Praxis immer wieder begegnen und das mich dazu gebracht hat, die Familientherapie kritisch zu betrachten. Beide Arbeitsformen haben Vorteile. Sie zu nutzen und im Einzelfall integrierend miteinander zu verbinden, haben zu einem familienorientierten Behandlungsansatz geführt, den ich im folgenden darstellen möchte.

2. Zum Begriff „familienorientierte Behandlung"

Der Begriff „familienorientierte Behandlung" sei hier definiert als Vorgang, in dem die Beziehung zwischen der Familie und dem Therapeuten (der therapeutischen Einrichtung, vgl. *Rau* 1980; *Jungjohann* 1983) dazu eingesetzt wird, ein Problem der Gesamtfamilie lösen zu helfen. Der Begriff Orientierung unterstellt i.S. einer Ausrichtung (vgl. *Duden* 1989), daß nicht das Kind/der Jugendliche isoliert in der Familie gestört ist, sondern daß das Kind/der Jugendliche ein Teil einer gestörten Familiendynamik ist. Das Kind/der Jugendliche ist gewissermaßen die „Spitze eines Eisberges" einer gestörten Familiendynamik. Der familienorientierte Behandlungsansatz betrachtet die individuelle Psychodynamik der einzelnen Familienmitglieder ebenso wie die psychodynamischen Aspekte der Familie als Ganzes und knüpft dazwischen im Rahmen der Diagnostik und des Behandlungsprozesses Verbindungen. Er bezieht sich auf die **a) individuelle/personale Ebene** (das Kind/der Jugendliche, der Vater, die Mutter, die Geschwister als eigenständige Personen), **b) auf die inter-individuelle/interpersonelle Ebene** (der Eltern als Paar, der Eltern als Eltern, der Geschwister untereinander, der Beziehung Vater – Kind usw.) und **c) auf die Ebene der Familienganzheit** (Vater + Mutter + Kinder + Generationen). Ausgangspunkt für den Behandlungsansatz ist eine familienorientierte Diagnostik, die eine Planungshilfe für den therapeutischen Weg darstellt und das Anfangssetting der Therapie bestimmt. Diese familienorientierte Diagnostik mündet in eine prozeßbegleitende Diagnostik, die den Behandlungsverlauf und damit die Zusammensetzung der verschiedenen Personen innerhalb des Behandlungsverlaufs bestimmt.

Eine Gesprächskombination mit anderen Angehörigen, die Einbeziehung einer weiteren Generation, die Einbeziehung von wichtigen verwandten Bezugspersonen und auch Institutionen ist im Rahmen einer familienorientierten Behandlung ebenso denkbar wie das Einbeziehen anderer Therapeuten, wenn es der Behandlungsprozeß notwendig erscheinen läßt.

Mit der Anerkennung einer individuellen/intrapsychischen Konfliktdynamik grenzt sich der familienorientierte Behandlungsansatz von der Familientherapie als Behandlungsansatz ab. Mit der Anerkennung einer interpersonalen Konflikt- bzw. Familiendynamik, in der das Kind/der Jugendliche mit eingebunden ist, erweitert ein familienorientierter Behandlungsansatz die erziehungsberatende Funktion der begleitenden Elternarbeit um zwei wichtige Aspekte, den der intrapsychischen Konfliktdynamik der Eltern und den der Beziehung zwischen den Eltern. Gespräche mit Eltern werden so mehr zu Paar- bzw. Beziehungstherapie. Ein familienorientierter Ansatz stellt eine Erweiterung des dyadischen Therapieansatzes in der Integrativen Kinder- und Jugendlichenpsychotherapie dar.

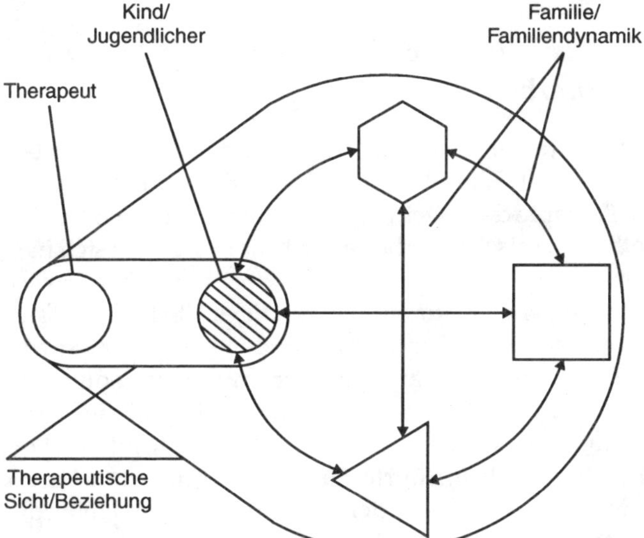

Abb. 1: Familienorientierte Behandlung

3. Familienorientierte Behandlung – Methodischer Rahmen zwischen Kinder- und Jugendlichentherapie mit begleitender Elternarbeit und Familientherapie

So hilfreich die Familientherapie oder die Kinder- und Jugendlichentherapie mit der begleitenden Elternarbeit auch sein mögen, bleiben sie durch ihren methodischen Rahmen m.E. sehr eingeschränkt. Die Begründung für meinen familienorientierten Behandlungsansatz, der beide Arbeitsformen kombiniert, stammt aus der Praxis der Arbeit mit Kindern, Jugendlichen und ihren Familien. Ein Handlungsinventar, das die Vorteile der beiden Arbeitsformen innerhalb der Kinder- und Jugendlichenpsychotherapie nutzt, ermöglicht die Freiheit, auf den Einzelfall zu reagieren und sich der Entwicklung des Kindes/des Jugendlichen und seiner Familie anzupassen.

3.1 *Die Vorteile der Einzeltherapie mit begleitender Elternarbeit*

Die Geschichte der Kindertherapie und damit auch der begleitenden Elternarbeit/Elternberatung leitet sich in ihrem Verständnis aus der Therapie des „Kleinen Hans" durch *Sigmund Freud* her. Die psychotherapeutische Methode für Kinder richtete sich in den frühen Zeiten der Kindertherapie nach derjenigen bei Erwachsenen. Die Eltern schienen mehr ein notwendiges Übel, als daß sie in dem therapeutischen Prozeß mit eingebunden waren. Erst die Erkenntnis, daß Kinder nicht aus eigener Initiative, sondern immer fremdmotiviert in die Therapie kommen und daß die enge Verbindung zu ihren realen Beziehungspersonen die Kinder in Loyalitätskonflikte geraten läßt, führte zu einer veränderten Haltung den Eltern gegenüber. Sie wurden zunehmend mit einbezogen, zunächst vor allem im Hinblick auf die entwicklungsgeschichtlichen Daten, später dann bezogen auf Eltern- bzw. Erziehungsberatung. Im Zentrum aber stand das Kind.

Elternberatung ist kindzentriert. In der Elternberatung geht es um das Kind, die Eltern sind das „Hilfs-Ich" für den Behandlungsprozeß des Kindes. Die Probleme der Eltern (als Eltern bzw. als Paar) sollen in einer eigenen Psychotherapie bearbeitet werden. In der Elternberatung geht es darum, die Eltern zu befähigen, Verständnis für die Schwierigkeiten ihres Kindes zu entwickeln. Eltern sollen sich bezüglich ihrer Gefühle zu ihren Kindern besser kennenlernen, um somit besser mit ihnen umgehen zu können. Eltern sollen der Entwicklung nicht entgegenstehen bzw. die Veränderungen, die während der Behandlung in dem Kind vor sich gehen, verstehen und begleiten. Faktische Erziehungsfragen und Orientierungshilfen, z.B. bezogen auf Fernsehen, Taschengeld, schließt die Elternberatung mit ein.

Die Vorteile der Einzeltherapie mit begleitender Elternarbeit (vgl. *G. Baethge* 1981):

- daß die persönliche Problematik des Kindes/Jugendlichen und die Beziehungsdynamik oder Persönlichkeitsstörung der Eltern bzw. eines Elternteils getrennt bearbeitet werden können, wenn dies zwei Schwerpunkte der Konfliktdynamik sind;
- daß es einfacher ist, sich auf einen bestimmten Fokus zu begrenzen;
- daß Erziehungsfragen im Sinne der Information zu besprechen sind;
- daß man den Widerstand der Eltern akzeptiert, die Familiendynamik in ihrem Zustand beläßt und an ihnen „vorbei" therapiert.

3.2 Die Vorteile der Familientherapie

Familientherapeutische Konzepte wurden zunächst in den Vereinigten Staaten entwickelt. Über die Schizophrenieforschung, die zuerst die Mütter der Schizophrenen beobachtete, später die ganze Familie, wurde ein therapeutisches Verfahren entwickelt, das die ganze Familie zum Gegenstand der Therapie machte, die Familientherapie. Die Gründungszeit der Familientherapie fällt in die 50er Jahre. Im deutschsprachigen Raum hält die Familientherapie Ende der 60er, Anfang der 70er Jahre Einzug. Wichtige, wegweisende Arbeiten waren die von *Bateson* (1969), *Watzlawick* (1972), *Richter* (1967, 1970) und *Stierlin* (1975). Folgende familientherapeutische Ansätze werden heute unterschieden (vgl. *Arist von Schlippe* 1984, 42f):

1. Psychoanalytische Familientherapie (*H. E. Richter, H. Stierlin* u.a.)
2. Strukturelle Familientherapie (*S. Minuchin, J. Haley* u.a.)
3. Systemische Familientherapie (*M. Selvini-Palazzoli* u.a.)
4. Entwicklungsorientierte Familientherapie (*V. Satir, M. Kirschbaum* u.a.)
5. Verhaltenstherapeutisch orientierte Familientherapie (*K. u. A. Mandel* u.a.)

Bei allen Divergenzen, die zwischen diesen Ausrichtungen bestehen, gibt es in der Auffassung der familiären Problemsituationen doch so etwas wie eine gemeinsame Sichtweise. „Die Familie wird als das ökologische System angesehen, das den bedeutendsten Einfluß auf die Entwicklung des Individuums ausübt. Persönliche Probleme und Verhaltensauffälligkeiten eines oder mehrerer Mitglieder werden im Zusammenhang familialer Anpassungsmuster gesehen" (*Oswald* 1988, 103). Die Familientherapie betrachtet die Familie als ein System bzw. Feld sich gegenseitig beeinflussender, in Wechselbeziehung stehender Individuen, d.h. jeder Familienangehörige ist für den anderen wichtig und hat für ihn eine spezifische Bedeutung. In diesem Familiensystem findet ständig ein Austausch bewußter und unbewußter Vorgänge statt (Erwartungen, Wünsche, Phantasien), in dem einzelne Mitglieder einander als Instrument zur Minderung eigener Konfliktspannung und zur Erfüllung eigener Erwartung dienen (vgl. *Richter* 1967). Das verhaltensauffällige Kind ist der „Symptomträger" der gestörten Familiendynamik. Nicht das Kind ist isoliert gestört, sondern das gesamte Familiensystem. Insofern braucht nicht das Kind therapeutische Hilfe, sondern die ganze Familie. Im Zentrum steht nicht das Kind, sondern die Familie. Es wird häufig mit Subsystemen gearbeitet: Vater und Mutter (Eltern und Paarebene), Geschwisterebene (Brüder und Schwestern), Vater-Sohn-Ebene (geschlechtsspezifische Ebene u.a.). Eine andere Variante ist das Mehr-Generationen-Setting.

Die Vorteile der Familientherapie liegen u.a. darin:
- daß die Schuld, die Verantwortung und die Last auf alle Familienmitglieder verteilt werden;
- daß die Familie ihre Beziehungen untereinander neu definieren kann;
- daß die Familie die Bedeutung eines Symptoms verstehen kann (im Sinne eines Signals gestörter Familiendynamik);
- daß in gemeinsamen Settings weniger mit den Sicherungsmechanismen der Spaltung, Projektion oder Verleugnung reagiert werden kann;
- daß in kürzerer Zeit mehr Personen erreicht werden;
- daß direkter in das System eingegriffen werden kann.

3.3 *Die Freiheit, auf den Einzelfall und auf Entwicklungen zu reagieren – der familienorientierte Behandlungsansatz*

Die „Wege" in einem therapeutischen Verfahren sind die Methoden mit ihren Techniken, Medien, Formen und Stilen. Die „Wege" müssen den Bedürfnissen und Erfordernissen

a) des Patienten und seiner Erkrankung,

b) des Patienten in seiner Lebenssituation und

c) des Therapeuten gerecht werden (vgl. *Petzold* 1988, 268).

„Therapie bleibt in der Zielfindung, Inhaltsbestimmung und Mittelwahl auf das Spiel der Korrespondenz-Prozesse, auf die Suchbewegungen intersubjektiver Hermeneutik verwiesen, auf die Dynamik von Übertragung und Gegenübertragung, von Widerstands- und Abwehrgeschehen. Durch diese wird zwischen Patient und Therapeut und den Personen des relevanten Umfeldes (...) der therapeutische Prozeß im Fortschreiten von Ereignis, von Focus zu Focus, im Zusammenspiel von variierenden Verläufen (...) als eine komplexe, feine Textur gewirkt" (*Petzold* 1988, 269). Es gibt also nicht **den** therapeutischen Weg.

Der therapeutische Weg hat sich am Einzelfall zu orientieren. Die therapeutische Beziehung ist mit ihren Dimensionen Übertragung, Gegenübertragung, Widerstand und Abwehr bzw. Sicherung vermittelnd und lenkend. Deshalb dürfen Methoden und Techniken in einem therapeutischen Prozeß nicht zur Fixierung des Therapeuten führen. Immer dann, wenn sich der Therapeut durch die Methoden und Techniken fixieren läßt, wird er letztlich funktionalisiert. Psychotherapie ist Umgang in und mit Beziehung, sie ist, um einen Begriff von *Bauriedl* (1980) aufzunehmen, „Beziehungsanalyse". Der Begriff „Suchbewegung" vermittelt, daß es kein Schema für Psychotherapie gibt, sie bleibt am Einzelfall orientiert.

In der Kinder- und Jugendlichentherapie ist der therapeutische Prozeß immer eine „Suchbewegung". Jedes Kind und jeder Jugendlicher mit seiner Familie ist anders. Die sich im Entwicklungsprozeß befindlichen Kinder und Jugendlichen sind eine Herausforderung an die therapeutische Methodik. Erweitert um die Familie, wird die Herausforderung noch größer. Bei den unterschiedlichen Entwicklungsprozessen, die sowohl die Einzelpersonen in der Familie, das Eltern-Paar und die Familie als Ganzes durchmachen, ist starres

Ausharren auf einer methodischen Arbeitsform einengend und wird den meisten Situationen nicht gerecht.

Ein therapeutisches Ziel muß es sein, zwischen den Beteiligten und ihren Prozessen Verbindungen zu knüpfen, Prozesse zu transferieren und transparent zu machen. D.h. konkret, zwischen den Methoden der Einzeltherapie und begleitender Elternarbeit sowie gemeinsamen Sitzungen mit der Gesamtfamilie zu wechseln.

Petzold (1988, 323) entwickelte ein Konzept, das eine hermeneutische und therapeutische Spirale in der Integrativen Therapie beschreibt. Dieses Schema ergänze und verändere ich für den familienorientierten Behandlungsansatz wie folgt:

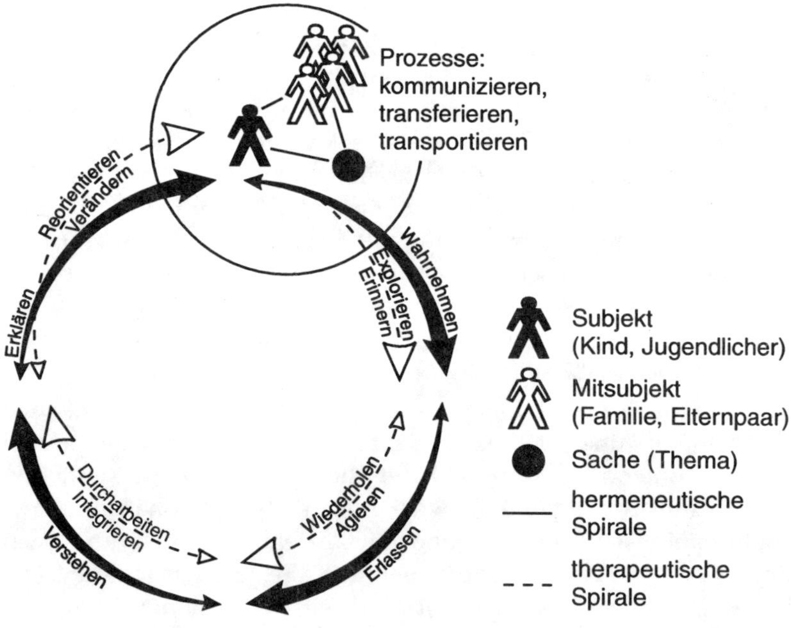

Abb. 2: Hermeneutisch-therapeutische Spirale in der familienorientierten Behandlung

Meine Modifikation bedeutet, daß jeder Einzelne in der Familie, das Eltern-Paar und auch die Familie als Ganzes Prozesse durchlaufen, die zu kommunizieren sind, um Veränderung und Reorientierung zu ermöglichen. Hier geht es um den Aspekt des „**Verbindung Knüpfens**". Deshalb ist Flexibilität im gesamten Arbeitsansatz nötig.

4. Familienorientierte Behandlung

4.1 *Familienorientierte Diagnostik als Planungshilfe für den Behandlungsbeginn*

Eine familienorientierte Diagnostik hat zum Ziel, das Kind/den Jugendlichen und seine Familie in ihrem Lebenskontext ganzheitlich zu erfassen. Erst so ist ein Verständnis für die aufgetretenen Störungen zu bekommen. Dazu dient sowohl die Einzeldiagnostik des Kindes, die Diagnostik der Eltern als Eltern und als Paar (*Rau* 1982), wie die Diagnostik des Familiensystems in ihrem Lebenskontext (vgl. *Rau* 1982). Erst in der Zusammenschau der verschiedenen Ebenen,

a) der personellen Ebene,
b) der interpersonellen Ebene und
c) der Familienganzheitsebene,
d) der ökonomischen und sozialen Situation der Familie

und ihrer Berührungsfelder wird die Problematik verständlich.

Es geht bei der familienorientierten Diagnostik um die Erfassung der Familiengeschichte, die sich als eine Abfolge von zu gegebenen Zeiten bestehenden Lebensräumen und Beziehungssystemen beschreiben läßt, was mehr und etwas anderes ist als die Summe der Einzelgeschichten.

Als integrativer Kinder- und Jugendlichenpsychotherapeut bin ich neben den „harten Daten" primär orientiert an den „weichen Daten", d.h. den emotionalen Einstellungen zu Geschehnissen und wie sich die Geschehnisse in der Gegenwart repräsentieren. Die Zusammensetzung der diagnostischen Gespräche entspricht den verschiedenen Ebenen. Es gibt gemeinsame familiäre Gesprächsrunden, Gespräche mit den Eltern als Eltern und Paar sowie Gespräche (Spieldiagnostik) mit Kindern und Jugendlichen. Insgesamt geht es bei der familienorientierten Diagnostik um:

a) die aktuelle, materielle und soziale Situation der Familie,
b) die Persönlichkeitsstruktur des Kindes/Jugendlichen,
c) die Persönlichkeitsstruktur der beiden Eltern,
d) die typischen Interaktions- und Kommunikationsstrukturen der Eltern als Paar,
e) die typischen familiären Interaktions- und Kommunikationsstrukturen der Familie.

Aus dem Verständnis für das Kind und den Jugendlichen mit seiner Familie ergibt sich die Planung für den Behandlungsbeginn. Dieser kann entweder darin bestehen, daß eine Einzelpsychotherapie des Kindes und eine begleitende Elternarbeit vorgenommen wird oder gemeinsame Sitzungen aller Familienangehörigen. Entscheidend für den Beginn ist das Ausmaß der individuellen Störung des Kindes oder Jugendlichen bzw. das Maß der gestörten familiären Interaktionen. Eine Einzeltherapie des Kindes ist um so notwendiger, je stärker die pathologischen Lösungen bereits internalisiert sind (vgl. *Buddeberg* 1980, 128). Der Beginn und damit der Erfolg einer Einzeltherapie ist immer dann gefährdet, wenn das Familienmilieu, in welchem das Kind lebt, keine Flexibilität aufweist, um auf die Auswirkungen einer Einzeltherapie zu reagieren.

Pathologische Familiensysteme sind häufig so starr, daß sie den in einer Einzeltherapie laufenden Prozeß neutralisieren. Für die Anfangsplanung der Behandlung müssen deshalb folgende Fragen gestellt werden: „Wie werden die Familienangehörigen auf eine Einzeltherapie reagieren?" „Wie reagiert das Kind/der Jugendliche auf eine Einzeltherapie?" Aus der Beantwortung dieser Fragen könnte sich ein Anfangssetting ergeben, das die ganze Familie betrifft, um dann eine notwendige Einzeltherapie einzuleiten.

4.2 *Das diagnostische Elterngespräch und der diagnostische Hausbesuch*

Das diagnostische Elterngespräch (vgl. *Rau* 1982) hat zum Ziel, mehr über den Lebensraum der Eltern zu erfahren, die Familienanamnese zu erheben und durch das Gespräch mit den Eltern den Blickwinkel vom Kind oder Jugendlichen auf die Eltern zu lenken. „Durch das Aufnehmen der Familiengeschichte wird die Aufmerksamkeit wie selbstverständlich vom ‚kranken' oder ‚bösen' Mitglied auf die eheliche Beziehung umgelenkt" (*Satir* 1973, 137). Die Eltern werden durch das diagnostische Gespräch als Personen verstehbar, ihre eheliche Beziehung wird deutlich, wie auch ihre elterliche Funktion. Häufig sind diese Gespräche der Beginn einer Paartherapie. Meist werden Eltern durch die Art, wie man sie im familiären Entwicklungsprozeß ernst nimmt, neugierig in bezug auf Lernschritte in Pädagogik und Therapie. In diesen Gesprächen wird auch die therapeutische Haltung deutlich: **Verbindungen knüpfen**, nicht abwerten und nicht schuldig sprechen.

Der diagnostische Hausbesuch kann der Rahmen für das diagnostische Elterngespräch sein (siehe *Rau* 1982). Er ist die Erweiterung der Kontextanalyse durch die Milieuanamnese. Hier werden Familiengeschichte und Lebenssituation direkt deutlich. Der Hausbesuch gibt Gelegenheit, die Lebensgewohnheiten der Eltern und Kinder bzw. der Familie kennenzulernen. „Das Atomosphärische des Familienlebens wird selbst bei optimal geführter Anamnese – und Beratungsgespräch nie so lebendig wie beim Hausbesuch selber" (*Biermann*, 1976, 206). So tritt z.B. der soziale Druck, der auf einer Familie lastet und der die Familie bzw. das Kind/den Jugendlichen zwangsläufig prägt, sonst nie so deutlich für den Therapeuten leiblich spürbar hervor.

4.3 Familienorientierter Behandlungsprozeß

4.3.1 Fallfacetten

Fallfacette 1

Frank ist 13 Jahre alt. Seit mehreren Jahren besteht ein zunehmender sozialer Rückzug aus dem Klassenverband. Frank kann mit Gleichaltrigen nicht umgehen. Er wird viel gehänselt.

Frank reagiert verbal und körperlich aggressiv, sobald Forderungen auf ihn zukommen. In wechselnden Phasen des Rückzugs, in denen er kaum noch Kontakt aufnimmt, kommt es dazu, daß er ausgeklügelte Waschrituale zelebrieren muß.

Frank ist ein Einzelkind. Beide Eltern sind in ihrer Ursprungsfamilie noch sehr verhaftet. Beide Elternteile haben früh einen Elternteil verloren (beide den Vater). Die Eltern reagieren auf die Symptomatik des Sohnes hilflos, verleugnend und nicht wahrnehmend. Erst durch den Druck der Schule wird die Behandlung aufgenommen. Es handelt sich bei der Familie um eine gut gesicherte Mittelschichtfamilie, die in einem Eigenheim lebt. Die Mutter ist Hausfrau und sieht ihren Lebensinhalt in der Versorgung des Kindes und des Eigenheims. Der Vater ist Beamter. In der Familie herrscht eine lustfeindliche Atmosphäre.

Die Persönlichkeit der Eltern läßt sich wie folgt beschreiben: Die Mutter ist sehr ordentlich und reinlich, mit hohen verinnerlichten Leistungserwartungen. Es gibt immer wieder depressive Einbrüche, wenn sie hinter den eigenen hohen Idealvorstellungen zurückbleibt. Die Mutter ist nicht abgegrenzt von ihrer eigenen Mutter und ist an deren Erwartungen orientiert. Die Mutter ist streng und lustfeindlich erzogen.

Der Vater ist sehr abgegrenzt, zurückgezogen mit schizoiden Persönlichkeitsanteilen. Er ist ohne Vater aufgewachsen mit einer sehr engen (ödipalen) Bindung an die eigene Mutter. Er hat wenig Vorstellungen über die eigene Vaterrolle. Im Beruf hat er hohe Leistungs- und Erfolgserwartungen.

Die Persönlichkeit des Kindes läßt sich beschreiben im Sinne einer schizoiden Persönlichkeitsstruktur mit auftretenden Zwangssymptomen. Diese werden ausgelöst durch andrängende sexuelle Phantasien, die nicht wahrgenommen werden dürfen.

In der Familiendynamik wird Sexualität zwischen den Eltern sowie die beginnende sichtbare Pubertät des Jungen ausgeklammert. Wichtig für die Mutter ist die Kontrolle des Familiensystems (wer macht wann was) als Bestätigung ihrer eigenen Leistungsfähigkeit und ihres Erfolges als Hausfrau und Mutter. Der Vater entzieht sich der Mann- und Vaterrolle und reagiert mit kindlichem, verweigernden Rückzug.

In der diagnostischen Zusammenschau fällt für das therapeutische Vorgehen folgende Entscheidung für das **familienorientierte Setting**:

1. Einzeltherapie des Jungen, weil die Zwangssymptomatik auf einen internalisierten Abhängigkeits-Autonomie-Konflikt bei kontrollierender Mutter und mangelnder Geschlechtsrollenidentität besteht.
2. Im Familienverband geht es um die Frage, was hat die Kontrolle der Mutter für einen Stellenwert für die einzelnen Familienmitglieder. Wie ist der Umgang mit der Sexualität und der Pubertät des Jungen in der Familie?

Aus diesem Thema erwachsen die Themen für die **Paarsitzung**, nämlich das Thema ihrer eigenen partnerschaftlichen Sexualität auf dem Hintergrund der eigenen Mutterbindung.

Die besondere Schwierigkeit bei dieser Konfliktsituation für Frank und die Eltern ist das Kontrollbedürfnis der Mutter, das sich als heftiger Widerstand gegen die Einzelbehandlung des Jungen äußert. Dadurch, daß die Mutter sowohl in der Familien- wie Paarsituation den „Einzeltherapeuten" des Jungen nicht als bedrohlich, sondern real hilfreich erleben kann, wird in der Einzelbehandlung die Aufarbeitung der Identitätsstörung möglich.

Fallfacette 2

Heiner ist 10 Jahre alt. Heiner lügt, bestiehlt die Stiefmutter, macht viel kaputt, ist in der Familie sehr verschlossen und versucht, im Klassenverband andere Kinder erpresserisch zu dominieren.

Heiner ist das einzige Kind aus der gescheiterten Ehe des Vaters. Er hat bis zur Neuverheiratung des Vaters wechselweise in Heimen oder bei der leiblichen Mutter gelebt. Im Alter von ca. 8 Jahren nimmt ihn der Vater im Zuge der Neuverheiratung zu sich. Heiner hat eine Schwester aus 2. Ehe. In der jungen Familie gibt es eine hohe finanzielle Belastung, da der Vater Schulden aus der ersten Ehe abtragen muß. Der Vater hat häufig Haßgefühle auf Heiners leibliche Mutter, weil sie ihn betrogen hat und jetzt einen dissozialen Lebenswandel führt.

Die Persönlichkeitsstruktur der Eltern läßt sich wie folgt beschreiben: Die Stiefmutter ist noch sehr jung, mit Selbstzweifeln bzw. Zweifeln an ihrer Kompetenz als Mutter. Letzteres wird durch Heiner immer wieder neu geschürt. Die Stiefmutter hat ein starkes Bedürfnis, den Ehemann zu kontrollieren. Sie ist primär hysterisch strukturiert, mit einer engen Vaterbindung, ist weichherzig, will alles im Griff haben und wehrt ihre eigene Rolle als Mutter ab.

Der Vater ist vom Typ „rauhe Schale, weicher Kern". Er hat Sehnsucht nach Beziehung und wehrt depressive Anteile ab. Es besteht ein hoher Angstpegel, bezogen auf aggressive Durchbrüche (die gegenüber Heiner und gegenüber der Mutter passiert sind). Der Vater muß alle Erinnerungen an seine erste Frau und seine eigenen

Erlebnisse mit ihr (Gewalt, Alkohol, sexuelle Ausschweifungen) abwehren. Die leibliche Mutter gilt als unbeständig und hat wechselnde Beziehungen.

Die Persönlichkeit des Kindes ist gekennzeichnet durch frühe Mißhandlungs- und Verwahrlosungserlebnisse durch die leibliche Mutter und deren Freunde, die erst in der Einzeltherapie erinnert wurden. Im dissozialen Verhalten wird die depressive Symptomatik abgewehrt. Der Junge kämpft um eine sichere Position in der neuen Familie bei gleichzeitiger Identifikation mit Vaters eigener dissozialer Vergangenheit.

In der Paardynamik ergibt sich folgende Konstellation. Der Vater: „Ich laufe keiner Frau mehr nach, aber ich habe wahnsinnige Angst, daß sie mich verläßt. Ich zeige auf keinen Fall, wie verletzt ich bin." Die Stiefmutter: „Ich bleibe auf jeden Fall, solange die Kinder klein sind und dann?" Wir gegen den Rest der Welt. In der Familie darf der Einfluß der unbewältigten Vergangenheit nicht deutlich werden. Das hat Auswirkungen auf den Jungen. Er verkörpert die Vergangenheit. So entsteht in der Familie eine Spaltung in böse Vergangenheit und gutes Jetzt.

Es wird folgendes therapeutisches Setting im Sinne **familienorientierter Behandlung** angeboten:

1. Einzeltherapie zum Abbau der frühen Schädigung durch Mißhandlung. Aufbau neuer dyadischer Erfahrungen.
2. Auf der Familienebene Bearbeitung des Themas Vergangenheit. Dies führt zur Entlastung des Kindes durch Aufhebung der Spaltung. In diesen Sitzungen braucht das Kind einen Therapeuten als Hilfs-Ich, deshalb wurde eine Co-Therapeutin dazugenommen. Die Co-Therapeutin stützt das Kind, weil das Thema Vergangenheit eine zu starke Belastung darstellt und die Gefahr besteht, daß Heiner das Thema Vergangenheit auf sich bezieht und damit die Schuld für den Paarkonflikt übernimmt. Im Verlauf der Therapie ist durch die Therapeuten als Paar ein Identifikationsmodell für die Paarebene gegeben, auf der die Bearbeitung des „Ich verlasse Dich"-Signal stattfindet.
3. Es gibt Einzelsitzungen des Therapeuten mit dem Vater zur Bearbeitung des Themas Vergangenheit und zur Bearbeitung des Paarkonfliktes, damit der Vater seine weichen und bedürftigen Seiten leichter zeigen kann.
4. Es gibt Erziehungsberatungsgespräche, in denen es darum geht, daß die Mißhandlung und die traumatischen Erlebnisse des Jungen für sich selber wirken und kein Versagen der Eltern sind.

Fallfacette 3

Erich ist 12 Jahre alt. Erich stiehlt, schwänzt die Schule, dominiert in der Familie und ist kaum einzugrenzen. Erich ist Einzelkind. Die aktuelle, materielle und soziale Situation: neureiche Familie, Vater Karrieremann, Mutter Hausfrau und im wesentlichen allein.

Die Persönlichkeitsstruktur der Eltern läßt sich wie folgt beschreiben. Die Mutter hat häufig depressive Einbrüche. Sie lebt in einer ungelösten Vater-Bindung mit heftiger Ambivalenz gegenüber Männern, die „angelockt" und „abgewehrt" werden. Der Vater wirkt narzißtisch strukturiert mit ausgeprägtem Karrieredenken, rational computerhaft, mit Vermeidung echter Beziehung.

Die Persönlichkeitsstruktur von Erich ist dadurch geprägt, daß er aufgewachsen ist ohne sichere Grenzziehung durch die Eltern. Er versucht, die nicht ausgesprochene Ambivalenz der Eltern (mit vermeintlichen Trennungsdrohungen) auszugleichen. Seine verleugnete Angst vor der latenten Trennungsdrohung wird im aggressiven dissozialen Verhalten gebunden.

In der Paarbeziehung ist der zentrale Konflikt der verleugnete Neid der Frau auf den Erfolg des Mannes, wobei die Frau ihren vermeintlich geringen Selbstwert durch ihre verführerische Wirkung auf andere Männer stabilisiert. Die Beziehung zum eigenen Mann ist heftig ambivalent. Dieser wird von der Frau häufig brüsk und unvermittelt abgewiesen. Der Mann rationalisiert seinen „Mißerfolg" bei seiner Frau durch mehr Arbeit und weicht der (aggressiven) Auseinandersetzung aus.

In der Familiendynamik erhält Erich eine Position, die nicht altersentsprechend, sondern Generationsgrenzen überschreitend dominant ist. Erich „darf" in der Familie alles bestimmen und zieht die Aufmerksamkeit beider Eltern auf sich. Alle kämpfen untereinander oder gegeneinander, ohne daß die Konflikte der Eltern miteinander deutlich werden. Erich erhält vom Vater zusätzlich den „Auftrag" (Delegation), seine aggressiven, verwahrlosenden, triebhaften Tendenzen für ihn auszuleben. Die Mutter verhält sich Erich gegenüber verführerisch und versucht, Erich in eine Ersatzpartnerrolle zu heben.

Der **familienorientierte Ansatz** besteht in einem **familientherapeutischen Setting**, um die Rollenstruktur zu bearbeiten. Zudem werden **Paargespräche** geführt, die die Ambivalenz in der Paarbeziehung zum Thema haben. **Erziehungsgespräche** ergänzen das therapeutische Setting durch die Betonung des Themas „Grenzziehung". Einzeltherapie wird nicht angeboten.

Die Fallfacetten sollen einen Eindruck widerspiegeln, welche Bandbreite familienorientierte Behandlung hat. In den Zwischenräumen zwischen Einzelpsychotherapie mit begleitender Elternarbeit und Familienpsychotherapie liegen die Möglichkeiten familienorientierter Behandlung, in der das Setting wechselt, in der andere Hilfestellungen dazu treten, in der ausgegrenzt, eingebunden und weggelassen wird.

4.3.2 Prozeßorientierung und Wechsel des methodischen Vorgehens

Wie aus obigen „Fallfacetten" ersichtlich, ergibt die familienorientierte Diagnostik ein Bild von der „Ist-Situation" des Kindes/des Jugendlichen und seiner Familie. Wie schon angedeutet, wird durch die diagnostische Phase der Familie schon ein Modell für eine umfassende Sicht und für eine Verständnisebene aufgezeigt. Kommt es nun zu einer Behandlung, ist durch die Planungsvorgabe der Einstieg in den Behandlungsprozeß gegeben. Die verschiedenen Möglichkeiten zeigen obige Fallfacetten auf. Die Entscheidung fällt entweder in Richtung Einzeltherapie für das Kind oder den Jugendlichen und/oder für Gespräche in der Gesamtfamilie. Die begleitende Elternarbeit wird durch das diagnostische Elterngespräch auf die eheliche Beziehungsstruktur gelenkt. Erscheint dieser Focus als zu früh gewählt, weil die Thematik zu bedrohlich erscheint oder handelt es sich um pädagogisch unsichere Eltern, geht es zunächst um Erziehungsfragen und um die Stärkung elterlicher Kompetenz. Letztlich geht es um die **Verknüpfung von Verhaltensweisen** des Kindes mit den Verhaltensweisen der Eltern und um die Einbindung der Verhaltensweisen in die jeweilige eigene Lebens- und Familiengeschichte. Aus dieser Haltung heraus ergeben sich Themen, von denen wir (die Eltern, das Kind/der Jugendliche und der Therapeut) der Meinung sind, daß diese in der Gesamtfamilie besprochen werden müssen.

Eine Besonderheit innerhalb der Gespräche mit der Gesamtfamilie stellen **ritualisierte Familiengespräche** dar. Hier wird in der Behandlungsanfangsphase ein Familiengespräch in regelmäßigem Abstand eingeführt. Es erhält damit ritualisierten Charakter. Mit der Einübung dieses Ritus werden erst allmählich die Bedeutung und die Möglichkeiten für die Familie und für jeden Einzelnen klar. Am Anfang solcher ritualisierten Familiengespräche muß der Therapeut häufig die Themen stellen und die Moderation aktiv übernehmen. Vorbereitend dazu können in der Einzeltherapie und in den Elterngesprächen schon relevante Themen erarbeitet werden.

Wichtig für alle methodischen Vorhaben ist, daß die Grenzen der unterschiedlichen Behandlungsebenen, das Kind, das Paar, die Eltern als Einzelpersonen gewahrt bleiben. Es muß klar sein, welche Themen wohin gehören; z.B. gehört in ein Familiengespräch nicht, wie Eltern persönlich ihre Sexualität erleben. Es kann angesprochen werden, wie mit dem Thema Sexualität umgegangen wird und welche Einstellung jeder im Laufe seiner Lebensgeschichte dazu entwickelt hat. Das Thema eines sexuellen Mißbrauchs der Mutter durch ihren eigenen Vater gehört nur dann in das Familiengespräch, wenn die Mutter das will und wenn es eine Bedeutung für das Kind/den Jugendlichen hat. Manchmal ist dieses Thema nicht einmal mit dem Ehemann besprechbar. Dann ist ein Einzelgespräch wichtig, das klärt, was es bedeutet, und wer davon wissen soll/muß und ob eine Motivation zur Eigentherapie erfolgen muß.

Ein anderes Vorgehen besteht darin, wichtige Themen aus den Einzelgesprächen in das Familiengespräch zu plazieren.

Der methodische Angelpunkt, um den sich die familienorientierte Behandlung dreht, ist das **Verknüpfen der unterschiedlichen Behandlungsebenen**. Dies geschieht explizit durch das diagnostische Verfahren, durch die Settingwahl und implizit durch die therapeutische Haltung. Die therapeutische Haltung der Integrativen

Therapie ist gekennzeichnet durch die Theorie der Intersubjektivität (vgl. *G. Marcel* in: *Bessems* 1977, 176). Sie unterstellt in der (therapeutischen) Beziehung eine Begegnung auf gleicher Ebene. D.h. der Therapeut, wie der Klient (bzw. das Klientensystem) sind gemeinsam am Suchprozeß beteiligt. Zusammen gestalten sie einen Prozeß, der zu den Themen und dem Fortgang der Therapie führt. Intersubjektivität ist angestrebtes Ziel der familienorientierten Behandlung. Bedingt durch die Pathologie des Kindes oder Jugendlichen und seiner Familie, muß weitestgehend mit „unterstellter Intersubjektivität" gearbeitet werden. „Wenn man das Erreichen von intersubjektiver Beziehung als das Ziel Integrativer Therapie betrachtet, ergeben sich automatisch Implikationen für die Beziehung zwischen Klient und Therapeut, die man als „Kontakt auf gleicher Ebene", „selektive Offenheit", „selektive Authentizität", „partielles Engagement" (*Maurer, Petzold* 1978, 97) bezeichnen kann. Der Wechsel des Vorgehens liegt weitestgehend in der Verantwortung des Therapeuten. Durch ihn gehen die Themen, seien sie nun unbewußt oder bewußt gewählt. Der Therapeut muß durch den Prozeß von Übertragung und Gegenübertragung, von Abwehr und Sicherung im Dialog verstehen und begleiten.

4.4 Schwierigkeiten im Behandlungsprozeß

Die Schwierigkeiten, die sich im Behandlungsprozeß ergeben, bestehen darin, daß die unterschiedlichen Entwicklungsprozesse durch den Therapeuten filtriert werden; er muß begleiten, ohne zu drängen. Häufig besteht in den gemeinsamen Sitzungen die Tendenz, Inhalte die vorher in Einzelsitzungen erarbeitet waren, zu negieren, zu verändern bzw. zu verdrängen. Es ist hier immer wieder nötig, entsprechende Verhaltensweisen rückzukoppeln. Andererseits gibt es therapeutische Einzelgespräche, deren Inhalt für den Einzelnen oder für die jeweilige Arbeitsebene wichtig ist, aber nicht so unvermittelt an das Paar oder an das Kind oder Jugendlichen herangetragen werden sollten. Der Therapeut wartet, bis die Möglichkeit gegeben ist. „Im Tun lassen" ist das Arbeitsprinzip. Der Therapeut wird immer wieder bezogen auf seine Loyalität angefragt. „Sagt er den anderen etwas ohne mein Einverständnis?" Es ist wichtig, auf diese „Anfrage" einzugehen und sie durch Ansprechen in den therapeutischen Prozeß einzubinden. Der Therapeut ist auch mit Loyalitätsfragen beschäftigt, wenn er etwas weiß, was nicht ausgesprochen werden darf. Er ist dann gebunden, wenn es ihm nicht gelingt, das jeweilige Wissen wieder in den Gesamtprozeß einzubinden.

Fallfacette 4

Eine Mutter wurde von ihrem eigenen Vater sexuell mißbraucht. Sie entwickelt mit beginnender Pubertät ihrer Tochter ausgeprägte Kontrollmechanismen ihrem Mann und der Tochter gegenüber, weil sie Angst hat, ihr Mann könne die Tochter mißbrauchen. Im Einzelgespräch kann sie das aussprechen, nicht aber auf der Paar- oder Familienebene. Die Frau bindet den Therapeuten. Der therapeutische Prozeß ist auch gebunden, weil dieses Thema in der Beziehung Tochter-Mutter eine bedeutende Rolle spielt.

Hier muß stützend gearbeitet werden und das Thema, wenn nötig, mit Hilfe einer Co-Therapeutin als Hilfs-Ich angesprochen werden. Die Frau muß nicht das Thema selbst benennen, dies kann, mit ihrem Einverständnis auch das „Hilfs-Ich" tun. Innerhalb der Einzelgespräche muß intensiv an dem „Bindungsthema" gearbeitet werden, welches sowohl für den Therapeuten wie für die Tochter von Bedeutung ist. Zugleich ist die Frau zu einer Einzeltherapie zu motivieren.

Die verschiedenen Arbeitsebenen fordern unterschiedliche Rollen des Therapeuten. Erst wenn ein positives Arbeitsbündnis entstanden ist, akzeptieren das Kind, der Jugendliche und auch die Eltern und Geschwister die jeweilige Rolle des Therapeuten. Die Rolle wechselt je nach Arbeitsebene und nach therapeutischem Prozeß. So ist z.B. in der Familiensitzung die Rolle des Moderators gefragt. Das bedeutet im Gegensatz zur Einzeltherapie, viel direkter zu handeln, einzugreifen, Grenzen zu setzen, zu beschneiden etc. Zugleich ist im Familiengespräch ein „Über-Vater" oder ein „Hilfs-Ich" für ein Familienmitglied gefragt. In der Einzeltherapie bzw. im Einzelgespräch ist eine andere Rolle gefragt, z.B. die einer Elternfigur. Diese Rollen zu vereinigen, die sowohl durch die offene Verhaltensebenen wie durch die Übertragungsebenen gespeist werden, ist schwierig und verlangt eine hohe Kompetenz des Therapeuten.

5. Die Bedeutung eines familienorientierten Behandlungsansatzes für den integrativen Kinder- und Jugendlichentherapeuten

5.1 Die Anerkennung der Rolle der Familiendynamik in der kindlichen Entwicklung und im therapeutischen Prozeß

„Die soziale und emotionale Abhängigkeit des Kindes von den Eltern, seine mehr oder weniger ausgeprägten Aufgaben als Substitut (*Richter* 1967) unbewußter elterlicher Wünsche, seine Rolle bei der Aufrechterhaltung der Familiendynamik und nicht zuletzt der adaptive Schutzcharakter seiner Neurose lassen die Beteiligung der Eltern bzw. der Familie an einer Psychotherapie als unerläßlich erscheinen" (*Zauner* 1976, 9).

Die Familie ist ein System bzw. ein Feld sich gegenseitig beeinflussender, in Wechselbeziehung stehender Individuen. Jeder Familienangehörige ist für den anderen wichtig und hat für ihn eine spezifische Bedeutung. In diesem Familiensystem findet ein ständiger Austausch bewußter und unbewußter Vorgänge statt („unbewußter Dialog", *Richter* 1976), in dem einzelne Mitglieder einander als Instrument zur Reduzierung eigener Konfliktspannung und zur Erfüllung eigener Erwartungen dienen. Der dialogische Austausch zwischen Eltern und Kindern vollzieht sich nicht nur so, daß Eltern auf die phasenspezifischen Erfordernisse ihrer Kinder reagieren, sondern auch umgekehrt, daß Eltern die Kinder mit ihren Erwartungen in eine bestimmte Reaktion hinein dirigieren. Es kommt so zu unbewußten Rollenzuschreibungen, in denen Eltern oder ein Elternteil dem Kind eine bestimmte Rolle zuweist, die ihnen/ihm zur eigenen Abwehr von Konflikten, aber auch zur eigenen Bedürfnisbefriedigung dienen. „Solche unbewußt verankerten Erwartungsphantasien pflegen dann die kindliche Entwicklung zu begleiten. Sie steuern das Erziehungsverhalten der Eltern um so rigider und zwanghafter, je mehr die Eltern von eigenen inneren Konflikten belastet sind, deren Druck sie mit Hilfe des Kindes mildern zu können hoffen" (*Richter* 1976, 9). Die Symptomatik des Kindes dient dann der Aufrechterhaltung des Gleichgewichts in der Familie, im Sinne einer „psychosozialen Abwehr", die der Minderung eigener Konfliktspannung dient.

Jackson (1969) hat für dieses Phänomen den Begriff „Familienhomöostase" eingeführt, der besagt:

1. Das Handeln der Familie zielt darauf, ein Gleichgewicht der Beziehungen zu erreichen.
2. Die Familienmitglieder helfen offen oder versteckt, dieses Gleichgewicht aufrechtzuerhalten.
3. Die Familienmitglieder mobilisieren besondere Kräfte, sobald die Familienhomöostase gefährdet ist, um diese zu erhalten.

Obwohl der Begriff Familienhomöostase impliziert, daß das Kind seinen Beitrag dazu leistet „und etwas davon hätte", ist es doch eher so, daß die „Plastizität des Kindes mit seiner labilen Struktur es nicht nur besonders geeignet macht, ein Familienproblem darzustellen, sondern es bietet auch die Möglichkeit, eine institutionelle Deformation aufzunehmen" (*Meyer zu Capellen* in: *von Soden*, 1978, 200). Diese Aufrechterhaltung des „Gleichgewichts" in der Familie bzw. die Minderung elterlicher Konflikte durch das Kind oder den Jugendlichen ist es, die den therapeutischen Prozeß begleitet, ihn häufig sehr zäh vorankommen läßt oder ihn zum Scheitern bringt.

Es erscheint daher nötig, diesen familiären Konfliktbewältigungsstrategien durch die Einbeziehung der Familie in den Behandlungsprozeß zu begegnen, will man das positive Ergebnis des therapeutischen Prozesses nicht dem Zufall überlassen. Ein integrativer Kinder- und Jugendlichentherapeut muß sich dieser familiendynamischen Prozesse bewußt sein und sie in seinem Handeln berücksichtigen.

5.2 Die Anerkennung der Besonderheiten des therapeutischen Settings in der Kinder- und Jugendlichentherapie

5.2.1 Motivation und Behandlung

Im Gegensatz zu Erwachsenen, welche in der Regel durch einen psychischen Leidensdruck zu einer Therapie motiviert sind, ist dies bei Kindern und Jugendlichen anders. Ein Kind äußert sehr selten den Wunsch, einem Psychotherapeuten vorgestellt zu werden. Vorwiegend sind es die Eltern und Bezugspersonen, die unter den Verhaltensweisen und Symptomen des Kindes leiden. So ist es verständlich, daß sich nicht das Kind zur Therapie anmeldet, sondern die Eltern das Kind. Die Einsicht in die Notwendigkeit, etwas verändern zu müssen, nimmt mit zunehmendem Alter zu – auch aufgrund der Tatsache, daß das Kind immer mehr mit der sozialen Umwelt und deren Anforderungen konfrontiert ist. Die Eltern sind es, die die Motivation zur Therapie stützen und die Kontinuität der Therapie gewährleisten. In der Regel übernehmen sie auch die Kosten für die Therapie bzw. sind an den Kosten beteiligt.

5.2.2 Die Lebenssituation der Kinder und Jugendlichen und das therapeutische Setting

Anders als bei erwachsenen Patienten sind die Kinder- und Jugendlichenpatienten durch die familiären Verhältnisse, in denen sie aufwachsen, direkter bestimmt und geprägt. Während ein Erwachsener sich in der Psychotherapie seiner verdrängten Kindheitserinnerungen und Abhängigkeitsbeziehungen erinnert, lebt das Kind oder der Jugendliche in ihnen. Somit ist das therapeutische Setting immer eine Dreiecksbeziehung: Kind, Therapeut, Familie.

Ein Acht- oder Neunjähriger, der eine geheime oder offene Wut auf seinen Vater oder seine Mutter hat, kann ihm oder ihr nicht aus dem Wege gehen. Es ist dabei egal, ob diese Wut nun auf realen Lebensumständen beruht oder aus der Folge der unbewußten Beziehungssituationen zu Vater oder Mutter resultiert – das Kind oder der Jugendliche erleben die Situation ständig neu, sie wird nicht wie bei Erwachsenen auf den Therapeuten „übertragen". Der Therapeut ist nicht wie in der Übertragungsszene der Erwachsenen eine phantasierte Verkörperung der infantilen Elternbilder. Er spürt die Präsenz der Eltern in der Therapie wie das Kind oder der Jugendliche im Alltag und muß sich immer fragen: „Was von dem, was das Kind oder der Jugendliche in der Therapie rekonstruiert, ist vielleicht eine Stunde vor der Therapie real erlebt worden?"

Mit zunehmendem Alter wird die Abhängigkeit zu den Eltern geringer, aber das Kind und der Jugendliche sind nie richtig frei, sich an den Eltern abzureagieren. Für den Kinder- und Jugendlichenpsychotherapeuten gestaltet sich die Situation ähnlich. Mit einem positiven Arbeitsbündnis mit den Eltern/Familie wird zwar der Handlungsspielraum für den Kinder- und Jugendlichentherapeuten größer, er ist aber immer an die Eltern bzw. Familie gebunden. Psychotherapie bei Kindern und Jugendlichen greift immer in deren real existierende Lebensverhältnisse ein und ist somit immer mit den realen Lebenssituationen verbunden. Das heißt, bezogen auf die Kinder- und Jugendlichenpsychotherapie, daß es nicht nur darum geht, die gewesenen Familienverhältnisse im einzelnen zu rekonstruieren, sondern aktuelle Verhältnisse in ihrer unmittelbaren Gegebenheit in Erfahrung zu bringen und auf ihre pathogenen Auswirkungen hin zu hinterfragen.

5.3 *Die Veränderung gegenüber der klassischen Einzeltherapie*

Die bedeutendste Veränderung gegenüber der Einzeltherapie liegt darin, das Kind, den Jugendlichen in der familiären Dynamik zu sehen. Das führt dazu, das Kind/den Jugendlichen nicht nur als unverstanden, ungeliebt und vernachlässigt zu betrachten, sondern deren Anteile am Konfliktgeschehen mit wahrzunehmen und im therapeutischen Prozeß zu thematisieren. Der Einzeltherapeut wird damit konflikthafter für das Kind/den Jugendlichen.

Die einzeltherapeutische Haltung: „Ich bin der Anwalt des vernachlässigten, ungeliebten Kindes", führt zu einer Idealisierung. Kind und Therapeut phantasieren sich gegen „die bedrohliche, vernachlässigende Welt" und gestalten damit eine Form gemeinsamer Abwehr und gegenseitiger Verklammerung. Der „Feind" befindet sich dann außerhalb der Beziehung. Angst, Wut und Abwertung sind dann innerhalb der Beziehung nicht manifest erlebbar. Sie werden auf Personen oder Situationen außerhalb der Beziehung projiziert und gemeinsam dort bekämpft. Keiner der Beziehungspartner darf den anderen verletzen oder in Frage stellen, weil er sonst vom Ausschluß aus der gemeinsamen „Schutz- und Trutzburg" bedroht wäre. (*Bauriedl* 1983, 4). Natürlich hat das Kind/der Jugendliche ein Recht auf seine Schutzburg, nur solche „idealisierten Verklammerungen" (*Bauriedl* 1983, 5) schränken die therapeutische Beziehungsfreiheit ein. Mit der familienorientierten Haltung wird die narzißtische Beziehungsumklammerung zum Gegenstand des therapeutischen Prozesses.

5.4 *Die Veränderung gegenüber klassischen Elterngesprächen*

Die Veränderung gegenüber dem klassischen Elterngespräch ist schon mehrfach angeklungen. Sie besteht sowohl darin, die Eltern als Paar zu betrachten, als auch durch Identifikation mit dem Kind und dem Jugendlichen, dessen Beziehungsaspekt mit in das Gespräch einzubringen. Das bedeutet, daß die „Neutralität" einer Erziehungsberatung durch den Prozeß des Inbeziehungssetzens verändert wird. In diesem Prozeß kann der Therapeut die Notwendigkeit der Verhaltensweisen und der Problematik verstehen, sie durch die identifikatorische Rollenannahme den Eltern zurückspiegeln und die eigene Beziehungsempfindung innerhalb dieser Beziehungsstruktur verknüpfend einbringen. Elterngespräche werden somit auch zu einer Selbsterfahrung und „kleinen Analyse" der Eltern als Einzelpersonen, da der lebensgeschichtliche Prozeß miteinbezogen wird.

6. Zusammenfassung

Mein familienorientierter Behandlungsansatz erweitert den „dyadischen Ansatz" der Integrativen Kinder- und Jugendlichenpsychotherapie durch eine Dreiecksperspektive. Der familialen Beziehungsstruktur wird dadurch die Ausschließlichkeit der fixierten emotionalen Rollenzuschreibung genommen. Somit wird sichtbar, daß die Beziehungen von Mutter und Kind und von Vater und Kind nicht ohne die Beachtung der Beziehung zwischen Vater und Mutter als Eltern und als Paar verstanden werden können. Einseitige Kommunikationsstrukturen werden auf der realen Mehrbeziehungsebene in einem Familiensetting besprechbar und weiten somit die Sichtweise für den Patienten. Mit der Anerkennung einer intrapsychischen Konfliktdynamik und einer interpersonalen Konflikt- bzw. Familiendynamik ermöglicht ein familienorientierter Behandlungsansatz ein flexibleres Denk- und Handlungsmuster für den Einzelfall. Dieses drückt sich darin aus, daß eine Einzeltherapie möglich ist, ohne auf ein familiengerichtetes Vorgehen zu verzichten. Die therapeutische Haltung der Integrativen Therapie und deren Vorstellung eines auf intersubjektiver Ebene verlaufenden therapeutischen Dialoges ermöglicht einen Ebenenwechsel zwischen Einzelgespräch, Paargespräch und Familiengespräch, zwischen Information, Beratung und Therapie. Der familienorientierte Behandlungsansatz erfordert ein hohes Maß an Flexibilität, Können und Selbsterfahrung vom Therapeuten, um insbesondere der ständigen Prüfung der triadischen Fähigkeiten standzuhalten.

Literatur

Baethge, G., Kindertherapie oder Familientherapie, in: *Zeitschrift Praxis der Kinderpsychologie und Kinderpsychiatrie* 5, 159 ff, 1981.

Bauriedl, Th., Die Therapie von Kindern, Jugendlichen und ihrer Eltern aus familiendynamischer Sicht. *Zeitschrift Kind und Umwelt* 40, 1983.

—, Beziehungsanalyse, Frankfurt 1980.

Biermann, G., Der Hausbesuch im Rahmen der Kinderpsychotherapie. In: *G. Biermann* (Hrsg.) Handbuch der Kinderpsychotherapie, Ergänzungsband, München 1976.

Buddeberg, G., Indikation zur Familientherapie in der Kinderpsychiatrie. *Familiendynamik* 2, 126 ff, 1980.

Jackson, D.D., Bateson, G., Schizophrenie und Familie, Frankfurt 1969.

Jungjohann, E.E., Eltern- und Familienbehandlung bei stationärer Psychotherapie von Kindern und Jugendlichen. In: *Gerd Biermann*, Hrsg., Handbuch der Kinderpsychotherapie, Band IV, 460-469, 1981.

—, Das regionale Behandlungszentrum für das Kind und seine Familie, Berlin 1983.

Maurer, Y., Petzold, H., Die therapeutische Beziehung in der Gestalttherapie. In: *Battegay, R., Trenkler, A.*, Die therapeutische Beziehung unter dem Aspekt verschiedener psychotherapeutischer Schulen, Bern, Stuttgart, Wien 1978.

Petzold, H., Integrative Bewegungs- und Leibtherapie, Paderborn 3. Aufl. 1996.

—, *Ramin, G.*, Integrative Therapie mit Kindern in: *Petzold, H., Ramin, G.* (Hrsg.) Schulen der Kinderpsychotherapie, Paderborn 4. Aufl. 1995.

Rau, H.R., Wolf, Chr., Zusammenarbeit mit Eltern in Einrichtungen der öffentlichen Jugendhilfe – Darstellung einer speziellen Familienbehandlung. *Praxis der Kinderpsychologie und Kinderpsychiatrie* 1, 1980, 8-13.

—, *H.R., Budde, H.*, Unterbringung von verhaltensauffälligen Kindern in Pflegefamilien – Erfahrungen bei der Auswahl und Differenzierung. *Praxis der Kinderpsychologie und Kinderpsychiatrie* 5, 165ff, 1981.

—, Das diagnostische Elterngespräch beim Hausbesuch als Teil einer familienorientierten Diagnostik unter gestalttherapeutischen Aspekten. *Gestalt-Bulletin* IV Jg. 1/2/3, 1982.

—, Familienorientierte Behandlung in der Kinder- und Jugendlichenpsychotherapie, unveröffentlichte Diplomarbeit, Essen 1993.

Richter, H.E., Eltern, Kind, Neurosen, Stuttgart 1967.

—, Familie und kindliche Entwicklung. *Familiendynamik* 1, 1976.

Satir, V., Familienbehandlung, Freiburg 1973.

Schlippe von, A., Familientherapie im Überblick, Paderborn 11. Aufl. 1995.

Soden von, K., Kindertherapie, Erwachsenentherapie und die Bedeutung der Familientherapie. *Praxis der Kinderpsychologie* 6, 1978.

Oswald, G., Systemansatz und soziale Familienarbeit, Freiburg 1988.

Zauner, J. (Hrsg.), Famliendynamik und analytische Kindertherapie, Göttingen 1976.

Zwischen Keller und Dachboden: Musiktherapie in der Kinder- und Jugendpsychiatrie

Andrea Hilke

Sucht man in einer Kinder- und Jugendpsychiatrie nach dem Musiktherapeuten, wird man – wenn überhaupt – am ehesten im Keller oder unter dem Dach fündig. Damit ist häufig bereits das Wesentliche über den inhaltlichen Standort der Musiktherapie im Therapieangebot gesagt.

Mit der vorliegenden Arbeit stehe ich in der Tradition meiner Kollegen, unserer Therapieform durch theoretische und praktische Überzeugungsarbeit zu dem ihr gebührenden Platz unter den Therapien zu verhelfen und sie von dem Hautgoût der Überflüssigkeit, der allem, was mit Kunst zu tun hat, leicht anhaftet, zu befreien. Da mir nach wie vor die Sprache der Musik näher steht als deren therapietheoretische Beschreibung, werde ich im folgenden den Schwerpunkt auf praxeologische Aspekte legen. Für den theoretischen Rahmen sollen in diesem Aufsatz entsprechende Hinweise auf die theoretischen Grundlagen der Integrativen Therapie genügen. Ich möchte an Hand verschiedener Beispiele die Bandbreite musiktherapeutischer Möglichkeiten in der „real existierenden" Kinder- und Jugendpsychiatrie beschreiben. Diese sieht in der Regel so aus, daß den Stationen ein – oder mehrere – (Psycho) Therapeut(en/innen) zugeordnet ist (sind) (Arzt, Psychologe), in dessen (deren) Hand die Planung und Durchführung der Therapie liegen. Der Musiktherapeut ist in der Regel stationsübergreifend tätig, nicht selten ist er sogar für eine ganze Psychiatrie allein zuständig.

Ich werde mit einer kurzen Charakterisierung der mir von Kollegen bekannten und von mir selbst praktizierten Modi musiktherapeutischer Arbeit in der Kinder- und Jugendpsychiatrie beginnen. Diese werden in Fallvignetten anschließend näher inhaltlich erläutert. Anhand der Beispiele werde ich die institutionellen Bedingungen skizzieren, die die jeweilige Art der Musiktherapie möglich machen, fördern oder auch behindern. Aspekte der musiktherapeutischen Diagnostik und Indikation habe ich an das Ende des Aufsatzes gestellt, um den Leser zunächst in das musiktherapeutische Repertoire einzuführen, wie es in der kinderpsychiatrischen Arbeit zur Anwendung kommen kann. Dabei unterscheide ich folgende fünf Indikationstypen:

I. Musiktherapie als entwicklungsförderndes Therapieangebot

In dieser Form der Musiktherapie steht der Erwerb und die Erweiterung altersgemäßer Fähigkeiten und Fertigkeiten im Vordergrund der Arbeit. Dabei werden vor allem die strukturierenden Elemente der Musik (besonders Form und Rhythmus) übend eingesetzt, und zwar meist im Einzelkontakt oder in einer Kleingruppe. Wegen des eher agogischen Ansatzes wird dieser Modus der *Musiktherapie* häufig und relativ problemlos als therapeutisches Zweitverfahren eingesetzt (s. Beispiel Wendy).

II. Musiktherapie als Freizeit- und heilpädagogisches Angebot

Bei diesem Modus der Musiktherapie steht der kreativitätsfördernde Aspekt im Vordergrund. Musikalisches Tun (wozu ich in diesem Fall auch aktives Hören rechne) wird genutzt, um individuelle, soziale und kulturelle Erfahrungen möglich zu machen. Durch diese sinnenhaften Erfahrungen und ihre reflektive Bedeutung kann innerer und äußerer Handlungsspielraum gewonnen werden. Das Postulat, das *Rudolf Nykrin* für die Musikpädagogik aufgestellt hat, gilt auch für die Musiktherapie: „Musikpädagogik und Musikerziehung haben sich parteilich für die Lösung von Bewußtsein und Handeln aus subjekteinschränkenden Bindungen einzusetzen" (*Nykrin* 1978, 128). Hier wird mit der emanzipatorischen Funktion von Musik paktiert, derjenigen Art von Musik, die sich im Widerstand gegen Manipulation und Verdinglichung des Individuums befindet. Diese Funktion von Musik hat eine ebenso lange Tradition wie ihr Gegenteil, nämlich Musik als Medium zur Herstellung eines zweckdienlichen Gefühls zu benutzen. Mit dem therapeutischen Ziel der Kreativitätsförderung verbindet sich die Hoffnung auf eine Alternative zur konsumistischen Musikpraxis, die von *Adorno* treffend als „Dekoration der leeren Zeit" beschrieben wird (*Adorno* 1968, 57). Das Setting ist hier eher das der Gruppe (Groß/Kleingruppe), aber auch Einzelkontakte dieser Art sind möglich. Auch diese

Form der Musiktherapie ist häufig ein anerkanntes Zweitverfahren (s. Beispiel Thorsten).

III. Musiktherapie als themen- oder konfliktzentriertes Therapieangebot

Ein lebensgeschichtlich relevantes und/oder gerade aktuelles Thema soll mit dem Medium Musik der gewünschten Transformation zugeführt werden. Als Modell steht hier die Art der Themenverarbeitung in der klassischen Sonatenhauptsatzform: In der Exposition wird das Thema aufgestellt, in der Durchführung verarbeitet (moduliert, kontrapunktiert, kontrastiert, umspielt, variiert etc.), bis es in der Reprise wiederkehrt. Aber durch die thematische Arbeit ist das Thema nicht mehr das, was es in der Exposition war: es erscheint in neuem Licht, „und das, was anders gesehen werden kann, ist nicht mehr das, was es vorher gewesen ist" (*P. Passett* 1989, 222).

Übersetzt in den Modus musiktherapeutischer Arbeit, heißt das: Ein Klient/Patient wird mit einer mehr oder weniger fest umrissenen Konfliktdynamik an den Musiktherapeuten überwiesen. Dieser versucht in der Beziehung, die thematische Arbeit in Gang zu bringen, d.h. mit Mitteln der Musik Ausdrucks- und Verarbeitungsmöglichkeiten dieser Konfliktdynamik bereitzustellen. Diese Form der Musiktherapie setzt voraus, daß ein Stationstherapeut einen Bereich seiner Arbeit an den Musiktherapeuten delegiert, der traditionsgemäß hauptverantwortlich in seiner Kompetenz liegt. Dabei treten mitunter patientenunabhängige Konflikte auf, die die therapeutische Arbeit zusätzlich belasten können, wie z.B. zeitintensive, aber notwendige Informationen, institutionelle Zuständigkeiten, Macht- und Statusfragen etc.

IV. Musiktherapie als gruppentherapeutisches Angebot

Wie die Bewegung, impliziert auch das Medium Musik die reizvolle Möglichkeit, die gleichzeitige individuelle Äußerung mehrerer zu einem sinnvollen Miteinander werden zu lassen. Wie in der Kammermusik spielt in der Musiktherapie jeder Spieler seine Stimme, aber erst durch die Summe der Einzelstimmen kommt es zum Gesamtklang. Damit ergeben sich in der Musiktherapie zahlreiche Spielformen zum Thema „Der Teil und das Ganze" (Individuum und Gruppe) sowie vielfältige Erfahrungsmöglichkeiten von Identität und Solidarität, mit all ihren möglichen Störungsquellen, denn wer spielt nicht gern „die erste Geige“ oder wer gibt den Ton an?

Um eine Idee dieser Vielfältigkeit zu bekommen, möge man sich die Vielfalt musikalischer Gruppenbildungen mit ihren unterschiedlichen Erlebnisqualitäten vorstellen: Orchester, Spielmannszug, Combo, Rockband, Kirchenchor, Solist etc.

Von der institutionellen Therapiewirklichkeit her dürfte die Gruppenmusik der am häufigsten anzutreffende Modus musiktherapeutischer Arbeit sein – (nicht selten ist sie die einzig praktizierbare Form von Musiktherapie).

V. Musiktherapie als spezifische Indikation

Mit den verschiedenen „Hilfsdiensten“ – und das ist durchaus positiv gemeint – ist die Rolle der Musiktherapie jedoch nicht beendet: Musiktherapie weist alle Merkmale einer wirksamen Therapieform auf, da sich im musikalischen Tun – also spielend – in der Beziehung genau jene heilenden Kräfte wirksam werden, die *H. Petzold* als die „Vier Wege der Heilung“ beschrieben hat (*Petzold* 1988, 215ff):

- Musik schafft Einsicht in individuelle und überindividuelle Zusammenhänge und wirkt damit sinnbildend.
- Musik wirkt nachsozialisierend.
- Musik wirkt bewußtseins- und handlungserweiternd.
- Musik schafft das Gefühl von Identität und erzeugt Solidarität

Daß momentan Musiktherapie nur selten als „Haupttherapie“ genutzt wird, hat sicher weniger mit der Kompetenz der Musiktherapeuten und der Eignung der Musiktherapie für diese Funktion zu tun als mit der Tradition von Institutionen und einem – allerdings in Wandlung begriffenen – Verständnis von Heilung, das mehr auf Herstellung von Symptomfreiheit abzielt als auf die Annäherung an etwas sehr Grundlegendes, nämlich der Fähigkeit zu spielen. Diese Fähigkeit scheint durch spezifische Zeit- und Kultureinflüsse Kindern zunehmend verlorenzugehen (s. Aufsatz „Postmoderne Kindheit“, *B. Metzmacher* und *H. Zaepfel* in diesem Buch). Die Bedeutung des Spielens für das persönliche Wachstum hat *Winnicott* in diesem Satz zusammengefaßt: „Man sollte sich immer wieder daran erinnern, daß Spiel an sich schon Therapie ist. Kinder dazu bringen, daß sie spielen können, ist bereits Psychotherapie, die unmittelbar und ganz allgemein angewandt werden kann, wenn wir zu einer positiven sozialen Einstellung gegenüber dem Spielen kommen" (*Winnicott* 1978, 62).

In den nachfolgenden Veranschaulichungen der verschiedenen klinischen Modi der Musiktherapie werde ich exemplarisch kasuistische „Vignetten" verwenden. Ich tue dies mit dem Mut, die theoretische Unvollständigkeit hinzunehmen, und gleichzeitig mit der Hoffnung, dem Leser etwas von der praktischen Wirksamkeit musiktherapeutischen Arbeitens zu vermitteln. Kommunikative Austauschprozesse im Rahmen der Institution wie Visiten, Teams, Fallbesprechungen und Supervision münden in der Praxis jedoch immer in eine Reflexion der Gesamtbehandlung ein. Bei aller Kritik bedeutet dies für mich nicht zuletzt einen rahmen- und struktursetzenden Aspekt, in dem mein therapeutisches Arbeiten eingebettet bleibt.

I. Musiktherapie als entwicklungsförderndes Therapieangebot

In der Teamsitzung der Kleinkinderstation erfahre ich von der Aufnahme eines 6jährigen Mädchens, das neben seinen Symptomen wie Hyperaktivität, Regellosigkeit, sexualisiertes Verhalten und einer starken Sehbehinderung möglicherweise auch geistig behindert ist. Auf jeden Fall besteht die dringende Notwendigkeit, Wendy zu fördern. Diese Aufgabe wird an mich herangetragen. In einer diagnostischen Stunde beobachte ich, wie Wendy sich im Therapieraum und mir gegenüber verhält.

Wendy läuft im Raum herum, klettert auf meinen Schoß, befühlt meine Brust, hüpft wieder herunter, läuft weiter im Raum herum, holt sich Schlegel, schlägt ein paar Mal auf verschiedene Trommeln und singt dazu „Hänschen klein". Dabei haben Stimme und Hände unterschiedliche Metren. Ihre Stimme ist tief, sie singt alle Intervalle völlig unkenntlich. Dann holt sie sich Schlegel für das Xylophon, spielt für ihre Sehbehinderung geschickt irgendwelche Töne, singt dazu wieder „Hänschen klein". Sie hört auch damit schnell wieder auf und beginnt, alles im Raum zu zählen. Bis 10 zählt sie sicher, danach zählt sie in Pippi-Langstrumpf-Manier weiter: „Elf, hundert, zwanzig, fünfzehn" etc.

Im von Wendy produzierten Material stechen für mich die Aspekte Quantität (Überfülle) und Qualität (Fragmente) hervor. In der Gegenübertragungsresonanz stellt sich bei mir eine Szene ein: Ich stehe vor dem Chaos eines Kinderzimmers, in dem eine Bande dreijähriger Chaoten sämtliche Behälter ausgeleert hat. Innerlich krempele ich die Ärmel hoch und will aufräumen.

Es fällt auf, daß Wendy mit dem Zählen selbst einen Ordnungsversuch unternimmt. Auch das Lied „Hänschen klein" scheint eine ordnende Funktion zu haben.

Als Ziel der folgenden therapeutischen Arbeit benenne ich die Stärkung der Ich-Funktionen, wie Wahrnehmung, Erinnern und Handeln, mit dem Ziel, die Konfluenzneigung, in der Wendy sich anscheinend befindet, mehr zu Selbst-Bewußtsein und Kontaktfähigkeit hin zu ändern.

Inhaltlich heißt das für mich: Dreimal pro Woche Musiktherapie, je nach Konzentrationslage, 20-30 Minuten Dauer.

Inhalte:

1. Viele Rituale, mindestens ein Anfangs- und ein Schlußritual.
2. Arbeit am Rhythmus und an der Form (Strukturgabe).
3. Förderung altersgemäßer Begrifflichkeit durch erlebnisorientiertes Arbeiten mit Musik und Bewegung. Besonderes Augenmerk auf die Zeitgliederung: Tageszeiten, Jahreszeiten, Uhrzeit, heute, morgen, gestern etc.

Das Anfangsritual bestand lange in dem Spiel: „Dies ist mein Platz, das ist dein Platz." Dieses Ritual, das anfangs ausschließlich mit Reifen durchgeführt wurde, fiel Wendy ungeheuer schwer. Sie fand z.B. zwei Plätze für sich und wollte sich nicht entscheiden. Oder sie entschied sich nach 15 Minuten für einen Platz und sagte dann grinsend: „Also, in echt ist das wohl mal dein Platz, und da ist mein Platz."

Das Schlußritual schloß in den ersten Wochen aus Zeitgründen nahtlos an den Anfang an. Im Gegensatz zum Anfangsritual, das ich eingesetzt hatte, hat Wendy ihr Schlußritual selbst gestaltet. Es bestand darin, daß sie sich sehr stark in der Hängematte hin- und herwarf, sich dann Anschwung gab, bis sie an die Wände stieß, dann schaukelte sie die Hängematte bis zum Stillstand aus. (Musikalisch gesehen ist diese Entwicklung ein Diminuendo, und ich bestand immer darauf, daß diese Dynamik erhalten blieb, gegen Wendys Wunsch, noch einmal loszuzappeln, wenn die Hängematte ruhiger wurde.)

Nach etwa vier Monaten waren die Eckpfeiler Anfang und Ende der Stunde weitgehend verläßlich. Wir übten nun, unsere Plätze zu verlassen und wiederzufinden, besuchten uns an unseren Plätzen, tauschten sie auch schon mal. Das fand immer in einem bestimmten Zeitmaß statt. So sang ich z.B. ein Lied, am Ende des Liedes mußten wir beide an unserem Platz sein. Später spielte ich das Lied, ohne zu singen, am Klavier.

Die geplante Arbeit mit Rhythmuselementen wurde aufgenommen, indem wir „Körperklänge" wie Stampfen, Klatschen, Schnalzen oder Patschen in eine Rhythmusabfolge brachten und diese mit Sprechversen koordinierten. Später führten wir die erarbeiteten Rhythmen auch zu Perkussionsinstrumenten aus.

Nach etwa sieben Monaten war Wendy im Einzelkontakt mit mir gut ansprechbar, klarer. Die Phasen der Konzentration verlängerten sich deutlich. In der Gruppe fiel sie zwar weiterhin durch ein unruhiges Verhalten auf, jedoch gab es auch hier Phasen der Ruhe. Neuen Menschen gegenüber war sie distanzierter als zuvor, was alle als Ausdruck ihrer Entwicklung erlebten. Immer wieder erwies sie sich als ein Kind, das mit geduldiger Begleitung beachtliche Lernerfolge aufweisen konnte. Daneben entwickelte sie eine Art von Humor, die ihr vermehrt Sympathien eintrug.

Ein recht bewegendes Beispiel des Behandlungserfolges war für mich eine unserer letzten Stunden, in der Wendy in der Lage war, mit mir einen Kanon in Sprache und Bewegung auszuführen. (Erläuterung: Ein Kanon ist eine musikalische Form, bei der von mehreren Ausführenden ein Musikstück zeitlich versetzt wird.) In diesem Fall sollte dem dreiteiligen Kanon: „He, ho, spann den Wagen an" eine dreiteilige Raumform unterlegt werden (s. Anhang). Wendy konnte sich in dieser komplizierten Aufgabe gut zurechtfinden und schaffte es, ihre musikalische Position durchzuhalten. Sie wirkte stolz und glücklich bei ihrem Erfolg. Spannt man einen Bogen von den ersten Stunden, vom Ringen um den Platz bis zu dieser Situation, bei der sich Wendy nicht verwirren ließ, auch wenn ich etwas sang, was sie zuvor gesungen hatte, handelt es sich um einen deutlichen Zuwachs an Selbstbewußtsein, Ich-Stärke und Identität.

Wenn ich versuche, die besondere Bedeutung der Musiktherapie für die Entwicklung von Wendy zu verstehen, fällt mir auf, daß diese Musiktherapie mit der Ausschöpfung der Medien Musik und Bewegung einzigartige Möglichkeiten hatte, das zentrale Thema „Ich bin Ich, Du bist Du" immer wieder symbolisch darzustellen, zu variieren und zu üben. Ich glaube, es gibt keinen Bereich, in dem man so vielfältig, sinnvoll und lustvoll üben kann wie in diesen Medien. Die Möglichkeiten von Musik und Bewegung auszuschöpfen ist eine außerordentlich reizvolle Aufgabe für einen Musiktherapeuten. Er muß allerdings in den genannten Medien über genügend Erfahrung verfügen, um ein differenziertes Angebot machen zu können, oder aber bereit sein, sich dieses Material anzueignen, damit auf die kindliche Spontaneität, zuweilen auch Sprunghaftigkeit, methodenflexibel geantwortet werden kann (vgl. *Metzmacher* 1987). Besonders wichtig dürfte in diesem Zusammenhang die Beschäftigung mit den Impulsen des Faches Rhythmik (u.a. *Frohne* 1981; *Zöller*) sein. Außerdem erscheint mir instruktiv, die institutionellen Rahmenbedingungen, die ein derartiger musiktherapeutischer Ansatz braucht, kurz zu erwähnen.

1. Es gab eine Fülle von Ideen zur Förderung Wendys. Bei der Vielzahl der beteiligten Personen forderte das einen hohen Aufwand an kollegialem Austausch, um die initiierten Prozesse sinnvoll zu koordinieren. Gerade für die Musiktherapie ist dieser Austausch wichtig, weil sich hier leicht Überschneidungen mit den Arbeitsbereichen anderer Kollegen (Sprachtherapie, Schule etc.) ergeben. Eine Art Gartenzaun-Mentalität, bei der jeder Kollege ängstlich seinen Bereich hütet und Grenzüberschreitungen registriert und ahndet, verhindert mitunter den Informationsfluß, den ein am Prozeß orientiertes Vorgehen dringend braucht. Je nach Situation muß der Musiktherapeut manchmal Strukturen

von Austausch überhaupt erst schaffen, weil diese für einen stationsübergreifenden Therapeuten nicht immer oder nicht ausreichend vorgesehen sind.

2. Die Bedingungen bezüglich des Setting sollte ein Musiktherapeut hauptverantwortlich entscheiden können.
3. Für fördernde Arbeit ist eine mittelfristig angelegte Perspektive (Minimum 4-6 Monate) sinnvoll. In einer Kurzzeittherapie fördernd wirken zu wollen, halte ich für schwierig.

II. Musiktherapie als freizeit- und heilpädagogisches Behandlungsangebot

Thorsten ist 16 Jahre alt. Er kommt in die Kinder- und Jugendpsychiatrie, weil seine Adoptivmutter nicht mehr mit ihm fertig wird. Der lernbehinderte Thorsten verweigert sich in der Schule, ist krimineller Mitläufer und konsumiert Alkohol. In der Gruppe ist Thorsten sehr still, fast depressiv wirkend. Schließt er sich an einen Jugendlichen an, imitiert er diesen in verblüffender Schnelligkeit bis in die Details von Haltung, Akzent, Kleidung etc. und drückt damit seinen Mangel *an* und seine Suche *nach* Identität aus. Thorsten hört hauptsächlich Musik der Stilrichtung „Heavy Metal", wobei er drogenähnliche Verschmelzungserlebnisse zu haben scheint.

Thorsten möchte bei mir Gitarre lernen. Er erzählt mir in der ersten Musiktherapiestunde, daß seine Adoptivmutter Gitarre spiele und er sie oft beobachtet habe. Er hat so gut beobachtet, daß er markante Griffe, wie A-Dur oder G-Dur von der bloßen Beobachtung auf meine Gitarre übertragen kann. Er braucht nur einige Hinweise über die richtigen Bünde etc., um eine Serie von vier Akkorden zu produzieren. Auch die Akkordwechsel gelingen ihm mühelos. Außerdem hört er gleich zu Anfang harmonische Strukturen sofort heraus – z.B. die Verbindung Tonika/Dominante. Damit kann er fast ohne Unterstützung aus dem Gehör Lieder begleiten. In ein paar Stunden erlernt er einfache Zupf- und Anschlagtechniken sowie weitere Akkorde. Zwecks Selbsthilfe erkläre ich ihm den Gebrauch der Grifftabelle. Wir entwickeln gemeinsam Harmonieschemen, und während er diese realisiert, improvisiere ich melodisch. Häufig spielt er auch auf Congas und anderen Trommeln und spielt diese mit ausgeprägt gutem Rhythmusgefühl.

Unsere Arbeit wird immer wieder unterbrochen durch Thorstens „Null-Bock-Phasen", bei denen er nicht mehr die geringste Aktivität aufbringt. Ich sage ihm in einer solchen Phase jeweils, daß er wiederkommen kann, und erlebe, daß er von sich aus auf mich zukommt, auch wenn Wochen dazwischenliegen. Es zeichnete sich ab, daß Musik in Thorstens Alltag zur regelmäßigen Beschäftigung wird. Thorsten lernt unter dem Aspekt „Musik machen" neue Menschen und Menschen neu kennen. Es entwickelt sich eine soziale Alternative zu dem, was er bisher kannte.

Seine musikalischen Leistungen erfüllen ihn zudem mit Selbstbewußtsein, was seiner Gesamtentwicklung wichtige Impulse gibt. Er traut sich zu, eine handwerkliche Ausbildung zu beginnen, die er auch durchhält. Die auf Imitation beruhende ständige Veränderung seines Erscheinungsbildes weicht einer angedeuteten Identität: Er wird zum eindeutigen und unverwechselbaren Thorsten. Sein musikalisches Hörverhalten ist weniger regressiv als zuvor – er hört Musik auch im Hinblick auf ihre Strukturen und die Möglichkeit, sie zu realisieren.

Für diese Art von Musiktherapie, die im übrigen auch in der Gruppe denkbar ist, ergeben sich im übrigen kaum institutionelle Schwierigkeiten.

III. Musiktherapie als themen- oder konfliktzentriertes Therapieangebot

Eine Kollegin bittet mich, die 11jährige psychosegefährdete Sarah zu behandeln. Sarah ist als Kind einer alleinerziehenden, psychotischen Mutter stets auf sich allein gestellt gewesen. Die Kollegin hofft, daß Sarah im Umgang mit Musik, also auf nicht-sprachlichem Weg, Formen von Kontakt, Begegnung und Beziehung erfahren kann und sich dadurch innerlich stabilisiert.

Sarah ist ein sehr groß gewachsenes, sehr schlankes Mädchen. Durch ihre Größe und ihre leicht altmodische Kleidung (lange, weite Röcke, Rüschenblusen) sticht sie von ihren Altersgenossinnen deutlich ab. Zu ihrem äußeren Erscheinungsbild steht ihre Sprache in grellem Kontrast: Sie spricht wie eine Zweijährige (z.B. -t- statt -k-, -ch- = -ss- usw. „Tann iss niss" = Kann ich nicht.). Ihre Stimme ist sehr hell und hoch und moduliert, so wie größere Kinder Babys imitieren. Sie befindet sich seit langem in dieser Form der Regression.

In den ersten Stunden bietet Sarah als einzige Begegnungsmöglichkeit mit mir die Imitation an: Sie singt, in der Hängematte schaukelnd, Lieder wie: „Spannenlanger Hansel, nudeldicke Dirn" oder „Dornröschen war ein schönes Kind" und freut sich, wenn ich mitsinge. Ich singe ihr Lieder vor, sie singt sie nach. Die Instrumente will sie nicht anfassen, außer das Klavier. Auch hier kommt es episodenhaft zur Imitation. Daneben möchte sie immer wieder „böse Königin mit Dienerin" spielen, was ich nur ungern tue, weil ich finde, daß der Umgang mit diesen sehr archaischen Bildern eher in die Therapie der Stationstherapeutin gehört, zugleich zeigt es mir, wie unmittelbar hier das musiktherapeutische Angebot unbewußte Schichten erreicht.

Immer wieder versuche ich – letztendlich erfolglos –, mit Sarah verbindliche Kontakte herzustellen, etwa die Imitation in eine Regel einzubinden. Alle diese Versuche sind nur kurzfristig erfolgreich. Alles, was ich tue, was ich vorschlage, scheint an Sarah abzuprallen. Sie lächelt abwesend und macht irgendetwas, das mit meinem Vorschlag überhaupt nichts zu tun hat. Am Ende der Stunde bedankt sie sich höflich und verläßt den Raum. – Sie verharrt in ihrer Regression, denn meine Angebote hatten Ich-Stärkung zum Ziel, dem sie sich passiv verweigert.

Bei einem dieser Abschiede sehe ich Sarah lange nach, und mir fällt ihr Bewegungsverhalten auf. Sie bewegt sich tänzelnd – ihre Beine scheinen den Boden möglichst wenig zu berühren. Ich frage mich, ob sie wohl Spaß am Tanzen hat. Das frage ich sie auch in der nächsten Stunde und höre, diesmal mit Babystimme, ein entschiedenes „Ja“. In einer langen Reihe von Stunden geht es nun um Tanzen: Orientierung im Raum (Bewegungsrichtung), in der Zeit (Bewegungsdauer – etwa die Länge einer Liedphase), verschiedene Bewegungsformen, wie gehen, schreiten, stampfen, hüpfen etc. und die Koordination dieser Elemente in einfachsten Choreographien. Etwa in der 30. Stunde ist Sarah fähig zu Schrittkombinationen, wie etwa diese:

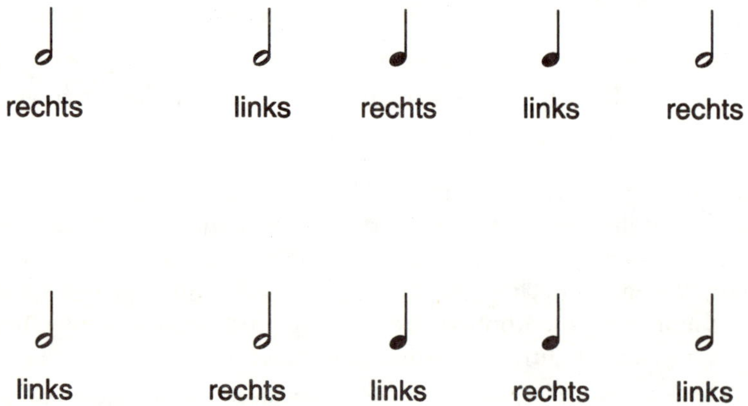

Auch Perkussionsinstrumente wurden als Verstärkung der Bewegung eingesetzt.

Im Laufe der Therapie wurde Sarah mehr und mehr zu einer Achtjährigen, mit gelegentlichen kleinkindhaften Durchbrüchen. Sie konnte ihre Bewegung weitgehend selbst steuern, durchhalten und brauchte mich immer weniger als spiegelndes Modell. Dadurch wuchs eine neue Qualität von Kontakt: Auch sie war nicht mehr mein Spiegel, sondern eine Persönlichkeit mit eigener Struktur.

Man könnte hier einwenden, daß ich vielleicht einen eher tanz- oder bewegungstherapeutischen als einen musiktherapeutischen Ansatz beschrieben habe. Möglicherweise wäre eine Tanztherapeutin eher auf die, wie ich finde, richtige Intervention gekommen oder hätte effektiver arbeiten können. Es ist mir aber wichtig zu zeigen, daß Musik mit der Bewegung im Raum untrennbar verbunden ist, und daß es auch in der Musiktherapie möglich ist, phasenweise mit einem anderen Medium zu arbeiten als mit der Musik – dies aber aus dem Blickpunkt der Musiktherapie.

Dieser Modus von Musiktherapie bedarf des Abrückens von einer eher omnipotenten Vorstellung therapeutischer Machbarkeit. Der Stationstherapeut gibt ja einen Teil seiner Verantwortung und seiner Funktionen an den Musiktherapeuten ab. Wenn die Zusammenarbeit gelingt, ist die Basis für eine methodenflexible Behandlung gegeben, bei der ausschließlich die Bedürfnisse der Klienten im Mittelpunkt stehen.

Die Tatsache, daß sich die Musiktherapie als stationsübergreifendes therapeutisches Angebot einer Klinik gewissermaßen in einem institutionellen Vakuum befindet, birgt Möglichkeiten und Gefahren:

a. die Möglichkeit experimentellen Arbeitens, das sich nicht sofort in Befundberichterstattung legitimieren muß und
b. die Gefahr, in ein verführerisches Therapiezielvakuum zu geraten.

Um dieser Gefahr zu entgehen, sollte möglichst von allen beteiligten Therapeuten eine Art musiktherapeutisches Curriculum erarbeitet werden. Ist das nicht möglich, muß der Musiktherapeut eine Zielvorstellung in eigener Sache formulieren. Dies ist nötig, um Gefahren für den Klienten abzuwehren. Zur Veranschaulichung dieser Gefahr folgendes – für mich wenig rühmliches – Beispiel:

Martin, ein 15jähriger Jugendlicher, wurde zu mir in die Musiktherapie geschickt, ohne Phase eines Dialogs zwischen der überweisenden Therapeutin und mir. In der ersten Stunde beschäftigten wir uns überwiegend mit dem Keyboard, und Martin erzählte von seinen Vorlieben für „Rap-Musik". Auf meine Frage nach seinen Lieblingstiteln, seiner Lieblingsgruppe etc. (normalerweise hören wir uns dann die Musik gemeinsam an, oder ich beschäftige mich zu Hause damit) sagt er jedoch: „Killing me softly" (ein eher lyrischer Titel, der mit der harten Metrik des Rap wenig zu tun hat).

In der nächsten Stunde beschäftigen wir uns anfangs mit diesem Lied. Er will nichts mehr am Keyboard machen, auch die anderen Instrumente interessieren ihn nicht. Längere Zeit sitzt er schweigend da, dann sagt er: „Das Klavier kenn ich. Meine Großmutter hatte eins." Ich frage ihn, ob sie auch manchmal darauf gespielt habe, und er zeigt ein halbes Nicken. Ohne länger zu überlegen, gehe ich ans Klavier und beginne eine Improvisation, die nach einer kurzen Einleitung von ein paar harten, perkussiven Akkorden in ein Siciliano (eine wiegende, getragene Liedform) in d-moll einmündet. Ohne dies zu wollen, bin ich in der Tonart der Trauer gelandet. Ich werfe einen Blick auf Martin, der wie versteinert auf seinem Hocker sitzt und Tränen in den Augen hat. Nach einer Weile steht er auf und geht weg.

Dies war das Ende der Musiktherapie von Martin. Meine Versuche, den Kontakt zu Martin wieder aufzunehmen, stießen auf eine Mauer und Schweigen und Verweigerung. Statt zur Öffnung hatte dies Erlebnis zur Verstärkung der Verschlossenheit geführt. Durch meine Musik war ich einem zentralen biographischen Ereignis von Martin sehr nahe gekommen: Dem Tod seiner Großmutter und der damit verbundenen, im Alltag abgewehrten Trauer. Zwar war ich intuitiv genug, um das Grundgefühl der Trauer zu erfassen, aber ich war nicht informiert genug, um zu wissen, welches Ausmaß diese Trauer hatte und wie bedrohlich sie für Martin war.

Bei mehr Absprache mit der behandelnden Therapeutin und mehr Reflexion wäre dieses Erlebnis für Martin sicher zu vermeiden gewesen.

IV. Musiktherapie als Gruppentherapie

Ich möchte diesen sehr wichtigen Bereich musiktherapeutischer Arbeit kurz fassen, da ich über verhältnismäßig wenig Erfahrung verfüge. Die Arbeit mit Gruppen ist für mich bis heute schwierig, und ich habe immer meinen Schwerpunkt auf die Einzelarbeit gelegt. Erst in letzter Zeit beginnt der „Alptraum" Gruppentherapie für mich seinen Schrecken zu verlieren, während ich beginne zu begreifen, daß eine Gruppe mehr ist als die Ansammlung sich in erbittertem Konkurrenzkampf befindlicher Individuen (hier hat sicher meine musikalische Ausbildung ihre Spuren hinterlassen!).

Die nachfolgend beschriebene Stunde einer Mädchentherapiegruppe ist eine Art Sternstunde nach einer Reihe völlig frustrierender Stunden, in denen ich mehr als einmal die fachliche und individuelle Sinnfrage gestellt habe und mich kurz vor dem musiktherapeutischen Offenbarungseid befand. Die Verhaltensweisen, die in dieser Stunde relativ einfach zu reflektieren und zu modulieren waren, hatten in der Vergangenheit mehrmals zu heftigem Streit und türenknallendem Stundenabbruch geführt.

An der Gruppe nahm teil: Regina, 17 Jahre, Beate, 18 Jahre, Nicole, 16 Jahre.

Zu Beginn der Stunde gab es einen Konflikt um Nicole, die den anderen zu laut spielte. Sie spielte in der Tat so laut, daß außer ihr niemand mehr zu hören war. Um allen die Gelegenheit für ein Solo zu geben, schlug ich eine Solo/Tutti-Improvisation vor, bei der Phasen von gemeinsamem und solistischem Spiel mit Begleitung der Gruppe wechseln sollten.

Zunächst entsteht ein leiser „Klangteppich" mit Nicole am Becken, Regine am Klavier, Beate an der Leier. Regine spielt das erste Solo. Beate macht Ansätze, das zweite Solo zu spielen. Sie wird aber von Nicole übertönt, die in diesem Moment auch gerade zum Solo ansetzt. Das wird ihr von Regine vorgeworfen, die mit diesem Vorwurf auf den Lippen das Spiel abbricht. Nicole fühlt sich ungerecht behandelt, wird wütend und will den Raum verlassen. Beate sagt sehr leise: „Wahrscheinlich hast du mich einfach nicht gehört." Ich frage Nicole: „Hast du sie gehört?" Nicole sagt: „Nein, ich wollte doch selber spielen, da hör ich doch nicht zu andern!" Allgemeines Lachen über diese ehrliche Feststellung entspannt die Situation. Beate kann darüber sprechen, daß sie immer übersehen wird und daß es besser für sie war, nicht aufzufallen. Nicole äußert, sie hätte wahrscheinlich nicht überlebt, wenn sie nicht frech und rücksichtslos gewesen wäre.

Ich schlage der Gruppe nun vor, „nicht hinsehen und hinhören" kurz zur Regel zu machen und rücksichtslos zu spielen. Diese Spielsequenz wird sehr unterschiedlich erlebt. Regine findet sie chaotisch, sie hat aber mehr von sich selbst gehört als sonst. Beate hat Angst bekommen vor dem Durcheinander, deshalb hat sie aufgehört zu spielen. In diesem Moment haben die anderen sie gesehen und entgegen der Spielregel das Spiel beendet. In der verordneten Kontaktlosigkeit ist neuer Kontakt entstanden. Nicole gefiel es einfach, weil sie auf niemanden achten mußte.

Im nächsten Spiel soll wieder gleichzeitig gespielt werden: Dieses Mal soll jeder, während er spielt, soviel wie möglich von den anderen registrieren, aber auch von sich selbst. Zum Sichern der Beobachtungen machen wir eine Tonaufnahme. Nach dem Austausch der Beobachtungen sind alle sehr erstaunt, daß sie von den anderen gehört wurden und sich trotzdem selbst hören konnten. Besonders Nicole ist erstaunt, daß sie gehört wurde, obwohl sie wegen der Spielregel recht leise spielte. Ihr trockenes Fazit: „Ich hab immer gedacht, ich muß laut sein."

In dieser Stunde scheint mir deutlich zu werden, was die Musiktherapie als Gruppentherapie auszeichnet: die Möglichkeiten, verschiedene Formen des Miteinanders in einer speziellen Realität erfahrbar zu machen (die Verwendung des Mediums Kunst in der Gruppentherapie führt dagegen eher zum Fokus Individuum). Der Charakter der Musiktherapie ist in den meisten Fällen außergewöhnlich genug, um Offenheit für neue Erfahrungen zu erzeugen. Gleichzeitig ist er aber auch real genug, um als verbindlich erlebt zu werden. Das ist besonders bei solchen Jugendlichen ein Vorteil, denen therapeutische Interventionen zwar oft recht amüsant erscheinen, die deren realistischen Charakter aber ableugnen. Das Erlebnis von Gemeinschaft, in der der Einzelne seinen Wert als Individuum erhält, scheint mir gerade für Jugendliche ein wichtiges Modell in einer Lebensphase, in der die Aufgaben der Individuation und der Gemeinschaftsfähigkeit zu lösen sind.

Damit die Gruppenmusiktherapie zum gewünschten Erfolg wird und nicht zu neuen Verletzungen oder zur Verstärkung der Abwehrmechanismen führt, ist es sehr wichtig, auf die Zusammensetzung der Gruppen zu achten. In Institutionen, in denen der Musiktherapeut keinen Einfluß auf die Gruppenkonstellation hat, wo die Musiktherapie durch ärztlich-psychologische Anweisung verordnet wird, kann dies zu problematischen Gruppenzusammensetzungen führen, die den Rahmen der musiktherapeutischen Gruppenarbeit sprengen kann.

Die Gründe für die Beliebtheit des Gruppensettings sind nicht immer nur inhaltlich begründet – sie vermeiden daneben das Problem der Konkurrenz. Wenn aber die Gruppe das einzig akzeptierte Setting ist, stößt man gerade in der Kinder- und Jugendpsychiatrie recht schnell an Grenzen, denn die manchmal erst 4jährigen stationär behandelten Kinder sind häufig noch gar nicht gruppenfähig. Die Entwicklung hin zur Gruppenfähigkeit ist hier das therapeutische Ziel. Diesen Kindern Musiktherapie nur als Gruppentherapie anzubieten, ist eher das Ergebnis überforderter Stationspädagogik, die sich Entlastung erhofft.

V. Musiktherapie als spezifische Indikation

An die Musiktherapeuten wird immer wieder die Frage nach der Indikation gestellt – also für welche Krankheitsbilder, Störungen etc. kommt die Musiktherapie in Betracht? Nicht selten steckt übrigens hinter dieser Frage eigentlich die Frage nach der therapeutischen Effektivität von Musiktherapie, eine nicht ganz unberechtigte Frage, da die Musiktherapie ein relativ junges Verfahren der Psychotherapie ist. Effektivitätsnachweise werden in Zukunft zu erbringen sein (vgl. hierzu *I. Timmermann* 1991, 58).

Ich definiere Musiktherapie als psychotherapeutisches Verfahren, das diagnose- und prozeßabhängig musikalisches Material einsetzt. Die Möglichkeiten der Verwendung von Musik variieren je nach Erfordernis zwischen mehr strukturierenden (Ich-stärkenden), mehr imitierenden (erlebnisaktivierenden) Elementen sowie zwischen Produzieren und Rezipieren. Ich halte es geradezu für ein Spezifikum der *Musiktherapie*, spielerisch und elastisch zwischen verschiedenen Modi therapeutischer Arbeit wechseln zu können – was den kindlichen Möglichkeiten des Erlebens und Ausdrucks entspricht. Dieses Spezifikum macht musiktherapeutische Arbeit auch mit Klienten möglich, für die eine Psychotherapie sonst nicht angezeigt erscheint – also etwa geistige Behinderung, Wahrnehmungsstörungen, Retardation sowie Mangelförderung und Deprivation.

Kontraindikationen für Musiktherapie sind mir aus meiner bisherigen musiktherapeutischen Arbeit nicht bekannt. *Wie die Musiktherapie heilt, möchte ich abschließend deutlich machen.*

1. (Wieder)gewinn der Spielfähigkeit

Das oberste Streben musiktherapeutischer Bemühungen gilt der Förderung der schöpferischen Fähigkeiten, der (Wieder)gewinnung der Begabung des Spielens. Der Mensch, der spielen kann, hat die Möglichkeit zur Selbstregulation und besitzt damit den Schlüssel zur Heilung.

Musik ist Spiel (ich spiele ein Instrument), und damit ist Musik ein besonders reiches Betätigungsfeld, um spielen zu lernen. Der Aufforderung zum Spielen, die von Musikinstrumenten und von einem spielfreudigen Musiktherapeuten ausgehen, entzieht sich fast nie jemand, nicht einmal Kinder, die mit Spielzeug sonst überhaupt nichts anzufangen wissen. Die Verwendbarkeit von Musikinstrumenten ist vielfältig, ihre Verwandlungsfähigkeit groß. Die Trommel kann neben ihrer sozusagen traditionellen Rolle eine Bühne sein, auf der die Hände erscheinen, spielen und wieder verschwinden („Trommelbühne", s. *Wolfgang Meyberg* 1989). Sie kann eine Fläche zwischen zwei Spielern sein, auf der etwas hin und her geht, beispielsweise eine Murmel oder ein Tischtennisball. Sie kann schwingende Membran sein, deren Schwingung ich mit dem Ohr, den Händen, den Füßen oder sonstwie aufnehme. Die Schwingung kann ich sehen, indem ich ein Blatt, eine Feder o.ä. auf die Trommel lege und diese in Schwingung versetze.

Ich kann die Trommel umdrehen und füllen – so wird sie zur Schüssel oder zum großen Kannibalentopf, in dem gerade der freche Eindringling gargekocht wird. Das Becken hat schon als Sonne, als Weltall, als Lenkrad eines Busfahrers und – schräg gestellt – als Radarabwehrschirm gedient. Mit Claves lassen sich Muster und Wege quer durch den Raum legen, auch dienen sie schon mal als Handgranaten, Fußstümpfe, Hörner und Penisse. Diese Welt des einfachen und nicht festgelegten Materials ist immer wieder ein Anreiz, die Phantasie zu betätigen.

In der Musiktherapie geschieht Bahnung der Heilung also durch das Wecken der schöpferischen Kräfte, ausgelöst durch den Aufforderungscharakter der Musikinstrumente.

2. Beziehung

Ein weiterer wichtiger Weg zur Gesundung in der Musiktherapie ist das Erlebnis von Beziehung. Im musiktherapeutischen Spiel sind alle Facetten von Beziehung möglich, nur ist es nicht möglich, völlig unbezogen zu sein: Was ich tue, hat immer einen Hörer, der sein Ohr nicht verschließen kann. Beziehung in der Musiktherapie spielt sich auf zwei Ebenen ab:

a. Spieler – Instrument

Das Instrument reagiert auf das, was ich tue. Wenn ich das Trommelfell reibe, erwärmt es sich – und meine Hände auch. Wenn ich heftig schlage, klingt es laut. Wenn ich lange heftig schlage, rauscht es in den Ohren.

Die Beziehung Spieler – Instrument kann ein wesentliches Element zur Stützung des Realitätsbewußtseins bei Kindern sein. Durch die einfachen Bezüge bekommt das Kind eine Menge Informationen über sich und seine Fähigkeit, etwas zu bewirken. Als Kontrast dazu: Wie verwirrend muß es für ein Kind sein, wenn auf eine kraftvolle Bewegung gar keine Reaktion erfolgt, wie z.B. am Keyboard. Etliche Kinder suchen auch an Trommeln als erstes die Knöpfe zum Lauter-Stellen. Für sie ist es ein echtes Erlebnis, wenn sie sich bewußt werden, daß sie selbst die Lautstärkeregelung bewirken können.

b. Spieler – Mitspieler

Neben der Entwicklung der Beziehung zum Objekt Musikinstrument steht die Entwicklung der Beziehung zum oder zu den Mitspieler(n). Ich gehe hier zuerst auf die Beziehung zum Therapeuten als Mitspieler ein. Anfangs ist die Qualität dieser Beziehung oft zweckgebunden: „Wie spielt man das? Wo sind die Schlegel? Wie heißt das?" usw.

Eine andere Qualität der Beziehung ergibt sich, wenn ich zuhöre. Ich signalisiere mein Interesse, meine Bereitschaft, mein offenes Ohr. Wieder eine andere Beziehungsqualität ergibt sich, wenn jemand offensichtlich etwas sucht, ich dieses erkenne und ihm „auf die Sprünge helfe". Damit signalisiere ich: Ich verstehe, was du sagen willst, und ich helfe dir, es selbst zu sagen.

Wieder andere Nuancen von Beziehung liegen im Miteinander-Spielen. Durch die Art, wie der Musiktherapeut seinen Klienten begleitet, konstelliert sich eine Beziehungsebene. Dadurch wird ein Reaktionszyklus in Gang gesetzt: Der Klient reagiert auf das musikalische Beziehungsangebot, der Musiktherapeut auf die Reaktion des Klienten usw.

Hier dient mit mir als Modell die Art, wie Begleitung in der Musizierpraxis verstanden wird: Begleiten steht für eine Art des Zusammenspiels, bei dem der eine – der Solist – mehr im Blickpunkt steht als der andere. Der Begleiter wendet seine künstlerische Potenz daran, die musikalischen Intentionen seines Partners zu unterstützen. In gewisser Weise dient also der Begleiter dem Solisten.

Je nach Art der Beziehung zwischen den musikalischen Partnern kann sich ein Gegeneinander, ein Nebeneinander, ein konstruktives Miteinander und kurzzeitig – „Einssein" ergeben.

Die Art, wie der Musiktherapeut begleitet, kann entweder
- stützend (Jemand spielt eine unruhige, fragmentarische Melodie, der ein Boden in der Gestalt eines Grundschlages fehlt – ich füge den Grundschlag hinzu.);
- stimulierend (Jemand wiederholt ein Motiv und kommt offensichtlich nicht aus seinem Material heraus, ich zeige ihm den Ausgang.);
- kontrastierend (Ich spiele das Gegenteil dessen, was der Klient spielt.);
- spiegelnd;
- provozierend (Jemand spielt recht leise, ich spüre aber seinen Impuls, heftig zu spielen. Statt seiner spiele nun ich laut.) und
- variierend sein.

Je nach Art der musikalischen Intervention konstellieren sich Ebenen wie Lehrer – Schüler, Kind – Kind, Vater – Kind, Mutter – Kind usw. Musiktherapie heilt also auch durch das Ausprobieren, Erfahren, Verwerfen und Üben unterschiedlichster Beziehungsdimensionen.

3. Musiktherapie heilt durch Erkenntnis und Benennung

Sven, ein 14jähriger Junge, hat massive Probleme mit seinem Vater, den er einerseits idealisiert, gegen den er sich andererseits aber ständig durch Unterlaufen seiner Prinzipien wendet.

Wir arbeiten – themenzentriert – an „Modellen des Zusammenspiels". In einer Sitzung schlage ich eine Art des Zusammenspiels vor, das alle Bezüge konsequent vermeiden soll. Also: kein gleicher Grundschlag, keine Imitation von Rhythmen, keinerlei harmonische oder melodische Gleichheit. Nach einer Weile des Zusammenspiels stoppt Sven plötzlich und sagt: „Also, genau*so* ist das mit meinem Vater."

Dies ist eine Art von „Aha-Erlebnis", wie es in der Musiktherapie nicht selten vorkommt. Musik kann Gegebenheiten trotz ihres flüchtigen Charakters geradezu plastisch wirken lassen. Sprachlich drücken wir die Tiefe einer Einsicht mit dem Ausdruck: „Die Erkenntnis traf mich wie ein Schlag", aus. Genau diese Art Erkenntnisse sind es, die ich meine. Oft sind es Funde auf einem Weg, der gar nicht zielstrebig auf den Erwerb einer bestimmten Erkenntnis gerichtet war.

Hätte ich versucht, mit Sven über die Art, mit seinem Vater zu kommunizieren, ins Gespräch zu kommen, wäre mir wahrscheinlich die ganze Wucht pubertätseigener Widerstandskraft zuteil geworden. Da ich nicht etwas Bestimmtes von Sven wollte, war die Atmosphäre für das Entstehen von Erkenntnis günstig.

Auch im Falle von Sakir wollte ich nicht unbedingt Einsicht in seine Kulturgespaltenheit erreichen, auch diese Darstellung ergab sich organisch. Das Experimentieren – in der Musiktherapie das Arbeitsprinzip Improvisation – stellt einen sehr geeigneten Rahmen zur Erkenntnisfindung dar. Die besondere Fähigkeit der Musik, eindrücklich zu sein, mitten ins Herz zu dringen, macht die Qualität der Erkenntnis aus. Möglich wird Erkenntnis durch die Einsehbarkeit des Hörbaren, die Evidenz des musikalischen Ausdrucks.

Erkenntnis braucht Einordnung, und Einordnung braucht Sprache. Die sprachliche Benennung des Erlebten ist wichtiger Bestandteil der Musiktherapie. Ohne sie wird Musik u.U. zu einer Zweitsprache und führt in die Isolation. Musik verbindet mich mit meinem eigenen Erleben, die Sprache verbindet mich mit anderen. *Fritz Hegi* sagt es treffend: „Mit der Musik hinhorchen, und mit der Sprache hinweisen – das sind die Arbeitsmittel der Musiktherapie" (*Hegi* 1986, 153).

Aber: Auch mit der Sprache kann man hinhorchen und mit der Musik hinweisen – auch das kann musiktherapeutische Arbeit sein. Wie die Begabung zum Spielen soll die „Gabe der Rede" in der Musiktherapie wachsen.

4. *Musiktherapie heilt durch den Erwerb von Fähigkeiten und Fertigkeiten*

Wie erwähnt ist auch die Förderung von Fähigkeiten und Fertigkeiten Ziel therapeutischen Arbeitens. Da Musiktherapie sich in wichtigen Aspekten von Musikpädagogik unterscheidet, geht es nicht um den Erwerb dieser Fähigkeiten an sich, sondern um die Bedeutung, die diese Fähigkeiten für ein Leben in körperlich/seelischer/geistiger Gesundheit haben. Denn um das Bahnen von Gesundheit und Heilung geht es ja in der Therapie.

Insbesondere in folgenden Bereichen werden Fähigkeiten und Fertigkeiten erworben und erweitert:

a. Wahrnehmung:

- Sensibilisierung von Wahrnehmungskanälen, insbesondere des akustischen und taktilen, aber auch der sozialen Wahrnehmung, also der Interaktion.

b. Bewegung:

- Grob- und Feinmotorik,
- Koordination,
- bewußter Krafteinsatz/Steuerung,
- Körperbewußtsein und -bild.

c. Kontakt:

- Initiative aufnehmen, durchhalten;
- sich einordnen, anpassen;
- eine Funktion übernehmen und durchhalten;
- Rollenflexibilität;
- Bezug zur Realität;
- Formbildung;
- Prägnanz.

5. *Musik heilt durch sich selbst*

Last not least muß natürlich betont werden, daß die Musik selbst ein wichtiger Faktor der Heilung ist. Die Wirkung von Musik kann jeder, der das Fühlen noch nicht verlernt hat, an sich spüren. (Nicht umsonst gibt es eine sogenannte Funktionsmusik, die diese Wirkung von Musik planvoll einsetzt.)

Viele Menschen wissen aus Erfahrung, daß eine bestimmte Musik ihnen guttut, wenn sie traurig, müde oder lustlos gestimmt sind. Dies ist eine sehr wichtige Form der Regulation – und der Musiktherapeut sollte diese Möglichkeit immer im Auge behalten und gemeinsam mit dem Klienten erarbeiten. Dies ist eine sehr sinnvolle Form, die technische Reproduzierbarkeit von Musik zu nutzen.

Was es an der Musik genau ist, das heilend wirkt, wird sich sicherlich nicht genau analysieren lassen – auch wenn es Ansätze dafür gibt (vgl. z.B. *Strobel*). Für mich ist das, was am wenigsten greifbar (vom Aspekt des Materials her) ist, das eigentlich Heilende: die Atmosphäre. Musik hat immer und vor allem Atmosphäre. Die Atmosphäre der Musik, ihre Qualität, ist der Grund, weshalb wir uns mit einer Musik wohl, unwohl, aufgehoben oder abgelehnt fühlen.

Für alle frühgeschädigten Menschen, die einer Atmosphäre der Kälte, der Ablehnung, der Uneindeutigkeit oder sonst einer atmosphärischen Störung ausgesetzt waren, ist die Musik ein besonders geeignetes Heilmittel, weil sie sozusagen für genau jenen vorsprachlichen Bereich erlebnismäßige Korrektive setzen kann.

Auch durch Musik kann nichts ungeschehen gemacht werden. Aber die Unabänderlichkeit des Gefühls: „Das-war-schon-immer-so und wird-immer-so-sein", kann vorsichtig geöffnet werden durch das Hereinfließen eines anderen Klangs, einer anderen Atmosphäre: Wie die Botschaft aus einer anderen Welt, die besagt, daß das Leben etwas anderes sein könne als die Summe meiner schlechten Erfahrungen.

Was Worte nicht leisten können, das leistet Musik. Was mit der Sprache nicht ausdrückbar ist, hat in der Musik Raum. Wo noch keine Worte oder keine Worte mehr sind, da ist immer noch Klang und Resonanz – da ist noch Musik.

Musiktherapeutische Diagnostik

Am Anfang der Behandlung steht die Diagnostik und als prozessuale Diagnostik bleibt sie während der Dauer der Therapie das leitende Element. Im Moment des musikalischen Spiels verdichtet sich die individuelle Wirklichkeit mit ihren unterschiedlichen Ebenen zu hörbarer Prägnanz – sofern es ein echtes, d.h. ernsthaftes Spiel ist. Damit kann die musikalische Äußerung zum aussagefähigen

Teil der Diagnostik werden. Der integrativtherapeutische Ansatz der Diagnostik „von den Phänomenen zu den Strukturen kommend" heißt für die Musiktherapie zunächst einmal die sorgfältige Analyse des musikalischen Materiales, also der musikalischen Phänomene:

- *Was* spielt jemand?

Diese Analyse wird verbunden mit der Frage:

- Wie spielt jemand? (Hier spielt auch die Überprüfung der Gegenübertragung eine Rolle.)
- Wie oft (wie lange) spielt der Klient?
- Wann spielt jemand?

Mit der Beantwortung dieser Fragen nähert man sich der aktuellen und lebensgeschichtlichen Wirklichkeit des Spielenden und erhält Informationen über Schädigungen und Fähigkeiten des Menschen.

Durch frei – d.h. ohne Spielregel – vom Klienten improvisierte Musik kann der geschulte zuhörende Therapeut häufig ein (Lebens) Gefühl heraushören, eine prägende Atmosphäre sowie Hinweise auf Defizite und Traumata. Dieses musikalische Material erschließt potentiell noch vorsprachliche, sogar vorszenische Bereiche des Erlebens. Neben der Möglichkeit von Musik, Gefühlen und Atmosphären Ausdruck zu verleihen, ist Musik besonders geeignet zur Darstellung von Konflikten:

Sakir, ein 18jähriger, psychotischer junger Mann, möchte immer gern am Klavier spielen. Klavier ist für ihn das Symbol deutscher Kultur, deren Erwerb er erstrebt. Während Sakir einmal recht geschickt nach meinem Spielvorschlag im 5-Tonraum am Klavier spielt, beginnt er gleichzeitig zu singen. Er singt auf eine sehr türkische Art, melismatisch und vor allem unter Verwendung von Vierteltönen. So benutzt er gleichzeitig tradiertes mitteleuropäisches Material (die Einteilung des Tonraums in Halb- und Ganztöne), ein Instrument, das auf dieses Material fixiert ist (anders als Zupfinstrumente, Streichinstrumente und Blasinstrumente kann ein Klavier nur in Halb- oder Ganztönen spielen) und Tonmaterial eines anderen Kulturkreises. Das Aufeinanderprallen und die Diskrepanz zweier Systeme wird hier hörbar, damit auch die Unvereinbarkeit zweier Kulturen, an der Sakir fast zerbricht. Deutlicher kann diese Unvereinbarkeit sicher nicht dargestellt werden.

In der Betrachtung des musikalischen Materials kommt meiner Erfahrung nach Liedern und Musikstücken des Repertoires eine etwas andere Bedeutung zu als dem Material, das durch Improvisation entstanden ist. Das spontane Auftauchen von Liedern oder Musikstücken stellt Verbindungen her: Etwa zu konkreten biographischen Ereignissen oder Lebensabschnitten, die mit eben jenem

Lied verbunden waren, oder zur Atmosphäre einer bestimmten Lebensepoche. Während die Improvisation etwas sehr Persönliches ist, schafft das Singen eines Liedes oder das Spielen eines Repertoirstückes die Verbindung zum Kulturgut einer Nation (Volks-Lied) und zeigt damit Verbindung und Verbindlichkeit – auch zu Teilen der Lebensgeschichte:

Susanne, eine 21jährige psychotische junge Frau, hatte überhaupt keine Erinnerungen an ihre Kindheit. Das „Früher" war völlig abgeschnitten vom Erleben. Sie versuchte verzweifelt, erwachsen und vernünftig zu funktionieren, was ihr nie gelang. Musiktherapie lehnte sie ab. Das sei etwas für Behinderte, und behindert sei sie nicht. Sie zog es vor, ein Bild nach dem anderen zu malen. Manchmal spielte ich zu ihren Bildern Lieder, die mir dazu einfielen. Eines Tages begann sie selbst, während sie ein Bild malte, Teile eines Liedes zu summen, das ich als das Lied „So tanzen wir wie Bella Bimba" erkannte, ein italienisches Kinderlied, das in seiner deutschen Version gern als Kindertanz gespielt wird (s. Anhang). Sie war erfreut und erstaunt, daß ich dieses Lied kannte, und begann, vom Kindergarten zu erzählen, von der Kindergärtnerin, von den anderen Kindern. Sie selbst war sehr erstaunt, daß sie sich auf einmal erinnerte.

Der Blickwinkel „Wie" in der Diagnostik gibt oft wertvolle Hinweise auf die momentane Fähigkeit des Klienten, sich die angebotenen Objekte (inklusive des Therapeuten) nutzbar zu machen. In der Terminologie *Winnicott*s geht es um den Übergangsbereich zwischen innerer Realität und der Welt der Objekte, der äußeren Realität. Nach *Winnicott* ist dies der Ort, an dem sich kreatives Spiel und Kultur ereignet. Wie ein Mensch sich in diesem Bereich bewegt, läßt diagnostische Schlüsse zu.

Jonathan, acht Jahre, kann fast fünf Monate lang nicht ertragen, daß ein Instrument ertönt. Er besetzt die Instrumente mit seinen Phantasien (so wird das Becken zur Sonne, das Monochord zum Spinnennetz etc.). Ebenso benutzt er mich mit der Floskel: „Du wärst jetzt wohl mal ... ." Ein auch nur vorsichtiges Aussteigen meinerseits aus seinen Vorgaben erzeugt Panik in ihm. Erst sehr langsam kann er ertragen, daß die Instrumente und ich ein Eigenleben haben.

Jonathan bietet damit das Bild eines Kindes, das den Entwicklungsschritt der „Entwöhnung" (*Winnicott*) noch nicht geschafft hat. Er braucht die Illusion der Macht über Objekte. Dadurch ist er Gefangener seiner inneren Realität: Er kann den Reichtum der Möglichkeiten nur begrenzt nutzen.

Neben der Bestimmung der Phänomene beim Klienten gehört zur Fragestellung: „Wie spielt jemand?" meine Resonanz, die Gegenübertragung. Dies kann sich in Gefühlen, Körpersensationen, Ideen, Erinnerungen usw. äußern – aber auch musikalisch als ein bestimmter Klang, ein musikalisches Motiv, ein Musikstück oder ein Lied:

Jan, acht Jahre, ein äußerst unruhiges, hypermotorisches Kind, schaukelte sich gerne in der Hängematte. Ich regte an, diese als Schiff zu betrachten, und spielte dazu „Am Hafen, wo die Kräne sind".

Über Wochen und Monate mußte Jan immer wieder dieses Lied hören. Er sang es laut, er summte es leise mit, er improvisierte melodisch im Tonraum des Liedes. Es scheint der wiegende 6/8-Rhythmus gewesen zu sein, verbunden mit der weichen Melodik (Moll), die Jan so faszinierte. Der wiegende Charakter des 6/8-Rhythmus, bei dem man automatisch in eine Wiegebewegung verfällt, vermittelt Geborgenheit. Der Text war vielleicht ebenso wichtig. Das Lied spricht von der Zukunft, der Hoffnung, ist positiv gestimmt und vorwärts gerichtet. Außerdem handelt das Lied von einem Kind, das häufige Trennungen von seinem Vater erleidet (... „und wenn ich ihn mal besuchen kann"). Auch Jan litt sehr unter der Trennung von seinem leiblichen Vater, der ihn – im Gegensatz zu seinem Stiefvater – auch nicht ablehnte.

Jan tauchte jedes Mal förmlich in die Atmosphäre dieses Liedes ein, dabei beruhigte er sich und wirkte – der er sonst ständig in Hochspannung war – weich und gelöst.

Mit dem Blickwinkel: „Wie lange/wie oft spielt jemand?" stellt sich die Frage nach der psychischen Funktion, die das musikalische Material im Moment hat. Die Wiederholung oder der Wunsch nach Wiederholung geht – besonders bei Kindern – oft einher mit der unausgesprochenen Anfrage an die Beziehung: „Hast du mich nicht vergessen?" Vor allem bei psychosegefährdeten Menschen finde ich die Wiederholung als strukturbildendes Element. Sakir z.B. griff immer wieder auf ein sehr einfaches Klavierstück zurück, mit dem er eine Art Rondostück aufbaute: Er spielte es, ging zu einem anderen Instrument, probierte dort herum, kam zurück zum Klavier, spielte es erneut, ging wieder zu einem Instrument etc. – Außerdem kann ein häufig wiederholtes Material wie eine Art Beschwörungsformel wirken – wie bei der 18jährigen Heike, die immer wieder das Lied „Stille Nacht" spielen wollte, um sich in die phantasierte heile Familie zu versetzen. Damit kann Musik unter Umständen fast Drogencharakter bekommen und funktionalisiert werden zum Erreichen eines gewünschten Gefühlszustandes.

Mit der Frage: „Wann spielt jemand?" wird versucht, die aktuelle Bedeutung des Materials im therapeutischen Kontext zu erfassen und/oder es als Wiederholung eines lebensgeschichtlichen, nun aktualisierten Details zu begreifen:

Mirko, 19 Jahre, gab mir in etwa der 5. Stunde eine Botschaft äußerster leiblicher Bedrohung: Er spielte einen sehr langsamen und unregelmäßig punktierten Rhythmus, der mir in der Gegenübertragung fast das Herz stehenbleiben ließ.

In der Reflexion dieser Stunde erkannte ich, daß ich Mirko bisher deutlich überfordert hatte. Ich konnte das Signal nutzen, um das therapeutische Curriculum mit Mirko neu zu überdenken.

Was braucht der Musiktherapeut, um im beschriebenen Sinne gut diagnostisch arbeiten zu können? Neben der für jede Therapeuten-persönlichkeit geforderten Schwingungsfähigkeit in Richtung außen (Fremdwahrnehmung) und innen (Eigenwahrnehmung) gehört zur musiktherapeutischen Diagnostik die profunde Kenntnis des Handwerkzeugs, d.h.:

- die Kenntnis mindestens eines musiktherapierelevanten Instrumentes (dies sind Instrumente, die möglichst viele musikalische Parameter ausführen können);
- die Fähigkeit, auf vielen unterschiedlichen Instrumenten mit akzeptablem Klangergebnis improvisieren zu können;
- der Besitz eines Repertoires, d.h. einer Mischung aus der persönlichen musikalischen Heimat des Musiktherapeuten, dem überindividuellen Kulturgut und aktueller Musik (bei der noch unklar ist, ob sie zum Kulturgut wird oder nicht). Besonders wichtig sind im visuellen Zeitalter Film- und Reklamemusiken;
- die Fähigkeit, sich von Musik immer wieder neu ergreifen und begeistern zu lassen

und – vor allem – Spielfreude.

Literatur

Adorno, T.W., Einleitung in die Musiksoziologie. Suhrkamp, Frankfurt 1968.

Frohne, Isabelle, Das rhythmische Prinzip. Eves, Lilienthal 1981.

Hegi, Fritz, Improvisation und Musiktherapie. Möglichkeiten und Wirkungen freier Musik. Junfermann, Paderborn 1986.

Huizinga, Johan, Homo ludens. Vom Ursprung der Musik im Spiel (1938). Rowohlt, Reinbek 1983.

Klausmeier, Friedrich, Die Lust, sich musikalisch auszudrücken. Rowohlt, Reinbek 1978.

Metzmacher, Bruno, Integrative Bewegungsarbeit mit Kindern. In: Schulen der Kinderpsychotherapie. Junfermann, Paderborn 1987.

Meyberg, Wolfgang, Trommelnderweise. Trommeln in Therapie und Selbsterfahrung. Großer-Bär-Verlag, Hemmor 1989.

Nykrin, Rudolf, Erfahrungserschließende Musikerziehung. Bosse, Regensburg 1978.

Passelt, Peter, Plädoyer für die Souveränität psychoanalytischen Denkens. *Psyche* 3/1991.

Petzold, Hilarion, Die vier Wege der Heilung in der Integrativen Therapie. In: Integrative Bewegungs- und Leibtherapie. Junfermann, Paderborn 1988.

—, Die Rolle des Therapeuten und die therapeutische Beziehung in der Integrativen Therapie. In: Die Rolle des Therapeuten und die therapeutische Beziehung. Junfermann, Paderborn 1980.

Strobel, Wolfgang, Klang – Trance – Heilung. Die archetypische Welt der Klänge in der Psychotherapie. In: *Musiktherapeutische Umschau* 9 (1988), 199-139.

Timmermann, Tonius, Klangstrukturen und ihre psychische Wirkung. Freies Musikzentrum München.

—, *Lenz, Gisela,* Indikation in der Musiktherapie zwischen Anspruch und Wirklichkeit – ein Tagungsbericht. In: *Musiktherapeutische Umschau,* 1/1992.

Weymann, Eckard, Das ist ein weites Feld. Einige unordentliche Anmerkungen zur Praxis der Indikationsstellung für MT in der psychotherapeutischen Klinik. In: *Musiktherapeutische Umschau* 3/1991.

Winnicott, D.W., Vom Spiel zur Kreativität. Klett, Stuttgart 1978.

Zöller, Gerda, Musik und Bewegung im Elementarbereich. Donauwörth 1976.

Zur Ausbildung in Integrativer Kinder- und Jugendlichenpsychotherapie am Fritz Perls Institut

Zur Ausbildung in Integrativer Kinder- und Jugendlichenpsychotherapie am Fritz Perls Institut

Bruno Metzmacher

„Ich gehe von dem Grundsatz aus, daß Psychotherapie sich in der Überschneidung zweier Spielbereiche vollzieht, dem des Patienten und dem des Therapeuten. Wenn der Therapeut nicht spielen kann, ist er für die Arbeit nicht geeignet. Wenn der Patient nicht spielen kann, muß etwas unternommen werden, um ihm diese Fähigkeit zu geben; erst danach kann die Psychotherapie beginnen. Der Grund, weshalb das Spielen so wichtig ist, liegt darin, daß der Patient gerade im Spielen schöpferisch ist" (*Winnicott* 1987, 65f).

Die Integrative Kinder- und Jugendlichenpsychotherapie ist ein relativ neues und eigenständiges Verfahren der psychotherapeutischen Behandlung von Kindern und Jugendlichen. Sie wird seit 1985 als fünfjährige, berufsbegleitende, postgraduale Weiterbildung am Fritz Perls Institut (vgl. *Reiser* 1993) gelehrt, nachdem es schon seit den Anfängen des Institutes (1972) kindertherapeutische Weiterbildungsangebote mit klinischen und heilpädagogischen Entwicklungen gab (*Petzold* 1969d; *Petzold, Geibel* 1972). Seit 1978 gibt es ein Kompaktcurriculum für „Integrative Kindertherapie", durch das weitere Arbeiten angestoßen wurden (*Petzold, Metzmacher* 1984; *Petzold, Epe* 1984; *Petzold, Ramin* 1987). 1995 wurde erstmals ein Aufbaucurriculum in „Integrativer Kinder- und Jugendlichenpsychotherapie" angeboten, mit dem Interessenten unterschiedlicher Weiterbildungszweige des Fritz Perls Institutes nach Absolvierung des 3./4. Weiterbildungsjahres – je nach beruflicher Um-Orientierung – einen Abschluß in Integrativer Kinder- und Jugendlichenpsychotherapie machen können.

Spezifische Merkmale der Aus- und Weiterbildung in Integrativer Kinder- und Jugendlichenpsychotherapie

Das Verfahren der Integrativen Kinder- und Jugendlichenpsychotherapie basiert auf den Grundlagen der Gestalttherapie/Integrativen

Therapie, so wie sie vor allem von *Petzold* in zahlreichen Publikationen beschrieben wurde (vgl. hierzu vor allem: *Petzold* 1993, Bd. 1-3).

Die spezifische Struktur der Aus- und Weiterbildung basiert auf der Grundlage klinischer Erfahrungen von Kinder- und Jugendlichenpsychotherapie und -psychiatrie (vgl. *Metzmacher* 1993, 491-501) sowie einer tradierten und bewährten Aus- und Weiterbildungspraxis am Fritz-Perls-Institut. Die folgende Definition des Verfahrens der Integrativen Kinder- und Jugendlichenpsychotherapie von *Petzold* faßt die wesentlichen Aspekte des Verfahrens zusammen, auf deren Grundlage die Aus- und Weiterbildung konzipiert wurde:

»„Integrative Kinder- und Jugendlichenpsychotherapie ist ein ganzheitlicher und differenzieller Ansatz der Behandlung und Förderung von Kindern und Jugendlichen in Einzel- und Gruppensitzungen unter Einbeziehung ihrer Familien bzw. Bezugspersonen in Berücksichtigung der pathogenen und salutogenen Einflüsse des jeweiligen mikroökologischen und sozialen Kontextes. Auf eine „kindgemäße Weise wird mit den heilenden Kräften des kindlichen Spiels" (Zulliger) mit Spielmitteln, kreativen Medien gearbeitet, die auf die jeweilige Altersstufe und „Spielkultur" (Petzold) zugepaßt werden, so daß ein „Raum des Möglichen", eine „fördernde Umwelt" (Winnicott) entstehen kann. Die Integrative Kindertherapie gründet sich dabei auf tiefenpsychologische Denkmodelle und -konzepte, die Ergebnisse moderner Longitudinalforschung und auf eine „Integrative Entwicklungspsychologie", die richtungsübergreifend die Erträge psychomotorischer, emotionaler, kognitiver, sozialer und ökologischer Entwicklungsforschung einbezieht, um sie mit einem reichen Repertoire an Methoden, Techniken, Medien, Formen auf kreative Weise interventiv umzusetzen. Dies geschieht im „Prozeß" eines „Handelns um Grenzen", im gemeinsamen Gestalten, in liebevoller Bezogenheit und Respekt vor der sich in der Ko-Respondenz entwickelnden einzigartigen Persönlichkeit des Kindes oder Jugendlichen. In der Integrativen Kindertherapie wird versucht, für Kinder in schwierigen Lebenslagen „schützende Inselerfahrungen" bereitzustellen. Der Kindertherapeut bemüht sich dabei, zum wichtigsten protektiven Faktor zu werden, den es für Kinder geben kann: „significant caring adult" (Rutter), der als innerer „Beistand" internalisiert werden kann und der das bereitzustellen und zu ermöglichen versucht, was das Kind braucht« (Petzold in: Metzmacher 1993, a.a.O., 491).

In der Methodik und Didaktik der Aus- und Weiterbildung haben wir versucht, den in der o.g. Definition enthaltenen feld- und altersspezifischen Besonderheiten entsprechend Rechnung zu tragen. Für jedes einzelne Weiterbildungswochenende im Rahmen der fünfjährigen Aus- und Weiterbildung in Integrativer Kinder- und Jugendlichenpsychotherapie ist ein spezifisches Thema vorgegeben und entsprechend dazu werden Methoden, Techniken und Medien der Integrativen Therapie – so, wie sie auf die Arbeit mit Kindern und Jugendlichen übertragen werden können, angewendet und erprobt. (Dies läßt sich aus den entsprechenden Ausbildungscurricula, die für Interessenten am Fritz Perls Institut erhältlich sind, entnehmen.)

Die Besonderheiten des Gesamtgruppenprozesses im Rahmen der dreijährigen Selbsterfahrungsgruppe werden dabei selbstverständlich berücksichtigt. Die bisherigen Erfahrungen zeigen, daß Auswahl und Reihenfolge der Themen kaum modifiziert zu werden brauchten. Dies scheint u.a. darin begründet zu sein, daß die unterschiedlichen Themen zum einen theoretisch vorbereitet und im Verlaufe des Weiterbildungswochenendes ergänzt und vertieft werden. Zum anderen finden an jedem Wochenende Gruppenprozeßanalysen statt, so daß der gesamte Ablauf der dreijährigen Aus- und Weiterbildungsgruppe von Transparenz und themenbezogener Strukturierung gekennzeichnet ist. Dies bedeutet einen Zuwachs an Lerneffizienz und eine Abnahme an dysfunktionalen Abwehrprozessen im psychodynamischen ebenso wie im gruppendynamischen Sinne. Umfragen unter den Weiterbildungskandidaten haben diese Form der Methodik und Didaktik als durchweg positiv beschrieben (vgl. *Metzmacher* 1993, 494).

Eine breit angelegte Effizienz-Kontrollstudie soll in den nächsten Jahren die Wirksamkeit des Verfahrens auch unter wissenschaftlich-empirischen Gesichtspunkten nachweisen. Die *„menschliche Validität"* des Verfahrens hat sich im klinischen Bereich längst erwiesen. Im wissenschaftlichen Sinne wird sie nachzuweisen sein, worauf u.a. *Märtens, M., Petzold, H.* (vgl. deren Beitrag in Band 1) hinweisen, und zwar auch in dem Bemühen, das Verfahren der Integrativen Kinder- und Jugendlichenpsychotherapie im Rahmen der neuen Psychotherapie-Gesetzregelung zu einer entsprechenden Anerkennung zu führen.

Aber es sind nicht nur gesetzgeberische und kassenrechtliche Anforderungen, die „Nachweispflicht", Konsolidierung und Weiterentwicklung des Verfahrens erfordern. In einigen der in diesem zweibändigen Buch vorgestellten Beiträge haben wir auf eine grundsätzliche gesellschaftsstrukturelle Veränderungsdynamik hingewiesen, denen Kinder, Jugendliche und Erwachsene ausgesetzt sind. Mit ihr stellen sich ständig neue Entwicklungsaufgaben – gerade für die Heranwachsenden, und damit auch für die psychotherapeutische Konzeptbildung und Praxis.

Die Integrative Kinder- und Jugendlichenpsychotherapie versteht sich als ein tiefenpsychologisches Verfahren der Psychotherapie. Damit tritt sie u.a. auch mit dem Anspruch auf, ein ideologiekritisches Verfahren zu sein, d.h. Rationalisierungen aufzuklären, und geht damit einer implizit selbst auferlegten Verpflichtung zur Selbstaufklärung ihrer Theorien und Verfahrensweisen nach (vgl. *Pohlen, Bautz-Holzherr* 1995, 216). – Die Glaubwürdigkeit eines Verfahrens erweist sich letztlich in der (Lebens-)Praxis und der Befähigung zu deren Bewältigung. Hierauf bezogen gilt es sowohl eine gleichbleibend selbstkritische Haltung den eigenen Überzeugungen gegenüber zu bewahren, wie von jenen zu lernen, die wir zu behandeln versuchen: den Kindern, Jugendlichen und ihren (Lebens-) Bewältigungsversuchen.

Literatur

Metzmacher, B., Integrative Bewegungstherapie, In: *Petzold, H., Ramin, G.* (Hrsg.), Schulen der Kinderpsychotherapie. Junfermann, Paderborn 1987, 227-255.

—, Integrative Kinder- und Jugendlichenpsychotherapie, In: *Petzold, H., Sieper, H.* (Hrsg.), Integration und Kreation, Bd. II. Junfermann, Paderborn 1993, 491-501.

Petzold, H., Epe, C., Das Spiel und seine Bedeutung für die stationäre Langzeittherapie mit drogenabhängigen Jugendlichen in der Integrativen Gestalttherapie. In: *Kreuzer, H. J.* (Hrsg.), Handbuch der Spielpädagogik, Bd. IV. Schwann, Düsseldorf 1984, 399-421.

— *Geibel, Ch.*, „Komplexes Kreativitätstraining" in der Vorschulerziehung durch Psychodrama, Puppenspiel und Kreativitätstechniken. In: *Petzold, H.G.* (Hrsg.), Angewandtes Psychodrama in Therapie, Pädagogik, Theater und Wirtschaft. Junfermann, Paderborn 1972a, 414-427.

—, *Metzmacher, B.*, Kreative Medien Awareness-Training und Interaktionsspiele der Integrativen Gestalttherapie in der Arbeit mit Kindern und Jugendlichen. In: *Kreuzer, H.J.* (Hrsg.), Handbuch der Spielpädagogik, Bd. IV. Schwann, Düsseldorf 1984, 253-267.

—, *Ramin, G.*, Integrative Kinder- und Jugendlichenpsychotherapie. In: Diess., Schulen der Kinderpsychotherapie. Junfermann, Paderborn 1987.

Pohlen, M., Bautz-Holzherr, M., Psychoanalyse – Das Ende einer Deutungsmacht. Rowohlt, Reinbek 1995.

Reiser, C., Die Kinder- und Jugendlichenpsychotherapieausbildung. Reinhardt, München 1993.

Winnicott, D. W., Vom Spiel zur Kreativität. Klett, Stuttgart 1984.

Autorenverzeichnis

Hauch, Gitta, geb. 1953, Dipl.-Sozialpädagogin. Erstausbildung in Ergotherapie; Bobath-Therapeutin, Weiterbildung in sensorischer Integrationstherapie. Studium der Sozialpädagogik mit dem Schwerpunkt Systemische Familientherapie und Ausbildung in Integrativer Therapie (FPI). Integrative Kinder- und Jugendlichentherapeutin an einer Kinderklinik. Arbeitsschwerpunkte: Beratung und Therapie früher Mutter-Kind-Beziehungen, Kinderpsychosomatik.

Hilke, Andrea, geb. 1957. Studium der Instrumentalpädagogik (Cello) und der Rhythmik. Lehrtätigkeit an Musikschule und -Hochschule. Weiterbildung in Integrativer Musiktherapie am FPI seit 1985. Als Musiktherapeutin in der Jugendhilfe tätig. Seit 1990 in der Elisabeth-Klinik für Kinder- und Jugendpsychiatrie in Dortmund.

Katz-Bernstein, Nitza, Prof. Dr. phil., klinische Psychologin, Kinder- und Jugendlichen-Psychotherapeutin. Lehrtherapeutin u. Supervisorin (FPI/EAG), Lehrstuhl an der Universität Dortmund, Fachbereich Sondererziehung und Rehabilitation der Sprachbehinderten; Leiterin des sprachtherapeutischen Ambulatoriums der Universität Dortmund. 25 Jahre Kindertherapeutin in unterschiedlichen Institutionen in der Schweiz, Kt. Zürich, und in freier Praxis.

Kuntzag, Lars, geb. 1944, studierte Rechtswissenschaften (1. Staatsexamen) und Sozialwissenschaften (Dipl.-Soz.). Ausgebildet als Sozialtherapeut, langjährig in der stationären Therapie drogenabhängiger junger Erwachsener tätig. Ausbildung in Integrativer Kinder- und Jugendlichentherapie am Fritz Perls Institut. Mehrjährige Arbeit im stationären kinder- und jugendpsychiatrischen Bereich. Derzeit Arbeit mit behinderten und entwicklungsbeeinträchtigten Vorschulkindern im teilstationären Bereich sowie mit Kindern und Familien in freier Praxis.

Landsberg, Walter, Dr. med., geb. 1938, Arzt für Kinderheilkunde, Kinder- und Jugendpsychiatrie und Psychotherapie. Seit 1979 Leiter der Elisabeth-Klinik für Kinder- und Jugendpsychiatrie und Psychotherapie in Dortmund. Psychotherapeutische Ausbildung bei Melitta Mitscherlich und in Integrativer Therapie am Fritz Perls Institut. Lehrbeauftragter des FPI und der Universität Dortmund. Arbeitsschwerpunkte: Ambulante und stationäre kinder- und jugendpsychiatrische sowie psycho- und familientherapeutische Arbeit.

Malzahn, Klaus, geb. 1953, Dipl.-Psych. Langjährige therapeutische Arbeit in der Klinik f. Kinder- und Jugendpsychiatrie. Ausgebildet in Gesprächs-, Gestalt- und systemischer Therapie sowie Integrativer Therapie am FPI. Arbeitet in freier Praxis in Dortmund als Klinischer Psychologe/Psychotherapeut mit Kindern, Jugendlichen und Erwachsenen sowie als Supervisor.

Metzmacher, Bruno, geb. 1953, Dipl.-Pädagoge. Ausgebildet in Gestalttherapie/Integrativer Therapie am Fritz Perls Institut, arbeitet er seit 1979 im stationären und ambulanten kinder- und jugendpsychiatrischen Bereich und war dort maßgeblich an der Konzeptentwicklung für eine Integrative Kinder- und Jugendlichenpsychotherapie beteiligt. Mitbegründer des Ausbildungszweiges der Integrativen Kinder- und Jugendlichenpsychotherapie am FPI, den er seit 1985 leitet.

Petzold, Hilarion G., Prof. Dr. Dr. Dr., lehrt als ordentlicher Universitätsprofessor an der Freien Universität Amsterdam. Ausbildung in Psychoanalyse bei V.N. Iljine, Gestalttherapie bei F.S. Perls und Psychodrama bei J.L. Moreno. Lehrsupervisor und

Lehrtherapeut an der EAG. Er begründete die Integrative Therapie als Verfahren und die Methode der Integrativen Bewegungs- und Leibtherapie.

Rau, Hartmut R., geb. 1952, Studium der Sozialarbeit, Studium der Erziehungswissenschaft mit dem Schwerpunkt Planung, Beratung, Organisationsentwicklung, Ausbildung in Integrativer Therapie (FPI), Familientherapie (Weinheim), Funktioneller Entspannung und Supervision (FPI). Seit 1975 Arbeit als Kinder- und Jugendlichentherapeut in der Fachklinik für Kinder- und Jugendpsychiatrie und in freier Praxis. Entwicklung eines Familienorientierten Behandlungsansatzes und des diagnostischen Hausbesuches in der Kinder- und Jugendlichenpsychotherapie und Psychiatrie. Derzeit Tätigkeit als Supervisor, Berater und Managementtrainer in Profit- und Non-profit-Organisationen. Lehrtrainer und Lehrsupervisor am FPI.

Reichhart, Lydia, geb. 1952, Dipl.-Psych, Dipl.-Päd. Ausbildung zur Integrativen Gestaltpsychotherapeutin am FPI. Langjährige Arbeit mit sozialen Randgruppen und suchtkranken Menschen in Frankfurt. 1988-1994 psychotherapeutische Leitung einer Klinik für Kinder- und Jugendpsychiatrie in Dortmund. Seit 1995 in freier Praxis tätig.

Schneewind, Udi-Jutta, Dr. phil., geb. 1941. Klinische Psychologin/Psychotherapeutin in freier Praxis. Langjährige Arbeit in der Psychiatrie. Mitbegründerin des Weiterbildungszweiges in Kinder- und Jugendlichenpsychotherapie am Fritz Perls Institut. Fachliche Schwerpunkte und Interessen in stationärer Psychotherapie, Arbeit mit Frühgeschädigten, Arbeit mit Systemen und Gruppen, Verfahrensintegration.

Wintsch, Hanna, Psychologin lic. phil. FSP, Zürich. Ursprünglich Lehrerin; nach musikalischem Intermezzo (Gesang/Musikwissenschaft) Studium der Psychologie und Pädagogik an der Universität Zürich. Aus- und Weiterbildung in Psychoanalyse, Familientherapie und Integrativer Therapie (FPI). Langjährige Tätigkeit als Schulpsychologin. Aufbau und Leitung einer Bildungsinstitution für Erwachsene mit einer geistigen Behinderung („bildungsclub"). Seit 1988 Psychologin im Kinder- und Jugendpsychiatrischen Dienst des Kt. Zürich. Lehrtätigkeit an verschiedenen Institutionen.

Zaepfel, Helmut, Dipl.-Psych., Dipl.-Päd., Ausbildung in Integrativer Kinder- und Jugendlichentherapie am FPI. Langjährige Tätigkeit in der stationären Kinder- und Jugendlichenpsychiatrie, in psychosomatischen Abteilungen und im Suchtkrankenbereich. Derzeit Arbeit in der Akutpsychiatrie und in freier Praxis.

Personenregister

Sachwortregister